Perry Rhodan

Das heimliche Imperium

warminstallateure

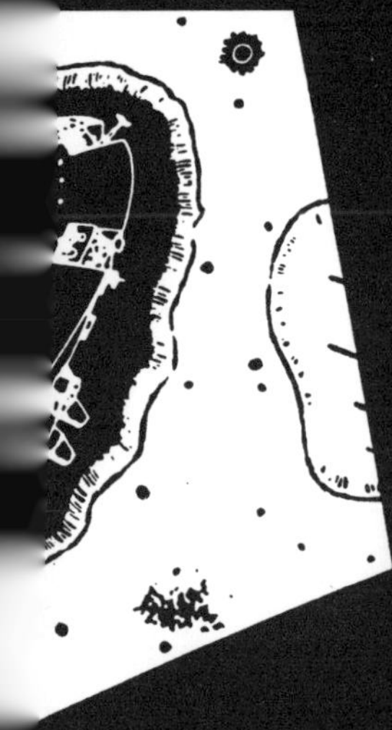

riebwerke für den Un-

örmiger Sende- und

ationspositronik und
e Ortung
Manuellsteueranlage,
erleitpult der Geschüt-
lage, schalenförmigen
ltgeräten für Robotpi-
n der Mannschaft

5. Thermoenergiegeschütz (acht Stück) mit autarker Energieversorgung
6. Schlafräume (20 bis 70 Zentimeter hoch) mit wabenförmigen Schlafnischen und Räumen mit kugelförmigen Behältern, die mit Nährkonzentraten gefüllt sind
7. Kreisförmiger Raum mit Kontrollgeräten für die Tiefschlafanlagen und Klimaregulatoren
8. Schleusenraum zur Tiefschlafanlage mit Schleusentor für verkleinerte Schwarminstallateure und aufklappbare Öffnung für Reparaturmannschaften in normaler Körpergröße
9. Zentrum für Ortungs- und Meßgeräte (insgesamt acht) mit geschlossenen Schutzklappen, die bei Bedarf geöffnet werden können
10. Maschinenraum mit Schutzschirmgeneratoren, Luft- und Wasserregeneratoren, Klimaanlage und Notstromaggregaten
11. Isolierter Zwischenraum zwischen oberer und unterer Schiffsregion, mit Spezialprojektoren, welche die Schwarminstallateure anregen, sich zu verkleinern bzw. zu vergrößern
12. Wendeltreppenähnlicher spiralförmiger Aufgang zur oberen Schiffsregion, jedoch ohne Stufen (insgesamt vier)
13. Antischwerkrafttriebwerke mit Schwerkraftprojektoren und Andruckneutralisatoren
14. Kreisförmiger Raum mit Nottreppe zum oberen Schiffsteil und Aggregaten zur Energieversorgung der im Zwischenraum befindlichen Spezialprojektoren
15. Aufsatzring

Perry Rhodan

Das heimliche Imperium

VPM Verlagsunion
Pabel Moewig KG, Rastatt

Redaktion: Horst Hoffmann
Titelillustration: Johnny Bruck
Druck und Bindung: Mohndruck
Graphische Betriebe GmbH, Gütersloh
Printed in Germany 1997
ISBN 3-8118-2077-X

Vorwort

Der vorliegende 57. Band der PERRY RHODAN-Bibliothek kann gewissermaßen als Spiegelbild des gesamten Schwarm-Zyklus betrachtet werden. Wie der Zyklus zeigt das Buch eine Vielfalt von Handlungsebenen und Abenteuern, die vielleicht den Eindruck des Unzusammenhängenden erwecken können – doch dieser Eindruck wäre falsch. Wie im Zyklus, so flicht sich später alles zu einem großen Ganzen zusammen, und aus scheinbar nebenherlaufenden Handlungsästen werden im nachhinein wichtige Vorbereitungsbände. Ein Beispiel dafür sind die Abenteuer Sandal Tolks, des Jägers und Rächers. Bereits im nächsten Buch wird ihm eine ganz besondere Bedeutung zukommen. Man darf gespannt sein.

Der Schwarm-Zyklus ist ein Zyklus der Überraschungen, und manche Spekulation über die wirklich Mächtigen im Schwarm ging schon bei Erscheinen der Originalhefte ganz gehörig daneben. Dafür war der Aha-Effekt dann um so größer – und was kann man mehr von einer spannenden SF-, also spekulativen Serie erwarten?

Die Originalromane, die im Buch Aufnahme fanden, sind diesmal (in Klammern die Heftnummern): *Sturmlauf in den Tod* (518) von *H. G. Francis, Das heimliche Imperium* (519) von *William Voltz, Kampf um die Sonnenstadt* (521) von *Ernst Vlcek, Die Spur des Rächers* (522) von *Hans Kneifel, Die Planetenräuber* (523) und *Die Gelben Eroberer* (524) von *Clark Darlton.*

Auch diesmal darf ich mich wieder bei den vielen Lesern bedanken, welche die PERRY RHODAN-Buchreihe mit eigenen Vorschlägen und konstruktiver Kritik begleiten. Sie sind uns stets willkommene Hilfe und Ansporn.

Horst Hoffmann

Zeittafel

1971	Perry Rhodan erreicht mit der STARDUST den Mond und trifft auf die Arkoniden Thora und Crest.
1972	Mit Hilfe der arkonidischen Technik Einigung der Menschheit und Aufbruch in die Galaxis.
1976	Das Geistwesen ES gewährt Rhodan und seinen engsten Wegbegleitern die relative Unsterblichkeit.
2040	Das Solare Imperium ist entstanden und stellt einen galaktischen Wirtschafts- und Machtfaktor ersten Ranges dar. In den folgenden Jahrhunderten Bedrohung durch die Posbi-Roboter und galaktische Großmächte wie Akonen und Blues.
2400	Entdeckung der Transmitterstraße nach Andromeda; Abwehr von Invasionsversuchen von dort und Befreiung der Völker vom Terrorregime der Meister der Insel
2435	Der Riesenroboter OLD MAN und die Zweitkonditionierten bedrohen die Galaxis. Nach Rhodans Odyssee durch M 87 Sieg über die Erste Schwingungsmacht.
2909	Während der Second-Genesis-Krise kommen fast alle Mutanten ums Leben.
3430	Um einen Bruderkrieg zu verhindern, läßt Rhodan das Solsystem in die Zukunft versetzen. Bei Zeitreisen lernt er den Cappin Ovaron kennen.
3437/38	Expedition mit der MARCO POLO in die Cappin-Galaxis Gruelfin. Ovaron wird von der Urmutter als Ganjo identifiziert. Der Riesenroboter opfert sich beim Kampf um das Solsystem selbst. Der Planet Pluto wird dabei zerstört.
3441	Die MARCO POLO kehrt nach zeitlicher Verzögerung in die Milchstraße zurück und findet die Intelligenzen der Galaxis verdummt vor. Ein mysteriöser Sternenschwarm dringt in die Galaxis ein. Die wenigen immun Gebliebenen beobachten unter Rhodans Führung den Schwarm und versuchen, sein Geheimnis zu lüften.

Prolog

Als Perry Rhodan Mitte des Jahres 3441 mit der MARCO POLO von Gruelfin in die Milchstraße zurückkehrt, findet er eine ihm fremd gewordene Galaxis vor. Mit Ausnahme relativ weniger Immuner sind alle Intelligenzen verdummt – auch auf Terra herrscht das Chaos. Verantwortlich für die Verdummung ist die Veränderung der galaktischen Gravitationskonstante durch die Vorhut eines ungeheuerlichen Gebildes aus Sternen, Planeten und Raumfahrzeugen, das sich über Tausende Lichtjahre ausdehnt und mit Transitionen in die Milchstraße schiebt: der Schwarm!

Doch nicht nur vom Schwarm sowie seinen unbekannten Lenkern und Völkern droht Gefahr. Während Rhodans Abwesenheit hat sich eine Gruppe von Menschen in die Öffentlichkeit geschoben, die sich selbst als »Homo superior« bezeichnet, die nächste Stufe der menschlichen Evolution. Die Angehörigen des Homo superior sind ebenfalls immun gegen die Verdummungsstrahlung und nutzen diesen Umstand aus, um die Abkehr von aller Technik und den bedingungslosen Pazifismus zu predigen.

Perry Rhodan schafft es, ein Stillhalteabkommen mit den Führern der Superiors zu schließen, um den Rücken frei zu haben für die Beobachtung des Schwarms. Mit dem Kreuzer GOOD HOPE II will er dessen Geheimnisse ergründen und letztlich dafür sorgen, daß in der Milchstraße wieder normale Verhältnisse einkehren. Reginald Bull konzentriert sich unterdessen darauf, mit der INTERSOLAR so viele Immune wie möglich aufzulesen, denn nur mit ihnen kann den von der Verdummung Betroffenen geholfen werden.

Im Oktober und November 3441 werden Objekte beobachtet, die den Schwarm verlassen. Es handelt sich einmal um würfelförmige Erkundungsraumschiffe, deren Besatzung unter anderem auf dem Planeten Exota-Alpha ein Gemetzel anrichtet und die Familie des jungen Barbaren Sandal Tolk grausam umbringt – woraufhin dieser Rache schwört und seinen Feldzug gegen die Fremden beginnt. Sein Weg führt ihn zur Welt Testfall Rorvic, wo ein anderer Raumschiffstyp aus dem Schwarm landet und Unheil anrichtet: geheimnisvolle pilzförmige Konstruktionen, mehrere Kilometer hoch und breit. Sie sind dafür verantwortlich, daß durch eine Feinjustierung die Gravitationskonstante nochmals geringfügig geändert wird – mit vorerst noch völlig unbekannten Folgen. Tolk dringt in das Fluchtschiff der Besatzung ein, um darin in den Schwarm zu geraten und dessen Herren zu stellen.

Wie gewaltig die Bedrohung durch das gigantische Gebilde tatsächlich ist, wird Perry Rhodan klar, als der Unsterbliche von Wanderer um Hilfe ruft. Rhodan und seine Freunde retten ES aus seiner existenzbedrohenden Lage und erhalten einen Hinweis auf die Hundertsonnenwelt. Vorher jedoch will Rhodan die Immunen der Galaxis zu einer Konferenz zusammenrufen. Er ahnt noch nichts von der Existenz des heimlichen Imperiums ...

1.

November 3441, Hitschers-Pearl

Oberstleutnant Tracs Potschyben blieb stehen, als er unter den Bäumen hervorgetreten war und auf die Stadt hinabblicken konnte. Roseata bot nicht mehr das Bild des absoluten Friedens, so, wie sie das noch vor etwa einem Jahr getan hatte.

Mehrere Häuser waren eingestürzt oder abgebrannt. Die Stadt sah aus, als sei sie vor langer Zeit verlassen worden.

Der Mann war verbittert. Roseata war vor genau 32 Jahren gegründet und schnell zum Mittelpunkt des Kontinents geworden. Und jetzt?

Er sprang über einen Bach und schritt auf einem Weg zu den ersten Häusern hinüber. Seine Kleidung sah alt und zerschlissen aus. Ein schlecht gegerbter Lederfetzen umhüllte seine Hüften. Am Gürtel hingen einige Drahtschlingen, wie sie Fallensteller benutzen. Unter dem durchlöcherten Hemd zeichneten sich einige kantige Gegenstände ab. Die nackten Füße waren überraschend sauber. Sie paßten nicht so recht zu einem Mann, der lange in der Wildnis gelebt hatte – oder sich den Anschein geben wollte, als habe er das getan.

An einem verrosteten Traktor vorbei, dessen Antriebsblock aufgebrochen war, kam er zu den ersten Häusern. Neben dem zerstörten Sockel eines Kleintransmitters lagen zwei erwachsene Männer im Staub der Straße und spielten mit bunten Steinen. Sie blickten auf, als der Schatten des Mannes auf sie fiel, wandten sich aber sofort wieder ab.

»Hallo, Sam, hey, Mac!« grüßte Potschyben.

Sie beantworteten seinen Gruß nur mit einem Brummen.

»Potschy!« rief einer von ihnen plötzlich. Er erhob sich und wollte etwas sagen, doch als der »Fallensteller« sich ihm zuwandte, senkte er den Kopf und schwieg.

Potschyben wurde unruhig. Er hatte geahnt, daß in Roseata etwas nicht in Ordnung war. Deshalb war er gekommen. Bisher war er jedoch nicht sehr besorgt gewesen. Jetzt fürchtete er plötzlich, in eine Falle zu laufen. Langsam ging er weiter. Seine Aufmerksamkeit wuchs. Suchend blickte er sich um.

Die Kunststoffhäuser sahen verkommen aus. Flechten wucherten auf dem unzerstörbaren Material. Niemand kümmerte sich darum. Einige Männer arbeiteten neben der ehemaligen Schmiede. Die vollautomatischen, positronisch gesteuerten Werkzeugmaschinen standen still. Keiner der Männer hätte sie wieder in Betrieb nehmen können, selbst dann nicht, wenn der Versorgungsreaktor nicht ausgefallen wäre. Sie hatten vergessen, auf welche Knöpfe man drücken mußte, um ein vorgewähltes Programm einzuschalten. Roseata war ohne Energie. Die Männer versuchten, einen einfachen Roller, ein Spielzeug für Kinder, zu reparieren. Sie schienen jedoch nicht herausfinden zu können, wie die Teile zusammengesetzt werden mußten.

Drohte von ihnen Gefahr?

Unmerklich schüttelte er den Kopf. Er kannte sie. Es waren harmlose, keineswegs aggressive Männer, die lediglich verdummt waren. Sie blickten auf, als er sich ihnen näherte. Einige lächelten verstohlen, dann jedoch wandten sie sich ebenso ab wie die anderen und zogen sich in die Schmiede zurück.

Die kalte Oktobersonne warf lange Schatten. Der Regen hatte den Boden getränkt und die roten Bodenkristalle herausgewaschen. Das Gras, das in den Vorgärten wucherte, hob sich scharf von dem rötlichen Sand ab. Hier und da lagen Konservendosen im Schmutz. Irgend jemand hatte sie achtlos weggeworfen, obwohl er den Männern und Frauen von Roseata immer wieder eingeschärft hatte, daß sie das nicht tun durften. Man schien seine Ratschläge vergessen zu haben. War der Einfluß seiner Gegner entscheidend größer geworden?

Als der Mann den Platz im Zentrum der Stadt erreichte, blieb er stehen. Neben dem Brunnen im Mittelpunkt des Platzes hatten die Einwohner eine Pyramide aus Konservendosen errichtet. Ein deutliches Zeichen der Herausforderung. Dicht daneben lagen die Reste eines Roboters.

Potschyben wischte sich mit der Hand über das Gesicht. Seine Finger folgten der Narbe, die vom Mundwinkel bis zum Ohrläppchen reichte. Seine große Gestalt reckte sich ein wenig, und seine Hand senkte sich zum Gürtel, als suche er dort Halt. Er fühlte den flachen Energiestrahler, den er unter dem Leder verbarg.

Ruhig lag der Platz vor ihm. Die Häuser, die ihn umrahmten, schienen unbewohnt zu sein. Ihm gegenüber stand ein Leiterwagen vor einem Garten. Zwei Scheps waren davorgespannt worden. Sie dösten mit hängenden Köpfen vor sich hin. Auf einem Gartenzaun hinter dem Wagen saßen zwei Rotgeier. Sie hatten ihre Köpfe tief ins Gefieder gezogen, so daß nur noch die roten Augen hervorlugten. Ihre Haltung verriet, daß sie keinerlei Angriffsabsichten hatten.

Wo waren die Bewohner von Roseata? Die Stadt hatte immerhin 3000 Einwohner, und er hatte bisher nicht mehr als sieben oder acht von ihnen gesehen. Er wußte, daß sie keine Möglichkeit hatten, sich weit von der Siedlung zu entfernen. Sie waren vielmehr gezwungen, möglichst nahe hier zu bleiben. Nachdem die Vertreter des Homo superior auf Hitschers-Pearl gelandet waren und zerstört hatten, was sie als aggressive Technik ansahen, befanden sich die Siedler dieses Planeten plötzlich in akuter Gefahr. Als dann die Gravitationskonstante der gesamten Galaxis um 852 Megakalup verändert wurde, verdummten die Kolonisten. Sie wurden plötzlich unfähig, für sich selbst zu sorgen.

Oberstleutnant Tracs Potschyben hatte sehr schnell gemerkt, daß er der einzige Mensch auf Hitschers-Pearl war, der nicht von diesem Prozeß erfaßt worden war. Seitdem hatte er alles menschenmögliche getan, um die 42000 Siedler zu versorgen. Er hatte die hilflosen Menschen von den großen Farmen und Produktionsstätten abgezogen, um sie in den Siedlungen zusammenzufassen, weil er sie nur hier ausreichend versorgen konnte. So hatte er insgesamt neun Versorgungszentren auf fünf der sieben Kontinente errichtet.

Potschyben ging langsam auf den Brunnen zu. Ständig beobachtete er die Häuser, doch er entdeckte keinen Hinterhalt.

Wieder lächelte er.

Der Homo superior hatte auf ganzer Linie versagt. Seine Bemühungen, mit Hilfe der Verdummten eine rein landwirtschaftliche Kultur ohne jede Technik zu errichten, waren gescheitert. Das Korn, das im Frühjahr gesät worden war, stand jetzt noch viel zu niedrig auf den Feldern. Es würde nicht mehr zur vollen Reife kommen, denn schon jetzt waren die ersten Vorboten des Winters zu erkennen. Die tiefhängenden Wolken waren dunkel, und sie zogen schnell über den Himmel.

Was plante der Homo superior jetzt? Hatte er ihm eine Falle gestellt, um ihn in diese Stadt zu locken?

Potschyben blieb vor dem zerstörten Roboter stehen. Von weitem hatte es so ausgesehen, als sei die Maschine von innen heraus explodiert. Jetzt konnte er klar erkennen, daß sie mit einem Energiestrahler vernichtet worden war.

Plötzlich flog eine Tür auf. Der Offizier fuhr herum. Seine Hand glitt zum Gürtel.

»Tracs!« schrie das blonde Mädchen, das in den Vorgarten hinauslief. »Lauf weg! Schnell! Sie wollen dich töten. Bitte, Tracs!«

Er stand wie gelähmt.

Ana sah plötzlich wieder so aus, wie sie früher gewesen war. Ihre Augen leuchteten hell. Ihr Gesicht war jedoch von Angst gezeichnet, doch es war nicht die Angst, wie sie ein Mensch mit herabgesetzter Intelligenz zeigt. Es war irgendwie anders. Potschyben wußte nicht zu sagen, wie es war. Er spürte, daß sich etwas verändert hatte.

»Tracs!« schrie sie, als er sich noch immer nicht bewegte.

Da hörte er das Geräusch. Er fuhr herum – und wußte, daß er verloren hatte. Die Warnung war zu spät gekommen.

Ein Prallgleiter raste auf ihn zu. Zwei Männer beugten sich aus der zurückgefahrenen Transparentkuppel. Sie hielten schwere Energiegewehre in den Armbeugen. Die flammenden Abstrahlfelder zeigten an, daß sie schußbereit waren. Potschyben hätte auch jetzt noch nach seiner Waffe greifen können, aber irgend etwas ließ ihn zögern. Die Kleidung der Männer sah vernachlässigt und zerschlissen aus.

Verdummte in einem Gleiter? Verdummte mit Strahlwaffen? Warum schossen sie nicht?

Potschyben verfolgte die Ereignisse wie durch fremde Augen. Ihm war, als ob er einen Film sähe, der ihn überhaupt nichts anging. Die Szene schien im Zeitlupentempo abzurollen.

Der Gleiter schwebte direkt auf ihn zu. Die Männer zielten auf ihn, aber sie schossen nicht. Sie suchten verwirrt und unruhig nach dem Auslöser, so als hätten sie die Waffen zum erstenmal in der Hand. Einer der beiden Männer fand den Hebel. Er legte ihn um. Ein Energiestrahl schoß bis zu den Wolken hinauf.

Tracs Potschyben warf sich zur Seite. Der Gleiter raste an ihm vorbei und krachte mit voller Fahrt in eines der Holzhäuser. In diesem Augenblick schien der zweite Mann herausgefunden zu haben, wie sich der Strahler auslösen ließ. Er feuerte mitten in das Fluggerät hinein und brachte es dadurch zur Explosion.

Die Druckwelle rauschte über den Oberstleutnant hinweg. Holzsplitter, Pflanzenteile und Hausgeräte wirbelten durch die Luft. In Sekundenschnelle stand das brennende Haus in einer Nebelwolke.

Potschyben sprang auf und eilte zu Ana hinüber. Sie lag bewußtlos auf dem Boden. Er nahm sie auf und trug sie zum Haus.

In der Tür stand Af Atramo und blickte ihn finster an.

Zögernd wich er zur Seite, um den »Fallensteller« mit dem Mädchen hereinzulassen. Als Potschyben Ana auf ein Bett gelegt hatte und sich umdrehte, sah er Atramo noch immer an der Tür stehen. Der ehemalige Bürgermeister von Roseata machte einen verstörten Eindruck. Er schüttelte den Kopf.

»Was ist geschehen, Tracs?« fragte er. »Was ist los?«

Tracs Potschyben überzeugte sich davon, daß Ana nicht verletzt worden war. Sie kam schon wieder zu sich.

»Was geschehen ist? Das frage ich dich, Alter.« Potschyben ging zu dem Weißhaarigen und legte ihm die Hände auf die Schultern. Forschend blickte er ihm in die Augen. Af Atramo schien außerordentlich verstört zu sein. »Warum schießt ihr plötzlich auf mich?«

»Wir, Tracs? Niemand von uns wollte auf dich schießen. Die Männer in dem Teufelsgerät gehörten zu den neuen Lehrern.«

Potschyben wandte sich sofort ab und verließ das Haus. Der Platz hatte sich mit Menschen gefüllt. Aufgeregt standen die Einwohner von Roseata um das zerstörte Haus herum. Sie ließen ihn bis zu den Trümmern durch.

»Sie sind tot, Potschy«, sagte Sal Almong, ein blonder Mann von etwa dreißig Jahren. Er griff nach dem Arm des Offiziers. »Was ist überhaupt los? Was ist passiert? Es sah aus, als hätten die neuen Lehrer plötzlich vergessen, wie sie ihre Teufelswerkzeuge bedienen müssen.«

»Komm mit, Sal«, sagte Potschyben. Zusammen mit dem Blonden kehrte er in das Haus des Bürgermeisters zurück. Ana hatte sich inzwischen erholt. Sie saß aufrecht auf dem Bett.

Af Atramo streifte sich eine Lederweste über. Er fror.

»Mir kommt es vor, als hätten wir alle geschlafen, Tracs«, erklärte er. »Inzwischen hat sich in Roseata offenbar sehr viel verändert. Was war das für eine seltsame Maschine, mit der die neuen Lehrer sich durch die Luft bewegen konnten? Was hielten sie in den Händen? Warum wollten sie dich umbringen?«

Potschyben ließ sich von Ana ein Glas Rotwein geben. Er setzte sich an den Tisch und trank. Wieder blickte er einen nach dem anderen an. Sal Almong hatte sich auf einer Bank im Hintergrund niedergelassen. Er drehte an einem Schalter des Fernsehgerätes herum, konnte es jedoch nicht einschalten, weil der Strom fehlte. Er rückte den Apparat ein wenig zur Seite und prüfte, ob er an das Netz angeschlossen war. Ratlos schüttelte er den Kopf. Seine Stirn krauste sich. Potschyben konnte ihm ansehen, daß er mühsam versuchte, seine Gedanken zu ordnen, jedoch nicht sehr erfolgreich dabei war. Endlich wandte er sich an den Offizier.

»Tracs«, sagte er schwerfällig, »ich habe vergessen, wie man das Ding hier einschaltet. Weißt du es noch?«

Tracs Potschyben war erschüttert. Seit fast einem Jahr hatte ihm niemand mehr eine derartige Frage gestellt. Begann der künstlich beeinträchtigte Intellekt der Siedler von Hitschers-Pearl sich jetzt endlich zu klären?

»Tracs, wir haben nichts mehr zu essen«, sagte Atramo. »Was sollen wir tun? Die neuen Lehrer haben uns versprochen, daß der Boden uns alles geben wird, was wir benötigen, doch das Korn steht niedrig. Wir werden nichts ernten können. Nachdem die Lehrer jetzt auch den eisernen Boten getötet haben, ist auch keine Versorgungssendung mehr bei uns angekommen. Ich habe sie gewarnt. Ich habe ihnen gesagt, was passieren würde, wenn sie den Eisernen töten, aber sie haben nicht auf mich gehört. Sie haben den Blitz auf ihn geschleudert.«

Der Bürgermeister ging zu Potschyben und setzte sich ihm gegenüber. Beschwörend packte er seine Hände.

»Tracs, du hast bisher immer Rat gewußt. Hilf uns auch jetzt! Was sollen wir tun?«

Tracs Potschyben lächelte plötzlich. »Du glaubst gar nicht, Af, wie froh ich bin.«

Atramo sprang befremdet auf. »Du bist froh?«

»Komm, Af, setz dich! Du hast mich mißverstanden. Froh bin ich darüber, daß ihr allmählich aufwacht. Ihr begreift plötzlich wieder.«

»Du irrst dich«, widersprach Sal Almong, der mit schwerfälligen Bewegungen zum Tisch kam und sich ebenfalls setzte. »Wir begreifen nichts. Gestern noch war alles ganz einfach für mich. Ich habe ... Was habe ich gestern eigentlich getan? Ich weiß es nicht mehr.«

»Du hast auf der Straße gesessen und mit Kieseln gespielt.«

Almong lächelte und meinte nachdenklich: »Ja, Tracs, so etwas habe ich auch geträumt. Was aber habe ich wirklich getan?«

Potschyben seufzte. Es würde schwer sein, diesen Menschen zu erklären, was geschehen war.

»Hört zu«, begann er. »Vor zwei Tagen ist auf Hitschers-Pearl ein Raumschiff gelandet. Es steht im Süden von Rose. Es ist groß wie ein Gebirge. Seine Spitze, die aussieht wie das Dach eines Pilzes, ragt bis in die Wolken hinauf. Von diesem Schiff geht etwas aus, das die Menschen auf diesem Planeten verändert.«

»Du sprichst eine seltsame Sprache, Tracs«, wandte Atramo ein. »Bisher kannte ich dich nur als einen Mann mit besonders guten Beziehungen zu den Eisernen. Wenn wir etwas brauchten, haben wir es dir gesagt. Wenn wir dich sprechen wollten und du nicht in unserer Nähe warst, dann haben wir den Eisernen gebeten, dich zu rufen. Er hat es immer getan. Als die neuen Lehrer den Eisernen töteten, hat er dich zu Hilfe gerufen. Das alles begreifen wir. Jetzt aber sprichst du von Dingen, die ich nicht mehr verstehe. Ich erinnere mich dunkel, daß es so etwas wie Raumschiffe gibt. Woher aber weißt du, daß dieses fremde Raumschiff uns alle beeinflußt und verändert?«

»Also gut, Freunde«, sagte Potschyben. »Vor etwa elf Monaten ist zwischen den Sternen etwas geschehen, was euch alle verändert hat. Ich kann es euch jetzt nicht erklären, es wäre zu kompliziert für euch. Euer Geist stumpfte ab. Plötzlich vergaßt ihr alles, was ihr gelernt hattet. Ihr wart hilflos wie Kinder, und jemand mußte für euch sorgen.«

»Der Eiserne«, warf Atramo ein.

»Der Roboter hat auf meinen Befehl gehandelt, Af«, entgegnete Potschyben. »Ich konnte jederzeit mit ihm sprechen, wo immer ich auch war. Deshalb konnte er mich auch immer zu euch rufen. Auf Oyster, dem großen Kontinent im Osten, gibt es einen Stützpunkt der Solaren Flotte. Von dort aus habe ich euch mit Lebensmitteln versorgen lassen.«

Sal Almong rieb sich die Stirn. Er schien Kopfschmerzen zu haben. »Ich erinnere mich kaum an die Dinge, von denen du sprichst«, sagte er leise.

Ana, die Tochter des Bürgermeisters, hängte sich bei ihrem Vater ein. Sie lächelte Potschyben zu und nickte. Sie schien sich zu entsinnen.

»Das hast du alles ganz allein getan?« fragte sie. »Gibt es nicht auch noch auf den anderen Kontinenten Siedler? Wir sind doch nicht allein auf Hitschers-Pearl?«

»Auf Oyster leben 20000, auf Gray 7000, auf Yellow 8000, auf Rose 3000 und auf Red 4000 Siedler«, antwortete Potschyben. »Blue und White sind unbewohnt. Sie sind zu kalt und unwirtlich.«

»Und für alle hast du gesorgt?«

»Sicher, Sal«, erwiderte der Offizier. »Das war gar nicht so schwer, wie du es dir vorstellst. Ich hatte die Roboter, die mir helfen konnten. Im Stützpunkt gibt es so viele Versorgungsgüter, daß wir jahrelang damit auskommen könnten. Erst als der Homo superior nach Hitschers-Pearl kam, wurde es schwer für mich.«

»Du meinst die neuen Lehrer?« fragte Sal Almong. Der schwerfällige Mann öffnete sich das Hemd und rieb sich die muskulöse Brust. Ihm schien heiß zu sein, obwohl die Temperaturen draußen auf etwa fünfzehn Grad Celsius abgesunken waren und im Haus nicht geheizt wurde. »Sie haben uns immer wieder geraten, die Dosen nicht anzunehmen. Sie sagten, wir könnten sterben, wenn wir essen, was der Roboter uns brachte, aber wir wären mit Sicherheit längst gestorben, wenn wir uns nur auf die Lehrer verlassen hätten. Der Boden gibt nichts her in diesem Jahr. Wir müssen irgend etwas falsch gemacht haben, denn früher hatten wir gute Ernten.«

Potschyben lächelte bitter. Wieder strichen seine Fingerspitzen über die Narbe auf seiner linken Wange. Die Superiors hatten unermeßlichen Schaden angerichtet. In ihrer Überzeugung, daß alles irgendwann zu Aggression führen werde, hatten sie versucht, die Siedler zu Bauern mit Primitivkultur zu machen. Ihr Experiment mußte jedoch scheitern, da sie selbst viel zuwenig von der Landwirtschaft wußten. Diese zweifellos überaus intelligenten Menschen waren nicht in der Lage, ihren grundlegenden Gedankenfehler zu erkennen. Sie waren so sehr von ihrer Theorie und Philosophie überzeugt, daß sie die Realität aus den Augen verloren hatten.

»Was haben die neuen Lehrer getan?« fragte der Bürgermeister. »Haben sie dich behindert?«

»Sie haben in den letzten Monaten immer wieder das versucht, was sie auch heute wieder tun wollten. Sie haben Attentate auf mich unternommen. Sie haben versucht, den Stützpunkt zu erobern, um ihn zu zerstören.«

»Dann wußten sie, daß du in dem Stützpunkt wohnst?«

Potschyben schüttelte den Kopf.

»Nein, Af, das wußten sie nicht. Sie vermuteten es nur. Von euch haben sie erfahren, daß ich irgend etwas mit den Konservenlieferungen zu tun habe, und daraus haben sie ihre Schlüsse gezogen.«

»Dann bist du gar kein Fallensteller?« meinte Atramo.

»Natürlich nicht, Af«, erwiderte Potschyben. »Zu dieser Maskerade wurde ich nur durch die Superiors gezwungen. Wenn ich in meiner Kombination hier aufgetaucht wäre, hätte ich keine zehn Minuten mehr gelebt. Sie hätten mich sofort umgebracht.«

»Seltsam«, bemerkte Af Atramo. »Sie predigen uns immer vom Frieden und verdammen jede Aggression, aber sie selbst greifen dich an, um dich zu töten.«

Ein Mann betrat den Raum. »Potschy«, sagte er. Potschyben erkannte in ihm einen der Männer wieder, die am Stadteingang mit bunten Steinen gespielt hatten. Jetzt machte er einen ganz vernünftigen Eindruck. »Mit den neuen Lehrern ist irgend etwas passiert. Sie benehmen sich seltsam.«

Tracs Potschyben erhob sich und ging zur Tür. Er blickte nach draußen. Ein Prallgleiter schwebte neben dem Brunnen. Ein mit einer Toga bekleideter Mann, der unschwer als Homo superior zu erkennen war, saß in dem Fluggerät. Er suchte unsicher an dem Armaturenpult herum und schien nicht mehr zu wissen, wie er den Gleiter lenken konnte.

Potschyben verließ das Haus und ging auf den Prallgleiter zu. Er beobachtete den Superior. Je näher er kam, desto klarer wurde das Bild.

Verwirrt blickte ihn der Homo superior an. Er machte durchaus keinen verdummten Eindruck, schien jedoch auch nicht mehr so überragend intelligent wie vorher zu sein.

Der Offizier fiel ihm sofort auf. Er blickte ihn an.

»Sie sind Potschy«, stellte er fest. »Tracs Potschyben, der Fallensteller.«

»So ist es«, entgegnete Potschyben. »Und Sie sind ein Lehrer.«

»Das ist richtig.« Der Superior lehnte sich in seinem Sessel zurück. Er schien nach Worten zu suchen. Beunruhigt und nervös sah er sich nach den Bewohnern Roseatas um, die in seinem Rücken standen. Potschyben kam er vor wie ein Mann, der inmitten einer eleganten Gesellschaft plötzlich entdeckt, daß er unpassend gekleidet ist. Lächelnd stützte er seine Hände auf die Seitentür des Gleiters und beugte sich durch das offene Fenster hinein.

»Ist mit dem Ding etwas nicht in Ordnung?« fragte er.

Der Homo superior schaute lange hilflos auf die Armaturen. Dann schien er sich zu erinnern. Er griff nach den richtigen Hebeln, legte die Finger auf die richtigen Knöpfe und bediente sie, nachdem er kurz gezögert hatte. Der Gleiter bewegte sich, schwebte durch die zurückweichende Menge auf das zerstörte Haus zu, schwenkte dann jedoch nach Westen ab und verschwand mit mäßiger Beschleunigung.

Sal Almong räusperte sich. »Seltsam«, sagte er in der für ihn typischen, schwerfälligen Weise, »ich hatte den Eindruck, als wüßte der Lehrer nicht mehr, wie er das Teufelsding steuern muß.«

»Du wirst dich geirrt haben, Sal.«

Hartnäckig schüttelte der junge Mann den Kopf.

»Mir kommt es vor, als wäre ich in den letzten Stunden etwas klarer im Kopf geworden«, entgegnete er. »Zugleich aber habe ich den Eindruck, als wäre bei den Lehrern genau das Umgekehrte passiert.«

»Sie kommen dir nur weniger klug vor, weil du selbst etwas besser denken kannst«, sagte Potschyben. Er lächelte, während er den Freund genau beobachtete. Er hatte sich nicht getäuscht. Der Verdummungsprozeß hatte sich umgekehrt. Die Bewohner von Roseata erholten sich wieder. Der Fortschritt war bereits beträchtlich, wenngleich der frühere Intelligenzgrad bei weitem noch nicht wieder erreicht war.

Einer plötzlichen Eingebung folgend, sagte er: »Sal, willst du mich begleiten?«

»Wohin, Tracs?«

»Ja, wohin?« erkundigte sich auch Af Atramo. »Ich würde auch ganz gern mit dir kommen.«

»Du wirst hier gebraucht, Af«, sagte Potschyben. »Du mußt dich um die Stadt kümmern. Sal aber war früher einmal Reaktoringenieur. Er kann hier im Augenblick doch nicht viel tun.«

»Du erzählst viele Geschichten, die man nicht begreifen kann«, erklärte Almong. »Nun, mir ist das egal. Ich gehe mit dir.«

Sie liefen eine Stunde lang durch den Wald und näherten sich der Küste des Kontinents dabei immer mehr. Die beiden Männer wechselten nur wenige belanglose Worte miteinander, doch Potschyben spürte, daß die Neugierde des Freundes immer mehr anstieg. Erinnerte Sal Almong sich an seine frühere Tätigkeit, bei der er ständig unterwegs war, um die Reaktoren auf den fünf besiedelten Kontinenten von Hitschers-Pearl zu warten? Er war oft in den Stützpunkt gekommen, um sich dort wichtige Ersatzteile zu besorgen. So hatten sie sich kennen- und schätzengelernt.

Potschyben testete ihn mit einigen Fragen, die Almong nur hätte beantworten können, wenn er sich an die Zeit vor dem Verdummungsprozeß hätte erinnern können. Er wurde enttäuscht.

Nach einer Stunde durchquerten sie eine Schlucht. Sie kletterten über einen Wildbach hinweg und betraten eine Felshöhle, deren Eingang durch herabhängende Lianen weitgehend verdeckt wurde. Staunend blieb Sal Almong stehen. In der Höhle parkte ein geräumiger Antigravgleiter. Potschyben ließ die Transparentkuppel zurückfahren, legte die zerfetzte Kleidung ab und zog die Sachen an, die er auf den Sitz gelegt hatte. Wenig später stand er in dunkelblauer Uniform vor Almong. Auf seiner rechten Schulter blitzten einige Metallabzeichen. Ein brauner Gürtel schlang sich um seine Taille. Der Offizier befestigte einen Energiestrahler, der in einem Halfter steckte, am Gürtel. Dann nickte er Sal Almong zu und lächelte.

»Erinnerst du dich jetzt, Sal?« fragte er.

Der Freund schüttelte den Kopf.

»Ich weiß, daß du immer noch derselbe Mann bist«, antwortete er, »und ich weiß, daß ich keine Angst vor dir zu haben brauche, aber du bist ein Fremder für mich geworden.«

»Komm, steig ein!«

Er ließ die Fetzen, die er in seiner Rolle als Fallensteller getragen hatte, auf dem Boden liegen und setzte sich hinter das Steuer. Sal Almong glitt zögernd auf den Sitz an seiner Seite. Er verkrampfte sich etwas, als die Aggregate ansprangen und der Gleiter sich vom Boden erhob, um die Höhle zu verlassen. Die Lianen wichen zur Seite. Der Gleiter beschleunigte und stieg zugleich steil an. Sekunden später schon schwebten sie in mehreren hundert Metern Höhe über den Felsen. Sal Almong blickte fasziniert zu den Klippen hinüber. Obwohl nur ein mäßiger Wind wehte, gingen die Wellen sehr hoch, um dann in den bizarren Felsen am Ufer zu schäumender Gischt zu explodieren.

Tracs Potschyben flog eine leichte Kurve und ging dann auf Südkurs. Er sagte kein Wort, als der Gleiter mit hoher Geschwindigkeit auf den Ozean hinausschoß, doch er beobachtete den Mann neben sich sehr genau. Die Küste wich hier weit nach Westen zurück, schob sich aber südlich von ihnen wieder weit nach Osten vor. Dort an der Spitze der Felsenküste ragte ein gewaltiges Gebilde bis zu den Wolken empor, ein blaßgrauer Pilz von unübersehbaren Dimensionen.

Sal Almong griff nach seinem Arm. »Tracs, was ist das?« fragte er.

»Das ist ein Raumschiff«, erklärte er. »Es ist vor zwei Tagen dort gelandet. Seitdem scheint sich einiges auf Hitschers-Pearl verändert zu haben.«

Sal Almong griff sich an den Kopf.

»Du meinst, es hat etwas mit uns zu tun?« Er blickte Potschyben an, und seine Augen weiteten sich. »Warum wirst du nicht davon beeinflußt, Tracs? Bist du wie die neuen Lehrer?«

»Ein Homo superior?« Er schüttelte den Kopf, während seine Fingerspitzen wieder über die Narbe auf seiner linken Wange tasteten. »Nein, Sal, ich bin mentalstabilisiert. Die Strahlung ist wirkungslos bei mir. Ich vermute, daß das mit meiner Schußverletzung in Zusammenhang steht.«

Oberstleutnant Potschyben drückte den Antigravgleiter tiefer hinunter, bis sie dicht über den Wellen flogen. Zugleich näherte er sich der Küste. Je mehr die Entfernung zu dem pilzförmigen Raumschiff zusammenschmolz, desto überwältigender wurde der Eindruck. Sal Almong klammerte sich an den Sitz. Er schien sich zu fürchten.

Als sie die Küste erreichten, ließ Potschyben den Gleiter auf den Boden sinken. Er stieg aus. Almong folgte ihm. Sie schritten über grasbewachsene Hügel hinweg auf das Raumschiff zu. Es ragte fünftausend Meter in die Höhe und machte den Eindruck, als müsse es unter der Last des riesigen Pilzdaches zusammenbrechen. Das Dach hatte an seiner unteren Seite einen Durchmesser von über siebentausend Metern, so daß es gegen den Stiel, der an seiner Wurzel immerhin zweitausend Meter durchmaß, erdrückend wirkte.

Zwischen einigen Bäumen blieben die beiden Männer stehen und blickten zu dem Pilz hinüber. Sal Almong begann zu zittern, dann fluchte er.

»Gibt es nichts, Tracs, womit wir dieses Ungeheuer zerschmettern können?« fragte er heiser. »Gibt es keine Waffen, die wir gegen dieses Ding richten können, um es von unserer Welt zu vertreiben?«

Er schüttelte Potschyben an den Schultern.

»Tracs!« schrie er. »Du hast uns Konserven gegeben, um uns am Leben zu erhalten. Wenn es überhaupt noch Menschen auf Hitschers-Pearl gibt, dann nur deshalb, weil du sie versorgt hast. Nun gib uns Waffen, Tracs! Gib uns etwas in die Hand, mit dem wir dieses Ungeheuer zum Teufel jagen können. Ich weiß, daß du uns die Waffen geben kannst, die wir benötigen.«

Tracs Potschyben schüttelte den Kopf. Er sah plötzlich müde und alt aus.

»Nichts weißt du«, entgegnete er, »sonst würdest du keine so unsinnigen Forderungen stellen.«

Sal Almong drehte sich um und drückte die Stirn gegen die Rinde eines Baumes.

»Du hast viel für uns getan, Tracs«, sagte er. »Verrate uns jetzt nicht. Hilf uns auch jetzt.«

Als er sich umdrehte, waren seine Augen feucht von Tränen. Tracs Potschyben wich seinen Blicken aus. Er senkte den Kopf. Wieder mußte er an die vergangenen Monate denken, als das Verhängnis über diesen Planeten gekommen war. Hilflos hatte er mit ansehen müssen, wie eine aufblühende Kultur über Nacht zusammenbrach, wie Männer und Frauen plötzlich zu Kindern wurden, nachdem sie drei Jahrzehnte lang daran gearbeitet hatten, ihre Welt zu erschließen.

Er mußte daran denken, wie ihm Ana an jenem Morgen begegnet war. Am Abend zuvor war sie jenes ungewöhnlich intelligente Mädchen gewesen, das immer wieder die geistige Auseinandersetzung mit ihm gesucht hatte. Am nächsten Morgen war sie ein Kind mit einem Wortschatz von nicht mehr als fünfzig Worten gewesen. Er hatte nicht gewagt, sie allein zu lassen, während er verzweifelt nach anderen Siedlern gesucht hatte. Zunächst hatte er gefürchtet, sie sei schwachsinnig geworden, dann war er jedoch mehr und mehr Männern und Frauen begegnet, und er hatte begreifen müssen, daß er mit 42000 verdummten Siedlern allein auf Hitschers-Pearl war.

Er hatte Tag und Nacht gearbeitet, um diese Menschen zu versorgen. Sie waren wie Kinder gewesen, die man ständig überwachen mußte. Nichts hatten sie ohne seine Hilfe tun können. Er hatte ihnen zeigen müssen, wie man eine Konservendose öffnet, wie man Speisen zubereitet. Er hatte Roboter über die Kontinente verteilt und dennoch ständig Hilfe, vor allem medizinischer Art, leisten müssen. Er wußte jetzt nicht mehr genau, wie viele Entbindungen er hatte machen müssen, weil die Frauen sich plötzlich vor den Robotern gefürchtet und ihre Hilfe abgelehnt hatten.

Doch irgendwie hatte er seine Aufgabe immer wieder bewältigen können. Irgendwie hatte er es immer geschafft, weil die Kraftwerke immer noch Strom geliefert hatten und weil die Haushalte noch immer funktionsfähig geblieben waren.

Dann aber waren die Superiors nach Hitschers-Pearl gekommen und hatten alles viel schlimmer gemacht. Sie waren zu einer Zeit auf dieser Welt erschienen, als er geglaubt hatte, die Situation gemeistert zu haben. Sie hatten sofort damit begonnen, die Siedler umzuerziehen, und versucht, naturgebundene Menschen aus ihnen zu machen. Eine ihrer ersten Maßnahmen war gewesen, die Reaktoren auszuschalten oder zu zerstören.

Von da an verschlechterte sich die Situation der Siedler von Woche zu Woche, obwohl er alle technischen Möglichkeiten des Stützpunktes nutzte, um ihnen zu helfen, und obwohl er sich selbst keine Ruhe mehr gönnte. Er hatte nicht mehr offen auftreten können, sondern mußte in die unverdächtige Rolle eines Fallenstellers schlüpfen, um unbehelligt zu bleiben.

In den letzten Wochen schienen ihm die Superiors jedoch nicht mehr zu glauben, daß auch er verdummt war. Immer wieder hatten sie versucht, ihn zu töten oder ihm zum Stützpunkt zu folgen.

Trotz aller Schwierigkeiten war es ihm gelungen, die Siedler am Leben zu erhalten und den Stützpunkt zu verteidigen. Die Lage war noch nicht aussichtslos gewesen, doch jetzt war das Pilzraumschiff gelandet. Die Situation hatte sich abermals verändert.

»Tracs«, flüsterte Sal Almong beschwörend, »du darfst uns jetzt nicht verlassen. Gib uns, was wir brauchen, um das Ding da zu vernichten oder zu vertreiben. Bitte, Tracs!«

Potschyben blickte den Freund an. Er fühlte, wie erschöpft er war und wieviel Kraft die letzten Monate gekostet hatten. Irgendwann brauchte er einmal eine Atempause, um nicht unter der Last der Verantwortung zusammenzubrechen.

Er konnte nicht endlos so weitermachen wie bisher.

Er drehte sich um und sah zum Raumschiff der Fremden hinüber. Er wußte nicht, was er tun sollte.

2.

Sie gingen noch dichter an den Pilz heran, so daß Potschyben die Veränderung deutlich erkennen konnte, die in den letzten beiden Tagen vorgenommen worden waren. Vom Stiel zweigten jetzt zahlreiche Stränge ab, die im Boden verankert waren, um dem Schiff mehr Halt zu geben. An der Unterseite des Pilzhutes waren mehrere kreisrunde Öffnungen entstanden.

Sie leuchteten flamingorot. Potschyben schätzte, daß jede einen Durchmesser von wenigstens sechshundert Metern hatte.

Sal Almong lag neben dem Offizier auf dem Boden. Sie verbargen sich auf der Kuppe eines Hügels zwischen einigen Felsen. Almong krallte seine Finger in den Arm Potschybens, als aus den roten Öffnungen Energien herausschossen, auf einige Felsbrocken in der näheren Umgebung des Pilzes trafen und diese in flüssige Glut verwandelten. Der Boden in der Umgebung des Raumschiffes war nahezu völlig eingeebnet worden, seitdem der Offizier zuletzt hiergewesen war.

»Seltsam«, meinte Potschyben, »als ich zuletzt hier war, wimmelte es von fremdartigen Gestalten. Jetzt ist alles leer. Sie scheinen sich ins Schiff zurückgezogen zu haben.«

»Was für Gestalten waren das?« fragte Sal Almong.

»Ich habe sie Absolut-Schalter genannt«, antwortete der Offizier. Daß ein Mann namens Sandal Tolk sie an anderer Stelle »Schwarminstallateure« getauft hatte, konnte er nicht wissen. Er erhob sich und entfernte sich zusammen mit seinem Begleiter. Er schien sehr nachdenklich zu sein. Nach einigen Schritten drehte er sich um und blickte zum Pilz zurück. Er verengte die Augen und schüttelte dann ratlos den Kopf. »Ich begreife das alles nicht.«

Sal Almong mußte sich beeilen, ihm folgen zu können, als Potschyben zum Gleiter zurückging. Zögernd stieg er auf den Nebensitz.

»Was hast du vor, Tracs?«

»Wir fliegen jetzt zum Stützpunkt.«

Der Gleiter startete und flog nach Osten. Schnell versank Rose hinter ihnen. Es begann zu regnen, und dichter Dunst hüllte den Pilz ein. Almong fröstelte, obwohl es im Gleiter warm und gemütlich war. Staunend beobachtete er die Küste, die bald vor ihnen auftauchte, und er blickte überrascht auf das schöne Land hinab, das sich unter ihnen erstreckte. Dieser Kontinent kam ihm noch reizvoller vor als Rose. Flache Berge wechselten mit licht bewaldeten Ebenen und weit verstreut liegenden Seen. Der Herbst hatte das Laub gefärbt, so daß es ihm vorkam, als flögen sie über einen Teppich aus vielen verschiedenen Farben hinweg. Immer wieder entdeckte er Herden von antilopenartigen Tieren und Schwärme von bunten Vögeln, die erschreckt flohen, wenn der Gleiter über sie hinwegrauschte. Nur sehr selten einmal konnte er eine Siedlung sehen. Die Häuser der Farmen waren verlassen.

»Ich habe die Siedler alle im Norden und Süden von Oyster zusammengezogen«, erläuterte Potschyben. »Nur so konnte ich sie versorgen. Ich mußte Ballungsräume schaffen, um die Übersicht behalten zu können.«

Sal Almong nickte. »Du hast alles getan, um uns am Leben zu erhalten«, sagte er. »Jetzt hast du die Möglichkeit, deine Bemühungen zu einem vernünftigen Abschluß zu bringen.«

Potschyben blickte den Freund überrascht an. »Wie meinst du das, Sal?«

»Du hast gesagt, daß wir und die neuen Lehrer verändert wurden, seitdem der Pilz auf Rose steht. Unser Intelligenzgrad ist beeinflußt worden.«

»Das ist richtig.«

»Der Pilz ist also der Ursprung der Veränderung. Wenn wir ihn zerstören, dann werden wir wieder frei sein. Dann ist alles wieder so, wie es vor einem Jahr war.«

Tracs Potschyben wies nach vorn. »Da ist der Stützpunkt«, sagte er dann.

Wie eine gläserne Glocke von gigantischen Ausmaßen erhob sich ein Energieschirm aus der Ebene. Er reichte bis an die Wolken. Dahinter erkannte Almong den Ozean. Der Stützpunkt war also ebenso wie der Pilz an der Ostküste eines Kontinents errichtet worden. Der Energieschirm ließ zahlreiche Einzelheiten des Stützpunktes erkennen. Almong sah riesenhafte Maschinen und Gerüste. Einige Gebäude waren so groß, daß er sie kaum übersehen konnte.

Tracs Potschyben steuerte den Gleiter direkt auf den Energieschirm zu. Als sie sich ihm bis auf wenige Meter genähert hatten, entstand plötzlich ein Riß in dem schimmernden Gebilde. Der Offizier lenkte sein Fahrzeug durch die Strukturlücke hindurch und ließ es dann hinter einem langgestreckten Gebäude zu Boden gleiten.

Sal Almong blieb auf dem Nebensitz. Lächelnd beugte sich Potschyben zu ihm hinüber und stieß ihn an.

»Nun, Sal, was ist? Willst du nicht aussteigen?«

»Tracs – ist dies der Stützpunkt, von dem du gesprochen hast?«

Der Offizier nickte. Almong war verwirrt. Seine Stirn war schweißbedeckt. Geradezu furchtsam blickte er sich um.

»Ich hatte ihn mir ganz anders vorgestellt. Nicht so groß und nicht so fremdartig. Dies hier sieht nicht weniger bedrohlich aus als der Pilz.«

Tracs Potschyben lachte.

»Mit dem Unterschied, daß dies ein Stützpunkt der Solaren Flotte ist, Freund – also unser Werkzeug und nicht das der Fremden.« Er ging um den Gleiter herum und war Almong beim Aussteigen behilflich.

»Wer ist noch hier außer dir, Tracs?«

»Niemand, Sal. Ich bin ganz allein.«

Die Nachricht, daß ein einzelner Mann Herr eines so gigantischen Komplexes sein sollte, ging über das Fassungsvermögen des Ingenieurs. Immer wieder schüttelte er den Kopf, während Potschyben ihn zu einem Gebäude führte. Immer wieder blieb Sal stehen und blickte sich um, und es schien, als ließen die mächtigen Gerüste und Maschinen, die sich ringsherum bis in mehrere hundert Meter Höhe erhoben, seine Furcht wachsen.

»Ich begreife das alles nicht, Tracs. Wozu ist dieser Stützpunkt da?«

»Dies ist eine vollautomatische Raumschiffswerft, Sal. Hier können sogar die größten Schiffe der Solaren Flotte repariert werden.« Das Gesicht Potschybens verdüsterte sich. »Aber es werden wohl keine Schiffe mehr kommen. In den letzten Monaten habe ich nur Notrufe gehört. Es scheint niemanden mehr zu geben, der noch ein Raumschiff lenken kann.«

Sal Almong blieb stehen. Er blickte den großen Mann an seiner Seite an. Das scharfgeschnittene Gesicht Potschybens spiegelte die innere Verfassung dieses Mannes wider.

»Und wer bist du, Tracs?«

»Ich bin Rüstmeister, Sal.«

»Dann bist du der Herr dieses Stützpunktes.«

»Ja.«

»Und warum verwendest du nicht all deine Macht, um diesen Pilz zu vernichten und uns alle wieder normal zu machen? Warum verschwendest du deine Kraft damit, uns mit Lebensmitteln und anderen Ausrüstungsgegenständen zu versorgen, anstatt das Übel an der Wurzel zu packen und die Ursache für unsere geminderte Intelligenz zu beseitigen?«

Durch eine schier unbegreifliche Wunderwelt waren sie in einen Raum gekommen, den der Rüstmeister »Überwachungszentrale« nannte. Sal Almong glaubte, in eine Traumwelt geraten zu sein. Was auch immer ihm hier begegnet war, alles schien dafür dazusein, ihm das Leben zu erleichtern und bequemer zu machen. Hier brauchte er kaum noch zu gehen – der Fußboden rollte mit ihm davon. Er brauchte keine Treppen zu steigen, denn unsichtbare Kräfte trugen ihn, wohin er wollte.

Tracs Potschyben hatte ihn genau beobachtet. Sal Almong hatte es bemerkt, und er hatte sich Mühe gegeben, den Offizier nicht zu enttäuschen, dennoch schien dieser nicht ganz zufrieden zu sein.

Jetzt saß er vor einer Bildwand. Seine Finger glitten leicht und schnell über die Tasten eines Programmierpultes, und die dreidimensionalen Bilder vor ihm wechselten ständig. Um den Freund nicht durch Fragen, die seine Unwissenheit verrieten, zu enttäuschen, schwieg Sal Almong, aber er beobachtete genau, was vorging.

Gerade jetzt erschien das pilzförmige Raumschiff vor ihm, aber es sah noch nicht so aus, wie er es vor kaum einer Stunde gesehen hatte. Unzählige fremdartige Gestalten strömten aus Öffnungen am Fuße des Stieles heraus.

»Die Absolut-Schalter«, erklärte Potschyben, doch Almong verstand ihn nicht.

Die Fremden hatten einen zylinderförmigen Körper mit auffälligen Ausbuchtungen und einer verwirrend hohen Zahl von Armen und Beinen. Ihre dunkelbraune Haut sah lederartig und sehr fest aus. Almong hörte schrille, fast kreischende Stimmen, und während diese Wesen mit der äußerlichen Veränderung des Pilzes begannen, glaubte er sie rufen zu hören. Er beugte sich vor, um die Rufe besser verstehen zu können, doch der Rüstmeister schaltete schon wieder um. Almong glaubte so etwas wie *»Y'Xanthomonary«* verstanden zu haben, und ihm schien, als sei dieser Ruf immer wieder wiederholt worden; aber er war sich dessen nicht sicher.

Die weiteren Bilder, die Potschyben sich ansah, schienen zu einem späteren Zeitpunkt aufgenommen worden zu sein, denn bei jedem Bild waren die Arbeiten weiter fortgeschritten. Endlich zogen sich die Absolut-Schalter wieder in den Pilz zurück.

Almong wollte eine Frage stellen, doch Potschyben schaltete schon wieder um. Dann beugte er sich erregt vor. Staunend beobachtete Almong, daß sich die Bilder wieder zurückbewegten. Aus den Wolken senkte sich eine flache Scheibe herab und drückte sich oben auf den Pilz, dann löste sie sich sogleich wieder und schwebte davon. Potschyben schwenkte seinen Sessel herum und blickte Almong lächelnd an.

»Einige der Fremden scheinen Hitschers-Pearl schon wieder verlassen zu haben. Das Raumschiff stieg genau zu dem Zeitpunkt auf, als ich Roseata betrat und die Superiors einen Anschlag auf mich versuchten. Genau zu diesem Zeitpunkt, Sal, ist etwas geschehen.«

Er sprang auf und ging an dem Kontrollpult entlang, um schließlich in einem anderen Sessel Platz zu nehmen. Wieder begann er zu schalten. Almong war ihm gefolgt. Er sah, daß Potschyben zu lächeln begann.

»Die Gravitationskonstante der Galaxis ist erneut verändert worden, Sal«, sagte der Rüstmeister. »Diese Geräte hier zeigen mir eine Abweichung von 132,6583 Millikalup an.«

»Der Pilz ist dafür verantwortlich?« fragte Almong. »Und geschah das wirklich genau zu der Zeit, als du zu uns nach Roseata kamst?«

Potschyben nickte. Er legte dem verwirrten Freund den Arm um die Schultern und führte ihn hinaus. Sie betraten die privaten Räume des Rüstmeisters. Almong bemerkte einen Roboter, der damit beschäftigt war, ein warmes Essen auf den Tisch zu bringen. Er blieb stehen, blickte Potschyben an und schüttelte erneut den Kopf.

»Du hast jetzt also den endgültigen Beweis, Tracs«, sagte er. »Warum, zum Teufel, zögerst du immer noch?«

»Komm, Sal, iß erst einmal etwas! Danach reden wir weiter.«

»Ich dachte, wir wollten vernünftig miteinander reden«, sagte Sal Almong, »statt dessen legst du mich unter dieses verrückte Ding und fragst mich tausend noch verrücktere Dinge. Was soll das alles, Tracs?«

Oberstleutnant Potschyben blickte den Freund an und sagte: »Du wirst jetzt einen Einstich verspüren, Sal. Es ist nicht schlimm.«

Sal Almong lag auf einem Untersuchungstisch. Eine Haube umspannte seinen Kopf, so daß nur noch das Gesicht frei blieb. Wenn er die Augen weit genug verdrehte, konnte Sal Almong einen Teil der mit Instrumenten und Anzeigetafeln bedeckten Anlage sehen, an der Potschyben arbeitete. Er spürte, daß sich ihm etwas durch die Kopfhaut bohrte, und verlor im selben Augenblick das Bewußtsein. Ihm schien jedoch, als sei nur ein Moment vergangen. Als er jedoch merkte, daß er in einem Sessel saß und sich in einem ganz anderen Raum als vorher befand, wußte er, daß er sich geirrt hatte. Der Oberstleutnant saß ihm gegenüber und trank eine Tasse Kaffee.

»Du siehst zufrieden aus, Tracs«, stellte Almong verärgert fest. »Ich bin es nicht – falls dich das interessiert.«

»Ich bin wirklich zufrieden, Sal«, erwiderte Potschyben. »Ich habe mir erlaubt, einige Tests mit dir zu machen. Sie sind ermutigend ausgefallen. Die ursprünglichen Auswirkungen der veränderten Gravitationsmerkmale sind weitgehend abgeklungen. Deine Auffassungsgabe ist sehr stark angestiegen und entspricht etwa der der Menschen aus dem Jahre 1800 der terranischen Zeitrechnung.«

Sal Almong war interessiert. Er schien keineswegs durch die Feststellung des Rüstmeisters beleidigt zu sein, sondern faßte seinen augenblicklichen Zustand als eine Krankheit auf. Er fühlte sich auf dem Wege der Besserung.

»Welche Schlüsse ziehst du daraus, Tracs?« fragte er.

»Wir sollten es versuchen«, entgegnete Potschyben. »Meine bisherigen Eindrücke bestätigen mir, daß die Aussichten gar nicht so schlecht sind. Wir werden noch einen weiteren Versuch machen, Sal, wenn du willst.«

»Was für einen Versuch?«

»Komm!«

Potschyben erhob sich und ging auf eine Tür zu. Sie öffnete sich vor ihm, und er ging hindurch. Almong, der fürchtete, sie könne sich sofort wieder schließen, eilte hinter dem Rüstmeister her. Potschyben durchquerte eine mit Geräten gefüllte Halle und trat dann auf einen Gleiterlandeplatz hinaus. Er ging zu dem Fahrzeug, das hier geparkt war, und nahm einen Energiestrahler heraus. Mit dieser Waffe in der Hand wandte er sich dem Freund zu.

»Die Aufgabe, die ich dir stelle, ist einfach«, erklärte er und zeigte zu einem Gerüst hinüber, das sich unmittelbar am Energieschirm erhob. »Dort drüben steht eine Metallplatte. Ich habe sie von einem Roboter für dich aufstellen lassen. Du sollst sie mit diesem Strahler treffen.«

Almong nahm die Waffe scheu entgegen. Aufmerksam hörte er zu, als Potschyben ihm ihre Funktion erklärte. Dann hob er sie an die Schulter, zielte und schoß. Ein sonnenheller Energiestrahl zuckte aus dem Abstrahlfeld zu der Metallplatte hinüber und verwandelte sie in auseinanderspritzende Gluttropfen.

Almong erschrak, er ließ die Waffe jedoch nicht fallen.

»Du lernst wirklich schnell, Sal«, stellte Potschyben fest. Er verwikkelte den Freund in ein Gespräch und ließ sich erklären, was in Roseata vorgefallen war. Almong hatte nur eine lückenhafte Erinnerung an die Ereignisse der letzten Tage, aber er bemühte sich angestrengt, so genau wie nur möglich zu berichten. Er merkte nicht, daß der Oberstleutnant ihn testete, indem er ihn von der Waffe ablenkte.

Nach etwa zehn Minuten forderte Potschyben ihn zu einem zweiten Schuß auf. Almong war verwirrt. Schwitzend versuchte er, sich auf die Waffe zu konzentrieren. Mehrmals setzte er sie an die Schulter, war sich seiner Sache dann jedoch noch immer nicht sicher. Schließlich glaubte er, sich an alles erinnert zu haben, was der Freund ihm gesagt hatte. Er zielte und schoß.

Tracs Potschyben lächelte hoffnungsvoll. Mit geradezu feierlicher Geste gab ihm Almong den Strahler zurück. Forschend blickte er ihn an. Potschyben nickte ihm zu.

»Gut, Sal«, sagte er. »Hilfe von außen haben wir nicht zu erwarten. Wir sind ganz auf uns allein gestellt. Wir werden es versuchen. Wir werden den Pilz angreifen.«

»Und wir werden ihn vernichten, Tracs. Mit diesen Waffen schießen wir ihn zusammen.«

»Das wollen wir hoffen, Sal.«

Die Entscheidung war gefallen. Tracs Potschyben war entschlossen, den Kampf gegen das fremde Raumschiff aufzunehmen. Er war überzeugt davon, daß er es mit Hilfe der Siedler besiegen konnte.

Er ließ Sal Almong mit einem Roboter allein, nachdem er diesem den Befehl gegeben hatte, dem Siedler zu erklären, wie er einen Gleiter steuern konnte. Er selbst begann, einen Angriffsplan gegen den Pilz auszuarbeiten und ihn mit Hilfe der positronischen Rechenanlagen zu überprüfen. Er hatte ein Problem, von dem er Sal Almong noch nichts gesagt hatte, weil er nicht erwarten konnte, daß der es verstand.

Unmittelbar vor Beginn der Katastrophe waren ein Ultraschlachtschiff und vier Leichte Kreuzer von den vollautomatischen Anlagen der Raumschiffswerft generalüberholt und zum Teil auch repariert worden. Potschyben hatte sämtliche schweren Waffen ausliefern müssen. Der Stützpunkt war nun geschwächt. Normalerweise spielte das keine Rolle, doch jetzt wirkte sich diese Tatsache verhängnisvoll aus, da keinerlei Nachlieferungen eingetroffen waren.

Potschyben kam zu dem Ergebnis, daß der Pilz mit den verfügbaren Waffen nicht zur Explosion gebracht werden konnte. Der Computer empfahl als sicherste Vernichtungstaktik, den Stiel des Pilzes anzuschneiden, um das Raumschiff dadurch umzustürzen.

Er verließ den Saal, in dem er gearbeitet hatte, und trat auf eine Terrasse hinaus. Er atmete die kühle Luft ein. Die Sonne stand tief am Horizont. Unwillkürlich blickte er auf sein Chronometer. Es zeigte den 15. November 3441 Erdzeit an. Er fragte sich, wie es zu dieser Stunde auf der Erde aussehen mochte. Seit Monaten hatte er keinerlei Verbindung mit der Erde mehr gehabt. Doch die Notrufe, die aus allen Teilen der Galaxis einliefen, hatten ihm gezeigt, daß die Katastrophe nicht nur Hitschers-Pearl getroffen hatte. Lange hatte er gehofft, von außen Hilfe zu bekommen, aber er war allein geblieben. 24313 Lichtjahre trennten ihn von der Erde, und ihm schien jetzt, als sei er der einzige Mensch zwischen diesen beiden so ähnlichen Planeten, der nicht von der Veränderung der Gravitationskonstante beeinträchtigt worden war.

Die Sonne Ynakcho wurde von einer Wolkenbank verdunkelt, doch ihr Licht strahlte sternenförmig über ihre Ränder hinaus.

Dieser Planet war der Erde tatsächlich sehr ähnlich. Seine Gravitation kam mit 0,99 g der des Heimatplaneten sehr nahe. Seine Rotation betrug 25,01 Stunden, und auch der Durchmesser wich mit 11916 Kilometern nur wenig von dem der Erde ab.

Potschyben wollte diesen Planeten der Erde erhalten, und er wollte die Rechte der Siedler bewahren. In drei Jahrzehnten mühevoller Arbeit hatten sie sich ihr Paradies geschaffen.

War die Feuerkraft, die er den Siedlern übergeben konnte, aber wirklich ausreichend, um das Raumschiff zu zerstören?

Potschyben war aufgeregt. Eben noch schien alles klar gewesen zu sein, jetzt begann er wieder zu zweifeln, ob er das hohe Risiko eingehen durfte.

Zum erstenmal seit Beginn der Katastrophe wünschte er sich einen gleichwertigen Partner, mit dem er hätte diskutieren können. Mehr denn je bedauerte er, daß Almong trotz aller Steigerungen seiner Intelligenz noch weit von seinem früheren Niveau entfernt war.

Diese Welt sah friedlich aus. Wie schon oft, so hatte er auch jetzt das Gefühl, allein auf ihr zu sein. Er hätte nichts dagegen einzuwenden gehabt, wenn es tatsächlich so gewesen wäre. Dann hätte er keine Minute länger gezögert – sofern er überhaupt eine Möglichkeit gehabt hätte, den Gegner zu bekämpfen. Eine Niederlage hätte kaum mehr als Material gekostet.

Er hörte Schritte nahen und drehte sich um. Ein Roboter kam auf ihn zu und teilte ihm mit, daß in Totschan, der Siedlung der Superiors Unruhe entstanden war. Die Vertreter des Homo superior auf dieser Welt schienen sich nicht mehr ganz so einig zu sein wie vorher.

Ana Atramo drehte sich überrascht um, als sie angesprochen wurde.

»Tschehars«, sagte sie. »Was kann ich für Sie tun?«

»Komm mit!« befahl der Lehrer.

Toscha Tschehars trug eine blaßblaue Kombination mit einem weißen Gürtel. Er wirkte in dieser Kleidung viel wuchtiger und kräftiger als in dem togaähnlichen Umhang, den er meistens zu tragen pflegte. Ein Schal schützte seinen Hals vor der abendlichen Kühle.

»Ich will nur meinem Vater Bescheid sagen«, erwiderte sie, »dann komme ich mit Ihnen.«

»Du kommst sofort mit mir.«

Sie setzte folgsam den Eimer ab, mit dem sie Wasser aus dem Brunnen hatte holen wollen, und ging hinter dem neuen Lehrer her. Es war nicht weit. Hinter einem Haus am Rand des Platzes wartete ein Gleiter auf sie. Zögernd setzte sich Ana auf den Sitz, und sie beobachtete staunend, wie der Lehrer die Instrumente bediente. Sie lächelte, als das Flugaggregat sich in die Luft erhob und über die Häuser von Roseata hinwegflog.

Der Flug dauerte nicht lange. Als sie den Alfafluß überquert hatten, der die Stadt vom Norden des Landes abtrennte, landete der Lehrer in einem hügeligen Gebiet. Ana sah mehrere Häuser, die sich äußerlich nicht von denen in Roseata unterschieden. Überrascht stellte sie fest, daß die Lehrer keineswegs besser wohnten als die Bewohner von Roseata.

»Das ist sie«, erklärte Tschehars, als zwei andere Lehrer zu ihnen kamen. Ana begrüßte sie höflich. Sie begriff kaum etwas von dem, was die Männer besprachen. Sie wurde nicht beachtet und interessierte sich auch nicht für das Gespräch. Aufmerksam wurde sie erst, als weitere Lehrer hinzukamen und hitzig zu diskutieren begannen. Die Männer, die sich immer so friedlich gegeben hatten, wurden immer erregter. Schließlich standen sie sich mit erhobenen Fäusten gegenüber. Tschehars stellte sich in ihre Mitte und bemühte sich, sie zu besänftigen.

»Was hat es für einen Sinn, wenn wir uns zerstreiten?« fragte er. »Wir sind uns doch darüber einig, daß wir unser Ziel auf diesem Planeten nur dann erreichen können, wenn wir den Stützpunkt beseitigen. Gelingt es uns nicht, den Energieschirm zu durchbrechen, dann wird es in den nächsten Wochen noch sehr viele Opfer geben. Was also bedeutet ein Menschenleben, wenn wir dadurch viele andere retten können? Wir haben uns für diesen Trick entschieden, und wir sollten jetzt auch dabei bleiben.«

»Auf jeden Fall dürfen wir niemanden von uns gefährden. Jedes unserer Leben ist hundertmal mehr wert als das der Aggressiven.«

Die Spannung ließ nach. Plötzlich schien man sich wieder einig zu sein. Ana aber erfaßte, worum es ging. Die Lehrer planten einen Anschlag gegen den Stützpunkt. Dieser Begriff war für sie identisch mit Tracs Potschyben, dem Mann, zu dem sie eine starke Zuneigung verspürte. Ihn wollte man töten – und um das zu erreichen, wollte man sie opfern.

Ana schrie auf. Sie fuhr herum und floh. Sie kam nicht sehr weit. Toscha Tschehars zielte mit einem Strahler auf sie und schoß. Sie taumelte und brach narkotisiert zusammen.

»Na also«, sagte Tschehars befriedigt. »Das wird unsere Schwierigkeiten weiter vermindern.«

Er ging zu Ana und hob sie auf, um sie in den Gleiter zu setzen. Mehrere Superiors näherten sich auf einer Schwebeplatte, auf der eine metallische Kapsel in der Größe eines menschlichen Kopfes lag. Sie übergaben sie an Tschehars.

»Die Bombe hat eine Sprengkraft von einer Megatonne«, erklärte dieser. »Das ist nicht viel, dürfte jedoch ausreichen, um den Stützpunkt funktionsunfähig zu machen. Wahrscheinlich wird er so stark beschädigt, daß die Projektoren für den Schutzschirm ausfallen. Wenn das geschieht, haben wir ohnehin leichtes Spiel.«

Er öffnete eine der Heckklappen des Gleiters und legte die Kapsel hinein. Zugleich schloß er einen Zünder an und verband ihn mit dem Aggregat des Fluggerätes.

»Die Bombe wird gezündet, sobald die Fahrt des Gleiters herabgesetzt wird«, sagte der Superior. »Glauben Sie mir, Potschyben wird auf gar keinen Fall zulassen, daß seine kleine Freundin mit voller Fahrt gegen den Schutzschirm rast. Er wird ihn entweder unmittelbar davor abbremsen oder ihn durch den Schirm in den Stützpunkt lassen, um ihn dort anzuhalten. Das wäre der Idealfall. Damit wäre dann der Stützpunkt erledigt. Zugleich hätten wir Potschyben ausgeschaltet.«

»Wenn er wirklich der Rüstmeister ist«, wandte einer der anderen Superiors ein.

»Er ist der Rüstmeister«, behauptete Tschehars mit Nachdruck.

Er beugte sich durch die offene Transparenthaube zum Gleiter hinein und drückte einen Knopf. Das Fluggerät stieg sofort auf und beschleunigte. Innerhalb weniger Sekunden war es am Horizont verschwunden.

»Der Gleiter erreicht den Stützpunkt in einer Stunde«, sagte Tschehars. »Dann haben wir ein wichtiges Zwischenziel auf dem Weg der Befriedung dieses Planeten erreicht.«

3.

Af Atramo eilte erregt aus seinem Haus, als der Roboter in Roseata eintraf. Der Eiserne kam in einem Lastengleiter, auf dessen Ladefläche gut fünfzig Männer Platz gehabt hätten. Als der Bürgermeister der Siedlung auf den Platz hinauskam, war der Roboter bereits dabei, eine übermannshohe Projektionsfläche aufzurichten. Obwohl er sichtlich beschäftigt war, nahm er sich Zeit, Af Atramo anzuhören, als dieser erregt zu sprechen begann.

»Die neuen Lehrer haben meine Tochter entführt«, sagte der Bürgermeister. »Alle Leute hier glauben, daß sie Ana benutzen wollen, um Tracs Schaden zuzufügen. Du solltest ihn benachrichtigen, Eiserner.«

Der Roboter stieg von der Ladefläche herunter. »Das ist bereits geschehen«, antwortete er.

Der Bürgermeister und die anderen Siedler, die sich um das Fahrzeug geschart hatten, waren keineswegs überrascht. Antworten dieser Art waren sie von dem Roboter gewohnt, obgleich sie nicht begriffen, wie er Nachrichten so schnell weitergeben konnte.

Jetzt forderte der Roboter Atramo zu einem genauen Bericht auf und schaltete zugleich auf eine Direktverbindung zum Stützpunkt um. Er gab dem Siedler genügend Zeit, um alle Einzelheiten zu schildern.

»Es ist gut«, sagte er dann. »Man wird etwas unternehmen.«

»Was sagt Tracs?«

Der Roboter antwortete nicht, sondern stieg wieder auf die Ladefläche des Gleiters hinauf. Sekunden später erhellte sich die Projektionswand. Ein dreidimensionales Bild entstand.

Die staunenden Siedler beobachteten, wie sich ein pilzförmiges Raumschiff auf eine Felsenlandschaft herabsenkte, wie fremdartige Wesen aus ihm hervorkamen und an ihm zu arbeiten begannen und wie schließlich ein kleineres Raumfahrzeug von seiner Spitze abhob und in den Wolken verschwand. Eine ihnen allen unbekannte männliche Stimme gab dazu Erklärungen ab, die so einfach gehalten waren, daß alle sie verstehen konnten.

Dann wechselten die Bilder. Der Stützpunkt erschien auf der Projektionsfläche. Obwohl ihn alle schon irgendwann in ihrem Leben gesehen hatten, erinnerte sich keiner von ihnen daran, doch alle waren beeindruckt. Er wirkte nicht weniger mächtig auf sie als der Pilz. Und wieder gab die Stimme Erklärungen ab. Sie berichtete über das gewaltige Waffenarsenal, das sich unter dem Energieschirm befand. Waffen aller Art wurden auf dem Projektionsfeld wiedergegeben, bis einer der Siedler lauthals die Auslieferung der Waffen forderte.

Der Roboter brach den Vortrag ab. Die Projektionsflächen sanken in die Boxen auf dem Gleiter zurück. Erregt redeten die Männer und Frauen aufeinander ein, bis der Eiserne seine Stimme erhob.

»Im Stützpunkt befindet sich ein Mann, den ihr alle kennt«, sagte er so laut, daß er in der ganzen Siedlung zu hören war. »Es ist Tracs Potschyben, der Rüstmeister. Er ist entschlossen, das fremde Raumschiff anzugreifen. Er wird jedem, der ihm dabei hilft, eine Waffe in die Hand geben und ihm erklären, wie er damit kämpfen kann.«

Plötzlich erschien ein anderer Gleiter zwischen den Häusern. Hinter den Scheiben saßen zwei Männer. Sie trugen blaue Kombinationen mit seltsamen Metallstickereien auf den Schultern. Die Transparentkuppel fuhr zurück. Die beiden Männer richteten sich auf, während ihr Fahrzeug langsam durch die Menge auf den Roboter zutrieb. Sie hielten Energiegewehre in den Armbeugen.

Der Roboter blieb vor seinem Lastengleiter stehen. Seine Waffenarme hingen nach unten.

»Niemand hätte einen Nutzen davon, wenn Sie auf mich schießen würden«, sagte er mit hallender Stimme. »Ich bin nicht der Feind der Siedler. Der wirkliche Feind verbirgt sich in dem Pilzraumschiff. Darüber hinaus wäre es sinnlos, mich zu zerstören, denn dadurch würde die Arbeit des Rüstmeisters nicht aufgehalten werden.«

Die beiden Superiors ließen die Waffen sinken. Sie schienen einzusehen, daß der Roboter recht hatte. Sie konnten tatsächlich nichts dadurch erreichen, daß sie ihn vernichteten.

»Wir werden nicht zulassen, daß es zu einem Kampf kommt«, erklärte einer der beiden Männer.

»Wenn es so ist«, schrie Af Atramo mit zorniger Stimme, »dann gehört ihr ebenso zu unseren Feinden wie die Wesen im Pilzraumschiff. Wenn ihr uns hindern wollt, dann werden wir euch ebenfalls töten.«

Er drängte sich durch die Menge, bis er unmittelbar vor dem Gleiter stand. Er war blaß, seine Hände zitterten.

»Bis jetzt haben wir den neuen Lehrern vertraut«, fuhr er fort, »aber damit ist es vorbei. Wir wissen jetzt, daß sie Verräter sind.«

Er drehte sich um und streckte beide Arme in die Höhe.

»Freunde«, sagte er, »ihr alle kennt mich sehr gut. Ihr wißt, daß ihr mir vertrauen könnt. Ihr alle kennt auch Tracs Potschyben. Er hat uns immer geholfen, und er ist immer für uns dagewesen. Wenn er jetzt nach uns ruft, dann nicht, weil er uns betrügen will, sondern weil er uns helfen will. Ich werde seinem Ruf folgen und gegen den Pilz kämpfen. Wer mit mir gehen will, der soll es sagen.«

Aufgeregt meldeten sich die anderen Männer zu Wort. Sie schrien wild durcheinander, bis der Bürgermeister auf die Ladefläche des Gleiters sprang und sie um Ruhe bat. Zornig sah er zu den beiden Superiors im Gleiter hinüber. Er nahm mit einem verächtlichen Lächeln zur Kenntnis, daß sie ihre Strahlwaffen noch immer schußbereit hielten. Wenn sie jetzt auf ihn schossen, dann würden die anderen Männer von Roseata erst recht zum Stützpunkt eilen, um Potschyben zu helfen.

»Nicht jetzt«, sagte Atramo, als es still geworden war. »Entscheidet euch nicht jetzt, sondern überlegt euch genau, was ihr tun wollt. Morgen früh werden wir wieder zusammentreten und dann gemeinsam überlegen, wie wir schnell zum Stützpunkt kommen können.«

»Das ist kein Problem«, behauptete der Roboter. »Der Rüstmeister wird jeden Mann hier abholen, der mit ihm zusammen kämpfen will.«

Die Aggregate des Gleiters der Superiors heulten auf. Das Fahrzeug schwenkte herum und verließ Roseata.

Af Atramo lächelte. Er hatte die neuen Lehrer nie gemocht, jetzt aber haßte er sie. Wenn er nicht fest davon überzeugt gewesen wäre, daß Potschyben sich um seine Tochter kümmern würde, dann hätte er versucht, die beiden Männer zu töten.

Als Ana zu sich kam, wußte sie zuerst nicht, wo sie war. Auch als sie aus dem Fenster blickte und sah, wie schnell das Land unter ihr hinwegglitt, erkannte sie noch nicht, daß sie wirklich wach war. Sie glaubte zu träumen.

Da die Sonne schon untergegangen war, war es bereits so dunkel, daß sie nicht mehr viel erkennen konnte. So begriff sie erst allmählich, daß sie tatsächlich wach war. Panik stieg in ihr auf. Sie hatte noch nie allein in einem Gleiter gesessen, und sie hätte sich auch nicht getraut, ein solches Fahrzeug zu berühren, wenn kein Roboter dabei war. Sie hätte viel zuviel Angst gehabt, etwas falsch zu machen.

Sie klammerte sich an ihren Sitz und überlegte mühsam. Sie ahnte zumindest, daß die vielen seltsamen Geräte vor ihr mit der Bedienung des Gleiters zu tun hatten, doch sie versuchte gar nicht erst, ihren Sinn zu begreifen. Sie glaubte nicht daran, daß es ihr jemals gelingen könnte, dieses Fluggerät unter ihre Kontrolle zu bekommen.

»Tracs!« schrie sie. »Tracs, bitte, hilf mir!«

Ihre Augen weiteten sich, als sie in der Ferne etwas Helles erkannte. Zunächst glaubte sie, die Sonne gehe bereits wieder auf, doch als sie sich umgesehen hatte, wußte sie, daß sie sich geirrt hatte.

Rasend schnell näherte sich der Gleiter dem halbkugelförmigen Gebilde, das höher und höher in den Himmel hinaufwuchs, je näher sie kam. Und dann sah sie, daß es in dieser Halbkugel Gebäude und Gerüste gab.

»Der Stützpunkt«, flüsterte sie. »Das muß der Stützpunkt sein.«

Sie preßte die Lippen zusammen, öffnete sie jedoch sogleich wieder zu einem Hilfeschrei.

»Tracs, hilf mir doch!« rief sie.

Plötzlich erhellte sich eine kleine, quadratische Fläche vor ihr. Der Kopf des Rüstmeisters steckte darin. Ana wollte danach greifen, doch als sie die Glasfläche fühlte, begriff sie, daß sie nur ein Bild sah. Tracs Potschyben lächelte.

»Beruhige dich, Ana«, sagte er, »und erzähle mir, was die Lehrer mit dir gemacht haben.«

Ana sprach so aufgeregt, daß er kein Wort verstand. Ihr zweiter Versuch, ihm die Ereignisse in der Siedlung der Superiors zu erklären, war schon erfolgreicher.

Der Stützpunkt war jetzt noch etwa zehn Kilometer von ihr entfernt. Sie näherte sich ihm sehr schnell.

»Sag mir doch, was ich tun muß, um den Gleiter anzuhalten«, bat sie. »Du brauchst mir doch nur zu sagen, welche Knöpfe ich drücken muß – oder?«

Potschyben lächelte überlegen. »Ich habe mich nicht geirrt«, sagte er. »Die Intelligenz der Superiors läßt tatsächlich nach. Früher hätten sie mir kaum eine solch plumpe Falle gestellt.«

»Ich verstehe dich nicht, Tracs«, stammelte Ana.

»Das ist auch nicht nötig. Warte auf mich. Ich komme.«

Das Quadrat wurde wieder dunkel. Ana war wieder allein. Sie merkte, daß sie vor Angst und Aufregung zitterte. Immer wieder redete sie sich ein, daß sie ruhig sein konnte, weil Tracs doch offensichtlich wußte, was die Lehrer beabsichtigten. Es half nicht viel.

Erst als neben ihr plötzlich ein großer Gleiter erschien und ihrem immer näher kam, wurde sie wirksam abgelenkt. Immer wieder blickte sie zu diesem Fluggerät hinüber, während der Schutzschirm höher und höher vor ihr aufwuchs. Jetzt wußte sie, daß sie direkt in dieses schimmernde Gebilde fliegen würde, wenn Tracs nichts unternahm. Doch jetzt schob sich der andere Gleiter über sie. Große Windabweiser senkten sich herab, so daß Ana sich vorkam, als sei sie in einer Höhle. Sie blickte nach oben, als Lichtschein auf sie herabfiel.

Sie sah ein helles Quadrat, durch das ein Roboter herabschwebte. Tracs Potschyben winkte ihr zu. Sie richtete sich auf, als die stählernen Hände zu ihr in die Kuppel herabgriffen. Dann wurde sie hochgerissen und nach oben gehoben. Potschyben packte sie und zog sie in Sicherheit. Der Roboter folgte sofort. Der Rüstmeister sprach in das Armband hinein, das er am Handgelenk trug. Ana spürte, daß sie plötzlich schneller flogen. Der

Ruck ließ sie schwanken. Unsicher folgte sie Tracs über eine Treppe nach oben, und dann konnte sie die schimmernde Glocke wieder sehen. Der Gleiter raste darauf zu.

Ana schrie auf, doch plötzlich öffnete sich die glänzende Wand. Sie flogen hindurch und befanden sich in Sicherheit. Tracs Potschyben zog sie lächelnd in seine Arme. Sie barg ihren Kopf an seiner Schulter.

Plötzlich wurde es Tag. Ana schrie. Sie blickte zur Seite und schlug geblendet die Hände vor die Augen. Ihre gesamte Umgebung schien farblos vor Helligkeit geworden zu sein. Ihre Ohren dröhnten. Der Gleiter erzitterte, und ihr schien, als werde er abstürzen.

Dann wurde wieder alles ruhig. Die Nacht wurde so dunkel, wie sie immer gewesen war.

»Was war das, Tracs?« fragte sie ängstlich.

»Das war der Gruß der Superiors«, entgegnete er ruhig. »Gar nicht einmal so schlecht. Beinahe hätten sie es geschafft, die Bombe in den Stützpunkt zu bringen.«

Er nahm sie bei der Hand und verließ mit ihr zusammen den Gleiter. Sie sah, daß der Himmel im Westen noch immer rot glühte, doch mehr konnte sie nicht erkennen, da hohe Gebäude ihr die Sicht versperrten.

»Wir werden erst einmal deinen Vater davon unterrichten, daß du in Sicherheit bist«, sagte Potschyben.

Sal Almong lächelte erleichtert, als der Rüstmeister zu ihm kam. Seit mehr als zwei Stunden hatte er schon wach auf der Liege gelegen und gewartet.

»Ich bin froh, daß du endlich gekommen bist, Tracs«, sagte er.

Potschyben führte ihn auf eine Rampe hinaus, auf der ein Gleiter parkte. Von hier aus konnte Almong auf das Land hinaussehen. Erstaunt blieb er stehen. Dort, wo am Vortag noch Wälder und Seen gewesen waren, wo sich eine blühende Landschaft erstreckt hatte, befand sich jetzt eine schwarze Wüste. Potschyben unterrichtete ihn mit knappen Worten von dem Angriff der Superiors auf den Stützpunkt.

»Aber darüber wollen wir uns jetzt nicht aufregen«, sagte er. »Wir haben etwas Besseres zu tun.«

Sie bestiegen den Gleiter. Potschyben startete sofort.

»Ursprünglich wollte ich das Lager für die Truppe direkt hier errichten lassen«, erklärte er, während sie den Stützpunkt verließen und nach Süden abbogen. »Das ist jetzt nicht möglich. Die Bombe hat das Land verseucht.« Sie flogen an der Küste entlang, und schon nach wenigen Kilometern landete der Rüstmeister an einem Fluß, der eine weite Ebene durchschnitt. Staunend beobachtete Almong ein Heer von Robotern, die einfache Unterkünfte bauten. Mit großen Lastenschwebern hatten sie das Material vom Stützpunkt herübergeflogen.

Potschyben landete neben einem Kuppelbau, der von zwanzig Robotern bewacht wurde. Almong sah, daß alle Automaten mit Energiestrahlern bewaffnet waren.

»Das Waffenarsenal«, sagte der Rüstmeister. »Ich habe Sicherheitsmaßnahmen angeordnet, um uns vor möglichen Angriffen der Superiors zu schützen.«

»Glaubst du, daß die Siedler kommen werden?«

»Die Roboter, die alle Ballungszentren von der Situation und unserem Plan unterrichtet haben, haben mir positive Berichte durchgegeben. Fast überall haben die Pseudosupermenschen versucht, unser Vorhaben zu verhindern, aber sie sind mit ihren Ideen auf wenig Gegenliebe gestoßen. Man wendet sich von den Superiors ab.«

Sie gingen zwischen zwei Robotern hindurch, die sie ungehindert passieren ließen. Sal Almong vermutete, daß er ohne Potschyben als Begleiter kaum bis zum Eingang der Kuppel gekommen wäre. Die Türen öffneten sich automatisch vor ihnen. Daran hatte der Siedler sich nun schon fast gewöhnt.

»Hier lagern Waffen für wenigstens zehntausend Mann«, sagte Potschyben. Er blieb bei einem Regal stehen und zog einen schweren Energiestrahler aus seiner Halterung. Lächelnd gab er die Waffe an Almong weiter.

»Nun, Sal? Weißt du noch, wie man damit umzugehen hat?«

Sal Almong begriff, daß er abermals getestet werden sollte.

»Es mag sein, Tracs, daß wir noch nicht wieder so intelligent sind wie früher, aber wir lernen schnell.«

»Das habe ich schon gemerkt.« Potschyben griff nach Almongs Arm, um den Freund nach draußen zu führen. »Ich würde aber gern wissen, ob du auch behalten hast, was ich versucht habe, dir gestern beizubringen.«

»Dann ist die endgültige Entscheidung noch immer nicht gefallen?«

Sie hatten die Kuppel verlassen. Der Rüstmeister zeigte auf eine farbige Metalltafel, die an der Flußmündung aufgestellt worden war.

»Na los, Sal! Zeig's mir!«

Am Abend dieses ersten Tages kehrten die ersten Großraumgleiter zurück. Sie waren mit Menschen gefüllt. Dicht an dicht standen die Männer und Frauen auf den Ladeflächen, die sonst für den Transport von Schwergütern eingerichtet waren.

Tracs Potschyben, der zusammen mit Sal Almong und Ana Atramo vor der Waffenkuppel wartete, war überrascht, wie viele Frauen unter den Freiwilligen waren.

Die Roboter landeten die Gleiter in der Nähe der Kuppel, wo die Siedler von Potschyben begrüßt wurden, um dann zu ihren Unterkünften geleitet zu werden. Immer wieder kamen Roboter zu dem Oberstleutnant, um ihm kurze Mitteilungen zu machen.

»Wie viele, Tracs?« fragte Ana.

»Bis jetzt sind es siebentausend Männer und eintausendfünfhundert Frauen«, antwortete er. »Vier Gleiter werden noch erwartet. Wir werden insgesamt auf etwas mehr als zehntausend Kämpfer kommen.«

Er ging zusammen mit Ana und Sal Almong durch das Lager. Überall wurde er von Männern und Frauen aus den verschiedenen Siedlungen begrüßt. Sal Almong, der bisher nie darüber nachgedacht hatte, wurde sich bewußt, daß Potschyben nicht nur Roseata besucht und versorgt hatte. Er war auf dem ganzen Planeten bekannt und beliebt.

»Ich bin froh, daß wir einen Mann wie dich haben, Tracs«, sagte er, als es schon dunkel geworden war und sie zur Waffenkuppel zurückkehrten. »Nur du kannst wohl eine solche Aktion aufziehen und organisieren.«

Potschyben winkte ab. »Du hättest es ebenso tun können wie ich, wenn du mentalstabilisiert wärest«, entgegnete er.

»Nein«, widersprach Ana fest. »Das stimmt nicht.«

Potschyben blieb stehen und blickte sie überrascht an. Er lächelte, beugte sich zu ihr hinab und küßte sie sanft auf die Wange.

»Streite dich mit Sal darüber, ja«, bat er. »Ich habe noch etwas zu tun.«

Er verabschiedete sich von ihnen und betrat die Waffenkuppel.

»Gehen wir zu unseren Leuten«, schlug Almong vor.

Sie stimmte zu. Rasch gingen sie über die staubige Straße davon. Hellstrahlende Leuchten, die alle zehn Meter angebracht worden waren, spendeten ausreichend Licht. Fast alle Siedler saßen und standen in ihren Unterkünften zusammen und unterhielten sich. An einigen Stellen erklang Gesang. Mehrere Gruppen hatten Feuer angezündet, und einige von ihnen bereiteten Wild, das sie mit Hilfe der Roboter erlegt hatten, zu.

»Ich glaube, es wird ein großer Kampf«, sagte Ana.

Sal Almong schüttelte den Kopf.

»Tracs ist nicht der Meinung, daß wir einen Grund zum Feiern und zur Freude haben«, entgegnete er. »Ich habe das Gefühl, daß er uns eigentlich gar nicht so gern dabeihat. Er würde viel lieber allein gegen den Pilz ankämpfen.«

Ana blieb stehen. Mit funkelnden Augen blickte sie den Ingenieur an.

»Warum?« rief sie. »Traut er uns nichts zu?«

»Doch«, antwortete Almong. »Er traut uns sogar sehr viel zu – aber er hat Angst um uns.«

Er wartete, daß Ana etwas entgegnen würde, doch sie blickte mit gespannter Aufmerksamkeit an ihm vorbei. Rasch drehte er sich um, doch er konnte nichts erkennen. Die Dunkelheit zwischen den Häusern war undurchdringlich.

»Was ist denn, Ana?«

»Ich habe Toscha Tschehars gesehen«, sagte sie.

»Den Lehrer?« fragte er. »Ana, du irrst dich. Das ist unmöglich. Ein Homo superior kann niemals hiersein.«

»Ich irre mich nicht«, sagte sie fest. »Ich habe Tschehars gesehen. Er war gekleidet wie ein Siedler.«

Sie klammerte sich an Almong. »Sal! Er ist hier, um Tracs zu töten. Ich weiß es.«

Almong schob sie von sich weg, griff dann jedoch nach ihrem Arm und zog sie mit sich, bis sie auf einen Roboter stießen, der zwischen den bungalowartigen Unterkünften patrouillierte. Der Ingenieur teilte dem Eisernen mit, was Ana gesehen hatte.

Schon zwei Minuten später war Tracs Potschyben da. Er erschien in Begleitung von zehn Kampfrobotern. Als er Ana und Sal Almong sah, gab er den Automaten einen Befehl. Die flammenden Abstrahlfelder ihrer Energiewaffen erloschen.

Almong wollte ihm Bericht erstatten, doch der Rüstmeister winkte ab.

»Die Roboter haben mich bereits unterrichtet«, sagte er. »Wir müssen damit rechnen, daß die Superiors Anschläge verüben.«

Er hatte gerade ausgesprochen, als es zwischen den Bungalows aufblitzte. Potschyben fuhr herum. Blitzschnell zog er seinen Energiestrahler aus dem Halfter. Zwischen den Unterkünften explodierte ein Roboter. Die glühenden Metallteile rauschten über die kleine Gruppe hinweg. Ein Baum, der zwischen ihnen und dem Roboter stand, rettete ihnen das Leben. Er fing die meisten Splitter ab und loderte sofort hell auf.

»Bringe Ana in eines der Häuser!« befahl Potschyben und schob sie Sal Almong in die Arme. »Schnell! Beeil dich!«

Der Ingenieur rannte los. Er zerrte Ana mit sich. Im gleichen Augenblick flammte erneut ein Energiestrahl hinter den Häusern auf, und ein weiterer Roboter explodierte. Diesmal wurde eines der Häuser von der Glutwelle erfaßt. Das Plastikmaterial verglühte unter dem Ansturm der ungeheuren Hitze. Dumpf rollte der Donner über das Lager hinweg. Überall stürzten die Siedler aus den Häusern und schrien aufgeregt durcheinander. Sie erschwerten die Situation, weil sich die Attentäter leicht in der Menge verbergen konnten.

Tracs Potschyben erteilte seine Befehle. Die Roboter schwärmten aus. Irgendwo in der Ferne heulten Alarmsirenen auf. Einige Gleiter starteten mit aufheulenden Motoren, und Scheinwerfer erhellten plötzlich die Nacht.

Zehn Roboter umgaben den Rüstmeister.

Aus dem Dunkel zwischen den Häusern schoß ein nadelfeiner Energiestrahl heran. Potschyben sah den Blitz. Er warf sich sofort zu Boden, aber seine Reaktion wäre viel zu spät gekommen, wenn nicht einer der Roboter bereits geschossen hätte. Potschyben hörte einen Schrei. Er sprang auf und rannte los. Zwei Roboter begleiteten ihn. Die Scheinwerfer an ihren Köpfen strahlten in die Nacht hinaus, aber dennoch gelang es Potschyben nicht, den Attentäter aufzuspüren. Er war wie vom Boden verschluckt.

Sal Almong kam zu ihm. »Verdammt, wo ist der Kerl geblieben?« fragte er wütend. »Als es hier aufblitzte, habe ich ihn deutlich gesehen.«

»Die Roboter haben mit Lähmstrahlern geschossen«, sagte Potschyben. »Sie haben mit Sicherheit getroffen. Freunde müssen den Mann weggetragen haben. Eine andere Erklärung gibt es nicht.«

Er ging einige Schritte weiter, bückte sich und hob einen kleinen Energiestrahler vom Boden auf.

»Du solltest ins Haus gehen«, rief Almong. »Hier machst du es diesen hinterhältigen Menschen nur noch leichter.«

Potschyben nickte ihm lächelnd zu. Der Anschlag schien ihn nicht sonderlich beeindruckt zu haben. Seine Augen blickten den Freund kühl und ruhig an. Almong hatte das Gefühl, daß er selbst eher eine Beruhigung brauchte als der Rüstmeister.

Er schüttelte den Kopf. »Deine Nerven möchte ich haben, Tracs.«

Potschyben blieb gelassen. Er winkte einen der Roboter herbei.

»Sofort die Nachricht im Lager verbreiten, daß sich Superiors eingeschlichen haben!« befahl er. »Die Siedler sollen versuchen, sie ausfindig zu machen.« Er wandte sich wieder an Almong und fuhr fort: »Es dürfte ihnen schwerfallen, sich hier lange zu halten.«

»Davon bin ich nicht so überzeugt«, sagte Almong.

»Du bist doch sonst so optimistisch, Sal«, spöttelte der Offizier.

Ein Roboter kam, um ihm mitzuteilen, daß der zentrale Verwaltungsbezirk nunmehr voll eingerichtet war. Potschyben und Almong gingen über den Hauptweg, der das Lager in zwei Hälften zerschnitt, zum Hauptgebäude hinüber, das neben der Waffenkuppel aufgestellt worden war. Almong staunte über die zahlreichen technischen Hilfsmittel, die Potschyben vom Stützpunkt hatte herüberbringen lassen. An einer Seitenwand befanden sich zwanzig Monitorschirme, die einen Gesamtüberblick über das Lager vermittelten. Auf einem Tisch stand ein Kleinstcomputer, der fortwährend schriftliche Berichte auswarf. Ein kurzer Blick auf die Papiere zeigte Almong, daß der Rechner die Versorgung des Lagers steuerte und überwachte. Er staunte, als er sah, was alles dazu gehörte, 10000 Menschen mit lebensnotwendigen Gütern auszustatten.

Almong wollte sich gerade einer Wandkarte zuwenden, die den Pilz und seine Umgebung aus der Sicht von oben zeigte, als Af Atramo, der Bürgermeister von Roseata, in den Raum kam.

»Du bist auch hier?« sagte Potschyben überrascht. »Ich hatte dich doch gebeten, in Roseata zu bleiben.«

»Später«, entgegnete Atramo und hob abwehrend die Hände. »Wir haben einen Homo superior gefangen. Du solltest kommen und dir ansehen, was die Leute mit diesem Lumpen machen.«

Potschyben, der sich hinter dem Tisch in einem Sessel niedergelassen hatte, sprang auf und eilte zusammen mit Atramo und Almong aus dem Haus.

Als er ins Freie hinaustrat, hörte er den Lärm der erregten Masse. Männer und Frauen stürmten am Zentrumsgebäude vorbei nach Süden, wo ein großes Feuer brannte und die Nacht erhellte. Der Rüstmeister sah, daß sich dort bereits eine große Menge angesammelt hatte. Er erkannte, daß es schwer sein würde, die Menschenmauer zu durchbrechen. Deshalb stieg er in den Gleiter, der neben dem Haus parkte, und startete, während

Atramo und Almong losliefen, um die Szene aus nächster Nähe zu verfolgen.

Potschyben schaltete die Geräuschdämpfer aus und ließ die Aggregate aufheulen. Dann flog er dicht über die Unterkünfte hinweg. Der Lärm der Motoren übertönte das Geschrei der Siedler. Die Menschen blieben stehen und blickten zu dem Gleiter hinauf, und dann wurde es ruhig im Lager.

Der Rüstmeister schwebte über die Köpfe der Menschen hinweg bis zum Feuer. Dort landete er.

Neben dem Feuer stand ein Homo superior. Er war mit der rechten Hand an einen Pfahl gefesselt worden, den die Siedler in den Boden gerammt hatten. Seine Kleidung hing ihm in Fetzen vom Leib. Sein Körper zeigte Spuren von Schlägen.

Potschyben ging zu dem Mann hin und löste die Fesseln. Sein Gesicht sah fahl aus. Das krause Haar, das seinen Schädel wie eine Kappe bedeckte, glänzte feucht. Der Rüstmeister legte dem Gefangenen die Hand auf die Schulter.

»Zweifellos ist dieser Mann nicht unser Freund«, sagte er mit lauter Stimme, die weit über die Köpfe der Siedler hinweghallte, so daß alle ihn verstehen konnten. »Wir sind uns alle darüber klar, daß er und seine Freunde ihre ganze Kraft aufwenden werden, um unseren Plan zu durchkreuzen. Sie werden uns in den Rücken fallen, um zu verhindern, daß wir kämpfen, aber das alles gibt uns kein Recht, sie zu foltern und zu töten.«

Af Atramo, der sich durch die Menge nach vorn gedrängelt hatte, trat auf Potschyben zu. Er schien sich kaum noch beherrschen zu können. Sein Gesicht war heftig gerötet.

»Sie haben versucht, dich zu töten!« rief er. »Was gibt es da noch zu debattieren? Sie haben keine Skrupel, uns mit allen Mitteln zu bekämpfen. Sie schrecken auch vor einem Mord nicht zurück. Du aber willst sie schonen. Warum?«

»Weil es Menschen sind wie wir«, entgegnete Potschyben, »und weil der Tod endgültig ist. Wir wollen kämpfen, das ist richtig, aber deshalb brauchen wir noch lange nicht blindlings um uns zu schlagen. Wir wollen kämpfen, das aber ist nicht unbedingt identisch mit Töten.«

»Dieser Mensch hat nichts anderes verdient als den Tod.«

»Mag sein«, sagte Potschyben gelassen. »Darüber können wir später vielleicht einmal sprechen. Jetzt jedenfalls wird nicht getötet. Ich werde diesen Mann einsperren und von Robotern bewachen lassen. Dann haben wir den beabsichtigten Effekt erreicht. Er ist unschädlich gemacht worden.«

Af Atramo schüttelte den Kopf. Mit ungestümer Bewegung trat er auf den Rüstmeister zu und streckte die Hand nach dem Homo superior aus. Er packte jedoch nicht zu, als er die Augen Potschybens sah. Irritiert trat er zurück.

»Wenn wir unseren Kampf erfolgreich bestehen wollen«, sagte Potschyben eindringlich, »dann müssen wir vor allem einen klaren Kopf bewahren.«

»Gut und schön«, stimmte Atramo zu. »Für den Angriff auf den Pilz mag das richtig sein, aber es wird gar nicht erst zum Kampf kommen, wenn wir unsere Gegner im eigenen Lager so mild anfassen. Wir müssen ihnen zeigen, daß wir mit aller Härte zuschlagen, wenn sie uns behindern.«

Potschyben legte ihm die Hand auf die Schulter.

»Den Superiors müßt ihr gar nichts zeigen«, erklärte er. »Ihr solltet mir vor allem zeigen, daß ihr euch in der Gewalt habt. Ich denke nicht daran, eine Armee von Hitzköpfen gegen das fremde Raumschiff zu führen.«

»Was soll das heißen?« rief Atramo. »Willst du damit sagen, daß du uns keine Waffen geben wirst, wenn wir nicht nach deiner Pfeife tanzen?«

»So ist es«, antwortete der Offizier. »Du scheinst dir nicht darüber klar zu sein, daß es äußerst gefährlich ist, den Pilz anzugreifen. Die Besatzung wird nicht tatenlos zusehen, wenn wir ihr Raumschiff zerstören. Sie wird zurückschlagen. Wir müssen uns an den Pilz heranarbeiten und dann blitzschnell zustoßen, sonst wird es hohe Verluste geben. Genau das aber will ich auf jeden Fall vermeiden. Jeder Tote auf unserer Seite ist ein gewichtiges Argument gegen den Angriff.«

Af Atramo senkte ernüchtert den Kopf. Er nickte abermals, bevor er Potschyben wieder anblickte.

»Einige von uns werden sicherlich fallen«, sagte er, »aber der Einsatz lohnt sich. Wenn wir nicht kämpfen, geben wir uns auf. Wir müssen es tun.«

»Sicher«, stimmte Potschyben zu, »aber auf meine Art. Damit müßt ihr euch abfinden.«

Er führte den Homo superior zu seinem Gleiter und startete. Die Menschenmenge löste sich auf. Die Siedler kehrten in ihre Unterkünfte zurück. Die meisten schwiegen. Nur wenige diskutierten miteinander über das, was sie gehört und gesehen hatten. Alle aber waren nachdenklich geworden.

»Ich muß Ihnen wohl danken, daß Sie mir das Leben gerettet haben?« fragte der Homo superior mit spöttischem Unterton.

Tracs Potschyben blickte ihn an. Er schüttelte den Kopf.

»Keineswegs«, entgegnete er gelassen. »Ich habe Ihnen zu danken, weil Sie mir Gelegenheit zu dieser kleinen Belehrung gegeben haben.«

Der Superior richtete sich verblüfft auf. »Ich fürchte, wir haben Sie unterschätzt«, sagte er.

4.

»Du wirst es schon begreifen, Linda, es ist wirklich nicht so schwer«, sagte Sal Almong.

Er reichte der dunkelhaarigen Frau die Waffe zurück, indem er ihr einen leichten Stoß gab, so daß sie auf Linda zutrieb. Es war ein schwerer Bodenkampfstrahler, der auf eine Antigravplatte montiert worden war. Der Schütze konnte sich in einen angehängten Sitz setzen und gewann so außerordentlich große Bewegungsfreiheit.

»Ich glaube, wenn du es mir noch einmal erklärst, Sal, dann werde ich es schon verstehen.«

Sal Almong begann erneut mit der Unterweisung. Schon wenig später unterbrach ihn die Frau.

»Jetzt ist mir alles klar«, sagte sie.

»Bitte, dann wollen wir es probieren.«

Sie standen direkt an der Küste. Einige hundert Meter von ihnen entfernt schwebten zahlreiche bunte Metallplatten über dem Wasser. Neben ihnen arbeiteten Roboter daran, weitere Ziele zu errichten. Almong blickte kurz zu den anderen Gruppen hinüber. Überall übten Siedler an verschiedenen Waffen.

Am Vormittag hatte Tracs Potschyben im Lager große Bildwände aufstellen lassen, um die Siedler mit ihrer Hilfe auszubilden. Er hatte befriedigt feststellen können, daß die meisten von ihnen sehr schnell lernten. Das traf vor allem auf sehr viele Frauen zu, die den Rüstmeister mit ihrer Aufnahmefähigkeit überrascht hatten. Zunächst war er nicht damit einverstanden gewesen, daß auch Frauen sich am Kampf beteiligen wollten, doch mit energischen Protesten und durch ihre Geschicklichkeit an den Waffen hatten sie ihn schließlich umgestimmt.

Einige der Bürgermeister aus den Siedlungen hatten sich dafür entschuldigt, daß aus ihren Städten nur so wenige Männer und Frauen gekommen waren. Potschyben aber hatte sie mit dem Hinweis beruhigen können, daß zehntausend Kämpfer eigentlich schon zuviel für ihn waren.

Sal Almong beobachtete, wie Linda die Waffe schußbereit machte. Jetzt zogen die Roboter draußen von den Zielplatten ab. Weiter südlich, wo Tracs Potschyben mit mehreren Gruppen arbeitete, wurde bereits geschossen. Desintegrator- und Energiestrahlen zuckten zu den Platten hinüber.

»Nun, Linda? Worauf wartest du? Das Feuer ist freigegeben worden.«

Sie blickte ihn lächelnd an. Ihre Finger glitten über den Energiestrahler.

»Ich dachte gerade daran, wie gefährlich das Spiel ist, das Tracs treibt«, entgegnete sie und wies auf die anderen Gruppen. »Überall arbeiten Männer und Frauen an Waffen, mit denen sie noch nicht umgehen können. Die Kampfkraft dieser Geräte reicht aus, um ein Raumschiff zu vernichten, das so groß ist wie ein Berg. Ein einziger Fehler kann eine Katastrophe auslösen.«

Sal Almong blickte sie an. Plötzlich kam es ihm vor, als habe Linda ihn die ganze Zeit über getäuscht. Sie sah jetzt ganz anders aus als vorher. Ihre Augen funkelten fanatisch. Fest preßte sie die Lippen aufeinander, so als stehe sie unmittelbar davor, einen langgehegten Plan in die Tat umzusetzen. Ohne hinzusehen, griff sie nach dem Auslöseknopf des Strahlers.

»Linda!« rief Almong. »Was ist los? Linda – was tust du?«

Die Antigravplatte drehte sich im Kreis. Der Abstrahlprojektor der Waffe, der eben noch auf das Meer hinausgezeigt hatte, richtete sich jetzt auf die anderen Gruppen.

»Linda – nicht schießen!« schrie Almong.

Sie drückte auf einen Knopf, als er sich auf sie werfen wollte, um sie aufzuhalten. Die Antigravplatte rammte ihn und schleuderte ihn meterweit weg. Sal Almong stürzte in einen Felsspalt und fiel ins Wasser.

Die dunkelhaarige Frau hatte Aufmerksamkeit erregt, aber niemand begriff, was geschah. Plötzlich schoß ein sonnenheller Glutstrahl aus dem Abstrahlfeld der Waffe heraus und fuhr mitten in eine Gruppe von acht Männern, die an einer anderen Waffe arbeiteten. Der Energiestrahl traf die Waffe. Im nächsten Augenblick verwandelte sich der Küstenabschnitt in eine lohende, wabernde Gluthölle. Die Waffe explodierte und zerriß die Männer. Der Funke sprang auf zwei weitere Gruppen über und löste auch hier spontane Entladungen aus. Die Explosionswelle schlug zu Linda zurück und zerfetzte sie und ihre Waffe.

Sal Almong war von einer Welle ergriffen und ins Meer hinausgesogen worden. Er war weit genug vom Explosionsherd entfernt. Die Glut brandete zwar auch zu ihm hinaus, erreichte ihn jedoch nicht, da eine weitere Welle über ihn hinwegrollte und ihn unter Wasser drückte.

Als er wieder auftauchte, war schon alles vorbei. Er sah die Männer und Frauen in wilder Panik ins Lager flüchten. Die meisten von ihnen warfen in heller Panik die Waffen weg. Dort, wo Linda eben noch gewesen war, hatte sich ein Krater geöffnet, in den jetzt das Wasser hineinschoß. Dichte Dampfwolken stiegen zum Himmel auf.

Sal Almong sah, daß Tracs Potschyben von Süden herbeigelaufen kam. Etwa dreißig Roboter begleiteten ihn. Als die Siedler erkannten, daß keine weiteren Explosionen erfolgten, und als sie sahen, wie der Rüstmeister sich verhielt, kehrten sie beschämt zurück.

Almong kämpfte sich durch die Wellen bis an die Klippen. Ein Roboter stieg ins Wasser und half ihm heraus. Er wollte Potschyben erklären, was vorgefallen war, doch dieser winkte ab.

»Ich kann mir denken, wem wir das zu verdanken haben«, sagte er. »Allerdings dachte ich nicht, daß die Superiors so weit gehen würden.«

Die Siedler bildeten erneut Gruppen. Einige von ihnen begannen wieder auf die Ziele zu schießen, als sei nichts geschehen. Potschyben lächelte unmerklich. Man wollte ihm demonstrieren, daß die Siedler entschlossen waren, den Kampf aufzunehmen.

Er ging zu einigen Verletzten, die von Medo-Robotern versorgt und abtransportiert wurden. Da die einzelnen Gruppen relativ weit voneinander entfernt gewesen waren, war die Zahl der Toten und Verletzten noch gering geblieben.

»Bringt die Verletzten in den Stützpunkt!« befahl er. »Dort können sie besser versorgt werden als hier.«

Sal Almong, der neben ihn getreten war, sagte: »Das würde ich nicht tun, Tracs. Man kann niemandem trauen. Woher weißt du, daß kein Lehrer unter den Verwundeten ist?«

»Ich gebe jedem einen Roboter bei«, entgegnete Potschyben. »Falls ein Superior unter ihnen ist, wird er keine Chance haben.«

Sal Almong war nicht zufrieden, doch Potschyben zeigte sich keinem Argument zugänglich. Sal blinzelte schließlich in die tiefstehende Sonne und fragte: »Wann werden wir angreifen, Tracs?«

Der Rüstmeister blickte auf sein Chronometer und überlegte kurz. Dann sah er sich um. Jetzt wurde pausenlos geschossen. Die Männer schienen bereits sehr gut mit den Waffen umgehen zu können. Nördlich von ihnen glitten einige Shifts aufs Wasser hinaus. Die Waffen der Flugpanzer blitzten immer wieder auf.

»Morgen«, antwortete der Offizier endlich. »Morgen greifen wir an, Sal. Ich wünschte nur, wir hätten mehr Shifts und Kampfgleiter, dann wäre mir wohler.«

Ein Flugpanzer näherte sich ihnen und landete in ihrer Nähe. Die beiden Männer gingen zu ihm hinüber. Af Atramo stieg aus. Er strahlte über das ganze Gesicht.

»Ich habe 38 Treffer bei 40 Schüssen erzielt, Tracs«, rief er und klopfte mit der Faust gegen die Außenwand des Shifts. »Das ist eine phantastische Waffe. Ich denke, wir werden es schaffen. Der Pilz ist schon jetzt so gut wie erledigt.«

Potschyben hob sein Armband an den Mund und sprach leise in das Funkgerät hinein. Schon wenig später näherten sich mehrere Gleiter. Fünfzehn Männer erschienen bei ihm. Sie teilten ihm nacheinander mit, daß bei den ihnen unterstellten Gruppen gute Fortschritte gemacht worden waren.

»Gut«, sagte der Rüstmeister. »Dann fliegen wir jetzt zum Stützpunkt hinüber. Die Schießübungen sollten für wenigstens zwei Stunden unterbrochen werden, sonst braten wir uns hier noch selbst. Wir werden jetzt abschließend darüber beraten, wie wir den Pilz angreifen. Morgen wird sich dann alles entscheiden.«

Ana Atramo blieb verlegen in der offenen Tür stehen. Potschyben blickte auf und unterbrach die Besprechung. Er ging zu ihr.

»Was ist los, Ana?«

»Im Funkraum blinkt ein Licht, und ich kann nicht herausfinden, was es bedeutet«, entgegnete sie.

Er lachte und hakte sich bei ihr ein. Zusammen gingen sie in den Raum hinüber, in dem Ana sich aufgehalten hatte. Die Bildgeräte waren eingeschaltet. Sie alle zeigten Bilder aus dem Lager. Wenn einer der Siedler mit Potschyben in Verbindung treten wollte, so brauchte er nur vor eines der zahlreichen Aufnahmegeräte im Lager zu treten und zu sprechen. Ana hatte ihn gehört und den Rüstmeister sofort verständigen können. Jetzt aber leuchtete ein blaues Licht am Ende des langgestreckten Pultes auf.

»Was bedeutet das, Tracs?«

»Jemand von außerhalb des Lagers will mit mir sprechen«, erklärte er und drückte auf einen Knopf. Ein großer Bildschirm erhellte sich. Im 3-D-Schirm erschien das Gesicht von Toscha Tschehars. Ana nannte seinen Namen, um Potschyben zu informieren.

»Ein Mensch der neuen und besseren Gattung also«, stellte Potschyben fest. Er setzte sich in den Sessel vor dem Gerät, nachdem er sich aus einem Automaten einen Becher Kaffee gezapft hatte. »Nun, verehrter Nachfahr, was gibt es?«

»Der Spott wird Ihnen noch vergehen, Potschyben«, sagte Tschehars verärgert. »Ich muß mit Ihnen reden.«

»Das tun Sie bereits. Also – fangen Sie an.«

»Nein, ich muß mich mit Ihnen persönlich treffen, damit wir alles in Ruhe besprechen können.«

»Es gibt nichts mehr zu besprechen, Tschehars. Mein Entschluß steht fest, und Sie werden ihn nicht mehr umstoßen können. Auch ein weiterer Mordanschlag würde Ihnen nichts mehr nützen. Er würde mir höchstens beweisen, daß auch bei Ihnen zwischen Theorie und Praxis ein gewaltiger Unterschied besteht. Meine Männer sind so weit ausgebildet, daß sie notfalls auch ohne mich kämpfen können. Ich kann Ihnen also nur raten, Ihren Widerstand gegen mich und meine Pläne aufzugeben.«

»Nein«, entgegnete der Superior und schüttelte heftig den Kopf. »Wir werden auf gar keinen Fall zulassen, daß Sie das Raumschiff angreifen.«

»Und warum nicht?«

»Weil die Menschheit endlich zum naturgebundenen Leben zurückkehren soll. Die ständigen Schlachten überall in der Galaxis müssen beendet werden.«

»Die Fremden werden sich um Ihre Wünsche nicht kümmern.«

»Dann zwingen Sie mich zu einem Schritt, den ich nur ungern tue«, entgegnete Tschehars. Sein Atem ging laut und schnell. Er suchte nach Worten. Potschyben beobachtete den Mann interessiert. Niemals zuvor hatte er einen Superior beobachten können, der Formulierungsschwierigkeiten hatte.

»Ich hoffe, Sie werden das verwinden«, spöttelte er.

»Seien Sie doch nur nicht so verdammt überheblich!« brüllte Tschehars. »Gut, Sie sollen wissen, was wir tun werden. Wir werden uns morgen früh mit den Fremden in Verbindung setzen und sie über Ihren Plan unterrichten, es sei denn, daß Sie ihn bis dahin aufgegeben haben. Sie werden dann den Vorteil der Überraschung nicht mehr auf Ihrer Seite haben. Vermutlich wird es Ihnen noch nicht einmal gelingen, bis in die Nähe des Schiffes zu kommen.«

»Tschehars, Sie sind ein Lump«, sagte Potschyben kalt. »Sie werden jedoch mit Ihren verrückten Methoden keinen Erfolg bei mir haben.«

Er schaltete die Verbindung zu dem Homo superior ab. Ana ballte die Hände zu Fäusten. In ihren Augen standen Tränen.

»Diesen Verräter könnte ich eigenhändig umbringen«, sagte sie.

Tracs Potschyben lachte selbstsicher. »Das ist nicht notwendig«, entgegnete er und führte sie aus dem Raum. Das Ultimatum schien ihn keineswegs erregt zu haben.

»Du tust, als sei es dir egal, ob Tschehars uns verrät.«

»Nun, egal ist es mir nicht«, entgegnete Potschyben, »aber ich sehe keinen Grund, mich über ihn aufzuregen.«

»Dafür rege ich mich um so mehr auf.«

»Das ist wirklich völlig überflüssig, Ana.« Der Rüstmeister grinste wie ein Junge, dem ein Streich gelungen war. »Ich habe nämlich auch schon versucht, Funkkontakt mit den Fremden aufzunehmen. Vergeblich. Sie haben sich überhaupt nicht darum gekümmert, und sie werden auch Tschehars nicht beachten, wenn er sich an sie wendet.«

Die Sonne stieg über den Horizont, als Tracs Potschyben zusammen mit den anderen Männern und Ana den Stützpunkt verließ. In einem Gleiter flogen sie zum Lager hinüber, wo die Siedler sich bereits in fünfzehn Gruppen aufgeteilt hatten. Die meisten von ihnen waren abflugbereit. Potschyben überblickte die Streitmacht, die er zusammengestellt hatte. Aus den Beständen des Stützpunktes hatte er achtzig Shifts, einhundertzehn Großgleiter und mehr als eintausend Antigravplatten zur Verfügung gestellt. Die Roboter hatten aus dem umfangreichen Material der Werft fünf Plattformen gebaut, auf denen je vierhundert Personen befördert werden konnten. An den vier Ecken dieser von Antigravgeräten getragenen Platten waren schwere Impulsstrahler und Desintegratoren angebracht worden. Die Männer und Frauen waren fast alle mit Thermostrahlern ausgerüstet worden, die sie leicht tragen konnten. Potschyben erkannte auch einige Granatwerfer für atomare Mikroladungen. Diese Waffen waren äußerst wirkungsvoll, jedoch nicht so durchschlagend, daß sie die eigenen Truppen gefährdeten.

Der Gleiter landete. Die Befehlshaber der verschiedenen Gruppen eilten zu ihren Kampfeinheiten. Potschyben hatte sämtliche Schutzanzüge des Stützpunktes an die Männer und Frauen austeilen lassen, die Funkhelme jedoch nur an einen kleinen Teil der Männer ausgegeben, um den Kreis der Personen, die in Funkkontakt miteinander treten konnten, klein zu halten. Er bedauerte, daß die Siedler nicht besser ausgebildet worden waren, aber er wollte nicht mehr Zeit als nötig verlieren. Alle Gruppenleiter waren sich darüber einig gewesen, daß der Pilz so schnell wie möglich angegriffen werden sollte. Man fürchtete allgemein, daß es von Tag zu Tag schwerer werden könnte, die Fremden zu bekämpfen.

Er blickte nach rechts. Ana lächelte zu ihm herüber. Sie saß in einem kleineren Gleiter, an dessen Seiten zwei Impulsstrahler befestigt worden waren. Sie konnte die Waffen von innen heraus auslösen.

Einige Meter weiter wartete Almong in einem ähnlich ausgestatteten Fluggerät.

Tracs Potschyben startete. Er flog über das Lager hinweg und setzte sich an die Spitze des Zuges. Unmittelbar nachdem er das Startsignal gegeben hatte, klang die Stimme von Toscha Tschehars in seinem Funkhelm auf. Noch einmal versuchte der Homo superior, Potschyben aufzuhalten.

»Ich hoffe, Sie haben sich alles noch einmal überlegt«, sagte Tschehars.

Potschyben blickte zurück. Er sah, daß sich alle Transportgeräte vom Boden erhoben. Eine gewaltige Streitmacht folgte ihm. Er beschleunigte. Ein Flug von mehreren Stunden über eine Entfernung von fast fünftausend Kilometern lag vor ihm. Sie mußten den Kontinent Oyster und die Meerenge zwischen ihm und Rose überqueren. Der Himmel wölbte sich blau und klar über ihnen, doch am Horizont zogen dunkle Wolken auf. Die Beobachtungsstationen, die Potschyben in der Nähe des Pilzes deponiert hatte, hatten ihm schlechtes Wetter gemeldet. Über der Ostküste von Rose regnete es. Der Rüstmeister sah in dem Wetter jedoch kein Hindernis für seinen Angriffsplan.

»Wir greifen an«, sagte Potschyben.

»Sie wissen, was dann geschieht«, mahnte der Superior.

»Sie tragen die Verantwortung, wenn es eine Katastrophe geben sollte«, erwiderte Potschyben. »Den Angriff werden Sie auf gar keinen Fall verhindern.«

Die Stimme des Homo superior überschlug sich. Toscha Tschehars beschimpfte den Rüstmeister. Potschyben schaltete ab.

Toscha Tschehars lehnte sich zornig in seinem Sitz zurück, als er keine Verbindung mehr zu dem Oberstleutnant hatte. Er blickte zur Seite. Neben ihm saß eine außerordentlich schöne Frau.

»Ria – er greift an.«

»Dann tu, was du ihm angedroht hast«, riet sie, »aber so, daß er es hören kann.«

Tschehars, der sich mit seinem Gleiter etwa dreihundert Kilometer nördlich vom Pilz an der Küste von Rose befand, startete. Das Fahrzeug war ein Luxusmodell mit auffallend gestreckter Form. Der Homo superior lenkte es nach Süden. Er flog direkt in die Gewitterfront hinein, die an der Küste aufzog.

Schweigend saß die Frau neben ihm. Sie schüttelte den Kopf, als Tschehars etwas sagen wollte. Sie hatte keine Lust zu reden. Erst als nach einer Stunde Flug der Pilz auftauchte, sprach sie wieder.

»Wir müssen es tun«, sagte sie.

Staunend blickte sie auf das riesige Gebilde, das sich vor ihnen erhob. Da Tschehars in vierhundert Metern Höhe über den tiefhängenden Wolken flog, konnten sie nur den oberen Teil des Pilzes sehen, der weit über die Wolkenbände hinausragte. Gerade dadurch erhielten sie einen besonders guten Eindruck von seiner erdrückenden Größe.

»Glaubst du, daß Potschyben sich dadurch abhalten läßt, daß wir den Angriff ankündigen?« fragte er.

Sie gab keine Antwort. Interessiert beugte sie sich vor und fixierte den Pilz. Sie fuhr sich mit der Hand über die Stirn.

»Ich begreife nicht, daß unsere geistigen Fähigkeiten plötzlich nachlassen«, sagte sie nachdenklich. »Ich beginne mich zu fragen, ob das nicht doch mit diesem Raumschiff zusammenhängt.«

Toscha Tschehars schnaubte verächtlich. Er schüttelte den Kopf.

»So zu fragen heißt, an der Gattung des Homo superior zu zweifeln«, blieb er überzeugt. »Wir sind nicht von fremden Raumschiffen und der von ihnen ausgehenden Strahlung abhängig.«

»Wenn es aber doch so ist?« fragte sie. »Wenn Potschyben recht hat?«

Tschehars fuhr herum. Er blickte sie zornig an. »Wie kannst du überhaupt so fragen, Ria?«

Sie schwieg verbissen. Tschehars flog direkt auf den Stamm des Pilzes zu. Der Gleiter flog unter das gewaltige Dach des Raumfahrzeuges. Tschehars schaltete das Funkgerät ein und zog das Mikrophon näher zu sich heran.

»Achtung!« schrie er. »Ich bin hier, um Sie zu warnen. Hier spricht der Homo superior, der Vertreter der neuen, friedliebenden Menschheit, die jede Gewaltanwendung ablehnt. Wir wollen die Periode der Aggressionen beenden, denn wir glauben, daß alle Völker des Universums friedlich nebeneinander leben können. Deshalb muß ich Sie vor dem Angriff der Siedler warnen.«

Der Gleiter stieg höher und näherte sich dem Pilzdach dabei immer mehr. Die Frau blickte durch die Transparentkuppel nach oben zu den flamingorot strahlenden Öffnungen hinauf. Sie wirkten wie die Augen eines riesenhaften Götzen auf sie.

»Achtung – antworten Sie doch!« schrie Tschehars. »Hier spricht ein Freund aller intelligenten Wesen des Universums.«

Die junge Frau schüttelte den Kopf. »Sie kümmern sich überhaupt nicht um uns«, stellte sie betroffen fest.

Der Superior flog einen Bogen, so daß sie nunmehr ständig unter dem Pilzdach blieben. Langsam trieb der Gleiter um den Stamm herum. Beunruhigt sah er zu den roten Öffnungen hinauf.

»Hier spricht der Homo superior«, fuhr er fort. »Ich bin hier, um vor einem Angriff zu warnen.«

Hoch über ihnen blitzte es auf. Ein fingerdicker Energiestrahl fuhr dicht am Gleiter vorbei. Ria schrie auf. Sie griff nach dem Arm des Mannes neben ihr.

»Schnell«, sagte sie. »Wir müssen weg, sonst bringen sie uns um.«

Tschehars schüttelte den Kopf. »Niemand wird uns töten«, entgegnete er ruhig. »Wir sind in friedlicher Absicht hier.«

Furchtlos blickte er nach oben und ließ den Gleiter dabei höher aufsteigen. Da blitzte es abermals über ihnen auf. Der Energiestrahl schlug in das Heck des Gleiters. Der ultraheiße Thermostrahl verwandelte die Aggregate schlagartig in eine glutflüssige Masse, die explosionsartig auseinanderspritzte.

Tschehars wurde durch die aufplatzende Transparentkuppel hinausgeschleudert. Er schrie gellend auf. Mit geweiteten Augen blickte er auf die glühenden Trümmer des Gleiters. Er entdeckte Ria, seine Begleiterin, die noch immer auf ihrem Sitz lag, aber längst tot war.

Er wunderte sich, daß er nicht verletzt war und wie klar er in diesen Sekunden, als er in die Tiefe stürzte, denken konnte. Jetzt erkannte er seinen furchtbaren Irrtum. Er wünschte, er hätte noch einmal mit Tracs Potschyben sprechen können, und er verfluchte sich, weil er den Rüstmeister verraten hatte. Zugleich stieg in ihm die Ahnung auf, daß die Siedler gegen einen unbesiegbaren Giganten anrennen würden. Er zweifelte daran, daß ihre Waffen ausreichten, diesem Raumschiff genügend Schaden zuzufügen.

Er stürzte durch die Wolken. Seltsamerweise hatte er bis jetzt noch nicht über sich nachgedacht. Erst jetzt, als die Wolken unter ihm aufrissen und er das flache Land darunter erkennen konnte, erfaßte er seine Situation mit absoluter Klarheit. Er versuchte, abermals zu schreien, doch der Luftdruck wurde so groß, daß er keinen Laut mehr über die Lippen brachte. Verzweifelt schlug er um sich, aber es gab nichts, woran er sich hätte festhalten können. Langsam schwanden ihm die Sinne.

Für ihn war schon alles vorbei, bevor er den Boden erreichte.

Die Wolken zogen nach Norden ab, als die Streitmacht Potschybens über die Meerenge von Oyster nach Rose hinüberschwebte. Der Oberstleutnant hatte die Stimme Tschehars gehört, als dieser die Unbekannten im Raumschiff warnte, und er ahnte, welchen Verlauf die Aktion des Verräters genommen hatte.

Potschyben ließ den Gleiter steil ansteigen. Das war für die anderen das Zeichen, auszuschwärmen. Eine weite Zange öffnete sich. Die äußersten

Flügel stießen mit erhöhter Geschwindigkeit vor, um den Pilz bogenförmig zu umfangen. Weiter und weiter flogen die Fahrzeuge auseinander. Potschyben verzögerte den Vormarsch seiner Gruppe mehr und mehr, bis sich ein Kreis geschlossen hatte, der einen Durchmesser von vierzig Kilometern hatte.

Jetzt schwebten die Gleiter nur noch wenige Meter über dem Boden. Langsam schoben sie sich an den Pilz heran. Potschyben blickte auf sein Chronometer. Der 17. November 3441 neigte sich seinem Ende zu, obwohl auf Hitschers-Pearl über dem Kontinent Oyster noch heller Tag war. Er hatte jedoch darauf bestanden, den Angriff unter Bezug auf die Zeitrechnung auf der Erde abrollen zu lassen, um jedem Siedler klarzumachen, daß es hier nicht nur um die Belange ihres Planeten ging.

Sal Almong, der direkt neben ihm flog, hob den Arm. Er lächelte und schien sich nicht im geringsten zu fürchten. Er hatte grenzenloses Vertrauen zu den Waffen Potschybens und schien sich nicht vorstellen zu können, daß es irgend etwas geben konnte, was noch wirksamer war.

Hügel, Büsche und Bäume boten ihnen einen geringen Schutz. Potschyben blickte immer wieder zu dem Pilz auf. Unablässig fragte er sich, ob es richtig war, ihn anzugreifen. Niemand kannte die Kampfkraft des Gegners, und niemand konnte seine Reaktionen auf den Angriff abschätzen.

Als sie bis auf zehn Kilometer an den Pilz herangekommen waren, senkte sich das Gelände etwas ab. Die letzten sieben Kilometer, die sie noch vom Gegner trennten, führten über eine völlig eingeebnete Bahn.

Die Transportfahrzeuge landeten. Die Siedler sprangen heraus und marschierten auf den Koloß zu. Der Kreis war geschlossen und zog sich immer enger zusammen, bis endlich ein Durchmesser erreicht wurde, der den effektvollsten Einsatz der Waffen versprach.

Tracs Potschyben, der nunmehr allein in seinem Kampfgleiter saß, beugte sich über das Mikrophon.

»Wir greifen an«, befahl er. »Feuer frei!«

Aus zehntausend Energiestrahlern schossen sonnenheiße Glutstrahlen zum Raumschiff hinüber. Sie alle schlugen in das untere Ende des Pilzstieles ein. Eine Feuerwand rollte auf das Raumschiff zu und drohte es zu verschlingen.

Tracs Potschyben ließ seinen Gleiter sofort aufsteigen. Er feuerte die beiden Thermostrahler ab, und er sah, daß die Strahlen direkt in eines der Tore am Fuße des Stieles einschlugen.

In diesem Augenblick flammte es in den Öffnungen unter dem Dach des Pilzes auf, und es schien, als sei die gesamte Feuerwelle vom Raumschiff abgeprallt, um nunmehr zu den Angreifern zurückzurollen.

Potschyben, dessen Geräte keinen Schutzschirm angezeigt hatten, stellte betroffen fest, daß der Angriff praktisch keine Wirkung erzielt hatte. Das Raumschiff wankte noch nicht einmal, obwohl große Teile seiner Außenwände glühten.

Der Gleiter raste durch eine Feuerwand hindurch. Die Frontscheiben zerplatzten unter dem Ansturm der ungeheuerlichen Hitze. Der Rüstmeister feuerte seine Geschütze wieder und wieder ab, während die Energiestrahlen des Gegners an ihm vorbeizuckten. Dichte Brandwolken verhüllten die Ebene, auf der die Siedler heranstürmten. Immer wieder schossen sie auf das Raumschiff, um es durch die summierte Kraft zu Fall zu bringen.

Am wirkungsvollsten waren die Shifts, die mit ihren Geschützen die Außenwände des Raumschiffes aufreißen konnten.

Plötzlich sah Potschyben den Gleiter, in dem Ana sich befand, abstürzen. Er zog sein Fluggerät sofort herum und ließ es abfallen. Ein zweiter Gleiter prallte seitlich gegen ihn und schleuderte ihn weg. Potschyben verlor für einen kurzen Moment die Orientierung. Seine Umgebung flammte auf. Er wurde emporgerissen, prallte gegen das Dach und flog hinaus. Er wirbelte einige Meter weit durch die Luft und fiel dann auf das Dach des anderen Gleiters, der ihn gerammt hatte. Er versuchte, sich festzuhalten. Durch die Scheiben sah er die vor Schreck und Angst verzerrten Gesichter der Insassen. Er rutschte ab und stürzte etwa drei Meter zu Boden.

Zwischen brennenden Trümmern lag Ana. Sie versuchte sich aufzurichten, fiel jedoch wieder zurück. Potschyben raffte sich auf. Er sprang über einige glühende Metallteile hinweg und beugte sich über sie.

»Es geht schon wieder, Tracs«, sagte sie. Suchend blickte sie sich nach ihrem Strahler um. Sie nahm ihn auf. Staub und Rauchwolken versperrten ihnen die Sicht. Die Umrisse des Pilzes waren kaum zu erkennen.

Männer und Frauen stürmten an ihnen vorbei. Sie blieben ab und zu stehen und schossen auf das riesige Gebilde vor ihnen. Wie die Blitze eines Gewitters zuckten überall in ihrer Umgebung Energiestrahlen herab und schlugen in den Boden. Immer mehr Krater entstanden, in denen die Erde glühte.

Potschyben stützte Ana, die sich am Fuß verletzt zu haben schien. Er blickte sich suchend nach einem Gleiter oder einem Shift um, der sie aufnehmen konnte. Ana fuhr erschrocken zurück, als sie einige tote Siedler auf dem Boden liegen sah. Für einen kurzen Moment rissen die Rauchwolken auf. Potschyben entdeckte auf einen Blick wenigstens zwanzig Gleiterwracks in seiner Umgebung. Flammen züngelten aus ihnen empor. Sie strahlten eine unerträgliche Hitze aus.

Dann kamen ihnen Siedler entgegen. Einige von ihnen hatten ihre Waffen weggeworfen, um besser laufen zu können. Sie prallten zurück, als sie den Rüstmeister sahen, einige kehrten wieder um, andere aber wichen nach den Seiten aus, um Potschyben zu umlaufen.

In ihrer unmittelbaren Nähe explodierte ein Shift. Potschyben sah durch Rauchschwaden hindurch, wie das Fahrzeug auseinandergerissen wurde. Er hörte den ohrenbetäubenden Lärm, und er fühlte, wie ihn etwas hart an der Hüfte traf. Er stürzte.

Ana kniete neben ihm. »Tracs!« rief sie verstört. »Bist du verletzt?«

Er schüttelte den Kopf und richtete sich auf. Er hatte Schmerzen in der linken Hüfte. Bestürzt blickte er sich um. Der Angriff auf das Raumschiff der Fremden endete in einem chaotischen Durcheinander. Überall feuerten Männer und Frauen ihre Waffen ab, aber zwischen ihnen tauchten immer wieder andere auf, die von dem Pilz wegliefen und ihr Heil in der Flucht suchten.

Ein Gleiter senkte sich zu ihnen herab. Das schmutzverschmierte Gesicht Sal Almongs erschien in einem zerplatzten Fenster. Hilfreiche Hände streckten sich ihnen entgegen.

Der Rüstmeister atmete auf, als er neben Almong im Sessel saß. »Sofort aufsteigen!« befahl er.

Der Gleiter flog steil nach oben. Wenig später schon konnte Potschyben das volle Ausmaß der Katastrophe übersehen, die über seine Streitmacht hereingebrochen war.

»Wir ziehen uns sofort zurück«, sagte er.

Die meisten Flugpanzer und Gleiter lagen zerstört auf der Ebene und brannten. Die dichten Rauchwolken hingen wie Nebel über dem Kampfplatz. Die Männer und Frauen, die immer noch gegen den Pilz anrannten und ihn mit Strahlschüssen zu fällen suchten, waren kaum zu erkennen.

Potschyben zog das Mikrophon zu sich heran und erteilte den Rückzugsbefehl. Er hörte, daß die Lautsprecher an den Gleitern aufbrüllten. Unmittelbar darauf begann der Rückmarsch.

Nur die Shifts und die bewaffneten Gleiter griffen weiter an, um den Männern und Frauen am Boden die Flucht aus dem Feuerkessel zu ermöglichen.

Af Atramo war in der vordersten Linie gewesen, als der Angriff auf den Pilz begann. Er und seine Männer waren kaum dazu gekommen, die Bordwaffen abzufeuern. Neben und über ihnen waren einige andere Flugpanzer explodiert. Die Trümmerstücke hatten den Shift getroffen und schwer beschädigt. Der Bürgermeister hatte alle Mühe gehabt, den Shift in der Luft zu halten. Wie durch ein Wunder waren sie von der Flut der Blitze, die aus dem Dach des Pilzes herausschossen, nicht getroffen worden. Sie hatten aber auch nicht in den Kampf eingreifen können.

Während die Siedler verzweifelt gegen den Pilz anrannten, war der Shift wie ein Korken auf den Wellen hilflos über der Ebene hin- und hergeschleudert worden.

Als dann der Rückzugsbefehl von Oberstleutnant Potschyben kam, befand sich Atramo mit seinem Flugpanzer unmittelbar vor der Wand des fremden Raumschiffes. Sie schwebten in vierhundert Metern Höhe über dem Boden. Ein riesiges Loch klaffte neben ihnen im Stiel des Pilzes.

Atramo stellte erleichtert fest, daß der Shift wieder seinen Kommandos gehorchte. Er lenkte ihn nach Osten, um sich ebenfalls zurückzuziehen, als hoch über ihm erneut die Waffen aufblitzten. Eine Feuerwand senkte sich herab. Atramo hatte das Gefühl, vor einem gewaltigen Energieschirm zu stehen.

Einem plötzlichen Entschluß folgend, riß er den Shift abermals herum und steuerte ihn in das Loch hinein. Im nächsten Augenblick befanden sie sich im Innern des Raumschiffes. Der Flugpanzer prallte hart gegen eine Wand. Atramo schaltete die Aggregate aus. Es wurde still.

Die Männer blickten sich an. Sie schienen jetzt erst zu begreifen, was geschehen war.

»Ruhe bewahren!« sagte Atramo. »Wir sind noch längst nicht verloren. Vermutlich sind wir sogar besser dran als unsere Freunde draußen, denn die Besatzung wird uns hier nicht mit schweren Waffen angreifen. Sie würde damit nur das eigene Schiff zerstören.«

»Jetzt brauchten wir einige Sprengladungen«, bemerkte Wollan, der neben Atramo saß. Er war ursprünglich ein Künstler gewesen, der auf Hitschers-Pearl in Ruhe hatte arbeiten wollen. Er hatte abseits von den Siedlungszentren gelebt und hier beachtliche Werke geschaffen. Als die Gravitationskonstante der Galaxis verändert worden war, hatte er seine eigenen Arbeiten nicht mehr begriffen. Er hatte damit gespielt und sie teilweise erheblich beschädigt. Heute erschien es ihm wie ein Wunder, daß er die Periode der Verdummung überlebt hatte. Er erinnerte sich nicht daran, daß Tracs Potschyben ihn aus der Einsamkeit geholt hatte, um ihn in einer Siedlung in Sicherheit zu bringen, aber er wußte, daß es so gewesen war. Jetzt sah er sein eigenes Leben als abgegolten, und er war bereit, für Potschyben und seinen Befreiungsplan alles zu geben.

»Mit einigen Sprengladungen können wir das Schiff von innen heraus zerstören«, sagte er.

Er blickte die anderen Männer an. Sie machten einen niedergeschlagenen und erschöpften Eindruck. Niemand schien noch daran zu glauben, daß sie heil wieder aus diesem Raumschiff herauskamen.

»Wir könnten bei Tracs anfragen, wie man einen Shift am wirkungsvollsten sprengt«, schlug er vor.

5.

»Anas Vater spricht«, sagte Sal Almong. Er zeigte auf das 3-D-Bild auf dem Armaturenbrett. Potschyben beugte sich vor und stellte mit einem Fingerdruck die Verbindung her.

»Was gibt's, Af?« fragte er.

Durch die großen Scheiben blickte er nach draußen. Nur noch vereinzelt wurde gekämpft, und es schien, als sei die Besatzung des Pilzes dadurch besänftigt, daß die Truppen zurückfluteten. Sie feuerten nicht mehr zurück.

»Ich möchte wissen, ob wir irgend etwas an Bord des Shifts haben, was wir zur Explosion bringen können. Wollan behauptet, es sei möglich, die Kraft, die in den Motoren steckt, auch spontan zu entfalten. Verstehst du, was ich meine?«

»Wo bist du überhaupt?«

Atramo erklärte es ihm.

»Daß ich darauf nicht früher gekommen bin«, sagte Potschyben verwundert.

Wieder blickte er auf das Schlachtfeld hinaus. Auch die letzten Gleiter und Shifts zogen sich jetzt zurück. Roboter liefen über die Ebene und bargen die Verwundeten. Die Zahl der Ausfälle war erstaunlich gering. Der Rüstmeister bedeutete Almong, zwischen einigen Hügeln zu landen. Mehrere hundert Männer und Frauen hatten sich hier versammelt. Die meisten lagen auf dem Boden, um sich zu erholen.

Als Potschyben den Gleiter verließ, lächelten fast alle von ihnen ihm zu. Ihre Kraft schien ungebrochen zu sein. Viele von ihnen hatten Verbrennungen davongetragen, aber es gab keine Szenen des Elends, wie Potschyben befürchtet hatte.

Einer der Männer trat auf ihn zu. Er stammte von Gray. Um den Hals trug er eine Kette von jenen grauen Perlen, die dem Kontinent seinen Namen gegeben hatten.

»Wir hätten es fast geschafft, Tracs«, sagte er überzeugt. »Eigentlich habe ich es bedauert, daß wir uns zurückgezogen haben. Jetzt haben die anderen Zeit, sich zu erholen.«

»Die Pause wird auch uns guttun.«

Der Mann richtete sich auf.

»Dann geht es also weiter?« fragte er. »Wir werden noch einmal angreifen?«

»Ja«, bestätigte Potschyben, »aber frühestens nach vier Stunden. Ich werde jetzt zum Stützpunkt zurückkehren. Wenn ich wiederkomme, schlagen wir zu.«

Vom Gleiter aus sprach er mit den Abschnittskommandanten. Sie gaben ihm ebenfalls eine durchaus günstige Beurteilung der Lage. Einige von ihnen meinten, daß jetzt ein weiterer Angriff genüge, um das Raumschiff umzustürzen. Sie waren überzeugt davon, daß trotz aller Schwierigkeiten, die sie gehabt hatten, die Schlacht so gut wie gewonnen war. Die Verluste der Gleiter, Shifts und Antigravplattformen zählten bei ihnen nicht viel.

Potschyben nickte Sal Almong zu.

»Unser Gegner hat sich voll auf die Fluggeräte konzentriert und versucht, sie zuerst zu vernichten. Ich muß zugeben, daß ihm dies gelungen ist. Die Ausfälle betragen über achtzig Prozent.«

»Was hast du jetzt vor, Tracs?« fragte Ana.

»Ich sagte es schon – ich fliege zum Stützpunkt.«

»Und was wird mit meinem Vater?«

»Wir können jetzt noch nichts für ihn tun. Ich hoffe, daß er sich bis zu meiner Rückkehr halten kann. Ich werde ihm noch einmal empfehlen auszubrechen.«

Ana schüttelte den Kopf.

»Das habe ich ihm soeben auch geraten«, sagte sie, »aber er will nicht. Er will erst dann fliehen, wenn er sich überhaupt nicht mehr halten kann.«

»Gut«, stimmte Potschyben zu. »Af muß es wissen.«

Er stieg wieder in den Gleiter. Ana blieb zurück. Sie wollte in der Nähe ihres Vaters sein. Der Rüstmeister flog zusammen mit Sal Almong nach Osten. Er selbst lenkte den Gleiter. Er ließ ihn hoch aufsteigen, um mit größtmöglicher Geschwindigkeit fliegen zu können.

»Was hast du vor?« fragte Almong, als die Westküste von Oyster in Sicht kam.

»Im Stützpunkt gibt es noch einige Triebwerksätze, die man zur Not auch in Atombomben umwandeln kann.«

»Das wäre dann eine wirkungsvollere Waffe als alles, was wir bisher hatten?« fragte Almong, der sich nichts unter einer Atombombe vorstellen konnte.

»Das will ich meinen«, antwortete Potschyben.

Der Gleiter raste nach Osten, und schon bald konnte Almong die schimmernde Halbkugel des Energieschirms erkennen, der den Stützpunkt überspannte. Potschyben strahlte den Identifizierungskode ab. Der Gleiter stürzte auf den Energieschirm zu und schlüpfte durch eine Strukturlücke, um dann sanft auf einem der Gebäude zu landen.

Potschyben eilte sofort in eine der Vorratshallen, in denen die verschiedensten Ausrüstungsgegenstände für Raumschiffe aller Art lagerten. Staunend folgte ihm Almong, der bisher nur sehr wenig von der gesamten Anlage gesehen hatte.

»Tracs«, sagte er, während der Oberstleutnant bereits Antigravkräne einsetzte, um das benötigte Triebwerkteil aus den Gestellen zu heben. »Du verfügst über Waffen, die noch beträchtlich wirksamer sind als alles, was du uns bis jetzt gezeigt hast.«

Tracs Potschyben arbeitete konzentriert. Das Triebwerkteil schwebte aus der Halle heraus. Die beiden Männer folgten ihm.

»Natürlich, Sal«, antwortete der Rüstmeister endlich.

»Warum setzt du sie dann nicht ein?«

»Weil eine eingespielte Mannschaft von Spezialisten dazu gehört, Sal«, gestand Potschyben. »Wenn ich fünf oder sechs Männer hätte, die mit diesen Geräten umgehen könnten, dann ergäben sich keine Probleme. So leid es mir tut, Sal, euer Wissen reicht einfach nicht aus.«

Er kehrte mit Almong ins Lager zurück, um noch einige andere Ausrüstungsgegenstände zu holen. Dann begann er damit, die verschiedenen Geräte zusammenzubauen. Sal Almong hätte ihm dabei gern geholfen, doch er mußte Potschyben recht geben. Er wußte nicht, wie er ihn hätte unterstützen können. Mehr noch als je zuvor begriff er, was der Verdummungsprozeß eigentlich bedeutete. Potschyben hatte ihm gesagt, daß er Reaktorspezialist auf Hitschers-Pearl gewesen war. Das bedeutete doch, daß er früher verstanden hätte, was der Rüstmeister jetzt tat. Der Zorn gegen die Unbekannten wuchs in ihm. Hatten diese nicht einen geradezu tödlichen Angriff auf die Galaxis geführt? Was wäre aus den Kolonisten von Hitschers-Pearl geworden, wenn nicht ein Mann wie Tracs Potschyben dagewesen wäre, um beherzt einzugreifen?

Sal Almong hatte in den letzten Stunden mehrfach darüber nachgedacht, ob sie eine Berechtigung hatten, den Pilz anzugreifen. Je länger er den Rüstmeister bei seiner Arbeit beobachtete, desto klarer wurde ihm, welche Wirkung die Fremden mit der Änderung der Gravitationskonstante erzielt hatten. Gerade deshalb aber erkannte er, daß Hitschers-Pearl sich eindeutig in der Defensive befand. Die Siedler handelten in Notwehr, wenn sie den Kampf gegen die Unbekannten aufnahmen.

Als Potschyben endlich behauptete, fertig zu sein, dunkelte es bereits. Almong betrachtete das Ungetüm, das der Oberstleutnant gebaut hatte, voller Zweifel. Die Bombe schien aus wahllos zusammengeschweißten Abfallteilen zu bestehen und war zugleich so bizarr und ungefüge, daß Almong fürchtete, sie werde auseinanderbrechen, wenn sie bewegt wurde. Potschyben verband die provisorisch zusammengestellten Triebwerkteile, die zu den Bausätzen einer Space-Jet gehörten, mit Antigravplatten, um sie transportieren zu können. Dann ließ er sie ansteigen und brachte sie durch den Schutzschirm aus dem Stützpunkt heraus. Danach kehrte er zu Sal Almong zurück, stieg mit ihm in den Gleiter und startete.

»Wir werden nicht sehr schnell fliegen können«, sagte er besorgt.

Vom Gleiter aus konnte er die koordinierten Antigravplatten lenken. So ließ er die Bombe bis auf 10000 Meter Höhe ansteigen, um den Luftwiderstand möglichst weit herabzusetzen. Dennoch kamen sie nicht so schnell voran wie auf dem Herflug. Ynakcho senkte sich auf den westlichen Horizont herab. Sie folgten ihr und blieben in der Dämmerung, bis sie das pilzförmige Raumschiff erkennen konnten. Scharf hob es sich gegen den rötlichen Abendhimmel ab. Das gewölbte Oberteil wurde von einigen Wolken umkränzt.

Auf der Ebene brannten einige Shifts und Antigravplatten.

Potschyben stellte besorgt fest, daß einer seiner Unterkommandanten in der Zwischenzeit einen Angriff auf das Schiff geführt und dabei weitere Fluggeräte verloren hatte.

Af Atramo und Wollan, der Künstler, verließen den Shift. Sie waren in einer Halle gelandet, in der fremdartige Maschinen lagerten. An den Wänden befanden sich riesige Bildschirme, auf denen farbige Linien tanzten. Af Atramo beobachtete fasziniert, daß die grünen, blauen, gelben und roten Linien bizarre Muster bildeten, deren Grundformen sie ständig variierten. Wollan schien durch die Formen, die sich äußerst schnell bewegten, an seine künstlerische Tätigkeit erinnert zu werden: Ohne auf seine Umgebung zu achten, ging er auf die Bildschirme zu und betastete die glasige Oberfläche. Er schien nur noch Augen für die Linien und ihr erregendes Spiel zu haben.

Af Atramo stellte zunächst einmal fest, daß außer ihnen niemand in der Halle war. Von den Maschinen ging offensichtlich keine Gefahr für sie aus. Der Shift hatte zudem erhebliche Zerstörungen angerichtet, so daß die meisten Geräte ausgefallen waren.

Atramo grinste zufrieden. Er war froh über jeden Schaden, den er der unbekannten Besatzung dieses Pilzes zufügen konnte. Er haßte alles, was mit diesem Raumschiff in Verbindung stand.

Er nahm seinen Strahler und marschierte zu der Lücke, die in die Außenwand gerissen worden war. Milo, der dritte Mann ihres Teams, stand bereits dort. Voller Bewunderung blickte er auf das Material der Raumschiffswandung, das durch eine außerordentlich harte, schaumartige Masse gestützt wurde.

»Es ist ein Wunder, daß dieses Loch überhaupt entstanden ist«, sagte er respektvoll. »Ich staune. Die Pilzbewohner scheinen nicht unfähig zu sein. Ich habe so etwas bei uns noch nicht gesehen.«

Af Atramo blickte auf das Schlachtfeld hinaus. Er spuckte verächtlich auf den Boden.

»Du hast ja auch keine Ahnung, wie unsere Technik tatsächlich aussieht, Junge. Vergiß nicht, daß dein Verstand im Augenblick auf Sparflamme brennt. Potschy würde vermutlich den Kopf schütteln, wenn er dies hier sehen könnte.«

»Warum sollte er das tun?« fragte Milo unsicher.

»Ja, das hätte ich auch ganz gern gewußt«, sagte Wollan, der sich offensichtlich satt gesehen hatte und sich jetzt für ihre Situation zu interessieren begann.

»Das ist doch wohl klar«, antwortete Af Atramo überzeugt. »Die Technik von Terra ist diesem grandiosen Pfusch hier garantiert tausendfach überlegen.«

Wollan grinste. »Du bist schon immer ein Großmaul gewesen«, sagte er. »Jetzt aber hast du dein Meisterwerk vollbracht.«

Ein dumpfes Grollen in ihrer Nähe ließ sie verstummen. Die drei Männer blickten sich an. Sie hörten ein seltsames Trappeln. Es klang, als ob sich ihnen eine Gruppe von Menschen näherte.

Die drei Männer standen seitlich neben dem Shift, mit dem Rücken zu der Öffnung in der Schiffswand. Sie hielten ihre Waffen im Anschlag und warteten.

Wollan war ruhig und ernst. Ab und zu blickte er zu den Bildschirmen hinüber, als wolle er Abschied nehmen von den abstrakten Bildern. Milos Hände bebten. Er trat erst einen und dann noch einen Schritt zurück. Ohne Frage wäre er am liebsten sofort wieder in den Shift gestiegen, um mit ihm zu fliehen, aber er wußte, daß Atramo damit nicht einverstanden sein würde.

Der Bürgermeister von Roseata wiegte seinen Strahler in den Händen. Er lächelte unbeschwert, so als sei er fest davon überzeugt, daß ihm nichts, aber auch gar nichts passieren könne.

»Komm nur nicht auf die Idee, wegzulaufen, Milo«, sagte er, als dieser noch einen Schritt zurücktrat. »Ich würde dich eigenhändig zurückholen, um dir den Hosenboden zu versohlen.«

»Hier ist die Luft ein wenig besser«, entgegnete Milo ärgerlich.

»Ruhe!« rief Atramo. »Sie kommen.«

Wieder hörten sie das eigenartige Grollen.

»Das klingt, als ob ein Riesenvieh hinter der Wand dort stecke«, meinte Wollan.

»Deine Phantasie geht mit dir durch«, gab Atramo spöttisch zurück. »Typisch Künstler! Ich wette mit dir, die Burschen sind so klein, daß wir mit ihnen Fußball spielen können.«

Plötzlich stieg die Wand, vor der sie standen, zusammen mit den Bildschirmen in die Höhe und verschwand in der Decke. Die drei Siedler sahen sich Robotern von erschreckender Fremdartigkeit gegenüber.

Die Konstruktionen waren so bizarr, daß Wollan zunächst überhaupt nichts begriff. Der Künstler hatte offensichtlich Hemmungen, auf diese seltsamen Gebilde zu schießen.

Milo sprang mit einem weiten Satz hinter den Shift, um Deckung zu suchen. Er warf sich auf den Boden, legte seinen Strahler an und schoß. Er zählte sieben Maschinen, die aus einem recht schmalen Gang zu ihnen in die Halle kamen. Sein Schuß fuhr mitten in die Gruppe hinein, doch vor ihm hatte Atramo seine Waffe längst ausgelöst. Er war der einzige, der ruhig und überlegt gehandelt hatte, und er blieb auch nach seinem ersten Schuß noch stehen, wo er war. Mit ruhiger Bewegung löste er seine Waffe aus, ohne sie jedoch über die Hüfte hinauszuheben. Er war blaß geworden. Sein nüchterner Verstand erfaßte die Situation deutlicher als der seiner beiden Begleiter. Er sah die verschiedenartigen Waffen in den Greifarmen der Roboter. Vielleicht war er auch der einzige der drei Männer, der sich von dem Anblick dieser Automaten nicht verwirren ließ, sondern auf Anhieb ihren aggressiven Charakter erkannte.

Er zerstörte vier seiner robotischen Gegner, ehe er selbst getroffen wurde. Er sah, daß aus dem Hintergrund eine unübersehbare Menge von weiteren dieser seltsamen Konstruktionen herankam. Einige bewegten sich auf Raupen, andere stelzten auf drei oder vier Beinen dahin, während eine weitere Gruppe zwischen meterhohen Rädern heranrollte.

Ein Energiestrahl traf seinen linken Arm. Atramo schrie auf. Er schleuderte seinen Strahler, den er jetzt nicht mehr bedienen konnte, wuchtig auf die Angreifer. Einer der Gegner richtete eine Waffe mit einem spiralförmigen Lauf auf ihn. Atramo taumelte zurück, aber er entging dem leuchtendroten Energiestrahl nicht mehr.

Wollan gab jetzt endlich Dauerfeuer. Er schoß immer wieder in die Gruppe der Roboter hinein – und er lachte. Er lachte auch noch, als er sah, daß Atramo starb. Er schien nicht zu begreifen, was geschah.

»Sei doch ruhig!« schrie Milo.

Wollan flüchtete zu ihm und ging neben ihm in Deckung.

»Wir sollten den Shift sprengen«, sagte Wollan, »um das Raumschiff zu vernichten, aber wir haben keine Ahnung, wie wir das machen müssen. Eigentlich wissen wir nur, auf welchen Knopf wir drücken müssen, damit vorn aus den Waffen ein Energiestrahl herauskommt. Das ist ein bißchen wenig, nicht wahr, um eine Schlacht zu gewinnen?«

»Das hättest du dir früher überlegen sollen.«

Wollan feuerte wieder und wieder. Jetzt sah es so aus, als hätten sie sich etwas Luft verschafft. Vor dem Gang lag ein Wall von zertrümmerten Maschinen.

»Ich hatte es mir sogar schon vorher überlegt«, gab Wollan zu, »nur glaubte ich da noch, daß wir dennoch gewinnen würden.«

Er sprang auf und schoß in den Gang hinein, als habe er jede Furcht vor den Robotern verloren. Er eilte bis zu den kampfunfähigen Geräten und nahm die Waffe auf, die Atramo von sich geworfen hatte. Jetzt feuerte er beidhändig in den Gang hinein. Die Wände glühten. Eine nahezu unerträgliche Hitze schlug ihm entgegen.

Milo schrie. Wollan blickte über die Schulter zu ihm zurück. Milo winkte ihm.

»Wir fliehen mit dem Shift. Eine andere Möglichkeit haben wir jetzt nicht mehr, Wollan.«

Der Künstler zögerte. Er blickte in den Gang hinein. Das Metall hatte sich verfärbt. Am Ende des Ganges konnte er ein Schott erkennen, das halb geschlossen war. Offensichtlich hatte es sich verklemmt. Unter diesen Umständen war aus dieser Richtung mit keinem neuen Angriff zu rechnen. Er ließ die Waffe sinken und beugte sich über Atramo.

Draußen blitzte es mehrfach auf. Er hörte das Zischen von Energieschüssen und eilte zum Loch in der Schiffswand.

»Sie greifen wieder an«, sagte er und wandte sich um. »Milo, wir können wieder hoffen.«

Der Freund lag auf dem Boden vor dem Shift. Ein Energiestrahl hatte ihn durchbohrt. Wollan sah noch, daß ein Blitz von der Decke herabzuckte und in den Shift schlug. Dann stand er mitten im Feuer. Der Flugpanzer explodierte.

Potschyben meldete sich über Funk bei den Unterkommandanten. Er befahl den sofortigen Rückzug und untersagte jede weitere Angriffsaktion. Einer der Helfer teilte ihm beruhigend mit, daß sich alle Siedler zurückgezogen hätten, nachdem ein kurzer Zwischenangriff völlig erfolglos verlaufen war.

Der Rüstmeister schwieg. Er unterdrückte den Wunsch, die Männer zu tadeln.

Die Sonne ging jetzt im Westen unter. Der Himmel färbte sich rot, als sei er mit Blut übergossen. Potschyben ließ seine neukonstruierte Waffe in viertausend Meter Höhe über der Küste zurück und landete.

Ana kam sofort zu ihm, um ihm mitzuteilen, was mit dem Shift ihres Vaters geschehen war. Sie hatten die Explosion gesehen, die ein noch größeres Loch in die Schiffswandung gerissen hatte. Inzwischen war die Öffnung von der Besatzung jedoch wieder geschlossen worden.

Potschyben konnte darüber hinaus auch noch feststellen, daß die unbekannte Besatzung des Pilzraumschiffes auch andere Schäden behoben hatte. Risse und Löcher am unteren Ende des Stammes waren abgedichtet worden.

Nach und nach kamen die Unterkommandanten. Er teilte ihnen mit, was er plante. Die Männer waren begeistert.

Der Rüstmeister versuchte, ihre Freude zu dämpfen.

»Wir haben keinen Grund, allzu optimistisch zu sein«, sagte er. »Wir müssen damit rechnen, daß auch dieser Angriff fehlschlägt. Am liebsten wäre es mir, wenn wir ein Täuschungsmanöver einleiten könnten, aber dazu benötige ich die letzten Gleiter.«

Wiederum stimmten die Männer zu.

»Dann sollen sich alle Männer und Frauen weiter zurückziehen«, schloß der Oberstleutnant seine Anweisungen. »Wenn die Bombe zündet, ist die Wirkung kilometerweit zu spüren. Je weiter wir dann vom Pilz entfernt sind, desto besser ist das.«

Eine halbe Stunde später lief die Aktion an.

Potschyben hatte eigenhändig alle noch flugfähigen Gleiter programmiert und synchron geschaltet. Er konnte sie ebenso lenken und ihre Bordwaffen ebenso über Funk auslösen, wie er auch seine primitive Bombe ganz nach seinen Wünschen steuern konnte.

Zusammen mit Sal Almong, der nicht von seiner Seite weichen wollte, stand er auf einem Hügel an der Küste. Der Gleiter parkte neben ihnen. Er war startbereit. Ein scharfer Wind wehte von Osten her.

Die Meldungen der Unterkommandanten liefen ein. Die Siedler hatten sich bis in die Berge im Westen und in die Wälder im Norden und Süden zurückgezogen.

Potschyben führte Almong zum Gleiter. Die beiden Männer stiegen ein. Der Rüstmeister schaltete die Funkgeräte ein und gab die ersten Steuerimpulse. Die Kampfgleiter erhoben sich und flogen mit scharfer Beschleunigung auf den Pilz zu. Ihre Bordwaffen blitzten in schneller Folge auf. Pausenlos schlugen die Energiestrahlen in den Stamm des Pilzes. Das Metall begann zu glühen. An mehreren Stellen entstanden Risse.

Hoch über ihnen bewegte sich die Bombe. Sie flog auf das Raumschiff zu. Potschyben trocknete sich mit einem Tuch die schweißnasse Stirn ab.

Jetzt mußte die Entscheidung fallen. Nach seinen Berechnungen besaß das umfunktionierte Triebwerk eine Sprengkraft von annähernd 100 000 Tonnen TNT. Diese Explosivkraft mußte ausreichen, um das Schiff zu zerstören.

Sal Almong schrie auf. Er deutete nach vorn.

Unter dem Pilzdach blitzte es unaufhörlich auf. Gleißende Energiestrahlen schlugen in das bizarre Gebilde. Potschyben stockte der Atem. Er erwartete, daß seine Bombe explodieren würde – doch er wurde enttäuscht. Die Trümmer stürzten aufglühend ab, ohne die erwartete Wirkung zu erzielen.

»Tracs«, stöhnte Sal Almong. »Sieh doch – der Pilz weint!«

Potschyben schwieg. Er wußte, daß die letzte Chance verspielt war.

»Der Pilz weint«, wiederholte Almong. »Er weint rote Tränen.«

Aus den Öffnungen an der Unterseite des Pilzdaches quollen zahlreiche Objekte heraus. Sie sahen in der Tat wie rote Tränen aus. Sie schienen schwerelos zu sein. Nachdem sie aus den flamingoroten Augen herausgefallen waren, glitten sie seitwärts weg, so sanft und ruhig, als bewegten sie sich auf unsichtbaren Schienen.

»Was bedeutet das, Tracs?« fragte Almong. »Was bedeuten diese roten Tränen? So sag doch etwas, Tracs.«

»Ich weiß es nicht, Sal«, antwortete Potschyben wahrheitsgemäß.

Wie gebannt blickten sie zu den tropfenförmigen Objekten hinauf, die im Licht der untergehenden Sonne aufleuchteten, als seien sie mit einer stark reflektierenden Folie überzogen worden. Während der untere Teil des Pilzstammes und die Ebene schon im Dunkeln lagen, flammte das Pilzdach noch einmal hell auf. Es schien, als wolle die versinkende Sonne es noch einmal mit ihrem Licht überschütten, bevor sie der Nacht weichen mußte. Wie ein brennendes Fanal breitete sich das Pilzdach über den Wolken aus.

Potschyben zog das Mikrophon zu sich heran.

»Hier spricht Potschyben«, sagte er mit einer Stimme, die nichts von seiner inneren Unruhe verriet. »Dieser Befehl gilt für alle. Wir fliehen. Wir setzen uns so schnell wie möglich ab. Keine Zeit verlieren. Jetzt kommt es auf jede Sekunde an. Ich wiederhole ...«

Während er sprach, startete er den Gleiter und lenkte ihn nach Osten. In dieser Sekunde stürzte die erste »rote Träne« weit im Westen zu Boden. Als sie aufschlug, explodierte sie.

Noch einmal wurde es hell. Die Zeit schien um mehrere Stunden zurückgesprungen zu sein. Es war, als stehe die Sonne Ynakcho plötzlich wieder im Zenit. Dann fegte eine ungeheuerliche Druckwelle über das Land.

Der Gleiter Potschybens wurde herumgeschleudert. Die Sichtblenden schlossen sich schlagartig. Dennoch konnte der Rüstmeister noch genügend sehen. Deutlich erkannte er den Atompilz, der über den Bergen aufwuchs. Er konnte auch die anderen »roten Tränen« noch ausmachen, die nach allen Seiten auseinanderglitten. Weit im Süden stürzte eine weitere »rote Träne« ab.

Potschyben hob stöhnend die Fäuste, als unmittelbar danach auch im Norden der typische Pilz einer Atomexplosion entstand. Die aus Norden und Süden heranrollenden Druckwellen schleuderten den Gleiter weit in den Himmel hinauf. Potschyben verlor den Halt auf dem Sitz. Er schlug mit der Stirn gegen ein Ortungsgerät und brach bewußtlos zusammen.

Sal Almong hatte mehr Glück. Auch er wurde von der Gewalt der Explosion herumgeworfen, aber er konnte sich noch abfangen. Sofort übernahm er das Steuer. Es schien, als habe sich sein Geist unter dem Schock der Ereignisse plötzlich wieder erholt. Mit traumhafter Sicherheit schaltete er und brachte den Gleiter unter seine Gewalt. Das Fahrzeug raste vor der Druckwelle her nach Osten, ohne dabei an Höhe zu verlieren.

Sal Almong blickte sich immer wieder um. Seine Augen weiteten sich vor Entsetzen, denn wohin er auch sah, überall explodierten Atombomben. Die Besatzung des Pilzes schlug mit schrecklicher Gewalt zu. Der Pilz weinte »rote Tränen«, und jede, die zu Boden fiel, riß einen gewaltigen Krater in das Land.

Auf dem Planeten »Testfall Rorvic« hatten die »roten Tränen« völlig andere Wirkungen gehabt, doch das konnte hier niemand wissen. Offensichtlich verfügten die Pilzraumer über sehr unterschiedliche Waffen, die sie als »rote Tränen« ausstießen.

In aller Deutlichkeit erkannte Sal Almong, daß niemand außer ihm und Potschyben den Angriff auf das Raumschiff überlebt haben konnte.

6.

Sal Almong atmete erleichtert auf, als Tracs Potschyben die Augen öffnete und ihn anblickte.

»Du lebst«, sagte er. »Jetzt wird alles gut. Ich fürchtete schon, du würdest nie mehr aufwachen.«

Der Rüstmeister versuchte sich aufzurichten. Ein stechender Schmerz in der linken Hüfte ließ ihn ächzend zurücksinken.

»Was ist passiert, Sal?« fragte er.

»Du hättest mir sagen sollen, daß du dir beim Angriff auf den Pilz eine Hüftverletzung zugezogen hast. Ich hätte dich früher versorgen können. Die Wunde sieht jetzt nicht sehr gut aus.«

Potschyben biß die Zähne zusammen. An der Lehne des Sitzes zog er sich hoch. Vor seinen Augen flimmerte es. Er konnte minutenlang nichts erkennen. So tastete er umher, bis er den Medokasten gefunden hatte.

»Wir sind noch immer im Gleiter«, stellte er fest. Allmählich überwand er den Schwächeanfall. Seine Blicke klärten sich. Er sah, daß Sal Almong bis unmittelbar vor den Schutzschirm des Stützpunktes geflogen war. Weiter war er nicht gekommen. Mit einer fast instinktiven Bewegung aktivierte er den Kodegeber, der wiederum den Individualtaster im Stützpunkt veranlaßte, den Öffnungsimpuls zu geben. Im Energieschirm entstand eine Strukturlücke. Der Gleiter konnte passieren.

Wenig später kletterte Tracs Potschyben auf die Terrasse vor seinem Wohnbereich hinaus. Sal Almong folgte ihm schweigend. Er blieb stehen, als der Rüstmeister plötzlich verharrte. Er griff nach Potschyben, um zu verhindern, daß dieser stürzte, doch der Freund schüttelte seine Hände ab.

Potschyben tastete mit der linken Hand die Beule auf seiner Stirn ab. Langsam drehte er sich um und blickte Almong an. Sein ehemals tiefbraunes Gesicht war aschfahl. Die Augen brannten.

»Sal – was habe ich getan?«

Die Erinnerung an den Kampf kehrte zurück. Potschyben begann zu begreifen, was geschehen war. Jede einzelne Szene des vergeblichen Sturmes gegen den Riesen aus dem All tauchte vor seinem geistigen Auge auf, als ob ein Film vor ihm ablaufe, um ihm die Ereignisse des vergangenen Tages mit unerbittlicher Wucht einzuhämmern.

»Komm«, bat er Almong.

In den Ohren des Siedlers klang diese Aufforderung wie ein verzweifelter Schrei. Ihm schien, als werde Potschyben zusammenbrechen. Er stützte ihn, und er sah, daß sich die Kombination an der linken Seite des Rüstmeisters rot zu färben begann. Die Brandwunde platzte auf.

Die beiden Männer betraten das Gebäude. Potschyben schleppte sich durch einen nüchtern eingerichteten Wohnraum in die anliegende Funk- und Ortungszentrale hinüber. Hier ließ er sich in einen Sessel sinken. Er verzog das Gesicht und stöhnte leise. Besorgt blickte er auf seine Hüfte. Er wußte jetzt, daß er schwerer verwundet worden war, als er angenommen hatte, als er mit seinem Gleiter beim Angriff auf den Pilz abstürzte. Wieder begann es vor seinen Augen zu flimmern. Er stützte seinen Kopf in die Hände und überwand den Schwächeanfall.

Er deutete auf ein Fach, das mit einem roten Kreuz gekennzeichnet war. Noch ehe er etwas sagen konnte, hatte Almong es geöffnet. Auf den ersten Blick entdeckte er die Brandsalbe. Er nahm sie heraus und riß sich mit der linken Hand die Kombination auf. Mit der rechten Hand schaltete er die Geräte ein, um Verbindung mit den Beobachtungssatelliten über Hitschers-Pearl aufzunehmen.

Auf dem Bildschirm wurde der Kontinent Rose sichtbar. Die Atombombenexplosionen hatten mehrere Wolkenbänke geschaffen, die ihnen die direkte Sicht auf das Land zum Teil verwehrten. Im Südosten war deutlich der Pilz zu erkennen. Während es über Oyster bereits heller Tag war, ging in Rose erst die Sonne auf. Durch mehrere Lücken in der Wolkendecke hindurch konnten Potschyben und Almong sehen, daß der gesamte pyramidenförmige Südosten des Kontinents Rose eingeebnet worden war. Große Bezirke waren im Meer versunken. Im nördlichen, größeren Teil war vor wenigen Minuten eine »rote Träne« niedergegangen. Etwa eintausend Kilometer von Roseata entfernt breitete sich der Atompilz aus. Deutlich waren die Auswirkungen der Druckwelle zu beobachten, die sich kreisförmig vom Explosionsherd wegbewegte.

Tracs Potschyben stöhnte gequält auf. Jetzt wußte er, daß die gesamte Streitmacht von Hitschers-Pearl im Kampf um den Pilz untergegangen war.

Blitzschnell schaltete er. Die Bilder auf dem Schirm wechselten ständig und so schnell, daß Sal Almong kaum folgen konnte. Er erfaßte lediglich, daß Potschyben sich darüber informieren wollte, was auf den anderen Kontinenten des Planeten geschehen war.

Als Potschyben die Bildausschnitte veränderte, konnte auch Almong deutlich sehen, daß über dem nördlichen Teil von Rose und über der Nordostküste von Red zahlreiche »rote Tränen« schwebten.

»Laß mich einen Augenblick allein, Sal«, bat Tracs Potschyben. Er erhob sich und blickte den Freund an. Sal Almong hatte den Eindruck, als sei er in wenigen Minuten um Jahre gealtert. Das Gesicht war eingefallen. Die Augen sahen unnatürlich groß aus. Tiefe Kerben hatten sich in seinen Mundwinkeln eingegraben.

»Ich werde dich nicht allein lassen, Tracs«, entgegnete er mit ruhiger Entschlossenheit.

Potschyben wandte sich schweigend ab und ging auf den Ausgang zu. Almong folgte ihm bis an die Tür. Als der Oberstleutnant hier stehenblieb, stellte er sich neben ihn. Er griff nach seinem Arm.

»Du hast alles getan, was in deiner Kraft stand, um uns zu retten«, sagte er eindringlich. »Du darfst jetzt nicht verzweifeln, Tracs.«

Potschyben schob die Hand Almongs zurück. »Ich bat dich, mich allein zu lassen.«

»Es hilft überhaupt nichts, wenn du dich mit Selbstvorwürfen quälst, Tracs«, erklärte der ehemalige Ingenieur. »Wir brauchen dich. Wir können ohne deine Hilfe nicht weiterleben.«

»Du begreifst gar nicht, was ich getan habe, Sal«, entgegnete Potschyben. »Ich habe zehntausend Menschen in den Tod gehetzt. Ich habe sie für eine verrückte und sinnlose Idee geopfert.«

Sal Almong schüttelte den Kopf. »Du steigerst dich in eine völlig falsche Vorstellung hinein, Tracs«, sagte er. »Du konntest nicht wissen, daß der Pilz so hart und grausam zurückschlagen würde. Du wolltest uns doch nur helfen. Du wolltest uns befreien und wieder unabhängig machen.«

Tracs Potschyben setzte zu einer erbitterten Widerrede an, als über den Ortungsgeräten ein grünes Licht aufblinkte. Überraschung zeichnete sich auf seinem Gesicht ab. Verwirrt und unsicher blickte er Almong an.

»Was ist denn los, Tracs?«

Potschyben eilte zum Instrumentenpult und begann mit einer Reihe von

Schaltungen, die so schnell erfolgten, daß Almong es aufgab, ein System in den Aktivitäten des Rüstmeisters zu erkennen. Er blickte zu den Bildschirmen auf, die nach und nach aus der Weltraumsicht umblendeten, bis die beiden Männer die Umgebung des Stützpunktes übersehen konnten.

Ein einzelner Gleiter schwebte auf den Stützpunkt zu. Er war schwer beschädigt und machte den Eindruck, als würde er jeden Moment auseinanderbrechen. Der hintere Teil des Fluggerätes hing tief herab. Die Sichtscheiben waren herausgesprungen, und die Verschalung war an zahlreichen Stellen aufgeplatzt. Auf dem Sitz kauerte eine Frau. Sie erkannten sie nicht, weil sie über und über mit Schmutz bedeckt war und zudem einen Teil ihres Gesichtes unter einer Binde verbarg. Erst als sie den Kopf hob und nach oben blickte, sahen sie, daß es Ana Atramo war, die sich zu ihnen durchgeschlagen hatte.

Tracs Potschyben schaltete sofort. Er befahl Almong, in der Ortungszentrale zu bleiben, und eilte hinaus. Als er auf das freie Gelände hinauskam, jagte bereits ein Ambulanzgleiter mit blinkendem Alarmlicht über den Vorplatz. Aus einem Unterstand eilten fünf Roboter hervor, die einen Tank mit Löschstoffen mit sich schleppten.

Der Gleiter schwebte durch eine Strukturlücke im Energieschirm herein. Der Ambulanzgleiter stieg zu ihm auf und flog neben ihm her. Robotische Greifer zogen Ana aus dem Wrack heraus und hoben sie in den Ambulanzgleiter hinüber, während die anderen Roboter den Gleiter abfingen und landeten. Potschyben folgte dem Ambulanzgleiter bis ins Medocenter. Die positronische Sofortuntersuchung konstatierte schweren Schockzustand und mehrere leichte Verletzungen. Der Rüstmeister konnte die Ergebnisse auf einer elektronischen Anzeigentafel ablesen.

Ana hatte bereits einige Injektionen erhalten. Ihr Gesicht, ihre Schultern und ihre Arme waren gesäubert worden. Jetzt schlug sie die Augen auf und versuchte sich zu orientieren. Sie begann am ganzen Körper zu zittern, als sie die blitzenden Geräte sah, die sie umgaben. Als sie jedoch die Stimme Potschybens hörte, beruhigte sie sich sofort.

»Du bist in Sicherheit, Ana«, sagte er.

Sie wandte ihm das Gesicht zu. Die Medosonden zogen sich von ihr zurück. Die Sicherheitsbindungen fielen ab. Ana Atramo konnte sich aufrichten. Er half ihr von der Liege herunter.

»Wie geht es dir?« fragte er. »Ist alles in Ordnung?«

»Ich bin noch ein wenig wackelig auf den Beinen«, sagte sie mühsam lächelnd, »aber ansonsten geht es schon wieder.«

Er führte sie in den Funk- und Ortungsraum, in dem Sal Almong auf sie wartete. Er kam sofort zu ihnen und griff nach ihren Händen.

»Ich freue mich, daß du hier bist«, sagte er aufrichtig. »Ich hatte nicht gewagt zu hoffen, daß außer uns noch jemand die Explosion überlebt hat.«

Ana blickte Tracs Potschyben an. In ihren Augen war kein Vorwurf, doch er senkte den Kopf.

»Ich wünschte, es hätte mich erwischt, Ana«, meinte er niedergeschlagen.

Sie schüttelte den Kopf. »Tracs! So etwas darfst du nicht sagen.«

»Er ergeht sich in Selbstvorwürfen«, stellte Sal Almong fest. »Bis jetzt weiß ich noch nicht, wie ich ihm helfen könnte, seinen Schuldkomplex abzubauen.«

Potschyben sagte ungewollt heftig: »Du brauchst mir nicht zu helfen, Sal. Ich weiß schon, was ich zu tun habe.«

Ana Atramo zog die Fetzen ihrer Bluse über der Brust zusammen.

»Du könntest mir zunächst einmal etwas Vernünftiges zum Anziehen geben«, bat sie nüchtern.

»Wie hast du es geschafft, Ana?« fragte Potschyben, während er zur Schalttafel ging, einen Knopf drückte und die Anweisung in ein Mikrophon sprach, neue Kleidung für sie zu bringen.

»Ich saß am Steuer dieses Gleiters und wollte zusammen mit einigen Männern fliehen«, berichtete sie. »Ich war die einzige, die ein solches Fahrzeug fliegen konnte. Da sahen wir zwei junge Frauen in einer Schlucht. Sie winkten uns zu. Ich landete, um sie aufzunehmen. In diesem Moment muß es geschehen sein. Ich hörte einen fürchterlichen Lärm, und es wurde so hell, daß ich nichts mehr sehen konnte. Zugleich verspürte ich einen derartigen Druck, daß ich glaubte, ersticken zu müssen. Es wurde unerträglich heiß. Ich verlor das Bewußtsein. Als ich wieder zu mir kam, war der Gleiter unter Geröll und Schutt halb begraben. Alle anderen Männer und Frauen waren tot. Ich versuchte zu starten – es ging. Ich flog aus der Schlucht heraus. Der Pilz stand noch immer, und die Erde glühte an vielen Stellen. Ich sah keinen einzigen Menschen, den ich hätte aufnehmen können. So flog ich über das Meer nach Osten. Ich weiß nicht, wie lange ich unterwegs war. Irgendwann habe ich den Stützpunkt gesehen, von da an weiß ich nichts mehr.«

Ein Roboter kam und brachte frische Kleidung für Ana. Sie nahm sie entgegen und ging damit in einen Nebenraum, um sich umzuziehen. Als sie zurückkehrte, saß Potschyben vor der Bildwand. Auf den Bildschirmen waren wieder Aufnahmen aus dem Weltraum zu sehen.

Auf Rose hatte vor wenigen Minuten abermals eine Explosion stattgefunden. Gerade jetzt breitete sich der typische Atompilz aus.

Ana Atramo ging zu dem Rüstmeister und legte ihm die Hände auf die Schultern.

»Was wirst du tun, Tracs?«

»Ich weiß es nicht«, antwortete er.

»Du darfst den Kampf nicht aufgeben«, sagte sie. »Jetzt erst recht nicht. Du mußt verhindern, daß die Fremden Hitschers-Pearl unbewohnbar machen.«

Erstaunt stellte Potschyben fest, daß Ana sich schnell erholt hatte. Offensichtlich sprach sie auf die Medikamente, die ihr verabreicht worden waren, besonders gut an.

»Tracs – du mußt uns retten! Ohne deine Hilfe sind wir alle verloren. Du hast die Macht, die Männer, Frauen und Kinder, die noch in Roseata sind, herauszuholen, bevor auch sie getötet werden.«

»Du hast recht, Ana«, entgegnete er und erhob sich. »Wir müssen die Bewohner von Roseata evakuieren. Ich wünschte nur, meine Mittel wären nicht so beschränkt.«

Er verließ den Raum. Ana und Sal folgten ihm in einen anschließenden, kreisrunden Saal, dessen Wände mit Konstruktionszeichnungen von Raumschiffen verschiedenster Bauart bedeckt waren. Potschyben setzte sich vor ein Pult mit einer umfangreichen Programmtastatur. Mit geübter Hand tippte er seine Fragen ein. Sekunden später schon erschienen auf einem Bildschirm lange Zahlenkolonnen und Materialaufzählungen.

»Was machst du?« fragte Almong. Er beschränkte sich bewußt darauf, nur das Einfachste zu fragen, obgleich ihm gerade das besonders schwerfiel.

»Ich frage ab, was mir für die Evakuierung noch zur Verfügung steht, Sal«, antwortete Potschyben. »Das Lager ist weitgehend geräumt. Wir müssen wieder einmal improvisieren.«

Er tippte seine Befehle ein und erhob sich dann. Seine Gestalt straffte sich. Er schien neuen Mut zu schöpfen.

»Kommt, wir gehen nach draußen!«

Er führte die beiden Siedler durch einen Gang zu einem Antigravschacht. Almong und Ana vertrauten ihm blind. Als er in das Feld trat, um sich nach unten tragen zu lassen, folgten sie ihm. In einer Montagehalle kamen sie heraus. Sie traten auf eine Brüstung hinaus, von der aus sie die Halle übersehen konnten. Etwa ein Dutzend Roboter arbeiteten an acht kompliziert aussehenden Motorblöcken.

»Wir werden einen Prallgleiter bauen«, erklärte Potschyben. »Das sind die letzten Aggregate, die mir zur Verfügung stehen. Sie werden jetzt zusammengekoppelt und mit einer Plattform verbunden, auf der etwa vierhundert Menschen transportiert werden können.«

In ihrer Nähe blinkte eine rote Lampe auf. Zugleich begann eine Sirene zu heulen. Potschyben eilte zu einem Bildschirm und schaltete ihn ein. Die Sirene verstummte, während das Bild sich erhellte. Ana und Sal, die Potschyben gefolgt waren, konnten den Kontinent Rose sehen. Dort hatte abermals eine Atomexplosion stattgefunden.

»Sie haben das Solganfeld vernichtet«, sagte Almong mit erstickter Stimme. »Tracs, warum haben sie das getan? Wir haben Jahre daran gearbeitet, bis es endlich soweit war.«

Das Solganfeld lag dreißig Kilometer von Roseata entfernt auf einem Gebirgsplateau. Vor vier Jahren hatte diese Plantage, die ein Areal von zwanzig Kilometern Breite und fünfzehn Kilometern Länge umfaßte, die erste Ernte nach fast dreißigjähriger Aufbauarbeit gebracht. Die Früchte des Solganbaumes, deren Wert lange vor der Besiedlung von den Wissenschaftlern eines Explorerschiffes erkannt worden war, bildeten die Grundlage für ein Kosmobiotikum von außerordentlich hohem Wert.

Almong hatte Tränen in den Augen. Ana Atramo krallte ihre Finger in den Arm Potschybens. Sie unterdrückte den aufsteigenden Zorn.

»Es genügt ihnen nicht, daß sie uns geschlagen haben«, sagte Almong. »Jetzt wollen sie uns vernichten. Tracs, können wir denn nichts tun?«

Potschyben schüttelte den Kopf. Er schaltete das Gerät aus und blickte über die Brüstung in die Halle hinab.

»Wir können nur hoffen, daß wir rechtzeitig kommen, um die Siedler herauszuholen.«

In Roseata herrschte Panik.

Die Bevölkerung der kleinen Stadt floh in die waldreiche Landschaft des Ostens hinaus. Die meisten benutzten einfache Karren für ihre Flucht, die von Scheps gezogen wurden, schafähnlichen Tieren mit stämmigen Beinen, kurzer Wolle, die zu hart war, um genutzt zu werden, und flachen Köpfen. Immer wieder blickten die Siedler nach Westen, wo über den Bergen jener unheimliche Rauchpilz stand, der aus dem Feuer gewachsen war. Die Superiors waren über den Fluß gekommen, aber auch sie hatten der verwirrten Bevölkerung nicht erklären können, was geschehen war. Jetzt versuchten sie die Siedler zu beruhigen, aber da sie selbst erregt waren, hatten sie keinen Erfolg. Sie konnten die Männer, Frauen und Kinder lediglich in einer Kolonne zusammenhalten und verhindern, daß sie sich im Wald in alle Richtungen verstreuten.

Die panikartige Flucht endete erst, als ein seltsames Gefährt über die Bäume hinwegfauchte und auf einer Lichtung landete. Die meisten Flüchtlinge wollten in ihrer Angst umkehren und in eine andere Richtung weiterziehen, doch dann erkannten einige von ihnen auf der schwebenden Plattform den Rüstmeister Tracs Potschyben. Sie riefen erleichtert seinen Namen, und plötzlich kam neue Hoffnung in ihnen auf.

Potschyben kam ihnen durch das hohe Gras entgegen. Bei einem Traktor, den man vor einem Jahr hier hatte stehenlassen, begegnete er den ersten Männern und begrüßte sie. Wie ein Lauffeuer breitete sich die Nachricht aus, daß der Rüstmeister zurückgekommen war. Überrascht stellte er fest, daß die Menschen schon von der Niederlage wußten.

Potschyben sah, daß die Kolonisten von allen Seiten herbeikamen. Er war erschüttert. Not und Entsetzen hatten die Menschen gezeichnet. Auch die Superiors, die einen noch etwas überlegenen Eindruck machten, verrieten durch ihr Äußeres, daß sie überhastet aufgebrochen und geflohen waren. Sie schienen in ihrer Panik sogar ihre Gleiter vergessen zu haben, mit deren Hilfe sie sich viel bequemer und schneller hätten absetzen können.

Der Boden erzitterte unter ihren Füßen. Der Himmel leuchtete auf. Jenseits der Berge im Westen stieg eine Rauchwolke in den Himmel hinauf, während ein dumpfes Grollen hörbar wurde.

»Schnell«, sagte Potschyben mit mühsam beherrschter Stimme. »Steigt auf die Plattform! Ihr müßt das Land verlassen.«

Ein Homo superior trat auf ihn zu. Er trug eine lichtblaue Kombination mit sieben aufgestickten Sonnen.

»Wohin bringen Sie uns?« fragte er in aggressivem Ton. »Wollen Sie uns in den Kampf gegen den Pilz führen? Sollen wir mit bloßen Händen gegen das ankämpfen?«

Er drehte sich um und zeigte anklagend auf den Atompilz über den Bergen.

»Ich werde versuchen, Sie in Sicherheit zu bringen«, beteuerte Potschyben.

»Sicherheit!« Der Superior schnaubte verächtlich. »Wo finden wir jetzt noch Sicherheit auf diesem Planeten?«

»Vielleicht auf Gray« entgegnete der Oberstleutnant ruhig. »Dieser Kontinent ist noch relativ unerschlossen. In den Bergen im Norden ist das Klima ausgeglichen und mild. Die Täler bieten Schutz gegen mögliche Angriffe. Außerdem sind Sie dort sehr weit vom Stützpunkt und vom Pilz entfernt.«

»Wird der Stützpunkt auch angegriffen?« fragte der Superior.

»Noch nicht«, sagte Potschyben, »aber wir müssen damit rechnen, daß auch er bald unter Beschuß liegen wird.«

»Sind wir denn unter dem Schutzschirm nicht sicherer als sonst irgendwo auf dieser Welt?«

»Ich weiß nicht, ob der Energieschirm dem Angriffspotential der Fremden standhält. Außerdem – Ihnen dürfte doch das technische Instrumentarium des Stützpunktes ohnehin ein Dorn im Auge sein. Sie würden sich dort sicherlich nicht wohl fühlen.«

Der Homo superior blickte Potschyben verwirrt an. Er schüttelte den Kopf. Offensichtlich hatte er den Rüstmeister nicht verstanden. Potschyben kümmerte sich jedoch nicht mehr um ihn, sondern kehrte zu der Plattform zurück, um die Siedler zu größerer Eile anzutreiben.

Sal Almong, der an einem Motorblock lehnte, deutete verstohlen nach oben.

»Was ist denn?« fragte Potschyben.

»Die ›roten Tränen‹, Tracs.«

Jetzt endlich begriff der dunkelhaarige Mann. Er blickte nach oben. Hoch über ihnen in den Wolken schwebte eine »rote Träne«!

Potschyben blickte nach Süden. Auch dort erkannte er eine jener Atombomben, die von dem Pilzraumschiff ausgeschickt worden waren. Er schätzte die Sprengkraft dieser Explosivkörper auf wenigstens eine Megatonne TNT. Hatten die Unbekannten vor, den gesamten Planeten zu verwüsten?

Langsam zog die »rote Träne« über den Himmel, um endlich weit im

Norden in den Wolken zu verschwinden. Von einer unbestimmten Ahnung getrieben, blickte Potschyben nach Süden. Von dorther glitt die nächste Bombe heran. Er fühlte, daß er nahe daran war, die Nerven zu verlieren. Seitdem die Siedler ihn gesehen hatten, bewegten sie sich langsamer und ruhiger, als sei allein durch sein Erscheinen schon die Gefahr beseitigt worden. Von allen Seiten näherten sich Männer, Frauen und Kinder. Potschyben trieb sie zu größerer Eile an. Allmählich wurde der Strom dünner. Die Plattform füllte sich. Potschyben schätzte, daß etwa vierhundert Siedler darauf standen.

Sal Almong kam zu ihm.

»Wir sollten starten, Tracs«, sagte er. »Bist du überhaupt sicher, daß unsere Luftkutsche alle Leute trägt?«

»Ganz sicher, Sal. Ich wüßte nur gern, ob sich jetzt noch Siedler in den Wäldern verbergen. Wir dürfen niemanden hier zurücklassen.«

»Sieh bitte einmal nach oben, Tracs«, forderte Almong ihn auf.

Er folgte dem Rat.

Direkt über ihnen schwebte eine »rote Träne«. Sie bewegte sich nicht mehr, sondern verharrte auf der Stelle. Potschyben erblaßte.

»Ich fürchte, sie könnte auf uns herunterfallen«, sagte Almong. »Es wäre doch immerhin schade um unsere schöne Schwebeplattform, nicht wahr?«

Potschyben hatte kein Verständnis für den Scherz. Er schickte den Freund auf das Fahrzeug und stellte sich dann selbst an das Steuerpult. Eine junge Frau, die einen Säugling im Arm hielt, lief als letzte auf sie zu. Potschyben wartete, bis sie bei ihnen war, dann startete er. Immer wieder blickte er nach oben. Die »rote Träne« hing noch immer drohend über ihnen. Wenn sie jetzt herunterfiel, dann hatten sie keine Chance mehr. Sie brauchten etliche Minuten, um sich in Sicherheit zu bringen. Wenn es innerhalb dieser Frist zur Explosion kam, war alles verloren.

Die Aggregate heulten auf. Ein tragendes Prallfeld entstand zwischen Plattform und Boden. Die Siedler klammerten sich aneinander, um besseren Halt zu haben. Potschyben beschleunigte behutsam, steigerte die Geschwindigkeit dann jedoch immer mehr bis in einen Bereich hinein, der gerade noch zumutbar war. Die Siedler kauerten sich hin, um Schutz vor dem Fahrtwind zu finden.

Der Rüstmeister stand am Steuerpult. Er wagte es nicht, zurückzublikken, weil er fürchtete, einen oder mehrere Flüchtlinge aus den Wäldern kommen zu sehen. Er durfte jetzt nicht mehr länger warten oder gar umkehren, um Nachzügler aufzunehmen.

Da schrie Sal Almong auf.

»Tracs!« Er kauerte auf dem Boden und klammerte sich an die Beine des dunkelhaarigen Riesen. Dabei blickte er über den Rand der Plattform nach unten zurück. »Tracs – ich glaube, dort sind noch zwei Männer.«

Er richtete sich auf, als der Rüstmeister nicht reagierte, und wiederholte seine Worte. Potschyben schüttelte den Kopf.

»Du irrst dich, Sal. Dort unten ist niemand mehr.«

Sal Almong sah noch einmal auf das Land hinunter. Er war sich nicht sicher, ob er tatsächlich zwei Männer gesehen hatte, aber er konnte sich nicht vorstellen, daß er sich so sehr getäuscht hatte. Er blickte Potschyben an, und plötzlich begriff er.

»Tracs«, sagte er, aber niemand verstand ihn, »ich bin verdammt froh, daß ich nicht in deiner Haut stecke. In den letzten Tagen habe ich mir mehrfach gewünscht, ebenfalls mentalstabilisiert zu sein, so wie du. Jetzt weiß ich, daß ich ein Narr war.«

Die Plattform schoß über die Riffe der Ostküste hinaus. Potschyben verließ Rose sehr weit im Norden. Hier war die Meerenge zwischen den Kontinenten kaum fünfzig Kilometer breit, so daß schon bald die Berge an der Westküste von Oyster sichtbar wurden. Die höchsten Gipfel waren schneebedeckt. Sal Almong erinnerte sich nicht daran, jemals so weit im Norden gewesen zu sein, daß er Schnee gesehen hatte. Fasziniert blickte er auf die Küste. Erst als es hinter ihnen aufblitzte, wandte er sich um und blickte zurück.

Es überlief ihn kalt.

Ein Atomblitz wuchs über dem Land auf, das sie gerade eben verlassen hatten. Der unheimliche Donner holte sie schon wenig später ein. Sal Almong begriff, daß die Bombe direkt über Roseata explodiert sein mußte.

Als Potschyben die Siedler im Norden von Oyster abgeladen hatte, brach er sofort auf, um auch die Siedler von Red und die dort eingesetzten Superiors in Sicherheit zu bringen.

An der Nordküste, von wo aus man den Pilz von Rose sehen konnte, waren zwei Atombomben explodiert. Die Siedler befanden sich in heller Panik. Sie fürchteten, daß weitere Bomben fallen würden.

Tracs Potschyben und Sal Almong flogen alle Männer, Frauen und Kinder in fünf Flügen nach Yellow hinüber. Über diesem südlichsten Kontinent, der große Ähnlichkeit mit dem Australien der Erde hatte und auch auf vergleichbarer geographischer Breite lag, schwebten noch keine »roten Tränen«.

Als sich der verhängnisvolle 19. November 3441 seinem Ende zuneigte, flog der Rüstmeister die letzten Siedler aus dem Süden von Oyster aus. Er befand sich mit seiner Plattform über der Meerenge zwischen Gray und Yellow, als sich Ana Atramo bei ihm meldete. Sie hielt sich noch immer im Stützpunkt auf.

Ihr Bild erschien auf dem kleinen Bildschirm auf dem Steuerpult des Prallgleiters. Sie sah ängstlich und erschreckt aus.

»Tracs«, rief sie. »Der Angriff auf den Stützpunkt hat begonnen. Ich habe Roboter gesehen. Sie schießen mit Energiestrahlern, und sie kommen von allen Seiten.«

Die subtropische Landschaft, die schon durch die Bombe der Superiors verändert worden war, glich jetzt einer schwarzen Lavawüste. Der strahlende Energieschirm, der sich aus ihr erhob, paßte nicht mehr zu diesem Bild der Zerstörung.

Potschyben und Sal Almong näherten sich dem Stützpunkt von See her. Deutlich konnten sie die heranrückenden Robotergruppen der Fremden erkennen. Die Maschinen fielen Potschyben durch ihre ungewöhnlich bizarre Form auf, die keineswegs den Eindruck großer Zweckmäßigkeit machte.

Die beiden Männer klammerten sich an den Prallgleiter. Sie erwarteten, von den Angreifern beschossen zu werden, aber sie erreichten den Schutzschirm ungehindert und durchstießen ihn. Almong lachte erleichtert auf, als sie neben einem Montagegerüst gelandet waren und zu einem Gebäude hinüberliefen. Er glaubte, nunmehr endgültig in Sicherheit zu sein.

Unmittelbar darauf begann ein weiterer Angriff. Als sie in den Funk- und Ortungsraum kamen, wo Ana Atramo auf sie wartete, heulte eine Sirene. Potschyben eilte zu den Überwachungsgeräten hin. Besorgt schüttelte er den Kopf.

»Wir werden uns nicht halten können«, sagte er.

»Die Roboter ziehen sich doch zurück!« rief Ana und wies auf einen Bildschirm. Tatsächlich flutete die Front der seltsamen Wesen jetzt vom Stützpunkt weg.

»Sie werden es wieder mit Bomben versuchen«, kündigte Potschyben an. »Ich will euch nichts vormachen. Der Stützpunkt ist so gut wie verloren. Ihr beide werdet mich jetzt verlassen.«

Ana und Almong widersprachen. Sie waren fest entschlossen, bei dem Rüstmeister zu bleiben.

»Ich gehe nicht«, sagte Ana.

»Ich bleibe ebenfalls«, erklärte Almong. »Wir brauchen nicht mehr darüber zu reden.«

Potschyben lächelte. »Es wäre sinnlos, zu bleiben«, sagte er. »Das würde niemandem nützen.«

»Gibt es wirklich keine Hilfe von außen?« fragte Ana. »Hast du schon versucht, Hilfe zu bekommen?«

Potschyben nickte. »Natürlich, Ana. Ich habe jeden Tag an den Geräten gesessen. Vergeblich. Ich habe nur Notrufe aufgefangen. Geht jetzt!«

»Nein«, entgegneten Ana und Sal wie aus einem Mund.

Potschyben ging zu einem Schrank. Er nahm einen Lähmstrahler heraus und richtete ihn auf die beiden. Der Ingenieur schrie auf.

»Nein, Tracs, nicht!« rief er.

Der Rüstmeister löste die Waffe aus und paralysierte die Freunde. Dann rief er einen Roboter herbei und befahl ihm, Almong zu tragen. Er selbst nahm Ana Atramo auf die Arme und brachte sie zum Prallgleiter. Er legte sie dort ab und blickte nach oben. Hoch über dem Stützpunkt schwebten sieben »rote Tränen«, und weitere glitten von Westen heran. Der konzentrierte Angriff auf den Stützpunkt stand unmittelbar bevor. Potschyben erteilte dem Roboter den Befehl, weitere Roboter herbeizurufen. Schon nach wenigen Sekunden erschienen zwanzig Automaten aus allen Bereichen. Es waren die letzten Exemplare, die sich noch im Stützpunkt befanden. Potschyben schickte sie auf die Plattform und zog sich nach einem letzten Blick auf die beiden bewußtlosen Freunde zurück. Der Prallgleiter flog auf den Schutzschirm zu, durchstieß ihn und raste auf das Meer hinaus. Potschyben wandte sich ab und kehrte in das zentrale Gebäude zurück. Er setzte sich im Funk- und Ortungsraum vor die Geräte und schaltete sie ein.

Die Bildschirme flammten auf. Die Beobachtungssatelliten übermittelten ihm ein deutliches Bild der anderen Kontinente. Rose war weitgehend zerstört worden. Das pilzförmige Raumschiff stand am Rande einer atomar verseuchten Wüste, schien selbst jedoch von den Bombenangriffen unberührt geblieben zu sein. Auch die indirekten Wirkungen der Explosionen hatten keine Schäden verursacht. Selbst die verschiedenartigen Antennen auf dem Pilzdach sahen noch so aus wie vor dem Beginn der Kampfhandlungen.

Plötzlich schwankte der Raum. Die Verschalung der Geräte platzte krachend auseinander. Einige Spezialröhren implodierten. Die Instrumente zeigten eine einhundertdreißigprozentige Überbelastung des Schutzschirmes an.

Potschyben begann zu fluchen. Er wünschte, er hätte jetzt noch irgendeine Waffe, um seinerseits den Pilz anzugreifen. Abermals tippte er das Materialprogramm ein, während der Boden unter ihm erneut erzitterte und ohrenbetäubender Krach seine Trommelfelle zu zerstören drohte.

Plötzlich stutzte er. Er ließ die Anzeigen zurückfahren, um sich davon zu überzeugen, daß er sich nicht geirrt hatte. Die Zahlenkolonnen wanderten zurück und blieben dann stehen. Er hatte sich nicht getäuscht Unter dem Material des Stützpunktes befand sich eine Space-Jet, die allerdings stark beschädigt war.

Potschyben erhob sich und eilte aus dem Raum. Wenig später erreichte er die Montagehalle, in der die Space-Jet abgestellt war. Ihre Außenwände wiesen starke Beschädigungen auf. Einige Teile der Aggregate befanden sich in einem Zustand, der nur noch eine Verschrottung zuließ.

Der Offizier versetzte der Space-Jet einen Fußtritt. Er wandte sich ab, blieb dann jedoch nachdenklich stehen und kletterte in das Raumfahrzeug. Die Montagehalle schwankte. Eine Seitenwand brach zusammen, und eine unerträglich helle Lichtflut erreichte Potschyben. Er schaltete die Funkgeräte der Jet ein und ließ sie laufen. Dann überprüfte er die verschiedenen Einrichtungen, um festzustellen, was an diesem Raumschiff noch funktionierte. Er fand zu seiner Verblüffung heraus, daß die Jet durchaus noch flugfähig war. Er lächelte bitter, erhob sich aus dem Sessel und wandte sich wieder dem Ausgang zu.

Wohin sollte er fliehen? Die Erde konnte er mit dieser Jet nicht erreichen.

»Du könntest dich höchstens mit dem Ding in den Pilz stürzen«, meinte er, ohne diesen Gedanken jedoch zunächst ernst zu nehmen. Als er seinen Fuß auf den Boden der Halle setzte, verharrte er und fragte laut: »Warum eigentlich nicht?«

Vielleicht konnten die Fremden doch noch aufgehalten werden? Potschyben kehrte auf den Pilotensitz zurück. Er zuckte zusammen, als plötzlich eine klare und verständliche Stimme aus dem Lautsprecher kam. Sie versiegte ebenso schnell, wie sie gekommen war, aber in diesem kurzen Moment begriff Potschyben, daß sich klar denkende Menschen in der Nähe des Ynakcho-Systems befanden. Er versuchte sofort, sich in das Gespräch einzuschalten, doch er hatte kein Glück.

Er hatte Bruchteile eines Hyperfunkgespräches gehört. Seine Situation war doch nicht ganz so aussichtslos, wie er angenommen hatte.

Er sprang auf, eilte zu einem Schrank und zerrte einen Raumanzug hervor, um ihn eilig anzulegen. Der Stützpunkt lag unter atomarem Beschuß. Von hier aus würde es ihm kaum gelingen, Verbindung mit dem Raumschiff aufzunehmen. Er mußte den Planeten verlassen.

Schnell kehrte er in den Pilotensitz zurück. Er schaltete in fliegender Eile. Von Sekunde zu Sekunde wurde er ruhiger. Während der Schutzschirm über ihm unter der Wucht der Angriffe zusammenzubrechen drohte, während »rote Tränen« auf den Stützpunkt herabregneten und schildkrötenähnliche Roboter mit Energiestrahlern auf ihn feuerten, aktivierte er die Space-Jet und lenkte sie vorsichtig aus der Halle heraus.

Ein ungeheuer helles Licht flutete durch die offene Schleuse herein. Die Bildgeräte setzten aus. Potschyben fühlte, daß er zurückgerissen wurde. Er beschleunigte voll. Der Schutzschirm öffnete sich. Wie ein Geschoß raste die Space-Jet in den Himmel hinauf, während der Energieschirm endgültig zusammenbrach und eine »rote Träne« mitten im Stützpunkt explodierte.

Minuten später befand sich Potschyben in einer Kreisbahn um Hitschers-Pearl.

»Hier spricht Oberstleutnant Potschyben«, rief er in das Mikrophon, während er mit höchster Energie sendete. »Ich rufe unbekanntes Raumschiff. Hier spricht Hitschers-Pearl im Ynakcho-System. Ich benötige dringend Hilfe. Bitte, melden Sie sich!«

Der Bildschirm des Hyperkoms erhellte sich. Das Gesicht eines Terraners erschien.

»Hier spricht GOOD HOPE II«, antwortete der Funker. »Wir hören Sie. Bitte, identifizieren Sie sich!«

Potschyben fühlte, daß sich ihm der Hals zuschnürte. Er brachte zunächst kein Wort über die Lippen. Unwillkürlich blickte er auf die Bildschirme, die ihm ein Bild von Hitschers-Pearl übermittelten. Gerade überflog er Oyster. Über dem zerstörten Stützpunkt stand eine ungeheure

Rauchwolke. Sie reichte bis in die höchsten Luftschichten hinauf. Weitere Spuren von Atomexplosionen konnte Potschyben jedoch nicht feststellen. Der Kampf um den Planeten war beendet.

Er gewann die Gewalt über seine Stimme zurück und begann zu berichten. Das Bild des Funkers verschwand und kehrte nach einigen Sekunden zurück.

»Wir fordern Sie auf, an Bord zu kommen, Oberstleutnant«, sagte der Funker. »Es folgen Kursdaten und Anweisungen für ein Rendezvousmanöver.« Er lächelte. »Wir heben die Fahrt auf und erwarten Sie.«

Die Space-Jet löste sich aus der Umlaufbahn um den Planeten und strebte aus dem Ynakcho-System hinaus, nachdem Potschyben die Kursdaten festgehalten und die Automatik programmiert hatte.

»Sie haben Glück gehabt«, sagte Perry Rhodan. »Wir befinden uns auf dem Rückflug vom Kunstplaneten Wanderer-Beta. Dabei haben wir einige Funksprüche gewechselt.«

Der Großadministrator betrachtete den hochgewachsenen Mann, der vor ihm stand. Oberstleutnant Tracs Potschyben hatte seinen Raumanzug abgelegt. Seine Space-Jet befand sich nach einem vierstündigen Anflug längsseits der GOOD HOPE II.

Perry Rhodan hatte in der Kommandozentrale des Raumschiffs auf ihn gewartet. Bei ihm befanden sich der Arkonide Atlan und Professor Geoffry Abel Waringer – Männer, die Potschyben bekannt waren. Soeben erschien Gucky in der Zentrale. Er watschelte zu einem Sessel und setzte sich.

»Mann, o Mann, der Meister der Rüstung ist aber groggy«, sagte er respektlos.

»Setzen Sie sich, Potschyben«, bat Rhodan. Er wartete ab, bis der Rüstmeister der Aufforderung nachgekommen war. »Ich habe inzwischen angeordnet, daß Ihre Space-Jet atomar gesprengt wird. Wir können sie nicht an Bord nehmen, und es ist nicht nötig, daß sie von unseren Gegnern gefunden und untersucht wird.«

Potschyben lächelte müde. »Sie ist kaum mehr als ein Wrack, Sir.«

»Fahren Sie in Ihrem Bericht fort«, forderte Rhodan ihn auf, ohne auf den Einwand zu achten. Er blickte auf, als Fellmer Lloyd den Raum betrat und zu ihnen kam. »Oberstleutnant Potschyben hat gerade die Theorie aufgeworfen, daß der Homo superior erst durch die Veränderung der Gravitationskonstante um 852 Megakalup herangereift sei«, erklärte er.

Atlan schüttelte den Kopf. »Das kann ich mir nur schwer vorstellen«, sagte er. »Das wäre viel zu kurzfristig.«

»Ich glaube nicht daran, daß die Entwicklung, die zum Homo superior geführt hat, so kurzfristig zu sehen ist«, entgegnete Potschyben. »Ich kann mir auch nicht vorstellen, daß diese seltsame Invasion erst seit einem Jahr stattfindet.«

»Es gibt vorläufig keine Beweise dafür, daß es anders ist«, wandte Rhodan ein.

»Dennoch glaube ich eher, daß sie viel älterer Natur ist«, beharrte Potschyben auf seiner Meinung. »Vielleicht dauert sie schon einige Jahrzehnte oder Jahrhunderte. Die Manipulatoren oder Manips, von denen Sie mir erzählt haben, Sir, sind vielleicht schon vor vielen Jahrzehnten in und vor der Galaxis eingetroffen. Ich kann mir einfach nicht vorstellen, daß in einem so ungeheuer großen Raum wie unserer Galaxis die Gravitationskonstante schlagartig verändert worden sein kann. Ich bin fest überzeugt davon, daß eine solche Veränderung nur in einem sehr langen Zeitraum vorgenommen werden kann.«

Er blickte sich um und bemerkte, daß die anderen Männer ihm aufmerksam zuhörten, obwohl er fühlte, daß sie anderer Meinung waren als er. Er wurde ein wenig unsicher.

»Wäre es nicht möglich gewesen, daß während dieser sehr langen Zeitspanne der Homo superior langsam entstanden und herangereift ist, um dann relativ schnell auf die Veränderung der Gravitationskonstante zu reagieren, also so zu werden, wie er jetzt ist? Mir ist unter anderem aufgefallen, daß es unter den Superiors offensichtlich keine sehr alten Menschen gibt. Das muß doch einen Grund haben, Sir.«

Perry Rhodan lächelte. Er nickte Potschyben zu.

»Wir werden hoffentlich bald mehr über diese Frage erfahren«, sagte er. »Sie werden jetzt erst einmal eine Ruhepause einlegen. Später können wir uns weiter über Ihre Theorie unterhalten.«

»Sir – ich möchte auch noch einmal über den Kampf gegen den Pilz mit Ihnen sprechen«, bat Potschyben.

»Wir werden noch sehr viel zu besprechen haben«, antwortete Rhodan. »Sie haben interessante Beobachtungen gemacht, die uns vielleicht ein großes Stück weiterhelfen. Vor allem werden Sie uns ausführlich schildern, wie der Homo superior auf die erneute Änderung der Gravitationskonstante reagierte.«

»Sir, dazu kann ich zusammenfassend sagen, daß der Homo superior sich ...«

»Schlafen Sie gut, Oberstleutnant. Wir sprechen uns später wieder.«

Tracs Potschyben erhob sich und ließ sich aus der Zentrale führen. Jetzt erst merkte er, wie müde und erschöpft er war.

Perry Rhodan jedoch dachte an die neue Aufgabe, die vor ihm lag. Er sah ihr mit gemischten Gefühlen entgegen und konnte nur hoffen, daß der Aufruf an die Immunen der Galaxis den erhofften Erfolg haben würde.

Und vielleicht waren in diesem Zusammenhang Potschybens Informationen über den Homo superior nicht unwichtig.

Man würde es sehen.

7.

Dessopato

Gegen Ende des Jahres 3441 gab es in unserer Galaxis kaum noch eine Raumfahrt. Das durch die Verdummungswelle auf den von den raumfahrenden Völkern besiedelten Planeten hervorgerufene Chaos zwang die immun Gebliebenen, sich nur um den Fortbestand ihrer Völker zu bemühen.

Nur einzelne Raumschiffe bewegten sich noch durch den Weltraum, von diesen wiederum waren es nur zwei, die sich damit beschäftigten, den in die Galaxis eingedrungenen Schwarm zu beobachten: die GOOD HOPE II und die INTERSOLAR.

Die INTERSOLAR unter dem Kommando von Reginald Bull und Julian Tifflor hatte allerdings noch eine zweite Aufgabe zu erfüllen: Sie flog Planeten der wichtigsten Völker an. Bull und Tifflor forderten die intelligent gebliebenen Vertreter dieser Völker auf, Abgeordnete zu einer großen galaktischen Konferenz zu schicken. Einziges Ziel dieser Konferenz sollte die Gründung der Galaktischen Völkerallianz sein. Diese Vereinigung sollte keinerlei politische Ziele haben. Ihre einzige Aufgabe sollte darin bestehen, die Immunen aller Völker zu einem gemeinsamen Handeln gegen den Schwarm zu veranlassen.

Am 20. November 3441 Erdzeit traf auf der GOOD HOPE II eine Funknachricht von der INTERSOLAR ein.

Reginald Bull berichtete darin, daß die Vorbereitungen für die geplante Konferenz so gut wie abgeschlossen waren. Erstaunlicherweise war es relativ schnell gelungen, Anhänger für Rhodans Idee zu gewinnen. Alles sah danach aus, als würden die Völker der Galaxis angesichts der schrecklichen Bedrohung durch den Schwarm ihre Eifersüchteleien und bisherigen Streitigkeiten vergessen können.

Die Konferenz sollte an einem neutralen Ort, fast schon im Einflußgebiet der vom Schwarm ausgesandten Pilzschiffe, stattfinden. Perry Rhodan hatte das System Heykla-Beru als Konferenzort vorgeschlagen.

Rhodan verzichtete vorläufig auf eine weitere Beobachtung des Schwarmes und nahm mit der GOOD HOPE II Kurs auf Heykla-Beru, um an der Konferenz teilzunehmen.

Dies ist auch die Geschichte der Konferenzteilnehmer – ihrer Schwächen und ihrer Stärken.

Auf den Bildschirmen der GOOD HOPE II war die rote Zwergsonne Heykla-Beru bereits deutlich zu erkennen. Sie besaß zwei Planeten: Grom, eine Hitzewelt, und Dessopato, eine Wüstenwelt von der Größe des solaren Planeten Mars.

Wissenschaftler, die vor sechsundachtzig Jahren das System Heykla-Beru mit einem Explorer-Schiff angeflogen und untersucht hatten, waren mit wertvollen Funden zurückgekehrt. Vor mehr als zweihunderttausend Jahren hatte es auf Dessopato eine Zivilisation gegeben, deren Entwicklung einen hohen Stand erreicht hatte. Die Gründe für den Untergang dieses Volkes waren bisher unbekannt geblieben, aber auf der Oberfläche des Planeten gab es steinerne Zeugen für eine einstmals hochstehende Kultur. Die Sauerstoffatmosphäre dieser Welt, die früher einmal ein Paradies gewesen sein mußte, begann sich allmählich zu verflüchtigen, doch sie war noch dicht genug, um humanoiden Lebewesen den Aufenthalt ohne Schutzvorrichtungen zu gestatten.

Atlan, der neben Rhodan saß und die Bildschirme beobachtete, lächelte verständnisvoll.

»Allmählich wird mir klar, warum alle Völker diesem Konferenzort zugestimmt haben. Er ist tatsächlich neutral. Niemand kann behaupten, daß die Terraner allein durch die Wahl dieses Platzes gewisse Vorteile bekommen.«

Rhodan sah ihn unwillig an. »Du unterstellst Wesen, die verzweifelt und einsam sind, daß sie sich mit solchen Nebensächlichkeiten aufhalten. Ich glaube, daß die Abgeordneten, von wo immer sie kommen, jeden Konferenzort akzeptiert hätten – sogar Terra. Es geht jetzt ausschließlich um die Erhaltung der Arten.«

Der Arkonide spreizte beide Hände und preßte die Fingerspitzen gegeneinander. Er glaubte, die Emotionen und Beweggründe intelligenter Wesen besser beurteilen zu können als Perry Rhodan. Natürlich waren die Immunen angesichts der über ihre Völker hereingebrochenen Katastrophe verzweifelt, aber diese Tatsache allein machte aus Egoisten noch keine Heiligen.

»Ich bin überzeugt davon«, fuhr Rhodan fort, »daß meine Vorschläge Beifall finden werden. Wenn wir ein Immunenkommando aus Angehörigen aller Völker zusammenstellen können, haben wir einen großen Schritt nach vorn getan. Unter diesen Umständen bin ich bereit, alles Material, das wir bisher über den Schwarm gesammelt haben, der Konferenz zur Verfügung zu stellen.«

»Ich wäre nicht ganz so selbstlos«, mischte sich Toronar Kasom ein, der an Bord der GOOD HOPE II die Rolle eines Feuerleitoffiziers übernommen hatte. »Wir sollten uns in jedem Fall erst anhören, was die anderen zu sagen haben.«

Rhodan machte eine Handbewegung, als wollte er Kasoms Einwand wegwischen.

»Es geht jetzt um wichtige Entscheidungen. Die Tatsache, daß fast alle

Völker unserem Ruf gefolgt sind, beweist, daß sie in Not sind. Zusammenarbeit, die aus einer Notlage heraus entsteht, hält größten Belastungen stand.«

»Wenn du mit dieser Einstellung an die Sache herangehst, wirst du eine Lektion erhalten, die du dir leicht ersparen könntest, Terraner«, warnte Atlan. »Natürlich werden alle Konferenzteilnehmer ihre Zustimmung zu deinen Vorschlägen geben, aber sie werden versuchen, möglichst viel für sich und ihre Völker herauszuholen. Es ist auch möglich, daß einige Abgeordnete annehmen, daß sie der terranischen Vorherrschaft innerhalb der Galaxis nunmehr ein Ende machen können.«

»Unter diesen Umständen?« fragte Rhodan zweifelnd. »Das ist wohl nicht dein Ernst!«

Atlan zog es vor zu schweigen. Es sah nicht so aus, als würde Perry sich überzeugen lassen. Die fast euphorische Stimmung, mit der Rhodan dieser Konferenz entgegensah, würde schnell vorbei sein, wenn die ersten Abgeordneten gesprochen hatten.

Icho Tolot, der spürte, daß es zwischen den beiden alten Freunden zu einer Mißstimmung gekommen war, versuchte zu vermitteln.

»Wir dürfen nicht vergessen, daß wir nicht mit den gewählten Repräsentanten der verschiedenen Völker sprechen werden, sondern nur mit Wesen, die durch irgendwelche Umstände von der Verdummungswelle verschont geblieben sind. Es erhebt sich die Frage, ob sie sich überhaupt in der Lage sehen, Entscheidungen zu treffen.«

»Ich teile Ihre Ansicht nicht ganz, Tolotos.« Fellmer Lloyd, der der Unterhaltung bisher schweigend zugehört hatte, benutzte die freundschaftliche Anredeform von Tolots Namen. »Die Wesen, mit denen wir verhandeln werden, sind echte Repräsentanten ihrer Völker. Sie sind sogar für die verdummten Mitglieder ihrer Völker verantwortlich. Davon kann sie niemand frei machen.«

»Wir sollten abwarten, was auf Dessopato geschehen wird«, schlug Ras Tschubai vor.

»Wahrscheinlich ist alles nur Zeitverschwendung«, unkte Gucky. »Ich kann mir nicht vorstellen, daß es zu einem positiven Ergebnis kommen wird.«

»Die Bedrohung des Schwarmes ist allgegenwärtig«, erinnerte Rhodan. »Schon deshalb glaube ich an einen guten Ausgang der Konferenz. Hat jemand erwartet, daß sich die Abgesandten der verschiedensten Völker so schnell zusammenfinden würden?«

Die Diskussion wurde unterbrochen, als Joak Cascal einen Funkspruch der im Heykla-Beru-System stehenden INTERSOLAR in die Zentrale durchgab.

Bull und Tifflor hatten auf Dessopato alle Vorbereitungen für die Konferenz getroffen.

»Vierhundertachtzig Raumschiffe sind mittlerweile eingetroffen«, verlas Cascal. »Sie sind alle auf den abgesteckten Geröllwüsten gelandet.

Bisher hat niemand eines der Schiffe verlassen, um den Konferenzort zu besichtigen. Die Besatzungen haben sich auch nicht über Funk unterhalten. Es sieht so aus, als würde alles auf das Erscheinen Perry Rhodans warten.« Cascal hüstelte und fügte hinzu: »Das ist natürlich Bullys persönliche Ansicht.«

Rhodan mußte lächeln und forderte Cascal auf, einen direkten Funkkontakt zur INTERSOLAR herzustellen. Wenige Augenblicke später konnte Rhodan das kantige Gesicht seines Freundes auf dem Bildschirm des Hyperkoms sehen.

»Vierhundertachtzig Schiffe?« fragte Rhodan.

Bully nickte. »Akonen, Neu-Arkoniden, Aras, Springer, Antis und Blues sind mit mehreren Abgeordneten vertreten. Auch Teilnehmer der einzelnen Sternenreiche sind eingetroffen. Nichthumanoide sind seltener vertreten, aber wir erwarten noch ein paar tausend Teilnehmer, darunter Unither und Swoon. Ich werde nach diesem Gespräch eine vollständige Liste durchgeben.«

»Sind alle Vorbereitungen abgeschlossen?« erkundigte sich Rhodan.

»Ja.« Bull rieb sich die Augen. »Die Konferenz könnte jetzt beginnen.«

Rhodan kannte seinen Freund. »Ist irgend etwas nicht in Ordnung?«

Bully war unsicher. »Ich weiß es nicht. Es ist mehr ein Gefühl. Ich sähe es lieber, wenn die einzelnen Besucher Kontakt untereinander aufnehmen würden. Sie scheinen sich gegenseitig voller Mißtrauen zu beobachten.«

»Das wird sich noch ändern«, meinte Rhodan zuversichtlich. »Wichtig ist, daß wir möglichst schnell beginnen, damit zu Mißtrauen nicht noch Ungeduld kommt.«

»Wirst *du* die Konferenz eröffnen?«

»Ich weiß nicht, ob das klug wäre«, überlegte Rhodan.

»Vigeland, Frascati und Shilter sind bereits eingetroffen und haben danach gefragt.« Bull wurde immer ernster. »Ich halte die Tatsache, daß sich alle drei Anführer des Carsualschen Bundes hier aufhalten, für ein schlechtes Zeichen. Ich befürchte, daß sie nur gekommen sind, um ihren Vorteil zu suchen.«

»Es liegt schließlich nur an den anderen Konferenzteilnehmern, ob sich das verwirklichen läßt«, gab Rhodan zurück.

»Was hast du jetzt vor?« erkundigte sich Bull.

»Wir werden mit der GOOD HOPE landen«, kündigte Rhodan an. »Danach will ich versuchen, mit einzelnen Gruppen noch vor der Konferenz zu sprechen, um herauszufinden, wie die allgemeine Stimmung ist.«

»Na gut«, stimmte Bull zu. »Ich gebe jetzt die Liste der bisher eingetroffenen Teilnehmer durch ...«

Die Geröllwüste in der Nähe des verfallenen Amphitheaters hatte sich in einen Raumhafen verwandelt. Ein Beiboot der INTERSOLAR hatte schon vor Wochen mit einem Impulsgeschütz alle größeren Felsformationen zerstrahlt und schwarze Linien in den Boden gebrannt. Auf diese Weise waren Landeplätze für mehr als dreitausend Schiffe mittlerer Größe entstanden. Niemand rechnete damit, daß besonders große Schiffe nach Dessopato kommen würden, denn keines der betroffenen Völker besaß genügend Immune, um sie zu besetzen.

Vierhundertachtzig Schiffe waren inzwischen auf Dessopato gelandet. Zwei Beiboote der INTERSOLAR kreisten ständig über dem Gebiet, um die von der INTERSOLAR eingewiesenen Schiffe an ihre Plätze zu leiten.

Die Vertreter der Sternenreiche, die aus terranischen Kolonien hervorgegangen waren, hatten fast alle Space-Jets benutzt. Daneben gab es Kugel-, Walzen- und Konusschiffe. Die Akonen waren mit einem dreihundert Meter durchmessenden Kugelschiff angekommen, vielleicht, weil sie auf diese Weise ihre ungebrochene technische Macht demonstrieren wollten. Am auffälligsten war ein schwarzes Schiff der Haluter, das am Rand der Geröllwüste niedergegangen war.

Die Abgeordneten aus der Springergruppe der Überschweren hatten mit ihrem kleinen Walzenschiff während der Landung Pech gehabt. Das Schiff war so unglücklich aufgeschlagen, daß zwei Landestützen eingeknickt waren. Die Besatzung schien zwar immun zu sein, aber von Raumfahrt nicht sehr viel zu verstehen.

Rhodan, der die Szenerie über die Bildschirme der GOOD HOPE II beobachtete, war im ersten Augenblick enttäuscht. Würden die Besatzungen dieser Schiffe eine gut funktionierende Gemeinschaft zustande bringen, die in der Lage war, Operationen gegen den Schwarm auszuführen?

Atlan stand hinter Perry.

»Das ist der Rest«, sagte er bitter. »Der Rest von großen Raumflotten. Ein trauriger Anblick, diese zusammengewürfelte Anhäufung von kleinen Schiffen. Auch wenn noch zwei- oder dreitausend Schiffe landen sollten, wird es dort unten nicht besser aussehen.«

»Was willst du nur?« fragte Rhodan. »Es ist mehr, als wir erwarten konnten. Für mich ist es ... ein großartiges Bild, denn es demonstriert den Willen zu überleben.«

Atlan sagte rauh: »Es ist ein armseliges Bild. Und nichts kann darüber hinwegtäuschen.«

Die GOOD HOPE II schwebte über die Geröllwüste dahin. Vor ihr flog ein Gleiter der INTERSOLAR.

Rhodan deutete auf den großen Bildschirm über den Kontrollen.

»Dort drüben liegt das Amphitheater, wo die Konferenz stattfinden wird.«

Die Besatzungsmitglieder, die sich in der Zentrale der GOOD HOPE II aufhielten, erblickten die Trümmer einer ehemaligen Arena. An manchen Stellen ragten mächtige Mauern fast zweihundert Meter in die Höhe. Die Außenflächen der Mauern waren rissig. Von der ehemaligen Farbe war nichts mehr zu sehen, kalksteinfarbene Linien durchzogen das helle Grau der Steine wie ein Netzwerk feinster Äderchen. Halbrunde Tore mit zum Teil umgestürzten Sockeln waren mit Impuls- und Desintegratorgeschützen wieder freigelegt worden. Aus großer Höhe zeichneten sich die dunklen Umrisse einer seit Jahrtausenden nicht mehr benutzten Straße ab. Früher einmal hatten die Bewohner dieser Welt das Amphitheater auf diesem Weg erreicht.

Im Innern war die riesige Arena besser erhalten. Steinbänke reichten bis zur Oberkante der Mauern hinauf. Dazwischen wucherten Moose und anspruchslose Gräser. Gräben und Furchen, deren Bedeutung bestenfalls noch zu erraten war, durchzogen den Rand des ehemaligen Spielfelds. Das Spielfeld selbst war von Trümmern aller Art geräumt worden. Auf der gewalzten Fläche standen bereits verschiedene Einrichtungen, die zur Durchführung der Konferenz benötigt wurden. Es gab ein Podest mit einem Translatoranschluß. Auf allen noch erhaltenen Steinbänken waren Translatoren und Mikrophone angebracht worden. Den Mittelpunkt des Spielfelds bildete ein in einem Antigravnetz ruhender Rundumbildschirm von zwanzig Metern Durchmesser. Auf diese Weise würden alle Konferenzteilnehmer Filme und Bilder gleichzeitig sehen können.

Bull und Tifflor hatten bei den Vorbereitungen an alles gedacht. Ein Heer von Medo- und Arbeitsrobotern wartete darauf, für die Konferenzteilnehmer sorgen zu können. Flugfähige Roboter mit Tiefstrahlern sollten gewährleisten, daß die Konferenz auch während der Nacht fortgesetzt werden konnte.

Reginald Bull meldete sich über Funk. »Wie gefällt es dir?« erkundigte er sich bei Rhodan.

Rhodan ließ sich mit einer Antwort Zeit. »Es sieht so aus, als hättest du an alles gedacht!«

»Du hast etwas an unseren Vorbereitungen auszusetzen?«

»Es gibt keinerlei Sicherheitsmaßnahmen!«

»Ich bitte dich!« Bullys Stimme klang ungeduldig. »Jede Waffe, auch wenn sie nur defensiver Natur wäre, hätte sofort Proteste bei einigen Ankömmlingen ausgelöst. Ich befürchte sowieso, daß man unsere technischen Einrichtungen kritisieren wird. Auf jeden Fall befindet sich in der Arena keine einzige Waffe, nicht einmal ein Schutzschirm.«

»Vielleicht hast du recht«, meinte Rhodan. »Ich werde darüber nachdenken.«

»Er begeht den gleichen Denkfehler wie du«, erklärte Atlan ärgerlich. »Ich sehe kommen, daß du unbewaffnet und schutzlos auf dem Rednerpodium stehen wirst.«

»Das kann schon sein«, gab Rhodan zu.

»Rhodanos!« rief Tolot mit dröhnender Stimme. »Wollen Sie tatsächlich Ihr Leben auf diese Weise aufs Spiel setzen?«

Rhodan deutete auf den Bildschirm, wo die Raumschiffe der bisher gelandeten Konferenzteilnehmer zu sehen waren.

»Wenn sie ohne Waffen kommen, kann ich nicht anders handeln.«

Gucky sagte: »Ras und ich werden bereit sein, dich sofort herauszuholen, wenn etwas schiefgehen sollte. Dagegen wirst du wohl kaum etwas einzuwenden haben.«

»Natürlich nicht«, sagte Rhodan. Er blickte sich im Kreis seiner Freunde um. »Es ist erstaunlich, wie sehr ihr plötzlich um mich besorgt seid. Schließlich werde ich nicht an einem Gefecht, sondern an einer Konferenz teilnehmen.«

»Diese Konferenz«, prophezeite Atlan, »wird schlimmer sein als ein Gefecht.«

Die GOOD HOPE II setzte auf dem für sie vorgesehenen Feld auf. Zu ihrer Linken standen zwei Schiffe der Zentralgalaktischen Union, auf der anderen Seite war ein kleines Diskusschiff der Nomaden gelandet.

Bully kündigte über Funk an, daß sich sechs weitere Schiffe der Konferenzwelt näherten.

»Wir werden bald komplett sein«, sagte Rhodan zufrieden. »Wahrscheinlich kann ich heute noch über Funk zu den Konferenzteilnehmern sprechen.«

Terser Frascati hatte bewegungslos vor dem Bildschirm gestanden und die Landung der GOOD HOPE II beobachtet. Jetzt wandte er sich ab und blickte seine beiden Verbündeten grimmig an.

»Er ist da! Jetzt wird der Rummel bald beginnen.«

Shilter, der in einem bequemen Sessel lag und die Beine weit von sich gestreckt hatte, nippte an einem Becher und nickte Nos Vigeland zu.

»Unser lieber Freund Frascati ist aufgeregt. Er kann es kaum abwarten, auf Rhodan loszugehen.«

Vigeland, der abseits an einem Tisch saß und seine sorgfältig vorbereitete Rede korrigierte, sah auf.

»Ich bin dafür, daß wir alle ein wenig gelassener auf die Ankunft des Großadministrators reagieren sollten.«

Frascati spie auf den Boden.

»Großadministrator!« rief er verächtlich. »Diesen Titel wird er sich abgewöhnen müssen. Großadministrator wovon? Es gibt kein Solares Imperium mehr.«

»Auf der Erde soll die Ordnung weitgehend wiederhergestellt sein«, gab Shilter zu bedenken.

»Auf der Erde! Vielleicht! Und was beweist das schon?« Frascati schüttelte den Kopf, so daß seine langen Haare flogen. Er war der kräftigste der drei Ertruser. »Rhodan wird sich wundern, wenn er unsere Vorschläge zu hören bekommt. Natürlich wird es ein neues Sternenreich geben. Das Sternenreich der Immunen, unter der Führung des Triumvirats von Carsual.«

Vigeland faltete sorgfältig ein Papier zusammen und schob es in die Jackentasche.

»Nur nicht so hitzköpfig«, ermahnte er Frascati.
»Das ganze Gerede ist sinnlos«, erklärte Runeme Shilter. »Eine politische Lösung, mit der Rhodan und seine Freunde nicht einverstanden sind, wird es sowieso nicht geben. Also bleibt nur ein Attentat: Wenn Rhodan tot ist, werden wir es leichter haben, unsere Pläne zu verwirklichen.«
Vigeland sagte mit Nachdruck: »Wir probieren es erst auf meine Weise, dann sehen wir weiter.«
Frascati blickte wieder auf den Bildschirm.
»Ich bin gespannt, was jetzt geschehen wird. Noch landen ständig Schiffe, aber spätestens übermorgen werden alle hiersein. Dann muß Rhodan handeln.«
»Wir überlassen ihm den ersten Schritt«, sagte Vigeland. »Das wird vielen Konferenzteilnehmern nicht gefallen. Vor allem den Akonen und Antis nicht. Sie werden sich nicht länger von Rhodan bevormunden lassen wollen.«
»Es war klug von uns, schon vor der Konferenz mit einigen Gruppen Verbindung aufzunehmen«, sagte Shilter. »Wir wissen, wie einzelne wichtige Abgeordnete reagieren werden.«
Vigeland zog seinen Strahler und zielte damit auf den Bildschirm, wo die GOOD HOPE II zu sehen war. Die beiden anderen begriffen, daß es eine symbolische Handlung war.
»Wir müssen Stärke demonstrieren«, sagte Vigeland.

Lipson con Opoynt, der Kommandant des akonischen Schiffes, wurde von einem der immunen Besatzungsmitglieder der VAARGON geweckt.
»Rhodan ist soeben angekommen, Kommandant.«
Opoynt richtete sich auf und rieb sich die Augen. Er hatte ein paar Stunden fest geschlafen, fühlte sich aber nicht besonders ausgeruht. Die Strapazen der letzten Monate hatten seinen Körper geschwächt.
Er nickte dem jungen Mentalstabilisierten zu.
»Warten Sie draußen, Poykosch! Ich werde Sie in wenigen Augenblikken in die Zentrale begleiten.«
Opoynt war ein großer Mann mit einem breiten Gesicht, farblosen Augen und dünnen blonden Haaren. Er war einhundertdreiundzwanzig Jahre alt. Vor der Katastrophe hatte er als Wissenschaftler gearbeitet und ein akonisches Großlabor auf Corsanton geleitet. Das schien schon Jahrhunderte herzusein.
Lipson con Opoynt hatte in den letzten Monaten oft die Tatsache verwünscht, daß er ein Immuner war. Vielleicht hätte er alles leichter ertragen können, wenn er wie die meisten Angehörigen seines Volkes verdummt wäre.
Rhodan war früher auf Dessopato angekommen, als der Akone erwartet hatte. Der Terraner hatte auf den psychologischen Vorteil verzichtet, als letzter Teilnehmer einzutreffen.

Opoynt wunderte sich, daß er noch keinen Funkspruch von einem anderen Schiff erhalten hatte. Die Konferenzteilnehmer belauerten sich gegenseitig. Jeder hielt den ersten Schritt für Schwäche.

Lipson con Opoynt beglückwünschte sich zu dem Entschluß, mit einem großen Schiff hierhergekommen zu sein. Während der Konferenz konnte jeder Schachzug entscheidend sein.

Opoynt war überzeugt davon, daß es zu Streitigkeiten zwischen den einzelnen Gruppen kommen würde.

Dann wollte Opoynt als neutraler Vermittler auftreten. Auf diese Rolle hatte er sich sorgfältig vorbereitet.

Ein Vermittler mußte jedoch stark sein, wenn er Anerkennung finden wollte. Schon deshalb war es wichtig, daß er mit einem großen Schiff gekommen war, auch wenn es nicht einfach gewesen war, die VAARGON mit nur einundzwanzig Immunen an Bord ins Heykla-Beru-System zu fliegen.

Opoynt lächelte zufrieden.

Wenn er sich geschickt verhielt, würde das akonische Volk gestärkt aus dieser Konferenz hervorgehen.

Opoynt befürwortete eine Zusammenarbeit gegen den Schwarm. Die Führung mußte jedoch in den Händen der Akonen liegen; wenn es tatsächlich gelingen würde, den Schwarm zu vertreiben und die Verdummung aufzuheben, würde sich die gesamte Galaxis daran erinnern, daß der Sieg unter akonischer Führung errungen worden war.

Ein wichtiger psychologischer Faktor, dachte Opoynt.

Nötigenfalls mußte er dafür sorgen, daß es zu Differenzen kam, denn nur Streitigkeiten während der Konferenz würden ihm ermöglichen, die geplante Rolle zu spielen.

Lipson con Opoynt kleidete sich an und verließ die Kabine.

Sein Verstand arbeitete angestrengt. Die neue Situation ließ ihn Müdigkeit und Schwierigkeiten vergessen. Es wurde Zeit, daß er sich darauf vorbereitete, ein paar wichtige Verbindungen aufzunehmen. Er mußte einige Gerüchte verbreiten, damit er sicher sein konnte, daß die Konferenz ihre Sensation haben würde.

Agron schaltete den Spiegel ein und betrachtete sich. Es war ein reiner Glücksfall, daß er an das Gewand herangekommen war. Die Verdummten auf Lak-Lak III hatten ein Museum gestürmt und dabei Schränke aufgebrochen. Agron hatte nicht gezögert, einem Verdummten, der sich an der Plünderei beteiligt hatte, das Gewand abzunehmen. Dabei hatte er den Mann erschießen müssen. Doch Agron kannte keine Skrupel. Die Verdummten waren vergleichbar mit Tieren. Man mußte sie also auch wie Tiere behandeln.

Agron schaute seine beiden Söhne, die wie er immun waren, fragend an.

»Wie sieht es aus?«

»Ausgezeichnet!« rief Permin, der jüngere Sohn. »Wie ein Arkonidenfürst aus den großen Tagen unseres Imperiums stehst du da.«

»Kein Wunder!« versetzte Agron stolz. »Es ist das Festgewand eines Arkonidenfürsten.«

Agron wußte, daß er kleiner war als die meisten Fürsten, die dieses Gewand getragen hatten. Deshalb hatte er den mit Edelsteinen besetzten Rock umarbeiten müssen.

Agron sah auch sonst nicht wie ein Arkonide aus. Er hatte rote, von zahlreichen Äderchen durchzogene Wangen, braune Augen und abstehende Ohren.

Seine beiden Söhne, Permin und Jakcon, wirkten wie seine jüngeren Ebenbilder.

Agron war mit einer kleinen Jacht auf Dessopato gelandet, um als Vertreter der Neu-Arkoniden von Lak-Lak III an der geplanten Konferenz teilzunehmen.

»Wir dürfen niemals vergessen, daß wir Arkoniden die rechtmäßigen Herrscher dieser Galaxis sind«, erklärte er seinen Söhnen. »Kein Sternenreich konnte sich bisher mit dem Großen Imperium von Arkon messen. Jetzt ist der Zeitpunkt gekommen, da wir unsere alten Rechte fordern können.«

»So mußt du auf der Konferenz sprechen, Vater!« sagte Jakcon begeistert, und Permin klatschte in die Hände.

Ollin überprüfte sorgfältig seine Ausrüstung. Er hatte sein Schiff schon unmittelbar nach der Landung verlassen und sich heimlich bis zur Arena geschlichen, wo die Konferenz stattfinden sollte. Er war sicher, daß ihn niemand gesehen hatte.

Ollin kauerte hinter einer Steinbank und blickte auf das gewalzte Spielfeld hinab. Er legte den Lauf seines Strahlenkarabiners auf die Steinbank und zielte auf eine imaginäre Person.

»Diesmal erwische ich dich!« sagte er leise vor sich hin.

Katlerc blickte zu der steinernen Statue hinauf und machte eine spöttische Bewegung.

»Du bist ein schlechter Gott, Sorbac«, sagte er vorwurfsvoll. »Warum hast du dein Volk nicht vor der Verdummung bewahrt?«

Cencarn richtete sich auf seiner Liege auf. »Laß das!« sagte er ärgerlich.

Katlerc sah den Ameser amüsiert an. »Glaubst du an Sorbac?«

»Ich weiß nicht, woran ich glauben soll«, erwiderte Cencarn. »Aber ich will nicht, daß du darüber spottest.«

»Es könnte sein, daß Sorbac wirklich die Macht besitzt, die man ihm zuschreibt«, sagte Katlerc. »Es könnte sein, daß er dich mit einem Blitz vernichtet, wenn du duldest, daß sich jemand über ihn lustig macht.«

Der Ameser schwieg verdrossen.

»Wir Gataser haben uns abgewöhnt, an Götter wie Sorbac zu glauben«, fuhr Katlerc fort. »Seit die Terraner unser Imperium zerschlagen haben, wissen wir, daß ihre Götter stärker sind.«

Cencarn sagte: »Die Terraner haben keine Götter wie wir Blues. Sie glauben nur an einen Gott, soweit ich informiert bin.«

»Das ist es vielleicht, was sie so selbstsicher macht«, überlegte Katlerc. »Doch auch sie wurden von der Verdummung betroffen. Jetzt muß Perry Rhodan betteln, daß viele Immune an seiner Konferenz teilnehmen.«

»Ich hatte nicht den Eindruck, daß er um unsere Teilnahme betteln mußte«, gab der Ameser zurück. »Wir sind an dieser Konferenz interessiert, denn es ist möglich, daß wir Dinge in Erfahrung bringen werden, die uns helfen können.«

Zwei andere Blues kamen in die Zentrale. Katlerc und Cencarn unterbrachen ihr Gespräch.

Die beiden Neuhinzugekommenen verbeugten sich vor der Statue, die inmitten der Zentrale stand. Dann wandte sich einer der beiden an Katlerc.

»Perry Rhodan ist mit seinem Schiff eingetroffen.«

Blues galten als gefühlsarm. Sie waren auch nicht in der Lage, bestimmte Empfindungen durch Veränderungen im Gesichtsausdruck erkennbar werden zu lassen.

Trotzdem war aus Katlercs Stimme Befriedigung herauszuhören, als er sagte: »Ich bin froh, daß er gekommen ist. Jetzt wird die Konferenz bald beginnen.«

Er schaltete die Monitoren der Außenübertragung ein. Die Blues waren mit einem vierzig Meter durchmessenden Diskusschiff nach Dessopato gekommen, an Bord des Schiffes hielten sich drei immune Gataser, ein immuner Ameser und vier immune Angehörige von Splittervölkern auf.

Auf einem der Bildschirme zeichnete sich die GOOD HOPE II ab, die mitten unter den bereits gelandeten Schiffen stand.

Katlerc schaltete die Fernvergrößerungen ein. In einem Bildausschnitt wurde die verschlossene Schleuse des Kugelschiffs sichtbar.

Katlerc war sicher, daß Perry Rhodan noch vor Beginn der Konferenz aus dieser Schleuse kommen würde. Dazu gehörte Mut. Rhodan mußte wissen, daß ihn auf dieser Welt nicht nur Freunde erwarteten.

»Wir werden aufpassen«, sagte Katlerc zu den anderen. »Es ist möglich, daß jemand ein Attentat versuchen wird. Doch Rhodan darf nichts geschehen, sonst wird die Konferenz niemals stattfinden.«

»Ich hätte mir nie träumen lassen, daß ausgerechnet wir Blues uns Sorgen um die Sicherheit unseres größten Gegners machen würden«, sagte Cencarn.

»Der größte Gegner der Blues war stets der Blue«, widersprach Katlerc.

»Unter normalen Umständen würde ich einen Anschlag auf Rhodan unterstützen. Doch in der jetzigen Situation brauchen wir ihn und alle immunen Terraner. Sie sind vielleicht am ehesten in der Lage, uns vor dem Schwarm zu retten.«

»Es muß schnell etwas geschehen«, sagte Frontic, der einem unbedeutenden Volk der Blues angehörte.

»Ich bin sicher, daß Rhodan nicht ohne Vorschläge gekommen ist«, sagte Katlerc.

Er wunderte sich, daß er die anderen überzeugen konnte. Vor der Katastrophe war er Stellvertreter des Ingenieurs an Bord eines kleinen Piratenschiffs gewesen. Seine Immunität gegen die Verdummungsstrahlung hatte ihn schnell zu einer Persönlichkeit mit Führungsqualitäten werden lassen.

Die anderen Immunen an Bord anerkannten ihn als Anführer, obwohl er nie Anspruch auf diese Position erhoben hatte. Er akzeptierte jedoch die Entscheidung der anderen und gab Befehle. Daß er auch die Verantwortung trug, machte ihm wenig aus.

Innerhalb der nächsten zwölf Stunden landeten weitere siebzig Raumschiffe auf Dessopato. Sie wurden von Angehörigen verschiedenster Völker gesteuert. Fremden, die mit kriegerischen Absichten ins Heykla-Beru-System gekommen waren, wurde durch die Anwesenheit der riesigen INTERSOLAR klargemacht, daß die Initiatoren der Konferenz einen friedlichen Verlauf zu garantieren versuchten.

Auf Dessopato selbst herrschte nach wie vor Funkstille. Sie wurde nur dann unterbrochen, wenn Bull und Tifflor die Ankunft eines neuen Schiffes meldeten und deshalb Verbindung mit der GOOD HOPE II oder den Piloten der Leitgleiter aufnahmen.

Es schien sicher zu sein, daß alle Anwesenden große Hoffnung auf die Konferenz setzten, wenn es auch Hoffnungen ganz verschiedener Art waren.

8.

Das flache Diskusschiff erschien so plötzlich auf den Bildschirmen der GOOD HOPE II, daß der Eindruck entstand, es wäre unmittelbar über den Landeplätzen materialisiert.

Rhodan wurde von Alaska Saedelaere auf das fremde Schiff aufmerksam gemacht. Seine Außenfläche war tiefschwarz und wies keinerlei Unebenheiten auf. Die bei terranischen Diskusraumern übliche Kuppel fehlte. Das Schiff schwebte über dem Landefeld. Es durchmaß knapp fünfzig Meter, war aber nur acht Meter hoch.

»Bully hat uns diesen Besucher nicht angekündigt«, stellte Atlan fest. »Seit wann wird der Dicke nachlässig?«

Rhodan wandte sich an Gucky. »Mentalimpulse?«

»Nichts!« sagte der Mausbiber beunruhigt. »Entweder wird das Schiff von Robotern geflogen, oder die Ankömmlinge verstehen es, sich gegen uns abzuschirmen.«

»Das stimmt«, bestätigte Fellmer Lloyd. »Es sind keine Impulse zu spüren.«

Inzwischen hatte Cascal eine Hyperkomverbindung zur INTERSOLAR hergestellt. Julian Tifflor meldete sich.

»Hier ist ein Diskusschiff unbekannter Bauweise aufgetaucht«, berichtete Rhodan und schilderte in wenigen Worten das Aussehen des auf so mysteriöse Weise erschienenen Raumers. »Habt ihr es nicht geortet, Tiff?«

»Nein«, sagte Tifflor überrascht. »Das hätte uns nicht passieren dürfen. Haben Sie schon Verbindung mit den Unbekannten aufgenommen?«

»Das werden wir jetzt versuchen«, gab Rhodan zurück. »Die Sache gefällt mir nicht.«

Cascal richtete über Normalfunk eine Aufforderung an das fremde Schiff, einen Landeplatz aufzusuchen. Die Anordnung wurde sofort befolgt.

Das flache Diskusschiff folgte einem Leitgleiter und sank langsam auf die Geröllwüste hinab. Es wurden keine Landestützen sichtbar, trotzdem blieb das Schiff genau waagrecht stehen.

»Blues?« überlegte Atlan. »Sie fliegen ausschließlich Diskusschiffe und lieben Überraschungen.«

»Ich glaube nicht, daß es Blues sind«, reagierte Rhodan nachdenklich. »Auf jeden Fall ist es jemand, der sich für die Konferenz interessiert.«

Rhodan konnte sich vorstellen, daß von Bord der anderen Schiffe aus der Neuankömmling ebenfalls beobachtet wurde. Vielleicht löste das Erscheinen dieses schwarzen Schiffes die ersten Reaktionen unter den Konferenzteilnehmern aus. Rhodan hätte es begrüßt, wenn die Funkstille endlich unterbrochen worden wäre.

»Ich wette, es sind Antis«, sagte Mentro Kosum. »Zwei Tatsachen sprechen dafür: Guckys Unfähigkeit, Impulse wahrzunehmen, und die Form des Schiffes. Vor der Katastrophe war es schließlich ein offenes Geheimnis, daß die Antis mit der Konstruktion eines neuen Schiffstyps begonnen hatten.«

»Ich bezweifle, daß Sie recht haben«, sagte Rhodan.

»Warum fragen wir nicht einfach nach?« wollte Atlan wissen.

Rhodan überlegte einen Augenblick.

»Es wäre unklug«, entschied er nach einer Weile. »Wir würden uns vor allen anderen eine Blöße geben. Wir wollen während der Konferenz eine starke Position einnehmen. Wenn wir jetzt Unsicherheit verraten, wird das unseren Plänen nicht gut bekommen.«

Rhodan wußte, daß er mit dieser Entscheidung die Unruhe an Bord der GOOD HOPE II nur vergrößerte. Er tröstete sich jedoch damit, daß das Rätselraten an Bord der anderen Schiffe nicht geringer sein würde.

Das schwarze Diskusschiff sah harmlos aus, doch Rhodan ließ sich nicht täuschen. Die Größe eines Schiffes war nicht immer entscheidend für seine technischen Möglichkeiten oder für seine Kampfkraft.

»Ich sehe zum erstenmal so ein Schiff«, sagte Atlan. »Obwohl ich über hundert Völker kenne, die Diskusschiffe benutzen, möchte ich beschwören, daß sich dort drüben keine uns bekannten Wesen aufhalten.«

»Warum wollen Sie die Angelegenheit unnötig mystifizieren?« fragte Tolot. »Warten wir ab, bis die Unbekannten aussteigen. Vielleicht werden wir überrascht sein.«

In diesem Augenblick meldete sich Bully von Bord der INTERSOLAR.

»Wir haben alles nachgeprüft«, berichtete er aufgeregt. »Auch die automatische Ortung hat das flache Diskusschiff nicht verzeichnet.«

»Und wie sieht es jetzt aus?« erkundigte sich Rhodan. »Könnt ihr es über Fernortung beobachten?«

»Einwandfrei«, lautete die Antwort. »Es scheint sich durch nichts von den anderen Schiffen zu unterscheiden.«

Die von der GOOD HOPE II aus vorgenommenen Ortungen bewiesen, daß an Bord des schwarzen Schiffes im Augenblick nur eine schwache Energiequelle eingeschaltet war. Aber das erschien nicht ungewöhnlich, denn es traf auf fast alle anderen Schiffe ebenfalls zu.

»Wenn Sie möchten, steige ich aus und gehe hinüber, Rhodanos«, schlug Icho Tolot vor.

»Nein!« wehrte Rhodan hastig ab. Wer immer an Bord des fremden Schiffes weilte, konnte durch Tolots Anblick zu falschen Reaktionen verführt werden.

Wie war das schwarze Diskusschiff nach Dessopato gekommen, ohne von den empfindlichen Ortungsanlagen der INTERSOLAR bemerkt worden zu sein?

Das war die wichtigste Frage.

Rhodan überlegte, ob das Schiff tatsächlich erst dicht über dem Geröllfeld materialisiert war. Das hätte zumindest eine energetische Schockwelle auslösen müssen.

Doch es war *nichts* geschehen!

Rhodan stellte eine Interkomverbindung zum Maschinenhauptleitstand her.

»Hören wir uns einmal an, was die Wissenschaft zu sagen hat.«

Waringer war jedoch genauso ratlos wie die Männer in der Zentrale. Es fehlten Daten, um Berechnungen anzustellen.

»Ich weiß nicht mehr als Sie alle«, sagte Waringer.

Bully meldete sich von der INTERSOLAR und gab die Ankunft von vier Schiffen bekannt. Es handelte sich ausschließlich um Beiboote, die von immunen Kolonisten geflogen wurden. Die Ankunft der Männer und Frauen lenkte die Besatzung der GOOD HOPE II zunächst von dem schwarzen Raumer ab.

Rhodan ertappte sich jedoch dabei, daß er immer wieder das rätselhafte Diskusschiff beobachtete. Obwohl es eher unauffällig als ungewöhnlich war, hob es sich auf geheimnisvolle Weise von den anderen Schiffen auf der Geröllwüste ab.

»Was wollen wir tun, wenn sich bei Konferenzbeginn niemand zeigt, der zur Besatzung des schwarzen Schiffes gehört?« fragte Kosum, der vor wenigen Minuten Ahrat abgelöst hatte.

»Sie werden kommen«, sagte Rhodan überzeugt. »Wer in den letzten Tagen auf Dessopato gelandet ist, interessiert sich für die Konferenz.«

Saedelaere meldete sich aus der Ortungszentrale. Auf dem Bildschirm des Interkoms war deutlich zu erkennen, daß das Cappin-Fragment unter der Maske Saedelaeres schwach strahlte. Die Männer, die ständig mit dem Transmittergeschädigten zusammenarbeiteten, hatten sich daran bereits gewöhnt.

»Ich habe eine Idee«, verkündete Alaska. »Vielleicht ist das schwarze Schiff ein Spion aus dem Schwarm.«

Saedelaeres Verdacht, das Diskusschiff könnte aus dem Schwarm kommen, wurde innerhalb weniger Augenblicke allen Besatzungsmitgliedern der INTERSOLAR und der GOOD HOPE II bekannt. Seltsamerweise hielten fast alle Immunen Saedelaeres Behauptung für eine Tatsache, so daß bald die ersten Stimmen laut wurden, die eine Untersuchung oder sogar einen Angriff forderten.

Rhodan versuchte völlig gelassen zu bleiben, obwohl ihn die Frage beschäftigte, ob Alaska vielleicht recht haben könnte. Das schwarze Schiff war völlig fremdartig. Vielleicht handelte es sich tatsächlich um ein Beobachtungsschiff aus dem Schwarm.

Rhodan setzte jedoch voraus, daß die Beherrscher des Schwarms andere Beobachtungsmöglichkeiten hatten. Sie würden bestimmt nicht so offen nach Dessopato kommen.

Andererseits konnte eine solche Handlungsweise nicht völlig ausgeschlossen werden, denn es war denkbar, daß die Schwarmbewohner bestimmte Reaktionen erzielen wollten.

Rhodan schüttelte ärgerlich den Kopf. Er merkte, daß er Alaskas Verdacht schon als Tatsache zu akzeptieren begann.

Terser Frascati stieß eine Verwünschung aus und schaltete den Bildschirm ab.

»Was soll das?« fuhr Vigeland ihn an. »Verlieren Sie die Nerven?«

»Es ist irgendein schmutziger Trick Perry Rhodans«, versetzte Frascati wütend.

Shilter winkte ab. »Das ist Unsinn! Das schwarze Schiff hat mit Perry Rhodan nichts zu tun. Die Terraner sind genauso überrascht wie wir.«

»Ich verlange, daß wir dieses Schiff in unseren Plänen berücksichtigen«, sagte Frascati.

Vigeland sah den anderen belustigt an. Frascati war immer voreilig, wenn es darum ging, Entscheidungen zu treffen. Glücklicherweise war Shilter weitaus gemäßigter. Ein Hitzkopf wie Frascati konnte ihre Pläne zum Scheitern bringen.

»Was schlagen Sie denn vor?« fragte Shilter den aufgeregten Frascati. »Sollen wir zum Diskusschiff hinübergehen und uns erkundigen, wer sich darin aufhält?«

»Keine schlechte Idee!« Frascati griff zum Gürtel seiner Kombination. »Wir haben sowieso schon viel zu lange gewartet. Jetzt werden wir etwas unternehmen. Ich werde mich draußen ein bißchen umsehen und dabei das schwarze Schiff inspizieren.«

Shilter wollte ihn aufhalten, doch Vigeland ergriff Shilter am Arm und schüttelte den Kopf.

»Lassen Sie ihn!« sagte er leise. »Er kann dort draußen nicht viel Unheil anrichten. Und vielleicht erreichen wir auf diese Weise, daß der Zauber endlich beginnt.«

Lipson con Opoynt saß in der Zentrale der VAARGON und beobachtete den großen Bildschirm im Zentrum der Ortungsanlagen. Die Fernortung vermittelte Bildausschnitte des schwarzen Diskusraumers.

Für Opoynt bedeutete die Anwesenheit dieses fremden Schiffes eine Gefährdung seiner Pläne. Er war nach Dessopato gekommen, um im entscheidenden Augenblick die Rolle des neutralen Vermittlers zu spielen. Das Verhalten der auf so geheimnisvolle Weise aufgetauchten Fremden ließ ihn vermuten, daß sie ähnliche Absichten hatten. Zumindest war es ihnen bereits vor der Konferenz gelungen, die Aufmerksamkeit der anderen Immunen auf sich zu lenken. Sie hatten dazu kein besonders großes Schiff benötigt.

Der Akone wurde den Verdacht nicht los, daß zwischen Perry Rhodan und diesem schwarzen Schiff ein Zusammenhang bestand. Der Terraner war erfahren und klug. Bestimmt war er nicht ohne ein bestimmtes Konzept nach Dessopato gekommen. Es war vorstellbar, daß das schwarze Schiff zu seinen Trümpfen gehörte.

Lipson con Opoynt war sich darüber im klaren, daß die Konferenzteilnehmer, die vor Ankunft des schwarzen Diskus das Schiff der Akonen aufmerksam beobachtet hatten, sich nun auf das interessantere Objekt konzentrierten. Das bedeutete schon vor der Konferenz einen Prestigeverlust für die akonischen Teilnehmer.

»Wir müssen uns etwas einfallen lassen, damit wir unsere psychologisch aussichtsreiche Position zurückgewinnen können«, sagte Opoynt zu dem neben ihm sitzenden akonischen Immunen.

»Daran habe auch ich schon gedacht«, versetzte der Mann. »Aber was wollen Sie tun?«

»Nötigenfalls müssen wir ein spektakuläres Ereignis provozieren«, überlegte Opoynt laut.

Er merkte, daß ihn alle anderen gespannt ansahen.

»Ich habe eine Idee.« Opoynt drehte seinen Sessel herum, so daß er alle in der Zentrale versammelten Immunen ansehen konnte.

»Wir werden nicht warten, bis Rhodan die Konferenz eröffnet, sondern wir werden es selbst übernehmen.«

Die Immunen in der VAARGON wurden durch die Entscheidung ihres Anführers völlig überrascht.

»Wir müssen selbstsicher auftreten«, fuhr Opoynt fort. »Bestimmt wird Rhodan versuchen, die von den Terranern aufgestellte technische Einrichtung zu blockieren, wenn er merkt, was wir vorhaben. Deshalb müssen wir sehr schnell handeln.«

»Und wann soll es losgehen?« fragte ein alter Akone.

Lipson con Opoynt erhob sich. »Sofort«, sagte er.

Ollin kroch zwischen den Steinbänken hindurch, bis er den oberen Rand der hohen Mauer erreicht hatte. Er spähte zwischen einer Lücke auf die Geröllwüste hinaus, wo die Schiffe standen. Dabei entdeckte er das schwarze Schiff, das vor wenigen Augenblicken am Himmel aufgetaucht war.

Ollin entschied sich dafür, dem Diskusraumer keine weitere Beachtung zu schenken. Er war gekommen, um seinen größten Feind zu töten.

Die Blues verfolgten die Landung des schwarzen Schiffes mit großem Interesse. Es war ihnen nicht gegeben, besonders starke Erregung zu empfinden.

Was Katlerc jedoch unsicher machte, war die Form des schwarzen Schiffes. Der Form nach hätte das Schiff von Blues gesteuert werden können. Katlerc glaubte jedoch nicht daran, daß irgendeines der kleineren Blues-Völker ein eigenes Schiff zur Konferenz geschickt hatte.

Katlerc beschloß, die Fremden vorläufig zu ignorieren.

An Bord der GOOD HOPE II waren die Vorbereitungen für die Konferenz fast abgeschlossen, als einige unverhoffte Ereignisse den geplanten Verlauf entscheidend beeinflußten.

Rhodan wollte gerade die Namen der Besatzungsmitglieder aufrufen, die ihn in die Arena begleiten sollten, als Saedelaere meldete, daß ein Mann das Schiff des Carsualschen Bundes verlassen hatte.

»Es ist ein Ertruser«, berichtete der Transmittergeschädigte über Interkom aus der Ortungszentrale. »Vielleicht sogar ein Mitglied des Triumvirats.«

»Können Sie beurteilen, was der Bursche vorhat?« fragte Atlan gespannt.

»Er trägt eine komplette Ausrüstung«, berichtete Alaska. »Es sieht so aus, als würde er erwarten, in eine Auseinandersetzung gezogen zu werden. Er scheint ein bestimmtes Ziel zu haben. Jedenfalls marschiert er zwischen den einzelnen Schiffen ...« Saedelaere unterbrach sich und stieß einen Pfiff aus. »Ich wette, er will zum schwarzen Raumschiff hinüber.«

»Ja«, sagte Rhodan grimmig. »Das habe ich fast erwartet.«

»Alle anderen werden ihn ebenfalls beobachten«, vermutete Gucky.

»Ja, und das gefällt mir gar nicht«, versetzte Rhodan. »Ein solches Vorgehen kann die gesamte Konferenz gefährden.«

»Wollen Sie den Konferenzbeginn weiter hinausschieben, Rhodanos?« erkundigte sich Tolot.

Rhodan sah den Haluter erstaunt an. »Dazu besteht keine Veranlassung.«

Mentro Kosum fragte: »Wollen wir den Ertruser gewähren lassen oder ihn aufhalten?«

Rhodan hob eine Hand.

»Ich bin gegen jede Anwendung von Gewalt. Jeder Eingriff in die persönliche Freiheit eines Konferenzteilnehmers könnte verhängnisvolle Folgen haben. Ich bin sicher, daß der Ertruser nur feststellen will, wie sich die Besatzung des schwarzen Schiffes zusammensetzt.«

»He!« rief Saedelaere über Interkom. »Jetzt wird es draußen plötzlich lebendig. Ich schalte die Bilder in die Zentrale um. Beachten Sie das Schiff der Akonen.«

Fast im gleichen Augenblick erschien auf dem Bildschirm über den Kontrollen die VAARGON. Die Gangway war ausgefahren worden. Auf der Gangway standen vier Männer. Sie trugen Energietornister, aber, wie Rhodan mit Erleichterung feststellte, keine Waffen.

»Was haben die denn vor?« fragte Lloyd verwirrt.

»Wir werden es bald wissen«, vermutete Atlan. »Und es wird uns nicht gefallen.«

Die vier Akonen hoben von der Gangway ihres Schiffes ab und flogen davon. In der Schleuse der VAARGON erschienen zwei bewaffnete Roboter, die offenbar aufpassen sollten, daß niemand das Schiff betrat.

»Die Akonen demonstrieren Stärke und Gelassenheit!« Rhodan zog ein Mikrophon zu sich heran. »Alaska, stellen Sie fest, wohin die vier Akonen fliegen.«

»Zur Arena!« antwortete der Mann mit der Maske prompt.

Rhodan und Atlan schauten sich an.

»Können Sie sich einen Reim darauf machen?« fragte Senco Ahrat.
Rhodan schüttelte den Kopf.
»Wenn es weiter nichts ist«, meinte Kosum grinsend. »Bitte: Ich möchte nie zusammenwohnen mit einem oder zwei Akonen!«
»Lassen Sie das jetzt!« verwies ihn Ahrat.
»Sie sind humorlos!« stellte Kosum fest.
»Vielleicht wollen die Akonen die besten Plätze für sich reservieren«, versuchte Atlan das Ereignis zu deuten.
»Schalten Sie jetzt die Übertragungskameras in der Arena ein!« befahl Rhodan dem Transmittergeschädigten. »Ich will sehen, was in der Arena geschieht.«
Inzwischen hatte – das war auf einem der anderen Bildschirme zu sehen – der Ertruser das schwarze Diskusraumschiff fast erreicht. Auch die Besatzung des schwarzen Schiffes mußte längst festgestellt haben, daß das Interesse des Mannes ihr galt. Sie hatte jedoch noch nicht reagiert.
»Es wird Zeit, daß wir etwas unternehmen«, verlangte Atlan. »Wenn wir nicht schnell handeln, verlieren wir die Kontrolle. Dann wird es keine Konferenz geben.«
»Am besten wird es sein, wenn du einen Funkspruch an alle durchgibst und den Zeitpunkt des Konferenzbeginns ankündigst«, schlug Gucky vor.
Rhodan nickte. »Hören Sie mit, Joak?« fragte er über Interkom.
»Das gehört zu meinen vornehmsten Aufgaben«, klang Cascals Stimme auf. »Wie soll ich den Rundspruch abfassen? Freundlich? Unfreundlich? Oder neutral?«
»Bemühen Sie sich nicht«, versetzte Rhodan. »Schalten Sie um in die Zentrale. Ich werde zu den Konferenzteilnehmern sprechen.«
Rhodan setzte sich zurecht. Er wußte genau, was er zu sagen hatte. Lange genug hatte er darüber nachgedacht.
Bevor er jedoch anfangen konnte, ertönte ein Knacken in den Empfängern.
»Die Akonen!« rief Cascal überrascht. »Sie sprechen von der Arena aus.«
Rhodan unterdrückte eine Verwünschung.
»Was jetzt?« fragte Cascal. »Machen wir eine Doppelsendung, oder hören wir uns diese Halunken erst einmal an?«
»Ich teleportiere in die Arena und bringe sie zur Ruhe«, sagte Gucky.
»Du bleibst hier!« Rhodans Stimme klang scharf.
Aus den Lautsprechern des Normalfunks kam eine wohltönende Stimme.
»Hier spricht Lipson con Opoynt, der Sprecher der akonischen Delegation. Wir begrüßen alle Teilnehmer zu dieser für die Völker der Galaxis wichtigen Konferenz und bitten sie, ihre Plätze in der Arena einzunehmen, damit wir beginnen können.«
Atlan schaute irritiert auf die Funkanlage. »Sie ... sie eröffnen die Konferenz!«

»Das war ein geschickter Schachzug«, gab Rhodan mit widerwilliger Bewunderung zu. »Wenn wir jetzt protestieren, machen wir uns nur lächerlich. Im Grunde genommen ist es auch gleichgültig, wer die Konferenz eröffnet.«

»Ich befürchte, sie werden die Konferenz auch leiten wollen«, sagte der Arkonide.

»Dazu sind sie nicht in der Lage«, antwortete Rhodan. »Nötigenfalls schalten wir das technische Instrumentarium in der Arena ab. Die Akonen wissen, daß wir dazu in der Lage sind, deshalb werden sie die Sache nicht auf die Spitze treiben.«

Der Ertruser, der das schwarze Schiff erreicht hatte und ratlos davorstand, hatte die Eröffnung der Konferenz offenbar über Helmfunk mitgehört, denn er drehte sich jetzt um und ging in Richtung des eigenen Schiffes zurück.

Rhodan wartete gespannt, was nun geschehen würde. Er rechnete damit, daß früher oder später die erste Abordnung zur Arena aufbrechen würde.

Doch es geschah nichts. Eine Stunde nach der Ansprache Opoynts blieb weiterhin alles ruhig.

Rhodan lächelte.

»Es sieht so aus, als hätten die Akonen sich ein größeres Stück vom Braten abgeschnitten, als sie verdauen können.«

Sie warteten eine weitere Stunde. Als nichts geschah, stand für Rhodan fest, daß die Abordnungen aus allen Teilen der Galaxis die Eröffnung durch Lipson con Opoynt ignoriert hatten.

»Es geschieht nichts!« stellte Katlerc befriedigt fest. »Die Akonen haben mit ihrem Vorstoß nichts erreicht. Jetzt wird es Zeit, daß Rhodan etwas unternimmt. Er kann die Abgesandten nicht länger warten lassen.«

»Vielleicht erwartet er noch Konferenzteilnehmer«, vermutete Cencarn. Er stand vor der Statue Sorbacs und machte eine Dankesbezeigung. »Auf jeden Fall scheint er die Unterstützung Sorbacs zu besitzen.«

»Die Unterstützung eines Götzen«, sagte Katlerc verächtlich.

Er merkte sofort, daß er zu weit gegangen war, denn der Ameser ließ eine Hand auf den Waffengürtel fallen.

»Schon gut«, sagte Katlerc hastig. »Wir wollen nicht darüber streiten, ob Sorbac ein guter oder ein schlechter Gott ist.«

Er war sich darüber im klaren, daß er als Gataser bei den Angehörigen der anderen Blues-Völker nicht gerade beliebt war. Wenn er seine führende Position behalten wollte, mußte er sich diplomatischer verhalten. Die Verantwortung, die er übernommen hatte, erschien ihm zum erstenmal als eine große Last.

Er gab sich einen Ruck. So durfte er nicht denken.

Die Gataser waren ein großes Blues-Volk, vor dem Krieg gegen das

Solare Imperium hatten sie nahezu die gesamte Eastside der Galaxis beherrscht. Nach dieser schrecklichen Auseinandersetzung hatten sich kleinere Blues-Völker erhoben und Krieg gegen die Gataser geführt. Das hatte bis zum Beginn der Verdummungskatastrophe gedauert.

Jetzt gab es keine Blues mehr, die intelligent genug waren, um die Auseinandersetzungen fortzusetzen. Die wenigen Immunen hatten erkannt, daß sie aufeinander angewiesen waren.

»Vielleicht ist dein Gott ein guter Gott«, sagte Katlerc zu Cencarn. »Für dich ist er bestimmt ein guter Gott. Für mich ist er nur eine Statue aus Stein.«

»Ja«, sagte Cencarn und ging auf den versöhnlichen Tonfall ein. »Du bist eben ein Gataser.«

Ein Gataser! dachte Katlerc stolz. Eines Tages würde sein Volk wieder eine große Rolle spielen. Nicht nur auf der Eastside, sondern innerhalb der gesamten Galaxis.

Vielleicht war es eine Ironie des Schicksals, daß ausgerechnet Perry Rhodan helfen sollte, die Entwicklung einzuleiten und zu beschleunigen.

Agron sah ungeduldig zu, wie seine beiden Söhne sich ankleideten.

Er klatschte in die Hände.

»Beeilt euch!« rief er ihnen zu. »Wir wollen bereit sein, wenn die Konferenz beginnt. Betrachtet euren Vater, der sich durchaus mit einem Kristallprinzen vergleichen könnte.«

Permin und Jakcon suchten im Packen gestohlener Gewänder nach passenden Stücken für sich.

»Die Akonen haben die Konferenz bereits eröffnet«, sagte Permin, während er sich eine Weste überzog. »Aber niemand kümmert sich darum.«

Agron sah wohlwollend zu, wie Jakcon ein paar Schnabelschuhe anzog und damit in der Kabine der Jacht auf und ab ging.

»Sehr gut, sehr gut!« lobte er seinen Sohn. Dann fügte er, an Permin gewandt, hinzu: »Die Akonen interessieren uns nicht.«

Agrons Traum von der arkonidischen Blütezeit hatte nach der Verdummungswelle neue Nahrung erhalten. Der Neu-Arkonide hatte allmählich jedes Verhältnis zur Realität verloren.

Für ihn war es nur noch eine Frage der Zeit, bis ein neues arkonidisches Imperium entstehen würde. Seine beiden halbverrückten Söhne dachten nicht viel anders.

Am Morgen des 24. November 3441 – Erdzeit – standen 3260 Raumschiffe in der Nähe des verfallenen Amphitheaters von Dessopato. Etwa 10000 Immune der verschiedensten Völker, die aus allen Teilen der Galaxis gekommen waren, warteten auf den Beginn der Konferenz. Nach den Zwischenfällen war wieder Ruhe eingetreten.

Terser Frascati war in sein Schiff zurückgekehrt.

Die Akonen warteten in der Arena, sie schienen ratlos zu sein, was sie jetzt tun sollten. Das schwarze Schiff hatte sein Geheimnis bisher noch nicht preisgegeben.

Es war 10.45 Uhr terranischer Zeitrechnung, als Perry Rhodan die Teilnehmer an der Konferenz begrüßte und erklärte, was er sich von dieser Konferenz versprach.

9.

»Sie dürfen von mir keine großen Worte erwarten. Dazu ist jetzt nicht die Zeit. Wir alle sind gekommen, weil wir wissen, daß der Schwarm das intelligente Leben in unserer Galaxis vernichten kann. Alle Völker der Galaxis wurden von der Verdummungswelle betroffen, die wenigen Immunen sind nicht in der Lage, den Fortbestand der Zivilisationen zu garantieren.

Noch können wir nicht sagen, was in nächster Zukunft geschehen wird. Es ist nicht auszuschließen, daß es zu weiteren Katastrophen kommt. Dagegen müssen wir gewappnet sein. Wir sind auch zusammen nicht stark genug, Angriffe des Schwarmes abzuwehren, abgesehen davon, daß einige unserer Wissenschaftler sich noch nicht darüber im klaren sind, ob die Aktionen des Schwarmes überhaupt als Angriffe in unserem Sinne zu bewerten sind. Vielleicht führen die Bewohner des Schwarmes nur Manöver durch, die von Vorteil für sie sind – ohne sich dabei darum zu kümmern, ob fremde Intelligenzen Schaden erleiden.

Bisher ist es uns nicht gelungen, Kontakt mit den Fremden aus dem Schwarm aufzunehmen. Wir wissen weder, woher sie kommen, wer sie sind, noch welche Absichten sie verfolgen.

Vielleicht denkt der eine oder andere von Ihnen, daß er an einer politischen Konferenz teilnehmen soll. Das ist nicht der Fall. Meine Freunde und ich verfolgen keinerlei politische Ziele. Dazu ist die Lage viel zu ernst.

Wir bitten Sie alle, mit uns zusammenzuarbeiten und eine Defensivwaffe gegen die Verdummungsstrahlung entwickeln zu helfen. Das ist alles, was wir bei dieser Konferenz erreichen wollen. Vielleicht enttäuscht Sie das, aber mehr ist unter diesen Umständen wohl kaum zu erwarten.

Wir werden allen Völkern, die daran interessiert sind, Angaben über unsere Forschungsarbeiten übermitteln und hoffen, daß wir ähnliche Daten von Ihnen allen erhalten werden.

Ich wiederhole es: Einziges Ziel der Konferenz soll sein, in gemeinsamer Arbeit ein Instrument zu schaffen, das Intelligenzen dieser Galaxis vor der Verdummung schützt.

Ich weiß, daß einige von Ihnen erschienen sind, weil sie den Zeitpunkt für gekommen sehen, die politischen Verhältnisse innerhalb der Galaxis zu ändern. Wer so denkt, ist eine Gefahr für uns alle, denn unsere einzige Chance, gegen den Schwarm zu bestehen, ist bedingungslose Zusammenarbeit aller Immunen. Wer glaubt, dabei Vorteile für sich oder sein Volk gewinnen zu können, wird zu den Verlierern gehören.

Denken Sie an die Bilder, die Sie auf Ihren Welten gesehen haben. Denken Sie an Chaos und Vernichtung, an Hunger und Tod. Unsere Völker sind vom Untergang bedroht. Unter solchen Umständen darf es keine politischen Diskussionen geben.

Ich nehme an, daß der eine oder andere gern auf diese Rede antworten möchte. Er kann es im Amphitheater tun.

Wer bereit ist, mit uns auf der von mir vorgeschlagenen Basis zusammenzuarbeiten, den bitten wir, in die Arena zu kommen. Wer jedoch nach Dessopato gekommen ist, um Machtansprüche anzumelden, der sollte besser an Bord seines Schiffes bleiben oder wieder abfliegen. Er würde die Konferenz nur stören.

Die Völker der Galaxis haben in diesem Augenblick die Möglichkeit, einen Beweis zu erbringen, der kosmische Geschichte machen kann. Wir können beweisen, daß intelligente Wesen im Augenblick der Gefahr zusammenstehen und alle Konflikte vergessen. Auf Dessopato könnte der Anfang für einen galaktischen Frieden von langer Dauer gemacht werden. Dazu ist nötig, daß jeder von uns die Bedürfnisse und Ansichten der anderen respektiert.

Die Völker der Galaxis stehen vor einer entscheidenden Bewährung. Wenn sie versagen, werden sie untergehen.

Meine Freunde und ich begeben uns jetzt in die Arena. Wir bitten Sie, uns dorthin zu folgen.

Wir, die terranische Abordnung, werden die Arena ohne Waffen betreten und hoffen, daß Sie alle unserem Beispiel folgen.

Ich erkläre die Konferenz für eröffnet.«

Lipson con Opoynt stand am oberen Rand der zerfallenen Begrenzungsmauer und sah gespannt zur Geröllwüste hinüber. Seine drei Begleiter waren auf ihren Plätzen zurückgeblieben, sie hatten die Enttäuschung über den mißlungenen Schachzug noch nicht überwunden.

Vor wenigen Augenblicken hatte Perry Rhodan seine Ansprache beendet. Lipson con Opoynt hoffte, daß es Rhodan nicht besser ergehen würde als ihm vor ein paar Stunden.

Dem Akonen fiel es schwer, Rhodans Ansprache zu beurteilen. Zweifellos war Rhodan erfahren genug, um zu wissen, wie er auf die Mentalität extraterrestrischer Wesen eingehen mußte, wenn er Gehör finden wollte.

Doch diesmal, so erschien es Opoynt, hatte Rhodan auf alle psychologischen Kniffe verzichtet.

Die Aussicht auf eine befriedete Galaxis erschien Opoynt als ein unerfüllbarer Wunsch, obwohl er überzeugt davon war, daß Rhodan auf dieses Ziel hinarbeitete.

Opoynts Aufmerksamkeit galt den Schiffen im Hintergrund.

Plötzlich erschien ein kleiner Wagen, der auf Prallfeldern über die Geröllwüste raste. Dahinter tauchte ein Gleiter auf, der schnell an Höhe gewann. Ein paar humanoide Wesen in Schutzanzügen erschienen. Wenig später wimmelte es zwischen den Schiffen und der Arena von Konferenzteilnehmern.

Lipson con Opoynts Hoffnung hatte sich nicht erfüllt. Die Intelligenzen aus allen Teilen der Galaxis waren Rhodans Ruf gefolgt.

Opoynt wandte sich ab und gab seinen Begleitern, die weiter unten auf Steinbänken saßen, ein Handzeichen.

»Sie kommen!« rief er. »Es geht los.«

Die überall aufgestellten Roboter der Terraner formierten sich. Der Rundumbildschirm flammte auf.

Opoynt ergriff einen Translator und stellte fest, daß alle Geräte eingeschaltet waren. Auch die Mikrophone waren betriebsbereit.

Der Akone schritt langsam zwischen den Bänken nach unten. Er würde mit seinen Begleitern in der vorderen Reihe sitzen. Die Frage war nur, ob ihm das etwas nutzen würde.

Atlan legte eine Hand auf die Schulter seines terranischen Freundes und übte damit einen sanften Druck aus. Rhodan verstand die Geste. Der Arkonide wollte ihm Zuversicht übermitteln.

Auf den Bildschirmen in der Zentrale der GOOD HOPE II war zu sehen, wie die Besatzungsmitglieder der einzelnen Schiffe zum Amphitheater aufbrachen. Die meisten benutzten flugfähige Schutzanzüge oder Antigravprojektoren.

»Sie begeben sich zum Versammlungsort«, sagte Fellmer Lloyd.

Perry Rhodan nickte Waringer, Kosum und Atlan zu. »Brechen wir auf!«

»Du solltest Ras oder mich mitnehmen!« sagte Gucky. »Man kann nie wissen, was in der Arena alles geschehen wird.«

»Viele der Konferenzteilnehmer kennen Ras und dich ganz genau. Auch Fellmer ist bekannt. Es würde nur zu Unruhe führen, wenn ich mit einem Mutanten in der Arena auftauchte. Ihr solltet euch hier bereit halten, damit ihr im Ernstfall eingreifen könnt.«

Atlan hatte Bedenken. Er verstand nicht, warum Rhodan freiwillig auf jeden Schutz verzichtete.

»Das Diskusschiff!« rief Alaska Saedelaere in diesem Augenblick. »Seine Schleuse hat sich geöffnet.«

Rhodan fuhr herum. Die Ereignisse der letzten Stunden hatten ihn das geheimnisvolle Schiff fast vergessen lassen. Gleichzeitig mit dem Bewußtsein der Anwesenheit des Diskusschiffes kehrte ein gewisses Unbehagen zurück, das Rhodan beim Anblick des fremden Raumers empfand.

Die Schleusenöffnung reichte vom Außenrand des Flugkörpers bis zu seinem Mittelpunkt, von wo sich eine flache Gangway langsam nach unten schob. Die Öffnung blieb dunkel.

»Die Fremden haben sich entschlossen, an der Konferenz teilzunehmen«, stellte Lord Zwiebus fest. »Ich bin gespannt, wie sie aussehen.«

»Hoffentlich nicht wie du!« bemerkte Gucky frech. Zwiebus' drohender Blick zwang ihn zu einer Erklärung. »Es war ein Scherz!« meinte Gucky. »Wirklich nur ein Scherz.«

Rhodan blickte gespannt auf den Bildschirm. Ungeduldig wartete er auf das Erscheinen der unbekannten Raumfahrer.

»Die lassen sich verdammt viel Zeit!« beschwerte sich Tschubai.

Rhodan schaute Gucky fragend an.

»Keine Mentalimpulse«, bedauerte der Mausbiber.

In der Öffnung des fremden Schiffes entstand eine Bewegung. Drei schattenhafte Gestalten wurden sichtbar.

»Bei allen Planeten!« rief Kasom, als die drei Fremden endgültig sichtbar wurden. »Es sind *Menschen!*«

Die drei Männer waren mittelgroß, normal gewachsen und trugen enganliegende, schwarze Kombinationen. Sie schienen keinerlei Ausrüstungsgegenstände bei sich zu haben.

»Ich könnte schwören, daß es Drillinge sind«, sagte Saedelaere leise. »Achtung, jetzt kommt die Fernortung!«

Die drei Fremden auf den Bildschirmen schienen sich sprunghaft zu vergrößern. Ihre Gesichter wirkten überdimensional groß. Rhodan verstand sofort, warum Saedelaere von Drillingen gesprochen hatte. Die Männer waren gleich groß und alle dunkelhaarig. Ihre Gesichter waren länglich und scharf geschnitten. Die Augen waren ausdrucksvoll.

»Sie sehen einander sehr ähnlich«, gab Rhodan zu. »Aber es gibt gewisse Unterschiede.«

»Wer kann das sein?« fragte Cascal beunruhigt. »Kolonisten? Man müßte versuchen, Funkkontakt mit ihnen aufzunehmen.«

»Sie tragen keine Ausrüstung bei sich«, sagte Rhodan. »Wahrscheinlich würden sie uns überhaupt nicht verstehen.«

Die drei Fremden gingen nebeneinander, sie schienen keine sonderliche Eile zu haben. Ihr Ziel war zweifellos das Amphitheater, wo sich inzwischen die Hälfte der Konferenzteilnehmer versammelt hatte. Besatzungsmitglieder anderer Schiffe, die das Geröllfeld noch nicht verlassen hatten, blieben stehen und schauten die drei Gestalten neugierig an, die sich dadurch jedoch nicht beeindrucken ließen. Sie beachteten niemand, sondern schritten langsam zwischen den Schiffen hindurch. Ihre Bewegungen wirkten gelassen, fast überlegen.

»Ob es Roboter sind?« überlegte Tschubai.

»Die Ortungsergebnisse lassen mich daran zweifeln«, antwortete Alaska Saedelaere.

»Terraner sind es auf keinen Fall«, meinte Atlan. »Auch keine Umweltangepaßten. Ich denke eher an Akonen oder Arkoniden oder auch an Kolonisten.«

»Nichts von alledem ist richtig!« behauptete Rhodan. »Das sind Fremde, auch wenn sie wie Menschen aussehen.«

»Dann müssen wir etwas unternehmen!« forderte Gucky. »Zumindest müssen wir feststellen, ob du recht hast.«

»Wir warten, was die drei Männer zu sagen haben«, sagte Rhodan.

»Und wenn sie schweigen?« erkundigte sich der Ilt.

»Dann werden wir sie fragen!«

Wenige Augenblicke später verließen Rhodan, Atlan, Waringer und der Emotionaut Mentro Kosum die GOOD HOPE II und näherten sich über die Gangway einem Prallgleiter, der bereits unmittelbar nach der Landung ausgeschleust worden war. Alle vier Männer trugen leichte Kombinationen, Schaltgürtel und Vielzweckarmbandgeräte. Auf alle anderen Ausrüstungsgegenstände hatten sie Rhodans Wunsch entsprechend verzichtet.

Kosum nahm im Fahrersitz Platz und schaltete den Antrieb ein. Das Fahrzeug hob vom Boden ab und schwebte in einem halben Meter Höhe über ihm dahin.

»Steuern Sie so, daß wir in der Nähe der Fremden vorbeikommen!« befahl Rhodan.

Der Gleiter schwebte zwischen zwei raketenförmigen Beibooten hindurch und flog dann an einem kleinen Walzenschiff der Springer vorbei. Die kleine Maschine wurde von den Konferenzteilnehmern, die ebenfalls erst jetzt aufbrachen, aufmerksam beobachtet. Die Wesen, die sich in der Nähe aufhielten, wußten genau, daß einer der vier Passagiere Perry Rhodan war.

Die drei Fremden aus dem schwarzen Diskusschiff hatten inzwischen den Rand des Landefelds erreicht und marschierten in Richtung der Arena. In ihrer Nähe hielten sich zahlreiche andere Konferenzteilnehmer auf. Den Fremden konnte nicht entgehen, daß das kein Zufall war, aber sie kümmerten sich nicht darum. Unbeeindruckt setzten sie ihren Marsch fort.

Kosum verlangsamte die Geschwindigkeit.

»Nicht langsamer werden!« befahl Rhodan. »Es soll nicht der Eindruck entstehen, daß auch wir uns von den Fremden verblüffen lassen.«

Kosum gehorchte.

Sie überholten ein paar langsam fliegende Aras, die sich offenbar auch für die Schwarzgekleideten interessierten, dann passierten sie eine

Gruppe von Unithern. Hoch über ihnen schwebte ein winziger Gleiter mit dem Zeichen der Fracowitz-Systemstaaten.

Als sie sich auf gleicher Höhe mit den Fremden befanden, drehte einer von ihnen den Kopf in ihre Richtung. Es war zum erstenmal, daß die Fremden Notiz von einem anderen Konferenzteilnehmer nahmen.

»Er sieht hierher!« stellte Waringer fest.

Ärgerlich über sich selbst, schüttelte Perry Rhodan den Kopf. Waren sie schon so nervös, daß sie dem Blick eines der Fremden eine besondere Bedeutung beimaßen? Waren sie unbewußt bereit, die Fremden für stärker und wichtiger zu halten als alle anderen Konferenzteilnehmer?

»Ich friere, seit der Kerl herübersieht«, gestand Kosum. »Ich habe sowas noch nicht erlebt.«

»Unsinn!« widersprach Rhodan heftig. »Das bilden Sie sich ein.«

Langsam, als könnte er seinen Blick nur schwer vom Prallgleiter der Terraner lösen, drehte der Fremde den Kopf wieder in die Marschrichtung.

»Es sind Spione!« rief Waringer erregt. »Spione aus dem Schwarm!«

»Was ist los mit euch?« fragte Rhodan.

»Wir sind beeindruckt«, gab Atlan zu. »Und auch du.«

»Fliegen Sie weiter, Kosum!« befahl Rhodan. »Wir dürfen uns jetzt nichts anmerken lassen.«

»Glauben Sie, daß die Burschen eine besondere parapsychische Ausstrahlung besitzen?« fragte Kosum.

Niemand antwortete. Sie überholten Konferenzteilnehmer, die sich einzeln und in Gruppen der Arena näherten. Rhodan beachtete diese Wesen kaum.

Er zwang sich dazu, seine Gedanken auf die Konferenz zu konzentrieren. Er durfte keinen Fehler begehen. Wenn er sich durch die Anwesenheit von drei Unbekannten nervös machen ließ, konnte das auf den Ausgang der Konferenz einen entscheidenden Einfluß haben.

Er hörte Kosum aufatmen. »Eine Last ist von mir genommen, seit ich die Kerle nicht mehr sehe«, sagte der Emotionaut.

»Das ist Einbildung«, stellte Rhodan fest. Er klammerte sich an diesem Gedanken fest, obwohl er selbst empfunden hatte, daß die Geheimnisvollen auf eine unbeschreibliche Weise bedeutsam waren.

Kosum stoppte den Flug. Rhodan hob den Kopf. Vor ihm ragte die Südmauer des Amphitheaters hoch. Auf den eingeebneten Plätzen vor der Arena standen die Fahr- und Flugzeuge verschiedener Abgeordneter.

Rhodan war sich darüber im klaren, daß die meisten Immunen ohne große Hoffnungen nach Dessopato gekommen waren, denn kaum jemand in der Galaxis glaubte daran, daß es eine Abwehrmöglichkeit gegen den Schwarm geben konnte.

Viele hatten es von vornherein abgelehnt, an der Konferenz teilzunehmen.

Rhodan wußte aus zuverlässigen Quellen, daß die Immunen vieler Völker sich von ihren Angehörigen trennten und versuchten, auf unbelebten Planeten eine neue Zivilisation zu gründen. Rhodan wußte auch, daß die meisten dieser Versuche zum Scheitern verurteilt waren.

Kosum hatte den Gleiter in der Nähe des freigelegten Haupteingangs gelandet. Vor dem Eingang hielten sich etwa dreihundert Konferenzteilnehmer auf, die in Gruppen zusammenstanden und diskutierten. Als Rhodan aus dem Gleiter stieg, blickten sie zu ihm herüber.

Rhodan las Mißtrauen, aber auch Hoffnung in den Blicken der Wesen, die auf ihn warteten.

Atlan trat an die Seite seines Freundes.

»Gehen wir«, sagte der Arkonide.

Rhodan und Atlan gingen Seite an Seite auf den Eingang der Arena zu, hinter ihnen folgten Waringer und Kosum.

»Es wird schwer werden«, meinte Atlan leise.

»Davon bin ich überzeugt.«

Vor ihnen bildete sich eine Gasse. Es gab weder Beifall noch Ablehnung. Die Konferenzteilnehmer vor dem Eingang des Amphitheaters quittierten Rhodans Erscheinen mit Schweigen. Rhodan sah, daß sich in erster Linie die Angehörigen umweltangepaßter Völker vor der Arena versammelt hatten. Der Großadministrator kannte das Zusammengehörigkeitsgefühl dieser Humanoiden. Nicht viel anders würde es bei den anderen Gruppen sein. Rhodan nahm sich vor, vor allen Dingen darauf zu achten, daß es zwischen den einzelnen Gruppen nicht zu Reibereien kam.

Hinter dem Eingang warteten die Roboter, die damit beauftragt waren, die Delegationsmitglieder an die Plätze zu führen. Rhodan hatte darauf geachtet, daß durch die Sitzordnung niemand benachteiligt oder bevorzugt wurde.

»Die akonische Delegation hat Ihre Plätze eingenommen«, sagte der Roboter, der auf sie zutrat.

»Das dachte ich mir«, versetzte Rhodan. »Führe uns zu den Plätzen, die für die Akonen vorgesehen waren. Wir werden uns nicht provozieren lassen.«

Sie schritten unter dem Bogen des steinernen Tores hindurch. Unmittelbar hinter dem Eingang blieb Rhodan stehen. Obwohl es im Verfall begriffen war, bot das Amphitheater noch immer einen imposanten Anblick. Die Roboter der INTERSOLAR hatten den größten Teil der umgefallenen Steinbänke aufgerichtet und repariert. Die Mauern waren befestigt worden, denn es hatte an verschiedenen Stellen Einsturzgefahr bestanden. Die technische Einrichtung inmitten der Arena war ein unübersehbarer Kontrast zu dem Monument einer untergegangenen Zivilisation.

Rhodan blickte sich um. Etwa fünftausend Konferenzteilnehmer verloren sich fast in dem weiten Rund. Trotzdem boten sie ein farbenprächtiges Bild in ihren verschiedenfarbigen Kleidern. Bis zum eigentlichen Beginn der Konferenz würde sich die Arena weiter füllen. Rhodan schätzte, daß früher einmal über einhunderttausend Zuschauer hier Platz gefunden hatten, vielleicht sogar mehr.

Was mochte sich früher hier zugetragen haben? überlegte Rhodan. Hatte es so schicksalhafte Veranstaltungen gegeben wie diese Konferenz, von der so viel abhing? Oder hatte die Arena ausschließlich als Austragungsort grausamer Spiele gedient?

»Sieh dich gut um!« hörte Rhodan seinen arkonidischen Freund sagen. »Das ist die Stelle, an der vielleicht die Zukunft der großen Völker unserer Galaxis entschieden wird.«

Erst jetzt merkte Rhodan, wie still es innerhalb des Amphitheaters war. Die Konferenzteilnehmer saßen auf ihren Bänken und schwiegen. Sie schienen zu warten. Hinter Rhodan und seinen Begleitern strömten jetzt weitere Abgeordnete in die Arena.

Rhodan gab sich einen Ruck. »Gehen wir!«

Sie bewegten sich durch eine Schneise zwischen den Bankreihen auf die Plätze zu, auf denen ursprünglich die Akonen sitzen sollten.

Rhodan musterte prüfend den Rundumbildschirm inmitten des Spielfeldes. Das kugelförmige Gebilde mit den abgeflachten Seitenflächen wurde von einem Antigravschirm gehalten. Die Bildschirmabschnitte waren bereits eingeschaltet und zeigten das Symbol des Solaren Imperiums: zwei ausgestreckte Hände vor dem Hintergrund der Milchstraße.

Kosum blickte zu dem Bildschirm hinüber. »Wann jemals zuvor hat dieses Symbol eine tiefere Bedeutung besessen, wann hat es jemals beeindruckender gewirkt?«

Waringer sagte verwundert: »Sie können ja auch ernst sein!«

»Ja«, bestätigte Kosum. »Ich befürchte nur, daß eine der beiden Hände sich zurückziehen wird. Schließlich wird nur unsere ausgestreckte Hand dasein, eine Hand, die sich vergeblich zum Freundschaftsbündnis anbietet.«

Sie nahmen auf der Bank mit dem akonischen Symbol Platz. Rhodan bemerkte, daß auf den benachbarten Plätzen Unruhe entstand. Die Wesen, die sich in der Nähe niedergelassen hatten, wußten um die akonische Provokation und waren offenbar erstaunt darüber, daß Rhodan so gelassen reagierte.

»Unsere akonischen Freunde sind sicher enttäuscht darüber, daß wir uns nicht provozieren lassen.« Atlan lächelte und sah zu den Plätzen hinüber, wo die vier Akonen saßen. »Trotzdem sollten wir auf die Akonen besonders achten. Sie werden nicht aufgeben. Ich befürchte, daß sie sich zum Ziel gesetzt haben, bei der Konferenz mehr zu erreichen als eine Zusammenarbeit auf wissenschaftlichem Gebiet.«

»Es geht ihnen um politische Macht«, behauptete Waringer.

Rhodan hatte bestimmte Vorstellungen vom Ablauf der Konferenz, aber er konnte nicht sicher sein, ob seine Pläne sich verwirklichen ließen. Jeder noch so unbedeutsam erscheinende Zwischenfall konnte zur Folge haben, daß unvorhergesehene Dinge geschehen würden.

Plötzlich schien sich die Stille in der Arena noch zu vertiefen. Wie auf ein geheimes Kommando blickten alle Versammelten in Richtung des Eingangs.

Die drei Unbekannten kamen herein.

Ollin schätzte, daß alle Konferenzteilnehmer bis auf wenige Ausnahmen eingetroffen waren. Der Platz, den er sich ausgesucht hatte, lag zwischen Bänken, die die Roboter nicht in Ordnung gebracht hatten. Ollin konnte sicher sein, daß man ihn nicht entdecken würde.

Er schob sein Strahlengewehr über einen Steinbrocken und visierte sein Ziel an. Die Zieloptik zeigte Ollin einen vergrößerten Ausschnitt jener Stellen, von der aus die einzelnen Redner zu der Versammlung sprechen würden.

Ollin hatte nicht gedacht, daß es so einfach sein würde. Aber er hatte seinen Gegner quer durch die Galaxis verfolgt, um ihn endlich töten zu können. Die Konferenz interessierte Ollin nicht. Er hatte alles verloren, was sein Leben lebenswert gemacht hätte. Unter diesen Umständen war es ihm auch gleichgültig, was nach dem erfolgreich durchgeführten Attentat mit ihm geschehen würde.

Vielleicht würde man ihn sofort erschießen.

Als Perry Rhodan sicher sein konnte, daß alle Abgeordneten in der Arena versammelt waren, erhob er sich von seinem Platz und trat auf das von den Robotern gesäuberte und gewalzte Spielfeld hinaus. Das Stimmengewirr in der Arena verstummte.

Rhodan näherte sich dem Podest, von wo aus die einzelnen Redner sprechen sollten. Das dort aufgestellte Mikrophon war an alle Translatoren angeschlossen. Rhodan wußte, daß die Blicke aller Versammelten auf ihm ruhten.

Die drei schwarzgekleideten Fremden aus dem geheimnisvollen Diskusschiff hatten weit oben Platz genommen, dort, wo die Roboter Bänke ohne besondere Kennzeichen vorbereitet hatten. Das bedeutete, daß sich die Unbekannten keiner Gruppe zugehörig fühlten.

Das Rätsel hatte sich dadurch nur noch vergrößert. Rhodan war entschlossen, diese drei Männer nicht mehr zu beachten als alle anderen Teilnehmer der Konferenz. Eines jedoch wollte er tun: die Versammelten davon unterrichten, daß diese Konferenz eventuell von Spionen aus dem Schwarm beobachtet wurde. Rhodan war sich darüber im klaren, daß der Verdacht sofort auf die drei Fremden fallen würde, doch auf diese Weise konnte er sie vielleicht zwingen, ihre Identität preiszugeben.

Rhodan erreichte das Podest. Hoch über ihm leuchtete der Rundumbildschirm.

Als Rhodan vor das Mikrophon trat, gab es keinen Beifall. Rhodan hatte auch nicht damit gerechnet. Bei vielen Konferenzteilnehmern genoß er keine Sympathien. Außerdem war die Situation für die meisten Völker so ernst, daß sich ihre Abgesandten nicht mit althergebrachten Konventionen aufhalten wollten.

»Ich bin Perry Rhodan«, sagte Rhodan einfach. »Wir werden Ihnen jetzt alles, was wir über den Schwarm herausgefunden haben, übermitteln. Das wird mit Hilfe von Plänen, Bildern und erklärenden Beschreibungen geschehen. Sollten Sie Fragen haben, machen Sie sich Notizen, damit wir den ersten Vortrag nicht ständig zu unterbrechen brauchen. Ich schlage vor, daß Sie danach Informationen an die Versammlung weitergeben, natürlich nur, wenn es sich nicht um Wiederholungen des von uns Gezeigten handeln sollte. Wir wollen nicht viel Zeit verlieren.« Rhodan unterbrach sich. Über ihm erlosch auf dem Rundumbildschirm das Symbol des Solaren Imperiums. Der Weltraum wurde auf den Bildflächen sichtbar. Dann erschien ein Bild des Schwarmes.

»Das ist unser aller Problem«, fuhr Rhodan fort. »Der Schwarm!«

Die Aufnahmen wechselten, sie zeigten den Schwarm aus verschiedenen Entfernungen und von verschiedenen Seiten.

»Es ist nicht auszuschließen, daß Spione aus dem Schwarm an dieser Konferenz teilnehmen«, sagte Rhodan. Seine Worte lösten Unruhe aus. Er hob einen Arm. »Lassen Sie sich nicht verwirren. Wir wollen unser gemeinsames Ziel nicht vergessen, das nur darin bestehen kann, die Gefahr, die der Schwarm für uns alle bedeutet, abzuwenden.«

Um keine weitere Unruhe aufkommen zu lassen, schaltete Rhodan das eigentliche Programm ein, das von den Besatzungen der INTERSOLAR und der GOOD HOPE II zusammengestellt worden war. Anstelle Rhodans gab nun ein Robotsprecher alle Erklärungen zu den Aufnahmen über Translatoren an die Konferenzteilnehmer.

Rhodan kehrte an seinen Platz zurück.

»Sparsamer ging es wohl nicht mehr?« erkundigte sich Atlan.

»Was hätte ich noch sagen sollen?« meinte Rhodan. »Es wird alles in den Berichten erklärt.«

Nos Vigeland erhob sich, um über die Köpfe der in der Nähe sitzenden Wesen zu den drei Fremden hinaufblicken zu können, die sich offenbar voller Interesse die Berichte ansahen.

»Warum bleiben Sie nicht sitzen?« fuhr Frascati ihn ärgerlich an. »Mich interessiert dieses Programm.«

»Und mich interessieren die drei Fremden«, konterte Vigeland. »Sie können mit den Spionen aus dem Schwarm identisch sein, die Perry Rhodan erwähnt hat.«

»Rhodan war nicht sicher, daß es diese Spione gibt«, wandte Shilter ein.

»Ruhe!« rief ein breitschultriger Ertruser, der ein paar Bänke von den

Mitgliedern des carsualschen Triumvirats entfernt saß. »Sie stören die Vorführungen.«

Vigeland setzte sich wieder.

»Wenn Rhodan solche Andeutungen macht, muß etwas Wahres daran sein«, flüsterte er. »Wir werden feststellen, ob er recht hat. Wir brauchen dazu nur hinaufzugehen und zu fragen.«

Die drei Männer blickten sich an. Vigeland sah, daß Frascati sofort entschlossen war, sich an der Aktion zu beteiligen.

Der vorsichtige Shilter jedoch schüttelte den Kopf.

»Wir müssen noch warten!«

»Warten?« Vigeland öffnete seine Gürtelschnalle und brachte einen kleinen Desintegrator zum Vorschein. »Wir haben lange genug gewartet.«

»Sie haben eine Waffe!« stellte Shilter erstaunt fest. »Das ist gegen die Abmachungen.«

Der Gesichtsausdruck des Ertrusers zeigte deutlich, was er von Abmachungen hielt.

»Einzelne Gruppen werden unsere Vorgehensweise unterstützen«, versuchte jetzt auch Frascati Shilter zu überzeugen.

In der Nähe gab es wieder Unmutsäußerungen von Abgeordneten, die sich gestört fühlten.

»Es werden immer mehr Konferenzteilnehmer auf uns aufmerksam!« stellte Shilter fest.

Vigeland verbarg die Waffe in seiner Tasche und stand auf. Ohne sich darum zu kümmern, ob ihm die beiden anderen folgten, ging Vigeland durch die Bankreihen und erreichte eine der Schneisen, die von unten nach oben führten.

Frascati sah ihm nach. »Ich gehe mit ihm!« sagte er entschlossen.

Shilter, der keine Lust hatte, allein zurückzubleiben, schloß sich ihm leicht widerstrebend an.

Sie wurden beobachtet, als sie langsam zwischen den Bankreihen nach oben stiegen, wo die drei Fremden saßen. Aber niemand hielt sie auf. Niemand sprach sie an.

Als das Programm abgeschlossen war, ging Rhodan wieder zum Podest, um ein paar zusätzliche Erklärungen abzugeben. Er wußte längst, daß die Triumvirn des Carsualschen Bundes ihre Plätze verlassen hatten und sich den drei Fremden näherten. Obwohl er nicht wußte, was die Ertruser vorhatten, kümmerte er sich nicht um sie. Vielleicht konnten Vigeland und seine beiden Begleiter erreichen, daß die Unbekannten ein paar Erklärungen abgaben.

Als Rhodan vor dem Mikrophon stand, war er sich darüber im klaren, daß er in diesem Augenblick weniger Zuschauer hatte als die drei Ertruser. Trotzdem begann er zu sprechen. Der Bildschirm war erloschen, das Programm abgelaufen.

»Sie wissen jetzt alle, daß die Verdummung nicht die Sache einzelner Völker ist. Die Verdummungsstrahlung wurde in der gesamten Galaxis wirksam. Außer den wenigen Immunen, die es bei allen Völkern gibt, sind alle Wesen von ihr betroffen worden. Diese Katastrophe ist ein galaktisches Problem, das zu lösen nicht die Angelegenheit einzelner sein kann.«

Rhodan merkte befriedigt, daß viele Konferenzteilnehmer, die bisher die Ertruser beobachtet hatten, wieder zu ihren Translatoranschlüssen griffen, um zu hören, was er sagte.

»Sie haben gesehen, daß die Verdummungswelle durch eine Manipulation der fünfdimensionalen Gravitationskonstante herbeigeführt wurde«, fuhr Rhodan fort. »Es muß möglich sein, ein Schutzgerät zu konstruieren, das die Verdummungsstrahlung unwirksam werden läßt. Zu diesem Zweck sollten sich die immun gebliebenen Wissenschaftler und Techniker aller Völker zusammenschließen. Die Galaktische Völkerallianz, die ich vorschlage, soll nur dieses eine Ziel haben.«

Er blickte auf und sah, daß die drei Ertruser die Bank der Fremden fast erreicht hatten.

»Ich bitte Sie darum, nun darüber zu diskutieren, wie sich unsere Vorschläge am leichtesten verwirklichen lassen könnten. Wir haben ein Programm aufgestellt, das wir jedoch erst dann zur Diskussion stellen wollen, wenn Sie alle Ihre Vorschläge gemacht und Ihre Gedanken geäußert haben.«

Hoch oben, am oberen Rand der Mauer, standen jetzt die drei Ertruser vor den drei Fremden. Alle Konferenzteilnehmer blickten in diese Richtung.

10.

Die drei Fremden schienen sich nicht für ihn zu interessieren, und Nos Vigeland, der mit weit ausholenden Schritten nach oben gestiegen war, verlangsamte jetzt sein Tempo. Er stellte fest, daß die drei schwarzgekleideten Männer einander ähnlich sahen. Vielleicht waren es Brüder. Sie blickten auf das Spielfeld hinab, wo Perry Rhodan auf dem Podest stand und sprach.

Vigelands Hand umklammerte den Kolben des Desintegrators in seiner Tasche.

Er spürte, daß es ihm immer schwerer fiel, seine Gedanken zu ordnen. Unwillkürlich blickte er zurück, um sich davon zu überzeugen, daß Frascati und Shilter ihm gefolgt waren. Sie senkten ihre Blicke, als scheuten sie sich, ihre Zugehörigkeit zu Vigeland zuzugeben.

Vigeland mußte sich zu den letzten Schritten zwingen, aber dann stand er vor den drei Fremden. Shilter und Frascati blieben hinter ihm stehen.

Der Ertruser hatte das Gefühl, daß ihn die unbekannten Konferenzteilnehmer noch immer nicht beachteten. Sie schienen an ihm vorbei in die Arena hinabzublicken. Sie saßen mit übereinandergeschlagenen Beinen und verschränkten Armen da; ihre Gesichter wirkten weder freundlich noch bösartig.

Vigeland war sicher, daß er von allen Konferenzteilnehmern beobachtet wurde. Wenn er jetzt den Rückzug antreten würde, konnte er die Konferenz ebensogut sofort verlassen.

Einem plötzlichen Entschluß folgend, riß er den Desintegrator aus der Tasche und richtete ihn auf die drei Männer aus dem Diskusschiff.

»Ich bin Nos Vigeland«, sagte er. »Das sind meine Begleiter Shilter und Frascati. Wir haben gehört, daß Spione aus dem Schwarm gekommen sind, um diese Konferenz zu beobachten. Was haltet ihr davon?«

Erst jetzt merkte er, daß er sich in unmittelbarer Nähe eines Translatormikrophons befand. Er errötete, denn das bedeutete, daß man seine Worte im gesamten Amphitheater gehört hatte.

»Also los!« rief er trotzig. »Wir wollen hören, wer ihr seid und woher ihr kommt.«

Er unterstrich seine Forderung mit einer Bewegung seiner Waffe.

Die drei Männer standen auf. Ihre Bewegungen wirkten fast synchron. Vigeland wich ein paar Schritte zurück.

Als der zwischen seinen Begleitern stehende Fremde einen Arm hob, verlor Vigeland die Beherrschung und drückte ab.

Es geschah – nichts!

Mit aufgerissenen Augen beobachtete Vigeland, daß der Fremde auf den Schuß nicht reagierte. Es war, als hätte der Ertruser überhaupt nicht geschossen.

»Lassen Sie die Waffe fallen, Nos Vigeland!« klang Rhodans Stimme aus den Lautsprechern der Translatoren. »Wir wollen keinen Streit.«

Der Desintegrator fiel zu Boden. Vigeland war sich seiner Handlungen kaum noch bewußt. Er fühlte die Blicke der drei Fremden auf sich ruhen. Sie schienen weder enttäuscht noch zornig zu sein.

Auf welche Weise hatten sie den Angriff abgewehrt? Besaßen sie unsichtbare Schutzschirme? Oder waren sie parapsychisch begabt?

Vigelands Gedanken verwirrten sich.

Die drei Fremden setzten sich in Bewegung. Vigeland und seine beiden ertrusischen Begleiter wichen so schnell zur Seite, daß Shilter das Gleichgewicht verlor und über eine Bank fiel. Die schwarzgekleideten Männer kümmerten sich nicht darum, sondern gingen zwischen den Bänken zum Spielfeld hinab. Frascati schaute ihnen verstört nach.

»Das ... das haben wir falsch angefangen!« stöhnte Shilter, der sich an der Bank hochzog.

»Ruhe!« schrie Vigeland ihn an. »Die Mikrophone sind eingeschaltet.«

Er schaltete alle in ihrer Nähe stehenden Translatoren ab, dann ließ er sich auf einer Bank nieder. Sorgfältig vermied er es dabei, in die Nähe des Platzes zu kommen, wo die Fremden gesessen hatten. Er merkte, wie er die Kontrolle über sich zurückgewann.

Nur die unmittelbare Nähe der Fremden schien ihn so verwirrt zu haben.

Zum erstenmal kam ihm der Verdacht, daß er seine Waffe nicht abgefeuert hatte. Die Fremden hatten ihm den Schuß nur suggeriert. Er stand auf und suchte nach dem Desintegrator. Als er ihn gefunden hatte, stellte er fest, daß ein Schuß abgegeben worden war.

Also doch keine Täuschung! Er schob die Waffe mit zitternden Händen in die Tasche.

Shilter saß auf der Bank und hatte sein Gesicht in den Handflächen verborgen.

»Hören Sie auf zu grübeln!« fuhr Vigeland ihn an. »Wir werden deshalb noch lange nicht aufgeben.«

Shilter blickte nur kurz auf. »Mit denen werden wir nicht fertig! Keiner von uns! Auch Perry Rhodan nicht.«

»Das ist alles Unsinn!« versetzte Vigeland. Sein ängstliches Verhalten erschien ihm immer unglaubwürdiger. »Das sind doch keine Gespenster. Wir werden sehen, was sie jetzt tun.«

Frascatis Stimme schwankte, als er sagte: »Wollen wir unsere Plätze wieder einnehmen?«

»Nein!« erwiderte Vigeland schroffer als beabsichtigt. »Wir warten hier, bis die Unbekannten zurückkommen.«

Der wahre Grund für seine Entscheidung war, daß er sich schämte, zwischen den vollbesetzten Bankreihen nach unten zu gehen und sich angaffen zu lassen. Er war sich darüber im klaren, daß viele der Konferenzteilnehmer Gegner des Carsualschen Bundes waren. Und jene, mit denen er vor Beginn der Konferenz Abmachungen getroffen hatte, waren still geblieben. Sie hatten das Triumvirat nicht unterstützt.

Auch das war wahrscheinlich dem Einfluß der Fremden zuzuschreiben.

Vigeland beobachtete das Spielfeld. Die drei Fremden näherten sich dem Podest, auf dem Rhodan stand.

»Ich bin gespannt, wie der Terraner reagieren wird!« rief Shilter.

»Es ist irgendeiner seiner verdammten Tricks«, ereiferte sich Frascati. »Die Fremden sind Roboter oder Cyborgs mit ungewöhnlichen Fähigkeiten, von Rhodan eigens für diese Konferenz geschaffen.«

Vigeland spie verächtlich auf den Boden.

»Die Terraner können keine Wunder vollbringen. Die meisten ihrer Wissenschaftler sind verdummt. Ihre Planeten wurden ebenso betroffen wie die des Carsualschen Bundes.«

»Wann hätte Rhodan solche Roboter herstellen lassen sollen?«

»Ich weiß es nicht«, gab Frascati zu. »Aber es wäre eine Erklärung.«

Die Schwarzgekleideten betraten das Podest.

Vigeland konzentrierte sich auf Perry Rhodan. Täuschte er sich, oder wich auch der Terraner angstvoll zurück?

Aber nein! dachte Vigeland ärgerlich. Rhodan räumte nur den Platz vor dem Mikrophon.

Hastig schaltete Vigeland einen der vor ihm stehenden Translatoren auf Interkosmo-Übersetzung. Er wollte hören, was die Unbekannten zu sagen hatten.

»Wir sind keine Spione aus dem Schwarm«, klang eine gelassen wirkende Stimme aus den Lautsprechern.

Vigeland zuckte unwillkürlich zusammen. Er war froh darüber, daß keiner der Geheimnisvollen in seiner unmittelbaren Nähe gesprochen hatte.

Die Stimme des Redners war beherrscht, sie ließ auf eine Abgeklärtheit des Besitzers schließen, wie Vigeland sie bei denkenden Wesen bisher noch nicht erlebt hatte.

»Wir sind auch keine Menschen«, fuhr der Fremde fort. »Wir haben uns jedoch entschlossen, auf dieser Konferenz als Menschen aufzutreten, weil der menschliche Körper Ihnen allen vertraut ist. Wir sind Lebewesen, die Sie nur schwer verstehen würden. Wir haben in dieser Galaxis ein Imperium aufgebaut, das nun durch den Schwarm bedroht wird.«

Zehntausend Angehörige der verschiedensten galaktischen Völker hörten gebannt zu. Jedes andere Wesen, das solche Worte von sich gegeben hätte, wäre nicht mehr zum Sprechen gekommen.

Doch es blieb alles still.

Es war, als befänden sich alle Zuschauer in einem Stadium körperlicher und geistiger Starre, die ihnen jede Reaktion unmöglich machte.

Ein Imperium! dachte Vigeland langsam. *In dieser Galaxis?*

»Unmöglich!« flüsterte er.

Und dieses Wort, dieses UNMÖGLICH, wurde in den verschiedensten Sprachen in diesem Augenblick geflüstert oder gedacht.

Aber da war niemand, der protestiert hätte. Die Abgesandten blickten zum Podest hinab und warteten, daß es eine Erklärung geben würde.

»Wir haben ein Imperium besonderer Art innerhalb dieser Galaxis errichtet«, sagte der Fremde mit seiner seltsamen Stimme. Seine beiden Begleiter standen wie Statuen neben ihm, menschlich zwar in ihrem Äußeren, aber völlig fremdartig in ihrer Ausstrahlung, in ihrem Verhalten.

»Diese Tatsache erlaubte uns bisher, Menschen, Menschenabkömmlinge und alle anderen intelligenten Lebensformen dieser Galaxis zu ignorieren. Wir kümmerten uns um niemanden.«

Wie hypnotisiert lauschten Nos Vigeland und alle anderen den Worten des Fremden.

Dumpf begann sich in seinem Gehirn die Erkenntnis zu formen, daß das Auftreten der drei Fremden der Konferenz eine völlig andere Richtung geben würde. Die Ertruser würden ihre Pläne nicht verwirklichen können.

Vigeland kicherte nervös.

»Was haben Sie?« fragte Shilter unruhig.

»Stellen Sie sich vor, was alles für diese Konferenz geplant wurde«, sagte Vigeland. »Stellen Sie sich das einmal vor.« Sein Gesicht nahm eine unnatürliche Starre an. »Es war alles umsonst. Ja, es war alles umsonst.«

»Was?« fragte Frascati verständnislos.

»Die Fremden«, antwortete Vigeland niedergeschlagen, »werden bestimmen, was auf dieser Konferenz geschieht.«

Seine letzten Worte wurden von einer heftigen Explosion übertönt. Er sprang auf. Auch die anderen Konferenzteilnehmer erhoben sich von ihren Plätzen. Das Explosionsgeräusch war ein beinahe erlösendes Signal nach dieser schrecklichen Stille gewesen.

Vigeland sah eine Rauchsäule über den Rand des Amphitheaters steigen.

»Da ist ein Schiff abgestürzt!« rief jemand in der Nähe.

Eine zweite Explosion erfolgte, dann eine dritte und eine vierte.

Entsetzte Schreie ertönten innerhalb der Arena. Die verschiedenartigsten Wesen aus der Galaxis sprangen von ihren Plätzen auf und rannten zum Ausgang. Das Geschehen drohte in eine Panik auszuarten.

Vigeland blickte zum Podest hinab. Da standen die drei Fremden, teilnahmslos und gelassen. Und da stand Perry Rhodan.

Rhodan hatte die Anwesenheit der drei Fremden fast völlig vergessen. Bereits nach der ersten Explosion hatte er sein Armbandgerät eingeschaltet und die GOOD HOPE II gerufen. Senco Ahrat meldete sich.

»Was hat das zu bedeuten?« fragte Rhodan. »Beschießt jemand die gelandeten Schiffe?«

»Nein«, sagte Ahrat. »Es sind insgesamt sieben Schiffe gelandet. Vier davon haben eine Bruchlandung gebaut. Die anderen sind gerade noch gut angekommen.«

Rhodan fragte: »Welche Schiffe sind das?«

»In erster Linie Space-Jets. Bully hat sich bereits über Funk angekündigt. Die ersten Auswertungen haben ergeben, daß sich an Bord verdummte Mitglieder des Homo superior aufhalten.

Rhodan stutzte. »Sagten Sie *verdummte* Mitglieder des Homo superior?«

»Ja«, bestätigte Ahrat. »Wir haben auch schon eine Erklärung für diese Tatsache gefunden. Die Tätigkeit der Schwarminstallateure mit ihren Pilzschiffen ist offenbar nicht ohne Folgen geblieben. Die Schwarminstallateure haben die Gravitationskonstante um rund einhundertdreiunddreißig Millikalup verändert. Das bedeutet eine zusätzliche Manipulation. Diese Veränderung wird nur innerhalb des Einflußbereichs der Pilzschiffe wirksam. Ich kann mir denken, daß die Mitglieder des Homo superior, die versucht haben, Dessopato zu erreichen, sich vorher innerhalb dieses Einflußbereichs aufgehalten haben.«

»Verdummte Mitglieder des Homo superior haben uns hier gerade noch gefehlt«, sagte Rhodan. »Trotzdem kann die Verdummung bei ihnen nicht so schlimm sein, wenn sie es geschafft haben, ihre Schiffe bis nach Dessopato zu fliegen.«

»Auf jeden Fall interessieren sie sich jetzt für diese Konferenz«, meinte Ahrat. »Jetzt, da sie zum Teil auch zu den Betroffenen gehören.«

Rhodan fragte sich wieder einmal, was diese erneute Manipulation der 5-D-Konstante durch Wesen aus dem Schwarm zu bedeuten hatte. Sicher war sie nicht erfolgt, um auch den Homo superior auszuschalten. Es mußte andere Gründe geben.

Einmal mehr konnte sich Rhodan des Gefühls nicht erwehren, daß die Bewohner der Galaxis Opfer zufälliger Aktionen geworden waren. Was stand ihnen noch alles bevor?

Wer würde nach den Schwarminstallateuren kommen?

Die Möglichkeit, daß die gesamte physikalische Kontinuität der Galaxis in Unordnung geraten würde, war nicht auszuschließen.

Unwillkürlich wandte Rhodan sich zu den drei Fremden um. »Sie haben sicher mitgehört?«

Der Schwarzgekleidete, der zur Versammlung gesprochen hatte, nickte. »Wir haben bereits damit gerechnet.«

Rhodan lächelte. »Ist das alles, was Sie mir zu sagen haben?«

Der Mann hob einen Arm und deutete auf die Konferenzteilnehmer, die sich zu Tausenden zum Ausgang drängten. Nur wenige hundert waren auf ihren Plätzen geblieben.

»Wir fangen an zu glauben, daß es ein Fehler war, hierherzukommen. Die Angehörigen aller Völker dieser Galaxis lassen sich noch zu sehr von Gefühlen leiten, als daß sie eine gemeinsame Lösung des Problems anstreben könnten.«

»Und Sie?« fragte Rhodan skeptisch. »Sind Sie über alles erhaben, was uns so wenig auszeichnet?«

Der Mann in der schwarzen Kombination lächelte. Seine beiden Begleiter lächelten ebenfalls.

»Sie können sich mit uns nicht vergleichen«, sagte der Sprecher der Fremden. »Alles, was wir Ihnen sagen können, ist, daß wir uns durch den Schwarm ebenfalls bedroht fühlen.«

»Sie sind also gekommen, um Hilfe zu holen!« stellte Rhodan fest.

Der Schwarzgekleidete verneinte.

»Wir interessieren uns nur für diese Konferenz und für Aktionen, die hier vielleicht beschlossen werden.«

Rhodan sah die drei Männer nacheinander prüfend an. Er gestand sich ein, daß die Nähe der seltsamen, wie Menschen aussehenden Wesen ihn verwirrte. Die drei Fremden besaßen eine Ausstrahlung, für die es keine Erklärung gab. Vielleicht waren sie tatsächlich parapsychisch begabt. Das wäre auch eine Erklärung für das telepathische Versagen Guckys und Fellmer Lloyds gewesen.

»Wer sind Sie wirklich?« fragte Rhodan. Er beschloß, einen Vorstoß zu riskieren. »Kommen Sie nicht doch aus dem Schwarm? Sind Sie Spione?«

Zum erstenmal zeigten die drei Männer gegensätzliche Reaktionen. Sie blickten sich an. Sie schienen erstaunt zu sein.

»Wir sind Abgesandte des heimlichen Imperiums«, erklärte der Sprecher schließlich.

»Ein heimliches Imperium?« wiederholte Rhodan.

»Es gibt nur eines!« sagte der Fremde fest.

Sie wurden durch ein Explosionsgeräusch unterbrochen.

»Wieder ein Schiff mit Vertretern des Homo superior an Bord«, berichtete Toronar Kasom über Funk.

Rhodan hob das Armbandgerät vor den Mund.

»Sofort Rettungsaktionen einleiten. Vielleicht ist es möglich, daß wir Verletzte bergen können.«

Inzwischen waren Roboter herumgeflogen und hatten über Lautsprecher und Funk berichtet, was die Ursachen der Explosionen waren. Die Konferenzteilnehmer hatten sich schnell beruhigt und kehrten an ihre Plätze zurück.

Rhodan hoffte, daß er, wenn es nicht zu neuen Zwischenfällen kommen würde, die Konferenz in einer halben Stunde fortsetzen konnte.

Er wandte sich wieder an die drei Männer, die zusammen mit ihm auf dem Podest standen.

»Sagen Sie mir Ihre Namen!« forderte Rhodan sie auf.

Der Sprecher lehnte ab.

»Wir haben keine Namen. Wir werden auch nichts mehr sagen. Sie können den Teilnehmern dieser Versammlung erklären, was Sie wollen. Aber wir versichern Ihnen, daß wir nichts mit dem Schwarm zu tun haben.«

Rhodan war nicht davon überzeugt. Er mißtraute den drei mysteriösen Männern.

Das heimliche Imperium! Gab es das wirklich?

Rhodan wußte, daß große Gebiete der Galaxis noch nicht erforscht waren.

Trotzdem glaubte er nicht daran, daß es irgendwo in der Milchstraße ein bisher unentdecktes Sternenreich gab. Zumindest Berichte von geheimnisvollen Kontakten hätten dann vorliegen müssen. In den vergangenen Jahrhunderten waren Explorer-Schiffe in alle Gebiete der Galaxis vorgestoßen.

Gewiß, einige von ihnen waren nie zurückgekommen, aber das bewies wenig.

Rhodan gab sich einen Ruck. Er mußte sich jetzt wieder um die Konferenz kümmern.

Die drei Männer hatten inzwischen das Podest verlassen und kehrten zu ihren Plätzen zurück. Wieder bewegten sie sich gelassen, als könnte nichts sie aus der Ruhe bringen.

Rhodan wartete geduldig, daß die Versammlungsteilnehmer an ihre

Plätze zurückkehrten. Einige hatten es vorgezogen, sich zu ihren Schiffen zurückzuziehen, doch daran konnte Rhodan jetzt nichts ändern. Die Überängstlichen würden die Konferenz sowieso nur stören.

Als Rhodan sicher sein konnte, daß alle, die weiter an der Konferenz teilnehmen würden, ihre Plätze eingenommen hatten, wandte er sich wieder dem Mikrophon zu.

Bevor er jedoch sprechen konnte, traf ein neuer Funkspruch von der GOOD HOPE II ein.

Cascal meldete sich.

»Eine Gruppe von Männern und Frauen ist zur Arena unterwegs, Chef! Sie kommen alle aus den zuletzt gelandeten oder abgestürzten Schiffen.«

»Also Angehörige des Homo superior?«

»Wir vermuten es«, gab Cascal zurück. »Sie scheinen sehr verwirrt zu sein. Wir haben ein paar Roboter losgeschickt, die sich um sie kümmern sollen.«

»Lassen Sie diese Menschen in Ruhe!« befahl Rhodan.

»Sie werden die Konferenz stören«, prophezeite Cascal, der mit seiner Meinung noch nie zurückgehalten hatte.

»Das riskieren wir«, entschied der Großadministrator.

Er wußte, daß er ein gewisses Risiko einging, denn es war schwer vorherzusagen, wie die Mitglieder des Homo superior reagieren würden, wenn sie jetzt einer begrenzten Verdummung unterlagen. Rhodan wußte, daß von dieser Verdummung nur solche Angehörige des Homo superior betroffen waren, die von der zweiten Manipulation der 5-D-Konstante erreicht worden waren. Diese Manipulation war von den Schwarminstallateuren jedoch nur im Einflußgebiet der riesigen Pilzraumschiffe vorgenommen worden. Natürlich wußte niemand zu sagen, wie weit sich diese Manipulationszone im Weltraum ausbreitete.

Wieder erhob sich die Frage nach dem Warum. Rhodan wußte, daß es vorläufig darauf keine Antwort geben würde.

Er blickte zu den Bänken hinüber. Die Konferenz mußte weitergehen.

Lipson con Opoynt sah schockiert zum Eingang hinab, wo ein paar Frauen und Männer in die Arena getorkelt kamen. Einige mußten von Robotern geführt werden. Der Akone verstand nicht, daß Rhodan Verdummte ins Amphitheater hereinließ.

Gerade stand ein Blue auf dem Rednerpodest. Er nannte sich Katlerc und stammte aus dem Volk der Gataser. Zu Lipson con Opoynts Erstaunen unterstützte der Blue Rhodans Vorschläge.

»Wir möchten keine Verpflichtungen eingehen«, sagte Katlerc gerade. »Aber aufgrund unserer eigenen Beobachtungen wissen wir, daß wir allein dem Schwarm nicht gewachsen sind. Unsere immun gebliebenen Wissenschaftler werden die GVA unterstützen.«

Auf der anderen Seite der Arena sprang jemand von seiner Bank.

Lipson con Opoynt vermutete, daß es ein Abgesandter einer autarken terranischen Kolonie war.

»Ich bin dagegen, daß Völker wie die Blues mit uns zusammenarbeiten!« rief der Mann in sein Platzmikrophon. »Sie haben uns oft genug betrogen und uns Schwierigkeiten gemacht. Meine Welt wurde sechsmal von Piratenschiffen der Blues überfallen.«

»Ihre Welt liegt wahrscheinlich im ehemaligen Einflußbereich unseres Imperiums«, konterte Katlerc ruhig. »Wir glauben, daß wir nach wie vor einen Anspruch auf dieses Gebiet haben.«

Der Kolonist erwiderte: »Wir sollten grundsätzlich keine Nichthumanoiden in die GVA aufnehmen. Sie sollen sehen, wie sie mit dem Problem allein fertig werden. Wir kümmern uns nicht um sie – und sie kümmern sich nicht um uns.«

Opoynt hörte überrascht, daß der Sprecher von verschiedenen Seiten Beifall bekam. Das bewies, wie unbeliebt die Blues waren.

Katlerc ließ sich jedoch nicht irritieren.

»An einem politischen Bündnis mit den Humanoiden sind auch wir nicht interessiert. Wir wollen nur einer Forschungsgemeinschaft beitreten, weil wir glauben, daß wir zusammen ein Abwehrgerät gegen die zunehmende Verdummung bauen können.«

Während Katlerc weitersprach, beobachtete Lipson con Opoynt die Menschen, die zuletzt die Arena betreten hatten. Zweifellos handelte es sich um plötzlich verdummte Mitglieder des Homo superior. Vor Monaten hatte Opoynt die ersten Gerüchte über die Existenz eines höherentwickelten Homo sapiens gehört, ihnen jedoch keine Bedeutung beigemessen. Erst vor ein paar Wochen hatte er aufschlußreiche Nachrichten erhalten, die ihn zum Teil beunruhigt hatten. Inzwischen hatte sich jedoch herausgestellt, daß der Homo superior keine neue Evolution einleiten würde.

Die verdummten Menschen wurden von Robotern an freie Plätze geführt. Opoynt bezweifelte, daß sie den Verlauf der Konferenz verfolgen konnten.

»Ob Rhodan etwas vorhat?« wandte sich einer der Akonen an Opoynt.

Opoynt schüttelte den Kopf. »Es ist Zufall, daß diese Wesen hier sind.«

»Sobald wir ein Mittel gegen die Verdummung gefunden haben«, sagte Katlerc gerade, »sollten wir uns darum bemühen, den Schwarm zum Stillstand zu bringen. Er wird, das besagen unsere Kursberechnungen, die Galaxis schräg durchqueren. Noch wissen wir nicht, was mit allen Sonnen und Planeten geschehen wird, die auf seinem Weg liegen, aber es besteht die Gefahr, daß der Schwarm einen Korridor der Vernichtung hinterlassen wird, eine sternenarme Zone, die so breit sein wird wie der Schwarm selbst.«

Opoynt hielt diese Theorie für übertrieben. Sie hatten erlebt, daß der Schwarm sich mit Transitionen und teilweise auch mit mäßigen Geschwindigkeiten fortbewegte. Wahrscheinlich würde er verschwinden, bevor er die Galaxis durchquerte. Noch befand er sich in sternenarmen Zonen, wo er nicht viel Unheil anrichten konnte.

Katlerc kehrte an seinen Platz zurück. Er bekam keinen Beifall, aber Opoynt wußte, daß die Worte des Blues auch bei seinen Gegnern Eindruck hinterlassen hatten.

Nach Katlerc sprach ein epsalischer Wissenschaftler. Er gestand, daß er sich bisher wenig um den Schwarm gekümmert hätte, weil er auf seiner Heimatwelt bis zur Erschöpfung für die Verdummten gearbeitet hatte.

»Es war eine sinnlose Arbeit«, sagte er müdc. »Meine Freunde und ich retteten Hunderte von Verdummten vor dem Hungertod, aber wir wußten, daß in anderen Ländern Millionen einen verzweifelten Existenzkampf führen mußten. Wir können das Problem nur bewältigen, wenn wir das Übel an der Wurzel packen. Das bedeutet, daß wir den Schwarm und die Auslösung der Verdummung genau untersuchen müssen.« Er deutete zu den drei schwarzgekleideten Männern hinauf. »Wenn auch nur der geringste Verdacht besteht, daß es sich bei diesen Männern um Spione aus dem Schwarm handelt, müssen wir sie festnehmen und verhören, bis wir die Wahrheit über sie herausgefunden haben.«

Rhodan trat an das Mikrophon. Er berichtete, was er von den drei Unbekannten erfahren hatte.

»Vielleicht«, meinte er, »wird einer dieser Männer zu Ihnen allen sprechen.«

Stille trat ein. Die Blicke der Versammelten richteten sich auf die Bank hoch oben, wo die Wesen aus dem Diskusschiff saßen.

Einer der Männer erhob sich.

»Wir sind Beauftragte des heimlichen Imperiums«, sagte er. »Wir haben nichts mit dem Schwarm zu tun. Sie alle haben Augen, aber Sie benutzen sie nicht zum Sehen. Ihre Sinne sind stumpf und tot. Deshalb haben wir auch keine Hoffnung, daß Sie etwas Positives erreichen werden.«

Die allgemeine Unruhe, die jetzt entstand, steigerte sich noch, als ein in prunkvolle Gewänder gehüllter Mann zum Rednerpodest flog und dort neben dem Mikrophon landete. Er legte seinen Antigravprojektor auf den Boden und wollte sprechen. Der Epsaler hinderte ihn jedoch daran. Es entstand ein heftiger Wortwechsel. Schließlich verlor der Epsaler die Geduld und versetzte dem Mann einen Stoß.

Rhodan trat an das Mikrophon.

»Wir müssen uns an die Reihenfolge halten«, sagte er. »Der epsalische Abgesandte hat seine Ansprache noch nicht beendet.«

»Ich bin Agron!« schrie der Mann im prunkvollen Gewand. »Die Arkoniden werden ihr Imperium erneuern. Jetzt ist der Zeitpunkt gekommen. Ich sage Ihnen, daß der Schwarm eine alte arkonidische Waffe ist. Im Schwarm leben die alten Kristallprinzen, die ...«

Agron wurde von zwei Robotern gepackt und weggeführt.

»Ich bin Arkonide!« erklang eine neue Stimme in den Lautsprechern.

Lipson con Opoynt fuhr herum und sah, daß Atlan sich von seiner Bank erhoben hatte und vor dem Platzmikrophon stand.

»Ich bin Arkonide«, wiederholte Atlan. »Mein Volk wird innerhalb dieser Galaxis niemals mehr einen Führungsanspruch anmelden können. Daran ändern auch ein paar Phantasten nichts.«

Opoynt sah, daß Rhodan seinen arkonidischen Freund dankbar anschaute.

Jetzt sprach wieder der Epsaler. Opoynt wurde jedoch in seiner Aufmerksamkeit gestört, als ein dürrer Mann vor ihm erschien und ihm einen Zettel reichte.

Der Fremde zog sich wieder zurück. Opoynt faltete das Papier auseinander. *Schlage Gegenvereinigung vor!* las Opoynt.

Die Botschaft war nicht unterschrieben. Hastig erhob sich Opoynt. Er sah, wie der dürre Mann, der die Botschaft überbracht hatte, sich auf einer Bank zwischen Aras und Antis niederließ. Doch das hatte nichts zu bedeuten. Der Fremde hatte lediglich als Überbringer fungiert, der Schreiber der Botschaft war jemand anders.

Aber wer? fragte sich der Akone. Warum wollte jemand, der die von Rhodan geplante GVA ablehnte und die Unterstützung der Akonen brauchte, anonym bleiben?

Wartete der Unbekannte darauf, daß die Akonen etwas unternehmen würden?

Opoynt zerknüllte das Papier und warf es zu Boden. Er dachte nach. Vielleicht konnte er die akonische Position, die einen schweren Schlag erhalten hatte, doch noch verbessern.

Früher oder später wird er dort stehen, wo ich ihn mit Sicherheit treffe! dachte Ollin. Er war geduldig. Er hatte lange genug gewartet. Jetzt wollte er nicht durch Voreiligkeit alles zerstören.

Rhodan wurde von Stunde zu Stunde ungeduldiger. Das, was er insgeheim befürchtet hatte, war eingetreten. Es wurde geredet und geredet, ohne daß etwas Entscheidendes geschah. Einzelne Abgeordnete versuchten, ihre Ideen durchzusetzen, andere hüteten eifersüchtig jene Vorteile, die sie gegenüber anderen Völkern besaßen und nicht aufzugeben bereit waren.

Die Konferenz wurde vom gegenseitigen Mißtrauen der Abgeordneten untereinander beherrscht. Auch jetzt, im Augenblick einer Gefahr, die alle bedrohte, konnten sich die Immunen nicht über alle Vorurteile hinwegsetzen.

Unsere Sinne sind stumpf und tot! wiederholte Rhodan in Gedanken die Worte des schwarzgekleideten Fremden. *Wir alle haben Augen, aber wir benutzen sie nicht zum Sehen.*

Wie wahr! dachte Rhodan.

Aber war er, waren Atlan und seine Freunde frei von diesen Fehlern?

Auf dem Rednerpodest stand gerade ein Anti. Er machte den unsinnigen Vorschlag, die Verdummten aller Völker zu evakuieren.

»Bestimmt gibt es Gebiete, die nicht von der Verdummungsstrahlung betroffen wurden«, sagte der alte Mann vor dem Mikrophon. »Wir müssen danach suchen.«

Es gab Intelligenzen, die sich auch jetzt nicht von alten Denkschemata lösen konnten, stellte Perry traurig fest.

Genau in diesem Augenblick, da Rhodan dies dachte, wurde innerhalb des Schwarmes ein Entschluß gefaßt.

Es war der Entschluß, mit dem Schwarm in eine neue Transition zu gehen.

Der Entschluß wurde gefaßt, weil er notwendig war im Sinne des Schwarms und seiner Bewohner.

11.

Das Warten, dachte Ollin, *hat sich gelohnt!*

Er beobachtete, wie sein Opfer aufstand und zwischen den Bänken hindurch zum Rand des Spielfelds ging. Dann betrat sein Opfer das Spielfeld und näherte sich dem Podest.

Ollin blickte in die Zieloptik.

Ich werde ihn genau in den Kopf schießen! dachte er kaltblütig.

Ignoranz und Dummheit haben sich wie eine dunkle Wolke über der Arena zusammengeballt, dachte Atlan, als er langsam auf das Podest zuschritt. Er hatte nicht die Absicht gehabt, zu den Versammelten zu sprechen, aber seit dem Zwischenfall mit Agron fühlte er sich verpflichtet, eine Erklärung abzugeben.

Für Atlan stand es fest, daß die Konferenz scheitern würde. Einzelne Abgeordnete schienen zur Zusammenarbeit bereit zu sein, aber sie allein konnten mit den Terranern keine Galaktische Völkerallianz gründen. Der Arkonide hatte den Eindruck, daß die meisten Abgesandten sich noch nicht über die Größe der Gefahr im klaren waren. Wie anders sollte man sich die Tatsache erklären, daß viele Sprecher ihre eigenen politischen Interessen in den Vordergrund stellten?

Atlan hatte in seinem langen Leben schon zu viele Erfahrungen ähnlicher Art gemacht, um jetzt enttäuscht zu sein.

Vielleicht, dachte er, war auch seine Zusammenarbeit mit den Terranern nur eine Epoche in seinem Leben gewesen, eine Epoche, die sich jetzt ihrem Ende näherte. Andere würden seine und die Stelle der Terraner einnehmen.

Und Perry Rhodan? Würde er ebenfalls vom Sog der Vernichtung erfaßt werden?

Atlan hatte in der Vergangenheit unter primitiven Völkern gelebt. Er hatte Auf- und Abstieg von Reichen erlebt, die an ihre ewige Dauer geglaubt hatten. Aber weil Vergangenheit, Gegenwart und Zukunft eins waren, ein unvorstellbarer physikalischer Augenblicksprozeß, konnte es für niemanden eine dauerhafte Existenz geben.

Atlan gab sich einen Ruck. Wenn er jetzt zu philosophieren begann, würde er Worte sprechen, die keiner der Zuhörer – von Rhodan einmal abgesehen – verstehen würde.

Doch das lag nicht in der Absicht des Arkoniden.

Er wollte, daß ihn alle verstanden. Denn er wollte ihnen klarmachen, daß sie alle im Grunde genommen bedeutungslos waren.

Während er sich dem Podest näherte, blickte er sich um. Er sah all diese ichbezogenen Wesen auf den Bänken an den Innenmauern des Amphitheaters sitzen. Wesen, die sich abmühten, ihre Probleme auf das Universum zu projizieren, obwohl es einfacher für sie gewesen wäre, sich als Reflexion dieses Universums zu erkennen.

Am Mikrophon stand Perry Rhodan. Ein Mann, der gelernt hatte, in kosmischen Maßstäben zu denken. Aber das nutzte ihm wenig, denn er mußte für Wesen arbeiten und denken, die noch eine Stufe zurück waren auf der endlosen Treppe zur Erkenntnis.

Aber auch Rhodan mußte noch Stufen hinaufsteigen, wenngleich nur, um vielleicht zu erkennen, daß es auf dieser Treppe keine letzte Stufe gab.

Und die Bewohner des Schwarmes? Wo standen sie?

Atlan trat neben seinen Freund. »Ich will zu ihnen reden«, sagte er.

Rhodan machte bereitwillig Platz. Er lächelte humorlos.

»Es scheint schiefzugehen. Vielleicht können wir wenigstens die wichtigsten Völker zur Mitarbeit überreden?«

Atlan stand vor dem Mikrophon. Er hob den Kopf und betrachtete die Menge.

Seine Nasenwurzel bildete eine gerade Linie mit der Zieloptik eines Strahlgewehres und dem Auge eines zum Töten entschlossenen Schützen.

Dieses Gesicht! dachte Ollin. Er würde es niemals vergessen.

Sein Körper erbebte, so daß er sich erneut konzentrieren mußte. Zu mehr als einem Schuß würde er kaum Gelegenheit bekommen. Deshalb mußte der erste Schuß tödlich sein.

Ollin merkte, daß er schweißnasse Hände bekam. Mechanisch begann sich sein Finger zu krümmen.

Er wurde sich der erstaunlichen Tatsache bewußt, wie schmal doch die Schwelle zwischen Leben und Tod war.

»Sie kennen mich fast alle!« rief Atlan ins Mikrophon. »Sie wissen, daß ich Arkonide und Freund der Terraner bin. Aber diesmal spreche ich nur für mich. Ich spreche für mich als denkendes Wesen, das sich mit allen anderen Wesen innerhalb dieser Galaxis verbunden fühlt.« Er unterbrach sich. Ollin glaubte, einen leisen Seufzer zu hören. »Dieses Gefühl der Verbundenheit mag Ihnen ungewöhnlich, ja sogar lächerlich erscheinen. Wahrscheinlich muß man so alt werden wie ich, um so fühlen zu können.«

Alt genug! dachte Ollin und drückte ab.

»Manchmal«, fuhr der Arkonide fort, »geschehen Dinge, die unser Bewußtsein nicht begreifen kann. Die Angehörigen aller Völker haben zu diesem Zweck eine Art Schutzvorrichtung in ihrem Bewußtsein. Das bedeutet, daß sie unbegreifliche Ereignisse ignorieren oder in ihre Vorstellungswelt eingliedern. Eigentlich läßt sich für alles eine falsche und eine richtige Erklärung finden. So ergeht es uns mit dem Schwarm – ein Ereignis, das wir nicht verstehen. Aber es ist Realität, für die es eine richtige Erklärung gibt. Wenn Sie das akzeptieren, werden Sie auch begreifen, daß ein ungewöhnliches Problem ungewöhnliche Maßnahmen erfordert.«

Er unterbrach sich erneut. Nachdem er das Mikrophon abgeschaltet hatte, wandte er sich an Rhodan.

»Jeder Appell ist sinnlos! Sie sehen mich als einen Teil des Solaren Imperiums. Sie glauben nicht, daß ich aus Überzeugung spreche, sondern sie unterstellen mir, daß ich es nur tue, um ein Ziel zu erreichen.«

Rhodan nickte ernst. »Trotzdem mußt du weitersprechen. Vielleicht kannst du den einen oder anderen Abgeordneten umstimmen.«

Atlan schaltete das Mikrophon wieder ein. Er sprach jetzt mit grimmiger Entschlossenheit.

Lipson con Opoynt hatte seinen Begleitern die Botschaft übermittelt. Wie er nicht anders erwartet hatte, wußten sie nichts damit anzufangen.

Opoynt erinnerte sich an die Schrift. Sie hatte weder fremdartig noch vertraut ausgesehen.

Vielleicht eine Schrift von Antis, Aras oder Neu-Arkoniden?

Oder kam diese Botschaft sogar von den drei unheimlichen Fremden? Opoynt blickte zu den oberen Bänken hinauf und sah, daß einer der drei Schwarzgekleideten seinen Platz verlassen hatte.

Der dürre Mann, der den Zettel gebracht hatte, saß noch auf der Bank zwischen den Gruppen der Aras und Antis. Offensichtlich wartete er auf Antwort.

Opoynt beugte sich vor und winkte dem dürren Mann zu. Der Unbekannte schien ihn anzusehen.

Opoynt nickte langsam, so daß der dürre Mann es in jedem Fall sehen mußte. Der Unbekannte erhob sich, nickte ebenfalls und setzte sich in Bewegung. Opoynt beobachtete ihn mit wachsendem Interesse. Wohin würde er gehen?

Ich war zu voreilig! dachte Opoynt.

Er hatte Unbekannten gegenüber eine Zusage gemacht. Wären seine Pläne nicht gescheitert, hätte er bestimmt vorsichtiger gehandelt.

Der dürre Mann ging zwischen den Bankreihen hindurch. Er entfernte sich immer weiter von der akonischen Gruppe. Hoffentlich saßen seine Auftraggeber nicht so weit entfernt, daß Opoynt nicht sehen konnte, um wen es sich handelte.

Wenn Rhodan ein Bündnis zustande bringen sollte, würde eine Gegenvereinigung nicht schlecht sein. Sie würde beweisen, daß auch Akonen noch in der Lage waren, etwas zu erreichen.

Opoynt befürchtete jedoch, daß er sich eine Blöße gegeben hatte. Seine schnelle Bereitschaft konnte von anderen als Schwäche ausgelegt werden. Das wiederum würde seine Verhandlungsposition schwächen.

Der dürre Mann schien sein Ziel erreicht zu haben. Er sprach mit sechs großen Männern, die ungefähr in der Arenamitte saßen.

»Wir müssen herausfinden, wer das ist!« sagte Opoynt.

Einer seiner Begleiter schüttelte den Kopf.

»Das ist nicht nötig. Ich kenne einen der sechs. Es ist ein Mitglied der provisorischen Regierung des ehemaligen Imperiums Dabrifa.«

Opoynt wurde zornrot. Er hatte also richtig vermutet. Andere wollten die Stärke der Akonen für ihre Zwecke ausnutzen.

»Es ist sinnlos, daß wir mit ihnen ein Bündnis eingehen«, sagte der Mann, der die Verfasser der Botschaft kannte. »Schon bevor die Katastrophe eintrat, waren die Vertreter des Imperiums Dabrifa bedeutungslos geworden.«

»Ersparen Sie sich diese Ratschläge!« fuhr Opoynt den Mann an. »Ich kann mir selbst ein Bild von diesen Dingen machen.«

»Und was werden wir jetzt tun?« fragte ein anderer Akone.

»Wir verlassen demonstrativ die Konferenz«, sagte Opoynt. »Mehr können wir jetzt nicht mehr tun. Dann verschwinden wir, aber nicht ohne einen Tiefflug mit der VAARGON über diese Arena.«

Er nickte den drei anderen zu. Seine Begleiter zögerten. Sie waren mit großen Hoffnungen hierhergekommen.

»Wir hatten Pech!« sagte Opoynt. »Aber wir werden unsere Chance noch bekommen. Jetzt gehen wir.«

Weder er noch seine Begleiter sollten dazu kommen, ihre Pläne zu verwirklichen.

Ollin blickte fassungslos durch die Zieloptik seiner Waffe.

Atlan stand dort unten auf dem Podest und sprach weiter.

Nichts war geschehen, obwohl es weder einen Schutzschirm über dem Podest noch eine andere Sicherheitsvorrichtung gab. Auch trug der Arkonide keinen IV-Schirm, denn der wäre im Augenblick des Beschusses aufgeflammt.

Ollin zielte erneut, drückte abermals ab. Es geschah nichts. Kein Energiestrahl verließ den Lauf der Waffe.

Die Enttäuschung ließ Ollin fast ersticken. Er hatte ungeheure Strapazen auf sich genommen, um sich an dem Arkoniden zu rächen. Alles war umsonst gewesen. Dort unten stand der Mann, der bei den Kämpfen um Chamur die Sprengung der Schmuggler-Bauten befohlen hatte. Dabei waren Ollins Großeltern ums Leben gekommen, die in den Bauten geblieben waren.

Gleichzeitig hatte es das Ende einer Existenz von Ollins Familie bedeutet, denn auf Chamur war schon seit jeher Schmuggel betrieben worden; die Menschen konnten sich nicht vorstellen, von etwas anderem zu leben.

Ollin preßte das Gesicht in den harten Sandboden.

Plötzlich wurde er sich der Anwesenheit eines anderen Wesens bewußt. Er ahnte, daß das Wesen, das sich in seiner Nähe aufhielt, das Attentat verhindert hatte.

Ollin blickte auf. Er mußte sehen, wer seine Anstrengungen hatte sinnlos werden lassen.

Vor ihm stand einer der drei schwarzgekleideten Fremden, die von sich behaupteten, Mitglieder eines heimlichen Imperiums zu sein. Der Mann sah Ollin mit einem unbeschreiblichen Blick an. Der Blick drückte Verständnis und Mitleid aus, aber auch einen sanften Vorwurf.

Wie hatte dieser Mann den tödlichen Schuß verhindert? fragte sich Ollin atemlos. Der Fremde trug keine sichtbaren Waffen. Er schien keine Ausrüstung bei sich zu haben.

Nachdem er Ollin eine Weile angesehen hatte, drehte der Unbekannte sich um und ging zu seinen beiden Gefährten zurück.

Ollin wußte, daß seine Waffe jetzt wieder funktionieren würde. Er wußte aber auch, daß er sie nicht mehr benutzen konnte. Weder gegen Atlan noch gegen ein anderes vernunftbegabtes Wesen.

Ollin wußte nicht, was diesen Wandel ausgelöst hatte. Alles erschien ihm rätselhaft, aber er war zu benommen, um sich große Gedanken darüber zu machen.

Er richtete sich auf und stand aufrecht zwischen den Steinbänken.

Dem Entschluß folgte die Tat.

Der Schwarm führte eine Transition aus, die ihn genau bis zu jener fiktiven Grenze führte, die zuvor von den Pilzraumschiffen viertelkreisförmig markiert worden war.

Die Beiboote der INTERSOLAR und der GOOD HOPE II wurden zuerst von der durch die Transition ausgelösten Schockwelle erfaßt. Die Beiboote standen tief im Raum, teilweise mehrere Lichtjahre vom System der Sonne Heykla-Beru entfernt. Die Besatzungen hatten den Auftrag, die Systeme zu beobachten, in denen Pilzraumschiffe der Schwarminstallateure aufgetaucht waren.

Von den siebzehn ausgeschickten Beibooten gingen acht verloren. Von sieben dieser Kleinstraumschiffe konnten die Piloten gerettet werden, die Besatzung des achten Schiffes fand den Tod. Es waren drei Männer von der INTERSOLAR.

Den Überlebenden blieb keine Zeit, die INTERSOLAR, die GOOD HOPE II oder die Konferenzteilnehmer auf dem Planeten Dessopato zu warnen.

Wenige Augenblicke nachdem die kleine Flotte terranischer Beiboote von der Transitionsschockwelle überrascht worden war, wurde die INTERSOLAR erschüttert.

Die Schockwelle raste durch das Heykla-Beru-System, störte den Energiehaushalt der Sonne und erschütterte die beiden Planeten. Auf Dessopato kam es zu Erdbeben, Vulkanausbrüchen und Bodenverschiebungen. Ein Teil der noch erhalten gebliebenen Gebäude einer untergegangenen Zivilisation fiel in sich zusammen.

Doch das war nicht der einzige Effekt, der die Teilnehmer der Konferenz auf Dessopato traf.

Alle Versammelten, ausgenommen Mutanten und Aktivatorträger, erlitten Tobsuchtsanfälle und waren mehrere Minuten wie von Sinnen. Da sich auch an Bord aller Raumschiffe ähnliche Zwischenfälle ereigneten, herrschte im ganzen Heykla-Beru-System minutenlang völliges Chaos.

Reginald Bull betrachtete gebannt die große Fläche des Panoramabildschirms in der Zentrale der INTERSOLAR. In einer vergrößerten Aufnahme sah er Oberflächenausschnitte des Planeten Dessopato. In jenem Gebiet, wo die Konferenz stattfand, hatten sich innerhalb weniger Minuten acht Vulkanausbrüche ereignet. Der Himmel über Dessopato begann sich zu verdunkeln.

An Bord des großen Schiffes tobten die von der Schockwelle betroffenen Raumfahrer. Sie konnten von den Robotern und von den Unbeeinflußten nur mühsam unter Kontrolle gehalten werden.

»Der Schwarm!« rief Julian Tifflor. »Er hat eine neue Transition ausgeführt.«

Bull war wie betäubt. Einen Augenblick lang war er ratlos, was er jetzt tun sollte, denn es gab Schwierigkeiten an Bord der beiden Schiffe und auf Dessopato.

Er drehte sich im Sitz herum. In der Zentrale wanden sich die von der

Schockwelle betroffenen Besatzungsmitglieder unter Schmerzen am Boden.

»Wir brauchen eine Funkverbindung nach Dessopato!« sagte Bull grimmig.

Tifflor hatte seinen Platz verlassen und tastete sich an den Kontrollen entlang. »Funkzentrale ausgefallen!« berichtete er.

Bull schaltete das Notaggregat ein, das ihm gestattete, die Funkanlage von der Zentrale aus zu bedienen.

»Hier ist die INTERSOLAR!« rief er hastig. »Wir rufen Dessopato.«

Er bekam sofort Antwort. Ras Tschubai und Gucky meldeten sich von Bord der GOOD HOPE II aus.

»Ihr müßt Dessopato sofort verlassen!« sagte Bully. »Das gesamte System ist in Aufruhr geraten. Es wird zu heftigen Sonneneruptionen kommen. Dessopato kann zerplatzen.«

»Hier an Bord ist die Hölle los!« berichtete Tschubai. »Fast alle Besatzungsmitglieder unterliegen dem Einfluß des schrecklichen Schocks.«

»Das ist hier nicht anders«, sagte Bull. »Aber die Symptome scheinen schnell abzuflauen. Wahrscheinlich sind die Betroffenen nach einer Zeitspanne völliger Erschöpfung wieder aktionsfähig.«

Gucky sprach jetzt.

»Ich werde in die Arena teleportieren, um zu sehen, was dort los ist«, kündigte er an.

Bull war einverstanden. Während er weiter mit Tschubai sprach, wechselte das Bild auf den Monitoren. Die Geröllwüste, auf der die Raumschiffe der Konferenzteilnehmer standen, wurde eingeblendet. Irgend jemand in der Ortungszentrale schien noch über genügend Widerstandskraft zu verfügen, um die dazu notwendigen Schaltungen auszuführen.

Bull sah, daß einige der Schiffe beschädigt worden waren. Quer durch das Geröllfeld verlief ein sechzig Meter breiter Bodenspalt, aus dem Dämpfe aufstiegen. Eine Jacht war halb in diese Öffnung gerutscht.

Bull sah, daß das geheimnisvolle Diskusschiff der Unbekannten unmittelbar über dem Bodenspalt stand. Es war jedoch nicht darin versunken.

Bully blinzelte. Das war mehr als ungewöhnlich. Er machte Tifflor darauf aufmerksam.

»Schon gesehen!« bestätigte Tifflor. »Ich nehme an, daß wir von den Unbekannten noch ein paar Überraschungen zu erwarten haben.«

»Vielleicht kommen sie wirklich aus dem Schwarm«, überlegte Bull. Er unterbrach sich und sprang auf, um einem Techniker zu helfen, der gefallen war und seine Beine in der Halterung eines Sessels verklemmt hatte. Der von der Schockwelle Betroffene zuckte konvulsivisch. Er schien Bully nicht zu erkennen. Trotzdem hatte sich sein Zustand bereits gebessert.

Über Interkom kamen die ersten Meldungen aus allen Decks der INTERSOLAR. Bull war beeindruckt. Obwohl die Männer und Frauen an Bord noch immer unter den Einwirkungen der Schwarmtransition litten, versuchten sie bereits, ihre Arbeit wiederaufzunehmen. Alle wußten, worum es in dieser Situation ging.

»Gucky ist soeben teleportiert«, meldete Ras Tschubai von Bord der GOOD HOPE II aus. »Hier an Bord scheinen sich die Verhältnisse allmählich wieder zu normalisieren. Allerdings zeigen unsere Ortungsgeräte gefährliche Werte. Der Planet ist in Gefahr. Er wird von schweren Erschütterungen durchlaufen.«

Bull nickte verbissen. Damit hatte er gerechnet.

Er fragte sich, was mit den Systemen geschehen würde, die noch näher im Transitionsgebiet lagen. Einige waren mit Sicherheit dem Untergang geweiht.

Es war nicht auszudenken, was geschehen würde, wenn der Schwarm in Teile der Galaxis eindringen sollte, wo die Sterne dichter standen. Oder wenn er sogar bis ins Zentrum der Milchstraße vorstoßen würde.

Bull schüttelte diese Gedanken von sich ab.

»Ich glaube, diese Transition bedeutet das Ende der Konferenz«, berichtete Ras Tschubai. »Die Konferenzteilnehmer fliehen in Panik aus dem Amphitheater. Sie werden mit ihren Schiffen Dessopato verlassen, solange das noch möglich ist.«

Der untersetzte Mann in der Zentrale der INTERSOLAR fluchte unbeherrscht. Die Konferenz war vorbei, bevor sie zu einem erfolgreichen Abschluß gekommen war.

Ein zweites Mal würde es den Terranern nicht gelingen, eine so große Zahl von Immunen aus allen Gebieten der Galaxis auf einer Welt zusammenzurufen.

Bull dachte nach.

Bestand zwischen dem Zeitpunkt der Konferenz und der Transition ein Zusammenhang? Hatten die Beherrscher des Schwarms die Konferenz auf diese Weise auflösen wollen? Wenn man die Vermutung, daß die Fremden aus dem Diskusschiff Bewohner des Schwarms waren, als richtig anerkannte, konnte man in dieser Richtung Spekulationen anstellen.

Bull gab sich einen Ruck.

Sämtliche Überlegungen waren sinnlos. Jetzt kam es darauf an, die Besatzungen der einzelnen Schiffe von Dessopato zu retten.

Der Rundumbildschirm war auf das Spielfeld gefallen und hatte einen Teil des Rednerpodests zertrümmert. Die Ostmauer des Amphitheaters wies einen klaffenden Riß auf und drohte jeden Augenblick in sich zusammenzufallen. Steinbänke waren umgestürzt. Der Ausgang lag in Trümmern.

Wohin Rhodan auch blickte, er sah Spuren der Zerstörung. Noch immer wurde Dessopato von heftigen Erschütterungen durchlaufen. Am Himmel stiegen dunkle Wolken hoch, die drohenden Signale ausgebrochener Vulkane.

Alle Konferenzteilnehmer, die sich nur einigermaßen bewegen konnten, befanden sich auf der Flucht. Die ersten Minuten nach der Schockwelle waren die schlimmsten gewesen. Zehntausend Wesen hatten sich auf ihren Plätzen gewälzt und geschrien. Jetzt flauten die Auswirkungen der Schockwelle ab.

Rhodan und Atlan standen allein neben dem zerstörten Podest. Alle Anlagen, die der gegenseitigen Verständigung gedient hatten, waren abgeschaltet.

Gucky, der unmittelbar nach der Katastrophe aufgetaucht war, hatte sich mit Waringer und Kosum in die GOOD HOPE II begeben.

Rhodan sah, daß die drei schwarzgekleideten Fremden als einzige Konferenzteilnehmer auf ihren Plätzen geblieben waren. Sie zeigten keine Anzeichen, daß ihnen die Schockwelle etwas ausmachte.

Auch Atlan schaute auf die Fremden. »Sie sind noch da«, sagte der Arkonide leise. »Ob sie auf etwas warten?«

»Worauf sollten sie warten?«

»Vielleicht wollen sie sich vergewissern, daß die Konferenz auf keinen Fall weitergehen wird.«

»Das würde bedeuten, daß sie aus dem Schwarm sind.«

»Ja«, stimmte Atlan zu.

Rhodan blickte zum Ausgang hinüber, wo sich fliehende Konferenzteilnehmer gegenseitig behinderten. Jeder wollte zuerst sein Schiff erreichen.

»In ein paar Stunden wird Dessopato von allen Lebewesen verlassen sein«, prophezeite Atlan. »Die Konferenz war ein völliger Fehlschlag. Wir haben nichts erreicht. Es wird keine Zusammenarbeit geben, nicht einmal im kleinsten Kreis.«

»Immerhin haben wir allen Teilnehmern übermitteln können, was wir bisher über den Schwarm in Erfahrung brachten.« Rhodans Stimme war nicht frei von Sarkasmus. »Das ist natürlich nicht viel, aber ich hoffe, daß ein paar Wissenschaftler anderer Völker darauf aufbauen können.«

»Da kommen sie!« rief Atlan.

Rhodan verstand zunächst nicht, was der Arkonide meinte, doch dann sah er, daß die drei Fremden ihre Plätze verlassen hatten und langsam zum Spielfeld herabkamen.

»Ich hoffe, daß sie noch einmal mit uns sprechen«, sagte Rhodan.

Gucky teleportierte neben ihnen.

»Die GOOD HOPE II ist startbereit!« verkündete er aufgeregt. »Es wird Zeit, daß wir diese Welt verlassen. Es ist zu weiteren Vulkanausbrüchen gekommen.«

Rhodan spürte, daß der Boden unter seinen Füßen bebte. Trotzdem fühlte er sich nicht beunruhigt. Die Nähe der drei Fremden schien vorläufige Sicherheit zu garantieren.

Vigeland konnte sich nicht erinnern, wie er aus dem Amphitheater herausgekommen war. Er lag mit dem Gesicht nach unten auf dem harten Boden, hundert Meter von der Arenamauer entfernt. Jede Faser seines Körpers schmerzte, aber das Gefühl, jeden Augenblick zerrissen zu werden, war endlich vorbei.

Vigeland fühlte sich erschöpft. Als er sich aufrichtete, sah er Shilter und Frascati neben sich stehen. Beide schienen völlig in Ordnung zu sein.

»Was ... was ist passiert?« stammelte Vigeland.

»Im Augenblick der Katastrophe fiel ein Ertruser, der über uns saß, auf Sie und riß Ihnen den Zellaktivator ab. Dadurch wurden Sie von der Auswirkung der Schockwelle betroffen.«

Vigelands Hand tastete über die Brust. Er atmete auf, als er das kostbare Gerät spürte. Ohne die lebenserhaltenden Impulse wäre er nach 62 Stunden zum Greis geworden und gestorben.

»Schockwelle?« wiederholte er verständnislos.

Erst jetzt sah er, daß in ihrer Nähe Konferenzteilnehmer vorbeistolperten. Das Ziel dieser Wesen waren die Schiffe, die in der Geröllwüste niedergegangen waren.

Shilter erklärte Vigeland, was geschehen war.

Vigeland blickte zum Horizont und erkannte ein paar tätige Vulkane. Er wurde blaß. Mühsam richtete er sich auf.

»Als wir sahen, was mit Ihnen los war, haben wir Sie hierhergebracht«, berichtete Frascati. »Die Konferenz ist vorbei. Unter diesen Umständen wird niemand mehr auf Dessopato bleiben.«

Vigeland nickte schwerfällig. Allmählich begann sein Gehirn wieder folgerichtig zu arbeiten.

»Wir kehren zu unserem Schiff zurück«, sagte er. »Auch wenn die Konferenz vorüber ist, können wir noch etwas tun.«

»Was?« erkundigte sich Shilter gespannt.

Vigeland lächelte verzerrt.

»Warten Sie!« forderte er seine beiden Begleiter auf. »Es gibt noch eine Überraschung, die eigentlich für Rhodan gedacht war. Jetzt habe ich ein anderes Opfer ausgesucht.«

Als Lipson con Opoynt zu sich kam, lag er auf der Gangway der VAARGON. Eine dumpfe Erinnerung sagte ihm, daß er fast den gesamten Weg vom Amphitheater bis hierher gerannt war. Oder hatte er sogar sein Flugaggregat benutzt?

Unterhalb, am Fuß der Gangway, standen zwei seiner Begleiter und stützten sich gegenseitig. Der andere Mann, der sie ins Amphitheater begleitet hatte, war nicht zu sehen. Vielleicht war er umgekommen.

Opoynt hörte ein dumpfes Grollen. Es kam von den kilometerweit entfernten Vulkanen, die ihre Lavamassen auf das wüstenähnliche Land spien. In unmittelbarer Nähe der VAARGON startete ein Raumschiff. Es flog unregelmäßig und hätte fast ein anderes Schiff gerammt. Schließlich gewann es an Höhe und verschwand am von Rauchwolken verhangenen Himmel.

Opoynt schloß die Augen und versuchte sich zu konzentrieren. Was war eigentlich geschehen?

Erst jetzt spürte der Akone, daß die Gangway in unregelmäßigen Abständen erzitterte. Die Vibrationen übertrugen sich vom Boden auf das gesamte Schiff.

Eine Katastrophe! dachte Opoynt. Der gesamte Planet schien in Aufruhr zu sein.

Opoynt erinnerte sich dumpf daran, daß jemand gerufen hatte: »Der Schwarm ist in Transition gegangen!«

Vielleicht war das ein Roboter gewesen. Es war aber auch möglich, daß die Stimme aus dem Translatoranschluß einer Steinbank in der Arena gekommen war.

Die beiden Männer, die ihn ins Amphitheater begleitet hatten, taumelten die Gangway herauf.

»Wo ist Danknoor?« rief Opoynt.

Sie schienen ihn nicht zu verstehen. Ihre Gesichter waren von Angst und Schmerzen verzerrt.

Wütend richtete Opoynt sich auf. Er merkte, daß sein Körper sehr schwach war. Hastig hielt er sich am Rand der Gangway fest. Oben in der Schleuse erschien ein Roboter. Wahrscheinlich hatte ihn jemand herausgeschickt, damit er ihnen half.

Der Roboter glitt die Gangway herab, packte Opoynt mühelos an Armen und Beinen und trug ihn ins Schiff.

»In die Zentrale!« befahl Opoynt. »Dann kehrst du um und holst die anderen.«

Im Schiff traf Opoynt auf Männer, die nicht in besserer Verfassung waren als er.

»Wir starten sofort!« hörte er sich krächzen.

»Ein Funkspruch von der GOOD HOPE an alle Schiffe wurde soeben empfangen«, informierte ihn ein Besatzungsmitglied. »Der Schwarm hat eine Transition ausgeführt, deren Schockwellen das Heykla-Beru-System trafen.«

Der Roboter ließ Opoynt in einen Sessel vor den Kontrollen fallen.

»Alle Konferenzteilnehmer werden aufgefordert, Dessopato zu verlassen, weil nicht abzusehen ist, was noch geschehen wird.« Der Mann, der Opoynt berichtete, zitterte vor Aufregung. »An Bord des terranischen Schiffes scheint man zu befürchten, daß der Planet auseinanderbrechen könnte.«

»So«, sagte Opoynt lahm. Er kam sich merkwürdig träge vor, kaum, daß er Entschlußkraft besaß, ein paar Befehle zu geben. Er hoffte, daß dieser Zustand vorübergehen würde.

»Unsere Mission ist in jedem Fall fehlgeschlagen«, bekannte er. »Wir haben nichts erreicht. Die Teilnahme an der Konferenz kann unter diesen Umständen nur als Zeitverschwendung angesehen werden.«

Er spürte, daß alle nur dastanden und ihn ansahen.

»Wir starten sofort!« wiederholte er. Beinahe widerwillig begannen die Immunen an Bord der VAARGON mit den Vorbereitungen. Opoynt hoffte, daß es nicht zu Fehlern kommen würde.

Der Versuch, auf Dessopato den anderen Völkern gegenüber Stärke zu demonstrieren, war gescheitert.

Lipson con Opoynt hörte das Dröhnen der Triebwerke. Wenige Augenblicke später hob die VAARGON vom Boden ab.

Opoynt blickte auf den Bildschirm. Dessopato lag unter ihm. Der Planet, auf dem er eine Niederlage erlitten hatte.

Ein Gedanke stahl sich in sein Gehirn, ein Gedanke, den er vor Tagen noch abgewiesen hätte. Vielleicht war Dessopato der Planet, auf dem nicht nur die Akonen, sondern alle Völker der Galaxis eine Niederlage erlitten hatten.

»Wir verlassen jetzt diese Welt«, sagte einer der drei schwarzgekleideten Männer zu Perry Rhodan. »Es ist bedauerlich, daß es keinen Erfolg gegeben hat, aber wir haben kaum etwas anderes erwartet. Sie alle waren nicht in der Lage, etwas Positives zu erreichen.«

»Hätten Sie denn etwas erreichen können, wenn Sie sich mehr um die Konferenz bemüht hätten?« fragte Rhodan.

»Zwang«, sagte einer der Schwarzgekleideten, »ist keine gute Sache. Bündnisse, die unter Zwang geschmiedet werden, zerfallen bald. Die von Ihnen geplante Allianz hätte einer breiten Zustimmung und der Mitarbeit aller bedurft. Wenn alle Völker der Galaxis mit heißen Herzen gegen den Schwarm gekämpft hätten, wäre das Unheil sicher noch abzuwenden gewesen.«

Rhodan hatte den Eindruck, daß der Fremde genau wußte, wovon er sprach. Hatte dieses Wesen, das wie ein Mensch aussah, Informationen über den Schwarm, die den Terranern nicht zur Verfügung standen?

»Sagen Sie uns, was Sie wissen!« forderte Atlan, der auf eine ähnliche Vermutung wie Perry gekommen war.

Der Sprecher der fremden Raumfahrer lächelte. Und seltsam – die beiden anderen lächelten ebenfalls, als bestünde zwischen ihnen und ihrem Wortführer eine heimliche Verbindung.

»Sie müssen des Rätsels Lösung in der Vergangenheit suchen«, sagte der Unbekannte. »Weit in der Vergangenheit. Dort können Sie Spuren finden, die alles erklären.«

»Wovon reden Sie?« fragte Rhodan. »Wenn Sie sagen, daß wir in der Vergangenheit suchen müssen, denken Sie doch hoffentlich nicht an Zeitreisen?«

Zum erstenmal zeigten sich die drei Männer beeindruckt.

»Reisen in die Zeit sind gefährlich«, sagte ihr Sprecher. »Wer in die Zeit reist, gefährdet die Existenz aller. Sie müssen nach den Spuren der Vergangenheit suchen.«

»Wo?« rief Rhodan beinahe verzweifelt. »Sagen Sie mir doch, wo wir suchen sollen!«

»Überall!« entgegnete der Raumfahrer. »Die Spuren sind überall.«

Wortlos verließen die drei Fremden das zerstörte Podest. Sie gingen langsam in Richtung des Ausgangs.

»Sie verlassen uns!« sagte Rhodan.

Dessopato wurde aufs neue erschüttert. Die Ostmauer der Arena brach in sich zusammen. Eine Staubwolke bildete sich über der Arena, die inzwischen von allen Konferenzteilnehmern außer Rhodan und Atlan verlassen worden war.

Rhodan blickte sich um.

»Was für ein Platz!« sagte er. »Hier hätte eine Wende eintreten können. Eine Wende zum Guten. Und was ist geschehen?«

»Wir müssen allein weitermachen!« stellte Atlan sachlich fest. »Eine andere Möglichkeit gibt es nicht. Oder willst du aufgeben?«

Die Völker der Galaxis! dachte Rhodan. *Verdummt, verloren und in Auflösung begriffen. Ein paar Immune, hilflos, unentschlossen, zweifelnd.*

Das Rad der Geschichte drehte sich weiter.

Ist es ein Zufall, daß man vom Rad der Geschichte sprach? überlegte Rhodan. *Bedeutet dieser Ausdruck nicht, daß die Menschen unbewußt an eine Wiederkehr aller Dinge glauben?*

Was hatte der Schwarzgekleidete gesagt?

Die Spuren sind überall!

12.

Katlerc beobachtete den Bildschirm. Die Oberfläche von Dessopato hatte sich verändert. Überall waren Vulkane aufgebrochen.

»Ob es noch eine solche Konferenz geben wird?« fragte Cencarn.

»Das glaube ich nicht«, gab Katlerc zurück. »Und wenn es noch eine geben sollte, werden wir nicht daran teilnehmen. Wir müssen es allein versuchen. Wir haben von den Terranern wichtige Daten erhalten. Auf dieser Basis müssen wir zu forschen beginnen.«

»Ob uns dazu Zeit bleiben wird?« zweifelte Cencarn.

Katlerc blickte zur steinernen Statue des Gottes Sorbac hinüber. Das ausdruckslose Gesicht schien ein tiefes Geheimnis zu bergen.

»Du bist ein schlechter Gott«, sagte Katlerc leise. »Du schläfst, obwohl deine Brüder in Gefahr sind.«

»Was?« fragte Cencarn, der das Gemurmel gehört hatte.

»Ich habe nachgedacht«, antwortete Katlerc. »Wir werden jetzt oft nachdenken müssen.«

Cencarn sah ihn verständnislos an.

Wieder blickte der Gataser auf die Bildschirme. Dessopato war kaum noch zu sehen, ein flimmerndes Etwas zwischen anderen Sternen.

Kaum vorstellbar, daß er auf der Oberfläche dieser Welt gestanden und Hoffnung gehabt hatte, dachte Katlerc.

Das Schiff der Ertruser schwebte in tausend Meter Höhe über dem Geröllfeld. Genau unter ihm lag der Raumer der Fremden. Das Diskusschiff der Unbekannten, die GOOD HOPE II und ein paar kleinere Raumfahrzeuge standen noch dort unten. Weiter davon entfernt lagen die Wracks jener Schiffe, mit denen die so plötzlich verdummten Mitglieder des Homo superior eingetroffen waren.

»Wir werden die Bombe so plazieren, daß sie genau über dem schwarzen Diskusschiff explodiert«, sagte Vigeland.

»Aber von der Explosion wird nicht nur das Schiff der Fremden, sondern werden auch die GOOD HOPE und alle anderen Schiffe betroffen sein, die noch dort unten stehen«, wandte Shilter ein.

Vigelands Lachen klang abstoßend. »Wäre das nicht ein glücklicher Zufall?«

Auch Frascati lachte jetzt. »Wir werden die Spione aus dem Schwarm vernichten und dabei vielleicht auch Perry Rhodan ausschalten.«

»Das gefällt mir nicht«, erklärte Shilter. »Es wäre gewissenlos.«

»Galaktische Politik kann nicht von Männern gemacht werden, die der Gefühlsduselei unterliegen«, sagte Vigeland heftig. »Wir haben unsere Chance und werden sie nutzen.«

»Sie vergessen die INTERSOLAR!« protestierte Shilter. »Bull wird kaum tatenlos zusehen, wie wir verschwinden.«

»Alles wird so schnell gehen, daß Bull überhaupt nicht reagieren kann«, prophezeite Vigeland.

Es war Shilter anzusehen, daß er mit den Plänen Vigelands nicht einverstanden war, aber er erhob keine Einwände mehr.

Vigeland beugte sich über die Kontrollen und schoß die Bombe ab. Beinahe gleichzeitig beschleunigte das Schiff der Ertruser und raste in den Weltraum davon.

Gucky watschelte auf Rhodan und den Arkoniden zu.

»Steht nicht herum wie die Salzsäulen!« maulte er. »Hier gibt es nichts mehr zu sehen. Es wird Zeit, daß wir verschwinden.«

»Du hast recht, Kleiner!« stimmte Rhodan zu. »Auf Dessopato hält uns nichts mehr.«

Inzwischen waren alle Roboter an Bord gegangen. Sie hatten die unzerstört gebliebenen Ausrüstungsgegenstände mitgenommen. Die Arena sah jetzt trostlos aus. Sie war nicht mehr als ein Trümmerfeld.

Gucky trat zwischen die beiden Männer.

»Die Auswirkungen der Schockwelle lassen nach«, erklärte er. »Ich glaube nicht, daß Dessopato zerplatzen wird. Aber diese Welt wird jetzt noch öder sein als zuvor.«

Atlan und Perry ergriffen den Mausbiber an den Händen. Gucky teleportierte mit ihnen in die Zentrale der GOOD HOPE II.

Über der Arena kam Wind auf. Er blies dunkelbraunen Staub vor sich her, pulverisierte Asche aus den Schlünden der Vulkane. Der Staub würde sich bald wie ein Teppich über dem Land ausbreiten ...

Vigeland schaute entsetzt auf den Bildschirm.

»Das ist unmöglich!« rief er. »Die Bombe muß gezündet haben.«

»Wir sind doch nicht blind«, sagte Shilter. Er war erleichtert, daß Vigelands Vorhaben gescheitert war. »Sie sehen doch, daß nichts passiert ist.«

»Die Fremden!« rief Frascati erregt. »Sie haben es verhindert.«

Vigeland bemerkte zornig: »Werden Sie doch nicht kindisch!«

»Aber es stimmt!« beharrte Frascati. »Oder haben Sie eine andere Erklärung?«

»Vielleicht ist etwas Wahres daran«, versuchte Shilter zu vermitteln. »Auf jeden Fall hat es nicht geklappt.«

Das Schiff mit dem Hoheitszeichen des Carsualschen Bundes hatte sich inzwischen weit von Dessopato entfernt. Vigeland wußte, daß sie nicht mehr umkehren und einen neuen Anschlag durchführen konnten. Die Raumfahrer an Bord der INTERSOLAR würden aufpassen.

»Ich verstehe nicht, warum es nicht geklappt hat. Auch die Fremden haben nicht die Macht, die Zündung der Bombe zu verhindern.«

»Vielleicht war es einer der terranischen Mutanten«, meinte Shilter, obwohl er nicht daran glaubte. Er hatte die drei Fremden aus unmittelbarer Nähe gesehen und ahnte, daß sie zu vielem fähig waren. Die Explosion einer Bombe zu verhindern war für sie bestimmt sehr einfach. Aber es war sinnlos, jetzt mit Vigeland darüber zu diskutieren. Vigeland wollte nicht einsehen, daß er von drei Männern ohne Waffen besiegt worden war. Und Frascati war ein Hitzkopf, mit dem man in einer solchen Situation sowieso nicht vernünftig reden konnte.

»Was tun wir jetzt?« fragte Frascati ratlos. »Wir haben uns viel von der Konferenz versprochen, aber es ist alles schiefgegangen.«

»Nicht nur für uns«, sagte Vigeland. »Auch Rhodan und die anderen haben nichts erreicht.«

»Und was ist mit dem Schwarm?« fragte Frascati weiter. »Wenn das so weitergeht, wird es bald keinen Carsualschen Bund mehr geben.«
Vigeland machte den Eindruck eines Irren.
»Der Schwarm ist im Augenblick unser bester Verbündeter«, krächzte er. »Er wird das Solare Imperium hinwegfegen.«
Shilter und Frascati schauten sich an. Vigeland war ein anderer geworden, ein unbeherrschter Fanatiker.
Wir haben uns alle verändert! dachte Shilter traurig.
Auch das gehörte zu den Auswirkungen der Schwarmtätigkeit. Das Schiff des Carsualschen Bundes raste in den Weltraum hinaus, in dem es keine Sicherheit mehr gab.

In einem Raumsektor, der von den Pilzraumschiffen der Schwarminstallateure beeinflußt wurde und bereits zum direkten Durchzugsgebiet des riesigen Schwarmes gehörte, standen zwei kugelförmige Raumschiffe dicht nebeneinander.
Es waren die INTERSOLAR und die GOOD HOPE II. Beide hatten vor wenigen Stunden das Heykla-Beru-System verlassen.
An Bord der GOOD HOPE II hatten sich die Verantwortlichen in den Konferenzsaal zurückgezogen, um über die weiteren Schritte zu beraten. Die Stimmung unter den Raumfahrern war alles andere als gut. Viele von ihnen litten noch immer unter den Nachwirkungen der Transitionsschockwelle.
Die Konferenz auf Dessopato war gescheitert. Niemand glaubte, daß es einen günstigeren Ausgang gegeben hätte, wenn die Katastrophe nicht eingetreten wäre.
Schon zu Beginn der Konferenz an Bord der GOOD HOPE II stellte sich heraus, daß alle, die die drei Fremden aus dem Diskusschiff beobachtet hatten, stark von ihnen beeindruckt waren.
Rhodan mußte die Besprechung unterbrechen.
»Wir haben ein Beiboot von der INTERSOLAR ausgeschleust«, erklärte er. »Der Pilot hat den Auftrag, das Diskusschiff der Fremden zu verfolgen. Natürlich wissen wir nicht, ob das möglich sein wird. Auf jeden Fall wollen wir versuchen, den Kontakt nicht wieder zu verlieren. Vielleicht sehen wir diese Wesen niemals wieder – wer immer sie sind. Doch damit genug davon! Unser Hauptproblem ist und bleibt der Schwarm. Wir wissen, daß wir keine Unterstützung zu erwarten haben. Die Immunen der anderen Völker zeigten wenig Bereitschaft, mit uns zusammenzuarbeiten. Deshalb dürfen wir aber nicht resignieren.«
Rhodan stützte sich mit beiden Armen auf den Tisch und blickte die Versammelten an.
»Einige unter Ihnen wären bereit, mit der GOOD HOPE II den Versuch zu wagen, in den Schwarm einzudringen.« Rhodan hörte zustimmende Rufe. »Ich weiß, daß diejenigen, die diesen Vorschlag gemacht haben,

auch bereit sind, das Risiko einzugehen, das mit einem solchen Manöver verbunden wäre. Es könnte das Ende dieses Schiffes bedeuten.«

»Ich habe einen anderen Vorschlag zu machen!« rief Geoffry Abel Waringer. Er trat hervor.

»Wir müssen die immun gebliebenen Spezialisten von Quinto-Center abholen und sie nach Last Hope bringen. Last Hope ist einer unserer wichtigsten Forschungsplaneten. Dort leben die meisten Mitglieder meines Forschungsteams. Sie sind fast ausschließlich verdummt. Wir müssen sie und ihre Ausrüstung an Bord von zehn Großraumtransportern bringen.« Waringer unterbrach sich, denn er merkte, daß Unruhe entstand.

»Ich weiß, daß Sie ein solches Unternehmen in der augenblicklichen Situation für unmöglich halten«, fuhr er fort, nachdem Rhodan um Aufmerksamkeit gebeten hatte. »Ich behaupte jedoch, daß es möglich sein wird, die Wissenschaftler von Last Hope mit Hilfe der immunen Spezialisten, die sich auf Quinto-Center aufhalten, zur Hundertsonnenwelt zu bringen. Wir wissen, daß die Hundertsonnenwelt nicht von der Verdummungsstrahlung betroffen ist. Dort würden die verdummten Wissenschaftler wieder ihre ursprünglichen Fähigkeiten besitzen und könnten eine Abwehrwaffe gegen den Schwarm entwickeln.«

Waringers Vorschläge wurden heftig diskutiert. Viele Raumfahrer glaubten, daß es den wenigen Immunen nicht möglich sein würde, zehn Großraumschiffe zur Hundertsonnenwelt zu bringen.

»Diese Evakuierung ist ein phantastischer Plan«, sagte Rhodan. »Was wir vorhaben, ist nichts anderes als eine Verlegung der Last-Hope-Labors zur Hundertsonnenwelt. Die Verwirklichung eines solchen Projekts wäre unter normalen Umständen schon mit Schwierigkeiten verbunden. Jeder von uns ist sich darüber im klaren, was es unter den gegenwärtigen Verhältnissen bedeutet, Waringers Plan zu verwirklichen.«

»Trotzdem«, beendete Rhodan seine kurze Ansprache, »werden wir es versuchen, denn eine ungewöhnliche Situation erfordert ungewöhnliche Entschlüsse.«

Waringers Augen leuchteten auf.

»Ich bin sicher, daß wir Erfolg haben werden. Wenn mein gesamtes Team erst frei von der Verdummungsstrahlung auf der Hundertsonnenwelt arbeiten kann, werden wir ein Mittel gegen die Verdummung finden.«

Rhodan hoffte, daß Waringers Optimismus sich bewahrheiten würde. Er überlegte bereits, wie man andere verdummte Wissenschaftler ausfindig machen und zur Hundertsonnenwelt bringen konnte.

Zwei Stunden nach der Beendigung der Konferenz wurde von der INTERSOLAR eine Space-Jet ausgeschleust. Rhodan, Atlan, Waringer und Fellmer Lloyd gingen an Bord. Sie starteten wenig später in Richtung Quinto-Center, um die dort lebenden Spezialisten auf ihre schwere Aufgabe vorzubereiten.

Während Rhodans Abwesenheit würde Reginald Bull Kommandant der GOOD HOPE II sein. Julian Tifflor sollte die INTERSOLAR befehligen. Beide Schiffe blieben in der Nähe des Schwarmes zurück, um ihn weiterhin zu beobachten.

13.

Hundertsonnenwelt

»Es war grauenhaft.

Das temporale und räumliche Geschehen war so realistisch und auch wieder so wirklichkeitsfremd. Die Realität wurde ins Traumhafte abstrahiert.

Da war die Sonne Bolo. Sie funkelte wie ein böses Auge auf mich und Last Hope herab. Ja, sie war ein gigantisches Auge mit mörderischen Blicken. Ihre heißen Strahlen drohten mich zu verbrennen, brachten den Fels zum Glühen, schmolzen Blei und Zinn.

Es gab nur mich, die unbarmherzige Sonne und die zerklüftete, gleißende Landschaft mit den Seen aus Blei und Zinn. Und Hitze und Sturm. Sie alle bedrohten mich. Sie zerrten an mir und wollten mich in die Knie zwingen.

Ich focht einen aussichtslosen Kampf. Das Auge der Sonne Bolo starrte mich wie hypnotisierend an.

Dann waren plötzlich auch noch andere Augen da. Die Augen der rebellierenden Immunen. Sie jagten mich, weil ich mich nicht in ihre verbrecherischen Pläne einbeziehen ließ. Sie waren hinter mir her – die Machthungrigen, die Meuterer.

Meine Feinde waren überall. Sie hatten mich umzingelt.

Da kam mein Verbündeter. Das Monstrum mit dem dreieckigen Körper und dem 640 Meter hohen Schweif, der sich wie eine Antenne der Sonne Bolo entgegenreckte. Der Marschiere-Viel. Er entzog mit seinem Antennen-Schweif der Sonne die Energien, er überwand mit seinen sechsunddreißig Säulenbeinen das tückische Land, er schlug meine Verfolger in die Flucht. Auf dem Rücken des Marschiere-Viel fand ich Zuflucht, auf dem Rücken, der gleich der Landschaft von Last Hope zerklüftet und felsig war.

Hier fand ich für die Dauer von einigen Monaten Sicherheit.

Dennoch erkannte ich bald, daß ich verloren war, denn die gebotene Sicherheit war trügerisch und relativ.

Die Sonne und die Immunen konnten mir nichts mehr anhaben. Die

Hitze und die atmosphärischen Gase wurden von mir abgehalten. Ich besaß einen modernst ausgerüsteten Druckpanzer, genügend Lebensmittel, Wasser und Sauerstoff. Außerdem gab es auf dem Rücken des Marschiere-Viel gefrorene Sauerstoffablagerungen, die ich für mich verwertete.

Diese logischen Überlegungen stellte ich in einer Form an, als würde ich das alles noch einmal erleben. Ich erkannte klar, daß mir von dieser Seite keine Gefahr drohte; ob der Marschiere-Viel nun durch die glühendheiße Tagseite von Last Hope seinen vorbestimmten Weg abschritt oder ob er in der kälteklirrenden Nachtseite erstarrte.

Die Gefahr kam in anderer Form: Mein Geist wurde angegriffen.

Es ging auf und ab. Der Rücken des Marschiere-Viel hob und senkte sich, während er im 80-Stundenkilometer-Tempo dahinraste. Auf und ab. Das Auge Bolos glich sich dem Rhythmus an. Auf und ab. Die gleißende, morsche Felslandschaft glich sich dieser Bewegung ebenfalls an. Auf und ab. Der glühende Himmel, die rotierenden Gase, die ganze Welt glitt vor meinen Augen auf und ab.

Furcht überkam mich. Ich hatte plötzlich Angst, daß eine der Abwärtsbewegungen nicht mehr enden würde. Ich mußte dann fallen.

Da machte sich das Trommeln bemerkbar. Es war charakteristisch für den Marschiere-Viel. Jedesmal wenn er eines der sechsunddreißig Säulenbeine auf dem Boden aufsetzte, gab es eine Erschütterung, die sich auf jede Nervenfaser meines Körpers übertrug. Das Trommeln machte mich halb wahnsinnig. Ich versuchte mich abzulenken, indem ich die Funkfrequenz abhörte. Aber dann vernahm ich die Stimmen der Immunen. Sie verfluchten mich, sie drohten mir.

Ich mußte mich den Stimmen verschließen, mußte das Trommeln der Säulenbeine auf dem Fels ignorieren und hatte zudem noch darauf zu achten, daß ich nicht fiel. Denn ich wußte, wenn ich nur einen Augenblick unaufmerksam war, dann würde sich mein Geist einem der drei Einflüsse ergeben. Und das hätte den Wahnsinn zur Folge.

Trommeln. Stimmen. Auf und ab.

Trommeln ... Auf und ab ... Abwärts ... Abwärts fiel ich, immer tiefer ... Ich fiel endlos in die Tiefe ...«

Irmina Kotschistowa hatte ihren Bericht mit ruhiger, leidenschaftsloser Stimme begonnen. Gegen Ende sprach sie immer schneller, keuchender. Jetzt hielt sie erschöpft inne. Nach einer kurzen Atempause fügte sie mit leiser Stimme hinzu:

»Während des Sturzes in die Tiefe wachte ich auf.«

»Hm«, machte Dr. Kayasho, wandte sich von seiner Patientin auf der »Couch« ab und sah in unbestimmbare Ferne. »Ich würde sagen, Sie haben sich durch Ihren monatelangen Aufenthalt auf der Oberfläche von Last Hope eine Phobie eingehandelt. Sie haben Angst vor Bewegungen und vor tiefen Abgründen. Aber stark kann diese Angst nicht ausgeprägt sein, sonst würden Sie sie nicht in Ihren Träumen, sondern in der Wirklichkeit zeigen.«

Irmina Kotschistowa stützte sich auf, blickte den Psychodynamiker aus ihren großen, dunklen Augen an und sagte: »Ihren Worten entnehme ich, daß mir nichts fehlt. Dann kann ich wohl in den Einsatz gehen.«

Dr. Kayasho machte eine beschwichtigende Handbewegung. »Nicht so hastig, meine Gute. Ich glaube zwar, daß Sie voll einsatzfähig sind, aber ich möchte mich doch noch einige Minuten mit Ihnen befassen.«

Der Psychodynamiker blickte der Biochemikerin so lange in die Augen, bis sie den Blick senkte. Sie war mittelgroß und von zierlicher Gestalt. Dr. Kayasho, der auf Last Hope selbst dem achtzigtausendköpfigen Waringer-Team angehört hatte, kannte Irmina Kotschistowa von früher. Sie war eine tüchtige Biochemikerin, besaß einen starken Willen und war in der Lage, die Annäherungsversuche ihrer Kollegen mit Charme und Bestimmtheit abzuwehren. Er traute ihr rein gefühlsmäßig zu, daß sie die Monate auf dem Rücken des Marschiere-Viel ohne geistigen Schaden überstanden hatte. Und wie die vorangegangenen Untersuchungen zeigten, war nichts außer der schwachen Phobie in ihr zurückgeblieben.

Aber da war etwas anderes, das ihn noch interessierte.

Irmina Kotschistowa verschwieg ihm etwas. Warum sie das tat, konnte er nicht sagen. Vielleicht sagte sie nicht die ganze Wahrheit, weil sie befürchtete, sonst Perry Rhodan, Atlan und den Mutanten Fellmer Lloyd nicht zur Hundertsonnenwelt begleiten zu dürfen?

Wie dem auch war, Dr. Kayasho wollte der Sache auf den Grund gehen.

Irmina Kotschistowa sah ihn mißtrauisch an. »Wenn ich in Ordnung bin, warum lassen Sie mich dann nicht einfach gehen? Sie wissen, daß mich der Großadministrator auf der GONOZAL erwartet.« Sie seufzte. »Wenn ich gewußt hätte, welche Umstände Sie machen, wäre ich nicht freiwillig gekommen, um Ihnen meinen Traum zu erzählen.«

Der Psychodynamiker lächelte unergründlich und sagte: »Sie haben richtig gehandelt. Ihre Alpträume hätten auch eine schlimmere Ursache haben können als eine Phobie.«

Irmina wurde ärgerlich. »Warum wollen Sie mir ständig einreden, ich besäße eine tiefverwurzelte Angst vor Abgründen? Wäre es so, dann müßte ich doch auch eine Scheu vor Antigravschächten haben, oder nicht? Aber ich zögere nicht einmal den Bruchteil einer Sekunde, bevor ich einen Antigravlift benutze.«

Dr. Kayasho machte eine beschwichtigende Geste. »Schon gut, ich werde die Phobie nicht mehr erwähnen. Sie ist auch vollkommen bedeutungslos, denn jeder von uns, die wir auf Last Hope stationiert waren, hat einiges von seiner geistigen Stabilität eingebüßt. Ja, fast alle Menschen dieser Galaxis, auch die Nicht-Humanoiden, sind davon betroffen. Und schuld daran ist die Verdummung. Es hängt natürlich vom Grad der Intelligenz ab, wie gut oder schlecht ein Individuum die Manipulationen der

Fünf-D-Konstante geistig überstanden hat. Und es hängt auch stark vom Intelligenzquotienten ab, wie man als ehemals Verdummter mit der neuen Situation fertig wird, wenn man der Verdummungsstrahlung entronnen ist.«

Der Psychodynamiker machte eine Pause und fuhr fort: »Ich will dieses Problem einmal von meiner Warte aus beleuchten. Ich war auf Last Hope einer von achtzigtausend Verdummten. Meine Erinnerung an die Monate, die ich als Schatten meiner selbst in den unterplanetarischen Forschungsanlagen zugebracht habe, ist nur äußerst lückenhaft. Diese Zeit scheint weit zurückzuliegen. Aber an meine Gefühle und Gedanken, als ich beim Abtransport während des Fluges durch den Linearraum wieder normal wurde, erinnere ich mich noch gut. Ich war während der Linearetappen wieder geistig gesund. Und wissen Sie, woran ich während dieser Zeit dachte? Ich konnte an nichts anderes denken als daran, daß wir nach jeder Etappe wieder zurück in den Normalraum mußten. Und davor fürchtete ich mich. Denn ich wußte, daß ich im Einstein-Universum wieder verblöden würde. Ich entwickelte eine kreatürliche Angst vor dem Weltall, die sich auch jetzt noch nicht ganz gelegt hat, obwohl ich hier, in der Nähe der Hundertsonnenwelt, die Verdummungsstrahlung nicht zu fürchten brauche. Denn wir sind fast 290 000 Lichtjahre von der Milchstraße entfernt, so daß die Manipulierung der fünfdimensionalen Gravitationskonstante hier keine Auswirkung zeigt. Das alles sage ich Ihnen nur deshalb, um Ihnen zu zeigen, daß fast jeder, der einmal der Verdummungsstrahlung ausgesetzt war, nicht ganz ohne geistigen Schaden davongekommen ist. Sie sehen, ich habe ebenfalls meine Phobie.«

Er lächelte Irmina aufmunternd zu und endete: »Sie, die Sie eine natürliche Immunität gegen die Verdummung besitzen, haben logischerweise eine bessere geistige Konstitution. Ich kann Sie also mit gutem Gewissen in den Einsatz schicken.«

Irmina atmete sichtlich auf. Sie hatte schon befürchtet, der Psychodynamiker benutze die weit ausholende Erklärung nur dazu, um ihr schonend beizubringen, daß sie dienstuntauglich sei.

»Danke, Doktor Kayasho«, sagte sie. »Kann ich jetzt gehen?«

»Vorerst müssen Sie mich noch in Ihr Geheimnis einweihen«, sagte der Psychodynamiker.

»Welches Geheimnis?«

»Sie haben mir einiges verschwiegen«, entgegnete Dr. Kayasho. Und er zählte auf: »Wie gelangten Sie auf den Rücken des Marschiere-Viel, der hundert Meter über dem Bodenniveau liegt? Sie besaßen doch keinen flugfähigen Druckanzug. Selbst wenn Sie über den neunzig Meter dicken Körper auf den Rücken kletterten, besagt das noch nichts darüber, wie Sie die zehn Meter hohen Beine überwanden, die sich dazu noch in rasender Bewegung befanden.«

Irmina wurde unsicher. »Ich bestieg den Marschiere-Viel in der Kältezone, als er erstarrt war.«

Dr. Kayasho schüttelte den Kopf. »Aus Ihrem Traum geht das Gegenteil hervor.«

»Mein Traum lügt eben.«

»Sie lügen!« Dr. Kayasho deutete auf ihre Hände und fragte unverhofft: »Warum tragen Sie Handschuhe?«

Irmina zögerte. »Aus keinem besonderen Grund.«

»Dann ziehen Sie die Handschuhe aus.«

Irmina wurde blaß. »Nein! Ich ... ich habe einen Hautausschlag und möchte nicht, daß man es auf den ersten Blick sieht.«

»Zeigen Sie her!«

»Das dürfte wohl nicht in Ihr Fachgebiet fallen, Doktor Kayasho«, sagte Irmina abweisend.

Der Psychodynamiker blickte sie fest an. »Vielleicht aber doch.«

Irmina senkte den Blick. »Ja, Sie haben recht. Als ich aus meinem Alptraum erwachte, waren meine Arme mit Geschwüren bedeckt.«

»Und haben Sie eine Erklärung dafür?«

Irmina nickte. »Ja, ich bin eine Metabio-Gruppiererin.«

Die zehn Großtransporter ALMANA 1 bis ALMANA 10, die jeder einen Durchmesser von 2500 Metern besaßen, waren zusammen mit dem 100 Meter durchmessenden USO-Kreuzer GONOZAL in sicherer Entfernung in eine Umlaufbahn um die Hundertsonnenwelt der Posbis gegangen.

Nun befanden sie sich bereits seit zwei Tagen auf dieser Warteposition. Zwei Tage waren vergangen, in denen sich weder für die achtzigtausend hochqualifizierten Wissenschaftler an Bord der Großtransporter noch für die Verantwortlichen dieses Unternehmens ein Hoffnungsschimmer gezeigt hatte.

Perry Rhodan konnte sich nicht erklären, aus welchem Grunde das Zentralplasma die Landung der elf terranischen Raumschiffe auf der Hundertsonnenwelt verweigerte. Wahrscheinlichkeitsberechnungen hatten zwar ergeben, daß das Zentralplasma unter Druck handelte, also zu dieser Handlungsweise direkt oder indirekt gezwungen wurde. Aber das sagte noch nichts darüber aus, von wem oder was es gezwungen wurde.

Als er auf Wanderer-Beta von ES den Hinweis bekommen hatte, daß die Hundertsonnenwelt von der Verdummungsstrahlung verschont geblieben sei, hatte Rhodan seinen ursprünglichen Plan, den Schwarm weiter zu erforschen, aufgegeben. Statt dessen traf er nach der gescheiterten Konferenz der Immunen die Vorbereitungen für ein gigantisches Evakuierungsprogramm, das nach einigen Verzögerungen auch ausgeführt worden war.

Rhodan startete mit Atlan, Geoffry Abel Waringer, dem Mutanten Fellmer Lloyd und 260 von Quinto-Center abgeholten Immunen in den zehn Großtransportern und der GONOZAL nach Last Hope, wo sie ein Chaos vorfanden. Zwei immun gebliebene Suggestoren hatten die Wissenschaftler geistig versklavt und konnten erst nach erbittertem Kampf besiegt werden.

Danach war der Weg für den Transport der 80000 Verdummten zur Hundertsonnenwelt frei gewesen – doch welche Enttäuschung mußte Perry Rhodan bei ihrer Ankunft hinnehmen, als das Zentralplasma die Landung verweigerte!

Seit etwa dreizehnhundert Jahren bestanden hier mehrere große terranische Stützpunkte. Es gab sechs gigantische Raumschiffswerften, die in der Lage waren, jeden terranischen Schiffstyp, egal welcher Größenordnung, generalzuüberholen. Zu je zwei Werften gehörte ein Raumhafen.

Außer diesen technischen Anlagen gab es eine Wohnsiedlung für die terranische Stammbesatzung, die sich ständig auf der Hundertsonnenwelt aufhielt. Die fünftausend Menschen lebten hier in großzügig angelegten Unterkünften, in denen sie jeden erdenklichen Luxus fanden.

Zusätzlich zur Wohnsiedlung der Stammbesatzung war eine Hotelstadt erbaut worden, die für fünfhunderttausend Personen Platz bot. Sie diente den Mannschaften der terranischen Schiffe und der Nachschubflotten als Unterkunft, die auf dem Weg zum Andromedanebel auf der Hundertsonnenwelt Zwischenstation machten. Diese meist leerstehende Stadt vereinigte alle erdenklichen Haustypen in sich, vom Hochhaus bis zum Bungalow fanden sich hier alle Arten von Wohnhäusern.

Die gesamte Ansiedlung wurde Suntown genannt. Hier, in der Sonnenstadt, sollten die achtzigtausend Wissenschaftler und Techniker von Last Hope untergebracht werden.

Aber es schien, daß der weite Weg zur Hundertsonnenwelt umsonst gewesen war. Gleich nach dem Eintreffen der elf Raumschiffe bei der Posbi-Welt, die von zweihundert Kunstsonnen mit Licht und Wärme versorgt wurde, hatte Rhodan über Funk das Zentralplasma angerufen und um Landeerlaubnis angesucht. Dieses Ansuchen war eigentlich nur eine Formsache gewesen, denn das Zentralplasma war ein treuer Verbündeter des Solaren Imperiums. Die terranischen Anlagen auf der Hundertsonnenwelt waren mit der ausdrücklichen Erlaubnis des Zentralplasmas erbaut worden. Es konnte also gar kein Zweifel daran bestehen, daß die Landeerlaubnis für die zehn Großtransporter und den USO-Kreuzer erteilt wurde.

Um so erschütterter war Rhodan, als das Zentralplasma auf seinen Funkspruch mit einer Weigerung antwortete. Es erklärte, daß es gezwungen sei, alle terranischen Schiffe bei Annäherung sofort abzuschießen.

Nun war die Haltung des Zentralplasmas schon seltsam genug. Aber noch rätselhafter war es, daß sich auf Anruf niemand von der fünftausend Mann starken Stammbesatzung meldete. Es hatte ganz den Anschein, als sei der terranische Stützpunkt vollkommen verwaist.

Rhodan rief General Merety Dala, den militärischen Abwehrchef der Hundertsonnenwelt, und Professor Toschce Sarvonic, den Chef der Wissenschaftler, einige Male namentlich an. Doch auch darauf erfolgte keine Antwort.

Daraufhin faßten Rhodan und Atlan den Entschluß, das Geheimnis der Hundertsonnenwelt zu ergründen. Sie stellten ein Sonderkommando zusammen, das auf der Posbi-Welt selbst Nachforschungen anstellen sollte. Es setzte sich aus vier Personen zusammen: Perry Rhodan, Atlan, Fellmer Lloyd und Irmina Kotschistowa, der »Neuentdeckung« von Last Hope.

In den frühen Morgenstunden des 15. Januar 3442 waren alle erforderlichen Vorbereitungen getroffen.

»Wo ist Irmina Kotschistowa?« fragte Rhodan.

Fellmer Lloyd, der neben ihm stand, fühlte sich angesprochen.

»Ich denke, sie befindet sich auf der ALMANA 4«, antwortete er.

»Erkundigen Sie sich, Fellmer«, bat Rhodan und meinte damit, der Telepath sollte seine parapsychischen Fühler ausstrecken und sich an den Gedanken der Biochemikerin orientieren. »Wir brechen in einer halben Stunde auf.«

»Falls bis dahin die abschließenden Tests beendet sind«, wandte Geoffry Abel Waringer ein. Er schaute zur Acht-Meter-Space-Jet, mit der Rhodan und seine drei Begleiter zur Hundertsonnenwelt starten wollten. Die Techniker hatten die Panzerplastkuppel bereits entfernt, so daß die Steuerkanzel in der Mitte des Diskusbootes freigelegt war. Jetzt gingen sie daran, die Energieschleuderanlagen der Kontursitze zu überprüfen.

Waringer wandte sich an Atlan. »Ich bezweifle immer noch, daß dies alles genügt, eure Landung auf der Hundertsonnenwelt zu garantieren«, sagte der Hyperphysiker.

Atlan lächelte. »Wir brauchen keine Garantien. Uns genügt eine gewisse Chance – und die haben wir. Denn es kann mit ziemlicher Sicherheit angenommen werden, daß uns das Zentralplasma beim Anflug erst warnt und dann schießt. Das wird für uns das Zeichen sein, die Space-Jet zu verlassen.«

Rhodan nickte zustimmend. »Wir können mit einer Warnung des Zentralplasmas rechnen. Aber mir leuchtet immer noch nicht ein, wieso es sich überhaupt gegen uns wendet.«

»Es handelt eindeutig gegen seinen Willen«, sagte Waringer.

»Trotzdem«, meinte Rhodan, »es hätte nicht einmal passieren dürfen, daß irgendeine Macht auf der Hundertsonnenwelt auftauchen konnte, um das Zentralplasma zu irgend etwas zu zwingen. Wozu haben wir schließlich fünftausend Mann dort stationiert!«

Atlan seufzte. »Wir haben das schon oft genug durchgesprochen. Wahrscheinlich hat die Stammbesatzung schon bei Eintritt der Verdummungswelle die Lage in der Milchstraße erkannt und sich dorthin aufgemacht, um Hilfe zu bringen.«

Rhodan schüttelte den Kopf. »Ich kann nicht glauben, daß ein so tüchtiger und weitblickender Mann wie General Merety Dala es unterlassen haben soll, zumindest einen Teil der Mannschaft zur Bewachung zurückzulassen. Die Frage lautet also: Was ist aus diesen Männern und Frauen geworden?«

»Deshalb starten wir dieses Sonderkommando«, antwortete Atlan lakonisch.

Rhodan wollte noch etwas entgegnen, aber er kam nicht mehr dazu. Zuerst hinderten ihn daran vier aufeinanderfolgende explosionsartige Geräusche, die durch den Hangar peitschten, als die Techniker die Schleuderanlage der Kontursitze überprüften.

Dann kam der Zeugmeister der GONOZAL in Begleitung zweier Roboter, die die Panzeranzüge für Rhodans Team brachten. Dabei handelte es sich um ein vereinfachtes und doch vielfach verbessertes Modell eines terranischen Kampfanzuges, der schon vor einem Jahrtausend unter der Bezeichnung »Kampf-Skaphander« im Gebrauch stand. Allerdings hatten die Panzeranzüge der Gegenwart mit den damaligen Kampf-Skaphandern nur noch die Grundkonzeption gemeinsam. Deflektorgenerator, Abwehrschirmprojektor, Hochenergiekraftanlage, Lufterneuerungs- und Klimaanlage, Ortungsgeräte, Impulstriebwerk, Antigravprojektoren und die übrige technische Ausrüstung waren auf den neuesten Stand gebracht. Die waffentechnische Ausrüstung konnte individuell gestaltet werden.

Rhodan entschied, daß jeder von ihnen ein Vibratormesser und einen Kombistrahler mitnehmen würde.

»Ich habe Irmina Kotschistowa geortet«, gab Fellmer Lloyd bekannt. »Sie hatte gerade einen Psychodynamiker konsultiert. Jetzt befindet sie sich auf dem Weg zum Transmitter, um auf die GONOZAL überzuwechseln.«

»Was hatte sie denn bei einem Psychodynamiker zu suchen?« fragte Rhodan verwundert.

»Das werden Sie sie selbst fragen müssen, Sir«, antwortete Lloyd. »Ich finde es nicht schicklich, noch tiefer in ihre Gedanken zu dringen. Aber es hing mit einem Traum zusammen, soviel erfuhr ich.«

»Ein Traum?« Rhodan schaute Atlan bedeutsam an. »Arkonide, du ahnst wie ich, wovon Irminas Traum gehandelt hat.«

»Sie wird ihre Erlebnisse auf der Oberfläche von Last Hope nicht los«, sagte Atlan. »Das könnte sie psychisch stark belasten. Vielleicht sollten wir sie bei diesem Unternehmen doch nicht mitnehmen.«

Rhodan zögerte.

»Irmina ist schon in Ordnung«, ließ sich Fellmer Lloyd hören. Als er merkte, daß Rhodan und Atlan ihn verwundert ansahen, fügte er schnell hinzu: »Ich meine, ihre Fähigkeiten könnten bei diesem Unternehmen tatsächlich sehr wertvoll für uns sein. Deshalb wurde sie ja ausgewählt. Und außerdem – ich werde sie im Auge behalten.«

»Mir scheint, Sie haben bereits ein Auge auf sie geworfen«, meinte Rhodan schmunzelnd.

Er fügte ernst hinzu: »Sie haben recht, Fellmer, Irminas Fähigkeiten könnten uns nützlich sein. Ich glaube nicht, daß sie an einer ernsthaften Psychose leidet, denn die Tests sind alle negativ verlaufen. Und Sie werden schon gut auf sie aufpassen.«

Lloyd antwortete nichts, der leise Spott in der Stimme des Großadministrators war ihm nicht entgangen.

Rhodan nahm sich vor, Irmina zur Rede zu stellen. Er wußte es immer gern, wenn jemand, mit dem er sich in den Einsatz begeben wollte, in einer Krise steckte.

Als Irmina wenig später in den Hangar kam, vermerkte Rhodan stirnrunzelnd, daß sie Handschuhe trug.

Er ahnte, was das zu bedeuten hatte. Trotzdem blieb er bei seinem Entschluß, sie auf die Hundertsonnenwelt mitzunehmen. Denn er hatte Vertrauen zu Fellmer Lloyd. Der Telepath würde sich schon um Irmina kümmern.

Irmina hatte keine Schwierigkeiten, den Kampfanzug anzulegen. Schließlich mußte man auch auf Last Hope einen ähnlichen Druckpanzer tragen, wollte man die Oberfläche aufsuchen. Und in einem solchen war Irmina auch vor den Suggestoren aus der Forschungsstation geflüchtet.

Sie bestieg hinter Rhodan die Space-Jet durch die Schleuse und begab sich in die freiliegende Steuerkanzel. Ihr rann ein leichter Schauer über den Rücken, als sie daran dachte, die zwei Astronomischen Einheiten, die die Hundertsonnenwelt entfernt lag, nur durch den Druckpanzer vom Vakuum des Weltraums geschützt, zurücklegen zu müssen. Aber sie faßte sich schnell. Es konnte nichts schiefgehen, sie hatte Instruktionen für alle Notfälle erhalten.

Rhodan ließ sich im Pilotensitz nieder. Die anderen begaben sich ebenfalls auf ihre Plätze. Über den Rand der Steuerkanzel hinweg sah Irmina, daß Dr. Geoffry Abel Waringer den Hangar verließ. Sie wußte, daß er sich in die Hauptzentrale der GONOZAL begab, um das Kommando über die elf Raumschiffe zu übernehmen. Außerdem sollte er versuchen, einen neuen Kontakt zur Hundertsonnenwelt herzustellen. Das sollte von der Space-Jet ablenken.

»Sprechprobe!« ertönte Rhodans Stimme in Irminas Kopfhörern.

»Verstanden«, sagte sie.

»Verständigung ausgezeichnet«, meldete sich Fellmer Lloyd.

»Einen Moment noch«, ließ sich Atlan vernehmen. Seine Sprechfunkanlage war übersteuert. Sekunden später hatte er die nötige Justierung vorgenommen. Seine Stimme war nicht mehr verzerrt.

»Alles in Ordnung.«

Rhodan setzte sich mit der Kontrollstelle des Hangars in Verbindung. Er trug dem Schleusenkommando auf, die Space-Jet in fünf Minuten auszuschiffen. Der Countdown lief an.

Geoffry Waringer meldete sich. »Ich stehe in der Hauptzentrale bereit.«

»Du weißt, was du zu tun hast, Geoffry«, sagte Rhodan über Sprechfunk. »Wie sich die Dinge auch immer entwickeln, versuche nicht, mit uns in Funkkontakt zu treten. Bombardiere die Hundertsonnenwelt pausenlos mit Funksprüchen, aber laß uns aus dem Spiel. Wenn wir in Not sind und Hilfe brauchen, melden wir uns schon.«

»X minus vier Minuten«, ertönte es aus den Lautsprechern des Hangars. Irmina vernahm die Stimme durch die Außenmikrophone ihres Panzeranzuges. Sie schaltete die direkte Verbindung zur Außenwelt ab.

Sie blickte zu Rhodan und Atlan hinüber, die gelassen auf ihren Plätzen saßen. Als sie Fellmer Lloyd anschaute, schenkte ihr der Mutant ein aufmunterndes Lächeln. Sie lächelte ebenfalls.

»Start!«

Die Hangarschleuse stand weit offen. Hinter den transparenten Panzerplastwänden der Kontrollstelle herrschte rege Betriebsamkeit. Die Männer der Schleusenkommandos hoben die Space-Jet mittels Leitstrahlen aus ihrer Verankerung und transportierten sie sicher durch das offene Schott aus dem Schiff. Einige hundert Meter von der GONOZAL entfernt ließen die Leitstrahlen das kleine Diskusschiff los, und Rhodan schaltete den Antrieb ein. Wenig später schoß die Space-Jet auf die Hundertsonnenwelt zu.

»Jetzt bleibt uns etwas Zeit, um uns mit internen Problemen zu beschäftigen«, sagte Rhodan über Sprechfunk. »Irmina, Sie sind doch sicherlich wie wir der Meinung, daß wir nur zusammenarbeiten können, wenn ein gewisses Vertrauensverhältnis zwischen uns herrscht. Wenn wir Erfolg haben und überleben wollen, dann müssen wir uns aufeinander verlassen können.«

Irmina nickte. »Ich verstehe, Sir.« Rund um sie war der sternenlose Raum des Kosmos. Nur weit vor ihnen glühte ein Lichtpunkt – die Hundertsonnenwelt. Die Space-Jet schien stillzustehen, obwohl sie mit unglaublich hoher Geschwindigkeit durch das All raste.

Die künstliche Schwerkraft vermittelte Irmina das Gefühl, daß zu ihren Füßen »unten« war. Doch plötzlich war ihr, als hebe sich alle Gravitation auf ... Sie schien nach oben zu fallen!

Die Illusion dauerte nur knapp eine Sekunde an, dann verspürte Irmina wieder festen Boden unter den Füßen.

»Haben Sie uns irgend etwas zu sagen, was für unseren Einsatz wichtig sein könnte, Irmina?« drang Rhodans Stimme an ihren Geist.

»Ich weiß nicht ...«

»Gut, dann werde ich mich konkreter ausdrücken. Warum haben Sie vor unserer Abreise den Psychodynamiker aufgesucht?«

»Ich habe schlecht geträumt«, antwortete Irmina einsilbig.

»Ich sprach vorhin von Vertrauen, Irmina«, drang Rhodan wieder in sie. »Warum trugen Sie Handschuhe, als Sie auf die GONOZAL kamen?«

»Aus Eitelkeit«, sagte Irmina mit einem nervösen Lachen und blickte zu Fellmer Lloyd. Doch das Gesicht des Mutanten blieb ausdruckslos.

Warum springt er mir nicht bei? dachte sie. *Als Telepath muß er doch schon längst meine Gedanken kennen.* Aber dann wurde ihr klar, daß Lloyd ganz bewußt schwieg, weil sie sich selbst äußern sollte.

»Der Psychodynamiker sagte, ich leide an einer Phobie, ich besäße eine Furcht vor großen Höhen«, begann sie. »Aber außer in meinem Traum habe ich nichts davon gemerkt. Ich mußte Doktor Kayasho dann auch über meine parapsychische Begabung erzählen. Er ließ nicht locker, bis ich ihm gestand, woher ich die Geschwüre an meinen Armen und Händen habe.«

»Sie haben sie sich selbst zugefügt?« fragte Rhodan.

Irmina bestätigte dies. »Es war während des Traumes. Doktor Kayasho meinte, daß ich mich gegen die Traumbilder zur Wehr setzte und dadurch die parapsychischen Kräfte mobilisierte. Aber da der Feind, gegen den ich kämpfte, in mir war, fügte ich mir selbst Schaden zu. Ich befürchtete schon, daß ich die Gewalt über meine Fähigkeit verloren hätte, daß ich sie nicht mehr kontrollieren könne, doch Doktor Kayasho beruhigte mich. Er versicherte, daß ich nur während des Traumes die Beherrschung über mein Psi verloren hätte und daß dies in den Perioden des Wachseins nicht passieren könne.«

»Hoffentlich fügen Sie sich im Traum nicht einmal größeren Schaden zu«, meinte Rhodan.

»Das wird mir nicht mehr passieren«, versicherte Irmina. »Doktor Kayasho hat meine Phobie unter dem Hypnoschuler geheilt.«

Aber sie war vom Erfolg dieser Behandlung selbst nicht ganz überzeugt. Denn hatte sie nicht eben erst geglaubt, trotz der künstlichen Gravitation in die Unendlichkeit des Weltraums zu stürzen? Und konnte sie absolut sicher sein, die Kontrolle über ihre unheimliche Fähigkeit tatsächlich nie zu verlieren?

Sie war eine Metabio-Gruppiererin. Sie kannte die Bezeichnung für ihre Fähigkeit selbst erst seit einigen Tagen, als Rhodan auf Last Hope gelandet war. Sie war damals von der höllischen Oberfläche in die subplanetarische Forschungsstation zurückgekehrt und hatte sich dem Großadministrator anvertraut. Seitdem galt sie als »Metabio-Gruppiererin«.

Aber ihre Fähigkeit hatte sie schon früher besessen. Sie erinnerte sich des Tages, als sie erkannte, welche tödliche Geisteswaffe sie besaß ...

Irmina erfaßte sehr schnell, daß sie von einem Moment zum anderen plötzlich die einzige vernunftbegabte Person unter 80000 Verdummten zu sein schien. Ihr war auch, als hätte sie sich selbst geistig verändert, als wäre sie auf eine seltsame Art intelligenter geworden, doch schrieb sie das anfänglich dem Umstand zu, daß die anderen ihre Intelligenz verloren hatten.

Eines Tages entdeckte sie jedoch, daß tatsächlich mit ihr eine Veränderung vor sich gegangen war. Sie hatte sich immer von den Verdummten zurückgezogen, um nicht in das Chaos hineingezogen zu werden, das sie in der Forschungsstation verbreiteten. Aber so vorsichtig sie auch war, sie konnte nicht verhindern, daß sie zwei Ertrusern in die Hände fiel, in denen durch die Verdummung animalische Instinkte wach geworden waren.

Irmina sah die beiden hünenhaften Gestalten wieder ganz deutlich vor sich. Sie fühlte ihre lüsternen Blicke und stand Todesängste aus. Aber plötzlich sah sie die Ertruser mit anderen Augen. Als würde sie durch ein Elektronenmikroskop blicken. Sie sah nicht mehr zwei muskelbepackte Giganten, sondern zwei Gebilde, die aus einer Zellanhäufung bestanden. Sie erblickte eine unendliche Zahl von verschiedenartigsten Zellen, die sich zu Haut, Muskeln, Knochen, Sehnen, Blut und Gehirnmasse aneinanderreihten.

Irmina war fasziniert. Aber dann sah sie durch die Zellformation hindurch wieder die irren Blicke aus umschleierten Augen. Als wolle sie dieses Bild verscheuchen, suchte sie mit ihren Blicken wieder die Zellen. Doch sie konnte sie nicht mit den Augen erfassen, sondern nur mit dem Geist. Das erkannte sie gleich darauf. Während sie die näher kommenden Ertruser optisch vor sich sah, zeigten sich ihr gleichzeitig die vielgestaltigen Zellanordnungen. Ihr war mit einemmal klar, daß sie die Zellen nicht optisch wahrnahm, sondern daß sie sie esperte.

Da war eine einzelne Zelle aus dem Gehirn des einen Ertrusers. Im Zellplasma waren außer dem Zellkern noch viele andere Körperchen eingeschlossen, die Mitochondrien. Irmina hatte sie im Labor schon oft unter dem Mikroskop betrachtet, aber das hier war etwas anderes. Sie konnte in diesem Augenblick sogar den Zellkern durchdringen und die komplizierte Kette der Desoxyribonucleinsäuren erfassen, die die Träger der Gene waren. Sie konnte beoachten, wie die Mitochondrien die Adenosintriphosphorsäure produzierten, jene ATP-Säure, die als Kraftwerk im Zellhaushalt angesehen werden konnte.

Brachte man die Mitochondrien dazu, mehr energiereiche ATP-Säure zu produzieren, als nötig war, dann war die Zelle »übersättigt«, und sie quoll auf, barst, mutierte, wucherte ... Störte man auf diese Weise den Energiehaushalt *einer* Zelle, dann wurde noch kein Schaden angerichtet. Irmina sah, wie auf ihren Wunsch die Mitochondrien zur Überproduktion angeregt wurden – und die Zelle sich aufzublähen begann.

Sie war überwältigt.

Aber damit waren ihre Möglichkeiten noch nicht erschöpft. Sie konnte einem Zellkern Thymonucleinsäure entziehen, sie konnte Vakuolen zur Abwanderung aus dem Zellplasma zwingen, es war ihr möglich, Zellteilungen herbeizuführen, körniges Cytoplasma zu einem Faden zu ziehen und Ergastoplasma in den Zellkern zu treiben.

Dadurch konnte sie Zellen zu faszinierenden Mutationen verleiten.

Doch das waren erst die verschiedenen Varianten der Mikrogruppierung. Sie beherrschte auch die Makrogruppierung. Sie konnte Zellen versetzen, ganze Reihen. Sie konnte Zellen gleichzeitig und explosionsartig verändern.

Ja, es war ihr sogar möglich, Billionen solcher Zellkulturen gleichzeitig umzugruppieren, zur Explosion zu bringen.

Das war die Metabio-Gruppierung.

Während der Betrachtungen über ihre neu entdeckte Fähigkeit hatte sie die beiden Ertruser völlig vergessen. Jetzt wurde sie nachdrücklich an sie erinnert.

Etwas legte sich um Irminas Hals und drückte zu. Sie wollte nach Luft schnappen, aber ihre Atemwege waren wie zugeschnürt, zugeschnürt von einem Zellgebilde, das zu einer muskulösen Ertruserhand geformt war.

Irmina wehrte den Angriff der Zellen ab, drängte sie zurück, entzog den Mitochondrien die Energien, ließ die Energien in die Zellkerne ableiten, gruppierte die Zellkerne, die Zellen, ja ganze Zellkulturen um.

Die Hand an ihrem Hals wurde schlaff und quoll schließlich auf zu einem unförmigen Klumpen. Der Ertruser flüchtete schreiend.

Irmina würde diese Schreie nie vergessen. Und auch nicht die Schreie des anderen verdummten Ertrusers, dessen Hals plötzlich anschwoll, sich rötlich verfärbte und schwärende Wunden gebar. Der Ertruser erstickte.

Das hatte Irmina nicht gewollt.

Bald darauf mußte sie feststellen, daß es noch weitere Immune auf Last Hope gab. Sie sonderte sich von ihnen ab, als sie erkannte, daß die Immunen zwei Suggestoren hörig waren und die Gewalt an sich reißen wollten.

Schließlich flüchtete sie auf die Oberfläche, bevor sie noch dazu provoziert werden konnte, ihre parapsychischen Fähigkeiten einzusetzen und noch mehr Menschenleben zu vernichten. So kam es, daß sie die Sicherheit der Forschungsstation verließ und auf der höllischen Oberfläche Zuflucht suchte.

Wie sie auf den Rücken des Marschiere-Viel kam, war auch leicht erklärt. Sie gruppierte an der Seite des Monstrums einfach die Zellen so um, daß sie eine bis zum Boden reichende Treppe bildeten.

Nachdem sie Monate in ihrem freiwillig gewählten Exil zugebracht hatte, erfuhr sie durch Abhören der Funkfrequenzen von Perry Rhodans Eintreffen. Daraufhin kehrte sie in die Forschungsstation zurück und schloß sich der Gruppe des Großadministrators an.

Inzwischen glaubte Irmina, alles über ihre parapsychische Begabung zu wissen. Doch jetzt war ein neuer Aspekt aufgetaucht. Sie hatte während des Alptraums gegen ihr eigenes Unterbewußtsein gekämpft und sich durch ihre Fähigkeit körperlichen Schaden zugefügt. Sie hatte im Traum, ganz und gar unbewußt, die Zellen ihrer Arme umgruppiert und konnte froh sein, daß sie mit einem relativ harmlosen Hautausschlag davongekommen war.

Aber in ihr tauchte die bange Frage auf, ob sie sich bei nächster Gelegenheit durch die außer Kontrolle geratene Fähigkeit ernsthafter schaden könnte.

14.

Die Hundertsonnenwelt war mit Tausenden von Ortungsstationen und Geschützstellungen bestückt. Für Geoffry Abel Waringer – aber auch für Rhodan und Atlan – stand es von Anfang an fest, daß nicht einmal ein so kleines Raumschiff wie die acht Meter durchmessende Space-Jet unbemerkt auf der erdähnlichen Posbi-Welt landen konnte.

Dennoch hatten sie dieses Wagnis unternommen, das fast einem Todeskommando gleichkam.

Waringer wußte, daß es von ihm abhing, die Chancen dieses waghalsigen Unternehmens zu verbessern. Ihm oblag es, das Zentralplasma und die unbekannte Macht, von der es beherrscht wurde, von der Space-Jet abzulenken.

Nachdem die Space-Jet ausgeschleust worden war, begab sich Geoffry Waringer in die Funkzentrale.

Dort waren zwei Funker damit beschäftigt, das Zentralplasma und die terranische Bodenstation auf allen gebräuchlichen Frequenzen in Klartext und in verschiedenen Kodes anzurufen. Sie brauchten dabei nur auf die Empfängergeräte zu achten, denn die Funksprüche wurden durch die vorprogrammierte Automatik in endloser Wiederholung abgegeben.

»Das ist nicht zu schaffen«, seufzte einer der beiden Funker. »Wir empfangen von der Hundertsonnenwelt nicht einmal einen Piepser.«

»Weitermachen!« ordnete Waringer an. Er ging zu dem dritten Funker, der seinen Dienst am Funksprechgerät eben erst angetreten hatte. Waringer nahm neben ihm am Bildsprechgerät Platz.

»Haben Sie die Liste?« fragte er den Funker.

»Jawohl, Sir«, antwortete dieser und hob einen Stapel Folien in die Höhe. »Darauf sind fünftausend Namen verzeichnet, die ich herunterleiern soll. Der Name jedes Mannschaftsmitgliedes der Bodenstation. Wissen Sie, wie lange ich brauchen werde, um die ganze Liste durchzugehen, Sir? Ich habe mir ausgerechnet ...«

»Wenn Sie einen trockenen Mund bekommen, dann fordern Sie Ablösung an«, unterbrach Waringer ihn lakonisch.

Er rief die Ortungszentrale über Interkom an, um sich die Position der Space-Jet geben zu lassen.

»Sie ist noch knapp 120 Millionen Kilometer von der Hundertsonnenwelt entfernt, Sir.«

Also nicht einmal mehr eine Astronomische Einheit, dachte Waringer. Es war Zeit, daß er mit seinem Psychofeldzug begann.

»Fangen Sie schon an«, sagte er zu dem Funker, der die Namen jedes einzelnen Mitgliedes der terranischen Besatzung auf der Hundertsonnenwelt durchzugeben hatte – und zwar beginnend mit dem Ranghöchsten und innerhalb der Ränge in alphabetischer Reihenfolge.

Der Funker begann: »Perry Rhodan auf der GONOZAL ruft die Terraner der Sonnenstadt. GONOZAL ruft General Merety Dala. General Merety Dala, bitte melden. GONOZAL ruft Professor Doktor Toschce Sarvonic. Doktor Toschce Sarvonic, bitte melden ...«

Waringer setzte sich die Kopfhörer auf, die an das Bildsprechgerät angeschlossen waren, und begann seinerseits mit dem Appell an das Zentralplasma. Nach der üblichen Einleitung kam er sofort zur Sache.

»Zwischen dem Zentralplasma und dem Solaren Imperium besteht seit über tausend Jahren bestes Einvernehmen. Die Träger der Kollektivteile des Zentralplasmas, die Posbis, haben uns viele Dienste erwiesen. Daraus glaubten wir zu ersehen, daß das Zentralplasma uns gut gesinnt ist. Auch wir Terraner haben dem Zentralplasma in der Vergangenheit geholfen, Gefahren abzuwenden. Wir sind jederzeit bereit, dem Zentralplasma bei neuerlicher Bedrohung mit Rat und Tat beizustehen. Wie in der Vergangenheit soll es auch in Zukunft sein. Doch in dieser Stunde sind wir es, die Beistand brauchen.

Warum verweigert uns das Zentralplasma die Hilfe, um die wir gebeten haben? Wir sind hier im Interkosmos gefangen. Wir haben an Bord unserer elf Schiffe achtzigtausend Menschen und eine große Zahl wertvoller Maschinen. Es ist uns nicht möglich, in unsere Galaxis zurückzufliegen, denn dort lauert ein unsichtbarer Gegner auf uns: die Verdummungsstrahlung. Aber wir können auch nicht auf der Hundertsonnenwelt landen, weil das Zentralplasma uns dies verbietet. Unter Berufung auf die enge Freundschaft, die uns seit über tausend Jahren verbindet, frage ich, warum sich das Zentralplasma plötzlich gegen uns stellt.

Warum dürfen wir mit unseren Raumschiffen nicht auf den uns zugestandenen Landeplätzen niedergehen? Warum wird es uns nicht gewährt, mit der terranischen Stammbesatzung auf der Hundertsonnenwelt in Kontakt zu treten?«

Waringer machte eine Pause, in der er auf eine Antwort wartete. Er wartete vergeblich. Er schaute den Funker neben sich fragend an. Dieser schüttelte verneinend den Kopf und begann wieder mit monotoner Stimme die Namen von seiner Liste herunterzulesen.

»Oberst Grogan Aarlauch. Oberst Jeng Abigain. Oberst Tascharc Aragion ...«

Waringer setzte seinen Appell fort. Er beschwor das Zentralplasma, wies immer wieder auf die unverbrüchliche Freundschaft der Terraner hin und bat um versteckte Zeichen, falls das Zentralplasma durch Fremdverschulden nicht in der Lage war, Handlungen aus eigener Initiative auszuführen.

Er hatte keinen Erfolg damit. Das Zentralplasma antwortete ihm nicht einmal. Die Hundertsonnenwelt schwieg.

Aus der Ortungszentrale erfuhr Waringer, daß die Space-Jet mit Rhodan und den anderen nur noch 30000 Kilometer von der Hundertsonnenwelt entfernt war.

»Jetzt muß bald eine Reaktion erfolgen«, meinte Waringer und ordnete an, daß alle Mann auf der GONOZAL ihre Positionen einnahmen.

Der Hyperphysiker hatte richtig vermutet. Die erwartete Reaktion blieb nicht aus.

Rhodan hatte die Geschwindigkeit der Space-Jet beim Anflug an die Hundertsonnenwelt ständig gedrosselt.

Er hütete sich, jene Zone des Planeten anzufliegen, in der 80 Riesenkuppeln mit dem Zentralplasma lagen. Denn nur hundert Kilometer davon entfernt befanden sich auch die sechs riesigen terranischen Raumschiffswerften mit den drei Spezialraumhäfen und der Großstadt Suntown.

Dort zu landen wäre Selbstmord gewesen. Denn wer oder was auch immer das Zentralplasma in seiner Gewalt hatte, könnte von hier aus am wirkungsvollsten zuschlagen. Es war nicht anzunehmen, daß die Space-Jet an anderer Stelle ungehindert landen konnte. Dieser Illusion gab sich Rhodan erst gar nicht hin, denn er kannte die Bewaffnung auf der Hundertsonnenwelt. Aber auf der anderen Seite des Planeten gab es zumindest für die vier Insassen der Space-Jet die Hoffnung, die Oberfläche lebend zu erreichen.

Rhodan hatte jedem befohlen, seine Funksprechanlage auszuschalten. Es herrschte Funkstille. Falls es notwendig gewesen wäre, hätte er sich mit den anderen durch Handzeichen verständigen können. Außerdem gab es in solchen Fällen noch die bewährte Methode, daß zwei oder mehrere Gesprächspartner ihre Druckhelme aneinanderlegten, um so eine Übertragung der Schallwellen zu ermöglichen.

Für Rhodan war es einfacher, mit Lloyd durch Gesten in Verbindung zu treten.

Irmina steckt in einer leichten Krise, signalisierte Lloyd. *Sie fürchtet sich vor dem Absprung. Ich werde ihr aber im entscheidenden Moment beistehen. Es besteht kein Grund zur Besorgnis.*

Rhodan hatte diese Nachricht kaum verstanden, da leuchtete das Kontrollicht für die Funksprechanlage der Space-Jet auf. Er gab den anderen ein Zeichen und schaltete seine Helmfunkanlage auf Empfang.

» ... die letzte Warnung. Ich habe das Kleinraumschiff geortet, das den Planeten anfliegt. Wenn es nicht sofort abdreht und zurückfliegt, bin ich gezwungen, es abzuschießen. *Ich werde gezwungen,* das Raumschiff abzuschießen, wenn es ...«

Die Stimme brach abrupt ab, als wäre der Funkkontakt von anderer Stelle unterbrochen worden.

Rhodan hatte sofort erkannt, daß die Stimme dem Zentralplasma gehörte. Nun hatte er den Beweis dafür, daß es wider seine eigene Absicht den Terranern gegenüber eine feindliche Haltung einnahm. Doch aus dieser Erkenntnis konnte Rhodan jetzt keinen Nutzen ziehen.

Das Unternehmen trat in eine entscheidende Phase.

»Zurück! Verschwindet von hier, oder ich lasse euch allesamt zur Hölle fahren!«

Rhodan zuckte zusammen, als diese Drohung so plötzlich in seinem Helmempfänger ertönte. Diesmal war der Anrufer nicht das Zentralplasma. Die Stimme schien einem Terraner zu gehören.

Waringer hörte die Warnung des Zentralplasmas:

»*Ich werde gezwungen,* das Raumschiff abzuschießen, wenn es ...«

Und dann ertönte die Stimme aus dem Lautsprecher, die offensichtlich einem Terraner gehörte:

»Zurück! Verschwindet von hier, oder ich lasse euch allesamt zur Hölle fahren!«

Waringer war irritiert, aber er handelte schnell. Er trug dem Funker auf, das Gespräch in die Kommandozentrale zu überstellen, und eilte selbst dorthin.

Die Mannschaft hatte sich auf ihre Plätze begeben, so, wie es Waringer befohlen hatte. Die Männer waren einsatzbereit, sie warteten nur auf ein Zeichen.

»Volle Fahrt aufnehmen!« befahl Waringer. »Wir fliegen die Hundertsonnenwelt an. Wir müssen der Space-Jet zu Hilfe kommen!«

Die GONOZAL setzte sich in Bewegung und hatte bald darauf halbe Lichtgeschwindigkeit erreicht.

Aus den Lautsprechern der Sprechfunkanlage ertönte wieder die klagende Stimme des Zentralplasmas.

»Mein Glaube an die Freundschaft der Terraner war tief. Ich war immer der Meinung, unsere Zusammenarbeit könnte durch nichts gestört werden. Aber jetzt befinde ich mich in einem Dilemma. Dort Terraner im Anflug, hier der terranische Befehlshaber, der anordnet ...«

Wieder wurde das Zentralplasma durch die menschliche Stimme unterbrochen.

»Nur ich gebe Befehle!« ließ sich der Terraner mit sich überschlagender Stimme vernehmen. »Jedes Flugobjekt, das sich ohne meine Erlaubnis der Hundertsonnenwelt nähert, wird abgeschossen. Ich werde alle vernichten, die versuchen, die neue Ordnung dieses Planeten zu stören!«

Waringer erkannte aus diesem Dialog, daß die schlimmsten Befürchtungen eingetreten waren. Das Zentralplasma besaß keinen eigenen Willen mehr, es konnte keine Entscheidungen treffen, sondern wurde in all seinen Handlungen von dem Unbekannten beeinflußt.

Der Hyperphysiker entschloß sich zu einem letzten Versuch, um die Situation vielleicht doch noch auf diplomatischem Wege zu retten.

»Es kann kein Dilemma für das Zentralplasma geben!« funkte er zur Hundertsonnenwelt. »Wer immer auch seinen Einfluß auf die Posbis ausübt, er ist ein Verräter. Hier sind die wahren Freunde des Zentralplasmas. Hier ist Perry Rhodan!«

»Ich kann nicht! Ich kann nicht ...«, klagte das Zentralplasma. Es schien sich gegen den Unbekannten aufzulehnen. Es hörte sich an, als wolle es zu verstehen geben, daß es nichts gegen die Macht unternehmen könne, die anscheinend alle Funktionen auf der Hundertsonnenwelt übernommen hatte.

Und Waringer wußte in diesem Augenblick, daß alle seine Appelle ohne Wirkung sein würden.

Ein höhnisches Lachen ertönte aus den Lautsprechern.

»Erspart euch eure schönen Worte. Ich warte nicht mehr länger. Ihr habt die Chance vertan, euer Leben durch schnelle Flucht zu retten. Ich werde jetzt an die Hyperinpotronik den Feuerbefehl erteilen.«

»Das ist Wahnsinn! versuchte Waringer noch zu vermitteln.

Das Zentralplasma schrie gequält auf.

»Feuer! Feuer!«

Die GONOZAL war bereits auf 80 Millionen Kilometer an die Hundertsonnenwelt herangekommen. Die Ortungszentrale meldete Waringer, daß die Space-Jet nur noch 106 Kilometer über der Oberfläche war.

Da blitzte das Mündungsfeuer auf der Posbi-Welt auf.

Waringer schaute nervös auf die Ortungsschirme, welche die Space-Jet erfaßt hatten. Aber das wäre gar nicht notwendig gewesen. Denn in diesem Moment registrierte die optische Bilderfassung eine gewaltige Explosion und projizierte sie auf die Bildschirmgalerie.

Die Space-Jet war unter dem Punktbeschuß der Bodenabwehr verglüht!

Für Waringer begann nun die Zeit der Ungewißheit. Da er mit Perry Rhodan nicht in Funkkontakt treten konnte, wußte er nicht, ob es ihm und seinen drei Begleitern gelungen war, die Space-Jet noch rechtzeitig zu verlassen. Er konnte nur hoffen, daß alles planmäßig verlaufen war. Und richtete seine nächsten Aktionen darauf aus.

Um die GONOZAL spannte sich plötzlich der grüne HÜ-Schirm, während sie mit unverminderter Geschwindigkeit auf die Hundertsonnenwelt zuraste. Waringer ließ das Tempo erst in letzter Sekunde drosseln, als ein Absturz des USO-Kreuzers auf die Posbi-Welt schon unvermeidlich schien.

»Ihr wollt es nicht anders«, meldete sich wieder der Unbekannte, der das Zentralplasma in seine Gewalt gebracht hatte.

Auf der Oberfläche der Hundertsonnenwelt blitzten wieder die Mündungsfeuer ungezählter Impulskanonen auf. Grelle Lichtfinger griffen in den Weltraum hinaus und badeten die GONOZAL in ihrer sonnenheißen Glut.

Waringer befahl seinen Leuten, dem Beschuß zu trotzen, solange der Schutzschirm der Belastung gewachsen war.

Plötzlich meldete sich wieder das Zentralplasma. Diesmal über Hyperkom.

»Ich habe keine Wahl. Es gibt keinen Kompromiß. Wenn der Kreuzer nicht augenblicklich den unmittelbaren Bereich der Hundertsonnenwelt verläßt, kann ich den Einsatz der Transformgeschütze nicht mehr verhindern.«

Waringer sah die Blicke seiner Leute auf sich gerichtet. Sie alle wußten, daß sie verloren waren, würde das Zentralplasma die Transformgeschütze einsetzen.

»Rückzug!« ordnete Waringer an.

Die Männer atmeten auf. Waringer konnte nur noch hoffen, daß sein Scheinanflug das Zentralplasma und die Hyperinpotronik ausreichend beschäftigt hatte. Er hatte mit diesem Manöver nur bezweckt, die Aufmerksamkeit und das Feuer auf sich zu lenken, um eine Landung Rhodans und der drei anderen zu begünstigen.

»Feuer! Feuer!«

Irmina hörte diesen Befehl in ihrem Helmempfänger. Ihr Finger ruhte auf dem Schalter für den Schleudersitz. Sie blickte zu Rhodan hinüber. Dieser hob langsam die Hand.

Die Space-Jet flog in einer Höhe von 106 Kilometern über die Oberfläche der Hundertsonnenwelt dahin.

»Gleich ist es soweit!« bemerkte Irmina. Da ihr Sprechfunkgerät nur auf Empfang geschaltet war, konnte sie niemand hören.

Rhodan ließ die Hand sinken. Gleich darauf ließ er sich mit dem Schleudersitz aus der Steuerkanzel der Space-Jet katapultieren. Atlan und Fellmer Lloyd folgten Sekundenbruchteile später.

Irmina zögerte auch nicht länger. Sie schloß die Augen und betätigte den Schalter für den Schleudersitz.

Sie hielt die Augen immer noch geschlossen, so daß sie nicht sah, was mit ihr passierte. Aber sie spürte es. Einen Herzschlag lang legte sich ein schwerer Druck auf ihren Körper, der erst verschwand, als der Antigravprojektor nach einer Verzögerung zu arbeiten begann.

Irmina öffnete die Augen. Über ihr war blendende Grelle – die künstlichen Atomsonnen der Hundertsonnenwelt! Tief unter ihr lag der Planet mit seinen Meeren und Kontinenten. Es gab keine Grenze zwischen Tag und Nacht, es gab keine Dämmerzone, kein Zwielicht, keine Finsternis. Auf der Posbi-Welt herrschte immer Tageslicht, weil die zweihundert Kunstsonnen den Planeten wie eine Schale umschlossen.

Weit vor ihr blitzte es plötzlich auf, als die Impulsstrahler der Abwehrforts auf der Oberfläche ihr Ziel fanden. Ein Glutball entstand, der die Kunstsonnen für einige Sekunden an Leuchtkraft übertraf, dann jedoch langsam wieder verblaßte. Das war die Space-Jet, die mit unverminderter Geschwindigkeit in die Atmosphäre des Planeten gerast war und dort von ihrem Schicksal ereilt wurde.

Links und rechts von Irmina näherten sich drei Gestalten in unförmigen Druckpanzern. Eine von ihnen schwebte ganz dicht heran, bis sie Kontakt mit Irminas Druckhelm hatte. Sie erkannte Fellmer Lloyd.

»Es ist besser, wenn wir jetzt noch nicht in Funkkontakt treten«, teilte er ihr mit. Obwohl seine Stimme dumpf und verzerrt klang, wußte Irmina, daß er sich wahrscheinlich die Kehle heiser schrie. »Wir werden mit Hilfe unserer Antigravitationsanlagen bis zu den oberen Schichten der Atmosphäre schweben und uns dann erst im Sturzflug hinunterfallen lassen. Vergessen Sie aber nicht, Ihren Prallschirm einzuschalten, sonst verglühen Sie durch die Luftreibung.«

»Danke für Ihre Ratschläge«, entgegnete Irmina spitz. »Aber all diese Verhaltensmaßregeln wurden mir schon vor dem Einsatz eingetrichtert.«

Lloyd zögerte. »Alles in Ordnung?«

»Ich fühle mich so wohl wie ein Vogel.«

»Hoffentlich nicht wie ein Vogel im Vakuum«, konnte sich Lloyd nicht verkneifen zu sagen.

Irmina fand keine Zeit, sich über das Benehmen des Mutanten zu ärgern. Lloyd hatte kaum ausgesprochen, als die Impulskanonen der Bodenabwehrstationen erneut in Tätigkeit traten. Diesmal schossen sie ihre grellen Energiestrahlen jedoch auf ein Ziel ab, das Tausende von Kilometern von ihnen entfernt war.

Bald darauf empfing sie in ihren Kopfhörern die allerletzte Warnung des Zentralplasmas.

»... wenn der Kreuzer nicht augenblicklich den unmittelbaren Bereich der Hundertsonnenwelt verläßt, kann ich den Einsatz der Transformgeschütze nicht mehr verhindern.«

Die GONOZAL zog sich zurück. Das Feuer wurde eingestellt.

Atlan, Rhodan und Lloyd, die eben noch an Irminas Seite geschwebt waren, schalteten plötzlich ihre Antigravprojektoren aus und fielen wie Steine in die Tiefe.

Jetzt ist es soweit, dachte Irmina und desaktivierte ebenfalls ihre Antigravitationsanlage.

Es überkam sie schlagartig. Eben hatte sie sich noch so sicher gefühlt, als hätte sie festen Boden unter den Füßen. Doch als sie jetzt hilflos auf den Planeten zufiel, nur von dem Prallschirm geschützt und der vorprogrammierten Robotautomatik ausgeliefert, die den Sturz zur rechten Zeit abfangen sollte – da bemächtigte sich ihrer die Panik.

Ihr wurde bewußt, daß sie fiel.

Das, wovor sie sich seit der Zeit auf dem Rücken des Marschiere-Viel immer so gefürchtet hatte, war eingetreten. Es war wie in ihrem Alptraum. Sie fiel in die bodenlose Tiefe und konnte nirgends Halt finden.

Dabei konnte sie ihren Sturz nicht einmal miterleben. Sie konnte nicht sehen, wohin sie fiel, denn um sie begann plötzlich die Luft zu glühen. Welche Geschwindigkeit mußte sie bereits entwickelt haben, wenn durch die Reibung an ihrem Prallschirm die Luft einfach ionisiert wurde.

Diese Erkenntnis drohte ihr den Verstand zu rauben. Sie wartete auf die Aufwärtsbewegung, die nach dem Fall kommen mußte. So war es auch auf dem Marschiere-Viel gewesen. Es ging immer auf und ab, auf und ab.

Und die Sonne Bolo glühte unbarmherzig vom Himmel. Hitze, gleißende Grelle, auf und ab, das Trommeln der sechsunddreißig Beine des Marschiere-Viel auf dem Fels.

Irmina schrie. Aber niemand konnte ihre Not hören, denn ihr Sender war ausgeschaltet. Niemand würde je erfahren, daß sie sich wieder auf Last Hope befand und sich dem Zugriff der rebellierenden Immunen entzog, indem sie sich auf den Rücken des Marschiere-Viel flüchtete.

Trommeln. Auf und ab. *Der Sturz in die Tiefe.*

Irmina wollte sich ihrer Angst ergeben. Sie wollte die Schrecken auf sich einwirken lassen, um endlich einmal ihrer Qual ein Ende zu machen. Den Sturz in die Tiefe würde sie ohnehin nicht überstehen, also konnte sie sofort ihre Körperzellen umgruppieren ...

Doch irgend etwas ließ das nicht zu. Irmina konnte sich nicht auf das Zellplasma konzentrieren, es war ihr nicht möglich, ihren Mitochondrien die Energie zu entziehen.

Irmina öffnete die Augen ... und da sah sie das Wunder.

Sie fiel nicht mehr so schnell. Ihr Körper mit dem Druckanzug war immer noch von dem Schutzschirm eingehüllt. Aber der Schutzschirm glühte nicht mehr im Schein der ionisierten Gase. Er bot ihr, glasklar und transparent, einen Ausblick auf die Landschaft einer fremden Welt.

Das hier war nicht Last Hope. Das war ein erdähnlicher Planet. Ein Planet mit Sauerstoffatmosphäre und grüner Vegetation. Sie schwebte in einer Höhe von wenigen hundert Metern im Schutze des Antigravprojektors auf den Fuß einer hoch aufragenden Felswand zu. Dort waren ein Bach und ein dichter, dunkelgrüner Wald. Und an ihrer Seite befanden sich ihre drei Begleiter, die ebenfalls Druckanzüge trugen: Perry Rhodan, Atlan und Fellmer Lloyd.

»Ich mache mir Vorwürfe, daß ich Sie mitgenommen habe, Irmina«, sagte Rhodan, nachdem sie am Waldrand niedergegangen waren und ihre Druckanzüge geöffnet hatten, um sich verständigen zu können.

Irmina blickte nicht auf, als sie sagte: »Sie dürfen dem Vorfall von vorhin keine allzu große Bedeutung beimessen. Und schließlich bin ich glimpflich davongekommen.«

Bevor Rhodan etwas sagen konnte, schaltete sich Atlan ein.

»Es ist müßig, darüber zu sprechen, was hätte getan werden sollen und was nicht«, meinte er. »Wir müssen uns mit dieser Situation abfinden. Inzwischen bin ich zu der Ansicht gekommen, daß uns Irmina noch sehr nützlich sein kann. Und was ihren Schwächeanfall von vorhin anbelangt, den vergessen wir am besten. Ich jedenfalls habe volles Vertrauen in sie.«

Der Arkonide lächelte der Metabio-Gruppiererin zu. Sie nahm es dankbar zur Kenntnis, obgleich sie wußte, daß Atlan sich vor allem deshalb anerkennend über sie äußerte, um sie moralisch aufzurüsten.

Perry Rhodan erkannte den psychologischen Schachzug und stellte sich sofort darauf ein. Er begann, über ihr gemeinsames Problem zu sprechen.

»Wir haben jetzt nicht nur die Bestätigung unserer Vermutung, daß das

Zentralplasma unter Zwang handelt, sondern wir wissen auch, daß es sich in der Gewalt eines unbekannten Terraners befindet. Und es stellen sich eine Reihe weiterer Fragen. Wie gelang es dem Unbekannten, das Zentralplasma zu unterdrücken? In der Vergangenheit haben wir gesehen, daß es eine Reihe von Möglichkeiten dafür gibt. Klammern wir das Wie einmal aus. Bleibt das Warum.«

»Ich könnte mir schon vorstellen, warum jemand nach der Herrschaft auf der Hundertsonnenwelt strebt«, meinte Atlan. »Es gibt hier alles, was ein Mensch zum Leben benötigt. Darüber hinaus könnte sich ein Mann mit dem nötigen Machthunger auf der Hundertsonnenwelt technische Unterstützung für einen Eroberungsfeldzug erhoffen. Wenn er das Zentralplasma über die Hyperinpotronik beherrscht, dann gehorcht ihm auch das Milliardenheer der Posbis. In der augenblicklichen Krise könnte er sich mit Hilfe der Posbis zum Beherrscher der Galaxis machen.«

»Wenn die Verdummungsstrahlung nicht wäre«, warf Irmina ein.

»Sie haben völlig recht, Irmina«, sagte Rhodan rasch. »Die Posbis sind gegen die Verdummungsstrahlung nicht weniger anfällig als Menschen. Aber der Unbekannte braucht gar nicht an eine Eroberung der Galaxis zu denken. Er könnte sich damit begnügen, seine Macht auf der Hundertsonnenwelt zu festigen. Beschäftigen wir uns einmal mit der Frage, wann es dem Unbekannten gelang, die Hundertsonnenwelt in seine Gewalt zu bekommen.«

Fellmer Lloyd meldete sich zu Wort.

»Obwohl wir keinen exakten Zeitpunkt bestimmen können, so dürfen wir doch annehmen, daß der Unbekannte das Zentralplasma noch nicht lange beherrscht. Aus den ersten Funksprüchen war zu entnehmen, daß sich das Zentralplasma gegen den fremden Einfluß zur Wehr setzte. Ergo kann der Unbekannte noch nicht seit langem die Macht ausüben.«

»Ihre Theorie hat etwas für sich, Fellmer«, gab Rhodan zu. »Es darf also als ziemlich sicher angenommen werden, daß unser Gegner seine Position erst während unseres Eintreffens festigen konnte. Er ist keineswegs unschlagbar, sondern er wird genügend wunde Punkte besitzen, die wir herausfinden müssen, um ihn zu bezwingen. Jetzt bleibt eigentlich nur noch das Wer offen.«

Irmina räusperte sich. »Der terranische Stützpunkt auf der Hundertsonnenwelt hat eine ständige Mannschaft von fünftausend Mann. Glauben Sie nicht, daß einer darunter ist, der die Krise in der Milchstraße dazu ausnutzen könnte, um an die Macht zu kommen?«

»Sie haben natürlich in einem Punkt recht, Irmina, selbst in einer Elitemannschaft können sich schwarze Schafe befinden«, pflichtete Rhodan bei. »Schließlich hatte ich auch in der Mannschaft der MARCO POLO zwei Homo superior. Aber es spricht etwas anderes dagegen, daß unser Gegner aus der Stammbesatzung der Hundertsonnenwelt kommt. Es ...«

»Natürlich, ich hätte sofort darauf kommen sollen«, unterbrach Irmina. »Würde der Unbekannte der Stammbesatzung angehören, dann hätte er die Macht schon viel eher an sich gerissen, wahrscheinlich sogar bald nach Ausbruch der Verdummung in der Galaxis.«

»Ich sehe, Sie können meinen Gedanken ausgezeichnet folgen«, lobte Rhodan. »Bei unserem Gegner muß es sich um jemand handeln, der erst vor kurzem zur Hundertsonnenwelt kam, die Lage blitzartig erfaßte und handelte.«

»Ihre Theorie hat nur einen Fehler«, sagte Lloyd. »Wenn ein Fremder zur Hundertsonnenwelt kam, dann wäre er sowohl von der Stammbesatzung als auch vom Zentralplasma mit Mißtrauen empfangen worden.«

»Vielleicht hat er sich das Vertrauen erschlichen«, warf Atlan an Rhodans Stelle ein. Dann fuhr er fort: »Aber ich glaube, dir kommt es gar nicht so sehr darauf an, diesen Punkt zu klären, Perry, stimmt's? Ich sehe schon, worauf du hinauswillst. Egal, wie der Unbekannte an die Macht kam, er mußte sich seine Position erkämpfen. Das bedeutet weiter, daß er in seiner unmittelbaren Nähe Feinde hat. Und die sind unsere Verbündeten.«

»Von dieser Voraussetzung wollen wir ausgehen«, erklärte Rhodan. »Ziehen wir Bilanz: Unser Gegner ist Terraner, hat das Zentralplasma in seiner Gewalt und hat sein Quartier ziemlich sicher in Suntown aufgeschlagen. Wer er auch immer ist, welche Fähigkeiten er auch besitzt, wie er auch immer an die Macht gekommen ist – der eine oder der andere aus der Stammbesatzung wird ihn befehden. Wenn wir in Suntown eindringen, werden wir diese Leute suchen müssen, um sie zu unseren Verbündeten zu machen.«

»Aber zuerst müssen wir Suntown erreichen«, gab Irmina zu bedenken.

»Allerdings.« Atlan schaute Rhodan leicht spöttisch an. »Bevor wir uns den Kopf über unser weiteres Vorgehen zerbrechen, machen wir uns erst einmal auf den Weg. Wir müssen auf die andere Seite des Planeten – und vor uns liegen unzählige Abwehrforts und Raumhäfen der Posbis, denen es auszuweichen gilt.«

Irmina konnte nicht mehr verstehen, daß sie irgendwann Angst vor der Tiefe gehabt hatte. Sie flog jetzt zusammen mit Rhodan, Atlan und Lloyd über die Landschaft der Hundertsonnenwelt hinweg, ohne daß sich auch nur ein Schwindelgefühl bemerkbar machte, von Panik oder Furcht vor der Tiefe ganz zu schweigen.

Rhodan wählte eine Flugroute, die über unbebautes Land hinwegführte. Die meiste Zeit flogen sie entlang den Flußläufen und durch Schluchten. Wenn die Geländeformation nicht entsprechend war und sie Ebenen oder Meere zu überqueren hatten, dann gingen sie bis auf zwanzig Meter hinunter.

Anfangs kamen sie ziemlich rasch vorwärts. Da sie ihre Druckpanzer geschlossen hatten und sie die gerade Luftlinie wählen konnten, war es ihnen möglich, aus ihren Impulstriebwerken Spitzengeschwindigkeiten herauszuholen.

Erst nachdem sie zweitausend Kilometer zurückgelegt hatten, orteten sie die erste Ansiedlung der Posbis. Es handelte sich um eine Industrieanlage gigantischer Flächenausdehnung, an die ein Raumhafen grenzte. Dort waren zehn Fragmentraumer abgestellt.

Rhodan war zu der Ansicht gekommen, daß sie sich über dem freien Land ungefährdet mittels Sprechfunk verständigen konnten. Doch jetzt ordnete er an, daß sofort wieder jeglicher Funkverkehr zu unterbleiben hatte, bis das Industriegelände und der Raumhafen hinter ihnen lagen. Das Hyperfunkgerät sollte jedoch empfangsbereit sein.

Sie kamen ohne Zwischenfall an den Posbi-Anlagen vorbei. Nachdem sie untereinander wieder in Sprechfunkkontakt standen, meinte Fellmer Lloyd:

»Der Alltag scheint bei den Posbis trotz allem weiterzugehen. Ich habe bemerkt, daß die Industrieanlagen in Betrieb sind und die Fragmentraumer mit den Produkten beladen werden. Ich habe auch die Gedanken einiger Matten-Willys erfaßt, die offensichtlich keine Ahnung davon hatten, daß auf ihrer Welt irgendeine Veränderung vor sich gegangen ist.«

»Warum sollte es nicht so sein?« meinte Rhodan. »Die Veränderungen betreffen nur das Zentralplasma und jene Teile der Hyperinpotronik, die für die Verteidigungsanlagen verantwortlich sind. Die Industriezweige der Hundertsonnenwelt sind einstweilen noch nicht betroffen. Aber sie könnten es werden, wenn der Unbekannte auf die Idee käme, Roboter mit einer speziellen Programmierung produzieren zu lassen.«

»Das hat er nicht nötig«, warf Atlan ein. »Denn weil ihm die Hyperinpotronik gehorcht, unterstehen auch alle Posbis seinem Kommando.«

»Das ist leider nur zu wahr«, seufzte Rhodan. »Nur gut, daß er nicht auch auf die Matten-Willys Einfluß ausüben kann.«

Irmina nutzte die Gelegenheit, um ihr lückenhaftes Wissen zu verbessern.

»Was für Geschöpfe sind die Matten-Willys eigentlich?« fragte sie. »Ich habe schon einiges über sie gehört, doch kann ich mir von ihnen kein Bild machen.«

»Es sind Quallenwesen«, erklärte Fellmer Lloyd, »mit einem ungefähren Durchmesser von zwei Metern. Sie können beliebig Tentakel und Stielaugen ausfahren und bewegen sich in der Regel fort, indem sie einen Kranz kleiner Beine ausfahren, mit denen sie sich in Schwung bringen und einfach davonrollen. Auf den Fragmentraumern, die ja keine Andruckabsorber besitzen, übernehmen die Willys gelegentlich diese Funktion. Wenn zum Beispiel Teile des Zentralplasmas in einem Fragmentraumer befördert werden, dann legen die Willys mit ihren Körpern die Kabine aus, um für die organische Masse eine weiche Unterlage zu bilden. Deshalb haben wir sie Matten-Willys genannt. Sie sind äußerst friedliche Geschöpfe und dem Zentralplasma, aber auch anderen friedliebenden Intelligenzwesen äußerst zugetan. Ich kenne keinen Willy, der einen bösartigen Charakter besitzt.«

»Ich habe einmal in Zusammenhang mit diesen Wesen den Ausdruck ›Säuglingsschwestern‹ gehört«, sagte Irmina.

Fellmer Lloyd lachte. »Diese Bezeichnung wurde von einem Translator durch nicht ganz korrekte, aber sinngemäße Übersetzung geprägt. Genau betrachtet sind die Willys auch Säuglingsschwestern. Sie behüten und versorgen das Plasma der Hundertsonnenwelt in allen Belangen, wo die robotischen Anlagen nicht ausreichen. Und wie schon erwähnt, bilden die Matten-Willys auch lebende Kissen beim Transport des Plasmas. Es sind rührende Geschöpfe, die man sofort liebgewinnen muß, wenn man sich erst an ihr Aussehen gewöhnt hat.«

»Ich habe keine Vorurteile«, sagte Irmina.

Nachdem sie sechs Stunden hindurch ununterbrochen geflogen waren, legten sie die erste Rast ein. Theoretisch wäre es auch möglich gewesen, während des Fluges zu schlafen und der Robotautomatik die Steuerung zu überlassen. Aber diese Möglichkeit barg das Risiko, daß eventuelle schnelle Kursänderungen – etwa wenn plötzlich eine Industriestadt oder ein Abwehrfort auftauchte – nie rechtzeitig von Hand aus durchgeführt werden konnten.

Deshalb entschloß sich Rhodan, eine vierstündige Rast einzulegen.

15.

Obwohl inzwischen sechzehn Stunden vergangen waren, blieb die Lage unverändert. Rhodan schloß daraus zu Recht, daß ihre Landung nicht bemerkt worden war. Das beruhigte ihn.

Andererseits war er mit der allgemeinen Entwicklung nicht zufrieden. Er hatte gehofft, daß der Gegner den einmal hergestellten Kontakt zu den elf Raumschiffen aufrechterhalten würde. Doch obwohl Waringer von Bord der GONOZAL die Hundertsonnenwelt weiterhin mit Funksprüchen bombardierte, erfolgte darauf keine Reaktion. Das konnte nur zu bedeuten haben, daß der Unbekannte entweder mit anderen Problemen beschäftigt war oder daß er den Kontakt scheute, um nicht erkannt zu werden.

Wenn ihm tatsächlich etwas daran lag, weiterhin anonym zu bleiben, dann mußte er sich durch die Preisgabe seiner Identität einen Nachteil erwarten. Rhodan spekulierte in diesem Zusammenhang sogar mit dem Gedanken, daß es sich vielleicht um jemand handelte, den er namentlich oder vielleicht sogar persönlich kannte. Rhodan teilte seine Vermutungen auch den anderen mit und wurde von Atlan und Lloyd darin bekräftigt.

Es kam zu keinen Zwischenfällen. Zwar mußten sie nun öfter einem Abwehrfort oder einer Industrieanlage ausweichen, doch brachte ihnen das außer Zeitverlust keine weiteren Nachteile ein.

Durch verschiedene Beobachtungen, die sie auf den Raumhäfen machten, an denen sie vorbeikamen, erkannten sie, daß ihr Gegner noch nicht daran gedacht hatte, die Posbi-Heere zu mobilisieren. Das war eine weitere Befürchtung Rhodans gewesen, die sich zu aller Erleichterung nicht verwirklicht hatte.

Nach insgesamt vier kurzen Rastpausen und fast vierundzwanzig Stunden dauerndem Flug sahen die vier in der ersten Stunde des 17. Januar die Hochhäuser von Suntown am Horizont auftauchen.

Wenig später erreichten sie die ersten Ausläufer der großartig angelegten Gartenstadt. Sie begaben sich in den Schutz des ersten Hauses, das an ihrem Weg lag, um erst einmal die Lage zu sondieren.

Es handelte sich um einen Einfamilienbungalow, der nicht nur mit allen technischen Raffinessen ausgestattet war, sondern dessen automatische Küche alle Grundnahrungsmittel vorrätig hatte.

»Nach dem ersten Eindruck könnte man meinen, die Sonnenstadt sei ausgestorben«, sagte Rhodan.

»Der Schein trügt«, versetzte Fellmer Lloyd. »Ich habe eine Fülle Individualausstrahlungen empfangen und würde sagen, daß das Gewirr von Gedanken der Kapazität von mehr als fünfhundert Gehirnen entspricht. In Suntown befinden sich also mindestens fünfhundert Menschen.«

»Nicht fünftausend?« fragte Rhodan verwundert.

Lloyd schüttelte den Kopf. »Fünftausend sind es bestimmt nicht. Wie gesagt, etwa fünfhundert, aber nicht mehr als sechshundert.«

»Und wo sind dann die anderen neun Zehntel der Stammbesatzung?« fragte sich Rhodan.

Bevor ihm noch jemand Antwort geben konnte, ertönte in ihrer aller Helmempfänger ein Knacken, dem eine abgehackte, gehetzt klingende Stimme folgte. Rhodan stellte sofort fest, noch bevor er den Inhalt der Botschaft erfaßte, daß es nicht die Stimme des Unbekannten war, der ihnen beim Anflug mit der Space-Jet gedroht hatte.

Und noch etwas erkannte Rhodan: Der Mann, dem diese Stimme gehörte, stand Todesängste aus, oder er befand sich in unmittelbarer Lebensgefahr.

Auf ein ähnliches Ereignis hatte Rhodan schon lange gewartet, aber er hätte sich weniger dramatische Begleitumstände erhofft. Es war erschütternd, die Angst und Todesnot des Sprechers in seiner Stimme mitklingen zu hören.

»Ich warne Perry Rhodan als Freund. Ich habe alle Funksprüche mit angehört, konnte aber bisher noch nicht senden. Auch jetzt wird mir nicht viel Zeit bleiben. Denn er befindet sich bereits auf dem Weg hierher. Er ist ein Oberst der USO und heißt Tahiko Anaka. Er ist ein Mutant, ein Mörder, der seinen Kommandanten Admiral Cadro Tai-Hun, Befehlshaber der ZAMORRA-THETY, getötet hat. Jetzt hat er die Macht übernommen, und er wird auch mich töten ...«

Während Rhodan der Botschaft lauschte, stellte er fieberhaft Überlegungen an. Das Bild begann sich abzurunden. Ihm war, als hätte er den Namen Oberst Tahiko Anaka schon einmal gehört. Er assoziierte damit einen fähigen und verläßlichen Offizier, der jedoch nie Anlagen zu parapsychischen Fähigkeiten gezeigt hatte. Die Erklärung für seine plötzliche Mutantenfähigkeit konnte nur die Veränderung der 5-D-Konstante sein.

Nun ergab sich auch auf einmal die Antwort auf die Frage, woher die Eroberer der Hundertsonnenwelt gekommen waren: Es handelte sich um die Paradiessucher, die schon über Quinto-Center das Chaos gebracht hatten.

Rhodan konzentrierte sich wieder auf die schrille Stimme, die aus seinem Helmempfänger klang.

»Jorston, mach endlich Schluß!« rief Aborq Vallain in den Raum der Funkvermittlung hinein.

Aber Jorston hörte nicht. Er wußte, daß sich Tahiko Anaka mit zweien seiner Männer auf dem Weg hierher befand. Trotzdem ließ er sich nicht davon abhalten, seinen Bericht über die Lage auf der Hundertsonnenwelt zu beenden.

Jorston war schon alt, dennoch hing er wie jeder andere am Leben. Um so unverständlicher war es für Aborq, daß er am Bildsprechgerät blieb, statt zu flüchten.

» ... jetzt hat er die Macht übernommen und wird auch mich töten!« rief Jorston mit schriller Stimme. Er krallte sich so fest an den Rahmen des Bildsprechgerätes, daß seine Knöchel weiß hervortraten. Keuchend fuhr er fort: »Wir waren nur noch fünfhundert Mann, als die ZAMORRA-THETY landete. General Merety Dala und Professor Toschce Sarvonic sind kurz nach Ausbruch der Katastrophe mit den übrigen Leuten auf einem Schlachtschiff in die Galaxis abgeflogen. Seither haben wir nichts mehr von ihnen gehört ...«

Aborq Vallain zuckte zusammen, als er rasch näher kommende Schritte aus der Hotelhalle vernahm. »Anaka kommt!« rief er.

Jorston blickte gar nicht auf. »Anaka kommt«, wiederholte er nur und fuhr fort: »Sie müssen Perry Rhodan warnen, Professor Waringer. Anaka hat praktisch die gesamte Hundertsonnenwelt in seiner Gewalt. Er beherrscht auch die meisten Mitglieder der zurückgebliebenen Stammbesatzung. Nur zweiundachtzig von uns haben sich geweigert, sich dem Befehl Anakas zu unterstellen. Wir sind in einem Hotel in der Sonnenstadt gefangen ...«

»Wie heißt dieses Hotel?« fragte Waringer vom Bildschirm her.

»Transuniversum«, antwortete Jorston. »Es ist das höchste Gebäude der Sonnenstadt. Aber das ist jetzt nicht wichtig. Wir sind nicht unmittelbar bedroht. Es geht darum, daß Perry Rhodan kein zu großes Risiko eingeht. Anaka ist gerissen, außerdem hat er eine schwache hypnotische Begabung entwickelt. Er ... Mir bleibt keine Zeit mehr!«

»Jorston!« schrie Aborq Vallain.
Doch Jorston hörte noch immer nicht auf ihn.
»Tahiko Anaka hat jene halborganischen Bioponleiter und den Bioponblock zerstört, von dem die Verbindung zwischen dem Zellplasma und der Hyperinpotronik hergestellt wird. Dadurch kann er das Plasma und die Hyperinpotronik beeinflussen, ja, er beherrscht sie ...«
Da drang Oberst Tahiko Anaka mit den beiden Wachtposten in die Funkvermittlung des Hotels ein. Er war untersetzt und besaß ein mongoloid geschnittenes Gesicht. Er trug immer noch die USO-Uniform mit den Rangabzeichen eines Obersten.
Als er Jorston erblickte, kam ein gurgelnder Schrei über seine Lippen. Er hob einen Strahler und schoß in blinder Wut.
Aborq Vallain sah aus seinem Versteck, wie Jorston abwehrend die Arme von sich streckte, bevor er von den Energiestrahlen umlodert wurde. Vallain schrie auf, spürte, wie der Willy ihn an den Beinen in den Schacht zurückzog, und sah, wie die Tür des Notausganges ins Schloß fiel. Es wurde dunkel.
»Laß mich, ich muß Jorston helfen«, begehrte Vallain auf und schlug um sich. Aber der Willy zog ihn unerbittlich tiefer in den Schacht hinein.
Als Vallain auf diese Weise in den nächsten Korridor gezerrt worden war, sah er weit vor sich die Tür des Notausganges aufgehen. Er zog schnell den Kopf ein – und im nächsten Augenblick zischte ein Strahlenbündel über ihn hinweg und bohrte sich auf der gegenüberliegenden Seite in die Wand.
Der Willy bildete auf dem Oberteil seines Körpers ein sattelartiges Gebilde, ergriff Vallain mit zwei kräftigen Pseudoarmen und hob ihn in den Sitz hinauf. Dann rannte er auf vier Pseudobeinen mit ihm den Korridor hinunter. Ein Wachtposten aus Anakas Garde, der am Ende des Korridors Posten stand, wurde von dem Willy einfach umgerannt. Der Willy durchquerte mit Vallain auf dem Rücken die Hotelhalle, wich einigen Strahlschüssen aus, indem er seinen Körper verformte, und rannte durch den Haupteingang ins Freie hinaus.
Bevor noch die beiden Wachtposten, die Anaka dort postiert hatte, wußten, was überhaupt vor sich ging, war der Willy zusammen mit Vallain bereits hinter den Bäumen und Sträuchern des Hotelparks verschwunden.
Wenig später hatten die beiden ein Gebäude erreicht, das gut einen Kilometer vom »Hotel Transuniversum« entfernt war. Dort lud der Willy seine menschliche Last ab.
»Warum hast du das getan, Willy?« fragte Vallain erschöpft. »Warum hast du es nicht zugelassen, daß ich mich auf Anaka stürzte und Jorston rächte?«
»Ich schütze das wahre Leben«, antwortete der Willy. »Du bist wahres Leben. Sollte ich zulassen, daß du Selbstmord begehst?«
Der Logik dieser Worte konnte sich selbst Vallain nicht entziehen, obwohl der Schmerz über den Verlust eines treuen Freundes sein Denken noch immer beeinflußte.

Jorston war Ezialist. Er hatte sich der Extra Zerebralen Integration mit Haut und Haaren verschrieben, weil er der Meinung war, daß die Menschheit nur dann mit Riesenschritten einer gesicherten Zukunft entgegengehen konnte, wenn sie neben dem Heer von Spezialisten auch Männer in ihren Reihen hatte, die auf allen technischen und wissenschaftlichen Gebieten versiert waren.

Und Jorston hatte ein Beispiel gegeben, er war ein Ezialist par excellence. Nicht umsonst hatte man ihm auf Umtar, der Hochburg der Extra Zerebralen Integration, den Titel Wirklicher Professor verliehen. Und nicht umsonst war er von der Ezialistischen Fakultät als Missionar dieser einzigen Wissenschaft, die alles geistige Gut einer Zivilisation integrieren wollte, nach Andromeda geschickt worden.

Leider war es dann nie dazu gekommen, weil während der Zwischenlandung auf der Hundertsonnenwelt in der Heimatgalaxis das Chaos ausbrach. Jorston verzichtete auf seine Mission in Andromeda und bot General Merety Dala seine Hilfe an. Professor Jorston war es auch, der den General vor einem Flug in die Milchstraße warnte. Doch weder der General noch der wissenschaftliche Leiter der Hundertsonnenwelt, Professor Dr. Toschce Sarvonic, hörten auf ihn.

Jetzt galten sie als verschollen, und es war fraglich, ob man je wieder etwas von ihnen hören würde.

Nach dem Abflug der Expedition in die Milchstraße hatte Professor Jorston die wissenschaftliche Leitung der Hundertsonnenwelt übernommen. Das militärische Oberkommando war Oberst Styl Manjila übertragen worden. Dieser Oberst hatte nicht viel für die Wissenschaft übrig und war geradezu ein Gegner der Extra Zerebralen Integration, die er als Scharlatanerie abtat. Es kam ständig zu Meinungsverschiedenheiten zwischen ihm und Professor Jorston, obwohl letzterer jedem Streit aus dem Weg ging. Aber Oberst Manjila provozierte ihn ständig und tat alles, um ihn nicht nur bei den Soldaten, sondern auch bei seinen Wissenschaftlerkollegen in Mißkredit zu bringen.

So kam es, daß Professor Jorston trotz seiner unleugbaren Genialität das Schicksal der meisten Ezialisten teilen mußte – man verspottete und verachtete ihn.

Deshalb hörte auch niemand auf seine Warnung, als Oberst Tahiko Anaka mit der ZAMORRA-THETY landete und mit der Behauptung, von Perry Rhodan entsandt worden zu sein, das Kommando über die Hundertsonnenwelt verlangte. Nur achtzig Männer und Frauen der Stammbesatzung mißtrauten dem allzu aggressiven Oberst Anaka, doch wagten sie nicht, sich Oberst Styl Manjilas Anordnungen zu widersetzen.

Erst als Oberst Manjila eines Tages tot in seinem Zimmer aufgefunden worden war, schlugen sie sich auf Professor Jorstons Seite und stellten sich gegen Tahiko Anaka. Das führte zu einem offenen Aufruhr, der aber von Tahiko Anaka und seinen Paradiessuchern auf drastische Weise beendet wurde. Sie setzten Professor Jorston, Aborq Vallain und deren achtzig Anhänger im »Hotel Transuniversum« unter Hausarrest.

Die vierhundert Personen der Stammbesatzung vertrauten Oberst Anaka und seinen Paradiessuchern immer noch, sie bezeichneten die Clique um den Professor als Verräter. Von ihrer Warte aus betrachtet, waren sie sogar im Recht, denn sie gingen von der Voraussetzung aus, daß Oberst Anaka die Wahrheit sprach. Und er behauptete:

»Ich bin ein Gesandter Perry Rhodans. Der Großadministrator hat mir den Auftrag gegeben, mit meinen Leuten die Hundertsonnenwelt zu besetzen. Wir sollen hier eine Basis schaffen, eine sogenannte Paradieswelt, zu der nach und nach Immune und andere Auserwählte aus der Galaxis transportiert werden können.«

Seine Worte konnten nicht überprüft werden, da er den Funkverkehr kontrollierte. Seine über hundert Paradiessucher, die mit der ZAMORRA-THETY gekommen waren, saßen in den Funkstationen und hielten auch alle anderen Schlüsselpositionen besetzt.

Oberst Anaka hatte seine Macht gefestigt. Trotzdem kam es vor, daß gelegentlich ein Mitglied der Stammbesatzung mißtrauisch wurde. Doch ein Besuch bei Anaka genügte, um den Zweifler wieder gefügig zu machen.

Als Professor Jorston davon erfuhr, stand es für ihn fest, daß Anaka ein Hypno war. Der Ezialist begann daraufhin den Tod des Obersts Manjila zu untersuchen, und er konnte eindeutig beweisen, daß der Oberst nicht Selbstmord begangen hatte, sondern daß sein Tod auf fremden Einfluß zurückzuführen war. Für die zweiundachtzig im »Hotel Transuniversum« gefangenen Personen bestand nun kein Zweifel mehr, daß sich Oberst Anaka unter Vorspiegelung falscher Tatsachen und durch verbrecherische Mittel seine Position auf der Hundertsonnenwelt erschlichen hatte. Doch war es ihnen nicht möglich, sich den Kameraden mitzuteilen, die Oberst Anaka vertrauten, weil sie von den Paradiessuchern streng bewacht wurden.

Und dann kam es zu dem Auftauchen der elf Raumschiffe. Oberst Tahiko Anaka blieb nun nichts anderes mehr übrig, als zur offenen Gewalt zu greifen. Er verschwieg seinen Anhängern natürlich, daß Perry Rhodan der Kommandant dieser Schiffe war, und behauptete, daß es sich um Abtrünnige und Verbrecher handelte, die das Chaos in der Milchstraße benutzt hatten, um zu fliehen.

Mit dieser Lüge gelang es ihm auch, das Vertrauen des Zentralplasmas zu erschleichen. Es gelang ihm anschließend, mit Hilfe einiger qualifizierter Paradiessucher das Zentralplasma zu überlisten.

Er trennte das Riesengehirn, die sogenannte Hyperinpotronik, vom Plasma, so daß keine Verbindung mehr zwischen diesen beiden bestand. Das Plasma konnte keine Befehle mehr an die Hyperinpotronik geben. Oberst Tahiko Anaka dagegen ließ die Hyperinpotronik zu seinen Gunsten umprogrammieren und erhielt so die unumschränkte Herrschaft über das mechanische Riesengehirn. Damit besaß er die Macht über die Posbis und alle Verteidigungsanlagen auf der Hundertsonnenwelt.

Das Zentralplasma kämpfte über die wenigen halborganischen Nervenleiter, die noch die Verbindung zur Hyperinpotronik herstellten, um das mechanische Riesengehirn in seine Gewalt zu bekommen. Doch es war ein aussichtsloser Kampf. Das Zentralplasma verlor immer mehr an Einfluß.

Es gab noch einen Mann, der die Befähigung besaß, eine Rückkopplung des desaktivierten Bioponblocks vorzunehmen und so die generelle Verbindung zwischen Plasma und Hyperinpotronik wiederherzustellen. Dieser Mann war der Ezialist Professor Jorston. Er hatte alle nötigen Pläne zusammen mit zwei Hyperschaltingenieuren bereits erstellt. Aber er würde sie nie mehr in die Tat umsetzen können.

Er war im letzten Augenblick zu leichtsinnig gewesen. Er hatte noch vor der endgültigen Entscheidung eine Warnung an Perry Rhodan abgeben wollen – und war im Feuer von Oberst Anakas Strahlenwaffe umgekommen.

Aborq Vallain trauerte um ihn, denn Jorston war wie ein Vater zu ihm gewesen. Sein Werk würde weiterbestehen.

Vallain blickte zu dem Willy, der drei Stielaugen ausgefahren hatte. »Wirst du mir helfen?«

»Ich bin ein Hüter des Inneren«, sagte der Matten-Willy. »Die Feinde des wahren Lebens sind auch meine Feinde. Wir werden dem wahren Leben zum Sieg verhelfen.«

»Jetzt wissen wir wenigstens, was gespielt wird«, stellte Atlan fest, nachdem der Funkspruch unter so dramatischen Umständen abgebrochen worden war. »Ich kannte Tahiko Anaka schon, als er Leutnant war«, meinte er nachdenklich. »Ich wußte, daß er seinen Weg nach oben machen würde, denn er war ein intelligenter und verläßlicher Mann. Wer hätte es für möglich gehalten, daß er sich so verändern konnte! Die Umwandlung der 5-D-Konstante muß nicht nur seine offenbar latenten Mutantenfähigkeiten geweckt, sondern auch seinen Charakter beeinflußt haben.« Er seufzte und sagte wieder: »Wenigstens wissen wir, was gespielt wird.«

»Und der Mann, der uns diese Informationen gegeben hat, mußte sein Leben lassen«, ergänzte Perry Rhodan.

»Wenn wir diesem Oberst Tahiko Anaka nicht das Handwerk legen, wird es noch viele Tote geben«, sagte Irmina Kotschistowa.

Die drei Männer blickten ihr entgegen. Auf Rhodans Anordnung hin hatten sie die Druckpanzer nicht abgelegt, sondern nur die Helme geöffnet. Fellmer Lloyd hatte mit seinen telepathischen Fühlern zwar die nächste Umgebung bestrichen und gemeldet, daß sich im Umkreis von fünfhundert Metern kein menschliches Lebewesen befand, doch mußten sie stets mit Überraschungen rechnen und daher jederzeit einsatzbereit sein.

»Sie haben natürlich recht«, pflichtete Lloyd der Metabio-Gruppiererin bei. »Wir können nicht über die Toten klagen und die Lebenden ihrem Schicksal überlassen. Was werden also unsere nächsten Schritte sein?«

»Wir werden dem ›Hotel Transuniversum‹ einen Besuch abstatten«, sagte Rhodan. »Unter den achtzig Gefangenen werden wir sicher einige Verbündete finden, die uns weiterhelfen können. Da Oberst Anaka sein Hauptquartier bestimmt woanders aufgeschlagen hat, brauchen wir ihn selbst nicht zu fürchten. Mit den Wachtposten werden wir schon fertig – falls es uns nicht gelingt, sie zu umgehen. Was ist, Atlan?«

»Ich sorge mich wegen Geoffry«, meinte der Arkonide. »Wenn er glaubt, wir seien mit der Space-Jet umgekommen, wird er auf eigene Faust etwas unternehmen. Vielleicht wäre es besser, ihm ein Lebenszeichen von uns zukommen zu lassen.«

Rhodan lehnte ab. »Das Risiko einer Entdeckung wäre dabei für uns zu groß. Außerdem wird sich Geoffry nach dem Erhalt der letzten Warnung hüten, die Hundertsonnenwelt anzufliegen. Keine Sorge, er unterschätzt Oberst Anaka ganz gewiß nicht.«

Fellmer Lloyd hatte auf einmal die Augen geschlossen und stand vollkommen bewegungslos da. Plötzlich öffneten sich seine Augen langsam. Dann bewegten sich seine Lippen, und er sagte:

»Es nähert sich jemand in einem Fluganzug. Er ist nur noch fünfzig Meter entfernt und durchsucht gerade den Nachbarbungalow. Nach der Art seiner Gedankenausstrahlung könnte es sich um einen ... jawohl, es handelt sich um einen Siganesen. Er gehört der Mannschaft der ZAMORRA-THETY an und ist ein fanatischer Anhänger Oberst Anakas. Für ihn heiligt der Zweck die Mittel ... Er denkt an einen Mann namens Aborq Vallain, der zusammen mit einem Matten-Willy geflüchtet ist. Er ist auf der Suche nach Vallain, weil dieser ein Vertrauter Professor Jorstons ist ... Jorston war der Mann, der den Funkspruch an die GONOZAL abschickte und daraufhin von Anaka ... Jetzt fliegt der Siganese geradewegs auf unseren Bungalow zu!«

»Wir werden ihm einen entsprechenden Empfang bereiten«, versicherte Rhodan und besprach sich kurz mit den anderen. Anschließend sagte er: »Verlieren Sie nicht die Nerven, Irmina. Es hängt alles von Ihnen ab. Wir werden uns ruhig verhalten und so tun, als seien wir überrascht worden.«

Lloyd gab wieder die telepathischen Eindrücke von sich, die er von dem näher kommenden Siganesen empfing.

»Er umfliegt den Bungalow, sucht den Boden nach Spuren ab ... und stutzt plötzlich. Er hat auf dem Rasen vor dem Eingang unsere Fußabdrücke entdeckt und wundert sich, weil zumindest drei Personen mit schweren Lasten das Haus betreten haben.«

Lloyd senkte seine Stimme zu einem Flüstern. »Er ist sicher, daß das

Haus betreten, aber danach nicht mehr verlassen wurde. Er fliegt zur Hinterfront ... dringt durch ein offenes Fenster in der Küche ein ...«

Irmina Kotschistowa drehte sich langsam in Richtung der Küche. Rhodan und Atlan verhielten sich ruhig. Gleich nachdem Lloyd verstummt war, sah Irmina einen Schatten aus der Küche in den Wohnraum fliegen, der nicht größer war als eine Handlänge.

»Schau, schau, welchen Fang ich da gemacht habe!« ertönte plötzlich scheinbar mitten aus der Luft eine über einen Lautsprecher verstärkte Stimme. »Keine Bewegung, oder ihr erfahrt, wie schnell ein Siganese drei gezielte Schüsse hintereinander abgeben kann! Wenn ich mich nicht täusche, dann habe ich hier die Insassen der abgeschossenen Space-Jet vor mir. Und in zwei von ihnen sehe ich die prominentesten Männer der Galaxis ...«

Irmina ertrug die Spannung nicht mehr. Sie befürchtete, der Siganese könnte ohne Vorwarnung von seiner Waffe Gebrauch machen. Deshalb handelte sie augenblicklich. Sie konzentrierte ihren Geist auf die Hand des kleinen Mannes, die die Waffe hielt, und gruppierte die Zellen der Sehnen um.

Der Siganese schrie auf, ließ die winzige Waffe fallen und ruderte wie verrückt mit den Armen durch die Luft. Es schien, als würde er aus allen Richtungen von unsichtbaren Quälgeistern attackiert, gegen die er sich zur Wehr zu setzen versuchte.

Rhodan holte den Siganesen herunter und zerstörte das winzige Flugaggregat auf seinem Rücken. Der Siganese schlug immer noch wie verrückt um sich.

»Was haben Sie mit ihm getan?« erkundigte sich Rhodan bei Irmina. »Sie sollten ihn doch nur entwaffnen.«

»Ich wollte ihn an der Flucht hindern, deshalb habe ich die Hautzellen an seinem Körper so umgruppiert, daß es ihm unerträglichen Juckreiz verursachte.«

Während Rhodan den Siganesen mit zwei Fingern an seinem Rückentornister festhielt, stellte ihm Atlan Fragen. Selbstverständlich gab er entweder keine oder einfach falsche Auskünfte. Doch das war weiter nicht schlimm, denn Atlans Fragestellungen hatten nur den Sinn, die Gedanken des Siganesen in die richtigen Bahnen zu lenken. Und was an Lügen auch über seine Lippen kam, in Gedanken beschäftigte er sich mit der Wahrheit.

Darum kümmerte sich Fellmer Lloyd. Als Telepath holte er sich die Informationen direkt aus dem Gehirn des Siganesen. Nachdem Atlan die Befragung beendet hatte, mußte sich Rhodan mit dem Problem auseinandersetzen, was nun mit dem Siganesen zu geschehen hatte.

Darauf wußte Irmina Antwort. Sie schlug vor, ihn ganz einfach in eine der Lebensmittelvorratskammern zu stecken. Dort hatte er Luft und Nahrung genug und konnte später, wenn alles vorbei war, wieder befreit werden. So geschah es.

Fellmer Lloyd berichtete, was er aus den Gedanken des Siganesen herausgehört hatte. Nun erfuhren Rhodan und Atlan von den Ereignissen, die sich vor ihrem Eintreffen auf der Hundertsonnenwelt abgespielt hatten. Außerdem konnte Fellmer Lloyd ihnen auch sagen, wie es Oberst Tahiko Anaka gelungen war, Admiral Cadro Tai-Hun zu überwältigen und das Kommando über die ZAMORRA-THETY an sich zu reißen: Er hatte mit seiner hypnotischen Gabe einfach Admiral Tai-Huns Geist bezwungen und ihm Trugbilder einsuggeriert. In der Meinung, einen Druckanzug angelegt zu haben, war der Admiral mitten im Weltraum aus dem Schiff ausgestiegen.

»Obwohl wir jetzt auch wissen, daß Anaka sein Quartier im Hauptkontrollgebäude des südlichen Raumhafens hat, ändert sich an unserer Taktik nichts«, zog Rhodan Bilanz. »Wir werden nach wie vor trachten, in das Hotel einzudringen, und dort versuchen, mit den Gefangenen in Kontakt zu treten. Ich kenne das Hotel von früher und glaube, daß wir ziemlich leicht durch die vollrobotischen Versorgungsanlagen unter der Oberfläche eindringen können. Was meinst du dazu, Atlan?«

»Ich muß ständig an die Willys denken«, sagte der Arkonide. »Wir wissen, daß diese Geschöpfe dem Zentralplasma treu zur Seite stehen. Setzen wir uns einfach mit ihnen in Verbindung und bitten wir sie um Unterstützung. Ich bin überzeugt, daß sie uns helfen werden, wenn wir ihnen die Situation erklären.«

»Du hast sicher recht«, gab Rhodan zu. »Trotzdem habe ich Bedenken. Wenn die Matten-Willys die Situation noch nicht selbst erfaßt haben, dann wäre es vielleicht unklug, sie aufzuklären. Wer weiß, welche Maßnahmen sie ergreifen, wenn sie erfahren, daß Tahiko Anaka ein Feind des Zentralplasmas und somit auch ein Feind des wahren Lebens ist.«

»Vergiß nicht, daß die Willys grundsätzlich friedlich sind«, erinnerte Atlan. »Sie können gar nicht gewalttätig sein.«

»Gewiß, aber es entspräche andererseits ihrer Mentalität, eine lebensbedrohende Gefahr für das Zentralplasma auszulöschen«, hielt Rhodan dagegen. »Nein, Atlan, es ist besser, die Matten-Willys über die Situation im unklaren zu lassen. Vielleicht ist es uns möglich, sich ihrer zu bedienen, ohne ihnen Aufklärung zu geben.«

Rhodan, Atlan, Lloyd und Irmina brachen auf. Sie ließen ihre Druckhelme geöffnet, hatten ihre Funkempfänger eingeschaltet, hüteten sich jedoch, von der übrigen technischen Ausrüstung Gebrauch zu machen. Sie wollten so nahe am Ziel nicht riskieren, geortet zu werden. Falls sich ihnen Gefahr in Form von denkenden Wesen näherte – dazu zählten auch die positronisch-biologischen Roboter der Hundertsonnenwelt –, dann würde Fellmer Lloyd dies rechtzeitig bemerken.

Um sich jedoch zusätzlich abzusichern, trugen Rhodan, Atlan und

Lloyd ihre Strahler schußbereit. Irmina verzichtete auf eine Schußwaffe, sie konnte sich mit Hilfe ihrer parapsychischen Fähigkeit wehren.

Lloyd führte die kleine Gruppe an.

»Das ›Hotel Transuniversum‹ liegt etwa sechs Kilometer vor uns«, erklärte er. »Außer den Gedanken der verängstigten Gefangenen empfange ich auch noch solche von ungefähr zwanzig Personen, die anscheinend Wache stehen.«

»Und Posbis?« wollte Atlan wissen.

»Keine«, versicherte Lloyd. »Ich empfange die für das Plasma typischen Impulse nur aus der Richtung von Anakas Hauptquartier, in der auch die achtzig Kuppeln des Zentralplasmas liegen. Innerhalb von Suntown hält sich kein einziger Posbi auf.«

»Vielleicht heißt das, daß Anaka die Hyperinpotronik noch nicht so fest in der Hand hat, um die Posbis kontrollieren zu können«, vermutete Atlan.

»Das wäre zu hoffen«, sagte Rhodan. Er wandte sich Lloyd zu. »Und wie steht es mit den Matten-Willys, befinden sich welche in der Stadt?«

»Sie sind über ganz Suntown verstreut. Sie benehmen sich seltsam. Die meisten irren ziel- und planlos durch die Stadt und pendeln zwischen den terranischen Niederlassungen und den Kuppeln des Zentralplasmas hin und her. Aber eine große Zahl von ihnen hat sich auch beim ›Hotel Transuniversum‹ eingefunden. Ich versuche dauernd, ihre Gedanken zu erforschen, aber kaum habe ich Kontakt, da schirmen sie sich instinktiv ab. Ich entnehme ihren Gedanken nur, daß sie überaus verwirrt sind.«

»Wahrscheinlich wissen sie nicht, wie sie sich verhalten sollen«, sagte Rhodan. »In eine ähnliche Situation sind sie vorher wahrscheinlich noch nie gekommen. Sie befinden sich in einem Dilemma. Hier die Terraner, die über die Hyperinpotronik herrschen, und dort das Zentralplasma, zu dem sie keinen Kontakt mehr haben. Gut, daß wir die Matten-Willys nicht aufgeklärt haben.«

Sie waren dem »Hotel Transuniversum« schon bis auf eineinhalb Kilometer nahe gekommen und konnten das sechshundert Meter hohe Gebäude durch die Mammutbäume des Parks ragen sehen, als es zu einem unerwarteten Zwischenfall kam.

Selbst Fellmer Lloyd wurde von den heranrasenden Matten-Willys überrascht. Er hatte sich zu sehr auf das Hotel konzentriert, deshalb war es ihm entgangen, daß eine Gruppe von sechs Matten-Willys sich aus der entgegengesetzten Richtung näherte. Als Lloyd sie esperte und die anderen warnte, war es bereits zu spät.

Die Matten-Willys kamen wie ein Wirbelwind quer durch den Park herangerast. Sie hatten Kugelgestalt angenommen und Hunderte jener kleinen Pseudo-Beinchen ausgefahren, an denen sich die diamantharten Kristalle befanden, mit denen sie sogar Löcher in massiven Fels bohren konnten. Mit den Beinchen versetzten sie ihre Körper in rotierende Bewegung und schossen so mit unglaublicher Geschwindigkeit dahin.

Offensichtlich befand sich die Sechsergruppe auf dem Weg zum Hotel, um sich der Prozession anzuschließen, die sich dort bereits eingefunden hatte. Als sie jedoch Rhodan und die anderen erreichten, verlangsamten sie ihre Geschwindigkeit und kamen schließlich zum Stillstand.

»Ihre Verwirrung vergrößert sich!« rief Lloyd alarmiert. »Es scheint, als würde ihnen der Anblick unserer Kampfanzüge Furcht einflößen ...«

Er hatte kaum ausgesprochen, da begannen ihre Körper zu pulsieren und verfärbten sich rötlich. Das war das untrüglichste Zeichen dafür, daß sie Furcht empfanden. Bereits im nächsten Augenblick zogen sie ihre vibrierenden Stielaugen ein und bewegten ihre Pseudo-Beinchen.

Lloyd hob blitzschnell den Strahler und rief alarmiert: »Sie wollen die anderen vor uns warnen!«

Er paralysierte zwei der Matten-Willys, bevor sie sich noch in Sicherheit bringen konnten. Lloyds Warnung war für Irmina das Zeichen einzugreifen. Es gelang ihr, die Zellstruktur einiger Pseudopodien von zwei Willys umzugruppieren, so daß sie ihnen den Dienst versagten. Der eine Willy raste gegen einen Baum und blieb benommen liegen. Der andere bekam eine Schlagseite, fiel auf die Seite, ließ seine hellen Pseudopodien rotieren und schraubte sich wie eine Fräse in den weichen Boden des Parks.

Noch ehe Lloyd und Irmina auch die anderen beiden Willys attackieren konnten, hatten sich Atlan und Rhodan eingeschaltet.

»Das ist Wahnsinn!« schrie Rhodan und rannte mit solcher Wucht gegen Irmina, daß sie den Halt verlor und zu Boden stürzte. Atlan hatte Lloyd den Strahler inzwischen entrissen.

»Jetzt haben wir zu allem Unglück noch die Matten-Willys gegen uns aufgebracht«, sagte Rhodan keuchend. »Wie konnten Sie sich nur dazu hinreißen lassen, diese Wesen zu paralysieren, Fellmer!«

»Ich spürte förmlich ihre Angst und wollte nur verhindern, daß sie uns bei den Paradiessuchern verraten«, verteidigte sich Lloyd.

»Schon gut.« Rhodan winkte ab. Er half Irmina auf die Beine. »Jedenfalls werden wir uns vorzeitig in die subplanetarischen Anlagen begeben müssen. Das kostet uns Zeit.«

»Wir hätten uns doch mit den Willys verbünden sollen«, sagte Atlan bedauernd.

»Dafür ist es jetzt leider zu spät«, entgegnete Rhodan und machte sich auf die Suche nach einem Zugang zu den verschiedenartigen Förderanlagen, die unter Suntown ein dichtes Netz bildeten.

Es war schließlich Fellmer Lloyd, der eine biopositronische Schaltanlage ortete, in deren Nähe sich auch ein Abstieg zum subplanetarischen Fördernetz befand.

Gerade als sie hintereinander mittels ihrer Antigravprojektoren in dem Schacht in die Tiefe glitten, ertönte in ihren Helmempfängern eine vertraute Stimme: »Hundertsonnenwelt ruft USO-Kreuzer GONOZAL! Hundertsonnenwelt ruft ...«

Die Stimme gehörte niemand anderem als Oberst Tahiko Anaka.

16.

Oberst Tahiko Anaka war nur etwas über 1,70 Meter groß, hatte einen starken Nacken, über dem die Haare kurzgeschoren waren. Trotz seiner geringen Größe war sein Rücken ungemein breit und muskulös.

Der Mann, der eben den Funkraum betreten hatte und nun hinter ihm stand, fand, daß er sein Ziel gar nicht verfehlen konnte. Er zog blitzschnell das Vibratormesser aus seinem Gürtel und holte zum Stoß aus. Aber seine Hand mit der tödlichen Waffe senkte sich nicht.

Oberst Tahiko Anaka drehte sich langsam um, auf seinem Gesicht lag ein hintergründiges Lächeln, während er nach der immer noch erhobenen Hand des Attentäters griff und ihr das Vibratormesser entwand.

»Sie hätten besser den Gerüchten glauben sollen, die besagen, daß ich ein Hypno bin, Leutnant Bastik«, sagte Oberst Anaka. »Es zahlt sich nicht aus, sich gegen mich zu wenden. Schade, daß gerade Sie so unvernünftig sind, Leutnant. Dabei habe ich Ihnen vertraut. Was hat Sie zu dieser Tat getrieben?«

Leutnant Bastik antwortete freimütig: »Die Art, wie Sie sich der Hundertsonnenwelt bemächtigen, gefällt uns nicht. Anfangs waren wir auf Ihrer Seite, weil wir glaubten, Sie seien tatsächlich ein vom Großadministrator Bevollmächtigter. Doch jetzt haben wir die Wahrheit erkannt.«

Oberst Anaka gab den Geist des Leutnants vollkommen frei, und dessen starr emporgehaltene Hand entspannte sich und fiel kraftlos an seiner Seite herunter.

»Nichts haben Sie erkannt, Leutnant«, sagte Anaka. »Wenn Sie diesen Raum verlassen und zu den anderen der Stammbesatzung zurückkehren, werden Sie weniger wissen als vorher. Aber dafür werden Sie gefügiger sein. Sie werden nie mehr wieder an mir zweifeln.«

»Sie bekommen mich nie in Ihre Gewalt«, sagte der Leutnant überzeugt.

»Doch.«

Die beiden Männer blickten einander in die Augen. Sekunden später drehte sich der Leutnant steif wie eine Marionette um und verließ die Funkzentrale. Mit jedem Schritt, den er sich von Oberst Anaka entfernte, verblaßte seine Erinnerung an das eben Vorgefallene immer mehr. Als er hinauf auf den Raumhafen zu seinen Verbündeten kam, war der posthypnotische Befehl voll wirksam: Er hatte die Erinnerung an die tatsächlichen Geschehnisse verloren und dafür eine falsche Erinnerung einsuggeriert bekommen.

Als sich die Männer danach erkundigten, was in der Funkstation vorgefallen sei, erklärte Leutnant Bastik:

»Oberst Anaka konnte mich davon überzeugen, daß alle seine Maßnahmen berechtigt sind.«

Oberst Anaka hätte mit diesem Erfolg zufrieden sein können. Aber er war es nicht.

Es handelte sich nur um einen Teilerfolg. Dafür waren viele seiner großen Pläne schiefgegangen.

Es hatte damit angefangen, daß Perry Rhodan mit Großtransportern und einem Kreuzer bei der Hundertsonnenwelt eingetroffen war. Bis zu diesem Zeitpunkt war alles nach Wunsch verlaufen. Er, Oberst Anaka, hatte den Schein aufrechterhalten können, daß er ein Bevollmächtigter des Großadministrators sei.

Aber er konnte seine Position nur behaupten, weil weder das Zentralplasma noch die Stammbesatzung seine Angaben überprüfen konnte. Er hatte sich in dieser Hinsicht abgesichert, indem er den gesamten Funkverkehr auf der Hundertsonnenwelt kontrollierte.

Und dann war seine Rechnung doch nicht aufgegangen, weil der Großadministrator beschlossen hatte, achtzigtausend Menschen zur Hundertsonnenwelt zu evakuieren.

Ihm, Oberst Anaka, war nichts anderes übriggeblieben, als augenblicklich das Zentralplasma auszuschalten und sich der Hyperinpotronik zu bemächtigen. Denn er mußte unter allen Umständen verhindern, daß eines der elf Schiffe – oder auch nur ein Beiboot – auf der Hundertsonnenwelt landete. In dieser Beziehung hatte er nichts mehr zu befürchten, denn inzwischen kontrollierte er die Hyperinpotronik.

Doch hatten sich durch sein drastisches Vorgehen einige unangenehme Nebenerscheinungen ergeben. Die über vierhundert Männer und Frauen der Stammbesatzung, die ihm ehemals ihr Vertrauen geschenkt hatten, distanzierten sich plötzlich immer mehr von ihm. Sie gehorchten seinen Befehlen noch immer, aber sie kamen ihnen nicht mehr so widerspruchslos nach wie früher.

Ein besonders ernüchterndes Beispiel war Leutnant Bastik, der ihn hatte ermorden wollen.

Den Anstoß für diese Entwicklung hatte dieser verrückte ezialistische Professor gegeben, der eine provisorische Verbindung zum Hauptrelais der Hyperfunkanlage geschaffen und dann die Warnung an die GONOZAL abgegeben hatte. Anaka hatte ihn erschießen müssen, und er wäre auch gerne seines Assistenten habhaft geworden. Doch Aborq Vallain hatte fliehen können.

Nun blieb Anaka nichts anderes übrig, als die Karten auf den Tisch zu legen. Mit dem Versteckspiel war es vorbei. Er mußte sich Rhodan zum Kampf stellen.

Oberst Tahiko Anaka ging ans Hyperfunkgerät und setzte sich mit der GONOZAL in Verbindung. Aber als der Kontakt hergestellt war, mußte

Anaka feststellen, daß sein Gesprächspartner nicht Perry Rhodan, sondern wieder nur der Hyperphysiker Geoffry Abel Waringer war. In diesem Moment kam Anaka ein Verdacht ...

Oberst Tahiko Anaka ging sofort auf sein Ziel los.

Er sagte: »Ich habe Perry Rhodan ein Angebot zu machen. Es ist doch sein Wunsch, auf der Hundertsonnenwelt zu landen. Ich habe mir das überlegt und bin zu der Einsicht gelangt, daß ich eigentlich das gleiche will. Warum sollen die achtzigtausend Menschen in den Raumschiffen darben? Es sind doch alles hochqualifizierte Wissenschaftler und Techniker, nicht wahr? Außerdem haben die Transporter noch zusätzlich wertvolle Geräte geladen. Ich habe nichts dagegen, wenn solches Gut zur Hundertsonnenwelt gebracht wird.«

»Und unter welchen Bedingungen stellen Sie sich eine Landung vor?« fragte Waringer.

Jetzt wurde Oberst Tahiko Anakas Stimme schneidend. »Ich verlange, daß zuerst der Großadministrator, Sie, Waringer, und noch zehn führende Persönlichkeiten in einem Beiboot auf einem der drei terranischen Raumhäfen landen. Wenn sich diese zwölf Personen in meinem Schutz befinden, dann soll ein Großtransporter nach dem anderen landen. Zum Schluß erhält die GONOZAL Landeerlaubnis. Der Vollständigkeit halber möchte ich noch hinzufügen, daß jedes Raumschiff von zwei Posbi-Fragmentraumern flankiert werden soll. Das ist mein Angebot.«

»Das ist kein Angebot, sondern ein Ultimatum!« rief Waringer. »Ich kann Ihnen jetzt schon sagen, daß der Großadministrator nicht darauf eingehen wird.«

»Wenn Sie das glauben, dann können Sie noch hinzufügen, daß ich zwanzig stark bestückte Fragmentraumer in den Raum schicke, wenn der Großadministrator nicht zu einem Entgegenkommen bereit ist«, kündigte Oberst Tahiko Anaka an. »Und seien Sie versichert, daß die Posbis an Bord der Fragmentraumer alle meinem Befehl gehorchen.«

»Sie bluffen nur, Oberst«, ließ sich Waringer vernehmen.

»Was verstehen Sie schon von solchen Dingen«, entgegnete Oberst Anaka herablassend. Er wog jetzt jedes seiner Worte sorgfältig ab. »Ich möchte Perry Rhodan persönlich sprechen. Er wird mein Angebot mit dem nötigen Ernst entgegennehmen.«

Eine Weile herrschte Funkstille, dann sagte Waringer, kaum merklich zögernd: »Der Großadministrator ist im Augenblick unabkömmlich. Die vorangegangenen Strapazen haben ihn völlig erschöpft. Er kann jetzt nicht ans Funkgerät kommen.«

Oberst Anakas Verstand begann sofort zu arbeiten. War Waringers Ausrede ein Beweis für seine Vermutung? Um eine Ausrede handelte es sich sicherlich, denn ein Aktivatorträger wie Perry Rhodan hatte nicht so schnell mit Erschöpfungszuständen zu kämpfen.

»Ich glaube Ihnen kein Wort, Waringer«, sagte Oberst Anaka mit erhobener Stimme. »Und wenn Perry Rhodan noch so erschöpft ist, er wird sich schon ans Funkgerät bemühen müssen. Oder sollte ihm das Leben von achtzigtausend Menschen nicht wichtig genug sein?«

»Doch, doch«, versicherte Waringer schnell, aber er konnte die Unsicherheit in seiner Stimme nicht verbergen. »Ich werde Ihr Ultimatum an den Großadministrator weiterleiten. Aber wie gesagt, ich kenne seine Antwort bereits.«

»Ich möchte die Antwort von ihm selbst haben. Und zwar sofort!«

»Das ist aus dem bereits erwähnten Grund nicht möglich.«

»Ausreden, nichts als billige Ausreden!« Oberst Anaka grinste triumphierend – er glaubte jetzt zu wissen, daß er mit seiner Vermutung recht hatte. Er ließ sich jedoch nichts von seinen Gefühlen anmerken, als er herrisch fortfuhr: »Wenn Perry Rhodan zu feige ist, mit mir die Verhandlungen selbst zu führen, dann muß er die Konsequenzen tragen. Ich werde zwanzig Fragmentraumern den Startbefehl geben. Mal sehen, ob Rhodan sich dann nicht bequemt, mein Angebot persönlich entgegenzunehmen.«

»Ihre Drohungen haben keinen Zweck ...«

»Warum sind Sie da so sicher?«

Waringer antwortete sichtlich gehemmt: »Weil es ganz unmöglich ist, daß der Großadministrator mit Ihnen in Verbindung tritt. Geben Sie uns eine Frist von zehn Stunden. Bis dahin werde ich sehen, was sich machen läßt.«

»Also gut. Zehn Stunden. Aber keine Sekunde länger.«

Oberst Tahiko Anaka unterbrach die Verbindung. Er triumphierte. Jetzt hatte er den Beweis, daß seine Vermutung richtig war. Perry Rhodan lebte nicht mehr. Er mußte sich an Bord der Space-Jet befunden haben, die von den Abwehrforts der Hundertsonnenwelt abgeschossen worden war. Warum sonst weigerte man sich an Bord der GONOZAL, ihn in dieser ernsten Stunde die Verhandlungen führen zu lassen ...

An Bord der GONOZAL triumphierte Waringer. Er war Menschenkenner genug, um Oberst Anakas Reaktionen richtig auszuwerten. Anaka mußte sein, Waringers, Verhalten so verstehen, daß er Rhodan für tot hielt – gefallen bei dem Versuch, die Hundertsonnenwelt mit einer Space-Jet anzufliegen. Aber Waringers Triumph wurde getrübt, denn er wußte nicht einmal, ob er nun geblufft oder die Wahrheit gesagt hatte. Er kannte Rhodans Schicksal nicht.

Oberst Anaka konnte sein Triumphgefühl ebenfalls nicht lange genießen. Mitten in seine Überlegungen hinein, daß nach Rhodans Tod sich ihm auf der Hundertsonnenwelt niemand mehr entgegenstellen konnte, platzte eine besorgniserregende Nachricht:

Vor dem »Hotel Transuniversum« hatte sich eine große Menge der Matten-Willys eingefunden, die allem Anschein nach gegen eine »Unterdrükkung des wahren Lebens« protestierten.

Oberst Anaka konnte sich nicht vorstellen, was die sonst so harmlos wirkenden Kreaturen dermaßen aufgebracht hatte.

»Geoffry hat nicht den Kopf verloren«, stellte Rhodan zufrieden fest, nachdem er das Gespräch zwischen dem Hyperphysiker und dem Renegaten belauscht hatte. »Immerhin haben wir so eine Galgenfrist von zehn Stunden erhalten.«

»Nicht viel, wenn man bedenkt, welches Ziel wir uns gesetzt haben«, meinte Atlan mißmutig.

Während das Funkgespräch zwischen Oberst Anaka und Geoffry Waringer stattgefunden hatte, waren die vier in die unterplanetarischen Anlagen von Suntown vorgedrungen. Inzwischen hatten sie in einem Fernverbindungstunnel für Prallkissenfahrzeuge mehr als einen Kilometer zurückgelegt. Sie konnten sich an den Hinweistafeln, die bei den einzelnen Hotelauffahrten angebracht waren, leicht orientieren.

Da der Verkehr in Suntown praktisch zum Erliegen gekommen war, hatten sie in dieser Hinsicht nichts zu befürchten. Der Pendelverkehr zwischen dem Raumhafen, wo Oberst Anaka sein Hauptquartier aufgeschlagen hatte, und dem einzigen bewohnten Hotel der Stadt spielte sich ausschließlich in der Luft ab. Hier unten zeigte sich kein Lebewesen.

Als sie bei der Auffahrt zum »Hotel Transuniversum« angekommen waren, zweigten die vier dort zwar ab, verließen den Hauptweg aber gleich darauf durch eine Seitentür, die zu den Förderbändern für die Versorgung führte.

Lloyd, der ständig seine geistigen Fühler nach allen Seiten hin ausstreckte, blieb plötzlich stehen.

»Inzwischen haben sich an die hundert Matten-Willys vor dem Hotel versammelt«, sagte er. »Sie alle sind von einer seltsamen Erregung befallen, zeigen aber nach wie vor große Verwirrung. Sie protestieren gegen die Unterdrückung des wahren Lebens, wissen aber selbst nicht genau, was sie damit erreichen wollen. Immerhin beschäftigen sie wenigstens die Wachtposten, so daß es uns nicht schwerfallen sollte, ins Hotel einzudringen.«

»Wie verhalten sich die Wachtposten?« erkundigte sich Rhodan.

Lloyd antwortete: »Sie haben ihre Waffen auf die Matten-Willys gerichtet, wollen aber nur im äußersten Notfall von ihnen Gebrauch machen. Die Wachtposten sind mit Oberst Anakas Entscheidung nicht ganz einverstanden, daß die Matten-Willys das Hotel nicht mehr betreten dürfen, seit einer von ihnen einem Gefangenen zur Flucht verholfen hat.«

»Handelt es sich bei den Wachtposten um Paradiessucher?« fragte Rhodan.

Lloyd schüttelte den Kopf. »Nicht ausschließlich. Einige gehören der Stammbesatzung an. Und sie sind es hauptsächlich, die nicht einsehen, warum die Matten-Willys nicht mehr ins Hotel dürfen, um die Gefangenen zu betreuen.«

»Seltsam«, meinte Rhodan. »Findest du nicht auch, Atlan?«
»Was ist daran seltsam, daß Oberst Anaka die Willys von den Gefangenen fernhält?« wunderte sich Irmina. »Schließlich haben die Willys gegen seine Interessen gehandelt.«
»Perry meinte etwas anderes«, erklärte Atlan an Rhodans Stelle. »In der Tat ist das Verhalten der Willys seltsam. Wie Lloyd aus ihren Gedanken erfuhr, haben sie sich zwar eingefunden, um gegen die Unterdrückung des wahren Lebens zu protestieren. Aber gleichzeitig haben wir auch erfahren, daß sie von ihrer eigenen Handlungsweise verwirrt sind. Das könnte bedeuten, daß jemand sie dazu veranlaßt hat, diese Demonstration zu inszenieren. Und derjenige, der das getan hat, muß wohl einen Zweck mit dieser Demonstration verfolgen.«
»Könnte es sich dabei nicht um jenen entflohenen Gefangenen handeln, nach dem der Siganese gesucht hat?« meinte Irmina.
»Das ist genau meine Vermutung«, bestätigte Rhodan. »Es scheint, daß sich hier bald einiges tun wird. Beeilen wir uns, damit wir den Anschluß nicht verpassen.«
Sie kamen durch die engen Korridore, die üblicherweise nur von den technischen Überprüfungskommissionen begangen wurden, zu der vollrobotischen Verteilerstelle, von wo die einzelnen Güter an die verschiedenen Abteilungen des Hotels weitergeleitet wurden. Hier liefen die Rohrpostkanäle, die Nahrungsmittel aus den fernen Lebensmitteldepots heranbrachten, zusammen, hier endeten die Förderbänder, die größeres und sperriges Ladegut transportierten.
Rhodan überblickte die Lage. Auf dem Weg, den die Lebensmittel nahmen, konnten sie nicht ins Hotel eindringen. Hier bot sich kein Durchschlupf, der groß genug für einen Menschen gewesen wäre.
Anders war die Situation bei den Förderbändern für sperriges Gut. Sie standen still. Außerdem waren die Antigravschächte, durch die die großen Gegenstände nach oben geholt wurden, geräumig genug, um einem Menschen, selbst wenn er einen Druckpanzer trug, ausreichend Platz zu bieten.
Rhodan schwebte als erster in einem solchen Schacht empor, dann folgten Fellmer Lloyd, Irmina und schließlich Atlan.
Am Ende des Schachtes kamen sie in einen Lagerraum. Die an der Decke auf Magnetschienen laufenden Gelenkarme, die das Ladegut in Empfang nahmen und in die dafür vorgesehenen Regale beförderten, standen still. Im Lagerraum herrschte Unordnung, überall lagen dicke Staubschichten.
Rhodan begab sich schweigend zum Ausgang. Bevor er die Tür jedoch öffnete, machte er Lloyd ein Zeichen. Der Telepath schüttelte den Kopf. Das bedeutete, daß sich außerhalb des Lagerraumes niemand befand.
Sie kamen auf einen Korridor hinaus, in dem ebenfalls eine heillose Unordnung herrschte.

»Es kostet mindestens eine Woche, um dieses Hotel wieder in Schuß zu bringen«, spöttelte Irmina.

»Das ist nicht unser Problem«, erwiderte Atlan. »Uns interessiert nur, wo die Gefangenen untergebracht sind.«

»In einem der obersten Geschosse«, antwortete Lloyd sofort. »Vor uns liegen ungefähr zweihundert Etagen. Aber auf dem Weg zu den Aufgängen müssen wir vorerst durch die Hotelhalle. Dort wimmelt es nur so von Wachtposten. Umgehen können wir sie nicht, also werden wir uns ihnen zum Kampf stellen müssen.«

»Machen Sie sich bereit, Irmina«, sagte Rhodan nur und entsicherte den Strahler.

Er hatte das Ende des Korridors erreicht und blickte in die Hotelhalle hinaus. Es war alles so, wie es Fellmer Lloyd beschrieben hatte. Vor dem Hauptportal, das keine Türen, sondern nur einen energetischen Klimavorhang besaß, stauten sich an die hundert Matten-Willys. Sie hatten verschiedene Körperformen angenommen, reckten Pseudopodien in die Höhe, klatschten rhythmisch in nicht sehr sorgfältig geformte Hände oder rieben einfach die diamantharten Kristalle am Ende ihrer Pseudopodien gegeneinander: Das untermalte die Sprechchöre mit einer seltsamen Melodie.

»Freiheit für das wahre Leben!« riefen die Matten-Willys.

Trotz der gespannten Situation mußte Rhodan grinsen. Matten-Willys, die demonstrierten! Das hätte er sich nie träumen lassen.

Plötzlich entstand ein Tumult unter ihnen. Die zehn Wachtposten, die sich in zwei Linien vor dem Portal und in der Hotelhalle formiert hatten, hoben ihre Strahler. Die Matten-Willys drängten näher, die Wachtposten wichen langsam zurück.

»Jetzt stürmen sie gleich das Hotel«, erwartete Rhodan.

»Keineswegs«, widersprach Fellmer Lloyd. »Es handelt sich nur um einen einzigen Willy, der die Postenkette durchdringen will. Die anderen denken gar nicht daran, irgend etwas zu unternehmen.«

Lloyd hatte kaum ausgesprochen, als sich aus dem vorgeschobenen Keil der Matten-Willys ein einzelnes Wesen löste und auf die Wachtposten zurollte.

»Der Willy strahlt sowohl seine eigenen als auch menschliche Gedanken aus!« rief Lloyd verblüfft.

Da wußte Rhodan Bescheid.

»Gebt Feuerschutz!« rief er und sprang aus dem Korridor in die Hotelhalle.

Die erste Postenkette wurde von dem heranrasenden Willy förmlich überrannt. Doch inzwischen hatten die fünf Wachtposten der zweiten Reihe ihre Überraschung überwunden. Einer von ihnen schoß mit Paralysestrahlen und streifte den Matten-Willy.

Die anderen kamen nicht mehr zum Schuß. Zwei von ihnen brachen paralysiert zusammen, als sie von Lähmstrahlen in den Rücken getroffen wurden. Die anderen beiden schrien kurz hintereinander scheinbar völlig grundlos auf, ließen ihre Waffen fallen und preßten ihre Hände gegen den Körper. Sie betrachteten in panischem Entsetzen ihre schmerzenden Finger, deren Haut platzte und schwärende Wunden freigab. Der fünfte Wachtposten, dem es gelungen war, einen einzigen Schuß abzugeben, wurde ebenfalls durch einen Paralysestrahl aus dem Hinterhalt niedergestreckt.

Rhodan stellte sich dem Matten-Willy in den Weg, der durch den Streifschuß Gleichgewichtsstörungen bekommen hatte und offensichtlich auf die Nottreppe zusteuerte. Er schien zu wissen, daß die Lifte von Anakas Leuten außer Betrieb gesetzt worden waren.

»Hierher!« rief Rhodan dem Matten-Willy zu und deutete auf den energielosen Schacht des Antigravlifts.

Der Matten-Willy heulte erschrocken auf und kam zum Stillstand. Seine zwei ausgefahrenen Stielaugen bebten. Er plusterte sich auf und verfärbte sich rötlich. Plötzlich tat sich ein Spalt in seinem unnatürlich angeschwollenen Körper auf, aus dem ein Mensch – ein junger Mann – taumelte!

»Was ...?« begann er, doch Rhodan unterbrach ihn.

»Für Erklärungen ist später Zeit«, sagte er und drängte den Mann auf den Antigravlift zu. Er schaltete seinen eigenen Antigravprojektor ein, umfaßte den Mann von hinten um die Mitte und schwebte mit ihm den Schacht empor. Im angrenzenden Schacht tat es Atlan mit dem Willy ähnlich. Allerdings hatte er es nicht so leicht, weil sich das verängstigte Geschöpf ständig aufblähte, seine Form veränderte und seine Pseudopodien gegen die Schachtwand stemmte. Es bedurfte großer Überredungskunst, den Willy zu beruhigen und sein Vertrauen zu gewinnen.

Inzwischen wehrten Irmina und Fellmer Lloyd die Angriffe der anderen fünf Wachtposten ab, die sich inzwischen gefaßt hatten. Als der erste von ihnen jedoch plötzlich die Waffe fallen ließ und mit aufgedunsenem Gesicht und verquollenen Augen wie blind umhertaumelte, ergriffen die anderen die Flucht.

Irmina und Fellmer Lloyd bestiegen hintereinander den Schacht und schwebten mittels ihrer Antigravprojektoren empor.

»Jetzt haben wir uns erst einmal eine Verschnaufpause verschafft«, meinte Irmina und dachte gleichzeitig an die drei Männer, die sie durch Zellumgruppierungen unschädlich gemacht hatte. Soweit sie es beurteilen konnte, hatte sie ihnen keine bleibenden Schäden zugefügt. Entweder würden die Wunden selbst verheilen, die Wucherungen zurückgehen, oder sie konnten durch harmlose plastochirurgische Eingriffe beseitigt werden.

»Im Augenblick haben wir Ruhe«, stimmte Lloyd zu. »Aber die Absicht der von uns überrumpelten Wachtposten war leicht aus ihren Gedanken zu erkennen. Sie werden sich mit Oberst Anaka in Verbindung setzen und Verstärkung anfordern.«

»Das bedeutet, daß wir dann in diesem Hochhaus in der Falle sitzen.«

Statt einer Antwort sagte Lloyd: »Wir müssen in der zweihundertundzehnten Etage aussteigen. Dort sind die achtzig Gefangenen untergebracht.«

Lloyd lachte.

»Was ist?« wollte Irmina wissen, die über ihm schwebte.

»Nichts weiter«, sagte Lloyd. »Rhodan und Atlan sind inzwischen bei den Gefangenen angekommen. Es ist unglaublich, was für Szenen sich dort abspielen.«

Irmina wußte im ersten Augenblick nicht, was Lloyd meinte. Doch sie erfuhr es gleich darauf, als sie in der 210. Etage den Schacht verließ.

In dem Korridor vor dem Antigravlift herrschte ein unglaubliches Gedränge. Männer und Frauen scharten sich um Rhodan, Atlan, den Matten-Willy und dessen Begleiter – und aus den umliegenden Räumen und Gängen strömten immer mehr hinzu. Der Matten-Willy bekam in diesem Gedränge Platzangst und zeigte dies deutlich durch eine intensive Rotfärbung seines Körpers.

Irmina und Fellmer Lloyd hatten Mühe, durch die nach einer Seite hin passierbare Energiesperre den Liftschacht zu verlassen und sich durch die Menschenmenge einen Weg zu bahnen. Irmina verspürte ein erhebendes Gefühl, als sie sah, welchen grandiosen Empfang die Gefangenen Rhodan und Atlan boten. Sie verfielen in einen Siegestaumel, als wäre Oberst Tahiko Anaka bereits entmachtet und als wären sie nicht länger mehr seine Gefangenen. Es war verblüffend, welches Vertrauen diese Leute in den Großadministrator setzten.

Rhodan hob die Hände, um sich Gehör zu verschaffen. Es dauerte nicht lange, da verstummte die Menge und blickte ihm erwartungsvoll entgegen.

»Freuen wir uns nicht zu früh, noch ist nichts gewonnen«, begann Rhodan. »Zudem weiß Oberst Anaka nun, daß er mit erbittertem Widerstand zu rechnen hat. Wir werden bald sehen, was er tun wird. Inzwischen wollen wir jedoch nicht müßig bleiben. An meiner Seite hier steht Aborq Vallain, der mit Professor Jorston zusammengearbeitet hat. Jorston ist leider bei dem Versuch, uns zu warnen, von Oberst Anaka getötet worden. Er konnte seine Pläne, die Verbindung des Zentralplasmas und der Hyperinpotronik über den Bioponblock wiederherzustellen, nicht mehr verwirklichen. Vallain ist mit Hilfe des Willys vor wenigen Minuten in das Hotel eingedrungen, weil er mit den beiden Hyperschaltingenieuren in Kontakt treten wollte, die zusammen mit Professor Jorston die Pläne erstellt haben. Sind diese beiden Männer anwesend?«

In der Menge war eine Bewegung, und ein zweistimmiges »Ja« ertönte.

»Kommen Sie bitte zu mir, damit wir gemeinsam unsere weiteren Schritte besprechen können«, ersuchte Rhodan die beiden. An die anderen gewandt fuhr er fort:

»Es wäre ratsam, wenn Sie sich über die Nottreppe in die unteren Etagen begäben. Dort sind Sie sicherer, falls Oberst Anaka die Nerven verliert und das Hotel beschießt. Es besteht kein Grund zur Panik. Wenn Sie sich nach unten begeben, sind Sie auf jeden Fall in Sicherheit. Kritisch wird es erst, wenn Sie entdecken, daß Anakas Männer das Hotel verlassen. Aber dann haben Sie die Möglichkeit, in die Anlagen unter der Oberfläche auszuweichen. Dieser Matten-Willy wird Sie begleiten und von seinen Artgenossen Unterstützung erbitten.«

Rhodan blickte sich um. »Wer von Ihnen hat bisher das Kommando geführt?«

Ein großer, hagerer Mann meldete sich. Er hieß Danuk Gee Armbast und war Galakto-Psychologe. Er versprach Rhodan, sich in allen Punkten an seine Anordnungen zu halten und die Leute sicher nach unten zu bringen.

Rhodan mahnte noch: »Kein falsches Heldentum, bitte.«

Die Menge löste sich unter Danuk Gee Armbasts Kommando auf und strebte den beiden Nottreppen zu. Rhodan fragte Aborq Vallain:

»Gibt es hier einen geeigneten Raum, in dem wir uns in Ruhe besprechen können?«

Vallain lächelte. »Wenn Oberst Anaka uns in Ruhe läßt, wüßte ich schon einen entsprechenden Raum. Es gibt in dieser Etage eine kleine Bibliothek, in der Jorston gearbeitet hat.«

Die Bibliothek war so vernachlässigt wie das ganze Hotel. Doch die hier herrschende Unordnung besaß ein gewisses System. Bücher und Mikrofilm-Spulen, Speicherkristalle, Notizzettel, ein Lesegerät, ein Zeichenbrett mit einer Fülle von schematischen Darstellungen und viele andere Dinge lagen oder standen herum.

Hier hatte der greise Ezialist Professor Jorston gearbeitet. Aborq Vallain und die beiden Hyperschaltingenieure wollten sofort mit dem Aufräumen beginnen, doch Rhodan winkte ab.

»Es gibt wichtigere Dinge zu erledigen«, sagte er. »Wo sind die Pläne, die Sie zusammen mit Professor Jorston ausgearbeitet haben?«

Einer der beiden Hyperschaltingenieure, er hieß Calvan Pratt und war groß und stämmig, ging zu dem Zeichenbrett und entnahm der Magnethalterung einige großformatige Folien. Er kam zurück und breitete sie auf dem Arbeitstisch aus.

Rhodan und Atlan stellten sich links und rechts des Hyperschaltingenieurs. Lloyd, Irmina und Vallain verteilten sich um den Tisch, während Wyne Thauß, so hieß der zweite Hyperschaltingenieur, aus einem Winkel der Bibliothek eine Reihe verschiedener Meß- und Prüfgeräte heranschaffte. Als er sah, daß Rhodan ihn bei seiner Tätigkeit beobachtete, lächelte er zaghaft.

»Sie sehen, wir haben schon alles für den großen Coup vorbereitet, Sir«, sagte er. »Unser Problem war es bisher nur, die Geräte zum Einsatzort zu bringen. Die Hyperinpotronik ist immerhin an die hundert Kilometer von hier entfernt. Wir hätten einen Schweber oder einen Gleiter benötigt. Jetzt stehen wir ebenfalls vor einem Transportproblem.«

»Kommen Sie nicht ohne diese Geräte aus?« fragte Rhodan.

»Leider nicht, Sir.«

»Jorston hätte den Plan auch mit bloßen Händen durchführen können«, meldete sich in diesem Augenblick Aborq Vallain. »Er war Ezialist.«

»Professor Jorston ist leider tot«, sagte Pratt.

»Ich bin ebenfalls Ezialist«, versetzte Vallain.

Rhodan mischte sich ein. »Erklären Sie mir jetzt den Lageplan«, bat er.

Pratt beugte sich über die Großfolie. Er deutete auf einen stark umrandeten Kreis.

»Das hier ist einer der beiden Türme, in denen sich der Zugang zur Hyperinpotronik befindet, die zusammen mit dem Zentralplasma unter der Oberfläche eine Ausdehnung von zehn mal zehn Kilometern einnimmt. Es gibt dort unten etliche Verbindungstunnels, Fahrzeuge stehen zur Verfügung. Wie Sie jedoch wissen, hat man nicht zu allen Abteilungen der Hyperinpotronik Zutritt. Energiefelder versperren den Weg.

Aber Oberst Anaka hat sich durch einen Trick Zugang zu der Riesenhalle des Bioponblocks verschafft. Ich weiß nicht, wie er das Plasma überlistete, aber wahrscheinlich wurde ihm als Ihrem vermeintlichen Abgesandten vertraut, Sir. Jedenfalls steht fest, daß der Zugang zum Bioponblock immer noch existiert. Anaka hat dort aber bestimmt einige seiner Leute postiert. Professor Jorston hat nun in Zusammenarbeit mit uns errechnet, welchen der Zugänge Anaka freigelegt hat.

Zuerst sind wir von der Voraussetzung ausgegangen, daß Anaka den direkten Weg gewählt hat, um an den Bioponblock heranzukommen. Doch kamen wir davon wieder ab, weil auf dem geraden Weg, der durch einen senkrechten Schacht und in waagrechter Linie durch einen geraden Korridor führt, zu viele Energiefallen bestehen. Obwohl sie ausgeschaltet sind, mußte Anaka befürchten, daß sie aktiviert werden könnten. Denn bekanntlich hat das Plasma über einige schwache halborganische Nervenleiter noch Verbindung zur Hyperinpotronik. Es könnte also sein, daß es dem Plasma gelingt, diese oder jene Energiefalle einzuschalten.

Nachdem wir diese Überlegungen angestellt hatten, war es klar, daß Anaka einen Umweg gewählt hatte, auf dem er gefahrlos an den Bioponblock herankommen konnte. Diese Route haben wir auf diesem Diagramm rot eingezeichnet. Alles in allem handelt es sich vom Eingang bis zur Bioponblock-Station um eine Strecke von gut fünf Kilometern, die kreuz und quer durch die unterplanetarische Anlage führt.«

Pratt schob die oberste Folie beiseite und wandte sich an seinen Kameraden. »Wyne, machst du bitte weiter?«

Wyne Thauß kam heran. Er wies mit dem Zeigefinger auf die nächste Folie.

»Das ist der Bioponblock. Sie können sich vermutlich erinnern, Sir, daß es eine Vielzahl von Hauptleitern zwischen dem Plasma und der Hyperinpotronik gibt. Professor Jorston hat in Erfahrung gebracht, daß Anaka diese Hauptleiter zwar nur provisorisch, aber doch recht wirksam lahmgelegt hat. Er war zu klug, um sie einfach mit Energiewaffen zu durchtrennen. Beim ersten Zeichen von Gewaltanwendung hätte er nämlich Reaktionen des Plasmas befürchten müssen.

Anaka ging einen anderen Weg. Er ließ an allen auffindbaren halborganischen Nervensträngen Zapfgeräte installieren, die alle vom Zentralplasma kommenden Impulse in den Hyperraum ableiteten. So erregte er auch nicht den Argwohn des Plasmas. Denn während es noch der Meinung war, mit der Hyperinpotronik in Verbindung zu stehen, fiel ein Hauptleiter nach dem anderen aus – bis das Plasma praktisch von der Hyperinpotronik isoliert war.

Wir haben alle exponierten Stellen in das Diagramm eingezeichnet.«

Rhodan nickte. Er studierte die Folie, dann blickte er auf.

»Wenn Sie mit solcher Sicherheit sagen können, auf welche Art die Hauptleiter zum Bioponblock lahmgelegt wurden, wozu sind dann die vielen Meßgeräte nötig?« fragte er.

»Eine berechtigte Frage«, antwortete Pratt. »Ich will dazu folgendes sagen: Als das Zentralplasma noch nicht ganz von der Hyperinpotronik getrennt war, setzte es sofort eine Reihe von positronisch-biologischen Robotern ein, die diese neuralgischen Punkte entschärfen sollten. Aber die Roboter waren technisch nicht entsprechend ausgerüstet – und mit konventionellen Mitteln richteten sie nichts aus. Das soll der Beweis für uns sein, daß man die von Anaka angebrachten Zapfgeräte ohne die entsprechenden technischen Hilfsmittel nicht als solche erkennt. Deshalb benötigen wir die gesamte bereitgestellte Ausrüstung.«

»Wir müssen einen Weg finden, sie transportieren zu können«, meinte Rhodan. »Aber wo sollen wir in der kurzen Zeit einen Schweber hernehmen?«

Atlan hatte eine Idee. »Die Matten-Willys! Sie könnten den Transport für uns übernehmen.«

»Es ist gar nicht nötig, daß wir uns so lange aufhalten«, meldete sich wieder Vallain. »Jorston hat mir erklärt, wie er sich die Suche nach den Zapfgeräten ohne technische Ausrüstung vorstellt. Man benötigt dazu nur ein einziges handliches Meßgerät. Ich fühle mich dieser Aufgabe gewachsen.«

Pratt klopfte dem Schüler der Extra Zerebralen Integration auf die Schulter. »Niemand streitet Ihnen den guten Willen ab, Aborq. Aber es steht zuviel auf dem Spiel, als daß wir uns auf dieses Experiment einlassen könnten.«

Fellmer Lloyd, der die meiste Zeit über wie abwesend dagesessen hatte, zuckte plötzlich zusammen. Sein Blick klärte sich.

»Die Idee mit den Matten-Willys war gut«, sagte er, »aber sie läßt sich nicht mehr durchführen. Ich empfange eine Vielzahl von Gedankenimpulsen, die alle aus dem Luftraum um das Hotel kommen. Oberst Anaka hat das Hotel mit mindestens zwanzig bewaffneten Gleitern umzingelt.«

Bevor irgend jemand noch etwas sagen konnte, vernahmen Rhodan, Atlan und Irmina die Stimme Oberst Anakas in ihren Helmempfängern.

»Ergebt euch auf der Stelle! Oder ich lasse das ganze Gebäude in Trümmer schießen!«

17.

Rhodan war auf den Korridor hinausgeeilt und blickte aus einem der großen Fenster. Allein in seinem Blickfeld zogen fünf Gleiter ihre Schleifen. Einer der Piloten mußte die Bewegung hinter der Glasscheibe entdeckt haben, denn er kam mit seinem Gleiter im Tiefflug heran, geradewegs auf das Hotel zu.

Rhodan sah die Bug-Impulskanone aufblitzen.

»Deckung!« brüllte er den anderen zu, die sich ihm aus der Bibliothek näherten, und schaltete im selben Moment seinen Schutzschirm ein.

Vor dem Fenster breitete sich ein grelles Glühen aus. Das Glas schmolz, Stützpfeiler gaben nach, bogen sich nach innen und barsten. Rhodan wurde von der Druckwelle erfaßt und einige Meter weit in den Korridor hineingeschleudert. Nur die Tatsache, daß er den Schutzschirm seines Panzeranzuges eingeschaltet hatte, rettete ihm das Leben.

Das schien das Zeichen für die anderen Gleiter gewesen zu sein. Plötzlich wurde von allen Seiten das Feuer auf die oberen Etagen des Hotels eröffnet. Die Gleiter schossen heran, feuerten ihre tödlichen Strahlen auf die Hotelfront ab und zogen knapp vor dem Ziel in die Höhe.

Es wurde unerträglich heiß, die Luft schien zu kochen. Die Außenwände des Hotels schmolzen weg wie Schnee in der Sonne. Überhängende Mauerteile stürzten ein. Die Druckwellen rissen Türen aus den Angeln und wirbelten sie durch die Korridore. Trennwände wurden eingedrückt. Überall im Boden zeigten sich Risse.

»Wir müssen uns in eine der unteren Etagen zurückziehen!« rief Calvan Pratt außer Atem. Sein Gesicht war schweißnaß, er blutete aus einer Wunde im Oberarm, wo ihn ein Splitter getroffen hatte. Sein Haar war versengt.

Wyne Thauß schrie auf. Er hatte sich an einer Wand entlangbewegt, als diese plötzlich Sprünge bekam, einstürzte und den Hyperschaltingenieur unter sich begrub.

»Wyne!« rief Pratt entsetzt und wollte seinem Kameraden zu Hilfe kommen.

»Verschwinden Sie!« herrschte Rhodan ihn an und wandte sich dem Trümmerberg zu, unter dem Thauß begraben war. Nur sein Kopf und die Schulterpartien ragten daraus hervor. Er wimmerte leise vor sich hin. Seine linke Gesichtshälfte war blutunterlaufen und verfärbte sich bläulich.

Atlan kam Rhodan zu Hilfe, und gemeinsam holten sie den Hyperschaltingenieur aus den Trümmern.

»Alles in Ordnung?« erkundigte sich Atlan.

»Mein linkes Bein!« Thauß schrie.

Atlan ergriff ein abgebrochenes Stück einer Türleiste und schiente damit Thauß' Bein provisorisch. Dann hob er ihn sich auf den Rücken, schnallte ihn dort mit einem der Gurte seines Panzeranzuges fest und eilte weiter.

Atlan und Rhodan holten die anderen ein, die die Nottreppe beinahe erreicht hatten.

»Wo ist Vallain?« erkundigte sich Rhodan.

»In der Bibliothek«, antwortete Fellmer Lloyd.

Er hatte es kaum gesagt, da kam der junge Ezialist heran. Er schwenkte in einer Hand den Lageplan des Bioponblocks, und in der anderen hielt er ein verhältnismäßig kleines Meßgerät.

»Jetzt haben wir alles, was wir brauchen!« rief er.

An der Stelle, an der er sich eben noch befunden hatte, stürzte der Boden ein. Der Ezialist wurde blaß und beschleunigte seinen Schritt. Eine dichte Wolke aus Rauch und Staub holte ihn ein. Vallain verschwand darin.

Rhodan drang in die Staubwand ein, bekam den Ezialisten zu fassen und schüttelte ihn durch.

»Verlieren Sie jetzt nicht die Nerven, Mann!« herrschte er ihn an. Er löste zwei der elastischen Gurte vom Brustteil seines Panzeranzuges und überreichte sie Vallain mit den Worten: »Ich habe meinen Schutzschirm abgeschaltet. Sie können sich mit den Riemen an meinem Rücken festschnallen. Achten Sie aber darauf, daß die Magnetverschlüsse einrasten.«

Vallain hantierte eine Weile in seinem Rücken. Schließlich sagte er: »Geschafft. Werden Sie mich auch tragen können, Sir?«

»Wozu habe ich einen Antigravprojektor?« entgegnete Rhodan und stellte den Regler der Antigraveinrichtung so, daß die Schwerkraft für ihn nur noch 0,4 Gravos betrug. Die Last auf seinem Rücken machte sich nun nicht mehr bemerkbar.

Plötzlich gab der Boden unter seinen Füßen nach. Rhodan sackte fast einen Meter ab, bevor er die Schwerkraft vollkommen neutralisieren konnte. Daraufhin schaltete er die mit dem Antigravprojektor gekoppelte Flugeinrichtung ein und setzte über den Abgrund hinweg, der sich vor ihm aufgetan hatte. Wenig später holte er die anderen ein, die bereits die Nottreppe erreicht hatten.

Rhodan dachte intensiv an Lloyds Adresse, der Telepath solle mit Calvan Pratt das gleiche tun, was Atlan und er mit den beiden anderen getan hatten. Dann ging plötzlich eine Erschütterung durch das ganze Gebäude, ein Ächzen und Dröhnen erklang – und dann fiel das Stiegenhaus mit gewaltigem Getöse in sich zusammen.

Fellmer Lloyd hatte Calvan Pratt um die Mitte ergriffen und schwebte mit ihm aus dem Gefahrenbereich. Atlan hatte die Gefahr schon vorher erkannt und konnte sich mit seinem Schützling als erster in Sicherheit bringen.

Irmina verschwand in der Staubwand. Rhodan glaubte ihren Schutzschirm aufblitzen zu sehen, doch war er nicht sicher. Er wußte nur mit Bestimmtheit, daß sie an der Bruchstelle gestanden hatte, als das Stiegenhaus in sich zusammengefallen war.

Er wollte seinen eigenen Schutzschirm aktivieren, um Irmina zu Hilfe zu kommen, als sie wie vom Katapult geschnellt aus dem Inferno aus Trümmern, Rauch und Staub geschossen kam. Sie schien unverletzt.

Die Hitze, der Qualm und der Staubgehalt der Luft waren inzwischen in einem Maße angestiegen, daß sie kaum mehr atmen konnten.

»Es gibt noch eine Möglichkeit für uns, dieser Hölle zu entrinnen«, sagte Rhodan.

Sie befanden sich in fast sechshundert Metern Höhe auf einer überhängenden Plattform, die nur noch von einem Betonpfeiler getragen wurde, umragt von den Mauerresten, die wie Skelette aus dem Qualm ragten, bedroht von zwanzig Fluggleitern, die das Gebäude systematisch von oben nach unten mit den Strahlen ihrer Impulskanonen abtrugen. Es gab keinen Weg in die tiefer liegenden Etagen.

Der Boden unter ihren Füßen schwankte.

»Wir sind verloren!« schrie Calvan Pratt.

Der Wind trieb den Rauch davon, und die Fluggleiter wurden sichtbar, die wie Hornissen von allen Seiten auf sie niederstießen.

»Deflektoren einschalten!« befahl Rhodan.

Atlan, Fellmer und Irmina schienen sich plötzlich aufzulösen. Sie hatten ihre Deflektorschirme eingeschaltet, die die elektromagnetischen Wellen ableiteten und sie unsichtbar machten. Jetzt konnten sie optisch nicht mehr geortet werden.

Der Boden unter ihnen senkte sich wieder um einige Zentimeter.

»Wir setzen uns mittels der Antigravprojektoren ab«, ordnete Rhodan an und erhob sich gleichzeitig in die Luft. Da er seine Ortungsgeräte ausgeschaltet hatte, konnte er nicht feststellen, wie seine Gefährten reagierten. »Wir fliegen geradewegs zum Zentralplasma. Jeder auf eigene Faust. Erst dort nehmen wir wieder Kontakt miteinander auf. Kein Funkverkehr, keine vermeidbare energetische Aktivität, damit wir nicht so leicht angepeilt werden können.«

Rhodan wartete nicht erst eine Bestätigung ab, sondern flog mit der größtmöglichen Beschleunigung, deren der Antigravprojektor fähig war, davon.

Rhodan hatte kaum hundert Meter zurückgelegt, als sich hinter ihm der mächtige Stützpfeiler, auf dessen oberster Plattform sie sich eben noch befunden hatten, neigte und donnernd in die Tiefe stürzte. Rhodan dachte an die fast achtzig Menschen, die hier von Oberst Anaka gefangengehalten worden waren, und hoffte, daß sie sich unter die Oberfläche in Sicherheit gebracht hatten.

»Achtung, Sir!« schrie ihm Vallain über die Schulter ins Ohr.

Rhodan konnte seine Stimme im Wind kaum hören, doch er erkannte sofort, was Vallain gemeint hatte. Vor ihnen tauchte ein Fluggleiter auf und nahm geradewegs Kurs auf sie. Rhodans erster Gedanke war, daß ihn der Pilot über seine Ortungsgeräte als energetisches Objekt angepeilt und die richtigen Schlüsse daraus gezogen hatte. Er überlegte gerade, ob er seinen Strahler einsetzen sollte. Doch gerade als er die Waffe ergriff, die von seinem Gürtel baumelte, drehte der Gleiter ab und schoß im Sturzflug auf das Hotel zu.

Vallain schrie ihm wieder etwas zu, doch Rhodan verstand nicht, was er sagte. Es konnte auch nichts von Bedeutung gewesen sein. Im Augenblick war es nur wichtig, aus der unmittelbaren Gefahrenzone herauszukommen. Und in relativer Sicherheit befanden sie sich erst, wenn sie einige Kilometer zwischen sich und die Gleiter gelegt hatten.

Rhodan hatte die Fluggeschwindigkeit vermindert, weil er sich entsann, daß Vallain auf seinem Rücken dem Flugwind vollkommen schutzlos ausgesetzt war. Er selbst spürte davon nichts, weil er den Helm geschlossen hatte. Aus diesem Grund aktivierte Rhodan den Schutzschirm auch eher als ursprünglich geplant. So bestand zwar größere Ortungsgefahr, aber er konnte dafür mit Höchstgeschwindigkeit fliegen, weil der Flugwind von Vallain abgehalten wurde.

»Puh«, machte Vallain, kaum, daß der Schutzschirm stand. »Ganz schön windig hier oben, Sir.«

»Haben Sie noch den Lageplan und das Meßgerät?« fragte Rhodan.

»Ich behüte sie wie meinen Augapfel!« versicherte Vallain.

Sie kamen bald in die Randbezirke, wo ausschließlich kleinere Gebäude und Bungalows standen, und ließen Suntown ohne Zwischenfall hinter sich. Dem Raumhafen mit den beiden Großwerften, der in ihrer Richtung lag, wichen sie in weitem Bogen aus.

Trotz der Entfernung konnte Rhodan erkennen, daß insgesamt vierzehn Raumschiffe auf dem ausgedehnten Landefeld standen. Es waren alles große, moderne Kugelraumer, darunter Ultrariesen der Galaxisklasse, fünf 1000-Meter-Schiffe, ein 800 Meter durchmessendes USO-Schlachtschiff, und die übrigen sechs waren 500-Meter-Schiffe.

»Sehen Sie dort, das USO-Schlachtschiff, Sir«, erläuterte Vallain. »Das ist die ZAMORRA-THETY. Mit ihr sind Oberst Anaka und seine Paradiessucher gelandet.«

Rhodan antwortete darauf nichts. Er war mit seinen Gedanken bereits einen Schritt weiter. Er dachte an die bevorstehende Aufgabe. Wenn alles gutging, würden sie in etwa zwanzig Minuten die achtzig Kuppeln erreichen, in denen das Zentralplasma untergebracht war. Dort erst trat ihr Unternehmen in die entscheidende Phase.

Als Rhodan die Werft- und Raumhafenanlagen hinter sich gelassen hatte und sich bereits dem Gebiet des Zentralplasmas näherte, riskierte er es, die Ortungsgeräte seines Druckpanzers für einige Sekunden einzuschalten. Er ortete nicht weit vor sich in der Atmosphäre drei schwache Energiequellen und atmete auf. Das waren die Gefährten: Atlan, Irmina Kotschistowa, Fellmer Lloyd und die beiden Hyperschaltingenieure.

Aber dann stutzte er. Sein Massetaster zeigte an, daß sich von hinten zehn Objekte näherten, deren Masse denen von Fluggleitern entsprach.

Es konnte kein Zweifel daran bestehen, daß sie von Oberst Anakas Leuten verfolgt wurden.

Nachdem das Zentralplasma die Herrschaft über die Hyperinpotronik verloren hatte, besaß es keine Macht mehr über die gigantischen Anlagen der Hundertsonnenwelt und war auch nicht mehr in der Lage, die Posbis zu befehligen. Aber das Zentralplasma war nicht ganz wehrlos, denn es konnte zumindest um das zehn Kilometer durchmessende Freigelände ein kilometerhohes Energiegatter legen. Allerdings garantierte dieser Selbstschutz keine absolute Sicherheit. Denn über den Zugang zur Hyperinpotronik war es möglich – unterplanetarisch – auch zum Plasma zu gelangen. Und der Zugang zur Hyperinpotronik befand sich außerhalb der hochaufragenden Energiebarriere. Dort standen zwei Geschütztürme, in denen Antigravschächte zu den Anlagen unter der Oberfläche führten.

Oberst Anaka hatte die beiden Türme mit je sechs seiner besten Leute besetzt.

»Oberst Anaka an alle! Vier Gefangenen ist die Flucht gelungen. Sie befinden sich auf dem Weg zum Zentralplasma. Nach ersten Ermittlungen besitzen sie modernste Panzeranzüge und sind schwer bewaffnet. Wenn die Gefangenen in der Nähe des Zentralplasmas auftauchen, sofort und ohne Warnung das Feuer eröffnen. Ich bin mit Verstärkung unterwegs. Ende.«

»Verstanden«, sagte Korpisch und legte den Kippschalter des Funksprechgeräts in die Null-Stellung. Er war ein ehemaliger Leutnant der Solaren Abwehr. Jetzt stand er bedingungslos hinter Oberst Anaka.

Er grinste verzerrt, während er den Bildschirm des Energietasters betrachtete. Dort waren vier Leuchtpunkte zu sehen, die sich kaum merklich vergrößerten. Sie waren noch einen Kilometer von den beiden Türmen entfernt.

»Wir werden ihnen einen heißen Empfang bieten«, versprach Leutnant Korpisch. »Wenn sie auf fünfhundert Meter heran sind, werden wir sie so lange mit Impulsstrahlen eindecken, bis ihre Schutzschirme zusammenbrechen. Die einfachste Sache der Welt!«

»Unverständlich, warum der Oberst solches Aufsehen um diese Sache macht«, pflichtete der Mann am Ortungsgerät bei.

Korpisch holte sich das Mikrophon heran. Er sprach zu den Männern in den Feuerleitstellen der beiden Türme. »Bei einer Annäherung von fünfhundert Metern habt ihr Feuer frei!«

»Noch siebenhundert Meter«, sagte der Ortungsspezialist. »Noch sechshundert ...« Plötzlich sprang er wie von der Tarantel gestochen von seinem Platz. »Verdammt, ich kann sie nicht mehr orten. Sie sind offensichtlich gelandet und haben ihre Energiequellen ausgeschaltet.«

Die gleiche Meldung kam von den beiden Geschütztürmen durch.

»Dann benutzt eben die optische Zielerfassung!« herrschte Korpisch die Kanoniere an.

»Unmöglich. Das Gelände ist zu unübersichtlich.«

Korpisch war wütend. Er wußte, daß ihm nun nichts anderes übrigblieb, als den Angreifern im offenen Gelände gegenüberzutreten. Er mußte es zu einem Kampf Mann gegen Mann kommen lassen.

Er zog die Männer aus der Funkzentrale, der Ortung und aus den Waffenleitständen ab und bewaffnete sie. Dann schickte er sie hinaus. Er selbst blieb in der Funk- und Ortungszentrale zurück und stand mit seinen Leuten in Funkverbindung.

Zweimal erblickte er die Angreifer auf dem Bildschirm, doch nicht lange genug, um daraus Nutzen ziehen zu können. Immerhin stellte er fest, daß es sich nicht um vier, sondern insgesamt sieben Personen handelte. Drei von ihnen trugen jedoch keine Druckpanzer.

Seine Leute, die rund um die Türme ausgeschwärmt waren, berichteten, daß sie noch keine Spur von den Angreifern entdeckt hätten. Leutnant Korpisch geriet in Panik.

»Das ist unmöglich!« schrie er. »Sie müssen sich knapp hundert Meter vor euch befinden.«

»Nichts zu sehen.«

»Aber sie können sich nicht einfach in Luft ...« Leutnant Korpisch unterbrach sich. Plötzlich fand er des Rätsels Lösung. Ein Blick auf die Ortungsgeräte zeigte ihm, daß er recht gehabt hatte. Die vier Angreifer waren auf dem Bildschirm deutlich als schwach glühende Energiequellen zu erkennen.

»Sie haben ihre Deflektorschirme eingeschaltet«, rief Korpisch in ohnmächtiger Wut. Er konnte die Angreifer wohl wieder orten, doch waren sie schon zu nahe, als daß er sie noch mit den schweren Geschützen hätte bekämpfen können.

»Zieht euch in die Türme zurück!« befahl er seinen Leuten. »Wir legen um die Türme einfach ein Sperrfeuer, das sie nicht durchbrechen können. Inzwischen wird der Oberst mit Verstärkung eintreffen.«

Aber es war bereits zu spät. Bevor die Männer sich noch in die Türme zurückziehen konnten, brachen sie nacheinander zusammen. Plötzlich quollen ihre Fußgelenke auf, ihre Beine versagten ihnen den Dienst ...

Leutnant Korpisch vernahm ihre Schmerzensschreie. Seine Verwirrung wurde immer größer.

Der Ortungsschirm zeigte an, daß sich die vier Energiequellen dem Eingang des Turmes näherten, in dem er sich befand. Dann erloschen sie jäh.

Das war das Zeichen dafür, daß sie ihre Deflektoren ausschalteten.

Leutnant Korpisch ergriff einen Thermostrahler und hastete aus der Funk- und Ortungszentrale. Auf dem Korridor kamen ihm bereits die Eindringlinge entgegen. Korpisch erkannte den ersten von ihnen. Das war Perry Rhodan!

Trotzdem hätte er den Thermostrahler abgedrückt, wenn er nicht schon vorher von einem Paralysestrahl erfaßt worden wäre.

Atlan bildete den Abschluß. Er nahm nur unterbewußt wahr, daß Perry Rhodan auf jemanden geschossen hatte. Denn gerade als er den Turm betrat, kamen die zehn Gleiter Oberst Anakas im Sturzflug herunter und belegten das Gelände um die beiden Türme mit einem Sperrfeuer aus ihren Impulskanonen.

»Es besteht kein Grund zur Besorgnis«, sagte Fellmer Lloyd. »Aus den Gedanken der Gleiterpiloten habe ich erfahren, daß Anaka es untersagt hat, die beiden Türme unter Feuer zu nehmen.«

»Sicher will er den Zugang zur Hyperinpotronik freihalten«, vermutete Rhodan.

Sie drangen bis zum Mittelpunkt des Turmes vor, wo sich der großräumige Antigravlift befand, der auch für Lastentransporte geeignet war. Rhodan probierte die Funktionstaste.

»Ohne Energie«, stellte er fest. »Das war nicht anders zu erwarten gewesen. Ich habe mir gedacht, daß die Männer, die Anaka in den unterplanetarischen Anlagen postiert hat, den Antigravlift außer Betrieb setzen würden. Aber davon lassen wir uns nicht aufhalten. Wir haben schließlich noch unsere Antigravprojektoren. Fellmer, können Sie feststellen, an welcher Stelle weitere Wachtposten aufgestellt sind?«

»In vierhundert Metern Tiefe – genau an der Austrittstelle des Antigravlifts«, antwortete der Telepath. »Es handelt sich um zwei Mann. Sie sind von Anaka von unserem Eindringen unterrichtet worden. Sie erwarten uns. Und ich werde als erster den Abstieg wagen.«

Rhodan stimmte nach einigem Zögern Lloyds Vorschlag zu.

Vierhundert Meter, dachte Irmina schaudernd. Sie fürchtete sich in diesem Moment nicht vor der Tiefe des Schachts. Aber sie hatte Angst davor, daß ihre Phobie auf dem Weg nach unten zum Ausbruch kommen könnte.

»Sie werden sich wieder bei mir anschnallen, Vallain«, sagte Rhodan zu dem Ezialisten. »Atlan, du kümmerst dich um Pratt. Da Lloyd Bewegungsfreiheit braucht, wird es Ihnen, Irmina, nicht erspart bleiben, sich Thauß' anzunehmen.«

Der Hyperschaltingenieur mit dem gebrochenen Bein war von Pratt und Vallain die sechshundert Meter bis zum Turm getragen worden. Atlan hatte ihm aus seinem Medo-Kästchen ein schmerzstillendes Mittel injiziert. Thauß saß die ganze Zeit über reglos da, das provisorisch geschiente Bein steif von sich gestreckt, die Augen blicklos ins Leere gerichtet. Als sein Name genannt wurde, kam Leben in ihn.

»Nein, ich gehe nicht mit«, sagte er schwach. »Ich wäre nur hinderlich. Lassen Sie mich hier mit einer Waffe zurück.«

Pratt beugte sich über ihn.

»Du redest Unsinn, Wyne. Wir brauchen dich. Ohne deine Unterstützung wird es uns nicht gelingen, die Hyperinpotronik wieder an das Plasma anzuschließen.«

Thauß lächelte matt. »Vertraut nur Vallain. Er ist ein guter Ezialist.«

Plötzlich sank sein Kopf kraftlos auf die Brust, sein Körper kippte langsam zur Seite, Pratt sprang hinzu und fing ihn auf.

»Lassen Sie ihn schlafen«, sagte Rhodan. »Wir werden ihn auf jeden Fall mitnehmen.«

Pratt erhob sich blaß und verstört.

»Wyne schläft nicht, Sir«, sagte er ungläubig. »Er ist tot.«

Als sie Thauß herumdrehten, sahen sie die tiefe Wunde in seinem Rükken. Er mußte sie schon gehabt haben, als sie von Suntown aufgebrochen waren.

Irmina sagte in die Stille hinein: »Ich möchte bei ihm bleiben.«

Dabei blickte sie zu Fellmer Lloyd. Der Telepath drang in ihren Geist, spürte die Unsicherheit, ihre Furcht, während des Abstiegs in die Tiefe im entscheidenden Augenblick zu versagen.

»Ich glaube, es wäre tatsächlich besser, wenn Irmina zurückbliebe«, sagte er zu Rhodan. »Sie könnte uns ausgezeichnete Rückendeckung bieten und Anakas Leute davon abhalten, in die unterplanetarischen Anlagen vorzudringen.«

Rhodan verstand die Situation.

»Wir haben keine Zeit für lange Diskussionen«, sagte er nur. »Ich hoffe, daß Sie wissen, in welch gefährliche Situation Sie sich begeben, Irmina.«

Irmina lächelte schwach. Genau betrachtet war es Selbstmord, was sie tat. Aber vielleicht war es ihr möglich, Oberst Anaka einige Zeit hinzuhalten und so ihren Gefährten einen Vorsprung zu verschaffen, der ausreichte, um die erforderlichen Schaltungen vorzunehmen.

Fellmer Lloyd glitt den finsteren Schacht hinunter. Er orientierte sich an den Gedanken der beiden Männer, die am Ende des Antigravlifts lauerten. Sie waren bereit, jeden Eindringling gnadenlos zu töten. Und sie waren siegessicher.

Ihre Gedanken lagen vor Lloyd offen wie ein Buch, doch er konnte aus ihnen nicht herauslesen, was der Grund ihrer Sicherheit war. Sie dachten nicht daran, welche Überraschung sie für die Eindringlinge bereithielten.

Die beiden Wachtposten sprachen kein Wort miteinander. Sie waren äußerst konzentriert, ihre Gedanken drehten sich nur um die Eindringlinge, die jeden Augenblick vor ihnen aus dem Schacht kommen konnten. Erst wenn sie alle den Boden erreicht hatten, würde die reinste Hölle losbrechen ...

Das war ein wichtiger Hinweis!

Lloyd erfuhr daraus, daß für ihn keine Gefahr bestand, wenn er den Schacht verließ. Er versuchte noch, aus den Gedanken der Männer zu erfahren, wie viele Eindringlinge sie erwarteten.

Sieben!

Die beiden Wachtposten dachten an sieben Männer. Sie wußten auch, daß vier von ihnen Druckpanzer trugen. Diese Information mußten sie von Oberst Anaka über Funk erhalten haben.

Er hatte ihnen auch erklärt, wie sie es anstellen mußten, damit die Druckpanzer für die Träger zur tödlichen Falle wurden. Sollte etwas schiefgehen, dann würden die beiden Wachtposten den Desintegrator einsetzen. Sie waren in ihrem sicheren Versteck ungefährdet, denn sie wußten, daß die Eindringlinge nur Lähmstrahlen einsetzten. Und davor waren sie hinter der dicken Panzerwand sicher.

Lloyd setzte sich telepathisch mit Rhodan in Verbindung und veranlaßte ihn dazu, den Kombistrahler umzuschalten. Lloyd berichtete Rhodan auch von der Falle, die sie in der Halle erwartete, doch bedauerte er, einstweilen nur zu wissen, daß ihnen die eigenen Druckpanzer zum Verhängnis werden sollten.

Lloyds Gedanken schweiften für einige Sekunden zu Irmina ab. Obwohl die beiden Türme von etwa zwei Dutzend von Anakas Leuten umzingelt waren, hatte sie sich noch nicht verteidigen müssen. Es schien, als wolle Anaka den Erfolg der beiden Wachtposten abwarten. Irmina hatte sich inzwischen an Wyne Thauß versucht. Aber es war ihr nicht möglich gewesen, ihn durch Zellregeneration ins Leben zurückzurufen. Sie verzweifelte darüber beinahe, weil sie der Meinung war, daß sie Thauß hätte helfen können, wenn ihre Fähigkeit besser ausgebildet gewesen wäre.

Daraufhin widmete sich Lloyd wieder den beiden Wachtposten. Er war nur noch knapp hundert Meter vom Grund des Antigravschachts entfernt und vernahm ihre Gedanken schon ganz klar. Aber noch immer war es ihm nicht möglich zu erfahren, welchen Hinterhalt sie ihnen gestellt hatten.

Wie wird ein Druckpanzer für seinen Träger zur Falle?

Fellmer Lloyd beschäftigte sich mit dieser Frage, bis seine Beine auf dem Boden aufsetzten. Er hatte noch immer keine Antwort gefunden.

Hinter ihm landeten Perry Rhodan und die anderen. Aber sie verließen den Schacht nicht.

Vor ihnen lag eine weite, hohe Halle, die in einem kalten grünlichen Licht leuchtete.

Jetzt hat es gezündet ... Die Strahlung wirkt ... die Fusionsreaktoren der Druckanzüge laden sich auf, werden überhitzt ...

Das waren die Gedanken von einem der beiden Männer, die am Ende der Halle in einem Seitengang mit einem fahrbaren Desintegrator warteten.

»Raus aus den Druckanzügen!« rief Lloyd mit gedämpfter Stimme. »Die Reaktoren sind durch hyperenergetische Fernimpulse angeheizt worden. Sie können jeden Augenblick explodieren.«

»Verdammt!« entfuhr es Rhodan, während er bereits die Magnetverschlüsse seines Druckpanzers öffnete.

Lloyd war weitergeeilt. Er entledigte sich des Druckpanzers während des Laufens. Als er das Ende der Halle erreicht hatte, waren alle Verschlüsse geöffnet, und er brauchte nur noch aus dem schweren Schutzanzug zu steigen. Aber er warf ihn nicht von sich.

Atlan und Rhodan kamen mit dem Hyperschaltingenieur und dem Ezialisten heran. Sie trugen nur noch ihre einfachen Kombinationen.

»Achtung!« rief Lloyd, warf seinen Druckanzug in den Korridor, in dem sich die beiden Wachtposten verschanzt hatten, und lief in den Hauptkorridor hinein. Die anderen folgten ihm.

Hinter sich hörten sie, wie sich der fahrbare Desintegrator in Bewegung setzte, um sie zu verfolgen. Doch er kam nicht weit.

Es gab kurz hintereinander drei mächtige Explosionen, die die unterplanetarischen Anlagen erschütterten. Wände aus massivem Stahl barsten, der Boden öffnete sich, die Decke stürzte ein. Der fahrbare Desintegrator wurde in die Höhe gehoben und quer durch die Halle geschleudert, wo er im Inferno entfesselter Gewalten explodierte.

Nachdem die Explosionen verklungen waren, kamen Rhodan und die anderen aus ihren Deckungen.

»Das war knapp«, stellte Atlan fest.

»Wir haben es noch nicht überstanden«, sagte Lloyd. »Anaka hat zum Sturm geblasen. Wahrscheinlich haben die Explosionen eine Warnanlage ausgelöst. Seine Leute greifen die beiden Türme an.«

Lloyd hoffte, daß Irmina so lange aushielt, bis sie die Hauptleiter vom Zentralplasma zur Hyperinpotronik funktionsfähig gemacht hatten. Aber er hatte wenig Hoffnung, denn bis zur Halle, in der der Bioponblock stand, war es noch weit.

18.

Irmina gab sich keinen Illusionen hin. Sie wußte, daß sie viele ihrer Gegner kampfunfähig machen konnte, aber sie wußte auch, daß sie dadurch ihre Niederlage nur hinauszögern würde.

Und doch – das war schon viel wert. Sie mußte Perry Rhodan und den anderen einen Vorsprung verschaffen. Jede Minute, die sie gewannen, brachte sie dem Bioponblock näher.

Irmina blickte noch ein letztes Mal zum Antigravschacht. Eigentlich wäre es egal gewesen, ob sie beim Weg in die Tiefe einen geistigen Zusammenbruch erlitten hätte oder ob sie hier im Turm ihrem Untergang entgegensah. Aber ihr kam es jetzt nur noch darauf an, die Stellung so lange wie möglich zu halten.

Plötzlich hatte sie eine Idee, wie sie zusätzlich Zeit gewinnen konnte. Sie ging davon aus, daß es jetzt egal war, ob Perry Rhodans Anwesenheit auf der Hundertsonnenwelt geheim blieb oder nicht.

Sie suchte die Funk- und Ortungszentrale auf, die teilweise von der Hyperinpotronik getrennt war, weil Oberst Anaka die Geräte von seinen Leuten bedienen lassen wollte.

Nacheinander aktivierte Irmina sämtliche Ortungsgeräte, die Masse- und Energietaster, das Radar, die Infra-Ortung und die optische Objekterfassung. Irmina sah auf die Bildschirmgalerie, die die Umgebung der beiden Türme zeigte.

Dort waren inzwischen zehn Transportschweber gelandet. Etwa hundert bewaffnete Männer waren ihnen entstiegen. Ein großer Teil von ihnen gehörte wahrscheinlich der Stammbesatzung des terranischen Stützpunkts an. Irmina konnte sich nicht vorstellen, daß diese Männer Oberst Anaka bedingungslos ergeben waren. Immerhin wußte sie, daß Anaka sie unter Vorspiegelung falscher Tatsachen für sich gewonnen hatte.

Über den beiden Türmen kreisten zwanzig Ein-Mann-Gleiter. Etwas abseits, fast einen Kilometer entfernt, erblickte sie ein Heer von Posbis. Die positronisch-biologischen Roboter verhielten sich abwartend und schienen nicht recht darüber informiert, welche Aufgabe ihnen zufallen sollte.

Zumindest droht von ihnen keine Gefahr, dachte Irmina und schaltete das Sprechfunkgerät ein. Sie begann mit ruhiger, beherrschter Stimme zu sprechen. Nach der zweiten Wiederholung ihres Aufrufs meldete sich Oberst Anaka.

»Es ist gut, daß Ihr euch bequemt, mit mir Kontakt aufzunehmen«, ertönte seine bellende Stimme. »Das kann Euch das Leben retten. Ich habe gerade den Befehl zum Angriff gegeben. Aber ich kann meine Leute noch zurückrufen. Ergebt Euch also!«

»Sie mißverstehen die Situation, Oberst«, erwiderte Irmina. »Ich setze mich mit Ihnen in Verbindung, um *Ihnen* eine Chance zu geben. Wenn Sie sich zur sofortigen Kapitulation entschließen, dann wird Perry Rhodan vielleicht Gnade vor Recht ergehen lassen und Sie nicht in vollem Umfang zur Verantwortung ziehen.«

Aus dem Lautsprecher drang ein Gewirr von Stimmen. Irmina wußte, das waren die Männer der Stammbesatzung, die das Gespräch mitanhörten.

»Was soll das?« rief Oberst Anaka ärgerlich. »Perry Rhodan ist tot. Er befand sich an Bord der Space-Jet, die ich abgeschossen habe.«

»Stimmt«, bestätigte Irmina. »Aber bevor die Space-Jet explodierte, setzten sich Perry Rhodan, Atlan, Fellmer Lloyd und ich ab. Inzwischen befindet sich der Großadministrator mit den anderen auf dem Weg zum Bioponblock.«

Aus dem Lautsprecher ertönte wieder ein Gemurre, das zuerst Überraschung, dann Ärger und schließlich Wut und Haß ausdrückte. Die Männer der Stammbesatzung fühlten sich von Oberst Anaka hintergangen. Sie sagten ihm in leidenschaftlichen Worten, daß sie unter diesen Umständen nicht für ihn kämpfen würden.

»Wenn Ihr plötzlich die Courage verliert, nur weil unser Gegner Perry Rhodan heißt, dann macht, daß Ihr wegkommt!« schrie Oberst Anaka. »In meinen Reihen kann ich keine Feiglinge gebrauchen. Meine Leute und ich werden mit dieser Situation auch alleine fertig.«

»Ist Ihnen denn klar, daß Sie sich mit Ihrer Handlungsweise eindeutig gegen die Interessen der gesamten Menschheit stellen?« mahnte Irmina.

Oberst Anaka schien nun vollkommen die Beherrschung über sich zu verlieren.

»Ich pfeife auf die Menschheit!« schrie er. »Ich erkläre die Hundertsonnenwelt zum Paradiesplaneten, der nur der Elite aller galaktischen Völker vorbehalten sein soll!«

»Ist das Ihr letztes Wort, Oberst?«

»Weil Sie eine Frau sind, mache ich Ihnen noch ein Angebot. Kommen Sie aus dem Turm und ergeben Sie sich. Ich möchte meine Kräfte nicht mit einem schwachen Weib messen.«

»Ich kann mich zur Wehr setzen.«

»Wie Sie wollen.«

Sekunden später spürte Irmina, wie eine unsichtbare Macht nach ihrem Geist griff. Aber sie konnte den parapsychischen Angriff des Hypnos abwehren. Oberst Anakas Fähigkeiten waren nicht stark genug entwickelt, um auf diese Entfernung die erhoffte Wirkung erzielen zu können.

Irmina konzentrierte sich auf die bevorstehende Auseinandersetzung.

Die Männer der Stammbesatzung waren von den Paradiessuchern in die Transportschweber gebracht und nach Suntown zurückgeschickt worden. Oberst Anaka forderte über Funk seine Getreuen auf, ihre Posten auf dem Raumhafen und in der Stadt zu verlassen und schnellstens zu den Anlagen des Zentralplasmas zu kommen.

Dann gab er das Zeichen zum Angriff. Die Ein-Mann-Gleiter landeten, ihnen entstiegen Männer der verschiedensten Völker, die bis an die Zähne bewaffnet waren.

Die Angreifer kamen nur zögernd näher. Wenn sie auch Gesetzlose, Renegaten waren, so besaßen sie trotzdem einen gewissen Sinn für Fairneß. Es behagte ihnen nicht, ihre Überlegenheit gegen eine Frau auszunutzen.

Irmina lächelte verzerrt. Wenn sie erst einmal ihre parapsychische Begabung einsetzte, dann würden die Männer rasch ihre Hemmungen verlieren.

Sie wartete, bis die ersten Angreifer auf fünfzig Meter herangekommen waren. Dann schlug sie zu.

Sie hatte sich ihr erstes Opfer auf dem Bildschirm ausgesucht. Es war ein mit einem schweren Narkosestrahler bewaffneter Ertruser aus der vordersten Linie. Irmina konzentrierte sich auf seine muskulösen Oberschenkel.

Sie blickte in einen Muskelstrang des Oberschenkels hinein, erfaßte die Milliarden von Zellen – und gruppierte sie um. Die Zellen veränderten plötzlich ihr Aussehen, zogen sich in die Länge, bis sie spindelartige Gebilde waren ...

Der Ertruser schrie plötzlich auf, seine Beine gaben nach, und er landete der Länge nach auf dem Boden. Seine Kameraden sahen verwundert, daß er sich scheinbar ohne Grund wie unter unsäglichen Schmerzen wand.

Plötzlich strauchelte auch sein Nachbar. Er ließ den Strahler fallen, als sei er glühend heiß. Er streckte die Hände von sich, die sich verformten.

Zwei anderen Männern erging es ebenso.

Vier Epsaler, die den unbesetzten Turm gerade stürmen wollten, brachen zusammen und blieben zuckend liegen. Eine Zellwucherung in den Ganglien der Großhirnrinde hatte diesen Effekt hervorgerufen.

Jetzt erst erkannten die Angreifer, daß es sich hier um keine zufälligen Erscheinungen handelte. Obwohl sie es mit dem Verstand nicht erfassen konnten, fühlten sie rein instinktiv, daß es sich bei den Ausfällen ihrer Kameraden um gezielte Aktionen handelte.

»Wir werden diese Hexe ausräuchern!« schworen sie.

Das war der Zeitpunkt, an dem ihre bisherigen Bedenken wie von selbst verschwanden.

Irmina nahm den Gesinnungswechsel der Angreifer nur unbewußt wahr. Sie sah wohl mit ihren Augen, daß sich die Angreifer nicht mehr zögernd näherten, sondern die beiden Türme berannten. Aber sie ging voll und ganz in der Mikrowelt auf, die sich vor ihrem Geist ausbreitete.

Sie verzettelte sich nicht mehr in kleineren Betrachtungen und Aktionen. Sie konzentrierte sich nur noch auf die Gehirne der Männer. Welche Faszination allein von der Großhirnrinde ausging, in der die Ausgangsstationen fast aller motorischen und sensorischen Nervenbahnen lagen! Allein im Kortex eines jeden Gehirns gab es an die zehn Milliarden Nervenzellen, deren markhaltige Faserfortsätze den Innenraum der Hemisphäre füllten. Die Gesamtlänge dieser Bahnen betrug mehr als 480 000 Kilometer – und jeder Zentimeter davon sprach auf Irminas parapsychische Reize an.

Welche Aufgabe für eine Metabio-Gruppiererin, den sensorischen und motorischen Bahnen ihre Impulse zu geben, ihnen einen fremden Willen aufzuzwingen! Welche Aufgabe, diese Bahnen nicht abzutöten, sondern nur umzuwandeln! Jene Bahnen zu beeinflussen, die für die Kopfbewegungen verantwortlich waren, oder jene, die die optischen Eindrücke der Augen verarbeiten sollten.

Die Männer vermeinten plötzlich blind zu sein. Obwohl ihre Augen die elektromagnetischen Wellen des Lichts aufnahmen, konnten sie nichts mehr sehen.

Andere blieben plötzlich stehen. Sie konnten sich nicht mehr vorwärts bewegen. Sie waren wie gelähmt. Wieder andere hatten auf einmal ihre Beine nicht mehr unter Kontrolle. Die Beine führten motorische Bewegungen aus, gehorchten ihren Besitzern nicht mehr und brachten sie von den Türmen fort.

Männer verloren ihre Orientierung ... Männer brachen bewußtlos zusammen, wenn plötzlich die motorischen Körperfunktionen aussetzten und erst nach und nach wieder anliefen ... Männer verloren ihr Gehör ...

Irmina triumphierte nicht. Es erschreckte sie selbst, welch furchtbare Fähigkeit sie mit der Metabio-Gruppierung besaß. Sie dachte auch daran, was passieren würde, wenn ein skrupelloser Mann wie Oberst Anaka die Metabio-Gruppierung beherrschte.

Er würde wohl kaum darauf bedacht sein, seinen Opfern nach Möglichkeit bleibende Körperschäden zu ersparen. Irmina dagegen achtete darauf, daß ihre Feinde nur vorübergehend litten. In den meisten Fällen behob die schnell voranschreitende Zellregeneration die angerichteten Schäden. Andere, ernstere Fälle konnten später medizinisch behandelt werden.

»Rückzug! Wir sammeln uns hinter der Gefahrenlinie und formieren uns neu!« ertönte Oberst Anakas hysterisch klingende Stimme aus dem Funksprechgerät.

Irmina atmete auf. Aber plötzlich spürte sie fremde Impulse in ihrem Gehirn, die sie zwangen, ihre Fähigkeit gegen sich selbst einzusetzen.

Töte dich, Irmina, töte dich!

Zuerst glaubte sie, ihre Phobie käme zum Ausbruch, doch dann erkannte sie, daß Oberst Anaka dahintersteckte. Er versuchte nun, sie mit den gleichen Mitteln zu bekämpfen.

Er war ein Hypno, und irgendwann würde es gelingen, ihr seinen Willen aufzuzwingen.

Sie hatten die riesige Halle erreicht, in dem sich das mächtige Gebilde des Bioponblocks befand.

»Irmina hat einen Teilsieg über Anaka errungen«, berichtete Fellmer Lloyd, während die furchterfüllten Gedanken der Männer noch in ihm nachhallten, die Irmina in die Flucht geschlagen hatte. Obwohl ihre Aktionen nie tödlich verlaufen waren, hatte sie Anakas Männer demoralisiert.

»Jetzt könnten wir es schaffen«, sagte Perry Rhodan und blickte sich zwischen dem Gewirr von Rohren und halborganischen Bioponleitern um. Sein Optimismus schwand sofort wieder. Es war schon schwer genug, ohne technische Ausrüstung die wichtigsten Bioponleiter herauszufinden. Aber es war eine Unmöglichkeit, die von Oberst Tahiko Anaka installierten Zapfanlagen zu eruieren.

Das Lächeln auf Lloyds Gesicht war verschwunden und hatte einer tiefen Besorgnis Platz gemacht.

»Anaka versucht, Irmina in seine Gewalt zu bringen«, sagte er. »Wir müssen schnell handeln.«

Calvan Pratt lachte rauh. »Das ist leicht gesagt. Aber wo sollen wir beginnen? Es können Stunden vergehen, bis wir das erste Zapfgerät gefunden haben. Und ebensoviel Zeit werden wir benötigen, um den nächsten Hauptleiter funktionsfähig zu machen.«

Rhodan überging den Einwand des Hyperschaltingenieurs. Er wandte sich an Aborq Vallain.

»Haben Sie die Sprache verloren, junger Mann? Ich dachte, Sie besäßen ein Wundermittel, um die Zapfgeräte zu finden.«

Der Ezialist zuckte zusammen. »Entschuldigen Sie, Sir. Ich habe gerade darüber nachgedacht, in welchem Winkel wir die Strahler aufstellen sollen, um die beste Streuwirkung zu erzielen.«

»Strahler!« rief Pratt aus. »Was sollen wir mit Strahlern?«

»Irmina wird sich nicht mehr lange gegen Anakas Suggestionen wehren können«, meldete Lloyd in diesem Augenblick.

Vallain wandte sich an den Hyperschaltingenieur. »Seien Sie nicht so borniert, Pratt. Was macht es schon, daß hier eine Methode angewandt werden soll, die Sie nicht kennen. Das ist doch noch lange kein Grund, einen Versuch von vornherein abzulehnen. Sie hören selbst, daß die Zeit drängt.«

»Was Sie vorhaben, ist Wahnsinn!« beharrte Pratt.

»Hören Sie sich wenigstens an, wie ich mir den Vorgang vorstelle ...«

»Das ist nicht nötig«, unterbrach Rhodan. »Treffen Sie Ihre Vorbereitungen, Vallain, wir werden Sie alle unterstützen. Auch Sie, Pratt. Sollte der Versuch fehlschlagen, können wir immer noch die langwierigere Methode in Angriff nehmen. Ich hoffe nur, Sie vergeuden nicht zuviel unserer kostbaren Zeit, Vallain.«

»Es wird sich innerhalb der nächsten zehn Minuten herausstellen, ob ich Erfolg habe oder nicht.«

»Hoffentlich hält Irmina solange durch«, sagte Lloyd pessimistisch.

Vallain entwickelte plötzlich eine Hektik, die ihm niemand zugetraut hätte.

Er postierte Rhodan, Atlan und Pratt zehn Meter voneinander entfernt in einer Linie. Jeder von ihnen erhielt einen Strahler, der auf paralysieren und Mindestkapazität gestellt war.

»Schalten Sie die größtmögliche Fächerung ein und zielen Sie auf den Abschnitt jener Bioponleiter, die aus dem Bioponblock heraustreten. Schalten Sie Ihre Waffen erst ein, wenn ich das Zeichen gebe.«

Rhodan und Atlan befolgten Vallains Anweisungen ohne Widerspruch. Nur Pratt murrte. Er konnte sich einfach nicht vorstellen, daß mit dieser primitiven Methode Anakas Zapfgeräte gefunden werden konnten.

»Sie haben wohl kein großes Vertrauen in die ezialistischen Arbeitsmethoden«, meinte Vallain dazu. Er wartete keine Antwort ab, sondern wandte sich an Fellmer Lloyd. »Sir, ist es Ihnen möglich, sich auf telepathischem Wege mit dem Zentralplasma in Verbindung zu setzen?«

Lloyd nickte. »Ohne weiteres.«

»Gut. Dann versuchen Sie, über alle Hauptleiter Impulse an den Bioponblock abzustrahlen. Es ist egal, welcherart diese Impulse sind. Für den Versuch ist es nur wichtig, daß die Hauptleiter unter Spannung stehen.«

»Ich werde tun, was Sie verlangen«, versprach Lloyd.

»Aber das ist unsinnig«, wandte Pratt ein. »Wie können die Bioponleiter unter Spannung stehen, wenn die Zapfgeräte die Impulse in den Hyperraum ableiten?«

Vallain lächelte. »Wir wollen doch herausfinden, an welcher Stelle die Impulse in den Hyperraum abgeleitet werden. Und das wird uns vermutlich gelingen, wenn wir dieses Meßgerät zur Hilfe nehmen.«

»Das ist ein Enzephalograph, der die elektrischen Gehirnströme und die Potentialschwankungen mißt«, sagte Pratt herablassend. »Na und? Mit diesem Gerät allein können Sie überhaupt nichts ausrichten. Es fehlen Ihnen die Zusatzgeräte, um feststellen zu können, woher die gemessenen Strömungen kommen. Die Meßergebnisse, die Sie erhalten, werden ein Gemisch aus den Impulsen des Zentralplasmas und unserer Gehirnströme sein.«

»Warten Sie ab«, meinte Vallain geheimnisvoll. Dann fügte er hinzu: »Genau genommen bin ich im Besitz von *zwei* Enzephalographen. Denn ich hoffe, Mr. Lloyd wird mir seine telepathischen Fähigkeiten zur Verfügung stellen.«

»Das Zentralplasma ist bereit«, meldete Lloyd. »Es versucht von diesem Augenblick an, über sämtliche Bioponleiter bis zum Bioponblock vorzudringen.«

Vallain bat Lloyd, sich auf einen Platz zu stellen, der außerhalb des Bereichs der Paralysestrahlen war. Vallain selbst bezog auf der gegenüberliegenden Seite Stellung. Dann trug er Lloyd auf:

»Ihre Aufgabe ist es, die Hauptleiter von ihrem Austritt aus dem Bioponblock auf die typischen Denkimpulse des Zentralplasmas zu untersuchen. Natürlich werden Sie solche beim Bioponblock nicht finden, weil sie erst gar nicht bis dorthin kommen. Denn sie werden auf dem Teilstück zwischen Wand und Bioponblock absorbiert, beziehungsweise abgeleitet. Tasten Sie sich also entlang der Hauptleiter bis zu jener Stelle vor, wo Sie die Impulse empfangen.«

Lloyd gehorchte. Fünfzehn Meter hinter dem Bioponblock empfing er plötzlich die Impulse des Plasmas. Aber er erklärte: »Leider kann ich keine exakte Trennlinie ziehen. Ich weiß nur, daß die Impulse in diesem Bereich abgeleitet werden. Das Zapfgerät kann sich auf einer Länge von vier Metern an jedem Punkt befinden. Das ist zuviel.«

»Ein ausgezeichneter Wert«, behauptete Vallain. Er wandte sich an Rhodan, Atlan und Pratt: »Schalten Sie jetzt bitte Ihre Strahler für die Dauer einer Sekunde ein und dann wieder aus. Und wiederholen Sie diesen Vorgang ständig. Dadurch tritt eine zeitweilige Lähmung der organischen Leiterelemente ein, so daß auch die Impulse in regelmäßigen Abständen unterbrochen werden. So kann der Enzephalograph die Gehirnströme des Menschen von den elektrischen Impulsen des Plasmas unterscheiden. Sind damit Ihre Bedenken zerstreut, Pratt?«

Der Hyperschaltingenieur staunte. »Alle Achtung, Vallain, daran hätte ich nicht gedacht.«

»Sie sind auch kein Ezialist«, entgegnete Vallain. »Achtung! Beginnen Sie jetzt mit dem Beschuß!«

Vallain beobachtete die Skala des Enzephalographen. Als er ihn auf den Bioponleiter richtete, sprang der Zeiger wie der Sekundenzeiger einer Uhr von einem Teilstrich zum anderen über die halbkreisförmige Skala. Als er zwei Drittel der Strecke zurückgelegt hatte, wanderte er nicht mehr weiter. Er tickte an der Stelle im Sekundenrhythmus.

»Ich habe es!« rief Vallain aus. »Genau an der Stelle, wo sich Mr. Lloyds telepathischer Strahl mit dem des Enzephalographen überschneidet – dort muß das Zapfgerät deponiert sein. Mr. Lloyd, merken Sie sich die rechte Toleranzgrenze und zeigen Sie sie am Bioponleiter an! Ich werde das gleiche an der von mir ermittelten linken Markierung tun. Genau in der Mitte dieser beiden Punkte werden wir das Zapfgerät finden.«

Und so war es auch. Rhodan holte an der bezeichneten Stelle einen zehn Zentimeter langen und kaum zwei Zentimeter durchmessenden Zylinder hervor, der in den Bioponleiter versenkt worden war.

»Es genügt aber nicht, daß wir einen Hauptleiter freigelegt haben«, äußerte Lloyd mit besorgter Miene. »Wenn wir für die anderen auch so lange brauchen, ist Irmina inzwischen verloren.«

»Wenn wir erst eingespielt sind, schaffen wir es in einem Viertel der Zeit«, versicherte Vallain mit neuer Hoffnung.

Irminas Lage wurde immer kritischer. Sie konnte kaum noch klare Gedanken fassen. Der fremde Wille in ihrem Geist gewann immer mehr Macht, und obwohl sie seinem Einfluß noch nicht unterlag, wurden ihre Sinne gestört.

Sie nahm ihre Umwelt nur unscharf, wie in einem Traum wahr.

Da war die Bildschirmgalerie, auf der die Paradiessucher zu sehen waren. Sie hatten sich zurückgezogen. Über den beiden Türmen zogen die Gleiter ihre Kreise. Fünf Lastenschweber waren eingetroffen. Ihnen entstiegen weitere Paradiessucher.

Irmina wußte, daß sie den Suggestionen nicht mehr lange standhalten konnte.

Oberst Anakas hypnotische Ausstrahlung wurde immer stärker. Das ließ sich nicht allein damit begründen, daß Irminas Widerstand schwächer wurde. Nein, Oberst Anaka mußte sich ihr genähert haben. Sie versuchte, sein Zellbild zu erhalten, doch das war ihr nicht möglich. Es gelang ihr einfach nicht, ihn zu espern, deshalb konnte sie auch nicht ihre Fähigkeiten gegen ihn einsetzen.

Irmina focht einen lautlosen, aussichtslosen Kampf.

Töte dich, Irmina, töte dich!

Der Befehl wurde drängender, intensiver – und es schien ihr schon fast so, als sei es ihr eigener Wunsch, die Zellen ihres Körpers umzugruppieren.

Sie lehnte sich dagegen auf. Aber das Drängen in ihr, endlich die alles entscheidende Handlung auszuführen, wurde immer stärker. Oberst Anaka mußte schon ganz nahe sein!

Irmina schaute auf die Bildschirme. Die Gleiter kreisten über den Türmen, die Paradiessucher standen in sicherer Entfernung und beobachteten. Die Posbis ...

Ein faszinierender Gedanke: Gruppiere die Zellen deines Körpers um, Irmina!

Nein.

Töte dich, Irmina, töte dich!

Sie betrachtete sich selbst, wie sie erstarrt im Kontursessel saß. Sie dachte noch, daß dies alles wie in einem Traum sei, wo der Träumende sich selbst wie eine fremde Person betrachten konnte. Und ihr eigener Körper kam ihr auf einmal fremd vor.

Es war an der Zeit, ihn zu vernichten.

Töte dich, Irmina, töte ...!

Der Gedanke wurde nicht zu Ende gedacht. Die Suggestionen wurden schwächer, Irmina fand in ihren Körper zurück, sah mit ihren eigenen Augen die Vorgänge auf den Bildschirmen.

Die Paradiessucher flüchteten.

Sie schossen scheinbar ziellos, während sie zurückwichen. Dann beschleunigten sie ihre Gangart, schließlich rannten sie. Bei den Transportschwebern kamen sie zum Stillstand, eröffneten wieder das Feuer, kapitulierten dann aber endgültig. Einige der über den Türmen schwebenden Gleiter flogen plötzlich in Richtung Raumhafen davon.

Die Bodentruppen bestiegen die Schweber und flüchteten ebenfalls in ihnen.

Irmina war irritiert. Aller Zwang war nun von ihr abgefallen, aber sie begriff dennoch nicht. Rund um sie klickten Relais. Die Maschinerie des Turmes trat in Tätigkeit, ohne daß sie oder jemand anderer einen Handgriff getan hätte.

Und dann sah sie auf den Bildschirmen das Posbi-Heer. Die positronisch-biologischen Roboter hatten sich in Bewegung gesetzt. Sie kamen in breiter Front heranmarschiert, aus ihren Waffenarmen zuckten Energieblitze. Zwei Gleiter wurden getroffen und stürzten ab.

»Verdammt, was ist passiert?« drang eine Stimme aus dem Funksprechgerät.

»Keine Ahnung, die Hyperinpotronik scheint vollkommen verrückt zu spielen.«

»Die Posbis greifen uns an!«

»Das kann nur bedeuten ...«

Irmina erkannte in diesem Augenblick, was das zu bedeuten hatte. Es mußte Perry Rhodan gelungen sein, die Verbindung zwischen dem Plasma und der Hyperinpotronik wiederherzustellen. Das Zentralplasma beherrschte wieder die Hundertsonnenwelt. Oberst Tahiko Anaka hatte ausgespielt!

Deshalb hatte er sich so plötzlich aus ihrem Geist zurückgezogen.

In Irminas Ohren war das Klicken der Relais, das Lebensgeräusch der robotischen Anlagen. Die Hyperinpotronik erhielt die Impulse vom Zentralplasma und verarbeitete sie. Das Zentralplasma gab Befehle, erließ Anordnungen.

Aus dem Funksprechgerät ertönte plötzlich eine vertraute Stimme, auf dem Bildschirm zeigte sich ein bekanntes Gesicht. Fellmer Lloyd.

»Wir haben gesiegt, Irmina«, sagte er.

Sie schüttelte den Kopf. »Noch nicht.«

Sie erhob sich und rannte aus dem Turm. Der Luftraum war frei, die Gleiter hatten die Flucht ergriffen.

Ohne lange zu überlegen, aktivierte sie das Impulstriebwerk ihres Panzeranzuges und flog den Gleitern nach.

Unter ihr lag der Raumhafen. Die Paradiessucher hatten ihre Gleiter und Transportschweber alle in der Nähe eines 60-Meter-Kugelraumschiffes vom Typ Korvette gelandet. Sie rannten auf das Kleinraumschiff zu und bestiegen es in wilder Panik. An der Schleuse kam es zu einem Gedränge, die Paradiessucher schlugen rücksichtslos aufeinander ein. In ihre Reihen kam erst etwas Ruhe, als aus Richtung der Kontrollgebäude sich eine Abteilung aus dreißig Posbis näherte.

Die Paradiessucher formierten sich und schlugen die Posbis mit einigen Salven aus ihren Strahlwaffen zurück.

Irmina konnte sich denken, daß es Oberst Tahiko Anaka gewesen war, der die Ruhe und Disziplin in den Reihen seiner Männer wiederhergestellt hatte. Sie versuchte, ihn aus den Gestalten herauszufinden, die nun wieder der Korvette zustrebten, doch es war ihr unmöglich.

Sie ging deshalb tiefer, um besser Einzelheiten erkennen zu können.

Und da sah sie Oberst Anaka. Er stand plötzlich allein da, breitbeinig und den Kopf in den Nacken gelegt. Auch er schien sie bemerkt zu haben.

Sie bremste ihren Flug und blieb mit Hilfe des Antigravprojektors hundert Meter über ihm in der Schwebe.

Sein Gehirn lag als riesiges Gebilde offen vor ihr, es umspannte die ganze Welt mit seinen Milliarden und aber Milliarden Zellen. Es fiel Irmina nicht schwer, die riesige graue Masse in die einzelnen Abteilungen aufzugliedern. Sie durchwanderte die Windungen des Palliums, drang tiefer in das Cerebrum bis zum Stammhirn vor, sie streifte die Zirbeldrüse und stieß durch die subkortikalen Seh- und Hörzentren ins Kleinhirn hinein.

Sie war unschlüssig, zögerte, auf welche Art und Weise sie Anaka unschädlich machen sollte. Es war ihr Plan gewesen, durch einen gezielten Eingriff ins Gehirn zu versuchen, seine mutierten Anlagen auszuschalten und ihn umzuwandeln.

Aber ihr Zögern wurde ihr zum Verhängnis. Anaka schaltete schneller. Er visierte sie an und schlug zu.

Irmina, du wirst fallen, tief fallen!

Dieser furchtbare Gedanke war plötzlich in ihr. Sie blickte in die Tiefe hinab – und sie sah plötzlich mit ganz anderen Augen. Die tiefverwurzelte Phobie erwachte jäh in ihr. Sie schwebte hundert Meter über dem Boden! Wenn jetzt ihr Antigravprojektor ausfiel – oder wenn sie ihn ausschaltete -, dann würde sie hinunterfallen und auf dem Boden zerschellen.

Irmina schwindelte. Die Umgebung verschwamm vor ihren Augen ...

Die Sonne Bolo brannte heiß. Der mächtige Körper des Marschiere-Viel hob und senkte sich bei jeder Bewegung seiner sechsunddreißig Säulenbeine, die monoton auf den Fels trommelten. Die Sonne Bolo blendete sie. Die Sonne Bolo brannte heiß. In ihren Ohren war ein Trommeln, daß sie meinte, ihr Kopf müsse jeden Augenblick bersten. Und es ging auf und ab ... Abwärts.

Irminas Finger machten sich selbständig und schalteten den Antigravprojektor aus. Sie fiel.

Es war wieder wie in ihren Alpträumen. Sie fiel in einen endlosen Abgrund und versuchte instinktiv, irgendwo einen Halt zu finden. Und wenn es nur eine winzige Zellkultur war, an der sie sich festhalten konnte. Ihr Geist griff aus, um etwas zu finden, an dem sie sich festklammern konnte.

Aber nein! Es gab noch die graue Masse, die weltumspannend war. Sie sah es vor sich, das riesige Gebilde mit seinen unzähligen Ganglien, den Milliarden von Abteilungen, Sektoren und Zentren. Mit den Zonen für Hören, Sehen, Riechen und Schmecken, den Zentren für motorische und sensorische Bewegungsabläufe, mit den Koordinatenpunkten ... Thalamus und Hypothalamus ...

Und der Bereich für die Suggestivfähigkeit.

Das Gehirn eines Hypnos. Oberst Tahiko Anaka!

Und ich falle!

Irmina krallte sich mit ihrem Geist an dem einzigen Bezugspunkt fest, in den sie mit ihrem parapsychischen Sensorium fassen konnte. Ihre Panik, all ihre Ängste entluden sich auf parapsychischem Weg, ihre entfesselte Geisteskraft stürzte sich auf das gigantische Gebilde aus Trillionen von Zellen – auf Oberst Anakas Gehirn.

Irmina spürte die Erleichterung, nachdem sie ihre Ängste in einer einzigen Explosion ihrer Fähigkeit entladen hatte. Sie war wie ausgewechselt – und plötzlich wußte sie auch, was sie zu tun hatte.

Sie mußte ihren Antigravprojektor einschalten, um nicht auf dem Landefeld des Raumhafens zu zerschellen. Wenig später setzte sie sanft auf dem Boden auf. Keine zehn Meter von ihr entfernt lag Oberst Anaka mit seltsam verrenkten Gliedern da. Aus seinem Hinterkopf quoll eine unförmige Masse.

Irmina wandte sich ab. Das hatte sie nicht gewollt.

Hinter ihr startete die Korvette mit den Paradiessuchern.

Sie kamen nicht weit. Als das kleine Raumschiff 500 000 Kilometer von der Hundertsonnenwelt entfernt war, ergriff das Zentralplasma die Initiative. Trotz Rhodans Bitte, die Renegaten entfliehen zu lassen, eröffnete das Zentralplasma das Feuer aus schweren Transformgeschützen und vernichtete den Kugelraumer.

Rhodan blickte durch die hohe Glaswand auf den Raumhafen hinaus, wo die zehn 2 500 Meter durchmessenden Riesentransporter gelandet waren.

Obwohl die Landung schon vor drei Tagen stattgefunden hatte, war die Ladung noch nicht gelöscht. Noch immer wurden aus den Schiffsbäuchen mittels der Antigravkräne Maschinen und technische Hilfsgeräte geholt und auf großflächigen Lastenschwebern zu den wissenschaftlichen Stationen von Suntown befördert.

Die achtzigtausend Techniker und Wissenschaftler von Last Hope, Männer und Frauen aus allen Völkern der Milchstraße, hatten gleich nach ihrer Ankunft in Suntown Unterkunft bezogen. Sie waren von dem gebotenen Wohnkomfort, der ausgezeichneten Verpflegung und vom Gesamtkonzept der Anlagen begeistert.

»Hier läßt es sich arbeiten«, hatte auch Waringer erklärt, als er von Perry Rhodan erfuhr, daß er die Leitung über die Forschungsarbeiten auf der Hundertsonnenwelt übernehmen sollte. »Mir stehen ausgezeichnete technische Hilfsmittel zur Verfügung, und ich habe ein Team von hervorragenden Fachkräften. Wenn sich der Wirbel etwas gelegt hat, werden wir sofort darangehen, ein Mittel gegen die Verdummung zu finden.«

Perry Rhodan nickte.

»Du mußt mit Hochdruck daran arbeiten, ein Mittel gegen den Einfluß der manipulierten 5-D-Konstante auf das Leben in der Milchstraße zu entwickeln«, sagte er. »Du bekommst von uns jegliche Unterstützung, Geoffry. Ich werde von überall, von Terra, Olymp, Quinto-Center und den anderen Stationen Immune abziehen und sie damit beauftragen, verdummte Spezialisten aller wissenschaftlichen und technischen Gebiete aufzugreifen und zur Hundertsonnenwelt zu bringen. Du wirst sehen, innerhalb kürzester Zeit werde ich dir weitere Mitarbeiter verschaffen. Es soll alles unternommen werden, um endlich das Chaos in der Milchstraße zu beenden.«

»Und wie sehen deine persönlichen Pläne aus?« fragte Waringer.

»Wir werden mit der GONOZAL vorerst einmal Quinto-Center anfliegen. Dort sollen die beiden stark strapazierten Linearkonverter ausgetauscht werden.«

In diesem Augenblick gesellte sich Aborq Vallain zu ihnen. Der Ezialist mußte Rhodans Worte gehört haben, denn er sagte: »Ich möchte vorschlagen, daß eines der Immunenkommandos Umtar anfliegt. Ich weiß, daß der Ezialismus in den Augen konventioneller Wissenschaftler immer noch eine verpönte Angelegenheit ist. Aber ich garantiere Ihnen, daß mein Erfolg in der Halle des Bioponblocks keine Eintagsfliege gewesen ist. Sie werden es bestimmt nicht bereuen, wenn Sie dem Ezialismus eine Chance geben, Sir.«

»Ich werde Ihren Rat beherzigen, Vallain«, versprach Rhodan. »Was würden Sie dazu sagen, wenn ich Ihnen ein Raumschiff mit Besatzung gäbe, damit Sie Umtar anfliegen können?«

»Ich würde das Angebot mit Freuden annehmen.«

»Abgemacht«, sagte Rhodan und blickte an Vallain vorbei in die Halle hinein.

Dort war Irmina Kotschistowa in Begleitung des Psychodynamikers Dr. Kayasho erschienen. Atlan und Fellmer Lloyd folgten seinen Blicken. Sie sahen der Metabio-Gruppiererin gespannt entgegen.

»Nun?« fragte Lloyd erwartungsvoll.

Irminas Gesicht blieb ausdruckslos. »Es ist besser, Sie erkundigen sich bei Doktor Kayasho nach meinem Zustand.«

»Sie machen es aber spannend«, sagte Atlan. »Seien Sie also so freundlich, Doktor Kayasho, und klären Sie uns auf.«

»Schockwirkung«, sagte der Psychodynamiker.

»Sie meinen, Irmina hat durch die parapsychische Auseinandersetzung mit Oberst Anaka einen Schock erlitten?« fragte Fellmer Lloyd.

Dr. Kayasho lächelte. »Ich meine eigentlich, daß durch den Schock eine Heilung eingetreten ist. Miß Kotschistowas Phobie existiert nicht mehr. Während des Sturzes in die Tiefe und im Bewußtsein des sicheren Todes hat sie echte Angst entwickelt, welche die Scheinangst der Phobie verdrängte.«

»Sind Sie sich dessen ganz sicher, Doktor Kayasho?« wollte Rhodan wissen. »Sie erinnern sich doch, daß Sie schon einmal Irminas Diensttauglichkeit bestätigten – allerdings nicht ganz zu Recht.«

»Diesmal irre ich mich nicht«, versicherte Dr. Kayasho etwas verlegen.

»Sie können ihm glauben, Sir«, mischte sich Aborq Vallain ein. »Ich habe mich selbst mit Miß Kotschistowas Fall beschäftigt und kann Doktor Kayashos Diagnose nur bestätigen.«

»Pah!« machte Dr. Kayasho und wandte sich ab. Er hatte damit alles gesagt, was es seiner Meinung nach über den Ezialismus zu sagen gab.

Rhodan schmunzelte. »Demnach gibt es also keine Bedenken, Sie nach Quinto-Center mitzunehmen, Irmina. Sind Sie in zwei Stunden startbereit?«

»Mein Gepäck befindet sich an Bord der GONOZAL«, sagte die Metabio-Gruppiererin.

Rhodan wandte sich an Aborq Vallain. »Können wir mit Ihnen ebenfalls in zwei Stunden rechnen?«

»Ich bin jederzeit startbereit«, versicherte Vallain. »Alles was ein Ezialist für seine Tätigkeit braucht, habe ich im Kopf – einen gesunden Menschenverstand.«

»Pah!« machte Dr. Kayasho wieder und ging stolz erhobenen Hauptes davon – jeder Zoll ein Verächter der Extra Zerebralen Integration.

Wenig später brach Perry Rhodan mit seinen Gefährten und der GONOZAL auf, um nach dem erneuten Abstecher nach Quinto-Center bald wieder zur GOOD HOPE II zurückzukehren.

Viele Gedanken beschäftigten ihn in diesen Tagen. Einer davon galt dem jungen Wilden vom Planeten Exota Alpha, Sandal Tolk, der wahrscheinlich als erster frei agierender Mensch in den Schwarm eingedrungen war.

Was hatte er seither – falls er noch lebte – alles gesehen und über das mysteriöse Gebilde und seine Beherrscher erfahren?

19.

SANDAL TOLK

Auszug aus der Rolle der Geschlechter derer von Crater. Dies schreibt Sandal Tolk asan Feymoaur sac Sandal-Crater, der Freund von Atlan, dem Arkoniden:

Vor etwa vierzehn Tagen bin ich an Bord dieses merkwürdigen Schiffes geschlichen. Jetzt, wo ich darüber nachdenke, kommt es mir wie ein Traum vor – wie einer dieser Träume, die ich hatte, bevor ich Mann wurde. Nur deshalb, weil ich so schnell war, daß mich keines dieser lederartigen Riesenwesen bemerkte, konnte ich hier herein. Soll der schnelle Rückflug des Schiffes in den Schwarm länger als vierzehn Tage dauern? Das erscheint mir unmöglich ...

... Ich habe das halbe Schiff für mich allein. Zwei Tage nach dem Start des Schiffes verließen auch die letzten Kontrolleure die Schaltungen, löschten die meisten Lichter und verschwanden im Oberteil des Schiffes. Ich war sicher, daß ich in wenigen Tagen innerhalb des Schwarms sein würde. Die Tage vergingen langsam, ich aß meinen Braten auf, und das Braten des zweiten Stück Wildes wurde zu einem Problem.

Ich kann mein winziges Versteck verlassen und das leere Unterschiff untersuchen. Jetzt begreife ich auch, warum Atlan und Rhodan so viel klüger als Sandal, mein Großvater, sind: Sie würden genau wissen, was diese Menge von Maschinen und Schaltpulten zu bedeuten haben. Ich weiß es nicht. Ich habe nur einige Bildschirme einschalten können, die mir die Sterne zeigten – und den Schwarm.

Ich warte, warte ...

Auch das zweite Stück Wild ist gegessen. Seit vierzehn Tagen habe ich mich von Wasser, wenigen Konzentrattabletten und kaltem Braten ernährt, eine sehr wenig abwechslungsreiche Kost. Aber dann geschah etwas, das mich tief beunruhigte. Kurz nach dem Start begann das Schiff kurz zu rütteln, irgendwelche Dinge summten in tiefsten Tönen auf, und ich wurde plötzlich ohnmächtig. Als ich aufwachte und auf die Bildschirme sah, hatte ich starke Kopfschmerzen und sah andere Sterne vor dem Schiff. Irgend etwas ist geschehen – als ob das Schiff einen riesigen Satz gemacht hätte.

Dann begann ich, das Schiff systematisch zu erforschen.

Ich traf niemanden an, und viele Türen waren fest verschlossen. Ich wurde nun immer weniger vorsichtig, ich erkundete das gesamte Unter-

schiff. Ich fand sehr interessante Dinge heraus. Und mein Hunger begann würgender und heftiger zu werden ...

Sandal stand neben dem Schrank, dessen Türen kleine Luftlöcher hatten. In der Ecke des Schrankfaches standen die drei schweren Köcher und der riesige Kompositbogen, um dessen Griff wieder die Geschlechterrolle gewickelt und unter dem wasserdichten Ledergriff verborgen war.

»Entweder werde ich noch viele Kapitel schreiben, oder aber dies war das letzte Kapitel, weil ich verhungert bin«, murmelte der Jäger.

Mißmutig steckte er den Stift wieder in die Brusttasche der terranischen Jacke zurück. Die meisten Doppelsäume waren leer, als er sie zwischen Daumen und Zeigefinger prüfte, die kleinen Konzentratwürfel in ihren glänzenden Verpackungen hatte er gegessen. Für zwei Tage besaß er noch Nahrung, und er hungerte bereits seit Tagen, weil er erheblich weniger aß.

»Was jetzt?« fragte er sich.

Wieder einmal schaltete er das Armbandfunkgerät ein. Aus dem winzigen Lautsprecher antwortete ihm nur das Rauschen der Statik, unterbrochen von einigen Tönen, die er aber nicht als Frequenzen von Radiosternen identifizieren konnte. Er fluchte leise und schaltete wieder ab. Atlan und Rhodan schienen weggeflogen zu sein, oder aber dieses Diskusschiff hatte sich sehr weit von der GOOD HOPE II entfernt.

»Wieder nichts – soll ich hier verhungern, beim Großen Stern?« brummte Sandal und trat wütend nach einem abgenagten Röhrenknochen. Der Knochen drehte sich, schoß über den Boden und verschwand hinter einem Kabelstrang.

Sandal stieß sich von der stählernen Platte ab, griff vorsichtig nach dem Strahler, der in der Tasche des breiten Gürtels steckte. Dann ging er langsam aus dem kleinen Werkstattraum hinaus. Jetzt hatte er keine Kopfschmerzen mehr, aber er begann, das Warten zu hassen und sich sehr unbehaglich zu fühlen. Waren die Kopfschmerzen die Wirkungen eines Vorganges gewesen, den Atlan einmal als *Transitionsschock* bezeichnet hatte? Schon möglich.

Er hatte keinen der Schwarminstallateure finden können. Sie waren vermutlich kleiner geworden und im Oberschiff verschwunden.

Zwischen den beiden Polhälften des Diskus befanden sich dicke Schiffswände mit wenigen größeren und vielen kleinen Öffnungen, die allesamt fest verschlossen waren.

Sandal gähnte, er war vor einer Stunde aus dem Schlaf erwacht.

Er blickte auf den Bildschirm und sah noch immer den Schwarm und die Sterne. Er durchquerte den halbdunklen Kontrollturm, blickte auch dort auf einige Bildschirme, die er eingeschaltet hatte, und ging in seinen »privaten« Waschraum. Er wusch sich langsam und ausgiebig, trocknete sich ab und zog sich dann wieder an, nachdem er auch seine Kleidung gesäubert hatte. Dann aß er einen der letzten Konzentratwürfel, trank viel kaltes Wasser und fluchte. Anschließend fühlte er sich etwas besser.

»Es wird Zeit, daß ich wirklich etwas unternehme. Hunger, Ungewißheit ...«, sagte er gequält.

In den letzten vierzehn Tagen hatte er eine Art Hölle durchgemacht. Er, der geborene Jäger und Kämpfer, hatte es nicht mehr in seinem Versteck ausgehalten. Seine Geduld war sehr groß, aber einmal ging auch sie zu Ende. Ein fiebriger Drang nach Beschäftigung überkam ihn, eine Nervosität, die nur dem langen Warten und der unerwarteten Möglichkeit zuzuschreiben war, viele Gedanken im Kopf hin und hergewälzt zu haben.

Gedanken ... zwischen plötzlichen Ausflügen in das Unterschiff. Er fand keinen einzigen Lebenden hier, nur Maschinen, die zuverlässig brummten und wimmerten, nur Kontrollstände und sehr fremdartige Anlagen, die er nicht begriff. Seine Verzweiflung wuchs langsam – war er hier eingeschlossen, verdammt, zu verhungern, allein unter schlafenden oder verschwundenen Fremden ...

»Ich muß hinaus!« rief er.

Er berührte die drei Köcher, den Bogen, dann schloß er die Schranktür ab. Sein Lager war inzwischen wesentlich weicher geworden, er hatte aus allen Teilen des Schiffes Decken oder seltsame Stoffetzen zusammengetragen.

»Zuerst zu den Bildschirmen.«

Sandal ging aus der »Werkstatt« hinaus, entsicherte den Strahler und steckte ihn wieder zurück. Jede Sekunde konnte plötzlich einer der zweieinhalb Meter großen Schwarminstallateure auftauchen, mit seinen achtfachen Gliedmaßen und mit den großen, träge blinzelnden Augen. Er mußte wachsam sein. Zuerst betrat Sandal den Raum, den er am besten kannte, nämlich diese halb abgedunkelte Zentrale mit den vielen Schaltpulten. Dann bog er nach rechts ab, schlich schnell eine schräge Fläche abwärts und öffnete leise und vorsichtig ein fast drei Meter hohes Schott. Seine Handfläche suchte den Kontaktknopf, und als er ihn fand, flammten an verschiedenen Punkten des Raumes Lichter auf.

Sandal erkannte sofort die Form des Raumes: dreieckig, mit einer gerundeten Fläche. Also befand er sich hier in einem der Außenbezirke des Schiffes. Dazu kam noch, daß die Wandfläche schräg anstieg, als wölbte sich vor ihm wie eine große Schale oder ein Schalenausschnitt. Dieser Teil der Wand war von einem Netzmuster aus ausgeschalteten, stumpfgrauen Bildschirmen angefüllt, etwa dreißig Quadratmeter groß, etwa dreißig Schirme. Rasch überschaute er die vielen Schalter und Knöpfe, und schließlich suchte er aus der Menge einen Knopf heraus.

»Wir werden schon sehen, was geschieht«, sagte er leise und faßte den Strahler fester.

Er drückte den Knopf. Drei Sekunden später hatte sich ein Bild aus dreißig Einzelbildern zusammengesetzt.

Sehr schnell nacheinander waren die Bildschirme aufgeflammt und zeigten jetzt eine riesige dunkle Fläche, durchsetzt mit unzähligen Lichtpünktchen. Deutlich konnte Sandal die Form der Galaxis erkennen, ein Ausschnitt aus einem riesigen Feuerrad mit deutlicher Struktur. Als ob er schräg auf dieses Rad niederblicken würde.

Die Milchstraße!

Atlan und die Frau mit den grünen Augen, Chelifer Argas, hatten ihm davon erzählt. Er wußte, was dies alles zu bedeuten hatte, und er fühlte, wie ein Kälteschauer über die Haut seines Rückens und seiner Arme lief.

Und davor: *der Schwarm!*

»Verdammte Eroberer!« stöhnte er auf.

Eine riesige gläserne Speerspitze, in der sich das Licht tausender Sonnen brach und spiegelte. Ein ziemlich gerader Streifen, der wie Schaum auf dem Wasser aussah, zusammengesetzt aus tausenden und aber tausenden von kleineren und größeren durchsichtigen Bläschen. Dahinter leuchteten farbige Lichter, die die Größe von Sonnen haben mußten. Sie wetteiferten mit dem Leuchten von galaktischen Sonnen hinter dunklen Wasserstoffnebelbänken und hinter interstellarem Staub mit seinen charakteristischen Knoten und Verdichtungen. Purpurn und rot, weiß und gelb. Der Schwarm. Er zielte wie eine Speerspitze schräg auf die Ebene des Feuerrades.

»Wenn ich von hier aus den Schwarm sehen kann, dann bedeutet es, daß dieses verdammte Schiff nicht in den Schwarm hineingeflogen ist. Ich kann also meine Rache nicht vollziehen! Noch nicht. Aber meine Stunde wird kommen!«

Einige Sekunden später fügte Sandal weniger wütend hinzu:

»Wenn *ich* nicht vorher verhungert sein werde!«

Das Schiff, in dem er sich aufhielt, hatte vermutlich kurz vor dem Schwarm, vor den äußersten Schutzschirmen, angehalten und flog jetzt entweder mit dem Schwarm mit, als Flankensicherung also, oder es entfernte sich wieder von seiner rätselhaften Heimat. Warum das so und nicht anders war, wußte Sandal nicht. Er konnte es nur vermuten, nicht mehr. Während der große, schlanke Mann mit dem weißen Haar und den goldfarbenen Augen unbeweglich vor den Bildschirmen stand und dieses gigantische Bild musterte, überlegte er scharf und wog seine Chancen ab. Viele Möglichkeiten besaß er, isoliert wie er war, nicht mehr. Jetzt bedauerte er fast, Atlan nicht gefolgt zu sein, aber wenn er an die verkohlten Körper seiner Eltern und Beareemas dachte, schwand dieser Impuls wieder.

»Wenn diese rätselhaften Baumwesen ...«, sagte er vorsichtig, dann schwieg er.

Wenn die Fremden, die sich um das Zwanzigfache verkleinert hatten, die Aufgabe hatten, nach Erfüllung eines bestimmten Zwecks oder nach Verstreichen einer bestimmten Zeit zu dem Pilzschiff, das sich in das Denkmal eines Götzen verwandelt hatte, zurückzukehren, dann befand sich das Schiff jetzt auf dem Flug zurück nach Testfall Rorvic, dem erdähnlichen Planeten. Dort aber würden die Massen von großen und kleinen Robotern inzwischen pausenlos Angriffe auf den Riesen unternommen haben. Viele Roboter würden dabei sterben und sich auflösen, aber die kleinen Reflektorstationen würden bestimmt zerstört sein. Vielleicht auch das Schiff.

»Ich glaube einfach nicht daran«, meinte Sandal, »daß sie auf dieses riesige Schiff verzichten werden!«

Sein Ziel, in den Schwarm vorzustoßen und dort seine Rache zu vollziehen, war vorläufig gescheitert.

Das Wild war gegessen worden. Er hatte nichts anderes als Wasser getrunken.

Kein Brot, kein Fett ... nichts anderes. Nicht einmal ein Gesprächspartner. Nur seine Eigenschaft als geduldig wartender Jäger hatte ihn davor bewahrt, wahnsinnig zu werden.

Er hob den linken Arm und sah auf die Springzahlen seiner Digitaluhr. Kurz vor Mitternacht, 26.11.3441.

Sandal faßte einen verzweifelten Entschluß. Er sagte laut: »Ich werde das Schiff übernehmen und in den Schwarm steuern!«

Dann drehte er sich um, riß den Strahler aus der Tasche über der Brust und verließ den Raum. Hinter ihm brannten die Milliarden Lichtpünktchen auf den Schirmen, bewegte sich die Lanze des Schwarms weiter in die Galaxis hinein.

Sandal stellte sich das Schiff vor. Der Diskus bestand nach seiner Vorstellung aus zwei Hälften, die in der Mitte durch ein System von dicken Metallschichten getrennt waren. Er selbst befand sich im unteren Teil der unteren Diskushälfte.

»Ich muß nach oben!«

Vielleicht gab es hier, wie auch in der GOOD HOPE II, einen zentralen Schacht, der ihn schnell nach oben brachte. Als Sandal an einem offenen Wandschrank vorbeikam, sah er einen Gegenstand, der sein Interesse fand. Er war wie eine halbierte Kugel geformt, besaß zwei federnde Bänder, so daß man ihn am Oberschenkel oder Oberarm befestigen konnte. Zwei kleine Mikrophonöffnungen – jedenfalls hielt Sandal die Löcher mit dem Schutzgitter darüber dafür – unterbrachen neben einigen anderen runden Öffnungen die Halbkugel. Sandal vermutete, daß dies eine Art Funkgerät war, wie er sie am Handgelenk trug. Er hielt an und schnallte sich den Gegenstand auf den rechten Oberarm. Dort saß er sicher und fest.

»Weiter!«

Er öffnete einige Türen, schaltete Lichter ein und aus, und schließlich befand er sich auf einer Wendeltreppe, die aber keine Stufen besaß. Das Band wickelte sich um eine Säule, die links von Sandal stand, aber keinerlei Öffnungen besaß.

»Hinauf!«

Geduckt und schnell rannte Sandal die Spirale hinauf. Er kam an vielen Korridor-Abschnitten vorbei, die nach zwei Metern durch schwere Türen verschlossen waren. Meter um Meter lief der Barbar nach oben, hielt die schußbereite Energiewaffe in der Hand und wußte, daß diese Waffe jetzt besser als der Bogen war, denn hier konnte er keinen einzigen Pfeil abschießen. Der Bogen war keine Nahkampfwaffe.

Einige Minuten vergingen.

Nirgends fand Sandal ein Lebewesen, nirgends Spuren von diesen rätselhaften, schrumpfenden Fremden. Nur Maschinen, auch keine einzelnen Roboter. Nichts. Ein totes, selbständig fliegendes Schiff offensichtlich. Diese Wesen aus dem Schwarm verhielten sich noch rätselhafter und unbegreiflicher als die Ameisen auf Exota Alpha. Niemand konnte vorhersagen, was sie tun oder unternehmen würden.

Die Spirale endete.

Dicht vor Sandal befand sich eine gelblackierte, dicke Tür. In ihr war ein rundes Fenster eingelassen. Sandal preßte sein Gesicht gegen das Glas, spähte hindurch, aber er konnte nichts entdecken außer seinem eigenen Spiegelbild.

»Das ist also die Trennlinie!« sagte er sich.

Wieder packte ihn die Erregung des Jägers, die Spannung dessen, der sich mitten in der Auseinandersetzung mit einem fremden Gebiet befand.

Er griff nach den Hebeln, die sich schräg nach oben reckten und seltsam geformte Handgriffe trugen. Er riß daran. Der erste Hebel gab nach und ließ sich um hundertachtzig Grad drehen, dann schlug er an. Der zweite, einen Meter weiter unten, also dicht unterhalb der Augenhöhe Sandals. Er keuchte und zerrte, aber der Hebel bewegte sich nicht. Pfeifend entwich etwas Luft durch die dicken Dichtungsstreifen.

»Verdammter Schwarm!« rief Sandal erbittert.

Er bückte sich, griff nach dem dritten Hebel und rüttelte wütend daran. Auch dieser Hebel ließ sich nicht bewegen. Der weitere Weg war ihm also versperrt, und dies konnte er nicht dulden.

Er trat drei Schritte zurück, stellte die Projektion der Waffe um und drückte ab. In einem stechenden, weißen Strahl fraß sich die Energie der Waffe halbkreisförmig um den Angelpunkt des mittleren Hebels in das Metall. Tropfen spritzten weg, Rauch kam auf, und es begann zu stinken, als verbrenne der Huf eines Tieres.

Langsam schnitt der Strahl der Waffe eine tiefe Furche durch den Stahl, verschwand jenseits der Platte, und schließlich gab es ein scharfes, knakkendes Geräusch. Augenblicklich nahm Sandal den Finger vom Abzug. Das dumpfe, hallende Röhren, das in den Ohren schmerzte, hörte ebenso plötzlich auf.

Sandal ging nach vorn, holte aus und trat mit aller Kraft gegen die heiße, halbkreisförmige Metallplatte. Sie krachte mitsamt dem Hebel nach hinten. Metall riß, Funken stoben jenseits des Loches auf.

»Ha!« sagte Sandal. »Wieder einen Schritt weiter! Sie sollen mich kennenlernen, diese Mörderknechte! Ich zerfetze ihnen das ganze Schiff!«

Er bemühte sich, den glühenden Rand des Loches nicht zu berühren, streckte den Arm durch die Öffnung und tastete suchend an dem warmen Metall unterhalb des gezackten Loches herum. Schließlich fand er einen dicken Knopf, drückte ihn kräftig hinein und zog dann den Arm zurück.

Jetzt ließ sich der unterste Hebel öffnen. Die Tür schwang auf, und das Geräusch des Metallfetzens, der sich festgekeilt hatte und Teile des Bodenbelagcs zerriß, klang Sandal häßlich in den Ohren. Ein dünner, bläulicher Rauchfaden kräuselte sich ihm entgegen, als er mit gezogener Waffe eindrang.

Sandal suchte einen Schalter und fand schließlich dicht neben dem Schott eine große, runde Metallplatte, die bei der leichtesten Berührung reagierte. Als er den Schalter hineingedrückt hatte, bemerkte er einen zweiten, kleineren Schalter, der ziemlich genau zehn Zentimeter über dem Boden in der Wand angebracht war. Sandal kauerte sich nieder.

Das Licht erlosch augenblicklich. Er drückte ihn ein zweites Mal, und die Helligkeit breitete sich wieder aus. Neben diesem Schalter befand sich eine Art winziges Pult, schräg in die Wand eingebaut. Sandal kauerte sich nieder, und er sah dort winzige Schalter, noch kleinere Knöpfe und Leuchtanzeigen. Langsam begriff er.

»Das ...«, stellte er überrascht fest, »das ist eine Schaltung für die verkleinerten Fremden!«

So war es, und als er probeweise einige der winzigen Knöpfe drückte, schloß und öffnete sich das Schott wieder.

Sandal richtete sich überrascht auf. Der Umstand, daß er gesehen hatte, wie Tausende der geschrumpften Fremden in dieses Schiff hineingeströmt waren, fand jetzt seine überraschende Erklärung. Der obere Teil des Schiffes war nichts anderes als ein riesengroßes Behältnis für Tausende dieser kleinen Wesen. In ihrer natürlichen Gestalt und Größe würden sie niemals hineingepaßt haben. Er erwartete jetzt ein irrsinniges Getümmel winziger Wesen, die er unter seinen Füßen zertreten konnte – aber das tat kein Jäger. Und auch ein wütender Rächer vergriff sich nicht an Zwergen. Es wäre ebenso verwerflich gewesen, einen Zug marschierender Ameisen oder Käfer zu zertrampeln. Aber kam er, der jetzt ein Riese war, ungeschoren hinauf zur Steuerung des Schiffes?

Er sah sich im gelben Licht des Korridors um.

Der Korridor verkleinerte sich. Nach vier Metern wurde er um einen Meter niedriger, gleichzeitig wuchsen die Wände näher aufeinander zu. Am Ende dieses sich konisch in Stufen verjüngenden Schachtes sah Sandal ein Schott, durch das er gerade noch hindurchkriechen konnte. Von den Wänden ging eine seltsame Kühle aus.

»Ich versuche es!« sagte er sich, etwas mutloser geworden. Der Hunger begann in seinen Därmen zu wüten. Und vor jedem Kampf, wie immer es sein würde, mußte man sich stärken!

Er ging bis zu der Stelle des Korridors, an der er sich bücken mußte, dann krümmte er seinen Rücken und ging weiter. Langsam nahmen die Umrisse der Einrichtung den Charakter von Spielzeug an.

Es war eine verwirrende Welt, die er seit dem Tod seines Großvaters und der Zerstörung von Crater betreten hatte. Erst Atlan und das Schiff, dann Chelifer, schließlich die Roboter und der wütende Kampf, und jetzt dieses verrückte Schiff mit den ameisenhaft kleinen Wesen.

Aber er hatte noch keinen einzigen Fremden in seiner verkleinerten Form während der letzten Tage gesehen.

Er streckte die Hand aus und tastete nach den Knöpfen des kleinen Pultes. Langsam schwang das Spielzeugschott auf. Es besaß nicht mehr als sechzig Zentimeter Kantenlänge.

»Hinein – kriechen!« sagte sich Sandal.

Wieder knurrte sein Magen, und wieder erinnerte er sich daran, wie er einen großen, gläsernen Kasten entdeckt hatte. Als er die Hand hineingehalten hatte – er hatte einige Porzellanstücke über runden Drähten dort gefunden und hinausgeworfen -, zog er sie schnell wieder zurück. Obwohl innen keine Hitze herrschte, hatte er sich die Hand fast verbrannt. Und dann hatte er lachend das Tier aufgebrochen und ausgeweidet und zwischen die Drähte dieses Kastens gelegt. Binnen ganz kurzer Zeit war der Braten fertig gewesen.

Mühsam kroch er durch das Schott hindurch, schaltete wiederum Licht an und entdeckte zu seiner maßlosen Verblüffung, daß er sich in einem wesentlich größeren Korridor befand. Aber es gab gewisse Veränderungen.

»Dieser Weg ist für Riesen und für Zwerge geschaffen«, sagte er und richtete sich auf.

Der Korridor war höher als zweieinhalb Meter. Er war etwa hundertfünfzig Zentimeter breit, und an beiden Wänden verliefen etwa zwanzig kleinere Galerien, die durch noch kleinere Geländer geschützt waren. Wo Sandal stand, konnte einer der großen Fremden gehen, dessen Haut wie Rinde und dessen Arme und Beine wie Wurzeln und Äste aussahen. Und die dreizehn Zentimeter kleinen Fremden liefen auf den Brüstungen und verschwanden hinter den Spielzeugtüren in den Wänden. Es gab sehr viele Türen. Auch hier herrschte eine Kühle, die Sandal deutlich zum Bewußtsein kam.

Er drehte sich um.

Jetzt entdeckte er auch die breite, schwarze Masse des riesigen Dichtungsstreifens. Er hätte nur einen anderen Schalter zu drücken brauchen, dann wäre auch das »große« Schott, in Wirklichkeit die sorgfältig abgestufte Rückwand des Korridors, nach oben geklappt und hätte ihn durchgelassen.

Eine beängstigende Ruhe herrschte.

»Verdammter Hunger!« brummte Sandal und ging weiter. Zehn Meter etwa: fünfzehn Schritte. Dann war dieser Korridor unwiderruflich zu

Ende, aber von oben kam ein kühler Luftzug herunter. Sandal reckte das Kinn hoch.

Die Galerien für die kleinen Wesen waren hier, am Ende dieses Schachtes, verstärkt worden. Auf diese Art gaben sie vorzügliche Stufen ab. Genau über Sandals langem, weißem Haar gähnte ein kaminartiger weiterer Schacht, der hinauf in geheimnisvolle, dunkle Höhen zu führen schien. Sandal kniff abschätzend die Augen zu. Was suchte er? Die Steuerung des Schiffes ... gleichzeitig war er sich klar darüber, daß er sehr geringe Chancen hatte, die fremdartigen Tasten und Schaltungen richtig bedienen zu können.

»Atlan, mein erfahrener Freund, hätte es gekonnt!« sagte er sich und begann zielstrebig mit dem Aufstieg. Er hangelte sich Schritt um Schritt höher, griff nach den metallenen Bügeln, und je höher er kam, desto härter bließ ihm der kalte Luftstrom das Haar unter dem weißen Lederband in die Stirn.

Der Aufstieg schien endlos zu dauern, aber schließlich öffnete sich direkt neben Sandal in der zerklüfteten, von Treppen, Türchen und Rampen durchzogenen Wand ein schmaler, enger Schlitz. Er selbst mußte sich, an einer Hand und mit einem Fuß hängend, hindurchzwängen, und einer der großen Fremden würde noch mehr Schwierigkeiten haben. Dann war er hindurch und befand sich in einem zylindrischen Raum.

Sandal atmete schwer.

»Wo haben diese Ameisen ihre Nahrung?« rief er wütend.

Niemand rührte sich, nichts antwortete. Nur aus dem Dunkel vor ihm glühten geheimnisvoll vielfarbig Lämpchen und ständig flackernde Lichtrechtecke wie die Augen von seltenen Käfern in der Nacht eines fremden Dschungels. Sandal schüttelte sich. Er mußte weitersuchen, denn er brauchte erstens etwas zum Essen und zweitens einen Hinweis, wie dieses Mörderschiff zu lenken war.

Er lehnte sich an eine der gerundeten Flächen, und zufällig mußte er einen der zahlreichen Schalter berührt haben, denn die runde Decke erhellte sich plötzlich.

»Es sind Tausende!« stöhnte er auf. »Tausende! Sie müssen doch etwas essen!«

Er war auf der Suche nach Nahrungsmitteln. Seine Phantasie gaukelte ihm verborgene Lager vor, in denen schwarze, dreieckige Schinken in Tiersehnen von der Decke hingen, in denen riesige Brotlaibe lagerten oder Krüge voller Met. Wieder knurrten seine Därme. Jetzt spürte er die vergangenen Tage, in denen er immer weniger gegessen hatte, bis auch der letzte Knochen abgenagt und das Mark aus ihm herausgesogen war. Diese Fremden mußten ebenfalls Hunger haben. Das bedeutete, daß es hier irgendwo eine Nahrungskammer geben mußte. Wenn die Fremden die Luft atmen konnten, die auch er atmete, dann mußten sie auch Dinge essen können, die er vertrug – oder umgekehrt.

Es mußte hier Nahrungsmittel geben.

Vermutlich schliefen sie – oder eine große Anzahl der Fremden jedenfalls. Wenn sie wieder aufwachten, dann würden auch sie Hunger haben. Aber wo sollte er hier in diesem Wirrwarr kleiner und großer Räume etwas finden, das einer Speisekammer entsprach! Es war aussichtslos, und unter Umständen verhungerte er, ehe er etwas fand. Und dann würden sie ihn finden, verhungert, neben einer gefüllten Kammer mit leckeren Schinken und dicken prallen Würsten. Das Wasser lief ihm im Mund zusammen, und er schluckte gierig. Sein Hunger nahm dadurch noch zu, oder war es nur das Gefühl des Hungers? Er zögerte, als er daran dachte, nach unten zu klettern und sich den Magen voller Wasser laufen zu lassen.

»Nein! Noch nicht!« sagte er mit Bestimmtheit. »Ich werde suchen!«

Wieder musterte er die Instrumente und Schalter. Dabei entdeckte er viele kleine Türen, viele Rampen und ein Netzwerk von Geländern und Geräten, an denen man klettern konnte. Er war ein Riese in einer Umgebung, die für Zwerge zugeschnitten war.

»Ich muß nachsehen!« sagte er sich.

Er begann gleich hier. Er ging so systematisch vor, wie bei seinen Kämpfen gegen die Mörder aus dem Inneren des Schwarmes. Er fing irgendwo links an und wollte am entgegengesetzten Ende rechts wieder aufhören. Er drehte winzige Riegel und öffnete eine winzige Tür, sah, daß dahinter Dunkelheit herrschte und tastete nach einem noch kleineren Schalter. Dann flackerte Licht auf, und Sandal keuchte erschrocken auf und prallte zurück.

»Das ist unmöglich!« flüsterte er, mehr verblüfft als entsetzt.

Er sah in einen kleinen Saal hinein, der wie der Wabenstock eines Bienenkorbes unterteilt war. Es gab lauter sechseckige Waben, die ineinander übergriffen. Sie waren mit einer grauen Masse ausgeschlagen, die vermutlich weich und federnd war. In diesen Waben lagen erstarrt die Fremden. Etwa zwölfeinhalb Zentimeter groß.

In diesem winzigen Raum lagen etwa zweihundert dieser Fremden. Sandal schloß verwirrt die Tür, blieb regungslos stehen und atmete erregt. Was bedeutete dies?

Erst zu spät war ihm der starke Kältehauch aufgefallen, der dort drin herrschte.

»Sie sind wie Tiere ...«, meinte er dann.

Tiere, die einen Winterschlaf abhielten. Auch die Fremden aus dem Schwarm lagen hier und schliefen starr und unbeweglich. Für wie lange? In diesem Zustand konnten sie halbe Jahre oder mehr verbringen, wie Sandal wußte, denn er hatte schon oft solche Tiere gesehen und aufgestöbert, als er noch jung war.

Dann dachte er weiter.

Logischerweise mußten hier noch viel mehr Räume sein, die in ihren Ausmaßen auf die verkleinerten Lebewesen zugeschnitten waren. Nicht nur Schlafkammern, sondern alles andere, was ein denkendes Lebewesen brauchte. Steuerungen, Eßstellen, sanitäre Anlagen, Kleiderkammern ...

wo befanden sie sich? Denn dort in der Nähe würden auch die Lebensmittel untergebracht sein. Viele Tausende dieser Fremden, wesentlich kleiner geworden, brauchten viel weniger Nahrung, aber wie änderte sich dies, wenn sie wieder aufwachten und größer wurden? Ein großes Tier brauchte viel, ein kleines wenig Nahrung. Und dieser Prozeß der Vergrößerung und Verkleinerung benötigte auch Energie, die dem Bestand des Wesens entzogen wurde. Die Winterschlaf-Tiere waren im Frühling abgemagert, nervös, hungrig und reizbar ... Sandal öffnete und schloß ununterbrochen diese Türen, aber überall sah er nur schlafende und erstarrte Fremde.

Keine Nahrungsmittel.

Eine Stunde später war er hier fertig. Er hatte Tausende oder mehr Fremde gesehen, alle im Tiefschlaf, in der Kälte ihrer wabenartigen Zellen. Er hatte aber nichts anderes gefunden.

»Nichts zu essen!« sagte er verzweifelt.

Dann hangelte er sich durch den Schacht wieder abwärts und riß dort eine Öffnung nach der anderen auf. Er sah nur immer das gleiche Bild: erstarrte kleine Wesen, die in den Zellen lagen und tief schliefen. Nichts anderes. Sein Hunger wuchs im gleichen Maß wie seine Wut über die Hilflosigkeit seines Zustandes.

Er, der Jäger und Kämpfer, war gewohnt zu handeln. Anzugreifen oder zurückzuschleichen, zu kämpfen oder zu fliehen. Aber nicht wie ein eingesperrter Wolf die Fänge zwischen die Maschen des unzerreißbaren Netzes zu stecken und vor Hunger zu heulen.

Er befand sich jetzt wieder im untersten Bezirk, in der Nähe jener seltsam abgestuften Korridorrückwand.

»Und was jetzt?« fragte er laut.

Er hatte vergleichsweise große Hallen entdeckt, »riesige« Schaltzentralen und alles andere, aber nichts, das ihm weitergeholfen hätte. Nichts Eßbares. Nichts, das auch nur entfernt an Essen erinnern würde.

»Ich muß weitersuchen!« sagte er leise.

Er verließ damit den oberen Bereich des Schiffes, lief hinunter in den Raum, in dem die vielen Schirme das Bild der Galaxis und das des drohenden Schwarmes zeigten. Dort blieb er stehen und zog das drittletzte Stück Nahrungsmittelkonzentrat aus dem Saum seiner Jacke. Er kaute lange und mißmutig darauf herum, trank ein riesiges Quantum Wasser und ging dann wieder zurück in die seltsamen Räume hinter der Schleuse, als ob sie ihn auf magische Art und Weise anziehen würden.

Schließlich, als er nicht mehr weiter wußte, zog er die Waffe, drückte ab und schmolz ein Loch in eine der Wände, das einen halben Meter durchmaß. Das Gute an dieser Miniaturisierung war, fand er, daß sich dabei auch die Stärke des Bleches drastisch verringerte.

Hinter dem Einschnitt lag ein leerer Raum, an dessen Wänden verschiedenfarbige Kugeln in Spezialgestellen ruhten.

Sandal zwängte sich in das Loch, robbte mühsam in den Raum hinein und sah die etwa kopfgroßen Behälter an. Jeder von ihnen hatte eine andere Farbe. Es gab Leitungen, Hähne und Anschlußstellen, als ob sich dort Treibstoff befinden würde.

Dann, als Sandal sich mitten in dem niedrigen, langgestreckten Raum befand, brach der siebenundzwanzigste November des Jahres an. Eine ungeheure Erschütterung traf Sandal, machte ihn besinnungslos und warf ihn zwischen die Kugeln. Dann erlosch das Licht.

Das Diskusraumschiff war wieder in eine Transition gegangen.

20.

Sandal konnte natürlich nicht ahnen, daß der gesamte Schwarm in Transition gegangen und um etwa dreitausend Lichtjahre weiter in die Milchstraße hineingesprungen war. Auch das kleine Raumschiff, in dem sich Sandal befand und das vor dem Schwarm einherflog, hatte diesen Sprung mitgemacht. Aber seine Flugbahn und sein Abstand sowie die Position zur langgestreckten Masse des Schwarmes hatten sich nicht verändert. Der rasende Flug in die Galaxis hinein ging ungehindert weiter.

Sandal blinzelte. Er lag verkrümmt in dem langgestreckten engen Raum. Langsam verging der rasende Kopfschmerz, und als Sandal die Augen endgültig öffnete, sah er wieder, wo er sich befand. Augenblicklich kehrte die Erinnerung zurück.

»Das war ...«, meinte er undeutlich, »... wieder ein Sprung ... eine Transition, wie Atlan gesagt hat.«

Er stützte sich auf die Ellbogen und schob sich um einen halben Meter aus dem Raum hinaus. Dabei gerieten wieder die Kugeln in sein Blickfeld, und er fragte sich zum zweiten Mal, was sie zu bedeuten hatten.

Die Fragen stürmten auf ihn ein. Das Schiff hatte sich von seinem bisherigen Standort oder dem bisherigen Kurs entfernt, das schien sicher zu sein.

Was war mit dem Schwarm geschehen? Was befand sich in diesen etwa fünfzehn Kugeln?

Sandal drehte und wendete sich, brachte seinen Oberkörper in eine bequemere Lage und sprach sich Mut zu: »Ausprobieren ... sie werden sich nicht gleich in Flammen auflösen!«

Er wußte immer noch nichts – im Grunde. Alles, was er tun konnte, war, Stück für Stück dieses rätselhaften Schiffes zu untersuchen und sich mehr Sicherheit über Zweck und Kurs zu verschaffen. Und dann standen noch die Kursänderungen und die Versorgung mit etwas Eßbarem auf seinem Programm. Teilweise unerfüllbare Pläne, das wußte er. Sein Unbehagen erwachte wieder, er fühlte, daß er hoffnungslos isoliert und eingeschlossen war, daß ihn sein mutiger Vorstoß nicht weitergeführt hatte, sondern ihn persönlich auch auf das höchste gefährdete.

Sandal schüttelte die Benommenheit ab, griff mit drei Fingern nach einem der dünnen Rohre und bog es durch. Dann riß er das winzige Röhrchen aus einer Verbindungsmuffe, und ein großer, gelblich glänzender Tropfen glitt wie sehr dickes Öl aus dem Rohrende. Sandal streckte den rechten Zeigefinger aus, ließ den Tropfen darauffallen und berührte ihn dann, nachdem er den Arm angewinkelt hatte, mit der Zungenspitze.

Der erwartete Schock blieb aus.

Als seine Geschmacksnerven reagierten, merkte er, daß er eine süßlich schmeckende, stark harzig und aromatisch riechende Flüssigkeit probiert hatte. Sie schmeckte entfernt wie einige der Konzentratwürfel, die er in den vergangenen Tagen und Nächten gegessen hatte. Er leckte den Finger ab.

Sandal war unschlüssig. Sollte er diese Flüssigkeit als Nahrung ansehen?

»Ich warte, bis ich Hunger habe«, sagte er mit Bestimmtheit und schob sich aus der Enge des Raumes hinaus. Der Finger fühlte sich klebrig an, und er steckte ihn in den Mund und leckte ihn sauber, nachdem er wieder gerade stehen konnte.

Dann suchte er weiter.

Langsam vergingen sechzehn Stunden ...

Sandal hatte höchstens ein Viertel aller Räume und Ecken untersucht. Jetzt betrug seine Schätzung über die Anzahl der schlafenden Fremden etwa dreieinhalbtausend oder mehr. Abgesehen von jenen erstarrt Schlafenden war das Schiff kalt, leer und tot. Überall herrschte die Kälte einer Gruft. Der Geruch erinnerte an leicht moderndes, nasses Holz, und die selbständig arbeitenden Maschinen, Geräte und blinkenden Lichter verstärkten noch den gespenstischen Eindruck.

»Eine Bedrohung ist verschwunden«, stellte er fest.

Er wußte nicht genau, wie sättigend diese zähe Flüssigkeit sein würde, aber er schätzte, daß er etwa eine Woche damit auskommen konnte; etwas länger, wenn er nicht zuviel davon aß oder trank. Jetzt wußte er, daß es für die eingeschrumpften, verkleinerten Fremden doch eine Nahrung gab! Falls sie aus irgendwelchen Gründen aus ihrem Kälte-Winterschlaf erwachten, mußten auch sie essen. Demnach mußte diese Flüssigkeit sehr nahrhaft sein, wenn die wenigen Kugeln für so viele Fremde reichten.

»Jetzt zur Steuerung!« sagte er entschlossen.

Wo war die Hauptsteuerungszentrale?

Sandal ging wieder zurück und dachte scharf daran, daß er jetzt seinen Weg nach »oben« suchen mußte. Bisher war sein weitester Vorstoß nur bis in jenen runden Raum gegangen, der sicher nur ein Nebenzentrum war, eine Abteilung, die er nicht erkannt hatte, die aber sicher nichts mit der Zentrale des Schiffes zu tun hatte.

Schließlich wußte er, wie eine Zentrale aussah. Er erinnerte sich wieder an die Panoramagalerie der GOOD HOPE. Er erinnerte sich auch an Chelifer und an Atlan, und er blieb ruckartig stehen. Dann griff er zu den vertieft angebrachten Kontaktknöpfen des Armbandgerätes und sah, wie sich der winzige Bildschirm erhellte. Aber es zeichnete sich kein Bild darauf ab.

Ein leises Rauschen kam aus dem Lautsprecher.

»Atlan!« rief Sandal erwartungsvoll.

Nur das Rauschen aus dem kleinen Lautsprecher antwortete ihm.

»Hier ist Sandal, Atlan«, rief der junge Barbar, »antworte, Atlan! Bitte!«

Niemand antwortete ihm.

Sandal schlug mit der flachen Hand wütend an eine Metallplatte, dann bezwang er seine Enttäuschung. Er hätte es wissen müssen!

Er schaltete das Gerät ab. Atlan und Chelifer, Rhodan und die GOOD HOPE entfernten sich in seinen Gedanken immer weiter von ihm. Er ahnte, daß er sie unter Umständen nicht mehr wiedersehen würde. Er ignorierte diese schmerzliche Einsicht und dachte an seine Rache und an den Herrscher des Schwarms, den er töten wollte.

Dann suchte er sich einen Weg in die Steuerzentrale.

Zwei Stunden später: »Ein guter Jäger hinterläßt keine Spuren«, sagte Sandal. Dann lachte er kurz auf und betrachtete den glühenden, qualmenden und mit Trümmern übersäten Weg der Vernichtung, der hinter ihm lag.

Er hatte sich, indem er den geradesten Weg ging, neue Durchlässe geschaffen. Wände aus dünnem Material waren aufgeschnitten und herausgetreten worden. Die Waben der schlafenden Fremden hatte er unversehrt gelassen, denn in dieser verkleinerten Gestalt waren sie nicht seine Feinde.

Er hatte auf seinem Weg Leitungen durchtrennt, kleine Geräte vernichtet und eine Bahn aus Scherben hinterlassen. Er kletterte Ebene um Ebene höher, schwang sich durch die annähernd runden Löcher hinauf, kletterte an allen möglichen Vertiefungen höher und befand sich im Augenblick in einem Raum, der auch wieder für einen der »großen« Fremden gemacht zu sein schien.

Hier hatte sich die Menge der arbeitenden Geräte vervielfacht. Überall sah er Uhren und schwach leuchtende Skalen. Überall tickte, summte, wisperte es. Das alte Jagdfieber ergriff ihn wieder. Irgendwo hier in der Nähe mußte das Geheimnis sein ... die Zentrale, in der er über diesen Diskus gebieten konnte.

Konnte er es wirklich?

»Ich werde es probieren!« sagte er.

Er sah sich um. Aber niemand war erwacht, niemand wuchs zu voller Größe heran und bedrohte ihn.

»Keine Türen, keine Öffnungen«, flüsterte er.

Seine goldfarbenen Augen unter den weißen Brauen musterten jeden Quadratzentimeter der hellen Stahlwände. Schließlich, fast hinter sich, entdeckte Sandal wieder einen Abschnitt der Wand, der sich irgendwie aufschieben oder herumklappen ließ. Er suchte den Schalter, fand ihn in Schulterhöhe und drückte ihn. Wie die Zugbrücke von Burg Crater klappte ein schmales Stück Wand mit sämtlichen Armaturen nach unten, und eine Stahlplatte schob sich darüber. Sie war mit kleinen, leuchtenden Pfeilen bedeckt, mit Wegweisern für die verkleinerten Fremden also. Sandal sprang mit einem Satz nach vorn, den entsicherten Strahler in der Hand.

Aber niemand stellte sich ihm entgegen.

»Ich bin am Ziel!« schrie er und riß den Arm hoch.

Die Zentrale war nicht groß, aber sie war für die vergrößerten Fremden eingerichtet. Zwei dunkle, schalenförmige Gegenstände befanden sich, dicht nebeneinanderstehend, vor einem großen Bildschirm, der in Betrieb war und nichts anderes als die Sterne zeigte. Die Schalen waren zweifellos Sitze, in denen die Fremden Platz nehmen konnten. Sandal blieb zwischen ihnen stehen und lehnte sich schwer gegen die Rückenstützen. Er betrachtete das Armaturenbrett.

Vor seinem Gesicht zogen die dicken Rauchschwaden vorbei, die von den glühenden Rändern des verbrannten Materials stammten. Von dem Raum jenseits der Schleuse zum Unterschiff bis hierher zog sich eine fast gerade Gasse, eine Spur der Verwüstung.

»Atlan würde alles wissen!« bemerkte Sandal bedauernd.

Er hütete sich, einen Schalter oder Hebel zu berühren, ehe er nicht mehr wußte. Ständig verglich er die Steuerpulte der GOOD HOPE mit dem, was er hier sah. Er fand nur wenige Ähnlichkeiten.

Er hatte, während er sich seinen Weg hierher gebahnt hatte, Maschinen und Aggregate zerstört, aber sie schienen alle von untergeordneter Bedeutung gewesen zu sein. In Sandal stritten die Empfindungen eines jungen Barbaren und das vorsichtige Zögern des erfahrenen Jägers. Schließlich glitt er in einer schnellen Bewegung um die beiden Sessel herum und legte seine Hand auf die Doppelhebel der Steuerung.

Vorsichtig bewegte er die Hebel, ruckweise, langsam nach unten ... er hielt den Atem an.

Das Schiff bewegte sich nicht, die Sterne schienen unverrückbar auf dem Bildschirm zu stehen.

»Ich bin müde«, flüsterte er.

Die lange, anstrengende Suche nach Eßbarem und die Arbeit, mit der er sich seinen Weg gebahnt hatte, hatten ihn müde werden lassen, ohne daß er es deutlich gemerkt hatte. Jetzt, an seinem Ziel, mußte er gähnen. Er fühlte die Schwere in seinen Gliedern, und er wußte gleichzeitig, daß es sinnlos war, jetzt noch komplizierte und folgenschwere Handlungen in die Wege leiten zu wollen.

Er mußte schlafen.

Er sah sich um, dann kippte er vorsichtig den schweren Sessel nach hinten, veränderte die Neigung der Rückenlehne und legte sich hinein. Es war unbequem, aber nicht schlimmer als sein Lager aus Lumpen und Stoffetzen unten im Versteck des Wandschranks.

»Nur ein paar Stunden«, sagte er erschöpft.

Sandal schlief fast augenblicklich ein.

Sandal stand vor dem Wasserbecken unweit seines Verstecks und hielt einen der Tanks in der Hand. Die große Kugel war ziemlich warm, er hatte mit dem feinen Strahl der Waffe die Kugel geköpft, und die zähe, bernsteinfarbene Flüssigkeit hatte sich in einen weißen Schaum verwandelt.

Sandal setzte die Kugel an die Lippen, kippte seine Hand, und langsam rann der dicke Saft in seinen Mund. Die abgeschnittenen Reste von Trägern, die Sandal einfach aufgeschweißt hatte, bohrten sich in seine Finger. Langsam rann das Zeug durch seine Kehle, und als die Kugel halbleer war – sie faßte etwas mehr als zwei Liter -, setzte Sandal sie ab. Er schluckte mehrmals; der Geschmack auf seiner Zunge war nicht übel.

Mit klebrigen Lippen sagte er leise: »Entweder sterbe ich jetzt – oder ich werde satt.«

Dann trank er Wasser, wusch sich sorgfältig und sah nach, ob seine Köcher und der Bogen noch vorhanden waren. Anschließend schwang er sich in die Höhe und enterte schnell und zielbewußt von Deck zu Deck nach oben. Atemlos stand er wieder in der Zentrale.

Ob sich die Lage der vielen Sterne verändert hatte, wußte er nicht, auch sah er zwischen den vielen Lichtpunkten weder die GOOD HOPE noch etwas anderes. Nicht einmal den Schwarm konnte er von hier entdecken. *Ein unsichtbarer Gegner ist der fürchterlichste Feind,* dachte er, und dann versuchte er, das Geheimnis der Steuerung zu entschlüsseln.

Er setzte sich auf die Kante des Sessels, bewegte probeweise die Steuerung, aber es geschah nichts.

Nicht einmal Leuchtziffern veränderten sich. Die Steuerung war also ausgeschaltet wie ein toter Robot von Testfall Rorvic.

»Wo ist der Schalter?« fragte sich Sandal laut.

Er suchte lange, bis er einen Schalter entdeckte, dessen Form natürlich für die astartigen Finger der Fremden zugeschnitten war. Dann kippte er den Schalter ganz schnell nach oben und wartete. Schlagartig erhellte sich ein Streifen von Lichtvierecken und Uhren quer über die Breite des ausgedehnten Schaltpultes.

Wieder griff er nach den Hebeln. Sie ließen sich bewegen, und jetzt veränderten sich auch die Positionen der Lichtpunkte. Er hatte es geschafft!

Er bewegte die Steuerung nach links, nach rechts, dann schob sich langsam die Spitze des Schwarms ins Blickfeld. Sandal richtete das Raumschiff direkt auf die unzähligen Blasen. Er wußte, daß das absolute Chaos ihm jetzt auf den Fersen folgte.

Zuerst griff er nach seinen drei Köchern, warf sie über seinen Rücken, dann nahm er den Bogen und stürmte wieder hinaus. Er rannte die gewundenen Gänge abwärts, eilte durch kleine Säle, kam an laut arbeitenden Maschinen vorbei und befand sich schließlich in einer Schleuse. Dies war einer der Räume, die er damals, kurz vor dem Start des Diskusschiffes zum erstenmal betreten hatte.

Er ließ die Tür geöffnet, von hier aus sah er direkt in den großen Raum hinein, dessen Wand mit Bildschirmen bedeckt war.

Und das Chaos folgte ihm, kam von »oben« herab, näherte sich wie eine vernichtende Steinlawine. Die fremden Lebewesen bewegten sich.

Sie erwachten aus ihrer Starre, und augenblicklich begann ihr Wachstumsprozeß. Er vergrößerte sie um das Zwanzigfache. Waren sie bisher zwölf oder dreizehn Zentimeter groß gewesen, so wuchsen sie jetzt binnen kurzer Zeit bis zu einer Größe von zweieinhalb Metern an. Dadurch wurden sie automatisch zu Sandals Feinden. *Kampf!* dachte er und drückte sich dicht gegen die Wand.

Seine Phantasie reichte nicht aus, um sich die Szenen vorzustellen, die sich nun im oberen Teil des Schiffes abspielten. Das untere Schiff würde den Tausenden auf keinen Fall genügend Platz bieten können, und schon zehn oder zwanzig Prozent der Großen würden den letzten Platz im oberen Teil restlos ausfüllen. Überall aber begannen Tausende dieser Fremden zu wachsen, sich auszudehnen. Sie begriffen natürlich sofort, was ihnen drohte: der Tod durch Ersticken, durch gegenseitiges Zerquetschen.

Diejenigen, die einem der Ausgänge am nächsten waren, hielten nicht ein, sondern begannen zu rennen, sobald sie sich bewegen konnten. Sie rasten in panischer Hast durch die winzigen Korridore, entlang der kleinen Galerien, an deren Decken sie nach wenigen Minuten stießen. Sie quetschten sich durch die Schleusen, durch die Luken und die größeren Korridore, und sie jagten hintereinander wie die Rasenden die lange Spirale nach unten. Schrille Schreie ertönten, und die Geräusche wurden von splitterndem Glas und zerbrechendem Metall und Plastik noch verstärkt, sie wurden lauter und füllten schließlich das gesamte Schiff aus.

Und darüber schrie eine keifende Stimme Befehle.

Sandal begann zu zittern ...

Das Schiff reagierte sofort: Die Maschinen, die rund um den jungen Krieger standen, arbeiteten plötzlich mit doppelter Lautstärke. Sämtliches Metall entwickelte Eigenschwingungen, begann immer stärker zu vibrieren, und schließlich würde Sandal sein eigenes Wort nicht mehr verstanden haben, hätte er geschrien.

»Das Leben ist seltsam, beim Brennenden Stern«, flüsterte Sandal Tolk. »Zuerst tagelang nichts, dann überstürzen sich die Abenteuer. Ich habe als Steuermann dieses Sternenschiffes versagt.«

Langsam zog er die Handschuhe an und befestigte den Armschutz; sinnlose Gesten im Augenblick, aber sie halfen ihm, seine Nervosität unter Kontrolle zu bringen. Als er damit fertig war, entdeckte er eine Menge von unruhig sich bewegenden Fremden, die seltsame Waffen aus Wandschränken rissen, dicke, silberne Anzüge überstreiften und sich laut unterhielten. Es war eine akustische Hölle, und vor lauter dünnen Armen sah er nicht genau, was vorging.

Dann fühlte er wieder diesen Schock. Als ob eine furchtbare, unsichtbare Faust ihn voll träfe. Er taumelte, krachte gegen die Wand, schlug mit der Schulter gegen den klappernden, halbleeren Köcher, und noch bevor sein Körper den Boden berührte, war er wieder bei Bewußtsein.

Er blinzelte, richtete sich auf und atmete tief durch.

»Transition!« stellte er stöhnend fest.

Dann weiteten sich seine Augen, und er sah durch den Spalt der massiven Tür auf die Bildschirme. Die Sterne waren verschwunden. Ein milchig trübes Leuchten, das von verschiedenen, dicht beieinanderstehenden Lichtquellen stammte, flutete durch den Äther. Der Schwarm war ebenso verschwunden wie die Sterne, und einmal sah Sandal so etwas wie einen riesigen Hohlspiegel in weiter Ferne aufblitzen.

»Ich bin im Schwarm!« schrie er gellend.

Gleichzeitig richteten einige der Fremden die Waffen nach oben und feuerten. Ätzender Rauch stieg auf. Mehr und mehr von ihnen hüllten sich in jene silbrig schimmernden Anzüge, die aussahen wie die Raumanzüge der Terraner, nur unendlich viel fremder. Sandal sah sich blitzschnell um, entdeckte einen kleinen, in massives Metall eingebauten Bildschirm in der Schleuse, und schloß die dicke Schleuseninnentür. Dann tastete er sich die Wand entlang und schaltete den Bildschirm an. Sofort erschien das Bild.

Es zeigte einen näher kommenden Planeten.

Die Geräuschkulisse wurde fast völlig abgeschnitten. Sandal hörte nur noch die dumpfen Geräusche der wie wild arbeitenden Maschinen, und dann die hämmernden Töne, mit denen die Wesen im oberen Schiffsteil versuchten, sich aus ihrer drohenden Lage des Eingeschlossenseins zu befreien. Hin und wieder donnerte ein Schuß aus einer der schweren Waffen der großen Fremden.

»Welch ein Wahnsinn!« keuchte er.

Dies war kein Kampf mehr; dies waren Ausschnitte aus alten Sagen, aus den Erzählungen eines wahnsinnigen Barden. Es war wie eine Schlacht der Götter auf Exota Alpha, und wenn Atlan dies miterlebt hätte, würde er ihm zugestimmt haben. Aber er war jetzt innerhalb des Schwarms, innerhalb der Schirme, von denen die Terraner sehr oft gesprochen hatten.

Sandal drückte einen zweiten Knopf, und wieder wechselte das Bild. Er sah in den großen Vorraum der Schleuse hinein. Dort tobte bereits der Kampf der Großen gegen jene, die größer wurden.

Ein unbarmherziger Kampf.

Wieder einmal drängte sich Sandal der Vergleich mit gewissen Tieren auf, oder mit Robotern, die nur die Dinge taten, die die Natur oder das Programm ihnen vorschrieb. Die Fremden, die durch das Einschalten des Weckgerätes erwacht und gewachsen waren, handelten so, wie es ihnen die Erhaltung der Art vorschrieb: Sie wollten überleben, und da die von oben nachdrückende Masse der Wachsenden ihr Leben bedrohte, feuerten sie auf ihre eigenen Artgenossen.

Das kleine Raumschiff war blitzartig in eine Transition gegangen, hatte die Schirme des Schwarms durchstoßen und befand sich jetzt innerhalb eines milchigen Dämmerscheins. Sandal spürte schon jetzt keine Kopfschmerzen mehr, er hatte sich bereits an die Transitionsschocks gewöhnt. Mit dröhnenden Maschinen und voller Kraft raste das Schiff, als wisse seine Automatik, was im Inneren des Diskuskörpers vor sich ging, auf einen blau und weiß leuchtenden Planeten zu. Sandal drückte einen anderen Knopf, und das Bild zeigte die Annäherung an diese Welt.

»Ich lande auf einem Planeten ... dort werde ich richtig kämpfen können!« meinte er zufrieden.

Ein Gedanke vertrieb den anderen; alles, was Sandal zur unmittelbaren Vergangenheit zählte, schien sehr schnell vergessen zu sein. Außer seinem Vorsatz, seine Eltern und die Vernichtung von Burg Crater zu rächen. Aber er war, ohne es zu wollen, einen riesigen Schritt in seinem Plan weitergekommen.

Die Maschinen brüllten auf.

Eine neue Transition, und diesmal vertrug Sandal sie anstandslos. Er fühlte nur ein kurzes, schmerzendes Ziehen im Hinterkopf.

Aus der kleinen runden Fläche des weißblauen Planeten war plötzlich die Landschaft geworden; auch dieses Bild kannte Sandal. Er hatte ja mit Atlan zusammen den Planeten Rorvic angeflogen, und zwanzig Minuten, nachdem die Landschaft so ausgesehen hatte – Land, geheimnisvoll unter treibenden weißen Wolken versteckt -, war die Landung erfolgt. Vermutlich hatte die Automatik des Schiffes den Kurs für eine schnelle Rückkehr und noch eine schnellere Landung ausgelöst oder veranlaßt. Natürlich wußten diese Geräte, welche lebensgefährlichen Probleme es gab, wenn diese Wesen plötzlich aus ihrem Kälteschlaf erwachten. Wieder donnerten draußen in schneller Folge einige Energieschüsse auf.

Die Automatik hatte bestimmt mit maschinenhafter Schnelligkeit reagiert und den ersten Planeten angeflogen, den das Schiff erreichen konnte. Die Kürze der Flugdauer war entscheidend für das Leben vieler dieser Fremden, das erkannte Sandal ganz klar nach kurzem Überlegen. Er dachte daran, wie schnell er gelernt hatte und – wie *viel!* Aber Rhodan und Icho Tolot, Chelifer und besonders Atlan waren seine Lehrmeister gewesen.

»Ich werde den Herrn des Schwarms finden!« rief er überzeugt.

Sein Gesicht glich jetzt dem eines hungrigen Wolfes.

Sandal schaltete den Bildschirm wieder einmal um. Jetzt hatte er ein Bild aus dem Bereich der Schnittfläche zwischen oberer und unterer Halbschale. Auf dem Schirm sah der junge Krieger ein furchtbares Gemetzel: Wie rasend wachsende Pflanzen quollen aus jeder Öffnung die rindenartigen Arme und Gliedmaßen der Fremden. Einige von ihnen, in halber »natürlicher« Größe, holten Waffen hervor und taten, was auch er auf seinem Weg in die Zentrale hatte tun müssen – sie schnitten Wände auf und näherten sich dem Metall der Schiffshülle.

Sie waren halb wahnsinnig vor Angst.

Die unteren Räume füllten sich mehr und mehr. Die Arme der Wesen, die noch nicht in den silbernen Anzügen steckten, verflochten sich ineinander wie die Dornenzweige des Savannenbusches. Hin und wieder, wenn eine Gruppe großer Fremder über die Spirale nach unten stürzte, erklangen Schüsse, und einige der Neuankömmlinge starben. Die Fremden wichen in die Nebenräume aus, füllten die Werkstatt, in der sich Sandal versteckt hatte, und sie sprangen in die Maschinenräume und in jeden verfügbaren freien Raum hinein. Als das Bild wechselte, sah Sandal, daß der Planet, dessen Oberfläche sich das Schiff in einem ziemlich steilen Winkel näherte, von einer stechenden roten Sonne beleuchtet wurde.

Dann verschleierte sich das Bild, weil die Maschinen einen dichten Schutzschirm aufgebaut hatten. Sekunden nach dieser Feststellung bemerkte Sandal abermals eine gewaltige Aufregung unter den großen Fremden.

Offensichtlich war in der Hülle des Schiffes ein Leck entstanden.

Jetzt unterschied Sandal bereits einen grünen, gewaltigen Halbkreis von Land, der von einem breiten Fluß träge durchflossen wurde. Wolkenfelder markierten den Lauf des Wassers. Vor dem Schiff tauchte ein Hochplateau auf, das von einer flachen, blattförmigen Wolke aus schwarzem, fettem Rauch halb überdeckt war; Sandal sah den gewaltigen Schatten auf Felsen, Sand und kargen Grünflächen.

Das Schiff bremste stark ab, und ein Teil der negativen Beschleunigung warf Sandal quer durch die Schleuse an die andere Wand. Er fing sich geistesgegenwärtig mit beiden Armen ab.

Drei Vorgänge liefen gleichzeitig parallel zueinander ab:

»Das Schiff ... es wird hart aufsetzen!« sagte sich Sandal laut. Er begriff plötzlich, daß die Stunde des Kampfes immer näher rückte. Er würde so gut kämpfen, wie alle seine Ahnen, schneller noch und tödlicher als Sandal, sein geliebter Großvater. Und dieser Kampf würde bei hellem Tageslicht vor sich gehen; eine Sache, die allen Beteiligten höchste Klugheit und lebensnotwendige Schnelligkeit abverlangen würde. Hier war er sicher, auf diesem Gebiet war er Meister, der den Verlauf des Kampfes und die Anzahl der Opfer bestimmen konnte.

Das Schiff ...

Es raste jetzt an dem rauchenden Schlot eines Vulkans vorbei, stieß durch niedrige Wolken aus Vulkanrauch und Vulkanasche. Der Boden näherte sich rasch.

Die Wachsenden ...

Sie waren wütend, verzweifelt, in Panik befangen. Sie zerstörten von innen das Schiff, um Platz zu finden. Sie schnitten alle Wände und auch die Bordwände auf, um ungehindert wachsen zu können. Die Luft war inzwischen dick genug, so daß sie nicht durch das Vakuum sterben mußten. Überall in der Schiffshülle erschienen Schnitte, Löcher und Spalten. Es war, als würde jemand das Schiff gewaltsam aufpumpen, als gäre ein phantastischer Hefeteig in den unzähligen, kleinen Zellen, dessen Ausdehnung das Diskusschiff sprengen würde.

Die Großen Fremden ...

Sie sahen, daß sie sterben mußten, falls die Wachsenden von oben nachdrückten. Offensichtlich hatte die dicke Trennschicht zwischen den beiden Schiffshemisphären bisher den Versuchen widerstanden, sie aufzuschneiden und so Öffnungen nach unten zu schaffen. Es gab insgesamt fünf Stellen, an denen das Unterschiff mit dem Oberschiff verbunden war. Durch diese fünf Schleusen, Kammern oder Luken strömten Wesen in allen Phasen des Wachstums. Bisher war noch kein einziger Angriff auf die Schleuse erfolgt, und Sandal wußte genau, daß er in diesem Augenblick Gefahr lief, erstickt, wenn nicht vorher erschossen zu werden.

Dann hämmerte wieder eine Schußserie auf.

Sandal sah auf den Schirm und fühlte direkt körperlich, wie die Oberfläche des Planeten dem Schiff entgegenstürzte. Er richtete seinen Strahler kurz gegen die Decke der relativ kleinen Schleusenkammer, merkte sich den Sitz der Hebel, dann schoß ein Gedanke durch seinen Kopf. Er drückte den einzigen Knopf, der in Schulterhöhe neben der Schleusentür angebracht war und zog zudem noch die beiden langen Hebel nach unten. Dann kauerte er sich in eine Ecke zusammen, steckte den Kopf zwischen die Knie und umspannte seine Schienbeine mit den Händen.

Sekunden vergingen ...

Für ihn bedeuteten sie kleine Ewigkeiten, denn er erwartete einen furchtbaren Stoß, einen alles zerschmetternden Schlag. Er wartete angstvoll, ungeduldig, voller Gedanken, an die er sich später nicht mehr erinnern konnte.

Währenddessen glitten aus den fünf Luken neue Schwärme von bewaffneten Fremden nach unten, eröffneten ihrerseits das Feuer auf die Wartenden und füllten die unteren Räume bis zum Zerbersten aus. Der Platz im oberen Teil des Schiffes reichte nicht mehr, und überall klafften Öffnungen, Spalten und große, runde Luken auf. Die Fremden steckten ihre Köpfe heraus, wuchsen ununterbrochen, einige von ihnen verloren den Halt und fielen aus dem Schiff. Ihr langgezogenes Schreien, in das sich das Heulen und Brausen des Fahrtwindes mischte, klang in den Ohren. Noch fünfhundert Meter bis zum Boden. Die Fremden zerquetschten sich gegenseitig. Ein fürchterlicher Kampf in der Umgebung der fünf Durchlässe wütete schon seit einiger Zeit, denn die Fremden mußten die meisten Schleusen und Türen passiert haben, bevor sie ihre natürliche Größe erreicht hatten. Die Räume, die für Wesen von dreizehn Zentimetern Größe berechnet waren, konnten nicht Fremden reichen, die ihre Länge auf das Zwanzigfache ausdehnten, gleichzeitig auch im Durchmesser wuchsen.

Sandal schätzte die Gesamtzahl derer, die den unteren Bereich des Schiffes erreicht hatten, auf keinesfalls mehr als eineinhalb tausend Wesen.

Die Wände des Schiffes barsten.

Hunderte von Fremden wurden herausgerissen, gerieten nach Passieren des Schutzschirmes in den Luftstrom und fielen kreischend in die Tiefe.

Die meisten von ihnen starben am Boden, in der heißen Lava, oder im erstickenden Staub der Vulkane, als sie voll »ausgewachsen« waren.

Dann erfolgte die Bruchlandung.

21.

Das Schiff berührte mit der Unterseite den Boden, sprang augenblicklich zwanzig Meter in die Höhe. Gleichzeitig brach der Schutzschirm zusammen. Es baute sich eine gewaltige Wolke von Flugasche auf, dann flog die Tür des Schotts knirschend davon. In Sandals Ohren schnitt das Geräusch der Angeln, die aus dem massiven Stahl der Umrandungen gerissen wurden, wie ein Schwert.

Das Schiff prallte ein zweites Mal zu Boden und pflügte einen zweihundert Meter langen und neunzehn Meter tiefen Graben. Bei diesem Dahinschlittern füllte sich die Schleuse mit Sand und Staub, und Sandal erstickte beinahe.

Dann, als das Schiff kippte, wurde der Sand aus der Schleuse gerissen, und Sandal mit ihm. Er landete in einer riesigen Wolke, mitten in einer Art Düne aus schwarzem, vulkanischem Sand.

Das rettete sein Leben.

Das Schiff kippte, gleichzeitig wurden Hunderte von Fremden aus sämtlichen natürlichen und künstlichen Öffnungen geschleudert und mit voller Wucht nach allen Seiten verstreut. Maschinen und Aggregate rissen sich los und durchschlugen die Wände.

Überall donnerten kleinere Explosionen, überall sah man in der halben

Dunkelheit der Vulkanwolken die Stichflammen und die knatternden Blitze, mit denen sich wichtige Teile des Schiffes zerstörten.

Das Schiff richtete sich auf, drehte sich um die Polachse, und dann rollte es wie ein riesiges Rad über die Ebene. Hinter sich riß es, während es durch Bäche von Lava raste und eine tiefe Spur in glühendes Gestein, in Staub und Asche walzte, eine ungeheure Spur von Staub und Dreck hoch. Die niedrigen Wolken rissen unter dem Sog der luftverdünnten Zone auf.

Das Schiff rollte weiter. Nach fünfhundert Metern torkelte es nur noch, und schließlich fiel es auf die obere Schale, schwankte noch einigemal hin und her und lag dann still da. Donnernd wurde eine neue Welle von Lava aus dem Schlund eines Kegelvulkans ausgeworfen. Ein mächtiger Blitz fuhr irgendwo ins Erdreich.

Sandal stand auf, er zitterte am ganzen Leib. Er hatte seinen Bogen nicht losgelassen. Jetzt, als er mit zitternden Gliedern dastand, rieselte Asche aus den Köchern. Er sah nach rechts – dort tobte der Vulkan. In seinem Leben hatte er noch niemals einen feuerspeienden Berg gesehen, der eine schwarze Wolke um sich verbreitete und mit glühenden Brocken um sich warf.

Er sah nach links. Dort, etwa drei Kilometer entfernt, sah er einen schmalen Streifen Grün, viele Felsen und Berge, und eine Masse verwitterter Türme und Brücken aus schwarzem Gestein, das zum Teil in einigen verirrten Sonnenstrahlen glänzte. Sie durchstießen die niedrige, schwarze Wolkendecke. Es roch und stank betäubend, und Sandal begann zu rennen. Nach links. Unter den Sohlen seiner leichten Stiefel wurden kleine, schwarze Wolken aus Asche und Staub hochgerissen. Wenn er nach rechts schaute, sah er das helle Metall des Diskusschiffes vor der Kulisse von scharfgezackten Bergen.

Er war frei.

Die Fremden würden mit dem Schiff untergegangen und gestorben sein – hoffentlich alle. Er rannte weiter, wie eine Maschine. Je weiter er sich von dem donnernden, gespenstischen Berg entfernte, der eine ungeheure Hitze verströmte, desto freier konnte er atmen, und desto leichter fiel ihm das Laufen. Er lief eine Viertelstunde lang.

Dann begann er die Last der schweren Waffe, der drei Köcher und seiner übrigen Ausrüstung zu spüren. Aber der grüne Streifen, der kühles Wasser und womöglich auch Wild versprach, kam immer näher, und das spornte Sandal an. Auch die Hitze nahm ab. Sandal überlegte, daß er eigentlich schon tot hätte sein können. Aber da der Planet eine Lufthülle besaß, die er atmen konnte, brauchte er nicht daran zu denken.

»Was werde ich hier finden?« fragte er sich.

Er lief und lief, und die ersten Felsen verdeckten das Bild der Doppelschale, aus deren Wandungen jetzt Fremde in Schutzanzügen und ohne Anzüge fielen, kletterten und sich aneinander herunterließen. Es waren Hunderte und mehr, die diese Bruchlandung lebendig überstanden hatten.

Sandal sah nichts davon, und er fühlte sich in der trügerischen Sicherheit wohl. Endlich erreichte er die ersten Grasbüschel, die an den Rändern von glühender Asche versengt waren.

Er hatte alles mitgenommen, was er besaß.

Die Strahlwaffe und die Ersatzmagazine, den Bogen mit der Rolle seines Geschlechts, die er auch in den nächsten Tagen nachtragen mußte. Dieses merkwürdige Funkgerät, das er seit Tagen auf seinem rechten Oberarm trug. Sogar die letzten beiden Würfel Konzentratnahrung im Saum, zu schweigen von den Ampullen der verschiedenen Medikamente.

Aber daran dachte er nicht, als er einen sanften Abhang hinunterrannte und endlich aus dem Bereich des schwarzen, drohenden Wolkenschattens heraus war, aus dem unaufhörlich Blitze zuckten. Zehn Minuten später befand sich Sandal an einer winzigen Quelle, die ringsum von üppig blühenden Pflanzen umgeben war.

Auf einem großen, flachen Stein lag ein toter Vogel mit verbrannten Schwungfedern.

Sandal tauchte seinen Kopf in das klare, kalte Wasser. Er war gerettet.

Für einige lange Augenblicke glaubte er sich in Sicherheit. Das Donnern der beiden großen Vulkane, die jene Hochebene nach Norden zu abschlossen, war leiser geworden, und nur hin und wieder prasselten einige kleine Funken in das Schilfgras und zischten auf, wenn sie das Wasser berührten. Sandal schloß die Augen und atmete tief ein und aus, dann riß er das Hemd auf und wusch sich kurz, nachdem er die Handschuhe ausgezogen hatte. Es war ziemlich heiß, mehr als fünfunddreißig Grad in der Sonne. Hinter ihm blieb der riesige Schatten zurück, die kochende und überlaufende Lava, der schweflige Gestank. Sandal fühlte sich ausgezeichnet.

»Aber wo bin ich notgelandet?« fragte er sich.

Er stellte sich sekundenlang vor, wie die Fremden aus dem Schiff herausquollen. Vielleicht hatten sie seine Spuren entdeckt: die Knochen und sein Lager im Versteck. Aber er besaß hier einen ganzen Planeten innerhalb des Schwarms für sich, auf dem er sich jeder Nachforschung entziehen konnte. Darin war er Meister.

Er stand langsam auf und sah sich um.

»Ich befinde mich in einer vielfarbigen Wildnis!« stellte er fest.

Der junge Krieger stand am südlichen Rand des Hochplateaus. Sah er nach Norden, entdeckte er die leblose, gelbgraue Ebene, aus der einige verwitterte Lavaschlote hervorsahen, aus denen giftige Dämpfe aufstiegen. Es herrschte Ostwind, und aus den beiden ineinander verschmelzenden Rauchpilzen wurde ein langgezogenes Dreieck.

Er sah seine eigenen Spuren, die von dem ersten Aufschlagort bis hierher führten, aber von den wenigen Kilometern konnte er nur einige hundert Meter überblicken. Dann schaute er nach Süden.

Zunächst ging es hier einen schrägen, leicht bewachsenen Hang etwa sechshundert Meter weit hinunter. Neben dem Hang ragten Felsen auf, über die das Wasser der kleinen, kalten Quelle rieselte und einen langen, dünnen Wasserschleier bildete.

Dann, auf dem Boden des ersten tieferen Plateaus, erhob sich ein kümmerlicher Wald, der offensichtlich an den Rändern vieler Sümpfe wuchs. Einige unregelmäßig sprudelnde Fontänen, deren Umgebung von vielfarbigen Ablagerungen wie von erstarrtem Wasser umgeben und geformt war, unterbrachen die grüne Kulisse.

Ein halbmondförmig gekrümmter Bogen einer kleinen Savanne schloß sich an, an beiden Seiten von Felsen umgeben, von gewaltigen Lavahängen, die in vielen dunklen Farben im roten Sonnenlicht schimmerten. Die Quelle, die von anderen Zuläufen verbreitert wurde, wand sich als kleiner Bach durch die Savanne. Sandal ahnte es mehr als er es sehen konnte. Aber er war in der natürlichen Landschaft Exotas aufgewachsen und kannte alle diese Geländeformationen – ausgenommen die vielen Geysire und fauchenden Wassersäulen, die zwischendurch aus dem Boden brachen. Er orientierte sich weiter.

Wieder ein Waldgürtel, durchsetzt mit kalkweißen Felsen. Bis dorthin betrug die Entfernung nicht mehr als fünfhundert Meter.

Dann schloß sich ein riesiger, gewundener Cañon an, der sich tief in den Felsen eingeschnitten hatte. An vielen Stellen seines Randes sah Sandal wieder jene weißen, roten und stechend gelben Formen, die wie fließender Teig aussahen. Dort, wo die breiten, terrassenförmigen Rinnsale anfingen, stachen die spitzen Bögen von weißem, staubendem Wasser in die Luft und erfüllten sie mit zischenden und gurgelnden Geräuschen. Der Boden des Cañons – Sandal sah ihn an einer Stelle – war eben, bestand aus feingemahlenem Gestein, das mit spitzen, heruntergebrochenen Felsentrümmern durchsetzt war.

An den Ausgang des Cañons, durch den sich der Fluß zu winden schien, schloß sich ein dichter Gürtel eines grünen, riesigen Urwaldes an. Jenseits des Waldes, von hier aus etwa fünfzehn Kilometer, erhob sich ein merkwürdig aussehender Berg: Er wirkte wie eine Ansammlung von vielen hundert verschieden dicken und unterschiedlich hohen Nadeln, die man an der Basis dicht aneinandergepreßt hatte.

Und dann sah Sandal endlich sein Ziel. *Die Kuppel.*

Genau jenseits dieser Felsnadeln erhob sich eine ungeheure Kuppel, deren schimmernde Oberseite gewisse Ähnlichkeit mit dem Schutzschirm hatte, der die GOOD HOPE II umgab. Dorthin wollte Sandal, dorthin mußte er, denn dort erst würde er die Möglichkeit haben, seine Feinde zu beobachten.

»Los!« sagte er zu sich. »Ich gehe dorthin!«

Er sah nach der Sonne; wenn er nicht irrte und der Tag hier so lang war, wie er meinte, dann konnte er die Strecke in zwei Tagen schaffen und nebenbei noch Wild schießen, denn dieser zähe Brei aus den Kugeln des Schiffes war wohl doch nicht das Richtige für einen jungen Krieger.

Dicht neben ihm detonierte ein grellgelber Feuerball, und Sandal ließ sich geistesgegenwärtig fallen.

Er hatte die Fremden vergessen.

Sandal reagierte verblüffend schnell, warf sich nach hinten und verschwand rennend zwischen Schilfbündeln und kleinen Felsen. Das Feuer der Detonation breitete sich rasend schnell nach allen Seiten aus und entwickelte große Hitze und blaugrauen Rauch.

Die Fremden!

Als Sandal sich wieder aufrichtete, bereits einen Pfeil auf der Sehne, sah er einen langen Zug von Fremden, die, in ihre lederartigen Kleider gehüllt, auf seiner Spur näher kamen. Gleichzeitig entdeckte er in der hitzeflirrenden Luft zwei andere, die wie fremde Vögel hoch über dem Boden schwebten. Einer von ihnen kam direkt auf ihn zu und hielt mit zweien seiner Hände eine langläufige Waffe.

Sandal zog die Sehne bis ans Ohr und zielte sorgfältig. Der Pfeil heulte durch die Luft, und als er einschlug, raste der Krieger bereits in wilden Zickzacksprüngen die lange, unbewachsene Schrägfläche herunter. Er bewegte sich wie eine Gazelle, leichtfüßig, schnell und trittsicher. Ein schriller Schrei ertönte, dann schlug ein Körper schwer auf, gleichzeitig erschienen vor und neben Sandal im Sand neue Explosionen. Der andere Fliegende feuerte ununterbrochen auf ihn, und Sandal wurde noch schneller. Er mußte entweder unter dem Schleier des stürzenden Wassers verschwinden oder in dem kargen Wald.

Als er die erste Felsbrücke erreichte – eine Sandsteinformation, die fortwährend zitterte und kleine Steinsplitter herunterregnen ließ -, hielt er keuchend an und verfolgte den Weg der brennenden, kochenden Glutflecke. Sieben Fremde schwebten jetzt auf sein zweifelhaftes Versteck zu.

Sie würden ihn umzingeln und töten.

»Und oben an der Quelle sind die anderen!« bemerkte er verzweifelt.

Dort sah er, wie vor drei Wochen, eine riesige Menge – es mußten Hunderte sein! – von Fremden. Waren sie auf diesem Planeten innerhalb des Schwarms ebenso fremd wie er? Oder befanden sie sich hier in ihrer Heimat? Wenn sie liefen, konnten sie ihn nicht überholen. Er war auf alle Fälle schneller.

Aber jene Wesen in den Fluganzügen, sie wurden ihm gefährlich.

Sandal griff über die Schulter und holte aus dem halbleeren Köcher einen Pfeil hervor. Im Schiff hatte er alle Pfeile auf insgesamt drei Köcher verteilt, so daß er sich freier bewegen konnte. Guter Icho Tolot! Dank seinem Geschenk besaß er jetzt genügend Geschosse. Sandal preßte sich enger an den vibrierenden Stein, zielte und ließ die Sehne aus. Der Pfeil heulte zweihundert Meter weit durch die Luft, beschrieb eine leichte Parabel und traf einen Fliegenden direkt von oben. Ein zweiter Pfeil verließ summend die Sehne, noch ehe der erste eingeschlagen hatte. Zwei von sieben Gegnern starben. Die anderen fünf bildeten eine Kette und landeten jenseits einer Gesteinsbarriere, aber über der

Plateaukante sah Sandal einen weiteren Schwarm, der sich in Kürze auf ihn stürzen würde.

»Meine Deckung ist miserabel, beim Großen Stern!« fauchte er und begann abermals zu rennen. Er mußte den Rand des Waldes erreichen, bevor die anderen schwebenden Fremden hier waren.

»Schneller!«

Er lief mit angewinkelten Armen, stob im Zickzack zwischen Felsen und kleinen, verkrüppelten Büschen vorbei, erreichte einen riesigen Baum, der verdorrt war. Er wirkte wie bearbeiteter Marmor. Sandal lief hinunter in den Schatten einer Felswand, und vor ihm wurden die ersten Bäumchen deutlicher, immer größer. Kein einziges Tier war zu sehen. Nur das ferne Donnern und das Zischen der vielen Geysire erfüllte die Luft.

»Endlich bin ich in Sicherheit!« sagte er einige Minuten später.

Er hatte den Wald erreicht. Ein kühler, frischer Geruch nach Pflanzen und Wasser mischte sich mit dem schwefligen Geruch der Luft. Als Sandal sich im Schutz des ersten Baumstammes herumdrehte und die blaue Luft über sich absuchte, sah er außerhalb der Reichweite seiner Pfeile eine Kette von mehr als einhundertfünfzig Schwarminstallateuren auf sich zu kommen beziehungsweise auf die Trennlinie zwischen dem auslaufenden Hang und dem Anfang des Waldes.

»Sie werden mich bis zur Kuppel verfolgen!« dachte Sandal laut und verschwand zwischen den Stämmen. Je tiefer er in den kümmerlichen Wald eindrang, desto dichter standen die Bäume, und desto besser war die Deckung.

Sandal schlug einen Haken und lief zurück nach Osten. Nach einhundert Metern nahm er in der Luft einen stechenden Geruch wahr, gleichzeitig ertönte ein lautes, zischendes Geräusch. Ein Schleier zerstäubten Wassers überschüttete ihn von vorn – ein Geysir brach aus und schleuderte seine Wassermassen fünfzig Meter hoch in die Luft. Sandal brachte sich in Sicherheit und kam nach weiteren zehn Minuten an den Rand eines kleinen Sumpfes, aus dem schwarze, faulige Blasen aufstiegen. Hier wimmelte es von fliegenden Insekten. Sandal blieb stehen, schob sich vorsichtig zwischen den Ästen hindurch und suchte den Himmel ab.

Er schirmte die Augen gegen das grelle, rötliche Sonnenlicht ab und sah sich um. Die Fremden suchten ununterbrochen nach ihm – vermutlich hatten sie seine Spuren im Schiff entdeckt und wußten, daß er indirekt am Absturz des Schiffes schuld war. Im Augenblick bedeuteten die Fremden, die ihm auf dem Boden folgten, keinerlei Gefahr für ihn.

»Aber die Flieger«, sagte er leise.

Sie hatten eine Kette gebildet, deren äußerste Punkte wesentlich höher flogen als die Mitte. Sie durchkämmten systematisch den Wald, und er sah, wie immer wieder einer der fliegenden Fremden sich fallen ließ, zwischen den zurückschnellenden und abbrechenden Ästen verschwand und kreischende Schreie ausstieß wie ein jagender Raubvogel.

Sie hatten, jetzt etwa zweihundert Fremde, genügend Zeit zwischen

Erwachen und Absturz gehabt, um sich aus den Magazinen im unteren Schiffsteil die Fluganzüge zu holen, die ihnen in vielen Fällen auch das Leben gerettet hatten. Jetzt jagten sie Sandal. Wie konnte er ihnen entkommen?

Er hatte wenig Chancen, wenn er offen angriff oder sich aus der Verteidigung hervorwagte; sie besaßen Energiewaffen und waren in der Übermacht. Die Fluganzüge schienen keine Geräte zu besitzen, mit denen man Lebewesen aufspüren konnte, also mußten sich die Verfolger auf die Augen verlassen.

Wenn Sandal einen von ihnen tötete, verriet er sein Versteck.

Wenn er ihnen aber noch lange Zeit ließ, dann entdeckten sie ihn ohnehin. Sie kamen von Westen und durchkämmten das schmale Waldstück nach Osten.

»Ich muß weiter nach Süden fliehen, dann wachsen meine Chancen!« sagte er.

Wenn es ihm gelang, hinter die Linie der Sucher zu kommen, dann war die Gefahr beseitigt. Sandal wartete, suchte seinen Weg und lief dann langsam los. Er rannte nach Süden; auf ein Ziel zu, das irgendwo links von der Sonne lag.

»Schneller ... leiser!« flüsterte er.

Einige Minuten vergingen. Der junge Krieger jagte schräg auf die Linie der Angreifer zu, duckte sich immer wieder unter Büsche, verharrte regungslos zwischen Baumstämmen und hielt in der Hand, die den Bogengriff umklammerte, auch drei Pfeile. Sein Hunger nahm wieder zu, aber jetzt kümmerte es ihn nicht mehr. Schließlich hielt Sandal an.

Die Jäger befanden sich direkt über ihm.

Er stand im Halbdunkel zwischen langsam schaukelnden Blättern und kleinen Ästen. Er rührte sich nicht und hielt den Atem an. Dann überflog ihn der erste Schatten. Einige Schreie ertönten, dann ein zweiter Schatten. Sandal wartete bewegungslos; er war sicher, daß ihn niemand gesehen hatte.

Minuten später rannte er los. Er lief im Zickzack, schnell und fast geräuschlos über dicke Moospolster, durch hohe, schwankende Gräser und durch das Sonnenlicht. Dann, als er hinter sich den Schrei eines Verfolgers hörte, warf er sich herum, schlug einen Haken und befand sich am Rand eines riesigen Tellers aus blasigem Gestein, das in allen Farben leuchtete. In der Mitte dieses natürlichen Brunnens, an der höchsten Stelle, sprudelte ein breiter Wasserstrahl hoch und lief plätschernd nach allen Seiten ab.

»Wasser ...«

Sandal rutschte aus, ruderte mit den Armen und stolperte aus dem Halbschatten der großen Büsche heraus.

Sie entdeckten einander gleichzeitig – die beiden Verfolger sahen ihn an, er sah, wie die Waffen auf ihn gerichtet wurden.

Die Fremden standen auf einem abgerundeten, säulenartigen Stück Kalk, an dessen Flanken das Wasser herunterlief.

Sandal hechtete nach links, rollte sich unter einem Busch zusammen und sprang auf. Als er zwei Meter tiefer im Wald wieder stehenblieb, zerfetzte eine Explosion den Busch, hinter den er sich gerettet hatte. In einer einzigen Reflexhandlung war der Pfeil auf der Sehne, jetzt zielte Sandal und jagte einen Pfeil durch einen Wasserschleier auf den ersten Verfolger. Der Fremde kippte langsam von der Säule und fiel herunter ins Wasser. Sandal sah nicht mehr zu, ob er sich im Tod wieder verkleinerte, sondern setzte den nächsten Pfeil auf die Sehne.

Der Fremde lag flach auf der Säule, Sandal sah nur die Mündung der Waffe.

Er sah sich um, niemand schien diesen Zwischenfall bemerkt zu haben. Sandal blieb in der Deckung, bewegte sich in einem Halbkreis um den schüsselförmigen Beckenrand herum und richtete seinen Pfeil, während er sich anschlich, stets auf dasselbe Ziel.

»Jetzt!« keuchte er atemlos.

Dann verließ das lange Kunststoffgeschoß die Sehne, heulte einhundert Meter durch die Luft und schlug ein. Die gnadenlose Kraft riß den Fremden halb hoch, er taumelte und rollte langsam von seinem Felsen herunter. Der junge Krieger setzte in zwanzig riesigen Sprüngen quer über die runden Formen des ausgeschiedenen, kristallisierten Gesteins, durch das flache, warme Wasser und vorbei an der Zentralfontäne. Dann verschwand er wieder im Wald.

»Vorbei, Freund!« sagte Sandal Tolk grimmig.

Er lief jetzt langsam, schonte seine Kräfte und folgte einem Tierpfad, der in wirren Windungen durch den Wald führte. Binnen kurzer Zeit würde Sandal die mondsichelförmige Ebene erreicht haben, die trockene Savanne, die nur entlang des Bachlaufes etwas Grün zeigte. Grün bedeutete Gewächse, und diese waren für ihn die beste Deckung. Er mußte versuchen, die Wüste in der Nacht zu durchqueren.

»Die Fußgänger« unter den Fremden aus dem Schwarm hatte er längst hoffnungslos abgeschüttelt.

Aber noch immer suchten etwa zweihundert fliegende Fremde nach ihm.

Als es dunkelte, kam er an den Rand des Waldes. Er betrat die Savanne dort, wo der schmale Bach, umrahmt von halbhohen Gewächsen aller Art, aus dem Wald herausfloß. Weit und breit war keiner der Verfolger zu sehen.

Sandal lehnte sich an einen massiven Stamm und wartete. Er war ausgelaugt und hungrig, müde und abgekämpft. Er blickte genau nach Süden, und da sah er die Silhouette der Felsnadeln vor der riesigen Kuppel, deren gekrümmten Umriß er nicht mehr deutlich sah; die Sonne brach sich an der Rundung, und der Rest verschmolz mit dem schwarzblauen Himmel.

»Vielleicht kann ich einige Stunden ausruhen«, überlegte Sandal laut.

Es gab für ihn zwei Möglichkeiten. Entweder versuchte er, möglichst viel Strecke zwischen sich und die Verfolger zu bringen. Dann war es besser, weiterzulaufen. Oder er wartete, um im Schutz der Dunkelheit am Bach entlang durch die Savanne zu rennen. Das erschien ihm weit besser, denn dann konnte er die Fremden besser sehen, weil das Feuer und die silbrigen Anzüge ideale Ziele abgaben. Er aber verschmolz mit der Nacht, die der Freund des Jägers war.

»Ich warte!« sagte er entschlossen.

Sämtliche Muskeln schmerzten. Sandal hatte das Wasser trinken können, ohne daß ihm schlecht geworden war; ein gutes Zeichen – also würde er auch das Fleisch der Tiere essen können. Doch welcher? Bisher hatte er nicht viele Tiere gesehen, die größer als seine Hand waren. Er unterdrückte seinen Hunger, kühlte sein Gesicht mit Wasser und nahm die kleine Tube aus einer der zahlreichen Jackentaschen. Er merkte, daß tagsüber die Sonne und die Hitze des Vulkans sein Gesicht verbrannt hatten.

»Der donnernde Berg ... ich höre ihn nicht mehr«, stellte er plötzlich verblüfft fest.

Seit einigen Minuten schwieg der Vulkan. Von dem schwefligen Geruch in der Luft war nichts mehr zu riechen. Sandal stand auf, warf sich die drei Köcher auf den Rücken und zog, während er lauschte, die Handschuhe wieder an.

Sandal hörte nur die leisen Geräusche des Waldes, das Fauchen des Windes und hin und wieder das Zischen des Wassers, das aus der Tiefe kam.

Dann, als er sich gerade in Bewegung setzen wollte – ein kreischender Schrei.

Ein Fremder!

Sandal sah die Silhouette gegen den dunklen Himmel. Er reagierte sofort, riß einen Pfeil aus dem Köcher und spannte den Bogen aus. Er wartete und verfolgte mit den Blicken den näherkommenden Jäger.

Bedauerlich war nur, daß er seine Pfeile nicht zurückholen konnte. Sie waren verloren. Es hätte sein Leben unnötig gefährdet, wenn er die Leichen gesucht und die Pfeile herausgezogen hätte.

Dann ... einhundertfünfzig Meter ... einhundert Meter ...

Er löste den Griff seiner Fingerglieder. Der Pfeil bohrte sich heulend in die Finsternis.

Der Verfolger ließ die Waffe fallen, breitete seine acht Arme aus und trudelte nach unten. Sandal hörte in der Stille das Krachen und Splittern der Äste. Er entdeckte keinen zweiten Verfolger, wandte sich wieder der verschwindenden Silhouette des Nadelberges zu und lief langsam los.

Er hatte vor sich etwa zwei Kilometer Weg, der entlang des sich krümmenden und Schleifen und Mäander bildenden Baches verlief. An einigen Stellen konnte er den Weg zwar abschneiden, und durch eine Art Furt waten, an vielen aber würde er der Uferlinie folgen müssen. Sandal lief langsam, sparte seinen Atem und sah sich alle fünfzig Schritte einmal um.

Noch folgte ihm niemand, aber das konnte noch kommen. Die Fluganzüge waren jedenfalls viel schneller als er selbst rennen konnte. Er brauchte ein Pferd oder einen Mnesadocer, überlegte er, aber er sah weder das eine noch den anderen.

Stunde um Stunde verging.

Sandal ruhte sich dreimal jeweils eine halbe Stunde aus und versuchte einmal, Atlan über Funk zu rufen, aber er erreichte ihn nicht einmal über die Hyperverbindung.

Als er am Horizont das erste graue Licht des Morgens sah, hatte er den Einschnitt des Cañons erreicht. Ab hier fiel das Gelände langsam ab, und als er deutlichere Umrisse wahrnehmen konnte, entdeckte er auch die vielen Höhlen, die ausgewaschen und mit vielen blasenartigen Formen in der Felswand anfingen und sich nach Süden hin fortsetzten. Der Bach war zu einem schmalen reißenden Fluß geworden, offensichtlich erhielt er unterirdische Zuflüsse.

»Ich muß mich verstecken und schlafen«, sagte Sandal, hielt sich auf der rechten, also der westlichen Seite des Felseinschnittes und suchte nach einem Versteck. Er warf den Bogen über die Schulter, nahm Atlans schwere Waffe heraus und schaltete sie auf Einzelfeuer um. Dann schlich er durch das Höhlenlabyrinth und suchte einen Platz zum Schlafen. Schließlich fand er ihn – in der ersten Morgendämmerung.

Es war eine sehr hoch liegende, tiefe Nische in den warmen Felsen.

Sie war durch drei herausgewaschene Säulen geschützt, die verschiedene Schichten von farbigem Gestein zeigten. Hier würde auch kein Tageslicht eindringen, und Sandal bereitete sein Lager vor. Schließlich, als die ersten Sonnenstrahlen den Höhlenboden trafen, schlief der junge Barbar ein.

Seine Verfolger setzten ihre Jagd fort. Sie suchten seine Spuren und manchmal fanden sie sie auch. Dadurch ließ sich sein Weg ziemlich genau verfolgen. Aber als die einhundertneunzig Jäger die felsige Region erreichten, konnten sie keine Spur mehr entdecken.

Dann fiel der erste Schuß.

Vor vielen Jahrtausenden war das Hochplateau, auf dem die Vulkane tätig waren, wesentlich niedriger gewesen. Damals befand sich ein riesiger Dschungel darauf, es regnete häufig, und die winzige Quelle, die Sandal beobachtet hatte, war damals ein mächtiger Fluß gewesen. Der Fall schrumpfte immer mehr zusammen, einst hatte er in einer Breite von fast fünfzig Metern Geröll nach unten getragen und den schrägen Absturz geschaffen. Dann brach eines Tages die Planetenkruste – vermutlich durch die Erschütterungen, als der Himmelskörper aus seiner festen Umlaufbahn gerissen wurde -, und die Vulkane brachen aus. Zuerst fiel ihnen der Dschungel zum Opfer, aber nur an zwei Stellen. Im Laufe der Jahrhunderte starben immer mehr Bäume ab, die nachwachsenden wurden kümmerlicher und kleiner, und die Quellschüttung nahm rapide ab.

Damals hatte auch der Fluß, der große Strecken unterirdisch durch ausgewaschene Sandsteinhöhlen führte, den gewaltigen Cañon auf einer Länge von zwanzig Kilometern bis zur Tiefe von dreihundert Metern ausgewaschen und ein gewaltiges Höhlenlabyrinth geschaffen, dessen einzelne Teile fast ausnahmslos miteinander in Verbindung standen. Jetzt aber war der mächtige, reißende Fluß nur noch ein Bach, der sich zwischen den Felsen auf der Sohle des Cañons dahinschlängelte.

Nur ein zehn Kilometer langer Grundwassersee, dessen Oberfläche ebenfalls ein System von verwirrenden Ausmaßen zeigte, war noch von der Pracht des Flusses der Urzeit übriggeblieben.

Tahonka-No wußte dies alles.

Er wußte auch, daß dieses Labyrinth für ihn das beste aller Verstecke bot, wenigstens auf diesem Teil des Planeten Vetrahoon. Und als er den ersten der Furchtbaren Schergen auf sein Versteck zukommen sah, feuerte er augenblicklich und tötete ihn. Das geschah, als die Sonne drei Handbreiten über dem östlichen Rand des Cañons schwebte und ihre rötliche Glut über Vetrahoon ausschüttete.

Und dann tauchten andere Schergen auf. Fast zweihundert, wie er zählte.

»Die Furchtbaren Schergen ... entweder sie oder ich!« sagte Tahonka-No.

Er zog sich zurück und zielte sehr sorgfältig.

Ein tausendfaches Echo rollte durch das Höhlensystem.

Das Echo schwächte sich ab, verstärkte sich, wurde hundertfach gebrochen. Sandal erwachte augenblicklich. Er besaß die Fähigkeit eines jungen Wilden, sofort nach dem Aufwachen voll handlungsfähig zu sein. Binnen weiterer zehn Sekunden hatte er die drei Köcher auf dem Rücken, den Bogen ergriffen und die Waffe in der Brusttasche entsichert. Dann kletterte er aus seiner Nische heraus. Ein zweiter Schuß alarmierte ihn.

Verfolgten sie ihn? Warum schossen sie dann?

Er lief durch die große Höhle und wurde ein drittes Mal von einer Schallwelle erreicht. Da er um sich herum keine Einschläge und Feuerbälle sehen konnte, zweifelte er daran, daß sie ihn entdeckt und beschossen hatten.

»Kämpfen sie untereinander?« fragte er sich und rannte hinaus in das Sonnenlicht. Er kam aus dem Schutz der Felswand hervor, sah sich um und entdeckte schräg vor und über sich einen Halbkreis, den die fliegenden Fremden bildeten. Aus den Läufen ihrer Waffen blitzte Feuer auf. Die Fremden beschossen einen Punkt etwa eineinhalb Kilometer von Sandals Standort entfernt.

»Sie beschießen einen anderen Fremden. Jeder, der sie bekämpft, muß mein Freund sein«, sagte Sandal.

Der Tag begann mit Kampf, nicht mit Jagd. Er hatte es nicht gewollt, aber er nahm diese Herausforderung an.

Sandal spurtete los.

Er bewegte sich halb im Licht, halb im Schatten einer Felswand. Seine Stiefelsohlen traten auf Sand und kleine Steine, die sich auf dem Felsband abgelagert hatten. Langsam näherte sich Sandal Tolk den schwebenden Verfolgern, aber er konnte ihr Ziel noch nicht entdecken. Er blieb stehen, als eine Gruppe von drei Fremden in seine Nähe kam. Sie wurden von der Sonne geblendet. Nacheinander verließen drei Pfeile die summende Bogensehne, die drei Fremden taumelten in großen Spiralen zu Boden. Einer blieb mitten im Wasser des Baches liegen. Sandal hastete weiter – nach Süden. Das Felsband brach ab, er drehte um und verschwand etwa zehn Meter weiter in einem Seitengang. Wieder hörte er Schüsse und deren Echo. Etwa hundert Meter weit ging es durch Höhlen, dann mündete eine Nebenhöhle wieder auf das schmale Felsenband. Sandal befand sich jetzt fast dem Zentrum des Halbringes gegenüber, und er sah zu seinem Erstaunen, wie nacheinander drei Kugeln schmerzhafter Helligkeit detonierten und drei Jäger töteten.

»Ein Fremder schießt mit furchtbarer Waffe«, kommentierte er. »Ein zukünftiger Freund, der gegen eine Übermacht kämpft!«

Er zog sich zurück, legte einen Pfeil auf und zielte.

Niemand sah ihn; es herrschte ein furchtbares Chaos. Die Fremden aus dem bruchgelandeten Schiff wichen aus, gingen auf die Sohle des Tales nieder und versteckten sich hinter Felsen. Drei ... vier von ihnen kamen direkt auf Sandal zu und starben, noch ehe sie ihn treffen konnten. Jeder dieser Pfeile war verloren, aber er hatte sein Ziel erreicht. Wieder zerfetzte eine Detonation einen Fremden, der einzelne Kämpfer blieb weiterhin unsichtbar. Aber er war ein Meisterschütze. Die Felsen hallten wider von dem Echo und den krachenden Explosionen.

»Ich werde ihm helfen!« beschloß Sandal.

Er trat wieder aus dem Schatten heraus, einen Pfeil auf der Sehne, aber mit unausgespanntem Bogen. Der Raum zwischen den Felsen war leer, aber rund hundertfünfzig Fremde hockten überall in der Deckung. Hin und wieder schossen sie nach rechts – aber der Unbekannte wehrte sich und tötete viele, indem er die Felsen rund um die Fremden zerstäubte und schmolz.

Sandal blickte nach unten.

Hinter einem Felsvorsprung, vor dem ein breites Band von farbigem, wellenähnlichem Stein verlief, hockten ein Dutzend Jäger. Sandal stützte den rechten Fuß auf, zielte und feuerte. Der zweite Pfeil ... der dritte ... der neunte. Geräuschlos starben die Fremden.

Sandal rannte auf dem Felsband weiter, wich einigen vorstehenden Felsen aus und stürzte fast.

Zwei Fremde stiegen mit ihren Fluganzügen hinter ihrer Deckung auf, und unterstützt vom Feuer von etwa fünfzig anderen stiegen sie hoch und flogen im Zickzack dicht über dem Boden dahin. Der einzelne Fremde erwiderte das Feuer nicht; er hätte auch keinerlei echte Chancen gehabt. Er schien geflüchtet zu sein oder sich versteckt zu haben.

Schließlich, nachdem Sandals zwei Pfeile getroffen hatten, wußte er, wo sich der Fremde befand. Er hatte sich im Schutz einer Felskante zurückgezogen, war höher geklettert und an anderer Stelle wieder herausgekommen. Jetzt befand er sich in einer hervorragenden Deckung; nur ein schmaler Schlitz in den Felsen zeigte eine lange, knochige Hand und eine kleine, schwarze Waffe, die unaufhörlich feuerte.

Wieder schlug ein Hagel von Detonationen rund um die Felsspalte ein und verwandelte den Stein in flüssige Glut.

Sandal verschwand, nachdem er zwei weitere Treffer angebracht hatte, in dem Labyrinth der Felsen. Er entdeckte plötzlich Spuren, folgte ihnen eine Weile und sah dann, wie der Fremde geflohen war – die Spuren führten eine schräge Felsfläche herauf und verschwanden.

Sandal blieb stehen und rief: »Fremder ... ich helfe dir!«

Dann erinnerte er sich, daß er aus dem Schiff jenen merkwürdigen Gegenstand mitgenommen hatte. Er faßte schnell nach rechts und drückte einen kleinen Knopf hinein. Er holte Atem und rief ein zweites Mal: »Fremder ...!«

Vor ihm in der Felswand erschien flüchtig ein Gesicht, dann eine knochige Hand, die eine Waffe hielt. Sandal sah, was passieren würde, und er handelte schnell. Noch ehe der Unbekannte abdrückte, war Sandal hinter einer dicken Felsschicht verschwunden. Neben ihm detonierte eine fast zwei Meter durchmessende Feuerkugel, riß einen Hagel aus Steinsplittern heraus und schleuderte Sandal drei Meter zurück und in den Sand.

Es roch betäubend nach irgendwelchen Chemikalien.

»Ich bin ein Freund!« schrie er, während er auf dem Rücken lag und Sand schluckte.

Wieder detonierten vor und hinter ihm jene grellen Feuerbälle, und Sandal rollte sich ab und blieb hinter einer wellenartigen Rinne liegen. Als er den Kopf drehte, sah er, daß der Fremde verloren war.

Die Jäger griffen aus den Felsen der Schlucht heraus an, und jetzt erschienen vier von ihnen auch an der Stelle, an der Sandal dieses Stück Höhle betreten hatte. Ohne Warnung schossen sie, und der Fremde verschwand wieder. Sandal warf sich herum und griff nach Atlans Waffe. Die donnernden Explosionen hallten in der Höhle wider, und die Fremden starben.

Sandal schrie ein drittes Mal: »Fremder ... ich komme, um dir zu helfen!«

Zu seiner Überraschung rief eine Stimme von seiner Schulter aus in einer fremden Sprache und laut knurrend unbekannte Worte.

Sandal stand ganz langsam auf, schüttelte sich und blickte nach zwei Seiten; der Fremde war verschwunden, und die Leichen der Jäger wurden langsam kleiner.

Dann rief eine Stimme etwas aus dem Versteck. Das Gerät an Sandals Arm sagte in seiner, Sandals Sprache: » ... nicht ... Freund ... komm!«

Sandal steckte die Waffe zurück, griff nach dem Bogen und rannte die Schrägfläche hinauf. Er sprang hinunter und landete neben dem Fremden. Dann entdeckte er einen weiteren Spalt in dem Felsen, stürzte dicht heran und schaute hindurch.

Die Fremden griffen an.

Der Mann, der neben Sandal aus der Spalte feuerte, sagte etwas, schnell und hastig. Das Gerät an Sandals Arm übersetzte laut: »Kampf ... du ... mit mir?«

Sandal fühlte die Sehne des Bogens an seinem Ohr und ließ sie los. Der Pfeil fauchte durch die Luft und schmetterte einen Angreifer zu Boden. Sandal knurrte heiser: »Ich kämpfe mit dir, Freund! Deine Feinde sind auch meine Feinde.«

Wieder knarrte das Übersetzungsgerät.

»Freunde ... Feinde ... Kampf ...«, sagte der Fremde und feuerte.

Sandal wich aus, lief etwa zwanzig Meter nach links und auf ein höheres Felsband. Er begann zu merken, daß in wenigen Augenblicken die Lage hoffnungslos sein würde, weil sich die Fremden im Schutz des toten Winkels vorarbeiten und die Felswand in kurzer Zeit erreicht haben würden. Sein Übersetzungsgerät heulte auf und gab die Worte von sich: »Die Furchtbaren Schergen kommen!«

Sandal zielte und schoß. Der lautlose Tod von seinem mächtigen Kompositbogen erreichte die Fremden, die ihn, Sandal, nicht sahen. Sie schienen ihn vergessen zu haben, denn sie konzentrierten ihre wütenden Angriffe auf den knochigen, kleinen Fremden, der ununterbrochen winzige Geschosse abfeuerte, die dort, wo sie auftrafen, zu einem zwei Meter großen Feuerball krepierten.

Sandal tötete viele Angreifer, dann sah er, daß der Zeitpunkt des Rückzuges gekommen war. Er warf den leeren Köcher vom Rücken, legte einen Pfeil auf und spurtete im Zickzack zurück durch das Höhlensystem. Er blieb dicht neben dem Fremden stehen und sagte laut:

»Wir müssen zurück. Sie haben uns eingekreist!«

Knarrend und polternd übersetzte das Gerät; für Sandal ungewohnt kam die Stimme, unglaublich verzerrt, von seiner Schulter her. Sinngemäß sagte der Translator: »Zurück – Kreis geschlossen.«

Der Fremde winkte Sandal und wandte ihm einen runden Kopf mit den großen Augen zu, dann erwiderte er: »Ich kenne die Höhlen. Dorthin, in diese Richtung!«

Er hob seine Waffe, die gewisse Ähnlichkeit mit Sandals Energiewaffe hatte, wandte sich um und rannte davon. Sandal folgte ihm, wobei er sich ständig nach Verfolgern umsah. Aber er entdeckte niemanden, und wenige

Minuten später hatten sie diesen Teil der Höhle verlassen und rannten eine schräge, lange Sandfläche hinauf. Dann ging es über Felsen, schließlich kamen sie an einer unglaublich fein bearbeiteten Säule vorbei, rasten eine gewundene breite Treppe hinauf und befanden sich in einer uralten Stadt, einer Bergfestung oder etwas Ähnlichem: Sandal wurde schlagartig an die Burg Crater erinnert. Seine Racheschwüre klangen ihm in den Ohren, als er sich umdrehte und das Gelände musterte.

»Alte Stadt!« übersetzte sein Translator. »Turm!«

Der Fremde deutete mit einem rotbraunen Arm auf einen Turm, der zur Hälfte aus gewachsenem Fels und zur anderen Hälfte aus riesigen Quadern bestand. Eine breite Treppe führte hinauf, auf deren Stufen einige Blöcke lagen und heruntergefallenes Geröll. Eine Seite des Turmes bestand fast nur aus glasiertem, vielfarbigem Gestein, das im Laufe von Jahrhunderten aus heißem Wasser ausgefällt worden war. Die beiden Männer rannten, sich mehrmals umsehend, die Treppe hinauf und wichen den herumliegenden Fragmenten aus.

Kurze Zeit später standen sie auf der obersten Plattform des Turmes. Über ihnen hing eine massive Decke, die von mindestens dreißig Säulen getragen wurde.

Sandal sagte: »Mein Name ist – Sandal Tolk!«

Der Translator knarrte nicht mehr so unsicher. Die Maschinenstimme sagte: »Name: Sandal Tolk!«

Der Fremde nahm die Waffe in die linke Hand und streckte die Rechte zum Gruß aus.

»Tahonka-No, der Knöcherne genannt.« Das Gerät übersetzte wieder.

Je mehr es arbeitete, desto mehr vergrößerte sich der Wortschatz, und desto besser wurde die Aussprache der Maschine.

Sie standen zwischen zwei runden Säulen, die auf viereckigen Grundplatten standen und oben fein gearbeitete Kapitelle aufwiesen.

»Dort!«

Sandal deutete nach Norden. Sie hatten sich etwa eineinhalb Kilometer von ihrem letzten Standort entfernt. Die Fremden aus dem Schwarm sammelten sich wieder und kamen langsam auf das Versteck der Männer zugeflogen. Es waren nicht mehr als hundert.

»Waffe ... lautlos!« sagte das Gerät.

Sandal griff über die linke Schulter, faßte Nock und Befiederung eines seiner vielen Pfeile und zog ihn aus dem Köcher. Ohne die näher kommenden Gegner aus den Augen zu lassen, sagte er deutlich und langsam:

»Das ist eine schnelle, lautlose Waffe, die den Schützen nicht verrät, Tahonka-No!«

Unbeholfen übersetzte das Gerät an seinem Arm.

Die Furchtbaren Schergen flogen in drei oder vier Reihen, nahmen fast die halbe Breite des Tales ein und suchten die beiden Männer. Da Tahonka-No und Sandal Tolk im Schatten zwischen den Säulen standen, wurden sie nicht gesehen. Die Entfernung zu den ersten fliegenden Wesen betrug mehr als dreihundert Meter – zu weit für einen günstigen Schuß. Sandal blickte Tahonka-No von der Seite an und registrierte, daß dieser Fremde ihm, Sandal, mehr ähnlich war als den Schwarminstallateuren, aber Tahonka-No war wesentlich kleiner, etwa gut eineinhalb Meter. In den Schultern war er nicht breiter als einen Meter. Die Haut war, soweit sichtbar, rostrotbräunlich.

»Schieß! Bring' sie um, oder sie töten uns«, sagte No.

Sandal fragte unschlüssig: »Suchen sie dich, Tahonka-No?«

»Ja. Sie töten mich.«

Sandal sah, daß sein Ziel nahe genug heran war. Er stellte den linken Fuß im Stiefel auf die Brüstung, zog die Sehne aus und zielte. Die Sehne hämmerte gegen den Armschutz, der Pfeil beschrieb eine leicht gekrümmte Flugbahn und traf einen der Fremden, der in der obersten Gruppe ganz links schwebte. Lautlos sackte der vielarmige Körper im Fluganzug ab.

Dann feuerte Tahonka-No, zehnmal hintereinander. In der flirrenden Luft des späten Morgens erschienen zehn winzige Sonnen, heller als das Licht der stechend roten Sonne des Planeten. Die fliegenden Verfolger wurden auseinandergewirbelt, und einer, der vom Druck der Explosion nach vorn auf die Verfolgten zugetrieben wurde, fiel durch Sandals Pfeilschuß.

Jene winzigen Projektile, die mit großer Kraft die Mündung der Waffe verließen, waren kleiner als die Koralle in Sandals Ohr. Dort, wo sie auftrafen, entwickelten sie in einer chemischen Reaktion Hitze von rund zehntausend Grad. Warum griffen die Fremden eigentlich Tahonka-No mit mehr Wut und Ausdauer an, als sie ihn verfolgt hatten?

Sandal spannte den Bogen, schoß und fragte: »Warum wollen sie dich töten, Tahonka-No?«

Mit rauher Stimme entgegnete der Dunkelhäutige etwas. Das Gerät übersetzte: »Nesieps'cnird.«

Sandal schüttelte den Kopf; er verstand nichts. Er schoß abermals einen Pfeil ab, den er niemals wiederfinden würde.

»Sie fliehen!« stellte er fest.

Die etwa neunzig Verfolger ließen sich fallen, fingen sich dicht über dem Boden wieder ab und rasten ihren Weg zurück. Nacheinander verschwanden sie hinter der nächsten Biegung des Cañons, und Tahonka-No schickte ihnen ein Dutzend Schüsse nach. Dann senkte er die Waffe und lehnte sich an die nächste Säule. Er hob die rechte Hand und kehrte Sandal die Handfläche zu.

»Freund?« fragte er durch das Gerät.

»Freunde!« beteuerte Sandal. Jetzt erst konnte er den kleinen Mann näher betrachten. Er hatte noch nie einen so merkwürdig aussehenden Freund gehabt, aber schließlich war er auch noch nie im Schwarm gewesen. Woher kam dieser rostbraune Mann mit der kleinen, klobigen Waffe?

»Sie sind geflohen!« stellte Sandal fest.

Offensichtlich hatten die Furchtbaren Schergen Tahonka-No mit Sandal Tolk verwechselt und angegriffen. Der Fremde hatte sich mit größtem Mut und bewunderungswürdiger Geschicklichkeit gewehrt; er war ein hervorragender Kämpfer, trotz seiner geringen Körpergröße.

»Geflohen! Du hast mir geholfen«, sagte der knochige Fremde.

»Ein guter Jäger hilft einem guten Krieger«, erklärte Sandal. Auch er lehnte sich gegen eine Säule und schaute nachdenklich auf die alte, zum Teil verfallene, zum anderen Teil von Kaskaden erstarrter Minerale überflutete Stadt.

Der unbekannte Fremde war von geringer Körpergröße, aber sehr stämmig. Sein Körper schien nur aus Haut und Knochen zu bestehen; es fehlte jedes Fett und alles Bindegewebe, das man mit »Fleisch« bezeichnen konnte. Wenn der Fremde so hart und ausdauernd war, wie er aussah, dann gab es auf diesem Planeten zwei große Kämpfer.

Sandal sah auch keine Adern. Vermutlich bestanden die festen, runden Knochen aus wabenförmigen Strukturen, innerhalb derer der Kreislauf und auch der Stoffwechsel abliefen. Tahonka-No besaß zwei Arme, wie Sandal, nur kürzer, dicker und mit scharfen Sehnen ausgerüstet.

An den Händen sah Sandal zwei Daumen; der zweite Daumen entsproß dort, wo der kleine Finger endete. Der Kopf war rund, und von einem Punkt oberhalb der Nasenwurzel zog sich ein dicker Knochenwulst über den haarlosen, glatten Schädel hinweg bis in den Nacken.

»Woher kommst du?« erkundigte sich der junge Krieger neugierig.

»Tamin' Enorth«, sagte Tahonka-No.

Jetzt, da Sandal ihn direkt hören konnte und ihn in Ruhe studierte, bemerkte er, daß sein neuer Freund eine tiefe, rauhe Baßstimme besaß. Die großen Augen lagen in tiefen, trichterförmigen Höhlen und wirkten trotzdem groß, stumpf und dunkel, ohne erkennbare Pupillen. Er sah aus wie einer der Blinden, die früher einmal bei Burg Crater haltgemacht und allerlei possierliche Spiele aufgeführt hatten, weil sie um Brot und Braten bettelten.

Sandal fragte: »Auf welcher Welt sind wir hier?«

»Der Planet heißt Vetrahoon«, antwortete Tahonka-No.

Sandal betrachtete seinen Freund aufmerksam. Zahllose Gedanken schossen durch seinen Kopf, und er wußte, daß auch er aufmerksam und kritisch gemustert wurde. Am Körper seines Gegenübers schien es weder Adern zu geben noch Organe wie die, von denen Sandal wußte, daß er sie besaß.

Später würde er mehr erfahren. Jetzt waren die Kämpfe unterbrochen, und sein nagender Hunger meldete sich wieder.

»Warum bist du hier?« fragte der junge Krieger.

»Ich bin ein Rebell«, war die Antwort.

»Ein Rebell ist, wer die Sitten seiner Herren verachtet, gegen sie kämpft und vor der Übermacht fliehen mußte. Bist du das?«

Sandal grinste und schob sein schweißnasses Haar aus der Stirn.

Tahonka-No nickte mehrmals. Dann lachte er laut. Dabei verzog sich kein Teil seines sehnigen, kantigen Gesichtes.

Sandal sah, daß der Mund sehr breit war und aus Lippen bestand, die ihrerseits knöchern waren. Zähne waren nicht erkennbar, sondern nur zwei Reihen spitzer Knochen.

Der Fremde fragte: »Wie kommst du hierher nach Vetrahoon?«

»Ich bin mit dem Raumschiff geflohen, mit dem diese Fremden dort einen Planeten überfallen haben!«

Tahonka-No hob die Hand und deutete nach vorn.

Dort, irgendwo über dem Hochplateau, schwebten noch immer die zerfasernden Bahnen der Vulkanwolken. Dann fragte der knochige Fremde: »Dort ist das Schiff gelandet?«

»Ja. Bruchlandung.«

Er beendete gerade das Wort, das der Translator übersetzte, und plötzlich faßte eine unsichtbare Hand nach beiden Männern und warf sie einige Meter weit zwischen die Säulen. Pfeile flogen nach allen Richtungen aus den Köchern. Als sich Sandal hochstemmte, sah er, daß an der Absturzstelle des Schiffes eine gigantische Rauchsäule in die Luft schoß. Sekunden später donnerte die Schallwelle über den Cañon hinweg und brach sich zwischen den Schluchten. Eine riesige Staubwolke fegte heran, und Steine fielen von den höhergelegenen Teilen der alten Stadt.

Sandal wischte sich den Sand aus dem Gesicht und sagte: »Das Schiff ist endgültig explodiert. Ich habe es erwartet, Tahonka-No. Sie sind vernichtet.«

»Die Furchtbaren Schergen ...«, flüsterte der Fremde.

Gehorsam übersetzte das Gerät an Sandals Schulter, das mehr und mehr Informationen besaß und verarbeiten konnte.

»Sie werden wiederkommen – ihre Wut ist groß«, warnte der Knochige.

Sandal schlug auf seinen Magen und sagte: »Ich habe Hunger. Ich brauche Braten ... dort hinten sind Wälder. Dort werden wir finden, was uns nützt.«

Er drehte sich herum, noch ehe er den entsetzten Blick seines neuen Freundes bemerken konnte. Er sammelte seine Pfeile ein und lief langsam, ohne abzuwarten, ob Tahonka-No folgen würde, die geschwungenen Treppen des alten Turmes wieder hinunter.

Es war Mittag. Die Sonne stach senkrecht herunter. Der Explosionspilz des detonierten Raumschiffes in etwa fünfundzwanzig Kilometern Entfernung wurde immer höher und von den Winden der oberen Luftschichten zerfasert und weggetragen. Die Kuppel war von hier aus nicht zu sehen, aber Sandal kannte sein Ziel.

Es war der Ausgang der tief eingeschnittenen Cañon-Schlucht, wo der Fluß seichter und somit breiter wurde und in der Erde versickerte. Dort vorn, jenseits der Wälder, stachen die Nadelbündel des bemerkenswerten Berges in die Höhe.

»Ich habe einen verdammten Hunger, Freund Tahonka«, sagte Sandal grimmig. »Und wenn ich nicht binnen weniger Stunden etwas zu essen habe, nage ich dich an, obwohl du nicht sehr ergiebig aussiehst.«

Er rannte lachend die Stufen abwärts, bis er auf einem kleinen Platz stand. Die Stadt schien alt zu sein, sehr alt, und sie war voller Hitze, voller Helligkeit und voller Geheimnisse. Wie alles auf diesem Planeten.

Drei Stunden später bewegten sich zwei winzige Figuren zwischen den riesigen Steinen und den kümmerlichen Sträuchern auf dem Grund des Cañons nach Süden. Sandals scharfe Augen suchten ständig nach Spuren von Tieren, aber er fand nichts. Nur einmal, nach einer kleinen Salzlecke, sah er die Fährten winziger Tiere, die zu schießen es sich nicht lohnte.

Am späten Nachmittag erreichten sie das Monument.

22.

Der erdähnliche Planet Vetrahoon schien eine ganz besondere Welt zu sein. Sandal Tolk asan Feymoaur, dessen schlanke Gestalt stets vorn war, sich schneller und flinker bewegte als die des Knochigen, kannte solche Dinge nicht. Obwohl er wußte, weil Chelifer und Atlan es ihm gezeigt hatten, daß es mehr gab, als er selbst erfassen konnte, staunte er, als er das Ende der Schlucht auf der linken, westlichen und der rechten, östlichen Seite erblickte. Die Sonne schien nicht mehr senkrecht herunter, die Schatten waren also länger und deutlicher geworden, und an beiden Seiten des Cañons erhoben sich riesige Bauwerke. Ihre obersten Teile überspannten als riesige, gekrümmte Brücken den Cañon.

Sandal deutete verblüfft auf das Monument und fragte: »Kennst du das, Tahonka-No?«

Der Knöcherne bejahte. »Dies ist einer der unzähligen Tempel, die man dem Großen Götzen Y'Xanthymr gebaut hat. Man findet sie überall. Sie sind Tempel und Wohnstätte, Orientierungspunkte und einfach schöne, kunstvolle Dinge.«

Sandal nickte und suchte den Luftraum nach fliegenden Fremden ab. Er sah nichts außer ein paar großen Vögeln, die zu weit entfernt für einen Bogenschuß und als Braten sicherlich nicht gut geeignet waren.

»Was hast du jetzt vor, da wir den Rand der Wälder erreicht haben?« wollte der Knöcherne wissen.

Er blickte Sandal aus blinden Augäpfeln und mit offenem Mund an.

Sandal sagte, ohne zu überlegen: »Zuerst schieße ich uns einen Braten, den wir essen werden, dann legen wir uns in den Schatten und schlafen einen halben Tag; ich bin sehr müde und habe keine Lust, hier ununterbrochen ohne Pferd durch die Gegend zu rennen.«

»Ich glaube, ich verstehe dich nur zur Hälfte«, kommentierte der Knöcherne.

Sandal meinte verständnisvoll: »Das gibt sich mit der Zeit, mein Freund. Zuerst der Braten.«

Wäre der Knöcherne in der Lage gewesen, seine Gesichtszüge zu bewegen, hätte er dies getan. Es wäre in diesem Fall eine Geste des äußersten Abscheus daraus geworden. So aber beschränkte er sich darauf, mißbilligend den Kopf zu schütteln und Sandal zu folgen.

Sandal lief langsam auf den Waldrand zu, hielt sich dicht am Ufer des Flusses und hörte das Brausen, mit dem das Wasser einige hundert Meter weiter südlich im Boden verschwand. Er achtete auf den Wind, daß dieser den Tieren nicht seinen Geruch zutragen würde. Hinter ihm lief Tahonka-No, barfuß, und die Sohlen seiner knöchernen, dünnhäutigen Füße erzeugten auf Sand und Gras klatschende Geräusche.

Tahonka war in eine eng anliegende Kombination gekleidet, die durch die Vielzahl von Taschen auffiel. Quer über seiner breiten, aber flachen Brust spannten sich zwei gekreuzte Gurte, an denen Magazine für seine weitreichende Waffe befestigt waren. Andere Gerätschaften, deren Sinn der junge Krieger nicht erraten konnte, waren an einem breiten Gürtel befestigt, der aussah, als bestünde er aus lauter quadratischen Eisenstükken mit seltsamen Mustern darauf. Der Rücken und die Schultern des Kämpfers waren frei und glänzten jetzt; Schweiß und Sonnenlicht riefen diesen Effekt hervor.

Eine Stunde später sah Sandal die Tiere. Sie sahen aus wie Hirsche von Exota Alpha, aber statt des Gehörns trugen sie vier lange, äußerst gerade Nadeln, die nach vorn, nach beiden Seiten und schräg nach hinten wiesen. Der Angriff eines solchen dolchbewehrten Tieres konnte selbst einen schnellen, mutigen Jäger in Verlegenheit bringen.

»Still!« wisperte Sandal. »Bleib hier. Ich schieße!«

Er hob die Hand, deutete in den Schatten eines dreieckigen Busches und stob geräuschlos davon. Er rannte einen schmalen Tierpfad entlang, verschwand zwischen Riedgräsern und blieb stehen, als die achtköpfige Herde nur noch einhundert Meter entfernt war. Dann legte er einen Pfeil auf, schob vorsichtig die Zweige zur Seite und zielte sorgfältig. Die Sehne des Kompositbogens berührte beinahe die runde, rote Korallenkugel an seinem Ohr.

Dann schmetterte die zurückschnellende Sehne gegen Ästchen, und der Pfeil durchbohrte das Tier. Blattschuß! Das Tier sprang senkrecht in die Luft, die sieben anderen flohen in panischen Sätzen durch das krachende und brechende Geäst, und der starke, junge Bock fiel in das aufklatschende Wasser zurück. Er war tot, als die letzten Tropfen auf die Wasseroberfläche zurückfielen.

»Ich habe es nicht verlernt«, stellte Sandal fest.

Er rannte heran, zog das Tier aus dem Wasser und brach es binnen weniger Minuten weidgerecht auf. Die Innereien bis auf die Leber warf er in den Fluß; die Fische sollten auch etwas haben. Das Fell warf er samt dem Kopf und dem Gehörn über einen dicken Ast und schleppte dann das Tier zurück auf die Fläche zwischen Monument und Waldrand.

»Was hast du ... was kann ich tun?« fragte der Knöcherne.

»Du solltest eine Menge trockener, dicker Äste holen«, sagte Sandal. »Du scheinst dich auf diesen Braten nicht recht zu freuen. Hast du Salz bei dir oder Gewürze?«

Tahonka schüttelte den Kopf.

»Nein. Ich sehe zum ersten Mal, wie Fleisch zubereitet wird. Natürlich habe ich keine Gewürze. Was sind Gewürze?«

»Feine Dinge«, sagte Sandal und zog den kleinen Plastikbeutel mit Salz aus der Tasche seiner Jacke. »Hol jetzt das Holz, Freund!«

Zwischen schützenden Bäumen legte er einen Ring aus großen Steinen, rammte zwei Astgabeln in den Boden und bereitete einen Bratenspieß aus einem ziemlich geraden, geschälten Ast vor. Der Fremde brachte Holz und brach es nach Sandals Anweisungen in Stücke richtiger Länge, und diesmal war es an dem jungen Krieger, zu staunen. Tahonka-No brach armdicke Prügel, als wären es dünne Späne oder Schilfgräser. Sandal entzündete das Feuer mit einem Schuß aus Atlans Waffe und sah zufrieden, daß das Feuer fast rauchlos war. Dann rückte er den Braten über die Flammen und begann zu drehen. In kurzer Zeit breitete sich ein Geruch aus, den Sandal kannte und liebte – der Geruch eines schmorenden Bratens, dessen Fett in die Flammen fiel.

»Es riecht nicht schlecht!« lobte Tahonka-No.

»Wenn wir es essen, wirst du merken, daß der Geschmack noch besser ist«, sagte Sandal. Jetzt brauchte er nur noch einen riesigen Pokal voller roten Weines, um restlos glücklich zu sein. Der Hunger und das Versteck im Schiff waren vergessen. Aber Atlan, Chelifer und seine Rache waren nicht vergessen. Nur aufgeschoben.

»Ich verstehe nichts!« sagte Tahonka-No düster.

Während Sandal den Bratenspieß drehte, betrachtete er das Monument, und er erforschte sein Wissen und seine Erinnerungen. Was er dort in dreihundert Metern Entfernung sah, kannte er. Es war, leicht verändert, das Bild des Gelben Götzen, den ein Mann Rhodans zum ersten Mal gesehen hatte. Pontonac hatte er geheißen, denn sein Name stand unter den Bildern, die Rhodan besaß.

Aber hier hatte man die dämonischen Züge des Götzen aus vielfarbigem Sandstein gemeißelt. Es mußte vor sehr langer Zeit geschehen sein, denn die diabolischen Züge waren verwittert und doppelt so geheimnisvoll.

Zwei annähernd gleichgroße Vierecke waren in den Fels geschnitten. Sie gliederten sich in zehn Ebenen, von denen eine jede mehr als fünf Meter hoch war. Diese Ebenen bestanden aus Säulenformationen, hinter denen rechteckige Eingänge schwarz und geheimnisvoll versteckt waren. In der Mitte beider Vierecke waren die Teufelsfratzen des Götzen herausgeschnitten und gemeißelt, dergestalt, daß die Augen Eingänge, die Nase ein ungeheurer Vorsprung und der Mund ein klaffendes Tor war. Je nach Sonnenstand veränderten die Schatten den Ausdruck dieser beiden Gesichter.

»Im Augenblick scheinen sie zu grinsen ... auf eine besonders abscheuliche Weise«, sagte Sandal und drehte seinen Braten. Es roch immer besser. Tahonka-No saß im Schatten und lud seine klobige Waffe nach. An den Sohlen seiner bloßen Füße klebten Blätter, Gräser und kleine Klumpen gelben Lehms.

Die Stirn, die Wangen und das Kinn der beiden Dämonen bestanden wiederum aus Gängen und Säulen, auch nach unten setzte sich diese Gliederung fort. Zum Kinn führten zwei lange, dreieckige Rampen hinauf. Zwei Hörner, nach unten gekrümmt, schlossen die Fratzen nach oben ab, und das linke Horn des rechten Götzen vereinigte sich mit dem rechten Horn des linken zu der bewußten, leicht verwitterten Brücke.

»Phantastisch«, sagte Sandal.

Je tiefer die Sonne sank, desto bösartiger lächelten beide Gesichter. Sie trugen den gleichen Ausdruck, alle beide. Sandal nestelte aus seiner Brusttasche einen winzigen Beutel aus durchsichtigem Kunststoff, faltete ihn auseinander und bließ ihn leicht auf. Dann hob er die Hand und sagte, mit dem Beutel Tahonka-No winkend:

»Hol Wasser vom Fluß, das wir trinken müssen. Sonst schmeckt der Braten nicht, Freund No!«

Der Knöcherne nickte schweigend, stand auf und steckte die Waffe in den Gürtel, dann nahm er mit sechs Fingern den Beutel und ging, nachdem er einen halb begehrlichen, halb ablehnenden Blick auf den Braten geworfen hatte. Aus dem roten Fleisch war immer mehr braune Kruste geworden, und hin und wieder streute Sandal trockenes Salz auf die Kruste und in den offenen Bauch des Tieres, aus dem das Fett zischend in die heiße Glut tropfte.

Dann kam Tahonka-No zurück, hängte den Beutel sachgerecht an einen niedrigen Ast, der sich fast bis zum Boden durchbog und setzte sich wieder.

»Jetzt können wir miteinander sprechen.« Er deutete auf Köcher und Bogen Sandals, die am Baumstamm lehnten.

»So ist es«, sagte Sandal. »Da ich dein Leben gerettet habe, fängst du an, Knochenfreund.«

»Ich wollte dich töten«, sagte Tahonka, »weil du auf mein Versteck zukamst. Aber ich sah gleich, daß du keiner von den Furchtbaren Schergen bist, weil du viel anders aussiehst als sie.«

Sandal nickte. »Ich bin viel schöner als jene. Ich habe nur zwei Arme und zwei Augen, sie haben aber viel zuviel davon. Viele Augen, viele Eindrücke, große Müdigkeit.«

Tahonka begann schallend zu lachen.

Sandal rief: »Leiser! Du vertreibst unsere Nahrung! Berichte weiter, beim Lodernden Stern!«

»Ich habe aber, als ich sah, daß du keiner von ihnen bist, den Schuß abgelenkt. Ich weiß, daß sie hinter mir her waren, um mich zu strafen.«

»Irrtum!« sagte Sandal fast heiter.

»Wie?«

»Sie verfolgten mich, weil ich das Schiff zum Absturz gebracht habe. Eigentlich habe ich nur einen Schalter berührt, und dann begann der Absturz von allein. Die Schwarminstallateure sind komische Wesen. Sie wachsen und werden kleiner, wenn sie sterben.«

Tiefsinnig bemerkte der Knöcherne: »Wir alle gehen dahin, wenn Y'Xanthymr uns ruft.«

»Er ruft den einen früher, den anderen später, und was geschieht mit jenen, die ihn nicht hören können?« erkundigte sich der junge Krieger lakonisch. Die Skepsis in solchen Fragen hatte ihn sein Großvater Sandal gelehrt.

»Das weiß ich nicht«, entgegnete der Knöcherne. »Wenn ich dich erschossen hätte, dann wäre ich in Sicherheit gewesen.«

In einer Rede, die zehn Minuten dauerte, bereinigte Sandal dieses Mißverständnis und klärte den Knöchernen über die wahren Hintergründe der Verfolgung auf. Jetzt sah Tahonka ein, daß er sich nur hätte verstecken müssen, um überhaupt nicht verfolgt zu werden.

»Ich verstehe«, sagte Tahonka-No. »Hör weiter ... dieser Planet heißt Vetrahoon. Er hat einen besonderen Zweck; er ist für alle Völker und alle Gruppen, die sich innerhalb dieses langen Sternenzuges der Kosmischen Karawane befinden, eine Oase der Erholung, der Ruhe und der Heilung.«

»Das vermag ich nicht zu glauben, Freund«, sagte Sandal. Der andere fuhr auf.

»Nein, ich glaube dir. Du bist kein Lügner, aber für mich ist dies alles sehr neu und verwirrend. Ich dachte bisher, dies wäre eine Welt der Wüsten und der donnernden Berge, die mit breiartigem Feuer um sich werfen.«

Tahonka schüttelte energisch seinen runden Kopf.

»Vetrahoon ist ein gesunder Planet, auf dem viele Völker unserer Kosmischen Karawane leben können. Er dreht sich in ...«

Sandal rechnete nach, während er mit seinem Messer einen tiefen, prüfenden Schnitt in das krustige Fleisch machte, das nach Assamar roch: Also drehte sich der Planet in etwas mehr als zweiundzwanzig Stunden nach seiner Uhr. Die Oberflächenschwere war nur unwesentlich geringer als die seiner Heimatwelt.

»Der Planet ist mit vielen Blasen aus Energie bedeckt, unter denen andere klimatische, atmosphärische und temperaturbedingte Verhältnisse herrschen. Für jedes Volk eine Blase. Dort hinten ist auch ...«

Sandal winkte ab.

»Ich habe sie gesehen. Sie war bisher mein Ziel«, sagte er. »Was ist in diesen Blasen enthalten? Städte, fremde Kulturen, aufregende Abenteuer?«

»Fast alles«, sagte der Knöcherne. »Sehr viel jedenfalls. Mehr, als ich dir an diesem Nachmittag erzählen könnte.«

»Wenn wir die Nacht nicht zum Schlafen brauchen, kannst du in der Dunkelheit weitererzählen«, meinte der junge Krieger. »Sind diese Blasen gleichgroß oder von verschiedener Größe?«

»Verschieden groß!«

»Weiter!«

»In jeder Kuppel gibt es andere Tiere und andere Pflanzen. Es ist eine Art Museum, aber eines, das zur Erholung und zur Ruhe dient. Einige Landschaften sind von eisiger Kälte erfüllt, andere wieder von furchtbarer Gluthitze. Wann immer Erholungssuchende oder Kranke hierherkommen – sie finden, was sie brauchen. Deshalb bin ich hierher geflohen, Sandal Tolk!«

Sandal zog den Spieß vom Feuer; der Braten war glühend heiß, aber durchgegart. Es würde ein Fest für den Gaumen und die Zähne werden.

»Warum bist du geflohen?« fragte Sandal.

»Wegen Nesieps und wegen Cnird, Sandal!«

»Was ist das? Ich verstehe nicht!«

»Ich habe in Gesellschaft anderer, während also andere mir zusehen konnten, mich ungebührlich und äußerst schamlos benommen!«

Sandal legte den Kopf schief; er erwartete jetzt, die Schilderung eines abstrusen Brauchtums zu hören. Aber Tahonka-No sagte leise, als schäme er sich noch jetzt dafür:

»Ich habe Hunger gehabt und ... gegessen. Ich habe jemanden zusehen lassen, wie ich etwas Dropeyn in den Mund schob, lange darauf kaute und es schließlich schluckte.«

Sandal erkundigte sich lakonisch: »Hat's gemundet, Partner?«

»Ich war zufrieden. Und dann habe ich auch noch etwas getrunken und dabei geschmatzt, weil es mir schmeckte.«

»Das ist vielerorten ein guter und alter Brauch«, gab Sandal zu bedenken. »Viele tun's, und keinem schadet's.«

»Mir hat es geschadet. Ich wurde dadurch zum Rebellen.«

Sandal deutete auf den Braten, den er mit schnellen und geschickten Schnitten in große Portionen zerlegte.

»Aber ich esse ungern ohne Gesellschaft. Du wirst dich daran gewöhnen müssen, daß ich dir beim Essen zusehe. Ich rülpse zwar nicht, aber du darfst es ungehindert tun. Es ist ein Lob für den Koch!«

Tahonka-No sah ihn ausgesprochen verwirrt, unsicher und unschlüssig an.

Dann begann er laut zu lachen. Er verzog dabei sein Gesicht nicht, aber er lachte so laut, daß sich Sandal fragte, wovon sie in den nächsten Tagen leben sollten. Alles Wild mußte geflohen sein.

Die Überlegungen und Empfindungen, die Tahonka-No im Augenblick hatte, waren durchaus zwiespältiger Natur. Er hatte sich also geirrt – die Furchtbaren Schergen hatten nicht ihn verfolgt, sondern diesen jungen Mann mit goldfarbenen Augen und weißem, langem Haar, das mit einem Lederband aus der Stirn gehalten wurde. Ein fremder, merkwürdiger Mann mit einer noch fremdartigeren Waffe, die lautlos schoß und immer traf.

Und dann ... das Essen. Auch Tahonka-No hatte Hunger. Sehr großen Hunger sogar.

Obwohl er kein Herz besaß, das Blut durch ein Adersystem jagte, sondern in einer knöchernen Kammer eine Art Pumpe, die sich drehte und eine pastöse Masse, das menschlichem Knochenmark nicht unähnlich war, durch ein System von Gängen und Kammern durch den Körper drückte, hatte er Hunger. Der Braten, dessen dampfende Stücke vor ihm auf dem großen Stein lagen, stach ihm in die Augen, der Geruch reizte seine Geschmacksnerven. Beim Anblick der Fleischstücke wurde sein Hunger übermäßig groß. Was sollte er tun?

Er sah sich verstohlen nach dem Doppelmonument um und meinte: »Schließlich bin ich ein Rebell. Hier gelten andere Maßstäbe.«

Er konnte weder lächeln noch grinsen; sein Gesicht war unbeweglich bis auf den Unterkiefer, der aber nur sehr geringe Bewegungen zuließ. Als Rebell hatte er das heiligste Gesetz seines Volkes verletzt – er hatte sich bei der Nahrungsaufnahme zusehen lassen. Nicht als Provokation war dieses Essen und Trinken gedacht gewesen, sondern es war zufällig geschehen. Dann aber, als er die furchtbare Reaktion miterlebt hatte, als er erfuhr, daß er als Verbrecher galt, dem die Todesstrafe zugedacht war, hatte sich sein Starrsinn gezeigt. Er hatte weiter gegessen, getrunken, laut gelacht und war dann hierher geflohen. Hier konnte er Sicherheit finden.

»Hast du etwas gesagt?« erkundigte sich sein neuer Freund in den engen Stiefeln und der langen Hose.

»Nicht viel«, entgegnete Tahonka-No. »Ich überlegte nur.«

Sandal streute einige der kleinen, weißen Kristalle auf das Fleisch, verschloß das Säckchen und schob es in die Jackentasche zurück. Dann schnallte er den ledernen Armschutz ab, legte den Translator zwischen sich und den Knöchernen und fragte:

»Was überlegst du? Greif zu – solange es heiß ist!«

Tahonka-No lachte laut. Es war, wie Sandal schnell erkannte, ein Lachen der Verlegenheit. Er deutete auf das Fleisch.

»Du traust dich nicht, mich zusehen zu lassen, wie du deine knochigen Kiefer bewegst, Freund No? Ist es das?«

Der Fremde nickte. Seine rechte Hand zuckte vor und hielt dicht vor dem dampfenden, wohlriechenden Fleischstück an.

»Ich bin nicht aus deiner Heimat!« Sandal riß mit den Zähnen einen Fetzen vom Braten ab. Er begann mit bestem Appetit zu kauen.

»Nein, du nicht. Aber ich bin ein Verbrecher.«

Sandal sagte nur: »Dann benimm dich auch wie ein Verbrecher und handle! Iß! Sonst esse ich alles auf, ehe du dich entschlossen hast. Du hast die Wahl – entweder führst du dein Rebellentum weiter, oder du verhungerst.«

Tahonka-No griff nach einer Keule, brach mit drei Fingern den Knochen ab und öffnete den Mund. Die scharfen Knochenleisten erschienen. Sandal nickte ihm wohlwollend zu. Das hatte er noch nicht erlebt! Jemand zögerte, seinen Hunger zu stillen, nur weil ein anderer ihm dabei zusehen konnte.

Tahonka-No sagte leise, fast entschuldigend: »Ich habe eines der heiligen Gesetze meines Volkes verletzt und in Gegenwart anderer Individuen gegessen. Speisen zu mir genommen. Das ist schamlos, unethisch und todeswürdig. Wir alle sind so erzogen. Du kannst nicht erwarten, daß ich mich in einer Stunde vollkommen ändere.«

»Jedenfalls gehe ich nicht im Wald spazieren, während du ißt«, sagte Sandal. »Ich werde die grinsenden Gesichter von Y'Xanthymr ansehen, während du hineinbeißt. Das wird dir sicherlich helfen.«

»Ja. Tue dies.«

Sandal drehte sich halb herum und aß schnell und geräuschlos. Er fühlte, wie seine alten Kräfte mit jedem Bissen stärker wurden.

Hin und wieder betrachtete er den Fremden unauffällig, der zunächst unsicher aß, dann immer schneller, und schließlich mit einem beispiellosen Heißhunger mehr und mehr Fleisch vom Knochen herunterbiß.

Dann bemerkte Tahonka-No den Blick des Weißhaarigen. »Du hast mich gesehen!« sagte er steif.

»Kein Grund, uns zu prügeln«, meinte Sandal und zielte mit dem säuberlich abgenagten Knochen nach einem tiefhängenden Ast und warf die Rippe in den Wald. Ein kleiner Vogel flatterte erschreckt zwischen den Blättern hervor. Tahonka-No ließ den halb abgenagten Knochen sinken.

Dann lachte er.

Laut und schallend, als ob ihn dieses Lachen von alten Ängsten befreien könnte. Sandal grinste zuerst nur, dann lachte auch er, schließlich sahen sie sich an und lachten gemeinsam laut und lange. Der Bann war gebrochen. Jetzt war das Gesetz jener knöchernen Männer gebrochen, wonach sie in aller Stille und Heimlichkeit essen und trinken mußten. Und das Götzengesicht aus Stein hatte sich nicht verzogen, kein Feuer war vom Himmel gefallen. Nur die Sonne war ein Stück weiter dem Horizont entgegengewandert.

»Zufrieden mit dem Geschmack?« fragte Sandal neugierig.
»Herrlich!« stellte Tahonka-No fest. »Du bist ein Künstler, Sandal Tolk. Was tun wir, wenn alles Fleisch gegessen ist?«
»Dann werden wir so müde sein, daß wir schlafen müssen. Ich schlage vor, wir gehen in die Höhlen des Götzengesichtes. Dort sind wir vor den Furchtbaren Schergen sicher!«
»Du magst recht haben!«
Sie aßen ruhig weiter. Als sie satt waren, hatte jeder von ihnen kaum weniger als vier Pfund Fleisch gegessen, und die Hälfte des Bratens war noch zurückgeblieben. Also brauchte morgen niemand zu jagen und zu braten.
Sandal lehnte sich zurück und nahm einen gewaltigen Schluck Wasser, reichte dann den Wassersack an den anderen Krieger weiter.
»Wie ist dein Volk eigentlich in den Schwarm hineingekommen, in die Kosmische Karawane zwischen den Sternen?« fragte er.
Der Knöcherne erwiderte bedächtig: »Das weiß ich nicht, mein Freund. Es gibt unter uns Männer, die uralte Sagen berichten und zu Instrumentenklang singen. Sie sagen, vor der Zeit des Egktkona wäre eine Katastrophe eingetreten. Ein ungeheuer großer Drache, der aus Sternen bestand und aus Planeten, ist auf die Sonne unserer Welt zugerast und hat sie mitsamt den Planeten mit sich entführt.«
»Viele Planeten?« fragte Sandal dazwischen.
Der knöcherne Krieger schüttelte langsam seinen runden, glänzenden Kopf.
»Nur ein Planet. Sein Name ist Gedynker Crocq. Das ist: Die schönste Welt.«
Vor Sandals innerem Auge tauchten die Sagen des eigenen Planeten auf, die ihm Großvater zur Leier gesungen hatte. Uralte Visionen aus der Vorzeit: Ein Drache, ein ungeheures, gleißendes Biest aus Helligkeit, Feuer und urtümlicher Kraft fegte aus den Weiten des schwarzen Weltraumes auf die Sonne zu, sperrte den Rachen auf und schlang die Sonne mit ihren Planeten hinunter. Kosmische Vorgänge wurden zu Bildern aus Märchen. Dann spie der Drache die Weltenkörper wieder aus und zog sie mit seinem langen, feurigen Kometenschweif mit sich auf einer langen Wanderung ins unbekannte Weltall. Sandal blinzelte, fand in die Wirklichkeit zurück und fragte weiter.
»Wie kommst du hierher, No?«
»Ich gelte in meiner Heimat, der fabelhaft schönen Stadt Ta Physeter, als ziemlich schlau und gerissen. Ich war sehr schnell und floh. Es gelang mir so, der Verhaftung durch die Furchtbaren Schergen zu entgehen und dem nachfolgenden Todesurteil. Ich überwältigte einen der Schergen, nahm ihm seine Waffe mit fünftausend Schuß Munition weg und schlich mich in der Nacht in ein fremdes Raumschiff. Das Raumschiff landete hier in der Nähe einer Kuppel, und ich konnte abermals fliehen. Dann startete das Schiff wieder. Drei Tage später fanden wir zusammen, Sandal!«

»Sehr bemerkenswert«, sagte Sandal. »Und was ist dein Beruf?«

»Deiner?« stellte der Knöcherne die Gegenfrage.

»Ich bin Jäger und Krieger, ein Abkömmling derer von Crater, ein Fürstensohn und der Freund Atlans und der schönen Chelifer Argas mit den grünen Augen.«

Tahonka-No nickte beeindruckt. Er musterte den langen Bogen mit dem dicken runden Ledergriff und sagte: »Ich bin Wissenschaftler. Man nennt mich Tahonka-No, den Hochdruckregulator.«

»Sehr schön. Was ist ein Regulator? Was reguliert er?«

Der Übersetzungsapparat stockte; er verfügte nicht über genügend Vergleichsinformationen, um richtig übersetzen zu können. Sandal schien es zu ahnen, denn er fragte ein zweites Mal:

»Was tust du genau? Ich habe nicht verstanden, was ein Hochdruckregulator ist.«

Der andere erklärte langsam und mit ausgesuchten Worten:

»Nach den wissenschaftlichen Regeln unseres Volkes und unserer eigenen Natur muß ich dir erklären, daß ich so etwas wie ein Arzt bin, der das Gewebe und die Knochen heilt. Meine Arbeit ist, bei Operationen aller Art an den Körpern meiner Artgenossen die Pumpsysteme des zähen Knochenplasmas wieder in Ordnung zu bringen oder sie zu verpflanzen. Ich bin Wissenschaftler.«

Sandal nickte. Jetzt hatte er verstanden.

»Kannst du ein Raumschiff steuern?« fragte er gespannt. Vielleicht brauchte er jemanden, der zusammen mit ihm von diesem Planeten aus das Zentrum des Schwarms oder der Kosmischen Karawane erobern wollte.

»Nein. Ich kann viele Beschriftungen lesen, ich kenne die Anwendungen vieler Hebel, aber ich bin kein Steuermann.«

»Ich auch nicht«, sagte Sandal. »Aber zusammen werden wir es schon schaffen. Bist du müde, Tahonka-No?«

»Ziemlich!«

»Dann gehen wir dort hinüber und schlafen«, schlug Sandal vor. »Vermutlich werden uns die Verfolger wecken, wenn sie die Explosion ihres Schiffes genügend betrauert haben.«

Mit einer einzigen Bewegung, die seine großen Körperkräfte illustrierte, stand der Knöcherne auf.

»Du hast recht«, sagte er.

Sandal zog das winzige Netz heraus, faltete es auseinander und verstaute den zusammengeschnürten Wasserbeutel und den übriggebliebenen Braten darin. Dann verwischte er ihre Spuren, trat das Feuer aus, warf Äste zurück in den Wald und schlug mit der Stiefelspitze nach den abgenagten Knochen. Er deutete auf die Doppelfratze und machte sich auf den Weg.

Schweigend folgte ihm Tahonka-No, und nach kurzem Marsch waren sie unbehelligt am Fuß der Treppenrampe angekommen. Sandal staunte noch immer; diese beiden Anlagen waren wirklich riesengroß und wirkten seltsam unzerstört.

»Rechts oder links, Partner?« fragte Sandal beinahe heiter.

Er bemerkte keine Verfolger, er war satt und freute sich auf einen langen, erfrischenden Schlaf, und er freute sich, daß er in seinem Kampf nicht mehr allein war. Später würde er versuchen, Tahonka-No für seine eigene Rache zu gewinnen, und dann waren noch andere Dinge zu erledigen. Atlan zum Beispiel, der erfahren *mußte,* was hier geschah.

»Hier hinauf!« beharrte der rostbraune Knöcherne.

»Einverstanden.«

Vor ihnen lagen etwa zweihundert Stufen, die jeweils zwei Handbreiten hoch waren. Sandal holte tief Atem, hielt die Köcher fest und nahm zwei Stufen auf einmal. Der erste Schwung trug ihn bis zur Mitte der Rampe hinauf, und als er sich umdrehte, um auf Tahonka-No zu warten, sah er wieder die Nadeln der großen Felsen und dahinter, undeutlich im Licht der Sonne und dem Schatten treibender Wolken, die Kuppel in der Ferne.

»Schneller! Oder bist du schwach auf der Lunge?« rief er.

»Eile ist ein Geschenk des Y'Xanthymr!« versetzte Tahonka-No. »Nur gemach! Wir kommen an unser Ziel.«

Sandal trug alle seine Waffen, und der knochige Freund schleppte das halbe Tier und das Wasser. Sie kletterten weiter und kamen unterhalb des »Kinnes« des Götzen an die Felswand heran. Der Knöcherne stieß einmal gegen einen kantigen Stein, der mit großem Gepolter rund einhundertfünfzig Stufen hinunterrollte und ein seltsam hohles, pochendes Geräusch hervorrief. Dann standen sie im schrägen Schatten der Säulen.

»Kennst du dieses Monument?« fragte Sandal mißtrauisch.

»Nein. Ich weiß nur, wen es darstellt«, war die Antwort.

»Dann haben wir vorsichtig zu sein. Es können wilde Tiere hier hausen«, sagte Sandal, legte einen Pfeil auf die Sehne und lockerte vorsichtig das Halteband am Kolben seiner Waffe. Auch der Knöcherne zog seine klobige Pistole und ließ sie mehrmals knacken.

»Weiter!« sagte er.

Der Stein atmete die Hitze des Tages wieder aus, und nur selten kam aus den Tiefen des Gesteins ein kühler Luftstrom. Sandal ging vorsichtig weiter, alle seine Nerven waren angespannt. Er stieß ein Zischen aus, aber es erfolgte kein Angriff aus dem Dunkel. Als sich die Augen an das Halbdunkel gewöhnt hatten, traute sich der junge Krieger weiter hinein, und er entdeckte, daß hinter jedem Säulenpaar ein breiter Gang gerade in den Felsen hineinführte. Der Boden der Aussparung war mit zerstäubtem Gestein und kleinen Brocken bedeckt, die Wände und die Decken waren schmucklos und ohne jegliche Ornamente. Sandal ging auf Zehenspitzen weiter und hörte hinter sich den pfeifenden Atem seines neuen Freundes. Dann war der Korridor zu Ende, und ein Querstollen begann. Er verband eine Anzahl gleich angelegter Gänge; hier gab es also keine Geheimnisse. Nur viele etwa faustgroße Löcher in den Wänden.

»Hier innen ist es zu kalt«, sagte Sandal. »Wir legen uns einfach hinter die Säulen, dann haben wir einen ausgezeichneten Blick über das gesamte Tal und sehen auch, ob uns die Schergen angreifen. Klar?«

Tahonka-No sagte nicht ohne Bewunderung: »Du bist wirklich ein großer und umsichtiger Krieger, Sandal.«

»Aus diesen Gründen bin ich auch noch am Leben, Partner.«

Sandal steckte den Bogen in Brusthöhe in eines der Löcher, hängte daran die Köcher und das Netz mit den Nahrungsmitteln. Dann säuberte er eine Fläche des Sandes von Steinbrocken, betrachtete lange prüfend seine Umgebung und steckte die entsicherte Waffe wieder in die geöffnete Tasche vor seiner Brust. Alles war so befestigt, daß er bei einem Überfall oder Angriff sofort bei seinen Waffen war, sich in Deckung retten und handeln konnte. Dann legte er sich in den Winkel zwischen Wand und Boden und streckte sich aus. Die Stiefel waren im Bereich der Sonne, der Oberkörper befand sich im Schatten. Sandal knöpfte sein Hemd auf, löste die Verschlüsse der Stiefel und lockerte den Armschutz ein wenig, dann sah er zu, wie sich Tahonka-No auf gleiche Weise ihm gegenüber an die Wand legte.

»Ich habe einen leichten Schlaf«, sagte der Knöcherne.

»Ich hoffe es für uns«, meinte Sandal und gähnte herzhaft, was für den anderen Mann auch neu und verwirrend zu sein schien.

Dann schlief er ein. Übergangslos, wie ein Kind.

Keiner der beiden so unterschiedlichen Männer aus zwei Kulturkreisen, aus zwei verschiedenen Systemen des Weltalls, wußte, daß sie sich in Gefahr befanden. Die Gefahr war bereits um sie, hatte sie eingekesselt. Genau gesagt: Sie waren freiwillig in eine Art Falle gegangen, aus der noch nie ein Lebewesen entkommen war.

23.

Sandal Tolk asan Feymoaur träumte. Er träumte von Atlan und Chelifer, und in seinem Traum ritt er auf einem schnellen Darcan über eine Landschaft Terras, von der er nur Bilder kannte. Chelifer Argas mit den grünen Augen ritt neben ihm. Über ihnen ballten sich die Gewitterwolken zusammen, aber sie ritten weiter. Sie kamen unter einen riesigen Baum, der ihnen vor dem Regen Sicherheit bieten würde.

In den Ästen des Baumes hingen runde Tonkrüge wie seltsame Früchte.

Während Sandal Chelifer in den Armen hielt, fuhr der erste Blitz herunter. Er traf den Stamm des Baumes, fuhr an einem der dicken Äste entlang und zerschmetterte eine der Tonkugeln. Ein Strahl Wasser schoß herab und traf Sandals Kopf.

Sandal wurde wach.

Es war tiefe Nacht, ein wisperndes Geräusch war überall. Dann zuckte seine Hand hinauf zu seinem Gesicht, und als er die Nässe spürte, stand er bereits auf den Beinen. Gleichzeitig fühlte er etwas auf seinem Rücken – wie ein großes Insekt. Er warf sich gegen die Felswand, zerquetschte dieses Tier und schrie gellend:

»No! Aufwachen!«

Der Knöcherne sprang auf, flüsterte etwas, und dann begriff auch er.

»Schnell, hinaus!« schrie er.

Sandal griff nach seinem Bogen, riß ihn mitsamt den Köchern heraus und bemerkte, daß der Wassersack leer und schlaff war. Jemand hatte ihn zerstört.

Beide Männer stießen zusammen, als sie aus dem Eingang sprangen.

»Tiere!« sagte Tahonka-No heiser. »Viele kleine Tiere.«

Sandals Arm holte aus, und mit der flachen Hand schlug er in einer schnellen Bewegung nach No. Die beiden Tiere, die sich an der Brust des anderen festgehakt hatten, flogen in weitem Bogen über die Felswand nach unten.

Langsam zogen sich beide Männer bis an den Rand des Absturzes zurück. Sandal schlug ein weiteres Insekt von der Schulter des anderen herunter und zertrat einen dieser langbeinigen Käfer mit dem Stiefelabsatz.

Dann sahen sie, was passiert war.

Auf dem Boden des Korridors befand sich, drei Handbreit hoch, eine graugrün leuchtende Schicht eines nebligen Gases. Durch ihre Bewegungen lösten sich die Gase in einzelne Schleier auf. Diese beweglichen Zungen griffen nach ihnen, und als Sandal etwas einatmete, fühlte er, wie ihm die Sinne schwanden. Ein betäubendes Gas. Als er dies dachte, faßte er den Braten ins Auge und sah, daß sich dort mindestens fünfzig dieser Käfer befanden und mit riesigen Mandibeln das Fleisch herunterrissen und auffraßen.

Sandal nahm das Netz, schob es vorsichtig vom Bogen herunter ... Die Tiere waren wie besessen und schienen nichts zu merken. Tahonka-No jagte zwei Schüsse in den Korridor hinein, und in dem blendenden Licht sahen sie, daß die Decke und die Wände und zum Teil auch der Boden mit Scharen von Käfern bedeckt waren. Als das Licht sie traf, rasten sie durcheinander und rannten blitzschnell auf die Löcher zu, in denen sie verschwanden. Die heiße Glut, die an den Männern vorbeifauchte, warf einen Hagel verbrannter Tiere nach außen. Sandal schlug mit dem Netz mehrmals gegen den Felsen und zerschlug die Tiere, die sich zu einer klebrigen grünen Masse auflösten.

»Sie sondern ein dickes Gas ab«, sagte Tahonka-No entsetzt. »Dieses Gas sollte uns betäuben.«

Sandal warf, nachdem er sich die Handschuhe angezogen hatte, die Reste des Bratens über die Felswand hinunter. Er verstaute das Netz wieder in der Tasche, als es leer war.

»Und dann hätten sie uns so gefressen wie dieses Fleisch!« bemerkte er trocken, aber seine Stimme zitterte ein wenig.

»Warum bist du wach geworden?« erkundigte sich Tahonka-No.

Die letzten Käfer verschwanden in den Löchern, die Gasschicht wirbelte aus dem Korridor hinaus und traf die Männer. Sie wichen seitwärts aus.

»Sie haben in ihrer Gier den Wasserbeutel angebissen, er ist geplatzt, und das Wasser lief mir ins Gesicht. Das hat mich geweckt. Kanntest du diese Käfer?«

Sandal wartete die Antwort nicht ab, sondern bückte sich und untersuchte einen der Käfer, der tot und mit verschmorten Gliedern zu seinen Füßen lag und noch schwach zuckte. Ein fast kugelförmiger Körper mit zehn langen, zweigliedrigen Füßen. Zwei große Facettenaugen und ein furchtbarer Kiefer mit zangenartigen, spitzen und scharfen Mandibeln. Es waren Hunderte gewesen, dort in dem kurzen Stück Felsgang.

»Nein. Ich hatte nicht vor, mich auffressen zu lassen«, entgegnete Tahonka-No wütend. »Es ist furchtbar, mitten im schönsten Schlaf geweckt zu werden!«

»Noch schlimmer ist es, im Traum aufgefressen zu werden«, sagte der junge Krieger. »Wir legen uns einige Stufen tiefer auf die Rampe. Dort werden sie uns nichts anhaben können.«

Langsam gingen sie die Rampe abwärts.

»Warum nicht?« erkundigte sich der Knöcherne.

»Weil jeder von uns abwechselnd Wache halten wird. Ich habe gejagt und gebraten – du beginnst. Wenn du müde wirst, weckst du mich.«

»Einverstanden.«

Nach der Digitaluhr an seinem Handgelenk und nach Sandals Rechnung war gerade ein Drittel der Nacht vergangen. Sie legten sich wieder hin, wesentlich unbequemer diesmal, und der Knöcherne lehnte seinen Rücken gegen die Mauer der Rampe. Sandal konnte sofort wieder einschlafen.

Er träumte wildes Zeug von Drachen, die Sterne verschlangen, und von Käfern, die von Chelifer nur ein zierliches, weißes Gerippe übrigließen ...

Der Morgen kam.

Genau drei Stunden hatten sie Ruhe. Sandal beschloß in einem Anfall von unglaublichem Leichtsinn, sich der Kleidung zu entledigen und zu baden; er reinigte sich ausgiebig und ließ sich von der sengenden Sonne trocknen. Dann verteilte er einen Rest seiner Salbe auf Gesicht und Hände, zog sich an und stellte fest, daß der Knöcherne den neuen Braten beinahe fertig hatte. Sandal seinerseits hatte eine Menge Früchte mitgebracht, die Tahonka-No sortierte. Ein Teil davon wurde weggeworfen – er war giftig.

Mit einem lauten Lachen erklärte Tahonka-No: »Heute macht es mir nichts mehr aus, mit dir zusammen zu essen. Man gewöhnt sich sehr schnell daran, ein Rebell und Verbrecher zu sein.«

»Besonders dann, wenn die Umstände einen dazu zwingen«, sagte Sandal. »Haben wir den Überfall der Insekten geträumt oder nicht?«

»Wir waren dem Tod näher als je zuvor in diesen beiden Tagen, Sandal«, meinte der Knöcherne ernst. »Du hast uns gerettet.«

Schaudernd blickten sie hinauf zu dem doppelten Gesicht des Monuments, dessen Schatten, von der Stellung der Morgensonne bedingt, wieder einen anderen Ausdruck hervorzauberten. Jetzt wirkten die Gesichter Y'Xanthymrs so, als zeigten sie Enttäuschung darüber, daß ihnen ein Opfer entgangen sei.

Tahonka-No deutete auf die nebelhafte Kuppel jenseits des Nadelberges und fragte kauend: »Wir gehen also durch den Wald und bis zur Energieblase?«

»So war es ausgemacht. Und auf dem Weg berichtest du mir alles über den Planeten Vetrahoon, was du noch weißt, Partner! Gibt es hier Reittiere?«

»Ja«, sagte Tahonka-No zu Sandals Erstaunen. »Aber nicht hier. Vielleicht in den großen Lichtungen des Waldes, nicht eher.«

Sandal versprach entschlossen: »Wir werden welche einfangen, und dann kommen wir schneller voran. Und wesentlich bequemer.«

Sie brachen auf.

Tahonka-No trug die Reste des Bratens, und Sandal blieb dicht hinter dem Knöchernen. Sie verließen die freie, nur mit Büschen und niedrigen Grasbüscheln bestandene Fläche zwischen dem Ausgang des Cañons und dem Waldrand, bewegten sich schnell und zielstrebig wieder bis zum Flußufer und fanden dort einen breiten Tierpfad. Die stechende rote Sonne machte aus dem überdachten Gang durch den Wald, der dichter und enger wurde, eine Tortur aus Hitze, Wasserdampf und lästigen Insekten. Bald schwitzten die Männer, schlugen um sich und fluchten ununterbrochen. Und als sie auf die breite Kiesbank kamen, die dicht am Ufer begann und in der Mitte des breiten Flusses nach Süden führte, in zahlreichen Windungen und dicht bewachsen, wechselten sie vom Ufer in die Flußmitte um.

Gerade, als Sandal beruhigt feststellen wollte, daß dieser neue Weg viel, viel besser war, sah er die Verfolger.

»Tahonka-No!« schrie er unterdrückt auf. »Dort sind sie. Die Schergen ... sie verfolgen uns wieder.«

»Bei Y'Xanthymr!« rief der Knöcherne. »Der Kampf beginnt. Sie oder wir, Sandal!«

»Sie!« behauptete Sandal und zog einen Pfeil aus dem Köcher.

Etwa zwanzig Meter über der Wasseroberfläche schwebten dreißig oder fünfunddreißig der fremden Wesen. Vermutlich hatten sie sich bis jetzt mit den Resten des Schiffes, falls es solche gab, beschäftigt. Oder mit dem Überleben derjenigen, die aus dem Diskusschiff entkommen waren.

»Nieder mit ihnen«, sagte Tahonka-No laut und zog seine Waffe.

Sandal drückte ihren Lauf nach unten und deutete dann auf eine Gruppe von Büschen und Bäumen mit dünnen Stämmen.

»Hinein! Verstecken!« rief er.

Sie stoben über den aufspritzenden Kies, bewegten sich rasend schnell und verschwanden in der Deckung.

Sandal fragte: »Der Fluß ... irgendwo verschwindet er in der Erde. Wo ist es?«

»Eine halbe Stunde flußabwärts!« sagte Tahonka und zielte. Dann schoß er dreimal, und drei der nur wenige Millimeter großen Geschosse verließen den Lauf, in dem sie durch ein starkes magnetisches Feld beschleunigt wurden. Drei dumpfe Geräusche hallten über das Wasser, und zwei Explosionen wirbelten die fliegenden Verfolger durcheinander und warfen drei von ihnen ins Wasser.

»Zu weit für einen Pfeil!« klagte Sandal. »Sie sind in der Überzahl, und sie werden uns bekommen, wenn wir nicht rasend schnell sind. Los, lauf, Partner!«

»Verstanden! Hinter mir her!«

Mit der Kraft seiner runden Knochenarme und seiner breiten Schultern bahnte Tahonka-No Sandal und sich einen Weg durch das Gestrüpp. Die beiden Kämpfer flohen schnell, und Sandal sah sich ständig um. Sie waren gesehen worden, und die Verfolger wurden schneller. Sie holten auf. Sandal lief weiter, bis sie an größere Bäume kamen, dann rief er:

»Renn du weiter, Partner! Ich lasse mich überholen und greife von hinten an!«

»Verstanden!«

Tahonka rannte schneller und im Zickzack durch die Büsche, übersprang querliegende Baumstämme, scheuchte Tiere auf, und über ihm zeigten die Büsche, die sich bewegten, seinen Weg an. Sandal wartete, einen Pfeil auf der Sehne, bis die Verfolger auf Schußweite heran waren. Die Bilder glichen einander, nur war diesmal die Menge der Schergen geringer, der Wesen aus dem verhaßten Schwarm. Hundertfünfzig Meter. Sandals Sehne schwirrte – der Pfeil traf einen der Verfolger, der dicht neben dem Ufer flog. Fast lautlos sackte der Fremde mit den acht Gliedern ab, schlug schwer in die Büsche. Wasser spritzte auf, dann breiteten sich halbkreisförmige Wellen vom Ufer her aus. Sandals zweiter Pfeil jagte quer über die Breite des Flusses und riß den ganz rechts fliegenden Fremden aus seiner Bahn und warf ihn zwischen die grünen Bäume.

Dann donnerte fünfmal hintereinander die schwere Waffe des Knöchernen auf. Vor und über Sandal erschienen zahlreiche Explosionen, und die Verfolger wurden auseinandergetrieben. Zwei von ihnen erschoß Sandal mit seiner lautlosen Waffe.

»Weiter!« sagte er.

Als er sich zur Flucht wandte – sie hatten ihn nicht gesehen! – zählte er nur noch fünfzehn Verfolger, die in einer langen Reihe hintereinander flogen und genau zu wissen schienen, wo sie den Besitzer der Waffe zu suchen hatten. Sie feuerten und konzentrierten die Strahlen ihrer Waffe auf den Punkt des Geländes, an dem sich Zweige und Äste bewegten. Sandal wartete ab, bis er gänzlich überholt war, dann schoß er die beiden letzten Fliegenden ab.

Er lief weiter.

Weit vor ihm gellte ein röhrender, nachhallender Schrei auf. War das ein Signal? Sandal hielt es dafür und warf sich zu Boden. Keine Sekunde zu früh, denn inmitten der feuernden Waffen der Verfolger erschienen wieder jene glühenden Sonnenbälle.

Weitere Fremde starben.

Der Rest der Verfolger feuerte ununterbrochen. Sie verständigten sich mit kleinen, hellen Schreien, gingen noch tiefer und waren daher für Tahonka-No unsichtbar geworden. Sandal hastete hinter ihnen her.

Es war eine langwierige Jagd, ein untypischer Kampf. Die Fremden schienen noch niemals in ihrem Leben einen richtigen Kampf geführt zu haben, denn sie verhielten sich wie ganz junge oder ungeübte Krieger. Sie verstanden nichts von der Taktik einer Verfolgung, nichts von Tricks und Listen. Sie verließen sich nur auf ihre Fluganzüge und auf die Zerstörungskraft ihrer Waffen.

Sandal kam der Feuerwand immer näher, die sich quer über die Kiesbank gelegt hatte.

Er blieb stehen, legte einen Pfeil auf und schoß. Wieder starb einer der Verfolger, die anderen schienen es nicht zu merken. Sie waren wie Ameisen, die kämpften um des Kampfes willen und keine Rücksicht auf die Verluste in den eigenen Reihen nahmen.

»Sie sind wie blinde Narren«, stellte Sandal fest, wich im Rücken der Schergen seitwärts aus und watete in den Fluß hinein. Er blieb darin, bis ihm das Wasser bis zum Gurt reichte, dann watete er seitwärts unter dem trägen, fetten Rauch hindurch und wurde schneller, je seichter das Wasser wurde.

Schließlich hörte er das Geräusch des Wasserfalls.

Er legte die Hand an den Mund und brüllte so laut er konnte: »Tahonka!«

Schwach kam die Antwort. Sie übertönte die Geräusche des fallenden Wassers.

»Hier bin ich!«

Sandal orientierte sich und lief weiter. Er sah abwechselnd auf seinen Weg und auf die Verfolger. Er zählte nur noch neun.

Der Fluß verengte sich hier nach wenigen Metern. Die Bäume traten rechts und links zurück und bildeten den nördlichen Rand eines Trichters. Das Wasser brach sich aufschäumend an einigen scharfen Klippen. An einer von ihnen hing Tahonka-No und zielte mit seiner Waffe nach den Verfolgern. Er war unschlüssig, ob er feuern sollte oder nicht.

Das Wasser des Flusses stieg an, wurde reißender und stürzte sich dann schräg in einem Winkel von vierzig Grad in ein Loch, das nicht größer war als zwanzig Meter im Durchmesser. Dabei drehte sich ein Strudel, und aus dem Abgrund kam das donnernde Geräusch, das anzeigte, daß ein dicker Wasserstrahl weit unten auf eine Wasserfläche auftraf.

»Zur Seite!« schrie der Knöcherne.

Sandals Köcher füllten sich mit Wasser, seine Kleidung war naß. Er stieß sich ab und schwamm auf Tahonka-No zu. Der Fremde feuerte mehrmals, dann warf er die Arme hoch und ließ sich vom Wasser mitreißen. Sandal fühlte, wie ihm das Herz stillzustehen drohte. War der neue Freund getroffen worden?

Der Strudel erfaßte den jungen Krieger, als er drei oder vier Meter weit von den reißenden Wellen mitgezerrt worden war. Er wirbelte Sandal herum, machte ihn halb besinnungslos, und während der Jäger nach oben blickte, um sich zu orientieren, sah er hinter dem Schleier der Gischt die zweite Gruppe der Verfolger.

Es waren etwa fünfzig.

Sandal fiel fünfzig Meter weit. Er holte einmal tief Luft, dann erfaßte ihn das Wasser wieder und drückte ihn tief hinunter. Wütend strampelte und schwamm er. Er sah Licht, durchbrach die Wasseroberfläche und sah, daß fünfzehn Meter neben ihm die Wassersäule donnernd herunterschoß. Sandal wurde schnell abgetrieben.

»No!« schrie er und spuckte Wasser.

Keine Antwort. No war also getroffen worden. Schade – er war ein guter Freund und ein ausgezeichneter Kämpfer gewesen. Sandal kam nicht dazu, Gefühle zu entwickeln, denn er versuchte, weiter von den tosenden Wellen wegzuschwimmen. Endlich, nach Minuten, befand er sich im ruhigen Wasser und konnte sich umsehen.

»Unterirdisch! Ein unterirdischer See!« sagte er verwundert.

Das Echo verstümmelte seine Worte. »No!« schrie er wieder.

»Sandal!« kam es vom anderen Ende der Halle.

»Hier bin ich!« schrie Sandal, trat Wasser und schob seinen Körper hoch aus dem Wasser hinaus. Er konnte den Knöchernen nirgends sehen.

»Hier herüber! Ins Licht!« rief der Fremde.

Sandal grinste, also war Tahonka-No doch mit dem Leben davongekommen. Er sah sich um und merkte, daß der unterirdische See gewaltige Ausmaße hatte.

Er war etwa zweitausend Meter lang, sehr unregelmäßig geformt und an der breitesten Stelle, die offensichtlich hier beim Strudel war, hundert Meter breit. Von der Decke, die mehr als fünfzig Meter entfernt war und sich, je weiter es in den Berg hineinging, mehr und mehr senkte, brachen breite Lichtstrahlen nach unten, Sonnenbahnen, in denen Stäubchen und Insekten und Wassertropfen tanzten. Die Öffnungen waren meist rund, aber von unterschiedlichem Durchmesser. Tahonka-No klammerte sich an einen Felsblock. Der Knöcherne winkte Sandal.

»Hierher! Hier sind wir sicher! Es ist ganz seicht!«

»Verstanden!« rief Sandal zurück und schwamm langsam hinüber.

Die Höhle hallte wider von dem dumpfen Brausen des runden Wasserfalls, der sich fortwährend drehte, am unteren Ende einen schäumenden Ring zeigte. Weiter hinten in der Höhle glaubte Sandal Dampf zu sehen, aber er merkte auch, daß sie nicht verfolgt wurden. Keiner der Verfolger ließ sich blicken, auch nicht oberhalb der runden Lichteinlässe.

»Ich glaubte, du wärest getroffen worden!« sagte Sandal vorwurfsvoll, innerlich aber war er zufrieden.

»Nein. Nur das Wasser in meiner Nähe begann zu kochen!« entgegnete der Knöcherne. »Und da wurde es mir ungemütlich.«

»Ich verstehe.«

Sandal fühlte Grund unter den Füßen, watete näher und lehnte sich neben dem Knöchernen gegen den Felsen. Der junge Krieger hatte ein höchst ungutes Gefühl. Er glaubte, daß ihn aus der Weite des unterirdischen Sees zahllose versteckte Augen ansahen. Vorsichtig schaute er sich um. Er sah gerundete Felswände voller ausgewaschener Höhlen, Stalagtiten, die von der Decke hingen, einige kleine Wasserfälle, die an den Wänden entlang nach unten sprangen, riesige Blöcke, die jeden Augenblick losbrechen und die beiden Flüchtenden unter sich begraben konnten. Weiter hinten in der Halle gab es tatsächlich Dampf oder Staub oder Wassernebel. In das Gurgeln und Poltern des Falles mischte sich das Blubbern von platzenden Luftblasen.

»Wir sind im Augenblick in Sicherheit!« Tahonka-No hob seine Waffe. Obwohl sie troff, schien sie zu funktionieren. »Die Schergen haben keine andere Möglichkeit, als entweder ebenso durch den Strudel zu kommen oder dort durch die Lichtlöcher. Kommen sie durch die Öffnungen in der Decke, erschieße ich sie.«

Sandal, der noch immer die Wände und die Decke betrachtete, berichtete: »Gerade, als ich unterging, sah ich eine zweite Gruppe. Es waren sehr viele. Sie suchen wieder nach uns.«

Der knochige Arm deutete nach rechts, was der Richtung Süden entsprach.

»Etwa drei deiner Maßeinheiten, die du Kilometer nennst, Sandal. Diese Strecke müssen wir waten und schwimmen. Dann gibt es zwei Öffnungen, an denen der Fluß wieder zutage tritt. Es geschieht links und rechts vom Nadelberg.«

»Dort werden sie auf uns warten«, mutmaßte Sandal.

»Das können sie tun!« sagte der andere. »Aber wir werden sie überlisten. Zwei solch gute Kämpfer wie wir ...«

»Im Augenblick sind wir nasse Kämpfer!« stellte der Mann mit dem weißen Haar fest.

Sie wateten langsam nach Süden und versuchten, sich in der Nähe der Wände zu halten. Vielleicht ergab sich eine Möglichkeit, an Land zu kommen. Aber bis jetzt sah es nicht so aus. Stunden vergingen, und ständig änderte sich die unterirdische Landschaft. Schließlich, als der Dampf immer näher kam, erschienen die merkwürdigen Helme der Verfolger am Rand eines der Lichtfenster in der Höhlendecke.

»Vorsicht!« schrie der Knöcherne und feuerte gleichzeitig.

Sandal tauchte unter; es war eine reine Reflexbewegung. Neben seinem Kopf zischte ein weißer Feuerstrahl ins Wasser, und eine Dampfwolke stieg hoch. Ein mächtiger Schwall von Blasen stieg auf, als schnell nacheinander drei Detonationen krachten und sich in der Halle vervielfältigten.

Zwei Schwarminstallateure kippten langsam über den Rand des Loches und fielen in zeitlupenhaften Bewegungen nach unten.

Gleichzeitig begannen sich rund um einen mächtigen Felsblock Steinsplitter und Tropfsteine zu lösen.

Sandal tauchte auf, richtete seinen Blick nach oben und schrie: »Der Block! Er fällt, No!«

No bewahrte äußerste Ruhe. Er richtete seine Waffe gegen ein anderes Loch, feuerte dreimal und tauchte dann unter. Mit rasenden Stößen schwamm er auf Sandal zu. Dabei konnte der Krieger sehen, daß ein Teil des Knochensystems von Tahonka-No sich mit Luft gefüllt zu haben schien; die Haut stand blasenartig auf und glänzte angespannt und prall.

Ein langer Steinhagel brach herab und markierte die Stelle, an der in wenigen Sekunden der zitternde Block herunterstürzen würde.

Die Steine schlugen dicht hinter und seitlich von Tahonka-No ein.

Sandal brüllte voller Angst und Spannung: »Schneller!«

Der Oberkörper des Freundes hob sich schräg aus dem Wasser, und zu beiden Seiten des Kopfes und hinter dem Rumpf erschienen weiße Gischtwirbel. Dann raste Tahonka förmlich auf Sandal zu. Sandal streckte eine Hand aus und griff nach Tahonkas Arm, als der Block fiel.

Er drehte sich mehrmals, beide schnappten sie nach Luft, und dann schoß eine Fontäne Wasser nach allen Seiten und fast bis zur Decke hinauf. Die Welle erfaßte sie und warf Sandal und Tahonka durcheinander, deckte sie mit Wasser zu und trieb sie auseinander. Dann beruhigte sich das aufgewühlte Wasser langsam wieder.

»Wir ... leben ... gefährlich«, keuchte Sandal. »Was wartet hinter dem Dampf auf uns?«

Sie schwammen langsam weiter und schonten ihre Kräfte. Lange würde Sandal dieses Schwimmen mit voller Ausrüstung und nassen Kleidern nicht mehr aushalten. Die Übersetzungsmaschine arbeitete noch immer einwandfrei.

Sie kamen dem Schleier aus Dampf, der unmittelbar von der Wasseroberfläche aufstieg und sich in einer riesigen Spirale nach oben drehte und dort durch ein System von Löchern abzog wie durch einen Kamin, immer näher. Sandal hielt den Knöchernen zurück.

»Woher kommt der Dampf?« wollte er wissen.

Tahonka-No deutete nach unten.

»Vulkanisches Gebiet«, sagte er. »Heiße Gase steigen aus dem Boden auf, gehen durch das Wasser und erhitzen es. Wir merken noch nichts davon, weil uns die Strömung mitnimmt.«

»Tödliches Gas?« fragte Sandal.

»Ich weiß es nicht. Ich sah dies alles nur von oben«, antwortete der Knöcherne.

Sandal stemmte sich gegen die Strömung, die an ihnen zog und schaute aufmerksam nach rechts und nach links. Die Wände waren hier glatt und glänzend; es gab keine Möglichkeit, an ihnen hochzuklettern. Also mußten sie hindurchschwimmen.

»Wir werden gekocht!« sagte Sandal. »Oder gesotten!«

»Ich glaube nicht, daß es so heiß ist«, erwiderte Tahonka-No. »Ich kann länger unter Wasser bleiben als du. Schwimme du voran, Sandal. Nimm den Bogen über die Schulter, dann kannst du besser schwimmen.«

»So ist es!«

Sandal holte mehrmals tief Luft und steckte Kopf und Schulter durch den Bogen, dann warf er sich nach vorn und tauchte. Er fühlte schon beim dritten Schwimmstoß, wie heiße Schlieren und Blasen im Wasser hochstiegen, aber sie mischten sich mit dem kalten Wasser nur schwer. Sandal schwamm, so schnell er konnte, aber er befand sich noch immer in der Zone des heißen Wassers. Vorsichtig näherte er sich der Oberfläche, als er merkte, wie sein Luftvorrat zu Ende ging.

Sein Kopf tauchte auf, sein Mund öffnete sich, und qualvoll röchelnd zog Sandal warmen, stickigen Dampf ein. Die Gase, die sich mit dem Dampf mischten, waren betäubend, und er begann Schwindel zu fühlen. Sandal nahm seinen Willen zusammen, unterdrückte die Gedanken der Aufgabe und schwamm automatisch weiter. Er registrierte halb unbewußt, daß das Wasser wieder kühler wurde. Die harte, knochige Hand seines Freundes zog ihn am Gürtel nach vorn und mit nach oben.

Dann waren sie hindurch.

»Ruhe, nur Ruhe! Langsam atmen!« Tahonka-No hielt Sandals Kopf über das Wasser. Sandal gehorchte halb bewußtlos.

Langsam begann er die Kontrolle über sich zurückzugewinnen. Er öffnete die Augen und blickte senkrecht nach oben.

Er sah das Geäder der dicken, schwarzen Netze über sich. Ein Trichter aus Tauen senkte sich langsam von der Decke herab. Sandal stöhnte auf.

An dieser Stelle, die flacher und enger wurde, stießen beide Wände der unterirdischen Höhle beinahe zusammen. Die Decke bestand aus brüchigem Material, das durch viele kleine Löcher Licht und Wärme hereinließ. Von jedem einzelnen Felsvorsprung waren dicke, federnde Spinnennetze gespannt, und die Spinne wartete auf Opfer, die durch den Fluß herangeschwemmt wurden und auf solche, die von oben herunterfielen. Denn dort befand sich eine dicke Salzader, in Gestein eingeschlossen, und dort leckten die Tiere.

Sandal flüsterte heiser und kraftlos: »Was ist das, Tahonka?«

»Ich weiß es nicht«, sagte der Knöcherne, zog Sandal an sich und hielt ihn aufrecht, in dem er seinen Arm über Sandals Achsel schob. In der linken Hand hielt er die Waffe und spähte nach oben. »Ich weiß es nicht, wirklich nicht. Ich habe nur den Dampf von oben gesehen.«

Sandal schluckte, atmete ruhiger, und sein Blick wurde klar. Er sah die »Spinne«.

Wird sie angreifen? dachte er unruhig. Seine Pfeile waren hier wirkungslos und er wußte nicht, ob seine Energiewaffe funktionieren würde.

Ein trichterförmiges Netzwerk spannte sich unter der Decke, und ein zweiter, kleinerer Trichter schwang langsam hin und her. Seine Öffnung wies auf die Männer. Das Tier, das so aussah wie eine überdimensionale Spinne auf Exota Alpha, hockte am Schnittpunkt der beiden Spitzkegel und steuerte mit ihren langen dünnen Beinen, die in Klauen endeten, die Fäden, die dicker waren als Sandals Handgelenk.

»Schieß!« flüsterte er. »Ehe die Spinne uns angreift!«

Jetzt zeigte sich, wie stark und gewandt Tahonka-No wirklich war. Er schwamm schnell vorwärts, zog Sandal mit sich und feuerte dreimal nach oben. Er zerfetzte mit einer donnernden Detonation den Schnittpunkt, an dem beide Netze zusammenhingen. Das untere Netz senkte sich, dann zerschmetterte eine weitere Explosion den Körper des lautlosen Raubtieres. Die dritte zerriß das obere Netz.

Gerade, als die beiden Männer unter dem Netz hinwegtauchten, fielen die Reste von oben herunter.

»Es ist vorbei!« sagte Tahonka-No in das stärker werdende Rauschen hinein. »Jetzt kommt noch die letzte Klippe.«

Ohne daß sie es bewußt wahrgenommen hatten, waren sie von dem Fluß sehr schnell nach Süden getrieben worden.

Das Licht wurde heller, es atmete sich leichter, und der Fluß gabelte sich.

Endlich fanden sie wieder Boden unter den Füßen, und Sandal merkte deutlich, wie erschöpft er in Wirklichkeit war. In kurzer Zeit entschied sich der letzte Teil des Kampfes. Das meinte wenigstens der junge Krieger.

Sie traten auf eine Bank aus nassem Sand, der angeschwemmt und aufgehäuft worden war. Die nackten Sohlen des Knöchernen und die Stiefel Sandals hinterließen tiefe Spuren.

»Hier ist der Ausgang – er führt rechts am Nadelgebirge vorbei. Es ist der größere Ausgang, aber ziemlich flach. Dort würden sie uns erschießen, sobald wir aus der Wasserhöhle hervorkommen.«

»Dort warten sie also auf uns, ja?«

Sandal und Tahonka-No sahen sich schweigend an, dann erklärte der Knöcherne:

»Links ist ein kleinerer Ausgang. Tiefer, reißender und schneller, zwischen vielen Bäumen und Felsen. Wir könnten tauchen. Kannst du deine lautlosen kleinen Speere abschießen, sobald du aufgetaucht bist? Die beiden Gruppen werden sich geteilt haben und an beiden Ausgängen warten.«

Sandal wartete, bis das Gerät fertig übersetzt hatte, dann sagte er: »Das kann ich. Nehmen wir also den kleinen Ausgang. Mich fröstelt, wenn ich noch länger in dieser verdammten Wasserhöhle bleiben muß.«

»Es wird das härteste Stück des Kampfes«, warnte Tahonka.

»Würdig eines guten Kriegers, Partner«, meinte Sandal. Es wurde Zeit, daß dies alles aufhörte. Mit Sieg oder auch mit einer Niederlage in Ehren. »Los!«

Sie wateten nach links. Sandal nahm seinen Bogen und einige Pfeile in die linke Hand und schwor sich, so schnell und so genau zu schießen wie niemals zuvor. Sie kamen immer mehr in die reißende Strömung, das Licht nahm zu, sie sahen bereits die Felsen der Nadelberge, und dann war es soweit.

»Hinunter!« sagte Tahonka-No.

Sie stießen sich ab und tauchten. Die schnelle Strömung riß beide Männer mit sich, wirbelte sie herum und jagte sie durch den Engpaß. Sie blieben unter Wasser, und als Sandal seinen Kopf über die Oberfläche hob, sah er die grünen Wände des Ufers und darüber die wartenden Fremden. Er fühlte eine ungeheure Hitze, als neben ihm ein Feuerstrahl ins Wasser fuhr, dann tauchte er auf, bekam Boden unter die Füße und schoß aus der Dampfwolke heraus.

Der erste Pfeil, der zweite, dann war die Hölle los.

Zehn Meter weiter abwärts kam der Knöcherne ans Licht, hob die Waffe und schoß pausenlos hintereinander. Er richtete seine Schüsse so, daß er Explosionskugel neben -kugel setzte und die Ränder beider Uferstreifen säuberte.

Einige Wesen flogen hoch wie aufgestörte Vögel, und Sandal zog Pfeil um Pfeil heraus und schoß, obwohl die Strömung ständig an seinen Beinen riß und zerrte. Die ohrenbetäubenden Detonationen verwandelten die Uferstreifen in ein Inferno aus Feuer, Dampf, Rauch und Lärm.

Tote Schergen fielen ins Wasser und wurden hinweggewirbelt.

Und einige Minuten später brannten beide Uferstreifen. Sandal tauchte, ließ sich treiben, kam hundert Meter weiter wieder an Land und sah sich um, den gespannten Bogen in der Hand.

»Nichts mehr«, sagte er entschlossen. Und die dunkle Stimme Tahonka-Nos neben ihm erklang: »Wir haben gesiegt.«

Sandal warf den Bogen ins Gras, hechtete zurück ins Wasser und konnte noch zehn Pfeile unversehrt bergen, indem er sie aus den sich verkleinernden Körpern der Schwarminstallateure zog.

»Und jetzt«, sagte er, »werde ich essen und schlafen und ein Reittier fangen, geschehe, was will. Beim lodernden Stern von Crater! Ich bin müde und habe genug vom Kampf!«

»Ich auch!« bekannte der Knöcherne. »Aber wir haben gesiegt, Sandal Tolk!«

Sie bahnten sich einen Weg durch das Gestrüpp, kamen in einen Hochwald, auf eine Lichtung und an einige Felsen, unter denen Sand lag. Keine Spuren, aber die Geräusche vieler aufgestörter Tiere waren zu hören.

»Hier bleiben wir!« beschloß Sandal.

Als sie den Felsen erklettert hatten und ihre Waffen ablegten, sahen sie in weiter Ferne die überlebenden Schwarminstallateure, die Furchtbaren Schergen, wie No sie nannte, abfliegen. Sie flogen nach Norden, dorthin, wo die Reste des zerstörten Schiffes liegen mußten.

Als Tahonka-No den Kopf drehte, sah er dicht über sich die ersten, kleineren Nadeln des mächtigen Bergmassivs aufragen. Es sah aus, als wollten sie die treibenden, dicken Wolken durchbohren.

»Ruhe!« sagte der Knöcherne. »Schlaf und Ruhe. Und Essen.«

Eine Stunde später drehte sich ein kleiner Braten mit vielen wohlriechenden Kräutern gewürzt und mit dem eigenen Speck umwickelt, über einem kleinen, rauchlosen Feuer. Sandal saß halbnackt da, er trug nur noch die terranische Hose, die, erstaunlich genug, noch immer nicht in Fetzen war.

Sie hatten gegessen und getrunken und das Feuer gelöscht. Jetzt versorgte Sandal seine Abschürfungen und lag faul in der Sonne. Seine Kleidung hing auf Ästen im Wind, sorgfältig getarnt allerdings. Sandal spielte mit dem breiten, kombinierten Armband. Tahonka-No lag im Schatten unter einem Felsen und schlief. Seine Atemzüge glichen einem würgenden Pfeifen, und jedes Raubtier würde davor Angst bekommen. Der junge Barbar grinste in sich hinein, und dann sah er auf die Datenfenster der Uhr.

Es war der zweite Dezember 3441.

Er schaltete das Gerät probeweise ein, es funktionierte, aber er konnte niemand erreichen. Er ärgerte sich jetzt darüber, daß er Atlan nicht gehorcht hatte, andererseits wußte er, daß er alle Chancen wahrgenommen hatte, ins Innere des Schwarms zu kommen, der von seinen eigenen Leuten offenbar die Kosmische Karawane genannt wurde. Mißmutig, das Gesicht Chelifers vor seinem inneren Auge, schaltete er das Armbandgerät wieder aus und legte es zur Seite.

Dann zog er aus einer der Taschen der Jacke das zusammenlegbare Fernglas heraus und suchte die Umgebung ab. Schließlich sah er eine zwanzigköpfige Herde von Reittieren.

Sie weideten friedlich – das würde also seine neue Aufgabe sein. Er kroch in den Halbschatten, sah, daß die Waffen versorgt waren, nahm den entsicherten Strahler in die Hand und schlief augenblicklich ein.

24.

Sandal Tolk erwachte kurz vor Morgengrauen, und er fühlte sich zum erstenmal nach langer Zeit völlig ausgeschlafen, bei bester Stimmung und voller neuerwachtem Tatendrang. Er überlegte kurz, dann nahm er ein Stück seines Seiles, schnitt es in einige passende Stücke und befestigte an dem längsten Stück an jedem Ende einen dreimal faustgroßen, runden Stein. Als er dieses Wurfseil probeweise über den Kopf schwang, ertönte ein surrendes Geräusch.

»Diese Tiere sind keine Darcans«, sagte er sich, »aber sie werden nicht viel anders reagieren.«

Er zog die inzwischen getrockneten Stiefel an, die er nicht einmal weichkneten mußte. Sein Oberkörper blieb frei, er nahm nur das Messer mit. Dann schlich er vom Lager weg und ließ den schlafenden No zurück. Langsam und wie ein Tier des Waldes lief Sandal in die Richtung, in der gestern die Tiere geweidet hatten.

Eine halbe Stunde lang schlich er in die entsprechende Richtung, dann weiteten sich seine Nüstern; er roch die Tiere. Der Wind stand ihm entgegen, und er sah ihre Körper in dem fahlen Licht, das von überall zu kommen schien. Ein trügerischer Glanz eines Mondlichtes ohne Gestirn schien das Innere des Schwarmes zu erfüllen; wenigstens hier bemerkte er dieses Phänomen. Er kam bis auf fünfzig Meter an die Tiere heran.

Er sah sich um, richtete sich auf, sein Körper verschmolz mit der Silhouette eines Baumes.

»Leise, warten ...«, flüsterte er.

Hier war der Wald lichter, eine sandig-grasige Lichtung, an einer Seite von Felsen umsäumt. Wenn es ihm gelang, die Tiere von ihm wegzutreiben, dann liefen sie sicher in die Richtung der Felsen, und dort konnte eines von ihnen gestellt werden. Das zweite würde erst nach einer scharfen Jagd gefangen werden können, aber Sandal zweifelte nicht daran, daß er es schaffte – Hunderte wilder Cavans waren durch seine Hände gegangen.

Er nahm das Wurfseil in die rechte Hand und schlich geduckt vorwärts, ließ sich auf die Knie nieder, und diesmal kam er bis auf zwanzig Meter an die Tiere heran, ehe ein großes, starkes Tier die langen Ohren aufstellte. Sandal schnellte sich nach vorn, stieß einen gellenden Schrei aus und wirbelte dabei das Seil über dem Kopf.

Sein Schrei und das Geräusch der bewegten Steine machten die Tiere von einer Sekunde zur anderen halb rasend.

Sandal suchte sich ein Tier aus, zielte und warf das Seil.
»He!« schrie er.
Die Steine wirbelten herum, das Seil straffte sich, das Geschoß drehte sich schnell durch die Luft und verfing sich schließlich in den Hinterbeinen des starken, weißen Vierfüßlers. Das Tier überschlug sich auf der Flucht, blieb liegen, und Sandal hetzte heran. Er fesselte die Hinterbeine an den Knöcheln, noch ehe sich das Seil lockern konnte, dann schlang er das Wurfseil um die Vorderfüße, zog fest an und fesselte alle vier Läufe zusammen.
»Das wäre geschafft!«
Sandal ließ das Tier, das sich heftig wehrte, liegen und nahm das Wurfseil wieder in die Hand. Er sah sich um. Die Fluchtdistanz dieser Lauftiere war einigermaßen gering, und die Tiere hatten sich in einer Entfernung von zweihundert Metern wieder gesammelt und grasten ruhig. Nur hin und wieder hob eines der Tiere den langen, dreieckigen Kopf mit den spitzen Ohren und äugte herüber.
»Nur noch einmal«, flüsterte Sandal und schlich näher.
Er begann zu ahnen, daß mit dem letzten Angriff der Fliegenden seine Kette von Abenteuern noch nicht abgeschlossen war. Hier, auf diesem fremden Planeten unter der roten Sonne, gab es noch viele Geheimnisse. Und er sah im Augenblick keine Möglichkeit, einen Hebel anzusetzen, jemanden zu finden, der ihn in die Nähe des Herrschers des Schwarms brachte. Also mußte er zusammen mit Tahonka-No aus seiner Irrfahrt auf Vetrahoon das Beste machen. Er richtete sich auf, sprang vorwärts und ließ das schwirrende Seil los.
Es wirbelte durch die Luft, senkte sich und wickelte sich um die Vorderfüße eines zweiten starken Tieres.
Sandal rannte nach vorn, warf sich über den Körper des gefallenen Tieres und fesselte die Läufe zusammen. Während die anderen in einem wilden Galopp davonsprengten, richtete sich Sandal auf und sah das Tier genau an. Jetzt kam der zweite, schwierigere Teil.
Sandal setzte sich wieder und knotete einen Zügel, indem er das Seil in entsprechende Stücke zerschnitt. Von seinem zweiten leeren Köcher nahm er die dicken Drahtteile, die in seiner Hosentasche waren, bog sie und befestigte sie an den Seilen. Dann nahm er sein Lederband, band es um die großen, schwarzen Augen des Tieres und befestigte den Zügel am Kopf. Er zwängte die Trense ins Maul und band schließlich den Rest des Seiles um den Bauch des Tieres, machte eine Schlaufe und trat dann zurück.
»Hoffentlich schaffe ich es!« flüsterte er.
Er löste schnell den Knoten, der die vier Gliedmaßen hielt. Das Tier war sehr langbeinig, und seine Hufe waren wie die des Cavans; klein, scharf und schwarz. Die Haut des Tieres schien aus Schuppen zu bestehen und an einigen Stellen aus einem dicken, samtartigen Fell von schwarzer Farbe. Die Schuppen befanden sich an den Gelenken, an Teilen des Rükkens und am Kopf.

Das Tier sprang auf die Füße, schüttelte den Kopf und schrie grell auf, schlug dann mit beiden Hinterbeinen aus. Sandal ergriff die Schlaufe, schwang sich mit einem gewaltigen Satz auf den Rücken des Tieres und setzte sich dicht hinter das lange, strähnige Haar des Halses.

Das Tier blieb auf der Stelle stehen, tänzelte, drehte und wendete sich, rannte aber nicht. Sandal ergriff den Zügel, zog ihn an und löste dann das Band um die Augen. Er hatte es noch nicht richtig in den Gürtel gesteckt, als das Tier sich in einem langgestreckten Galopp austobte. Er raste im Kreis um die Lichtung herum, setzte über Baumstämme und Wurzeln. Sandal saß fest und fast zwei Meter hoch in einer Art natürlichen Sattels; über den Vorderbeinen des Tieres ging das Schuppenkleid in Pelz über.

Sandal verstärkte den Druck des Zügels und bemühte sich, das Tier zu lenken.

Das Tier versuchte, Sandal abzuwerfen. Es buckelte, riß sich mitten im schärfsten Lauf herum, doch eine halbe Stunde später hatte Sandal das Tier eingebrochen. Er lenkte es langsam, mit schmerzenden Gliedern und schweißbedeckt, an die Stelle, an der das andere Tier lag.

Dann begann die wilde Jagd ein zweites Mal.

Kurz nach Sonnenaufgang wurde Tahonka-No durch einen Schrei geweckt. Sandal ritt an die Felsen heran und führte ein zweites Reittier am kurzen Zügel mit sich. No setzte sich auf und sagte verwundert:

»Ich habe dich wirklich unterschätzt, Sandal!«

Das Gerät, das in der Nähe seines rechten Fußes lag, übersetzte korrekt. Als Tahonka-No aufstand, um die Reittiere näher anzusehen, krachte ein ungeheurer Donnerschlag über die Landschaft hinweg.

Dann hörten sie ein hohles Sausen, ein riesenhaftes, jaulendes Geräusch. Die beiden Reittiere scheuten.

Mit einem Satz warf sich Tahonka-No vorwärts, ergriff den Hals des Tieres und zerrte den Kopf am Zügel wieder herunter. Sandal hockte auf seinem scheuenden Tier, das um sich schlug und biß, mit gelbem Schaum um das Maul. Beide Männer sprachen, während der Lärm sich an der Flanke des Nadelgebirges brach, beruhigend auf die Tiere ein, und nach einigen Minuten, als das Toben leiser wurde und sich entfernte, beruhigten sich auch die Reittiere. Sandal deutete nach Norden.

»Ein Raumschiff landet«, sagte er.

Dieses Bild kannte er schon; das Schiff, wesentlich kleiner, hatte dieselbe Form wie jenes pilzförmige Schiff aus dem Schwarm, das auf Testfall Rorvic gelandet war. Das Schiff war etwa fünfhundert Meter lang und flog mit der gerundeten Spitze des Pilzhutes nach vorn und steuerte auf die Absturzstelle des Diskusschiffes zu.

»Ich sehe es!« sagte Tahonka-No drängend. »Schnell, Sandal! Sie werden erfahren, in welchem Gebiet wir uns aufhalten, und sie werden nach uns suchen. Sie dürfen keine Spuren von uns finden!«

»Einverstanden! Halte du die Tiere!«

Sandal schwang sich aus dem Sattel, lief in den Schatten der überhängenden Felswand hinauf und zog sich mit rasender Eile an. Schließlich knüpfte er sein weißes Lederband wieder um die Stirn und warf Köcher und Bogen auf den Rücken.

»Hast du deine Waffe?« fragte er laut und griff in den Zügel von Nos Tier.

»Ich hole sie.«

Kurze Zeit später stoben sie in einem leichten Galopp nach links. Die beiden weißen Tiere mit den dunklen Flecken und den im Sonnenlicht glitzernden Schuppen der Haut ließen sich gut lenken. Das Schiff setzte auf, und einige Sekunden später kam der Lärm der Triebwerke an die Ohren der Männer.

»Schneller! Wir müssen den dichten Wald erreichen!« rief Tahonka-No.

Er war, wie Sandal verwundert registrierte, ein ausgezeichneter Reiter, der ruhig dicht hinter dem Hals des Tieres saß und mit Schenkeldruck und Zügelhilfen ritt. Die beiden Männer umrundeten langsam den Fuß dieses riesigen Bergmassivs. Sie ritten durch Büsche hindurch, kamen an kleinen Bäumen vorbei, und noch immer war die Vegetation nicht hoch und dicht genug, um sie zu verbergen. Sie mußten in jenen Wald hinein, der zwischen dem Nadelberg und der Kuppel lag.

Sandal schrie: »Wenn sie uns angreifen, No, dann laß deine Waffe stekken! Die Energien aus deiner Feuerwaffe können festgestellt werden! Laß mich mit den Pfeilen schießen!«

»Du hast recht!«

Sie ritten weiter. Die Tiere bockten immer seltener, sie fühlten, daß sie jetzt unter einem fremden, überlegenen Willen standen, und gehorchten meistens. Die beiden Männer hingen tief über den gestreckten Hälsen, das Trommeln der Hufe war das einzige Geräusch. Dann ritten sie über eine Fläche aus weißem Schlamm, der zu unzähligen kleinen Formen zusammengetrocknet war. Eine lange Spur aus weißem Staub kennzeichnete den Weg. Vom Raumschiff startete eine Kugel und kam rasend schnell näher; Sandal erkannte die Gefahr, als er wieder einmal wachsam zurückblickte.

»Sie kommen!« schrie er. »Schneller! Dort hinein!«

Die Kugel, also ein Beiboot, schien aus Glas zu bestehen und wies lauter kleine runde Löcher auf, wie die Männer flüchtig erkennen konnten. Die Tiere keuchten und wurden noch schneller, als Sandal mit dem Bogen nach ihnen schlug. Der Wald kam näher – er schien wie das Versprechen der Sicherheit.

Vom Boot aus mußten beide Männer jetzt sichtbar sein.

Winzige Punkte, die sich rasend schnell über das leere Gelände bewegten, zwischen den einzelnen Schatten von kleinen Bäumen oder Felsen verschwanden, wieder auftauchten und auf den Wald zuritten.

Das Beiboot begann zu feuern, aber sie schienen einen schlechten Schützen dort zu haben. Links und rechts neben den Reitern brachen Feuersäulen aus dem Boden und überschütteten Sandal und Tahonka-No mit Gesteinsschutt und Sand.

Dann ... der Wald.

Die ersten Bäume brannten, als das Feuer aus dem Beiboot sie traf. Die beiden Tiere stoben zwischen den schlanken Stämmen in das dämmerige Licht hinein, wurden langsamer, und Tahonka-No, der führte, schlug einen Haken nach Osten, sobald sie sich unter dichten Baumkronen befanden.

Dann hörten sie, wie über ihnen das seltsam ratternde Geräusch des fliegenden Beibootes ertönte, eine Weile auf der Stelle verharrte und sich dann wieder entfernte.

»Sie haben es aufgegeben«, sagte der Knöcherne verblüfft.

»Aber sie werden uns nicht vergessen haben!« schränkte Sandal ein. Er blickte auf sein Armbandgerät und sah, daß sie den 3. Dezember schrieben. Das Beiboot kehrte zum Raumschiff zurück, und eine Stunde später hörten sie, daß das pilzförmige Schiff wieder startete. Abermals scheuten die Tiere, als der Geräuschorkan sie traf.

»So«, sagte Sandal. »Jetzt sind wir allein auf Vetrahoon, Freund Tahonka!«

Sie sahen sich an, und Sandal grinste. Tahonka stieß ein lautes Gelächter aus und deutete nach Süden.

»Wir haben die Vulkane überwunden«, sagte er leise und nachdenklich, »wir haben in den Höhlen der Schlucht gekämpft, wir sind beinahe ertrunken, durch Dämpfe und kochende Gase getötet worden, wir haben gehungert und die Spinne getötet, wir haben Braten geschossen und Reittiere eingefangen ... was kann uns noch besiegen?«

»Unsere Unvorsichtigkeit oder unser Leichtsinn«, antwortete Sandal zögernd.

Sie ritten jetzt langsamer und orientierten sich an den seltenen Sonnenbahnen, die durch die Zweige fielen. Sie ritten nach Süden, auf die Kuppel zu.

Sandal wußte, daß sie sich am Anfang weiterer Abenteuer im Inneren der Kosmischen Karawane befanden. Vielleicht gelang es ihm eines Tages, Verbindung mit Atlan und Perry Rhodan aufzunehmen, und Chelifer mit den grünen Augen wiederzusehen.

Sie ritten schweigend weiter. Ihr Ritt führte ins Ungewisse.

25.

JANUAR 3442, GUCKY

Die Kreise waren bunt und schillerten in allen Farben, die er sich nur vorzustellen vermochte. Sie drehten sich, einige langsam und bedächtig, andere wieder rasend schnell, so daß er ihren Lauf kaum mit den Augen verfolgen konnte. Sie überschnitten sich in der Peripherie, gingen manchmal ineinander über, verschmolzen zu abstrakten Einheiten und bildeten rätselhafte Muster.

Dazu ertönte eine seltsame Musik – *wenn* es Musik war, die er hörte. Nach einer gewissen Zeitspanne vermochte er sogar eine Harmonie zu erkennen, verbunden mit einer rhythmischen Wiederholung, die er wiederum als Melodie zu identifizieren versuchte.

Farben und Töne vermischten sich zu einer sphärischen Sinfonie irrealer Phantastik, so als befinde er sich in einem rauschähnlichen Zustand, was der Wahrheit vielleicht am nächsten kam. Aber es war ein fünfdimensionaler Rausch ohne materielle Stimulanz.

Er schwebte im Nichts, nicht einmal im vierdimensionalen Nichts.

Es gab ihn nicht mehr, und doch existierte er. Er existierte fünfdimensional.

Und dann vernahm er wieder die Stimme, die schon einmal zu ihm gesprochen hatte, lautlos und ohne Ton, aber doch deutlicher als jedes gesprochene Wort vermochte sie ihm Gedanken und Begriffe mitzuteilen. Gedanken und Begriffe sehr realer Art ...

Die Zeit hat keinen Wert mehr für dich, so wie du nun auch den Raum überwunden hast. Du wolltest den Kontakt mit mir – nun hast du ihn. Ich habe dich ebenfalls gesucht, denn ich brauche deine Hilfe.

Er wollte antworten, aber dann entsann er sich, daß die Stimme ihn auch hören konnte, wenn er nur dachte – stark und konzentriert dachte. Er wußte nicht, wie weit die Stimme entfernt war – oder das, was zu der Stimme gehörte. Hundert Lichtjahre? Tausend Lichtjahre? Oder ganz einfach tausend Jahre?

Du brauchst meine Hilfe? Ich wollte deine!

Immer rasender wurde der Wirbel der farbigen Kreise. Er, der raum- und zeitlos inmitten der chaotischen Unwirklichkeit schwebte, ließ sich für einen Augenblick ablenken.

Für einen Augenblick? Vielleicht für Jahrzehnte oder Jahrtausende, er wußte es nicht.

Die Sphärenmusik war leiser geworden. Dafür wirbelten die Kreise schneller und schneller, verschmolzen nun zu einem farbigen Universum wogender Buntheit, das erste Konzentrationen zu bilden begann.

Kugeln, riesige und bunte Kugeln. Keine Kreise mehr ...

Ich bin ein Gefangener, teilte die Stimme mit. *Energetische Felder halten mich und lassen mich nicht mehr frei. Selbst die Zeit steht still für mich, obwohl ich sie sonst beherrschte, und nicht sie mich. Wo bist du? Wann bist du ...?*

Er konnte nicht sofort antworten, denn die Nachricht schockierte ihn. Wie konnte er jemand um Hilfe bitten, der selbst der Hilfe so dringend bedurfte? Er konnte den Blick nicht von den schwebenden bunten Kugeln abwenden, die alle Farben aufzusaugen schienen, bis der Raum dunkel und schwarz wurde. Die Musik war endgültig verstummt.

Wieder litt er unter der Einsamkeit.

Ich bin hier! Und jetzt!

Jetzt – das ist immer. Die Geburt des Universums fällt mit seinem Ende zusammen – zeitlich gesehen. Ich kann es dir beweisen, mein kleiner Freund, wenn du es verlangst. Ich kann es sogar jetzt, wo ich gefangen und hilflos bin, denn meine Wächter haben keine Gewalt über die Zeit. Sie haben nur das von mir, was Materie ist. Aber selbst sie möchte ich nicht für immer verlieren.

Eine der Kugeln, ein riesiger, blauer Ball, kam langsam auf ihn zu, so als wolle sie ihn verschlingen. Er vermochte nichts dagegen zu tun, und vielleicht wollte er es auch nicht. Seine Neugier war stärker als seine Furcht. Er wußte noch, daß er jetzt und hier nicht sterben konnte, denn das, was sterblich war, besaß er nicht mehr.

Aber er begann es bereits zu vergessen ... Die Furcht wurde wieder stärker.

Eine blaue Sonne – ich stürze in sie hinein, Freund! Hilf mir!

Die Stimme war sofort wieder da und beruhigte ihn:

Die Sonne besteht aus Energie, so wie du auch. Dir wird nichts geschehen. Dir kann nichts geschehen! Du wirst ein Teil der Sonne – du wirst diese Sonne selbst sein. Du hast ihre Geburt erlebt, und du wirst auch ihren Tod miterleben. Jahrmilliarden, die dir wie Minuten erscheinen. Und in deiner anderen Wirklichkeit werden es nur Sekunden sein, in denen dein Herz vielleicht nur einmal schlägt.

Die blaue Sonne füllte den Raum aus. Ihre Energiefinger waren wie Zungen, die nach ihm leckten und die ihn zu umschlingen drohten. Instinktiv wollte er sich dagegen wehren, aber dann erlahmte sein Widerstand. Die Stimme war wieder da:

Ruhig, ganz ruhig. Dir geschieht nichts. Du weißt selbst, daß du immer wieder nach dort zurückkehren kannst, von wo – und von wann – du gekommen bist. Aber du hättest nichts gewonnen, gar nichts! Diese Suche wäre vergebens gewesen, und alles müßte noch einmal von vorn beginnen. Willst du das?

Nein, *das* wollte er nicht! Es war schwer genug gewesen, den Übergang zu schaffen – den Übergang von materieller zur energetischen Existenz. Der Übergang von der dritten und vierten Dimension zur fünften – und in ihr zu bleiben.

Er fiel in die blaue Sonne hinein, aber er spürte nicht ihre flammende Hitze, ihre versengende Kraft, die alles verzehrte. Nur ihn nicht, denn er war ein Teil dieser Sonne geworden.

Er fiel bis zum Mittelpunkt, dann hielten ihn die Gravitationsfelder in der Schwebe.

Haben wir noch Kontakt? dachtc er.

Wir werden ihn nie verlieren, antwortete die Stimme. *Erlebe!*

Und er, der nun die Sonne selbst war, erlebte ...

Die Fliehkraft, hervorgerufen durch die schnelle Rotation, war größer als die Kräfte des Zusammenhalts, die Gravitation. Immer mehr Gaswolken – oder Wolken aus purer Energie – wurden fortgeschleudert, entfernten sich jedoch meist nicht so weit, daß sie nicht von der nun blaßblauen Riesensonne wieder eingefangen werden konnten.

Sie begannen, sie in regelmäßigen Bahnen zu umkreisen und schnell abzukühlen. Aber sie verdichteten sich nicht zu fester Materie, sondern zu kalter Energie.

Sie wurden zu Planeten aus Energie. In diesem Universum gab es nur Energie, keine Materie. Es war ein fünfdimensionales Universum. Ein unmögliches Universum ...

Nicht mehr für ihn, der oftmals schon Sekundenbruchteile in diesem Universum gewesen war, um unvorstellbare Entfernungen in Nullzeit zurückzulegen. Diesmal jedoch war es ihm gelungen, diesen Zustand permanent zu machen. Er blieb energetisch im Nicht-Existenten.

Die Sonne wurde blaßblau, dann weiß und schließlich gelb. Jahrmillionen mußten vergangen sein.

Die Planeten, sieben an der Zahl, waren fest geworden, feste Energie, die von Kraftfeldern zusammengehalten wurde. Sie unterschieden sich rein äußerlich nicht von materiellen Welten, wie er sie kannte.

Er wollte sie sehen, vielleicht betreten. Er rief die Stimme: *Kontakt?*

Kontakt hergestellt, kleiner Freund.

Die Planeten der Sonne – ich sehe sie. Sind es Welten, wie ich sie kenne? Gibt es Leben auf ihnen, oder wird es einmal entstehen?

Statt jeder Antwort entließ ihn das gewaltige Gravitationsfeld der nun gelben Sonne. Eine riesige Protuberanz schleuderte ihn hinaus in den Raum, und bald schon geriet er in das Schwerefeld des vierten Planeten, der ihn anzog und in die Kreisbahn lenkte.

Sein eigener Wille ließ ihn dann zur Oberfläche hinabsinken, wo er sanft landete.

Da stand er nun, scheinbar körperlich und real vorhanden, in der leeren

Wüste einer toten Welt. Es gab keine Atmosphäre, aber er benötigte auch keine. Er atmete nicht, er existierte nur.

Der Boden unter seinen Füßen – er besaß wirklich Füße! – war fest und sicher. Er konnte ihn spüren, so wie er seinen Körper spüren konnte. Die Kräfte der Gravitation waren normal; sie ließen ihn nicht los, aber sie zwangen ihn auch nicht in die Knie. Er stand da, einsam und wirklich allein. Über ihm war die Sonne, groß und heiß. Ihre strahlende Helligkeit hatte die Sterne verlöschen lassen, die am Himmel stehen mußten. Sie stand in einem schwarzen Kreis, an dessen Rand erst matt und schüchtern leuchtende Sterne sichtbar wurden.

Vorsichtig, so als habe er Angst, in den Boden zu sinken, tat er einige Schritte in Richtung auf das flachgestreckte Hügelland zu, das die Sicht zum westlichen Horizont versperrte. Ihm war, als käme von dort wieder die seltsame Musik, der er vor der Schöpfung des fünfdimensionalen Universums gehört hatte. Vielleicht war alles nur Einbildung und existierte lediglich in seiner Phantasie, auch die blaue Sonne und dieser tote Planet, aber er sah alles und spürte alles.

Er sah auch die Veränderungen der Planetenoberfläche, während am Himmel die Sonne langsam zu verblassen begann und gelblich wurde, ohne sich jedoch vom Fleck zu rühren.

Neue Gebirge entstanden, während die vorhandenen flacher wurden und scheinbar im Boden versanken. Vulkane brachen aus und schleuderten gewaltige Gasmassen in den Himmel, bis sie allmählich eine dünne Atmosphäre zu bilden begannen. Sie verflüchtigte sich nicht in den Raum, denn die Schwerkraft des namenlosen Planeten hielt sie fest.

In den Senken begann sich Flüssigkeit anzusammeln, die vom Himmel fiel. Es regnete. Meere entstanden – flache und warme Urmeere, während die Atmosphäre dicker und höher wurde.

Er, für den die Jahrmillionen wie Minuten waren, wurde Zeuge der Entstehung des Lebens – und es war kein energetisches, sondern richtiges materielles Leben, wie er es kannte. Winzige Sporen, die eingekapselt und in Totenstarre gefallen, tausende von Lichtjahren zurückgelegt hatten, wurden vom Schwerefeld des Planeten eingefangen und sanken durch die Atmosphäre der Oberfläche entgegen, bis sie ins Meer tauchten, ihre Schalen aufweichten und sie selbst wieder zum Leben erwachten.

Er fragte sich vergebens, woher die Sporen kamen. Sicher, von einer anderen, bereits bewohnten Welt. Aber vorher ...? Irgendwann und irgendwo einmal mußte es die *erste* Spore gegeben haben!

Wenig später bereits – von seinem zeitlichen Standpunkt aus gesehen – waren die Meere belebt. Krebse, Muscheltiere, Fische, die ersten Lurche, die auch auf dem Land zu leben versuchten. Dann immer mehr Tiere, die das Land eroberten, bis auch dort der Kampf ums Dasein begann und die stärkere Art überleben ließ.

Inzwischen veränderte sich die Zusammensetzung der Atmosphäre, denn weite Ebenen waren nun mit dichter, dschungelartiger Vegetation bedeckt. Die Fotosynthese erzeugte Sauerstoff, denn der Energieträger Chlorophyll war vorhanden. Das Leben stellte sich um, es paßte sich den neuen Verhältnissen an. Damit bildeten sich alle Voraussetzungen zur Entwicklung der Intelligenz ...

Er selbst blieb von alledem unberührt. Obwohl er vermeinte, körperlich in dieser Welt zu existieren, obwohl er Hitze und Kälte und auch den festen Boden spürte, bemerkte ihn niemand. Er war für alles Leben unsichtbar, nicht vorhanden. Die Zeit raste an ihm vorüber, der Zukunft entgegen – und sie riß ihn mit.

Freund! rief er die Stimme. *Was zeigst du mir? Warum zeigst du es mir? Ich war gekommen, um deine Hilfe für uns zu erbitten, und dann benötigst du selbst Hilfe. Und nun das ...!*

Über Jahrmillionen hinweg erhielt er die Antwort:

Zeit, kleiner Freund, kann auch nur eine Illusion sein, aber wir glauben an sie, darum altern wir. Ist also auch das Altern nur eine Illusion? Natürlich nicht, wenigstens nicht für den Sterblichen. Ich will damit sagen: Jede Krankheit wird durch Illusion und Suggestion real – und der Tod ist auch nur eine Krankheit, mehr nicht. Dieser Planet ist wie alle Welten krank. Kaum geboren, verurteilt sich das Leben auf ihm selbst zum Tode – das ist es, was ich dir zeigen will.

Einspruch: *Aber die Gefahr, die unsere Galaxis bedroht, der Schwarm, er ist keine Illusion, er ist real! Wir verlieren nur Zeit ...*

Antwort: *Wir können niemals die Zeit verlieren, weil es sie in diesem Sinne nicht gibt. Wir können sie einholen oder ihr entgegeneilen – wie wir es wünschen. Wir steigen in sie ein, wann immer wir wollen. Wenn du zu deinen Freunden zurückkehrst, wird nichts versäumt sein. Nichts!*

Die Stimme verklang.

Er war wieder einsam, mitten unter dem sich entwickelnden Leben der nun nicht mehr leeren und toten Welt. Die Sonne war gelb geworden. Dörfer und Städte entstanden, und die beherrschende Intelligenz entdeckte die Technik. Bald stiegen ihre ersten Raumschiffe in den blauen Himmel und erreichten die anderen Planeten des Systems. Und als sie Besuch aus dem Kosmos erhielten, waren sie noch nicht reif für den ersten Kontakt. Der Krieg löschte sie aus.

Die Welt war wieder leer und tot, und sie war für lange Zeit nicht bewohnbar.

Die Sonne färbte sich rötlich, als der ewige Kreislauf erneut begann. Aber als eine neue intelligente Art die Welt bevölkerte, war es eine sterbende Welt. Die Strahlen der altersschwachen Sonne genügten nicht mehr, das Leben zu erhalten. Noch ehe die Flucht in den Raum gelang, wurde die fast erkaltete Sonne zu einer aufflammenden Nova, die alle Planeten bis zum sechsten verschlang.

Dann erlosch die Sonne, als sei sie gesättigt.

Er aber, Zeuge des Geschehens, schwebte wieder körperlos im Raum zwischen den anderen Sternen, die einem ähnlichen Schicksal entgegenloderten.

Etwas drängte sich in sein Bewußtsein.

Zuerst wollte er sich instinktiv dagegen wehren, aber dann ahnte er, daß es die Stimme war, die wieder Kontakt mit ihm aufnehmen wollte.

Er gab den Widerstand auf und empfing bereitwillig die Gedankenimpulse.

Du hast Geburt, Leben und Tod eines Sterns erlebt, mein Freund. Real erlebt! Es gab diese Welt wirklich – es gibt sie noch! Sie ist voller Hoffnung, und bald wird die erste Rakete in den Himmel steigen. Was dann geschieht, ist unvermeidbar. Es ist bereits geschehen – in der Zukunft. Niemand kann es ändern.

So ist unser Schicksal vorausbestimmt? Macht das nicht alles Tun und Streben sinnlos? Warum bitte ich dich um Hilfe, wenn bereits das, was ich vermeiden will – der Untergang – geschehen ist?

Er ist in einer der möglichen Daseinsebenen geschehen, mein Freund, aber nicht in allen anderen möglichen. Jedes Eingreifen verändert die bestehenden Möglichkeiten, auch wenn sie schon eingetreten sind. Darum – und das vergiß niemals! – ist jedes Streben sinnvoll!

Frage: *Wie kann ich dir helfen?*

Antwort: *Nicht durch geistigen Kontakt, den wir glücklicherweise herstellen konnten, wenn er mir auch ermöglicht, dir die Situation ein wenig klarzumachen. Nur die Tat kann helfen – dir und euch. Entspanne dich jetzt, mein Freund, ich werde dir zeigen – oder es zumindest versuchen -, wo ich bin und was ich bin. Der Versuch kann mißlingen, dann mußt du dich sofort aus meinem Bewußtsein zurückziehen. Tue es, bevor es zu spät ist, willst du mir das versprechen? Fliehe, wenn ich dich darum bitte, und versuche später zurückzukehren.*

Er versprach es und spürte, wie sich die Stimme aus ihm zurückzog. Aber der Kontakt wurde diesmal nicht völlig unterbrochen. Ihm war, als hielte ihn jemand fest und versuchte, ihn mitzunehmen, und willig versuchte er zu folgen. Sein Vertrauen in die Stimme des Freundes war unbegrenzt, denn die Stimme *war* der Freund.

Die Sterne wanderten wie leuchtende Striche an ihm vorbei, als er das Universum durchfiel. Galaxien wurden zu wirbelnden Feuerrädern, dann zu still und ruhig leuchtenden Lichtpunkten in unendlichen Fernen. Diesmal wurde keine Zeit, sondern nur der Raum durcheilt.

Bis eine neue Galaxis vor ihm auftauchte und näher kam.

Er stürzte in sie hinein. Die Lichtwolke löste sich in Millionen von Sternen auf, aber sie waren es nicht, deren Anblick ihn faszinierte, sondern es war ein merkwürdiges, zusammenhängendes Gebilde, das Tausende von Lichtjahren lang war und mit großer Geschwindigkeit in die Galaxis eindrang. Es bestand aus unzähligen Energieblasen, die Planeten, Sonnen und riesige Raumschiffsansammlungen umgaben und ineinander übergingen.

Der Schwarm!

Und er, jetzt wieder körperlos und nur Bewußtsein, raste in diesen Schwarm hinein, passierte ungehindert die ersten Energieschirme – und sah plötzlich nichts mehr.

Dafür fühlte er.

Ein ungeheurer Schmerz durchpulste ihn, quälte sein Bewußtsein und drohte es auseinanderzusprengen. Er besaß keinen Körper, aber er spürte den Schmerz mit einer Intensität, die er sich vorher niemals hätte vorstellen können. Der mentale Schmerz war größer als jeder körperliche. Er war schlimmer als jeder Tod.

Freund, warum hilfst du mir nicht? So hilf mir doch ...!

Die Stimme war sofort da, ruhig und trostreich, zuverlässig.

Ich kann dir nicht helfen, denn du bist ich. Unsere beiden Identitäten verschmolzen zu einer, so wie auch dein Bewußtsein und mein Bewußtsein eins wurden. Was ich fühle, das fühlst auch du. Verstehst du nun, warum ich dein Kommen herbeisehnte?

Schmerzen! Die Stimme hatte Schmerzen, und er auch. Er war die Stimme, und die Stimme war er.

Energiewirbel umtosten ihn. Sie waren es, die sein Bewußtsein durchdrangen und die Schmerzen verursachten. Sie hielten ihn (oder die Stimme) gefangen und ließen ihn nicht mehr los. Er war in einem fünfdimensionalen Gefängnis.

Ich bin du. Wie sollte ich dich befreien können?

Sprach er zu sich selbst? Stellte er sich nun selbst die Frage, die er nie beantworten konnte? Aber nein, auch wenn er nun mit der Stimme identisch geworden war, so hatten sie und er noch immer zwei verschiedene Existenzebenen.

Die Stimme erwiderte:

Dazu ist es noch zu früh, denn wenn ich auch fünfdimensional ein Gefangener bin, so kann die Freiheit durch vierdimensionale Mittel erreicht werden. Erlebe und berichte dann später.

Die sichtbar gewordenen Energiefelder formten sich symbolisch zu Gittern, die ihn hielten. Er konnte sie nicht durchdringen, weil er selbst nur noch Energie war. Sie hielten ihn fest, und sie erzeugten den unerträglich gewordenen Schmerz.

Fünfdimensionaler Schmerz!

Der Energienebel wurde durchsichtiger. Durch das halbtransparente Medium hindurch erkannte der Gefangene eine riesige Figur, die aus dem Nichts entstand und wuchs. Hätte es einen Himmel gegeben, wäre sie in ihn hineingewachsen, aber in dem Energiegefängnis gab es keinen Himmel. Es gab nur Schmerzen, und die riesige Figur inmitten des Nebels.

Wie ein Götze! dachte er unwillkürlich und erschrak.

Ein Götze – oder ein Gott?

Er verehrte und haßte ihn, denn er identifizierte ihn mit den Schmerzen, die er empfand, ungemindert und in aller Deutlichkeit. Dann kehrte die Erinnerung zurück.

Wie kannst du das aushalten? Warum verwirrt sich dein Verstand nicht? Wie lange schon halten sie dich hier gefangen?

Die Antwort: *Zeitbegriffe sind ohne Bedeutung, wenn zwei verschiedene Ebenen der Existenz sich schneiden. Tage, Wochen, Jahrtausende. Vielleicht auch nur Sekunden. Ihr müßt zu mir kommen, körperlich und vierdimensional. Nur so ist die Befreiung möglich, denn dann kann die Dimension willkürlich und nach Bedarf gewechselt werden. Aber seid vorsichtig! Um dir die Gefährlichkeit des Unternehmens schon jetzt zu demonstrieren, werde ich dir das Y'Xanthomrier besser zeigen ...*

Die bange Frage: *Was?*

Er bekam keine Antwort mehr, aber der transparente Energienebel wurde durchsichtiger, fast klar. Durch das Flimmern hindurch wurde die gigantische Figur deutlicher. Es war, als nähere sie sich dem energetischen Gefängnis.

Und dann begann sie zu weinen.

Rote Tränen quollen aus den Riesenaugen ...

26.

Seit mehr als fünf Wochen hielten sich die GOOD HOPE II und die INTERSOLAR wieder in unmittelbarer Nähe des Schwarms auf und beobachteten ihn. Beide Schiffe schickten unablässig kleinere Patrouilleneinheiten in den Einsatz, um jede Bewegung oder Kursänderung des Schwarms zu beobachten. Bisher war nicht viel bei diesen Einsätzen herausgekommen.

Mit halber Lichtgeschwindigkeit drang der Schwarm immer weiter in die Milchstraße ein. Perry Rhodan selbst war mit Atlan, Fellmer Lloyd, Waringer und der Mutantin Irmina Kotschistowa zur Hundertsonnenwelt unterwegs.

Genau am 1. Januar des Jahres 3442 geschah an Bord der GOOD HOPE etwas äußerst Seltsames, für das es vorerst keine Erklärung gab. Reginald Bull, der während Rhodans und Atlans Abwesenheit das Kommando über das Schiff übernommen hatte, erhielt keinerlei Vorwarnung.

Noch eine Stunde zuvor war er mit Gucky zusammengewesen, und der Mausbiber hatte sich so benommen, wie man es von ihm gewohnt war. Nach einigen belanglosen Fragen war er zwar merkwürdig neugierig geworden und wollte alles wissen, was man bisher über die Natur des

Schwarms herausbekommen hatte, aber Bully wußte, daß Gucky gern neugierig war. Bereitwillig hatte er also Auskunft gegeben, ganz davon abgesehen, daß der Mausbiber ohnehin jedes gewünschte Detail durch seine telepathischen Fähigkeiten erfahren hätte.

Beim Abschied hatte ihm Gucky zugezwinkert und das einzige merkwürdig Anmutende der Unterhaltung gesagt:

»Bis später, Bully. Ich weiß nicht, wann das sein wird, aber es wird besser sein, du machst dir dann keine allzu großen Sorgen. Ich habe nämlich eine Idee!«

Bully war natürlich stehengeblieben. »Eine Idee? Bei allen guten Geistern, nur das nicht! Deine Ideen kenne ich!«

»Diese nicht, mein Lieber! Also: Erschrick bitte nicht, wenn du mich das nächste Mal erblickst. Und vor allen Dingen: Mach dir keine Sorgen um mich! Einverstanden?«

Bully schüttelte den Kopf.

»Kannst du dich nicht ein bißchen deutlicher ausdrücken?«

»Geht leider nicht, das würde mein Unternehmen nur gefährden.«

»Unternehmen? Was für ein Unternehmen?«

»Eben das kann ich dir leider nicht verraten, mein Guter. Ich hoffe nur, es ist alles vorbei, bevor Perry aufkreuzt. Wann wird er eigentlich zurückerwartet?«

Bully bedauerte. »Keine Ahnung. Er kann heute kommen, aber auch erst in vier Wochen. Das weiß er wahrscheinlich selbst nicht.«

Bully wartete noch einen Augenblick, aber Gucky schien ihn bereits vergessen zu haben. Der Mausbiber hockte auf seinem Bett und fixierte den Fußboden. Er ignorierte die Anwesenheit des Freundes, der schließlich die Kabine verließ.

Die Feinortung der GOOD HOPE bemerkte die energetischen Störimpulse zuerst.

Sie kamen zweifellos aus dem Innern des Schiffes und konnten leicht lokalisiert werden. Vielleicht war eine der zahlreichen Isolierungen undicht geworden, was recht unwahrscheinlich schien. Oder es hatte jemand verbotenerweise mit seinem Impulsstrahler gespielt. Das war genauso unwahrscheinlich.

Was also war es?

Reginald Bull wurde unterrichtet und ordnete eine sofortige Untersuchung an. Da Joak Cascal gerade in der Kommandozentrale anwesend war, wurde der Chef der Funkzentrale damit beauftragt. Nach einem kurzen Blick auf den Ortungsplan sah er Alaska Saedelaere an.

»Na, hören Sie mal, das ist doch wohl kaum möglich!«

Der Chef der Ortung sah verblüfft zurück.

»Nicht möglich? Wieso? Die Energiestörung wurde dort festgestellt, wo sie auf dem Plan vermerkt wurde. Stimmt da etwas nicht?«

»Es sind die Kabinen! Und sehen Sie hier, Alaska, hier auf dem Bordplan ... es ist Guckys Kabine! Der Kleine hat vielleicht an seinem Strahler herumgefummelt.«

»Dann untersuchen Sie das, bitte. Und wenn Sie mit Ihrer Vermutung recht haben, erteilen Sie ihm gleich einen Verweis. Wo kämen wir hin, wenn jeder an Bord der GOOD HOPE private Schießübungen veranstaltet?«

Cascal war nicht davon überzeugt, daß der Mausbiber so leichtsinnig sein konnte. Schweigend verließ er die Kommandozentrale und ließ sich von den Antigravliften zu der Etage bringen, in der die Wohnkabinen untergebracht waren. Auch ohne Plan hätte er Guckys Kabine gefunden, aber zur Sicherheit überzeugte er sich noch einmal davon, daß die Eintragung der Orterzentrale stimmte. Dann erst drückte er auf den Meldeknopf neben der Tür.

Keine Reaktion erfolgte. Die Kabine blieb verschlossen.

Einige Sekunden stand Cascal ratlos auf dem Gang, dann kam ihm die rettende Idee. Drei Kabinentüren weiter stand auf dem Namensschild »Ras Tschubai«. Wenn Gucky glaubte, sich über die Terraner lustig machen zu können, so sollte er sich gewaltig irren. Ein Teleporter wurde auch von einer verschlossenen Tür nicht abgehalten, die dahinter liegende Kabine zu betreten.

Ras lag auf dem Bett und sah Cascal erstaunt an.

»Nanu, was verschafft mir die Ehre?«

Cascal erklärte es ihm, und als Ras ein bedenkliches Gesicht machte, drängte er: »Sehen Sie, so schlimm ist es ja nun auch wieder nicht mit der Intimsphäre. Schließlich haben wir einen gefährlichen Energieausbruch geortet, und Gucky öffnet nicht. Wir sind verpflichtet, uns um die Sache zu kümmern. Vielleicht ist wirklich etwas passiert.«

Das überzeugte auch Ras Tschubai. Da er die Örtlichkeiten kannte, konnte er sich genau auf Guckys Kabine konzentrieren. Er nahm Cascals Hand und teleportierte.

Als sie rematerialisierten, hielten sie unwillkürlich die Luft an, denn was sie sahen, war unglaublich. Es war einfach unmöglich!

Gucky schwebte etwa einen Meter über dem Boden der Kabine reglos in der Luft, als würde er von unsichtbaren Händen getragen. Seine Arme lagen fest am Körper, der steif und unbeweglich wirkte. Die Beine waren ausgestreckt, so als lägen sie, wie der Körper, auf einer absolut transparenten Unterlage. Die Augen des Mausbibers waren weit geöffnet, aber sie verrieten kein Leben.

Ras erholte sich als erster von der ungeheuren Überraschung. Rasch trat er einen Schritt vor und tippte Gucky von oben auf die Brust.

»Laß den Quatsch mit deiner dummen Telekinese!« meinte er unsicher. »Wir wissen ja, daß du in der Levitation ein Meister bist und in der Luft schweben kannst.« Er stutzte. »Du bist steif wie ein Brett! Was soll das?«

Gucky rührte sich nicht. Unverändert behielt er seine merkwürdige

Lage bei. Unbeweglich waren seine Augen gegen die Decke des Raumes gerichtet.

Ras wich unwillkürlich einen Schritt zurück und stieß gegen Cascal, der sich nicht von der Stelle gerührt hatte.

»Was ist?«

»Keine Ahnung, Joak. Sonst, wenn er derartige Mätzchen vorführte, grinste er dabei und bewegte sich. Aber er ist steif und hart. Er wird doch nicht ...?«

»Tot?« Cascal schüttelte den Kopf. »Warum sollte er tot sein und dabei in der Luft herumhängen? Das ist ausgeschlossen. Was hält ihn überhaupt da fest?«

»Ich glaube nicht mehr, daß es Telekinese ist«, sagte Ras voller Zweifel. »Wenn er sich in dieser Stellung hielte, wäre er quicklebendig, auch wenn er sich konzentrieren müßte. Jemand hält ihn, und wir haben keine anderen Telekineten an Bord.«

»Aber was ist es dann?«

Ras gab keine Antwort. Erneut trat er vor und berührte den starren und anscheinend leblosen Körper des Mausbibers. Dann stemmte er sich mit aller Kraft dagegen. Es trat kein sichtbares Ergebnis ein. Gucky blieb an der Stelle, als sei er dort festgenagelt.

»Energiefelder!« sagte Ras überzeugt und gab seine vergeblichen Versuche auf. »Er wird von Energiefeldern gehalten, das würde auch die Ortungsstörungen erklären. Wer aber sollte auf den verrückten Gedanken kommen, Gucky derart zu fesseln? Und warum gibt er kein Lebenszeichen mehr von sich?« Ras zog Cascal zur Tür. »Wir müssen sofort Reginald Bull unterrichten. Und die Krankenstation!«

Dr. Fender, diensthabender Arzt der INTERSOLAR und Herzspezialist, legte seine Instrumente zur Seite und betrachtete den freischwebenden Körper des Mausbibers mit wachsendem Interesse. Es war ganz offensichtlich, daß er noch nie in seinem erfahrungsreichen Leben einen ähnlichen Fall gehabt hatte.

Bully, der neben ihm stand, fragte ungeduldig: »Nun, was ist, Doktor? Lebt er noch?«

Ohne den Blick von Gucky zu wenden, antwortete der Arzt. »Ich weiß nicht so recht, ob man diesen Zustand als ›Leben‹ bezeichnen soll. Er atmet noch, aber höchstens einmal in fünf Minuten. Ohne empfindliche Geräte ist das nicht festzustellen. Sein Herzschlag ist außerordentlich verlangsamt. Einmal in der Minute dürfte das Maximum sein. Eine Art Tiefschlaf also, würde ich sagen, ohne die Ursache definieren zu können. Aber wenn Sie so wollen: Er lebt! Daran kann kein Zweifel bestehen.«

»Wird es möglich sein, ihn aufzuwecken?«

»Ich kann es versuchen, und die Mutanten können es versuchen. Vielleicht handelt es sich um eine Art parapsychischer Starre, die in der normalen Medizin unbekannt sein dürfte. Aber ich kann mir die Energiefelder nicht erklären. Was haben die damit zu tun?«

Bully wandte sich an Alaska Saedelaere.

»Sie haben das Feld geortet und angemessen. Ist es nicht möglich, auch den Ausgangspunkt der hier konzentrierten Strahlung zu finden?«

»Das wurde bereits versucht, aber ohne Erfolg. Die Felder scheinen ohne Energiequelle hier in diesem Raum zu entstehen und gehalten zu werden. Es ist so, als würde Gucky sie selbst erzeugen.«

»Er selbst?« Bully betrachtete den schwebenden Mausbiber. »Das halte ich für ausgeschlossen. Wie sollte er das bewerkstelligen?«

Darauf wußte natürlich niemand eine Antwort. Dr. Fender sagte:

»Ich schlage vor, wir unternehmen vorerst nichts, um das Leben des Mausbibers nicht zu gefährden. Vielleicht handelt es sich sogar um einen gewollten Zustand, den wir nicht unterbrechen dürfen – wer weiß? Verschließen Sie die Kabine und lassen Sie eine Wache zurück. Jede Veränderung sollte mir gemeldet werden. Ich bin gern bereit, mit meinen Kollegen von der GOOD HOPE in diesem Fall zusammenzuarbeiten.«

Bully sah Ras an. »Es wäre sehr freundlich von Ihnen ...«

Bully entsann sich Guckys letzter Bemerkung, die er bei ihrem Gespräch gemacht hatte. Demnach mußte der Mausbiber gewußt haben, was passieren würde, es mußte sogar aller Wahrscheinlichkeit nach ein von ihm selbst gewollter Zustand sein, dessen Sinn und Zweck allerdings vorerst unbekannt blieb.

In der Kommandozentrale gab es keine Neuigkeiten. Kosum tat Dienst. Bully unterrichtete ihn von dem, was geschehen war, dann schaltete er den Interkom ein und stellte die Verbindung zu Guckys Kabine her, um dem Emotionauten das Phänomen zu zeigen.

Der Bildschirm blieb dunkel.

Ungeduldig ließ Bully den Chef der Funkzentrale rufen. »Hören Sie, Cascal, wurde die Interkomanlage überprüft?«

»Selbstverständlich, Stichproben. In Ordnung.«

»Und was ist das?« Bully deutete auf den dunklen Bildschirm. »Nacht über Titan, was?«

Cascal betrachtete den Schirm und stellte dann mit einem Blick fest, daß die Anlage eingeschaltet war. Er schüttelte den Kopf.

»Verstehe ich nicht. Warum sollte gerade die Verbindung zu Guckys Kabine ausgefallen sein und ...?« Er stockte. In seinem Gesicht leuchtete es auf. »Aber natürlich, das Störungsfeld! Wir haben doch festgestellt, daß der Mausbiber von einem Energiefeld eingeschlossen ist. Das wird die Störung verursachen! Merkwürdig, zugegeben, aber wohl im Augenblick nicht zu ändern.«

Dicht neben dem dunklen Schirm leuchtete ein anderer auf. Auf ihm erschien Ras Tschubais besorgtes Gesicht.

»Gucky bewegt sich! Ich wollte Sie informieren, aber der Interkom funktioniert nicht. Ich bin jetzt auf Korridor sieben bei den Kabinen ...«

»Gucky bewegt sich? Ist er schon bei Bewußtsein?«

Ras schüttelte den Kopf.

»Leider nicht. Sie haben mich auch falsch verstanden. Er selbst bewegt sich nicht, er schwebt noch immer einen Meter über dem Boden. Aber in dieser schwebenden und starren Haltung verändert er seine Position. Er ist jetzt schon halb auf dem Korridor ...«

»Ich bin schon unterwegs!« rief Bully und sprang auf. »Cascal, kommen Sie mit!«

So schnell sie konnten, eilten sie zu Ras Tschubai, der sie bereits neben der Interkomanlage erwartete. Wortlos zeigte er den Korridor hinab, wo Gucky langsam auf sie zusegelte.

Als er nur noch fünf Meter entfernt war, erlosch automatisch der immer noch in Betrieb befindliche Interkomschirm.

Sie wichen zur Seite, als Gucky sie erreichte und keine Anstalten machte, seinen unheimlichen Flug zu unterbrechen. Ganz im Gegenteil, er ignorierte sie und schwebte weiter auf den Antigravlift zu, dessen Energiequelle tief im Innern des Schiffes lag.

Er verschwand in dem Schacht und wurde nach oben getragen.

Bully erwachte wieder zum Leben.

»Ihm nach!« rief er, als er seine Überraschung überwunden hatte. »Selbst in *dem* Zustand kann er den größten Unsinn anstellen.«

Sie rannten auf den Liftschacht zu.

Oben schob sich der Mausbiber gerade auf den Korridor, der zur Kommandozentrale führte. Zehn Meter davor bog er in den rechten Seitengang ein und nahm Richtung auf die Funkzentrale, die hier einen zweiten Eingang besaß.

Als er noch fünf Meter von der Tür entfernt war, fielen sämtliche Funkgeräte aus. Jeder Energiefluß stoppte.

Bully, Cascal und Ras erreichten die Funkzentrale über dem Kommandoraum. Sie hatten Gucky den Weg abschneiden wollen, was ihnen aber nur zum Teil gelungen war. Der zweite Eingang verriegelte sich positronisch, als Cascal den entsprechenden Knopf drückte.

Aber dann sah er Bully mit großen Augen an.

Ehe er seiner Vermutung Ausdruck geben konnte, öffnete sich die Tür trotz der Verriegelung, und Gucky schwebte steif und fast majestätisch in die Funkzentrale.

»Konnte ja nicht funktionieren!« stellte Bully sachlich fest und betrachtete den Mausbiber mit Faszination. Dessen Augen starrten tot und leer gegen die Decke. »Der Durchmesser des Störfeldes beträgt meiner Schätzung nach etwa zehn Meter. Alles Elektronische und Positronische, das in seinen Bereich kommt, versagt. Gucky befindet sich in einer Art Energieblase und wird von Feldern getragen. Wir müssen ihn hier fortschaffen, sonst fällt noch die gesamte Kommandoanlage aus.«

»Und wohin?«

»Zurück in seine Kabine, da ist er sicher. Wir müssen die Tür zusätzlich sichern, und zwar von innen. Ras kann das besorgen und danach herausteleportieren. Ich sehe keine andere Möglichkeit, wenn wir nicht noch mehr Ärger bekommen wollen.«

Einige Männer des Funkpersonals rannten zu Gucky, nahmen ihn bei den Füßen und bugsierten ihn wieder hinaus auf den Gang. Eigentlich hatte Bully damit gerechnet, daß es nicht so einfach gehen würde, aber er sah sich angenehm enttäuscht. Der schwebende Mausbiber setzte den Verschiebungsversuchen keinen nenneswerten Widerstand entgegen.

Mit dem Kopf voran, schoben sie ihn auf den Antigravlift zu und gaben ihm dann einen letzten Stoß. Zu aller Erstaunen gab es kein Problem. Gucky sank gehorsam nach unten, wo er bereits von dem vorausgeeilten Ras erwartet wurde.

Zweifellos konnte der Teleporter sich als einer der besten Freunde Guckys bezeichnen, um so mehr berührte ihn diese merkwürdige Situation. Behutsam nahm er den starren Körper in Empfang, gab ihm eine neue Richtung und hielt ihn während des Schiebens an den Beinen fest. Die Energieblase, in der sich der Mausbiber befand, bot keinerlei Hindernis. Sie war absolut durchlässig, wenn sie auch energetische Schaltungen durch Materie hindurch beeinflussen konnte.

Ras schob Gucky in die Kabine und verschloß die Tür mit dem Notriegel. Das positronische Schloß funktionierte erwartungsgemäß nicht mehr.

Eine Weile noch blieb er.

Aufmerksam beobachtete er das total versteinerte Gesicht seines kleinen Freundes. Jetzt, in der gestreckten Lage, wirkte der Mausbiber ein wenig größer als einen Meter, aber das mußte eine optische Täuschung sein. Sein Gesicht war absolut ausdruckslos, die weit aufgerissenen Augen tot und leer. Sie spiegelten nichts von dem wider, was vielleicht in seinem Gehirn vor sich ging – wenn überhaupt da etwas vor sich gehen konnte.

Ratlos teleportierte Ras schließlich in die Kommandozentrale zurück.

Ribald Corello saß in seinem Spezialsessel. Sein riesiger Kopf wurde von Halteklammern gestützt, denn niemals wäre seine Nackenmuskulatur allein in der Lage gewesen, das enorme Gewicht des Schädels zu tragen.

Auch der Supermutant wirkte verändert, aber nicht so, daß es besonders aufgefallen wäre. Selbst Balton Wyt, der Telekinet, hatte nichts davon bemerkt. Er konnte sich zwar erinnern, daß Gucky in den vergangenen Tagen mehrmals an Bord der INTERSOLAR gekommen war, um sich mit Corello zu unterhalten, aber dabei war es stets um belanglose Dinge gegangen. Solange wenigstens, wie er, Wyt, anwesend war.

Was die beiden besprochen hatten, wenn er nicht dabei war, konnte er nicht wissen. Das war der Grund, warum er Bully nichts sagen konnte, als dieser ihn fragte.

Aber Bully fragte auch Ribald Corello.

Zuerst erhielt er keine Antwort. Der Supermutant mit vielen erstaunlichen Fähigkeiten saß in seinem Sessel, teilnahmslos und scheinbar unkonzentriert. Der Schein trog. Es gab in diesem Augenblick niemand an Bord der beiden Schiffe, der konzentrierter gewesen wäre als gerade Corello, aber das band er auch Bully nicht auf die Nase.

Er wirkte außerdem müde und schläfrig, und als er schließlich auf Bullys Frage reagierte, geschah das mürrisch und teilnahmslos.

»Was soll ich wissen? Gucky? Der hat jetzt sicher andere Sorgen.«

»Ich fürchte«, sagte Bully, »der hat im Augenblick überhaupt keine Sorgen, und wenn wir nichts unternehmen, wird er auch nie mehr welche haben können. Sie müssen uns helfen, Corello.«

»Niemand kann jetzt helfen.«

»Sie wissen also etwas.«

»Wenn ich etwas Genaues wüßte, würde ich es Ihnen sagen. Ich kann Sie nur bitten, ein wenig Geduld und mehr Vertrauen zu haben. Staatsmarschall, Sie müssen warten, mehr kann ich nicht sagen.«

»Wenn Sie schon Bescheid wissen, dann beruhigen Sie mich wenigstens, damit ich mir nicht ganz umsonst Sorgen mache.«

Corello sah Bully geistesabwesend an. »Also gut – dann machen Sie sich bitte keine Sorgen.«

Bully verzweifelte bald, aber nach einigen weiteren Versuchen, das Rätsel zu lösen, gab er auf. In verbisssenem Schweigen verließ er die Kabine, in der Corello sich aufhielt. Immerhin brachte die Unterhaltung Gewißheit darüber, daß Corello die Ursache von Guckys Zustand kannte oder zumindest ahnte. Aber warum verriet er nichts darüber?

Während Bully über den Transmitter zur nahen GOOD HOPE zurückkehrte, verlor Corello einen winzigen Bruchteil seiner bisherigen Konzentration, die einzig und allein Gucky galt, und kehrte in die Wirklichkeit seiner Umgebung zurück.

Er dachte nach.

Gucky war zu ihm gekommen, um ihn um Hilfe zu bitten. Der Mausbiber plante ein parapsychisches Experiment von größter Wichtigkeit und benötigte zur Durchführung seine Hilfe.

Er und der Mausbiber waren gute Freunde geworden. Corello hörte sich also Guckys Plan an, überlegte – und hieß ihn dann nach einigem Zögern gut. Er machte seinen Freund auf die Gefährlichkeit des Unternehmens aufmerksam, aber natürlich vergeblich.

»Das weiß ich selbst«, hatte Gucky gesagt und fast väterlich abgewinkt. »Absolute Meditation – was ist schon dabei? Eine todesähnliche Starre – na und? Wichtig ist, daß mein Geist von der störenden Außenwelt sicher abgeschirmt wird. Ich muß ungehindert arbeiten können. Ein Energiefeld wäre wohl angebracht, aber kein normales Energiefeld, sondern ein ganz besonderes. Kannst du das erzeugen?«

»Wie und wozu?«

»Ich muß mich in einer Art Energieblase aufhalten, darin schweben und keine Materie mehr berühren. Nur so ist es mir möglich, Geist von Körper zu trennen, und das muß ich ja wohl, wenn ich mein Vorhaben ausführen will. Den Körper muß ich in der GOOD HOPE zurücklassen, ich kann ihn nicht gebrauchen.«

»Warum unterrichtest du nicht Bully und die anderen?«

»Bully würde das Experiment niemals zulassen und raten, auf die Rückkehr Rhodans zu warten. Dazu jedoch ist keine Zeit. Außerdem würde Perry mir nicht glauben, daß es mir gelingen würde.«

Corello war neugierig geworden: »Und *was* soll dir eigentlich gelingen? Was willst du mit der absoluten Meditation, mit der Trennung des Geistes vom Körper, erreichen? Das zumindest mußt du mir sagen.«

»Nein, ich sage es auch dir nicht, Corello. Das ist kein Mißtrauen, sondern nur Vorsicht. Unwillkürlich würdest du während des Experiments, das Stunden oder vielleicht Tage dauern kann, daran denken und meine eigene Konzentration stören. Niemand darf an das denken, was ich plane. Niemand, Corello! Nur ich!«

»Gut, das sehe ich ein. Brennpunkt-Konzentration, also. Ich werde dir helfen. Ein Energiefeld wird dich halten. Aber du kennst hoffentlich die Gefahr, in die du dich begibst. Es können Umstände eintreten, die jede Rückkehr deines Geistes in den Körper verhindern. Dann würdest du sterben – weißt du das?«

»Nur mein Körper müßte sterben, Corello, mein Bewußtsein würde weiterexistieren – und es würde auch ohne den Zellaktivator ewig weiterleben. Ich würde in der Tat unsterblich werden.«

»Red keinen Unsinn, Gucky!«

Corello war richtig wütend geworden. »Als Geist würdest du uns nichts mehr nützen, außerdem würde dich dann niemand mehr kraulen können – und das würdest du mit Sicherheit auch als Geist recht gern haben, wie ich dich kenne. Überlege dir also gut, was du tust. Morgen erwarte ich deinen endgültigen Entschluß.«

»Der steht schon jetzt fest. Wann fangen wir an?«

Aber Corello war hart geblieben.

»Morgen!« hatte er bestimmt versichert. »Nicht eher!«

Und am anderen Tag hatten sie es gewagt. Genau am 1. Januar des Jahres 3442 Terra-Standard.

Trotz der enormen Fähigkeiten des Supermutanten war es nicht einfach gewesen, das Kraftfeld aufzubauen. Gucky war ständig mit Corello in telepathischem Kontakt gewesen, aber erst, als ihn die Felder zu tragen begannen, konnte er sich auf sein eigentliches Vorhaben konzentrieren.

Corello konnte nur wahrnehmen, daß Guckys Bewußtsein plötzlich erlosch, als es den Körper verließ. Es war ihm also tatsächlich gelungen, sich ganz von der Materie zu lösen und praktisch als energetische Einheit in eine andere Dimension überzuwechseln.

Nun lag es nur noch an ihm, Corello, über den Körper des Mausbibers zu wachen. Er trug eine ungeheure Verantwortung, denn wenn etwas schiefging, würde man ihn dafür zur Rechenschaft ziehen.

Zwei Wochen lang blieb Gucky in seiner Kabine. Täglich kam Dr. Fender in Begleitung eines medizinischen Spezialteams, um den erstarrten Körper mit empfindlichsten Instrumenten zu untersuchen. Sie konnten keine Veränderung des unerklärlichen Zustandes feststellen. Der Mausbiber war klinisch gesehen so gut wie tot, auch wenn er alle fünf Minuten einmal atmete und sein Herz in jeder Minute einmal schlug.

Am 15. Januar aber trat eine gewisse Veränderung ein, die insbesondere den Technikern der GOOD HOPE einige berechtigte Sorgen verursachte. Gucky begann abermals zu wandern.

Zuerst glaubte man an einen Zufall und insbesondere daran, daß Ras Tschubai, der ja schließlich der einzige war, der die von innen verriegelte Kabine betreten konnte, vergessen hatte, den Riegel nach dem Arztbesuch wieder vorzuschieben. Aber der Teleporter beteuerte, keine Unterlassungssünden begangen zu haben.

Jedenfalls schwebte Gucky mal wieder, unbemerkt vorerst, durch verschiedene Korridore und Liftschächte. Er gelangte schließlich in jenen Teil des Schiffes, wo die Reglerzentrale der gesamten Klimaanlage untergebracht war. Ein Wartungsroboter, natürlich positronisch gesteuert, blieb wie angegossen stehen, als er in den Wirkungsbereich des Energiefeldes geriet, das den Mausbiber trug.

Sekunden später setzte auch die Klimaanlage aus.

In der Kontrollzentrale bemerkte man das Versagen der entsprechenden Maschinen zuerst. Es gab genug Instrumente, die ausschlugen oder auf Null zurückfielen. Niemand dachte an Gucky, der sich ja vierzehn Tage nicht aus seiner Kabine gerührt hatte.

Auch ohne Klimaanlage war die relativ kleine Besatzung der GOOD HOPE noch nicht gefährdet. Die in dem Kugelraumer vorhandene Atemluft reichte ohne Erneuerung für Wochen. Aber gekoppelt mit der Klimaanlage waren auch Heizung und Kühlung.

Der Defekt lag zweifellos in der Reglerzentrale.

Kosum schickte zwei Techniker los, die den Schaden untersuchen und beheben sollten. Vorsichtshalber schaltete er den Interkom ein, um sich selbst von den Vorgängen in der Reglerzentrale zu informieren.

Der Bildschirm blieb dunkel.

Sofort überkam Kosum eine merkwürdige Ahnung. Er erinnerte sich des Vorfalls vor vierzehn Tagen, als der Interkom zu Guckys Kabine plötzlich ausgefallen war. Er drückte einen anderen Knopf, und sofort meldete sich Bully.

»Klimaanlage defekt«, meldete er. »Interkom zur Klimaanlage ebenfalls. Ein Suchtrupp ist bereits unterwegs.«

Bully begriff sofort. »Gucky!« sagte er und schaltete ab.

Der Mausbiber schwebte inmitten der kleinen Halle, scheinbar unschlüssig, wohin er sich nun begeben sollte. Seine starre Haltung hatte sich nicht verändert.

Bully erreichte die Reglerzentrale nur wenige Sekunden nach den Technikern. Er winkte ihnen zu.

»Keine Gefahr! Wir müssen ihn lediglich in seine Kabine zurückbringen. Ich frage mich nur, wie er sich selbständig machen konnte.«

Das war natürlich eine Frage, die niemand von ihnen beantworten konnte.

Sie packten den Mausbiber, ohne durch das Kraftfeld daran gehindert zu werden, an den Beinen und zogen ihn aus dem Raum. Sofort nahm der paralysierte Roboter seine Tätigkeit wieder auf, als sei inzwischen nichts geschehen. Und er stellte auch keinen Defekt mehr fest, denn die Klimaanlage lief einwandfrei.

Draußen auf dem Gang nahmen die beiden Männer den Mausbiber in ihre Mitte, während Bully die Richtung durch das Festhalten der erstarrten Beine bestimmte. So gelangte die merkwürdige Prozession endlich an ihr Ziel, wo Ras Tschubai schon darauf wartete, die Kabine wieder von innen zu verriegeln.

Er sicherte die Tür zusätzlich nochmals durch einige Magnetklammern und versprach Bully, die Ärzte künftig nur noch in die Kabine hineinzuteleportieren.

Man wollte sichergehen.

Zehn Tage später traf ein Hyperfunkspruch Rhodans ein.

Er hielt sich zur Zeit auf Quinto-Center auf, nachdem die verworrenen Verhältnisse auf der Hundertsonnenwelt geklärt worden waren. Er gab eine kurze Schilderung der aufregenden Ereignisse und kündigte sein voraussichtliches Eintreffen auf der GOOD HOPE für den 28. Januar an. Das war in drei Tagen.

Bully sorgte für die Bestätigung der Nachricht, vermied aber dabei jede Bemerkung über Guckys seltsames Verhalten. Er wollte Rhodan nicht beunruhigen, außerdem war es in drei Tagen noch immer früh genug, ihn von dem Geschehen zu informieren. Vielleicht konnte auch Fellmer Lloyd eine Klärung bringen.

Eine Vermutung, die sich in etwa bestätigen sollte.

Die drei Tage vergingen ohne besondere Ereignisse. Nur noch einmal verließ der schwebende Gucky seine Kabine, um in den Gefrierräumen Verwirrung zu stiften, aber ein Sonderkommando konnte ihn schnell wieder einfangen. Bully bestand nun auf einer Wache vor der Kabinentür, die sich auch bewährte.

Am 28. Januar öffneten sich die Hangartore, um Rhodans Space-Jet in das Innere der GOOD HOPE zu lassen.

Fassungslos stand Rhodan nur kurze Zeit später vor seinem kleinen und treuen Freund Gucky. Obwohl ihn Bullys Bericht vorbereitet hatte, war er doch über den rätselhaften Zustand des Mausbibers entsetzt und zutiefst beunruhigt. Er fand keine Erklärung für das Verhalten des Mutanten, und so wie Bully kam er ebenfalls auf die Idee, Fellmer Lloyd um Unterstützung zu bitten.

»Er muß doch telepathische Impulse aussenden!«

Der Telepath schüttelte entschieden den Kopf.

»Eben nicht! Kein einziger Gedanke, kein Impuls, nicht einmal die geringste Spur eines Musters. Es ist so, als besäße Gucky kein funktionsfähiges Gehirn mehr, so als wäre es tot.«

»Tot?« Rhodan sah in die leeren Augen Guckys. »Er kann nicht tot sein – er darf es nicht sein! Es ist etwas anderes, aber was?« Er sah wieder den Telepathen an. »Fellmer, Sie müssen sich nun konzentrieren und suchen. Wenn irgend jemand an Bord der GOOD HOPE oder der INTERSOLAR etwas weiß, dann müssen Sie diesen Jemand finden! Gucky kann diesen Zustand unmöglich allein herbeigeführt haben. Jemand hat ihm dabei geholfen, oder – was schlimmer wäre – ihn ohne sein Wissen herbeigeführt. Denken Sie vor allen Dingen an die Mutanten.« Rhodan sah Fellmer Lloyd fest in die Augen. »Und denken Sie in erster Linie an unseren Freund Ribald Corello.«

Fellmer versprach, sofort mit der Arbeit zu beginnen.

Rhodan konsultierte noch Dr. Fender und seine Ärzte. Er wirkte beruhigt, als er mit ihnen gesprochen hatte und begab sich dann in die Kommandozentrale, um selbst einen genauen Bericht über sein erfolgreich abgeschlossenes Unternehmen abzugeben. Julian Tifflor, der Kommandant der INTERSOLAR, war ebenfalls zugegen.

Der Schwarm flog inzwischen mit unverminderter Geschwindigkeit in der bisherigen Richtung weiter.

Mitten in die angeregte Unterhaltung hinein kam ein Anruf über Interkom von Fellmer Lloyd. Der Telepath hielt sich zusammen mit Merkosh, dem »Gläsernen«, in Guckys Kabine auf, um ihn zu beobachten.

»Ich fange Gedankenimpulse auf! Sie stammen nicht ausschließlich von Gucky und sind so schwach, daß ich sie nicht identifizieren kann. Guckys Gedanken sind unverständlich. Immerhin hat er wieder welche, ist also keinesfalls tot.«

»Bleiben Sie dort, ich werde kommen, sobald wir hier fertig sind.«

Wenig später betrat Rhodan mit Bully und Julian Tifflor die Kabine des Mausbibers. Fellmer Lloyd saß auf dem Bett, während Merkosh den Raum inzwischen verlassen hatte.

»Was für Gedanken sind das?« erkundigte sich Rhodan besorgt. »Sind Zeichen von Panik oder Unsicherheit vorhanden? Nun reden Sie schon, Fellmer!«

Der Telepath hatte Verständnis für Rhodans Nervosität.

»Alles in Ordnung. Guckys Gedanken, die ich übrigens nur am eigentlichen Muster erkenne, nicht am Inhalt, scheinen durchaus ruhig und normal zu sein, aber ich kann ihren Sinn nicht erfassen. Es ist, als würden sie unterwegs verschlüsselt oder doch so entstellt, daß sie unkenntlich werden. Ich habe dafür keine Erklärung. Von Gedankenkode habe ich noch nie etwas gehört.«

»Ich auch nicht«, gab Rhodan zu. Dann schüttelte er den Kopf. »Aber das ist doch Unsinn, Fellmer! Wer sollte denn Gedanken verschlüsseln können? Das ist technisch unmöglich.«

»Wir hielten schon manches für unmöglich, was sich später als relativ einfach durchführbar erwies. Das sollten wir nicht vergessen. Jedenfalls ist es in diesem Fall *wirklich* unmöglich, die Gedankenimpulse klar zu identifizieren. Es sind zwei Ströme, mit denen wir es zu tun haben. Der stärkere stammt wahrscheinlich von Gucky, wenn das Muster stimmt und nicht vorgetäuscht wird. Der zweite kommt aus großer Entfernung und ist sehr schwach. Jeder Versuch einer Identifikation ist vergeblich.«

»Sonst noch Impulse?«

Fellmer Lloyd nickte. »Ja, ganz deutlich sogar. Sie kommen aus der INTERSOLAR und stammen von Ribald Corello. Er hat zweifellos mit der ganzen Angelegenheit zu tun.«

Rhodan schaute Julian Tifflor an, dann winkte er Fellmer Lloyd.

»Bully bleibt bei Gucky. Sie werden Julian und mich zur INTERSOLAR begleiten. Mal hören, was Ribald uns zu erzählen hat – ich bin sehr gespannt.«

Der kleine Bordtransmitter brachte sie in Nullzeit von Schiff zu Schiff. Obwohl Rhodan nun davon überzeugt war, daß der merkwürdige Zustand des Mausbibers freiwillig und bewußt herbeigeführt worden war, wenn auch zu einem ihm noch unbekannten Zweck, fühlte er sich nicht beruhigt. Zumindest plagte ihn die Ungewißheit.

Nur Ribald Corello konnte sie jetzt aufklären – wenn er wollte.

Der Supermutant empfing die Unangemeldeten mit auffallender Unfreundlichkeit. Mürrisch erkundigte er sich nach Rhodans Wohlergehen, um sich dann nicht mehr um ihn, Tifflor oder Fellmer zu kümmern. Hatte er wirklich nicht bemerkt, daß der Telepath unter den Besuchern war?

Rhodan überging die Unhöflichkeit Corellos.

»Was ist los mit Gucky?« fragte er ohne Umschweife. »Alle energetischen Spuren führen zu Ihnen, Corello, das hätten Sie wissen müssen. Ich wünsche eine klare Auskunft.«

Corello verlor ein wenig seine Selbstsicherheit.

»Was soll mit Gucky los sein? Er meditiert, nehme ich an. Wenigstens kündigte er mir ein solches Vorhaben vor einiger Zeit an.«

»So, er meditiert? Und das in einer Energieblase, deren Ursprung in diesem Raum zu suchen ist. Finden Sie das nicht merkwürdig?«

Corello erwiderte trocken: »Ja, das scheint mir in der Tat etwas merkwürdig zu sein.«

Fellmer Lloyd schüttelte nahezu unmerklich den Kopf, als ihn Rhodan fragend ansah. Er schien die Gedankenimpulse des Supermutanten nicht empfangen zu können.

»Wenn es sich um ein Experiment Guckys handeln sollte, Corello, so hat er Sie wahrscheinlich zu Stillschweigen verpflichtet. Kann ich Sie davon entbinden?«

»Nein, das können Sie leider nicht.«

»Also cin freiwilliges Experiment?«

»Ja, das stimmt. Aber über den Zweck werden Sie nichts von mir erfahren können, weil ich ihn selbst nicht kenne. Das ist die Wahrheit. Fellmer Lloyd kann das überprüfen. Ich werde für zehn Sekunden meinen Gedankenblock öffnen. Bitte ...«

Rhodan wartete. Dann nickte der Telepath.

»Corello spricht die Wahrheit. Er kennt Guckys Beweggründe nicht. Der Mausbiber wollte stark konzentriert meditieren und versuchen, mit seinem Bewußtsein den Körper zu verlassen. Das war vor genau vier Wochen.«

»Vier Wochen! Für ein Bewußtsein ohne Körper unter Umständen eine lange Zeit. Besonders aber für den Körper. Gucky hat vier Wochen keine Nahrung mehr zu sich genommen!«

Corello sagte ruhig: »Das schadet ihm nicht, denn sein Körper kommt jetzt mit den vorhandenen Reserven aus, und das können bei seinem Fett nicht wenig sein.«

Unter anderen Umständen hätte Rhodan vielleicht gelächelt, aber jetzt blieb er ernst.

»Ich hoffe, Sie haben recht, Corello. Besten Dank für die Auskunft. Wann rechnen Sie mit Guckys Rückkehr? Er muß doch eine Andeutung gemacht haben?«

»Wie kann er das, wenn er in ein Gebiet vorstößt, das ihm selbst absolut fremd ist? Noch nie hat jemand versucht, seinen Geist vom Körper zu trennen, um in eine andere Dimension vorzudringen.«

»Doch, es hat schon einmal jemand versucht und vollbracht«, sagte Rhodan und dachte zurück an den Teletemporarier Ernst Ellert. »Aber er kehrte später nie mehr zurück. Sein Körper ruht noch immer tief unter der Erde von Terrania und wartet auf die Rückkehr seines Geistes. Er wartet seit bald anderthalbtausend Jahren – und hat sich in der Zwischenzeit nicht verändert. Aber das Herz schlägt nicht mehr. Er ist tot.«

»Er kann nicht tot sein«, widersprach Corello energisch. »Sonst gäbe es den Körper nicht mehr. Dieser Ellert wird zurückkehren, genauso wie Gucky zurückkehren wird.«

»Hoffentlich dauert es keine tausend oder zweitausend Jahre«, meinte Rhodan bitter.

Sie verließen Corellos Kabine und standen noch wenige Minuten vor dem Transmitter zusammen.

»Ich hätte mehr auf Corello achten sollen«, murrte Julian Tifflor.
»Niemand trägt Schuld«, beruhigte ihn Rhodan, bevor er in den kleinen Transmitter trat. »Niemand hätte etwas verhindern können, was Gucky in aller Heimlichkeit plante. Ich bin sicher, daß er genau wußte, was er tat. Wir können nur abwarten, ob ihm sein Vorhaben wirklich gelingt.«
»Ich lasse Corello beobachten«, versprach Tifflor.
»Einverstanden. Kommen Sie, Fellmer. Auf uns wartet noch Arbeit.«
Eine Sekunde später trafen sie in der GOOD HOPE ein.

27.

Am 3. Februar wurde ihr geduldiges Warten belohnt.
Ras Tschubai hatte Fellmer Lloyd gerade abgelöst. Er überprüfte den Riegel und die Magnetklammern, mit denen er die Kabinentür Guckys hermetisch verschlossen hatte. Es war zu keinem Ausflug des Mausbibers mehr gekommen. Rhodan ließ sich regelmäßig von dem eingesetzten Ärzteteam über den Zustand seines kleinen Freundes berichten.
Ras setzte sich und betrachtete Gucky, der unverändert schien.
Eine Kleinigkeit fiel ihm auf. Ihm war, als sei der kleine Finger der rechten Pfote gekrümmt. Das war vorher nicht der Fall gewesen. Alle Glieder waren nicht nur steif, sondern auch gerade gewesen. Und nun war der kleine Finger krumm.
Ras ließ den gekrümmten Finger nicht aus den Augen, und einmal glaubte er eine geringfügige Bewegung gesehen zu haben. Vielleicht war es eine Täuschung ...?
Nein, es war keine Täuschung!
Die ganze rechte Hand bewegte sich, unmerklich fast und ein wenig krampfhaft, so als bereite die Rückkehr des Lebens in die Hand unerträgliche Schmerzen.
Die gefahrvolle Rückkehr Guckys aus der Welt des Geistes in die reale Welt begann.
In jenen Augenblicken, in denen Ras die ersten Bewegungen des Mausbibers erkannte, begann sich auch das Verhalten Ribald Corellos zu ändern. Auf seinem Bildschirm sah Julian Tifflor, der ihn gerade beobachtete, daß der Supermutant in eine unnatürliche Starre verfiel und die Augen schloß. Unbeweglich ruhte der riesige Kopf in seinen Halterungen. Die starke Konzentration war unverkennbar.
Rhodan stand mit Tifflor in direkter Verbindung, nachdem Ras ihn über den Beginn der Rückkehr Guckys informierte. Dazu war es allerdings notwendig, daß Fellmer als Relaisstation diente, denn der Interkom aus der

Kabine des Mausbibers zur Kommandozentrale funktionierte nun erst recht nicht.

Dr. Fender und sein Team waren zu Ras geeilt, um den Körper des Mausbibers unter Kontrolle zu halten.

Der Herzschlag beschleunigte fast unmerklich, aber die empfindlichen Instrumente bemerkten es. Bald waren es zwei Schläge in der Minute, dann drei. Auch der Atem wurde schneller. Das Leben kehrte in den erstarrten Körper zurück, der sich nun langsam zu regen begann, obwohl das Energiefeld noch hielt und Gucky weiterhin schweben ließ.

»Hoffentlich schaffen sie es«, flüsterte Rhodan, als er Tifflors besorgtes Gesicht sah. »Kann ihnen denn niemand helfen?«

»Ich fürchte, niemand ist dazu imstande«, antwortete Tifflor, der nicht ahnen konnte, daß Corello die mental-energetischen Reserven der anderen Mutanten anzapfte und mit einsetzte, um das Rückkehrfeld zu verstärken. »Wir können nur warten ...«

Nach einer Stunde etwa begann Guckys Körper langsam nach unten zu sinken. Ras und die Ärzte griffen sofort zu und legten ihn auf das Bett. Das Energiefeld, das den Mausbiber bisher gehalten hatte, erlosch. Der Interkom, bisher vergeblich eingeschaltet, funktionierte einwandfrei. Der Bildschirm leuchtete auf. Rhodans Gesicht erschien darauf.

Ras konnte ihn nun direkt über das weitere Geschehen unterrichten.

Die Lider Guckys begannen zu zucken, dann öffnete er die Augen, die er kurz zuvor plötzlich geschlossen hatte. Aber diesmal blickten sie nicht tot und starr gegen die Decke, sondern zum ersten Mal seit fünf Wochen war wieder Leben in ihnen.

Sie sahen Ras an. Der Teleporter drückte den Mausbiber auf das Bett zurück, als dieser sich aufzurichten versuchte.

»Ganz ruhig liegen bleiben, Kleiner. Verstehst du mich? Kannst du mich hören?«

Ras war, als habe Gucky genickt.

Fellmer Lloyd sagte: »Normale Gedankenimpulse vorhanden! Sein Zustand bessert sich.« Er sah in Richtung des Interkoms. »Vielleicht ist es besser, Sie kommen zu uns.«

»Ich bringe Atlan mit«, sagte Rhodan, ehe der Bildschirm erlosch.

Wenig später betraten Rhodan, Atlan und Bully die Kabine. Immer noch war Dr. Fender mit seinen Instrumenten beschäftigt, aber er nickte den Eintretenden beruhigend zu.

»Alles in Ordnung. Er kommt zu sich. Herzschlag und Atmung wieder normal. Kein Grund zur Sorge.«

Rhodan sah in Guckys Gesicht. Erkennen leuchtete ihm daraus entgegen, ein wenig müde, aber auch ein wenig triumphierend. Die Wangen wirkten eingefallen. Das Fehlen jeglicher Nahrungsaufnahme seit Wochen machte sich bemerkbar.

»Nun Gucky, wie fühlst du dich?« fragte Rhodan behutsam und beugte sich über ihn. »Du hast uns einen ganz schönen Schrecken eingejagt.«

Guckys bisher fest zusammengepreßte Lippen bewegten sich mühsam, aber der Mund öffnete sich noch nicht. Fellmer schien einige Gedanken aufzufangen, denn sein Gesicht verriet angespannte Konzentration, aber er blieb ebenfalls stumm. Anscheinend wollte er dem Mausbiber nicht vorgreifen.

Die Augen Guckys schlossen sich wieder. Sein Körper entspannte sich, als wolle er Kräfte sammeln. Atlan sah Fellmer fragend an. Der Telepath nickte beruhigend.

Rhodan setzte sich auf einen Stuhl, der neben dem Bett stand. Aufmerksam beobachtete er Gucky, der ganz ruhig dalag und regelmäßig atmete. Dr. Fender und sein Assistent traten ein wenig zurück.

»Es ist alles in bester Ordnung«, versicherte er noch einmal. »Er ist nur noch schwach und muß sich erholen. Lassen Sie ihm Zeit dazu.«

Rhodan nickte. »Gut, Doktor. Wenn wir Sie benötigen, lasse ich Sie rufen.«

Der Arzt verstand. Zusammen mit seinem Assistenten verließ er die Kabine. Bully sah ihnen nach.

»Jetzt ist er eingeschnappt«, bemerkte er trocken.

»Das ist jetzt egal«, beruhigte ihn Rhodan. »Wir wissen nicht, was Gucky uns zu sagen hat, und allem Anschein nach ist er ja nun außer Gefahr. Da – er rührt sich wieder ...«

Gucky hatte seine Augen wieder geöffnet. Der Reihe nach sah er alle Anwesenden an, und zum ersten Mal huschte so etwas wie ein Lächeln über sein Gesicht. Dann wurde es wieder ernst. Die Lippen bewegten sich.

»Ich ... bin ... zurück ...!«

Rhodan legte seine Hand leicht auf seinen Arm.

»Ja, du bist wieder zurück, mein Kleiner. Bleibe ruhig liegen und strenge dich nicht an. Warte noch, bis du dich besser fühlst. Wir haben Zeit.«

Der Mausbiber bewegte den Kopf. Es sollte eine Verneinung sein.

»Nein, keine Zeit, Perry, der Schwarm ...« Er schwieg erschöpft.

Rhodan beugte sich weiter vor. Sein Ohr war dicht über Guckys Mund.

»Was ist mit dem Schwarm, Gucky?«

Diesmal antwortete der Mausbiber nicht sofort. Es war offensichtlich, daß er sich sehr schwach fühlte und total erschöpft war. Es hatte wenig Sinn, ihn in diesem Zustand zu einer Aussage zwingen zu wollen. Rhodan sah das auch ein.

Er fragte Fellmer: »Er denkt doch, nicht wahr? Ergibt das keinen Zusammenhang?«

»Er denkt nicht mehr als er auch sagt. Es ist noch alles ohne jeden Sinn. Eine Gefahr muß da sein, eine schreckliche Gefahr, aber ich kann nicht erkennen, worum es sich handelt.«

Bully und Atlan hatten sich gesetzt. Ras stand neben der Tür, deren positronisches Schloß nun einwandfrei funktionierte. Fellmer hielt sich am Fußende des Bettes auf, um Gucky ständig beobachten zu können.

Sie warteten.

Ihre Geduld wurde auf eine harte Probe gestellt, denn erst eine halbe Stunde später öffneten sich Guckys Augen wieder. Sein Blick war klarer geworden, und als er diesmal sprach, sah er Rhodan dabei an.

»Das Y'Xanthomrier ...!«

Als er schwieg, stellte Rhodan keine Fragen, um die offensichtliche Konzentration des Mausbibers nicht zu unterbrechen. Er behielt alle Vermutungen für sich, die ihm in diesem Augenblick kamen.

»Das Y'Xanthomrier ... es tötet und tötet ... und dabei weint es rote Tränen ...«

Gucky, der sich beim Sprechen ein wenig aufgerichtet hatte, sank zurück und schloß die Augen. Sein Atem ging heftiger, dann schüttelte ihn ein Krampf. Sekunden später lag er wieder ganz ruhig da, als sei er eingeschlafen.

Rhodan nickte den beiden Mutanten zu.

»Ihr bleibt bei ihm und laßt ihn nicht aus den Augen. Wenn notwendig, ruft Dr. Fender. Sonst erreicht ihr Atlan, Bull oder mich in der Kommandozentrale der INTERSOLAR.« Er schaute noch einmal auf die reglose Gestalt des Mausbibers. »Er braucht jetzt nur Ruhe, und die wollen wir ihm gönnen.«

Sie verließen die Kabine. Der Transmitter beförderte sie wenig später zur INTERSOLAR.

Rhodan, Atlan und Bully kehrten erst nach Stunden in die GOOD HOPE zurück. Es konnte kein Zweifel mehr daran bestehen, daß der Mausbiber den Schwarm aufgesucht hatte, um mehr über seinen Charakter zu erfahren.

Er hatte es ohne seinen Körper getan, nur mit seinem Geist. Und er war zurückkehrt!

»Ich weiß, daß ich ein großes Risiko einging und euch vorher hätte fragen sollen, aber ihr, Perry und Atlan, wart nicht hier. Bully allein hätte die Entscheidung nicht treffen können, also zog ich es vor, Ribald Corello ins Vertrauen zu ziehen, ganz davon abgesehen, daß er der einzige war, der mir dabei helfen konnte. Es war mein Plan, Harno zu suchen.«

Rhodan holte tief Luft.

»Harno? Wie kamst du denn auf *den* Gedanken? Wir hatten lange keinen Kontakt mehr mit dem Energiewesen, und es ist mir ein Rätsel ...«

»Die Antwort liegt auf der Hand, Perry. Der Schwarm birgt eine Gefahr, vor der selbst der Unsterbliche von Wanderer nicht sicher ist, wie wir ja erfahren haben. Was also lag näher als die Vermutung, daß auch Harno von ihr betroffen wurde? Aber noch eine zweite Vermutung scheint logisch: Wenn überhaupt noch jemand helfen konnte, dann war es vielleicht Harno.«

Langsam nickte Atlan.

»Harno, das rätselhafte Wesen aus Zeit und Raum und Energie! Hielt es sich nicht dort auf, was als ›Ende der Zeit‹ bezeichnet wurde? Wie sollte der Schwarm dort einen Einfluß ausüben können?«

»Ich weiß es nicht«, sagte Gucky, der sich prächtig erholt hatte und aufrecht im Bett saß, von einigen Polstern gestützt. Auf dem Tisch daneben stand ein großes Glas mit Fruchtkonzentrat. »Es war alles nur Vermutung, mehr nicht. Ich wußte überhaupt nicht, ob es mir gelingen würde, aber ich entsann mich einiger Bemerkungen Harnos während eines Gespräches, das ich einmal mit ihm führte. Er betonte damals, die absolute Beherrschung von Raum und Zeit sei eine Sache der Loslösung der Energie von Materie – mit anderen Worten: der Loslösung des Geistes vom Körper. Ellert konnte das auch, darum wurde er zum Teletemporarier. Ich sprach mit Corello, er hielt es für möglich, wenn er mir auch davon abriet. Mir aber genügte die geringe Chance, es zu versuchen. Ich mußte Kontakt mit Harno aufnehmen, wenn ich den Schwarm erforschen wollte!«

Rhodan konnte seine Erregung kaum noch zurückhalten.

»Und ...? Ist es dir gelungen?«

Gucky lächelte und sah Fellmer an. Der Telepath reichte ihm das Glas mit dem Fruchtsaft.

»Natürlich ist es mir gelungen, aber laßt mich der Reihe nach berichten. Zuerst einmal Harno! Das war mein Hauptziel. Die Entstofflichung war schwierig, aber ich schaffte es endlich mit Corellos Unterstützung. Mein Bewußtsein löste sich vom Körper, der in Todesstarre fiel und in einer Energieblase zurückblieb. Ich wußte, daß mein Zustand einige Besorgnis hervorrufen würde, aber ich glaubte nicht, daß er so lange anhalten würde. Ich rechnete nur mit wenigen Stunden.«

»Es waren fast fünf Wochen«, erinnerte ihn Bully vorwurfsvoll. »Wir hatten eine Menge Ärger mit deinem Körper und dem Energiefeld. Aber das wird Ras dir bereits erzählt haben.«

»Hat er. Tut mir leid, aber ich konnte wirklich nicht ahnen, daß Corello mich in der Gegend herumfliegen ließ. Vielleicht hatte er aber auch keinen Einfluß darauf, und es war nichts anderes als eine Reaktion des Körpers auf das Erleben meines Bewußtseins. Ein Zusammenhang bestand da ja noch immer.«

»Sicher, das war es wohl«, sagte Rhodan etwas ungeduldig. »Und wie hast du Harno dann gefunden?«

»Ich schwebte frei im Raum zwischen den Universen, fünfdimensional und als Energieeinheit. Ich rief Harno an, bekam aber keine Antwort, wenigstens nicht sofort. Jetzt weiß ich erst, welche Entfernungen meine parapsychischen Signale zu überwinden hatten – zeitliche Entfernungen natürlich. Aber auch die Beherrschung der Zeit hatte Harno nicht helfen können. Er befindet sich als Gefangener im Innern des Schwarms.«

Er schwieg und sah in die Gesichter seiner Freunde, die Enttäuschung und Schrecken verrieten. Ohne dazu aufgefordert zu werden, berichtete er weiter:

»Als Gefangener, aber das erfuhr ich erst später. Jedenfalls bekam ich plötzlich Kontakt mit Harno. Er verriet mir nicht, wo oder wann er war. Er zeigte mir die Geburt einer Sonne, das Entstehen ihrer Planeten, ihre Entwicklung und schließlich ihr furchtbares Ende in der Glut der aufflammenden und sterbenden Sonne. Ich erlebte Jahrmilliarden in Minuten und Stunden. Vielleicht waren es auch Tage. Und dann wurde ich zu Harno.«

»Du wurdest – was?«

»Harno und ich verschmolzen zu einer Einheit. Ich selbst wurde ein Gefangener des Schwarms, ein energetisches Gitter hielt mich fest – mich, einen körperlosen Geist! Oder mich, Harno! Er teilte mir mit, seine Gefangenschaft dauere erst Stunden, aber das können genausogut Jahre und Jahrtausende gewesen sein. Er selbst kann nicht entfliehen, und ich konnte es nur deshalb, weil ich nicht wirklich zu Harno wurde, sondern nur parapsychisch mit seinem Bewußtsein verschmolz. Er hat versucht, mir das zu erklären, aber ich habe es, ehrlich gesagt, nicht völlig verstanden. Jedenfalls erlebte ich das, was auch Harno zur gleichen Zeit erlebte. Ich sah das Y'Xanthomrier.«

»Ist es der Herr des Schwarms?«

»Das weiß ich nicht, wirklich nicht. Ich möchte das riesige Gebilde als einen lebenden Götzen bezeichnen, dem jeder, der dem Schwarm angehört, bedingungslos gehorchen muß. Und der Götze hat beschlossen, eine an Rohstoffen reiche Welt in den Schwarm aufzunehmen. Mitsamt ihrer Sonne!«

Rhodan fragte verblüfft: »Der Schwarm stiehlt Sonnensysteme?«

»Das tut er. Ein sicheres Zeichen dafür, daß sie – wer immer diese ›Sie‹ auch sind – Rohstoffe benötigen, um existieren zu können. Ist das schlimm, oder ist es ein Hoffnungsschimmer?«

»Beides!« Rhodan sah Gucky gespannt an. »Weiter, was hast du noch in Erfahrung bringen können?«

Gucky nahm wieder das Glas von Fellmer entgegen und trank.

»Die Position des kleinen Systems, das aufgenommen werden soll. Ich kann sie euch genau angeben. Es handelt sich um eine kleine, dunkelrote Sonne mit zwei Planeten. Der zweite dieser Planeten ist eine Eiswelt. Die Strahlen der sterbenden Sonne können sie nicht mehr erwärmen. Kilometerdick ist der Eispanzer. Der erste Planet ist eine Steinwüste, mit Geröll bedeckt. Aber beide Planeten sind reich an Rohstoffen. Sie sollten mitsamt ihrer Sonne gestohlen werden. Eigentlich kein großer Verlust für uns, denn das System ist unbewohnt. Aber könnte es nicht genausogut einmal bewohnte Welten treffen?«

Rhodan nickte, immer noch ein wenig fassungslos.

»Ja, das könnte geschehen.« Er sah Gucky an. »Wenn wir die Absicht des Schwarms und die Position des Systems kennen, böte sich uns eine einmalige Gelegenheit ...«

Gucky unterbrach ihn: »Wie schön, daß wir denselben Gedanken haben, Perry. Ich muß mich nur noch ein wenig erholen, dann startet das Ding.«

»Was für ein Ding? Deine Ausdrücke ... Außerdem kannst du dir das aus dem Kopf schlagen, mein Lieber. Wenn ein Unternehmen gestartet wird, dann diesmal ohne dich. Du brauchst Ruhe, sonst nichts. Du wirst mir die Daten des Systems geben, und dann werde ich ...«

»Perry!« sagte Gucky energisch. »Du wirst überhaupt nichts tun! Du wirst gar nichts tun können, weil ich allein die fragliche Position kenne, und ich werde sie nur dann bekanntgeben, wenn das Unternehmen so durchgeführt wird, wie ich es mir vorstelle. Das ist keine Erpressung, sondern eine nüchterne Feststellung.« Er grinste. »Bist du jetzt böse, Perry?«

Rhodan seufzte, aber er verneinte nicht. »Böse oder nicht ... wie sind deine Bedingungen?«

Alaska Saedelaere, Ras Tschubai und Oberst Toronar Kasom waren von Gucky bereits informiert worden. In aller Ruhe hatte er ihnen die Lage geschildert und keineswegs verschwiegen, daß es sich um ein äußerst gefährliches Unternehmen handelte. Trotzdem hatte keiner der drei Beteiligten auf die Teilnahme verzichten wollen. Sie wußten alle, was von dem Erfolg ihrer geplanten Mission abhing.

Als Rhodan erfuhr, daß Gucky bereits auch die Beteiligten ausgesucht und informiert hatte, geriet er ein wenig aus der Fassung.

»Findest du nicht, daß du ein bißchen übereilt handelst?« fragte er den Mausbiber, als dieser ihm seine Bedingungen klarlegte. »Und wieso ausgerechnet diese drei?«

»Ich halte sie für geeignet«, antwortete Gucky ohne weitere Erklärungen. »Abgesehen davon sind wir dann zwei Teleporter, so daß wir uns ungehindert bewegen können. Wir werden mit einem kleinen Schiff einen der Rohstoffplaneten anfliegen, auf ihm landen und dann warten, bis der Schwarm eintrifft.«

»Du mußt verrückt oder lebensmüde sein!«

»Keins von beiden, das ist auch der Grund, warum ich so fest darauf bestehe, das Unternehmen durchzuführen. Perry, du kannst mich nicht davon abbringen, und wenn du es dir noch einmal in aller Ruhe überlegst, wirst du einsehen, daß es überhaupt keine andere Möglichkeit gibt, wenn wir mehr erfahren wollen. So eine Chance kriegen wir nicht mehr wieder.«

»Das mag ja alles richtig sein, aber denke an das Risiko! Du willst einfach auf einem Planeten landen, der mit Sicherheit von dem Schwarm aufgenommen werden soll. Wie wollt ihr jemals den Schwarm wieder verlassen? Selbst Harno kann es nicht!«

»Es ist nicht gesagt, daß man uns überhaupt entdeckt. Wenn wir eine Space-Jet nehmen und gut verstecken, findet uns kein Ortergerät. Außerdem soll der ganze Planet aus Mineralien und Rohstoffen bestehen. Das erschwert jede Ortung.« Gucky schüttelte den Kopf. »Ich würde mir an deiner Stelle keine allzu großen Sorgen machen. Wir haben schon schlimmere Dinge durchgestanden.«

»Das eben«, meinte Rhodan trocken, »bezweifle ich.«

»Der Eisplanet ist reicher an Rohstoffen als der erste. Wird zwar etwas ungemütlich auf ihm sein, aber soweit ich erfahren habe, gibt es am Äquator eisfreie Zonen, wo sogar etwas wachsen soll.«

»Vielleicht ist er doch bewohnt«, vermutete Rhodan.

»Nein, das glaube ich nicht, aber ich muß zugeben, darüber keine endgültige Information erhalten zu haben. Jedenfalls habe ich das System als unbewohnt registriert. Ich kann mir wirklich nicht vorstellen, daß jemand auf die Dauer in einem Gefrierschrank leben möchte.«

»Übrigens fällt mir da wieder Sandal Tolk ein, unser famoser Bogenschütze. Auch er drang wohl in den Schwarm ein. Wir haben nie mehr etwas von ihm gehört.«

»Aber Perry.« Guckys Stimme war ein einziger Vorwurf. »Erstens heiße ich nicht Sandal, und zweitens ging er unter ganz anderen Voraussetzungen in seinen Einsatz. So, haben wir nun alle Argumente durchgekaut?«

»Von mir aus – ja.«

»Gut. Morgen ist der 8. Februar. Morgen ist es soweit. Die Position des Systems hast du, wie ich gerade in deinen Gedanken lese, bereits programmieren lassen. Kommt die INTERSOLAR mit?«

»Beide Schiffe werden euch begleiten und Kontakt halten.«

»Fein! Dann werde ich noch ein wenig schlafen und dann meine Begleiter auf Trab bringen. Die freuen sich schon unbändig.«

»Das kann ich mir vorstellen«, bemerkte Rhodan wenig überzeugt.

Guckys Positionsangaben erwiesen sich als ungenau. In dem von ihm bezeichneten Raumsektor gab es dreizehn Sterne, von denen mehrere Planeten besaßen. Die Fernortung begann zu arbeiten. In der Kommandozentrale der GOOD HOPE wartete man gespannt auf das Ergebnis, während Gucky nur gelassen abgewinkt hatte und sich in den Hangar begab, wo einige Techniker die Space-Jet auf den Sondereinsatz vorbereiteten. Ras Tschubai und der Pilot Toronar Kasom waren bereits in ihren Kampfanzügen, die infolge ihrer ausgezeichneten Konstruktion in erster Linie dazu dienen sollten, den extremen Klimabedingungen der Eiswelt zu trotzen und den Aufenthalt auf ihr zu ermöglichen. Alaska Saedelaere war noch bei Rhodan in der Kommandozentrale.

»Eine von ihnen muß es ja wohl sein«, sagte er, während die Fernortung lief. »Die Merkmale des Systems sind unverkennbar.«

Der Kopf des Schwarms stand kurz vor den dreizehn Sonnen, von denen jede erfaßt werden konnte. Mit halber Lichtgeschwindigkeit näherte er sich, ohne die Richtung zu verändern.

»Ich habe noch einige Erkundungsschiffe ausgeschickt«, sagte Rhodan. »Wir müssen ganz sicher sein, daß ihr auf dem richtigen Planeten landet.« Er schüttelte den Kopf. »Ehrlich gesagt, am liebsten würde ich diesen verrückten Einsatz verbieten.«

Die ersten Ergebnisse wurden freigegeben. Vier der Sterne hatten keine Planeten, drei wurden nur von einem einzigen Begleiter umlaufen. Drei Sonnen besaßen zwei Planeten, aber nur auf eine von ihnen traf Guckys Beschreibung zu. Eine dunkelrote Sonne mit einem Wüsten- und einem Eisplaneten.

Kein Zweifel, das mußte das System »Import-A« sein, wie man es inzwischen offiziell in die Karten eingetragen hatte.

Den zweiten Planeten nannte man SV-I: Schwarm-Versorger-EINS.

Er stand nur zwei Lichttage vor dem Kopf des Schwarms, und relativ zur Schwarmgeschwindigkeit bewegte er sich nicht. Genau genommen bewegte sich das ganze System nicht, wenn man die halbe Lichtgeschwindigkeit des Schwarms als Bezugspunkt ansah. Wie der Schwarm es fertigbringen wollte, das gestohlene System auf seine eigene Fluggeschwindigkeit zu bringen, ohne es dabei zu zerstören, war ein Rätsel.

Als Rhodan beschloß, eine Space-Jet zur genauen Erkundung auszusenden, erschien Gucky bei ihm in der Kommandozentrale. Er war einfach teleportiert, als er Rhodans Gedanken empfing.

»Nein, so haben wir nicht gewettet!« rief er. »Wenn hier jemand erkundet, dann das Einsatzkommando!«

»Ich wollte euch nur entlasten«, beruhigte ihn Rhodan, ein wenig überrascht durch die Initiative des Mausbibers. »Außerdem seid ihr doch noch nicht soweit ...«

»Wir warten nur noch auf den Mann mit der Maske«, sagte Gucky und deutete anzüglich auf Saedelaere, der neben Rhodan stand. »Die Space-Jet ist startklar. Von mir aus können wir!«

Saedelaere zupfte an seinem Kampfanzug herum.

»Ich bin fertig, Gucky«, versicherte er. »Ich habe nur noch auf den Einsatzbefehl gewartet.«

»Der ist hiermit erteilt!« eröffnete ihm Gucky trocken. »Also, Perry ... wir melden uns ab. Bleibt in Verbindung mit uns, und wenn die Technik mal wieder streikt, haben wir ja noch Fellmer.«

»Telepathie versagt, wenn der Schwarm euch verschluckt hat.«

Gucky nickte gelassen.

»Damit müßt ihr euch eben abfinden«, meinte er mit gespieltem Gleichmut. »Aber du kannst beruhigt sein: Wir melden uns, solange es eben geht – und wenn es danach wieder geht. Halt uns die Daumen!«

»Die halten wir euch alle«, sagte Rhodan, ging zu Gucky und legte ihm die Hand auf die Schulter. »Seid vorsichtig! Ich habe schon genug Angst um dich ausgestanden. Viel Glück!«

»Bis später!« versetzte Gucky hastig und versuchte seine Verlegenheit zu verbergen. »Sehen wir uns die Eiskiste mal an ...«

Zusammen mit Alaska Saedelaere verließ er die Kommandozentrale.

Die Schleudervorrichtung warf die Space-Jet in den Raum. Sie nahm sofort Fahrt auf und entfernte sich schnell von der GOOD HOPE, die sich gegen die dahinterstehende INTERSOLAR wie ein winziger Zwerg ausnahm.

Toronar Kasom lenkte den Diskus in einem weiten Bogen von den beiden Schiffen weg und nahm ersten Funkkontakt auf. Letzte Daten wurden ausgetauscht, dann beschleunigte der Pilot das kleine Raumfahrzeug und nahm Kurs auf den Kopf des Schwarms.

»Haben wir die genaue Position?« erkundigte sich Ras.

»Schon gespeichert. Ein einziger Linearsprung genügt, und wir sind in Reichweite der Materietaster.«

»Absolut überflüssig!« ließ sich Gucky vernehmen, dem alles wieder einmal nicht schnell genug ging. »Ich weiß doch, daß der Planet praktisch nur aus wertvollen Rohstoffen besteht.«

»Wir benötigen aber einen Beweis«, beharrte Kasom energisch. »Ohne ihn ist der Einsatz überflüssig.«

»Die Würfelschiffe des Schwarms haben das System analysiert – das hat Harno mir bestätigt. Wozu noch einen Beweis, der uns in Gefahr bringen könnte? Ihr seid schrecklich gewissenhaft, kaum zu ertragen!«

»Rhodan hat es so angeordnet«, sagte Kasom einfach und widmete sich den Kontrollen. »In zehn Minuten gehen wir in den Linearraum.«

Gucky schwieg verärgert. Zwar galt er offiziell als Kommandant des Unternehmens, aber er wußte selbst nur zu gut, daß er nicht allein zu bestimmen hatte, was geschah und was nicht geschah.

Als sie nach der Linearetappe in den Normalraum zurückkehrten, stand die rote Sonne dicht vor ihnen. Beide Planeten waren mit bloßem Auge zu erkennen. Der innere schimmerte gelblich, der äußere war grellweiß.

Die Materietaster begannen ihre Arbeit und bestätigten Guckys Angaben hundertprozentig, was den Mausbiber zu einigen bissigen Bemerkungen veranlaßte, die von Kasom ignoriert wurden. Ein kurzer Funkkontakt bestätigte, daß die GOOD HOPE und INTERSOLAR in einer Entfernung von etwa zehn Lichtjahren vor dem Schwarm in Warteposition gegangen waren.

»Wir haben drei bis vier Tage Zeit, dann ist der Schwarm hier«, sagte Kasom und betrachtete den Planeten SV-I auf dem Vergrößerungsschirm. »Sieht ja nun wirklich alles andere als einladend aus.«

»Trotzdem werden wir landen«, sagte Gucky mit Nachdruck. Er schien Angst zu haben, daß man im letzten Augenblick die Meinung ändern könnte. »Wir werden schon ein Versteck finden. Außerdem ist es unwahrscheinlich, daß man uns hier vermutet.«

»Mir gefällt nur das viele Eis nicht«, meinte der Ertruser mürrisch.

Gucky sagte etwas Unverständliches und widmete sich dann ebenfalls der Beobachtung ihres Landeziels. Die Fernortung arbeitete pausenlos, und die vier Expeditionsteilnehmer sahen sich verwundert an, als der Computer mit Nachdruck auf die Möglichkeit der Existenz von intelligentem Leben auf SV-I hinwies.

»Leben? Auf dem Schneeball?« Ras konnte es nicht fassen. »Das ist doch ausgeschlossen ...«

»Vielleicht Eisbären«, vermutete Gucky und ahnte noch nicht, wie nahe er damit der Wahrheit kam. »Die Armen wissen nicht, was ihnen bevorsteht.«

»Mit dir können sie auch nicht rechnen«, sagte Saedelaere aggressiv.

Gucky schaute ihn bissig an. »Wenn sie deine Pedopeilermaske sehen, werden sie sich Höhlen graben, um darin zu verschwinden.«

»Nun mal Ruhe!« ermahnte sie Kasom. »Gut, es gibt also vielleicht intelligentes Leben. Über den Grad der Intelligenz sagt der Computer nichts. Regt euch also nicht so auf. In drei oder vier Stunden können wir landen, das sollte zur endgültigen Klärung der Situation genügen.«

Als sie in großer Entfernung den Planeten umkreisten, erhielten sie einen kurzen Hyperfunkspruch von der GOOD HOPE. Rhodan warnte sie. In der Nähe des System hielten sich drei würfelförmige Erkundungsschiffe des Schwarms auf. Ihre bisherige Reaktion verriet, daß sie die Space-Jet noch nicht geortet hatten.

Kasom begriff sofort.

»Wir müssen so schnell wie möglich landen. Einmal auf der Oberfläche, verringert sich die Ortungsgefahr.«

»Habe ich doch schon zehnmal gesagt!« behauptete Gucky.

Kasom überging wiederum die Bemerkung des Mausbibers.

»Wir nehmen den Äquator. Ras, Alaska, kümmert euch um die Daten der Eigenortung. Ich muß alles über den Planeten wissen, bevor wir gelandet sind.«

Während er die Geschwindigkeit erhöhte und fast senkrecht auf SV-I zufiel, kamen die restlichen Daten herein.

SV-I hatte einen Durchmesser von 14 318 Kilometern, seine Schwerkraft betrug 1,21 Gravos. Die fast erloschene Sonne gab kaum noch Wärme ab. Hinzu kam die extrem elliptische Bahn des Planeten, die erträgliche Sommer und sehr kalte Winter verursachte. Im Sommer betrugen die mittleren Temperaturen 18 Grad Minus. Am Äquator stiegen sie bis auf Null Grad an, so daß dort Pflanzenwuchs und sonstiges Leben möglich war.

Im Augenblick entfernte sich SV-I wieder von seiner Sonne. Der lange Winter begann.

»Dort, am Fuß der Gletscher ist eisfreies Gelände!« Kasom deutete nach vorn. »Vegetation ist ebenfalls vorhanden, und gute Versteckmöglichkeiten. Achtung – wir landen!«

Die Space-Jet raste auf das bezeichnete Gelände zu.

Ras Tschubai konnte dicht bei dem winzigen Buschwald noch eine Bewegung erkennen, aber ehe er etwas sagen konnte, setzte das kleine Raumschiff auf.

Der Riesengletscher nahm ihnen jede Sicht nach Norden. Im Süden war der Wald, davor eine steinige Ebene ...

28.

»Da hat sich etwas bewegt!« Endlich kam Ras dazu, den anderen seine Beobachtung mitzuteilen. »Ich konnte es aber nicht genau erkennen.«

»Vielleicht ein Tier«, vermutete Kasom. »Es gibt Pflanzen, also wird es auch Tiere geben. Wir bleiben vorerst in der Space-Jet.«

Gucky stand auf, kam zu Kasom und stemmte die Fäuste in die Hüften.

»Gestattest du eine bescheidene Frage, Großer?«

Kasom nickte. »Gern, Kleiner«, sagte er friedlich.

Gucky holte tief Luft. »Wer ist eigentlich Chef des Unternehmens? Du oder ich?«

»Du«, gab Kasom zu. »Aber ich bin Kommandant und Pilot der Space-Jet. Das scheinst du wohl vergessen zu haben. Und damit bestimme ich, wann und ob wir das Schiff verlassen, ist das klar?«

Gucky ließ die Luft wieder aus den Lungen.

»Na gut, von mir aus ist das klar. Aber da draußen ...«, er zeigte auf den Gletscher und die Steinebene, » ... da draußen, da habe ich zu bestimmen! Ist das auch klar?«

Ras nahm seinen Arm.

»Nun hör schon auf damit, Gucky! Es ist doch völlig egal, wer hier die Befehle gibt. Die Hauptsache ist doch schließlich, wir erreichen unser Ziel, nämlich die Aufnahme in den Schwarm. Kasom hat recht: Wir können jetzt nicht einfach das Schiff verlassen, ohne daß wir wissen, was uns da draußen erwartet. Kannst du keine telepathischen Kontakte herstellen?«

Gucky ließ sich ablenken. »Es sind welche vorhanden, aber ich habe nicht darauf geachtet.«

»Dann hol das mal nach!« rief Kasom.

Gucky zog sich grollend in eine Ecke der relativ geräumigen Kommandokabine zurück.

Saedelaere kümmerte sich um die Nahortung. Draußen war Tag. Die Sonne spendete nicht nur wenig Wärme, sondern auch wenig Licht. Obwohl nach Ortszeit Mittag sein mußte, war es nur dämmerig, lediglich die Albedo des Gletschers erhellte die eintönige Landschaft, in der die Space-Jet gelandet war. Seltsamerweise hörten Eis und Schnee unmittelbar auf dem Plateau auf. Saedelaere vermutete eine starke unterirdische vulkanische Tätigkeit, von der die steinige Oberfläche erwärmt wurde.

»Das erleichtert natürlich die Entwicklung intelligenten Lebens«, stellte Ras fest. »In eventuell vorhandenen Felshöhlen werden erträgliche Temperaturen herrschen.«

»Intelligentes Leben in Höhlen?« Gucky schnaubte verächtlich. »Ihr habt merkwürdige Vorstellungen!«

»Schon Gedankenimpulse?« fragte Saedelaere anzüglich.

Gucky schwieg wütend.

Kasom beobachtete den nahen Wald. Einige der Bäume waren wesentlich höher, als er sie vorher von der Luft her geschätzt hatte. Es gab welche, deren farnähnliche Wipfel fast zwanzig Meter hoch über dem Plateau schwebten. Die knorrigen Stämme waren in einer seltsam gleichmäßigen Weise, fast in der Art eines Korkenziehers, gerillt. Kasom konnte sich nicht vorstellen, wozu das gut sein sollte, aber als er den nächststehenden Baum eine Zeitlang beobachtete, erfuhr er es.

Der Baum schraubte sich unendlich langsam in den Boden hinein.

Einen Augenblick lang glaubte Kasom, einer Täuschung zum Opfer gefallen zu sein, aber dann war er sich seiner Sache sicher. Der Windung seiner Längsrillen folgend, versank der Baum allmählich im Boden. Immer tiefer sank der Wipfel, wobei sich die Zweige zusammenzufalten begannen, ähnlich wie bei einem Schirm.

Die Bäume suchten Schutz in der warmen Erde. Statt ihre Blätter im Winter zu verlieren, zogen sie sich in den warmen Boden zurück.

»Wollt ihr mal sehen, wie ein Wald verschwindet?« fragte Kasom die anderen und zeigte ihnen das Naturwunder. »Das Leben hat sich den extremen Bedingungen angepaßt, wie überall und auf allen Welten. Sie könnten auf der Erde nicht existieren, diese Bäume. Oder sie müßten sich umstellen.«

Gucky kam aus seiner Ecke.

»Wenn schon die Bäume vor Einbruch des Winters in die Erde kriechen, kann ich mir etwa vorstellen, wie die Vosgos den Kälteeinbruch überstehen. Aber schließlich kennen sie ja das Feuer.«

Sie sahen ihn verwundert an. »Wer?«

»Die Vosgos, meine Herren! Soweit ich feststellen kann, müssen das recht ungemütliche Zeitgenossen sein. Ihre Gedanken sind recht rüde, und so ähnlich werden wohl auch ihre Manieren sein. Müssen ganz in der Nähe sein, denn ihre Gedankenimpulse sind deutlich und klar. Sie werden uns bald einen Besuch abstatten.«

»Du hast eine Art, einem etwas so Wichtiges mitzuteilen!« äußerte Kasom vorwurfsvoll. »Wer sind die Vosgos, und warum nennst du sie so?«

»Sie nennen sich selbst so. Ich kann euch sogar eine Beschreibung geben, denn sie denken immerzu daran, wie hübsch und stark sie sind. Bären sind es, wie ich vermutete – riesige Eisbären, bis zu drei Meter groß, aber mit arbeitsfähigen Händen und einem gut funktionierenden Verstand. Wenn sie dich sehen, Toronar, werden sie dich für einen entfernten Vetter halten.«

»Bären!« Ras Tschubai sah Gucky schräg an. »Einer deiner üblichen Witze, was?«

»Bestimmt nicht, Ras! Sie sind ganz in der Nähe und bald werden wir sicher den ersten sehen. Was erzählen wir ihnen bloß?«

»Die Wahrheit«, schlug Saedelaere vor.

»Die glauben sie uns am wenigsten«, befürchtete Gucky. »Zwar haben sie die reichen Rohstofflager ihrer Welt bereits entdeckt und beuten sie aus, sie kennen Stahl, Erdöl und Kohle, aber auf den Gedanken, Raumschiffe zu bauen, sind sie noch nicht gekommen.«

»Ein Glück!« meinte Saedelaere. »Fliegende Eisbären – das hat uns noch gefehlt!«

Gucky setzte gerade zu einer geharnischten Erwiderung an, in der er Saedelaere etwas von Gleichberechtigung und »das Weltall gehört allen« erzählen wollte, als er von Kasom unterbrochen wurde.

»Da kommt etwas!« sagte der Ertruser ruhig. »Ein Eisbär!«

Sie blickten in die Richtung, in die Kasom wies.

Die riesige und vollkommen weiße Gestalt hob sich deutlich gegen das Grün der Vegetation ab. Guckys Beschreibung war zutreffend gewesen. Der Vosgo sah in der Tat wie ein Eisbär aus, selbst die lange Schnauze in dem nichtmenschlichen Gesicht war vorhanden. Er trug keine Bekleidung, dafür ein dichtes, weißes Fell, das jede Blöße verdeckte. Nur die Hände wirkten normal wie bei einem Menschen.

»Na, was habe ich gesagt?« flüsterte Gucky. »Er überlegt, was wir sind und woher wir kommen. Böse Absichten hat er nicht, er platzt aber fast vor Neugier.«

»Was tun wir?« fragte Ras Tschubai.

»Abwarten«, riet Kasom und ließ den Vosgo nicht aus den Augen.

Einige der Bäume hatten sich inzwischen schon so weit in den Boden geschraubt, daß nur noch ihre nach oben gefalteten Kronen hervorsahen. Aus dem Hochwald war ein niedriger Buschwald geworden, der einem eisigen Schneesturm keinen Widerstand mehr entgegensetzte. Durch das Fehlen der Deckung wurden nun noch drei andere Vosgos sichtbar.

»Was glaubst du, Gucky? Ist es gefährlich, Verbindung zu ihnen aufzunehmen? Was denken sie?« Kasom sah den Mausbiber fragend an. »Wir können ja nicht ewig warten.«

»Ich nehme den Translator und versuche es, Toronar. Vor mir werden sie sich am wenigsten fürchten, weil ich ihnen ähnlicher bin als ihr. Außerdem bin ich kleiner als sie.«

»Aber sei vorsichtig. Ich möchte die Schleuse geschlossen halten, es wäre also gut, wenn du teleportieren würdest, aber nicht direkt ihnen vor die Füße. Spring in den Buschwald hinein und nähere dich ihnen dann von der anderen Seite. Sobald Gefahr droht, komm zurück ins Schiff.«

»Ich habe keine Lust, mich von denen da auffressen zu lassen.«

Vorsichtshalber schob der Mausbiber einen kleinen Strahler in die Tasche seines Anzuges und hängte sich den Translator vor die Brust. Damit war eine Verständigung möglich, ganz davon abgesehen, daß er die Gedanken der Vosgos sowieso lesen konnte. Aber sie würden ihn ebenfalls verstehen. Den Druckhelm nahm er nicht mit, weil die Atmosphäre von SV-I atembar war.

Er nickte seinen Freunden noch einmal zu und las in ihren Gedanken den festen Entschluß, den Vosgos einen Denkzettel zu verabreichen, wenn sie sich bösartig verhalten sollten. Der Auslöseknopf des Narkosestrahlers der Space-Jet lag in erreichbarer Nähe von Kasoms Hand.

Beruhigt konzentrierte er sich auf ein paar besonders hohe Wipfelreste hinter den Vosgos und teleportierte.

Gucky rematerialisierte etwa zehn Meter hinter den Vosgos zwischen den Büschen. Sie wandten ihm den Rücken zu und beobachteten schweigend die Space-Jet. Dabei dachten sie intensiv. Sie hielten den Diskus, dessen Landung sie beobachtet hatten, nicht etwa für ein Raumfahrzeug, sondern für eine Erfindung der Weisen aus den Bergen.«

Darunter konnte sich Gucky nun wieder nichts vorstellen. Allem Anschein nach lebten also auch in den Eisbergen Vosgos, und man mußte sie für besonders intelligent halten. Aber wer konnte schon im ewigen Eis leben und dazu noch Fluggeräte bauen?

Er mußte die Vosgos fragen, wenn er es wissen wollte.

Vorsichtig trat er ins Freie und näherte sich den bärenähnlichen Geschöpfen, bis er dicht hinter ihnen stand. Sie unterhielten sich leise, aber laut genug für den Translator. Er räusperte sich.

»Erschreckt nicht, bitte! Ich komme mit guten Absichten.«

Seine Worte wurden von dem Translator, der inzwischen genügend Sprachfetzen der Vosgos aufgenommen und analysiert hatte, in deren Sprache übersetzt und laut wiedergegeben. Gucky erschrak selbst über die scheinbar sinnlosen Grunzlaute, die aus dem Gerät kamen. Seine helle Piepsstimme hatte sich dank der hervorragenden Technik erstaunlich gewandelt – aber die Vosgos verstanden ihn. Und er verstand sie.

»Woher kommst du?« fragte einer von ihnen mit einem drohenden Unterton in der Stimme, aber dann schien ihm die geringe Größe seines Gegenübers zu Bewußtsein zu kommen. Zusammen mit den anderen hatte er sich umgedreht und musterte Gucky aufmerksam. »Du bist aber winzig! Kommst du etwa aus dem Diskus?«

Gucky war sicher, daß der Translator nur sinngemäß übersetzte, denn er traute den Eisbären eine solche Sprache überhaupt nicht zu. Immerhin war klar, daß sie ihn unterschätzten, und für eine Art kleines Tier hielten. Nun ja, vielleicht war das ganz gut so. Wenn sie erst Toronar sahen, würden sie anders denken.

»Ich komme aus dem Diskus, und wir stammen nicht aus den Bergen. An Bord unseres Schiffes, mit dem wir von den Sternen zu euch kommen, hält sich auch kein Vosgo auf. Wir wollen euch helfen.«

Die drei Gesellen waren nun bis auf zwei Meter herangekommen und stehengeblieben. Die Space-Jet schienen sie vergessen zu haben.

»Helfen? Vielleicht gegen die Kannibalen im Süden?«

Gucky sah ein, daß er so nicht weiterkam. Die Vosgos hatten keine Ahnung von der Gefahr, die ihre Welt bedrohte. Sie dachten nur an die Süd-Vosgos, ihre Erbfeinde. Sie dachten aber auch an den bevorstehenden Winter, an die damit verbundenen Nahrungssorgen, an die Raubzüge ihrer Gegner, an die Kälte.

»Nein, nicht gegen die Kannibalen, sondern gegen eine andere Gefahr. Meine Freunde werden es euch erklären. Wo hält sich euer Stamm auf? Ihr müßt ihn unterrichten, daß wir in Frieden kommen. Wir lieben keine Überraschungen.«

Der größte der Vosgos, offensichtlich der Anführer, brummte beruhigend, dann sagte er über den Translator:

»Ihr seid bei den Höhlen willkommen, Fremde von den Sternen. Ihr könnt uns begleiten. Es ist nicht weit.«

»Kann ich vorher mit meinen Freunden im Schiff sprechen?«

»Sprich mit ihnen. Wir warten dort drüben bei den sinkenden Bäumen.«

Gucky las in ihren Gedanken keine Hinterlist, keine Falle. Sie meinten es ehrlich, obwohl sie nicht verstanden, wer die Fremden waren.

Er verzog sich in die nächsten Büsche und teleportierte in die Space-Jet zurück. Hastig berichtete er von seinem Gespräch mit den Vosgos und schlug dann vor, daß Ras Tschubai im Schiff blieb, während er mit Toronar und Alaska zu den Bären ging, um mit ihnen vertraut zu werden. Mit dem Eintreffen des Schwarms war erst in vier Tagen zu rechnen, und es war sicherlich gut, auf dieser Welt Freunde zu haben.

Alle waren mit Guckys Vorschlag einverstanden.

Zwar stutzten die vier zottigen Gesellen, als sie die breite und hohe Gestalt des Ertrusers sahen, der aus der geöffneten Luke der Space-Jet kletterte, aber dann erblickten sie Gucky und waren wieder beruhigt. Alaska Saedelaere wurde von ihnen ohne jeden Kommentar akzeptiert und danach ignoriert.

Über den Sprechfunk standen sie mit Ras Tschubai in ständiger Verbindung, der ihnen mit der Space-Jet im Notfall jeden Moment folgen konnte. Aber die Vorsichtsmaßnahme erwies sich als überflüssig, so wie Gucky es prophezeit hatte. Die Vosgos waren in der Tat harmlos.

Das Dorf war eine Felsenmulde, in deren Steilwänden die vielen Höhleneingänge wie Fensterreihen wirkten. Geschickt gearbeitete Metalleitern und -schienen stellten die Verbindung her. Alaska stellte mit geübtem Blick fest, daß die Leitern mechanisch hochgezogen werden konnten, und da die Eingänge zu den Höhlen mindestens zehn Meter über dem Felsboden lagen und die Wände glatt waren, konnten sie von einem eventuellen Angreifer kaum ohne Hilfsmittel erreicht werden.

Überall in den Höhlen erschienen neugierige Vosgos, um die seltsamen Besucher zu bestaunen. Nicht nur, daß alle drei Fremden anders aussahen als die Vosgos, sie unterschieden sich auch selbst untereinander in beträchtlichem Maße.

Der Anführer hielt eine kurze Ansprache, in der er die Besucher als »Freunde, die von den Sternen kommen« vorstellte. Die Vosgos bewiesen damit eine ethische Einstellung zum kosmischen Geschehen, wie sie die irdische Menschheit über Jahrtausende hinweg nicht hatte finden können. Selbst als der Mensch gegen Ende des zwanzigsten Jahrhunderts die Raumfahrt entwickelte und auf dem Mond landete, war er noch immer davon überzeugt, das intelligenteste Lebewesen der Schöpfung zu sein, obwohl er im Grunde genommen seine Existenz einem Zufall zu verdanken hatte und andere Völker die Raumfahrt bereits seit Jahrtausenden kannten und betrieben.

Die Vosgos kamen herbei, um ihre Gäste zu begrüßen. Das alles geschah mit einer Selbstverständlichkeit, die die Freunde in Erstaunen versetzen mußte. Bis vor wenigen Minuten hatte es noch keinen Vosgos gegeben, der von der Existenz anderer Planeten überhaupt nur etwas ahnte.

Gucky kam bald in sein Element, aber auch in die Klemme.

Die dreimal so großen Vosgo-Frauen nahmen sich seiner an und behandelten ihn wie einen Teddybären, den man Kindern zum Spielen gegeben hatte. Mit unglaublicher Geschicklichkeit kamen sie die Leitern heruntergeturnt, stürmten zu dem verdutzten Mausbiber, der keine bösen Absichten in ihren Gedanken las, stürzten sich auf ihn und begruben ihn fast unter sich. Jede wollte ihn für sich haben, jede wollte ihn liebkosen und streicheln.

Kasom und Alaska hüteten sich, etwas zur Befreiung Guckys zu unternehmen, um keine Mißverständnisse hervorzurufen. Der Mausbiber würde sich schon selbst helfen können, wenn er in Gefahr geriet, erdrückt zu werden. Er brauchte nur zu teleportieren, um sich in Sicherheit zu bringen.

Aber Gucky dachte gar nicht daran.

Kasom und Alaska unterhielten sich inzwischen mit den Vosgos. Der Anführer, einfach »Alter Herr« genannt, erklärte ihnen alles, was sie wissen wollten. Dann versuchten die beiden Freunde, den Vosgos zu erklären, warum sie gekommen waren. Aber wenn die Eisbären auch intelligent genannt werden konnten, die drohende Gefahr begriffen sie nicht. Sie konnten sie sich nicht vorstellen. Ihnen lag die Gefahr der drohenden Überfälle durch die im Süden lebenden Artgenossen viel mehr am Herzen. In den letzten Tagen waren die ersten Späher bereits ganz in der Nähe bemerkt worden. Man hatte schon Wachen aufgestellt, die das Auftauchen des Haupttrupps sofort melden würden.

Kasom beruhigte den Alten Herrn: »Wir werden euch helfen, sie in die Flucht zu schlagen. Sie werden nicht mehr zurückkehren, wenn sie versuchen sollten, euch anzugreifen.«

»Sie wollen unsere Wintervorräte, weil sie selbst zu faul sind, das Wild zu jagen und Vorräte anzulegen. Sie wollen uns töten und auffressen, denn sie sind Kannibalen. Es sind schlechte Vosgos.«

»Wir helfen euch«, versprach Kasom noch einmal.
»Ihr werdet müde sein, ich werde euch eure Höhlen zeigen.«
»Wir schlafen lieber im Schiff, damit wir euch im Falle eines Überfalls schneller und besser helfen können.«
Kasom überlegte, was er den Vosgo noch fragen wollte. Dann fiel es ihm wieder ein. »Was ist mit den ›Weisen aus den Bergen‹? Wer sind sie?«
»Wir kennen sie nicht, aber wir wissen, daß es in den ewigen Eisbergen ein warmes, grünes Tal geben muß. In ihm leben die Weisen.«
»Woher wißt ihr dann, daß sie weise sind?«
»Hätten sie sonst das Tal gefunden, das wir nicht kennen?«
Kasom sah ein, daß er gegen diese umwerfende Logik nichts ausrichten konnte. Er beschloß, sich das sagenhafte Tal in den nächsten Tagen einmal anzusehen. Mit höflichen Worten bat er für heute um den Abschied und um die Erlaubnis, zum Schiff zurückkehren zu dürfen. Er versprach, beim geringsten Zeichen der Gefahr sofort mit seinen Freunden zur Stelle zu sein.
Als sie gehen wollten, wurden sie durch Gucky aufgehalten.
Der Mausbiber lag lang ausgestreckt auf dem grasigen Boden, alle viere weit von sich gestreckt. Fünf oder sechs Vosgo-Frauen bemühten sich um ihn. Die eine strich ihm durch die Kopfhaare, eine andere hatte ihm den oberen Teil des Kampfanzuges ausgezogen und kraulte sein Nackenfell, während zwei mit seinen Armen beschäftigt waren. Sie hatten schnell bemerkt, wie gern er das hatte. Alaska befürchtete, daß Gucky sehr bald den ganzen Anzug verlieren würde, aber das war seine Sache.
»Kommst du mit? Wir schlafen im Schiff.«
»Ich komme später nach, Freunde. Ich kann doch die lieben, süßen Bärchen nicht enttäuschen.«
»Die Bärchen wiegen zehnmal soviel wie du«, stellte Alaska lächelnd fest. »Wenn Rhodan und Bully von der Geschichte erfahren, kriegen sie Schreikrämpfe. Willst du das riskieren?«
»Ist mir egal«, erwiderte Gucky patzig. »Ich opfere mich für die Völkerverständigung und ...«
» ... und tust es sehr gern und zu deinem eigenen Vorteil!« Alaska lachte. »Von uns aus kannst du ja bleiben, aber laß dich gelegentlich mal wieder im Schiff sehen. Die Vosgos befürchten einen Angriff der Kannibalen. Wenn die dich erwischen, braten sie dich am Spieß.«
»Blödsinn!« sagte Gucky und schaltete den Translator wieder ein, damit sein Geschnurre richtig übersetzt wurde.
Alaska schüttelte den Kopf und folgte Kasom, der schon vorangegangen war.
Die Kannibalen griffen in dieser Nacht nicht an, aber auch Gucky kehrte nicht ins Schiff zurück.
Er schlief bei seinen neuen Freunden, den Vosgos.

Am anderen Tag brachte der Jagdtrupp reiche Beute mit. Kasom und Alaska sahen interessiert zu, wie die Tiere fachgerecht zerlegt und dann im Eis des nahen Gletschers deponiert wurden. Einen besseren Kühlschrank konnte man sich nicht vorstellen. Der Alte Herr erklärte dazu:

»Natürlich könnten wir auch im Winter auf die Jagd gehen, aber da haben wir genug damit zu tun, auf die räuberischen Kannibalen zu achten, die dann auf der Wanderschaft sind. Darum jagen wir im Sommer und kämpfen im Winter.«

Das war einleuchtend.

Ras Tschubai hatte nun ebenfalls das Schiff verlassen und war den Vosgos vorgestellt worden. Seine erste Frage galt Gucky, der schließlich aus einer der Höhlen stolziert kam, zu Ras ging und diesem seinen Kampfanzug über den Arm legte.

»Den brauche ich nicht mehr – wenigstens vorerst nicht«, versicherte er treuherzig. »Ich habe mich an die Temperaturen gewöhnt.«

Ras sah den Mausbiber kopfschüttelnd an.

»Ich glaube, mit der Zeit wirst du selbst ein Vosgo, die laufen auch nur mit ihrem Fell bekleidet herum. Du fühlst dich wohl bei ihnen, nehme ich an.«

»Das tue ich, mein Lieber. Nette Burschen, die süßen Bärchen.«

»Bärchen!« Ras betrachtete den Kampfanzug. »Warum bringst du ihn nicht selbst zurück?«

»Tu mir den Gefallen, ich habe eine Verabredung«, eröffnete ihm der Mausbiber und verschwand spornstreichs in der nächsten Höhle.

Ras tat ihm den Gefallen.

Gegen Mittag kam einer der Späher ins Höhlendorf. Aufgeregt berichtete er, daß ein Trupp von zwanzig Süd-Vosgos im Anmarsch sei.

Der Alte Herr blieb ruhig. Zu seinen Gästen bemerkte er: »Sie greifen niemals bei Nacht an. Erst wenn die Sonne aufgeht, beginnt die Gefahr. Mit zwanzig solchen Wilden werden wir schon fertig werden, wenn wir gewarnt sind. Unser Dorf wurde schon von hundert angegriffen, und wir konnten sie besiegen.«

Kasom hatte auch keine Sorgen. Zwar mußte er nun seinen geplanten Erkundungsflug zum grünen Tal verschieben, aber das bereitete ihm weniger Kummer. Wenn ihm etwas Kummer bereitete, dann waren es die letzten Meldungen von der GOOD HOPE, die Ras inzwischen aufgefangen hatte.

Das Schiff stand vor dem Kopf des Schwarms und nahm immer wieder neue und ergänzende Ortungsmessungen vor. Die INTERSOLAR unterstützte die Techniker dabei mit ihrer Riesenpositronik. Unverändert drang der Schwarm weiter mit halber Lichtgeschwindigkeit vor und näherte sich bedrohlich dem System Import-A und damit dem Eisplaneten SV-I.

Nach Kasoms Meinung war die Frist zu kurz, sich auf das Ereignis vorzubereiten, ein geeignetes Versteck zu finden und die Eingeborenen aufzuklären, damit sie nicht von Panik befallen wurden, wenn es geschah.

Er nutzte die Gelegenheit, den Alten Herrn zu fragen, als dieser weitere Späher ausschickte, um die Bewegungen des Feindes zu erkunden.

»Warum habt ihr noch nie das grüne Tal gesucht?«

»Viele von uns taten es, aber nur wenige kehrten zurück. Der letzte Vosgo, der von uns fortging, hinauf in die ewigen Gletscher, war Jäger, unser aller Freund und ein erfahrener Veteran. Auch er kam nicht mehr wieder.«

»Wie lange ist das her?«

Der Alte Herr versuchte, den Zeitbegriff zu erklären. Etwa siebzig Tage, bekam Kasom heraus.

»Und er war schon oft in den Gletschern?«

»Sehr oft.«

»Dann besteht doch die Möglichkeit, daß er freiwillig blieb, weil er das Tal gefunden hat.« Kasom nickte dem Vosgo zu. »Wir bleiben, bis der zu erwartende Angriff vorbei ist, dann werden wir das grüne Tal suchen. Wir fliegen mit dem Schiff und kommen dann zurück, um euch zu berichten.«

»Ihr wollt uns verlassen?«

»Einmal werden wir es ohnehin müssen – aber noch sind wir hier.«

Ras teleportierte in südliche Richtung und hielt sich an die Auskünfte, die er von den Spähern erhalten hatte. Er entdeckte den Stamm der Süd-Vosgos in einer Entfernung von nur zehn Kilometern. Die Kannibalen lagerten in einer flachen, dicht bewachsenen Mulde nahe den Ufern eines Baches, der nach Süden floß. Sie unterschieden sich schon rein äußerlich von den nördlichen Vosgos durch die Farbe ihres Felles. Es war dunkler und weniger dicht. Außerdem wirkte es ungepflegt und zottig. Auch ihre Manieren waren rauher und unzivilisierter, aber sie trugen metallene Waffen und sogar einige Schilde.

Ras ging hinter dem Gebüsch in Deckung und beobachtete sie. Wenn er gegen jemand kämpfen sollte, dann wollte er auch wissen, mit wem er es zu tun hatte.

Es schien sich nur um männliche Vosgos zu handeln, denn von einem Familienleben konnte Ras nichts feststellen. Die Krieger einer Sippe auf Beutezug – so konnte man es wohl bezeichnen. Sie hatten ein größeres Tier erlegt, das sie über einem rauchlosen Feuer brieten. Ab und zu ging einer der zottigen Bären hin und schnitt sich ein Stück aus dem Körper der Beute, um es gierig zu verschlingen.

Alles in allem: Sie machten keinen sehr vertrauenerweckenden Eindruck, aber das hatte Ras nach den eingehenden Schilderungen auch nicht erwartet.

Befriedigt kehrte er in das Höhlendorf zurück.

Ruhig verging die Nacht, und als der Morgen graute, griffen die Kannibalen das Dorf an. Sie liefen in eine wohlvorbereitete Falle.

An den ausgestellten Spähern vorbei gelangten sie bis an den Rand der

Felsenmulde, wo sie sich sammelten. Sie blickten hinab zu den Höhleneingängen, die leer schienen. Leise besprachen sie sich. Sie hatten keinen einheitlichen Plan, wie sie vorgehen sollten.

Endlich entschlossen sie sich, an der am wenigsten steilen Stelle in die Mulde einzubrechen. Einige mitgebrachte Baumstämme sollten wohl als Leitern dienen, denn sie wußten aus Erfahrung, wie die Vosgos ihre Höhlen gegen unerwünschte Besucher schützten.

Als sie vollzählig in der Mulde standen, gab der Alte Herr das Zeichen zum Gegenangriff.

Kasom, Ras und Gucky hielten sich im Schatten einer leeren Höhle auf, während Alaska in der Space-Jet auf ihr Zeichen wartete, falls man Unterstützung benötigte, was unwahrscheinlich schien.

Die weißen Bären fielen über die braunen Bären her. Nach kurzer Zeit schon wandte sich Ras Tschubai schaudernd ab.

»Ich glaube nicht, daß man uns benötigt. Sie werden allein mit den Kannibalen fertig. Ihre Waffen sind besser, und sie selbst geschickter und klüger. Warten wir noch? Der Anblick des Kampfes bereitet mir kein Vergnügen.«

»Uns auch nicht«, bestätigte Gucky ungehalten. »Aber wir werden uns nicht einmischen. Geholfen hätten wir unseren Freunden nur dann, wenn es notwendig gewesen wäre ...«

»Ist das keine Einmischung?«

»Das ist positive Einmischung!« verteidigte sich Gucky. »Ist ja auch egal, denn es ist nicht nötig. Außerdem fliehen die Braunbären und werfen sogar ihre Waffen fort. Sie haben Glück gehabt, höchstens zwei oder drei von ihnen haben ins Gras beißen müssen.«

Die weißen Vosgos verfolgten ihre fliehenden Gegner nur ein kurzes Stück, um sie von ihrem Gebiet zu verjagen, dann kehrten sie ins Dorf zurück. Ohne viel Aufhebens verschwanden sie in ihren Höhlen, um zu schlafen.

Sie hatten ihr Heim verteidigt, mehr nicht.

Kasom sagte zu Ras und Gucky: »Ich schlage vor, wir legen uns auch ein paar Stunden hin. Morgen fliegen wir über die Gletscher ...«

Unter ihnen dehnte sich die weiß schimmernde, eintönige Landschaft der Gletscher und Bergriesen. Dazwischen lagen die Täler, von ihrer höher gelegenen Umgebung kaum zu unterscheiden.

Alaska Saedelaere hatte gerade die Hyperfunkverbindung zur GOOD HOPE II hergestellt. Ohne Bildkontakt konnten sie mit Perry Rhodan sprechen, der sich kurz über die bisherigen Geschehnisse unterrichten ließ.

»Das ist ja wohl mehr ein Zeitvertreib«, sagte er mit leichtem Tadel, als Gucky fertig war. »Ihr solltet euch um ein gutes Versteck kümmern, um eine hervorragende Deckung. Niemand weiß, was in dem Augenblick geschieht, wenn der Schwarm das System erreicht und aufnimmt. Bedenkt den Geschwindigkeitsunterschied! Es kann zu einer Katastrophe planetarischen Ausmaßes kommen, das gesamte System kann auseinanderbrechen. Darauf müßt ihr vorbereitet sein. Und vergeßt nicht die Hauptsache: Sobald sich euer Planet innerhalb des Schwarms befindet, müßt ihr starten! Paßt euch der Geschwindigkeit des Schwarms an!«

»Ist doch klar«, brummte Gucky, fast wie ein Vosgo. »Wenn wir auf dem Planeten bleiben, erreichen wir erst nach zwanzigtausend Jahren das Schwanzende des Schwarms.«

»Es würde nach der von uns angenommenen Methode sogar noch länger dauern, und soviel Zeit haben selbst Unsterbliche nicht. Versucht also herauszufinden, wie sie es machen – und seid vorsichtig!«

»Wir halten Funkkontakt, solange es möglich ist.«

»Gut. Ich erwarte in vierundzwanzig Stunden einen erneuten Lagebericht. Wir bleiben in zehn Lichtjahren Entfernung vor dem Schwarm.« Nach einer kurzen Pause schloß Rhodan: »Viel Glück! Ende!«

»Ende!« sagte Gucky.

Sie flogen jetzt genau nach Norden. Die Rundkuppel erlaubte zwar einen ungehinderten Blick nach allen Seiten, aber Kasom hatte es vorgezogen, zusätzlich noch den Bildschirm einzuschalten. Die Vergrößerung rückte entfernte Gegenstände in sichtbare Nähe. Und so war es auch kein Wunder, daß Kasom die runde Wolkendecke entdeckte.

»Merkwürdig! Eine Wolke, fast ideal rund, wie ein Kreis.«

»Entfernung?« fragte Ras, der diesmal als Pilot fungierte.

»Fünfzehn Kilometer, Nord.«

Tschubai korrigierte den Kurs um eine kaum meßbare Kleinigkeit, dann sahen alle nach Norden.

Die runde Wolke schwebte zwischen sehr hohen Gipfeln und veränderte sich kaum. Nur ab und zu gerieten einige Teile von ihr in den ständig wehenden Höhenwind und wurden abgetrennt.

»Wolken bedeuten Wärme!« sagte Alaska bedeutungsvoll. »Ich wette, unter der Wolke liegt das gesuchte Tal.«

»Wette gewonnen«, sagte Kasom, der den Nahorter bediente. »Temperatur über zwanzig Grad, Luftfeuchtigkeit genügend. Chlorophyll vorhanden – und damit auch Vegetation. Ich bin sicher, unter der Wolkendecke gibt es keinen Schnee mehr. Sie isoliert, wenn sie auch die Sonnenstrahlen abhält. Aber die vulkanische Tätigkeit unter dem Talboden wird genügen, den Kessel wie ein Treibhaus zu heizen.«

»Landen wir?« fragte Ras.

»Selbstverständlich«, antwortete Kasom. »Ein besseres Versteck können wir uns nicht wünschen.«

Ras hatte die Geschwindigkeit gedrosselt, als sie dicht über der Wolkendecke schwebten. Langsam sank die Space-Jet in den Nebel hinein. Der Talboden lag fast tausend Meter unter dem Schiff, die Wolkendecke war dreihundert Meter dick.

Plötzlich wurde die Sicht klar. Unter ihnen lag das Tal, in der Mitte ein See. Vor den Höhleneingängen war genug Landeplatz für die kleine Space-Jet.

Einige Vosgos, die auf der freien Fläche herumlungerten, rannten in panischem Schrecken davon, als sie das diskusförmige Schiff sahen.

»Das sind mir feine Weise!« entfuhr es Gucky, der bereits telepathischen Kontakt aufgenommen hatte. »Sie glauben, wir sind Götter.«

»Es sind Vosgos wie alle anderen«, vermutete Kasom. »Sie haben dieses Tal entdeckt und sich darin niedergelassen. Sie leben völlig isoliert, und es ist kein Wunder, wenn gewisse Legenden entstanden sind. Vielleicht kehrte der eine oder andere von ihnen wieder in die Zivilisation zurück und berichtete von dem Tal.«

Kein Vosgo ließ sich blicken, als das Schiff landete. Gucky stand abermals vor der schwierigen Aufgabe, Kontakt mit den Bären aufzunehmen, ohne daß es ein Mißverständnis gab. Nur war es diesmal schwieriger, weil kein Vosgo zu sehen war.

»Sie stecken alle in den Höhlen«, sagte er enttäuscht. »Natürlich halten sich auch welche in den Wäldern auf, aber die haben uns vielleicht nicht einmal bemerkt.« Er zögerte, dann fuhr er fort: »Aber da kommt jemand vom See her ... Wenn mich nicht alles täuscht, ist es jener Vosgo, den unser Alter Herr im Höhlendorf Jäger nannte. Er hat uns landen sehen. Er hat keine Angst. Er kommt.«

Ohne eine Antwort abzuwarten, teleportierte der Mausbiber aus der Space-Jet, um Verbindung zu dem Vosgo aufzunehmen. Die Kontaktaufnahme erfolgte ohne Zwischenfall.

Der letzte Tag vor Eintreffen des Schwarms war gekommen.

Im Tal konnte man weder die Sonne noch die Sterne beobachten. Darum blieben Ras und Gucky bei den inzwischen zutraulich gewordenen Vosgos zurück, während Kasom mit Alaska einen Erkundungsflug unternahm. Sie landeten auf einem vereisten Plateau hoch über der Wolkendecke.

Der Himmel war klar.

Der Schwarm als solcher war von diesem Standort aus nicht zu erkennen, weil er das gesamte Sichtfeld ausfüllte. Tausende von Sternen, so schien es, bewegten sich langsam hinter den Energieblasen des Schmiegeschirms und bildeten immer wieder neue Konstellationen. Sie wurden allmählich größer und heller. Die seitlich am Himmel vorhandenen Sterne wanderten schneller.

Der Schwarm holte das System ein.

»Der Gesamt-Energieschirm ist stellenweise bereits nicht mehr vorhanden«, stellte Kasom verwundert fest. »Die Methode wird somit erkennbar: Sie öffnen den Schirm am Kopfende, damit das einzufangende System ohne Komplikationen eindringen kann. Ist das geschehen, wird der

Schirm sich wieder schließen, das System aber kann nicht mehr entweichen. Es ist natürlich langsamer als der Schwarm und wird zurückbleiben, aber bei einer Längsausdehnung von zehntausend Lichtjahren spielt das keine Rolle.«

Es war ein phantastischer Anblick, der sich ihnen bot, und vielleicht hätte seine astronomische Schönheit sie faszinieren können, wenn mit ihm nicht eine schreckliche Gefahr verbunden gewesen wäre.

Kontakt mit der GOOD HOPE.

Kasom gab einen Lagebericht – vielleicht den letzten. Er teilte mit, daß sie ein günstiges Versteck gefunden hätten, in dem sie bleiben würden, bis alle Messungen bestätigten, daß der Planet eingefangen worden war. Dann erst wollten sie starten und versuchen, unbemerkt zu bleiben.

Rhodan gab zur Auskunft, daß die GOOD HOPE im Linearflug zum Schwanzende des Schwarms fliegen und dort Position beziehen würde. Die INTERSOLAR blieb in der Nähe des Kopfes.

Damit wurde die Verbindung unterbrochen. Sie sollte wieder aufgenommen werden, wenn die ersten Sterne und Schiffe des Schwarms das System passierten.

Die Space-Jet landete wieder bei den Höhlen.

Gucky hatte die Zeit nicht ungenutzt verstreichen lassen. Wortreich schilderte er den begierig zuhörenden Vosgos von seinen Erlebnissen im Höhlendorf südlich der Gletscher. Er berichtete vom abgeschlagenen Angriff der Kannibalen, und er vergaß auch nicht zu erwähnen, wie gut und liebevoll ihn die weiblichen Bären aufgenommen hatten.

Die logische und von ihm vorausberechnete Folge war, daß er in dieser Nacht nicht mehr auftauchte. Kasom, Ras und Alaska hingegen schliefen, wie immer, im Schiff.

Die gute Freundschaft zwischen Gucky und den Bären wurde allmählich zu einem echten Problem.

Die Übernahme durch den Schwarm erfolgte am Abend des nächsten Tages.

Gucky hatte den Tag genutzt. Allein war er zurück zum Höhlendorf südlich der Gletscher teleportiert, um dem Alten Herrn vom Tal und dem Leben der Vosgos dort zu berichten. Er brachte Grüße vom Jäger, der mitteilen ließ, daß im Tal Platz für den ganzen Stamm sei. Später, wenn die »Gefahr vom Himmel« vorbei sei, wolle er sie holen und ins Paradies führen.

Gucky war in dieser Hinsicht nicht so zuversichtlich, wenn er auch nicht ahnen konnte, wie sich die Übernahme durch den Schwarm auf die Bewohner von SV-I auswirken würde. Vielleicht bemerkten sie jahrelang nichts davon, oder doch zumindest solange nicht, wie das System die Schwarmgeschwindigkeit nicht erreichte.

Gegen Mittag kehrte er ins Tal zurück.

Alles ging seinen gewohnten Gang. Die Bärenweibchen begrüßten Gucky mit Freudengebrumm und begannen sofort damit, ihn zu verwöhnen. Für sie alle war der Mausbiber so etwas wie ein wunderliches Baby, mit dem man Nachsicht haben mußte.

Kasom und Alaska flogen wieder hinaus zum Eisplateau, um letzte Messungen vorzunehmen. Obwohl es Tag war, konnten sie die Sterne, Energieblasen und zusammengeballten Schiffsmassen mit freiem Auge bereits erkennen. Der Schwarm war endgültig da.

Erst jetzt machte sich die halbe Lichtgeschwindigkeit auch optisch bemerkbar. Jene Sterne, die auf gleicher Höhe mit den Beobachtern waren, verwandelten sich ganz allmählich in leuchtende Striche, die an dem System vorbeizuziehen begannen. Je näher die Sterne waren, desto länger wurden diese Striche. Sie waren weiß. Würde man ihnen noch länger nachblicken, würden sie sich allmählich rötlich verfärben.

Die Meßgeräte der Space-Jet arbeiteten pausenlos und speicherten die Daten. Man würde sie später jederzeit abrufen können und so Informationen erhalten, die vielleicht lebenswichtig waren. Kraftfelder wurden entdeckt und ihre Intensität festgestellt. Noch während Kasom die Instrumente beobachtete, wurde ihm klar, wie die Übernahme des Systems durch den Schwarm erfolgte.

Der riesige Gesamt-Energieschirm hatte sich am Kopfende geöffnet, wie bereits angenommen worden war. Das System Import-A gehörte bereits zum Schwarm, aber noch war der Geschwindigkeitsunterschied zu gewaltig. Neue Kraftfelder erfaßten die rote Sonne und die Planeten, versetzten sie behutsam und vorsichtig in Fahrt. Da innerhalb des Systems die bestehenden Gravitationsgesetze nicht verändert oder angetastet wurden, geschah weiter nichts. Wenigstens nicht im Augenblick.

Kein Bewohner des Planeten SV-I bemerkte die Veränderung.

Die größte Masse des langgestreckten Schwarms würde an dem gestohlenen Sonnensystem vorbeirasen, und unmerklich nur würden sich die unterschiedlichen Geschwindigkeiten aneinander anpassen. In der Mitte des Schwarms, vielleicht erst an seinem Ende, würden sie dann gleich sein. Das konnte Jahrtausende dauern.

Kasom und Alaska erhielten abermals Funkkontakt mit Rhodan, aber der Empfang wurde bereits von den Ausläufern des reduzierten Gesamt-Energieschirms gestört. Nicht mehr lange, so war allen Beteiligten klar, und er würde völlig unterbrochen sein.

In dem Augenblick nämlich, in dem er wieder eingeschaltet wurde.

»Es bleibt bei der Abmachung«, sagte Rhodan. »Die GOOD HOPE begibt sich an das Ende des Schwarms, die INTERSOLAR bleibt zehn Lichtjahre vor ihm. Meldet euch in regelmäßigen Abständen, wir sind auf Dauerempfang. Vielleicht gibt es eine Möglichkeit des Kontaktes. Und noch etwas, Oberst: Kein Risiko eingehen! Der ganze Ausflug ist Risiko genug. Versuchen Sie nur festzustellen, wer den Schwarm leitet, wer verantwortlich ist, wer überhaupt beteiligt ist. Ich glaube nicht an eine Kontaktaufnahme, aber sollte sie gelingen, wäre mehr erreicht als ich je erhoffte. Und kehren Sie zurück, sobald sich eine Möglichkeit bietet.«

»Wir melden uns, sobald wir können«, versprach Kasom, aber er bekam keine Antwort mehr.

Der Schwarm hatte den riesigen Schutzschirm wieder geschlossen. Die Verbindung nach außen war damit endgültig abgerissen.

29.

Es war der 13. Februar 3442 Terra-Normalzeit. Der Schwarm hatte die rote Sonne und ihre beiden Planeten eingefangen und raste, ohne seine Geschwindigkeit zu verringern, weiter in die Milchstraße hinein.

Es war nur ein System von vielen. Eine Routineangelegenheit, mehr nicht.

Der einzige Unterschied bestand darin, daß diesmal zwei Terraner, ein Ertruser und der Mausbiber Gucky mit eingefangen worden waren. Freiwillig!

Es war ein gewaltiger Unterschied, wie sich bald herausstellen sollte.

Gegen Nachmittag wurde selbst der Himmel des Tales, der nur aus der milchigweißen Wolkendecke bestand, von einem Flimmern und Glühen befallen, daß auch die ungläubigen Vosgos an das Ende ihrer Welt zu glauben begannen. Die Prophezeiungen der Fremden trafen ein.

Guckys Worte waren es, die sie beruhigten. Zu ihm hatten sie Vertrauen. Kasom hatte Mühe, seinen Mund zu schließen, als er sah, wie der Mausbiber mit den riesigen Bärinnen umging. So etwa stellte er sich einen Wanderprediger vor, der seiner Gemeinde etwas glaubhaft zu machen versuchte, das es überhaupt nicht gab.

»Mädchen, macht euch keine Sorgen!« Gucky stand inmitten eines Dutzend Vosgos. »Ist ja alles halb so schlimm. Die Sonne, die ihr sowieso nie zu Gesicht bekommt, beginnt zu wandern. Das wäre schrecklich, wenn sie bei diesem Vorgang eure Welt verlieren würde, aber das ist zum Glück nicht der Fall, wir wandern mit! Und es ist doch eigentlich egal, an welcher Stelle des Universums dieses System steht, ihr seht es ohnehin nicht. Was soll also der Kummer? Wegen des kosmischen Flimmerns am Himmel? Laßt es flimmern! Euch tut es nichts! Nur einen einzigen Rat möchte ich euch geben, bevor wir euch verlassen und ...«

Das Protestgebrumm der Zuhörer unterbrach ihn. Kasom, der abseits auf einem Felsen saß, war sichtlich gespannt, wie sich der Mausbiber aus der Affäre ziehen würde.

»Ruhig doch, Freunde! Wenn ich von einem Verlassen spreche, so hat das nur symbolische Bedeutung. Ihr versteht gewiß, daß wir das Naturereignis untersuchen müssen, deshalb kamen wir ja hierher. Es besteht keine Gefahr für euch, und eines Tages werden wir wiederkommen. Seht mich an Freunde! Könnt ihr euch vorstellen, daß ich euch eure guten Taten jemals vergesse ...?«

Sie sahen ihn an und fanden augenscheinlich, daß er das nicht tun könne. Die Tonlage des Gebrumms veränderte sich. Aus dem Protest wurde Zustimmung. Auch Kasom registrierte den plötzlichen Umschwung mit einiger Verwunderung. Gucky war in der Tat ein erstaunlicher Diplomat.

Der Weltraum hatte Feuer gefangen.

Anders war der Anblick, der sich den vier Insassen der Space-Jet kurz nach dem Start bot, nicht zu beschreiben. Die grellweißen Striche der mit halber Lichtgeschwindigkeit dahinziehenden Sterne dominierten über die eingefangenen und zurückbleibenden Sonnen, zu denen auch der rote Stern Import-A gehörte.

Da jedoch die Masse des Schwarms Richtung auf das neu eingefangene System hatte, wirkten seine Sterne und Raumschiffballungen wie grellweiße Lichter, die nur allmählich größer und heller wurden.

Auf SV-I war die Nacht heller als der Tag geworden. Selbst die weiße Wolkendecke hatte den plötzlichen Lichteinfall nicht abhalten können. Dann aber, als die Space-Jet die schützende Wolkendecke durchstieß, hatten sich automatisch die Blenden um die Sichtkuppel geschlossen. Es war, als würden tausend Sonnen brennen und versuchen, den Kosmos einzuäschern.

Die Richtung des Schwarms war unverkennbar. Die sofort anlaufende Ortung meldete nicht nur Sterne und deren Begleiter, sondern auch metallische Massen in großer Menge. Raumschiffe, eingehüllt in Energieschirme!

Die Space-Jet entfernte sich wegen der Ortungsgefahr noch nicht sehr weit von dem Eisplaneten, sondern umkreiste ihn in geringer Entfernung. Jede Ortung würde sie, wenn überhaupt, als winzigen Eismeteorit registrieren.

Die Oberfläche von SV-I begann sich zu verändern.

Trotz der vorsichtigen Beschleunigung, die spezielle Kraftfelder den eingefangenen Sonnensystemen gaben, waren gewisse Störungen der Gravitationsfelder anscheinend nicht zu vermeiden. Die wachen Vulkane südlich des Äquators brachen aus und schleuderten glühendes Magma bis hinauf an die Grenzen der Atmosphäre. Hoch im Norden konnten riesige Eismassen beobachtet werden, die bis in den Weltraum emporstiegen, so gewaltig waren die freiwerdenden Energien der bisher gefesselten Vulkane.

»Hoffentlich bleibt das grüne Tal verschont«, äußerte Gucky besorgt. »Schließlich hat es seine Entstehung auch unterirdischer Wärme zu verdanken. Die Kruste muß dort besonders dünn sein – dünn wie eine Eierschale.«

»Wir könnten die Katastrophe nicht verhindern«, sagte Kasom sachlich. »Aber ich glaube nicht, daß du dir Sorgen zu machen brauchst. Ich habe Messungen vorgenommen. So dünn ist die Planetenkruste dort nicht. Die Wärme drang durch winzige Kanäle, zwischen Granit eingebettet, bis zur Oberfläche empor. Das Tal bleibt.«

»Und das Höhlendorf?«

Kasom wich aus. »Wie soll ich das wissen? Wir können nur hoffen, daß der Alte und seine Verbündeten Glück haben.«

Dann wurde ihre Aufmerksamkeit auf andere Dinge gelenkt.

Der Schwarm hatte nicht nur den Eisplaneten, sondern er hatte auch sie eingefangen. Automatisch fielen sie damit unter die Gesetze, von denen sie keine Kenntnis besaßen.

Alaska Saedelaere beschäftigte sich mit den Fernortern und Analysatorgeräten. Besonders die Energieanzeiger verrieten eine auffallende Aktivität.

Alaska versuchte, alle Meßergebnisse in verständliche Daten zusammenzufassen, um die Geschehnisse sich und den anderen erklären zu können.

Er sagte: »Es wird alles automatisch gespeichert, aber wer weiß, ob wir jemals mit der Space-Jet den Schwarm wieder verlassen können. Ich halte es daher für besser, wenn wir alle Bescheid wissen. Unsere ersten Vermutungen bestätigen sich. Es sind Energiefelder besonderer Art, die alle eingefangenen Sonnensysteme erfassen und ihnen behutsam eine größere Geschwindigkeit geben. Es kann so sehr lange dauern, bis sie die halbe Lichtgeschwindigkeit erreichen – und solange, nehme ich an, bleiben die Vosgos ungeschoren. Die Ausbeutung der gestohlenen Planeten erfolgt vielleicht erst in Jahrzehnten oder Jahrtausenden. Sie scheinen mehr eine Art Reserve zu sein, für jene Zeiten nämlich, in denen der Schwarm die unendlichen Entfernungen zwischen den Galaxien zu überwinden hat.«

»Das ist nur *deine* Theorie«, sagte Gucky.

»Es ist *eine* Theorie!« konterte Alaska trocken.

»Immerhin«, meinte Kasom ruhig, »besteht damit für uns die Hoffnung, daß man uns so schnell nicht entdeckt. Ich glaube, wir können uns unbesorgt von SV-I lösen und in den Raum vorstoßen.«

»Damit würde ich noch warten«, riet Ras Tschubai. »Alaska soll erst alle seine Messungen beenden. Später bleibt uns dafür vielleicht keine Zeit mehr.«

Gucky nickte. »Ras hat recht. Hier kann uns vorerst nichts passieren. Wir haben Gelegenheit, alle notwendigen Messungen vorzunehmen. Wenn wir SV-I verlassen, werden wir nur noch eine einzige Sorge haben: Raus aus dem Schwarm!«

Kasom brauchte nur wenige Sekunden, um sich zu entscheiden.
»Einverstanden.«
Gucky schaute ihn zurechtweisend an. *»Ich«*, sagte er sehr bestimmt, »bin der Chef des Unternehmens.«
Kasom duckte sich in gespielter Unterwürfigkeit. »Das hätte ich fast vergessen«, bekannte er reumütig.
Gucky stand auf. »Wir bleiben also in der Umlaufbahn – und das hat noch einen weiteren Grund. Ich möchte versuchen, Kontakt mit Harno aufzunehmen. Dazu benötige ich Ruhe, um mich konzentrieren zu können. Vielleicht gelingt es mir. Harno kann uns helfen, wenn er auch selbst gefangen ist.«
»Wo gehst du hin?«
»In die Kabine. Hier würde ich durch euch doch nur abgelenkt.«
Wenig später lag er lang ausgestreckt auf dem Bett, die Augen geschlossen und völlig entspannt. Sein Bewußtsein konzentrierte sich auf die ihm bekannten Gedankenmuster des Energiewesens, aber diesmal vermochte er nicht, sich vom Körper zu lösen.
Erst jetzt fielen Gucky die auf ihn einströmenden Gedankenimpulse auf, die in solcher Menge kamen, daß er sie nicht mehr sortieren konnte. Es waren absolut unbekannte Muster, fremd und unheimlich. Sie mußten aus den Schiffen kommen, die den eigentlichen Schwarm bildeten.
Wie sollte er in diesem Chaos ausgerechnet Harnos Gedankenimpulse herausfinden?
Er mußte es versuchen. Wenn Harno ihn empfing und konzentriert antwortete, mußten seine Impulse stärker als die der Fremden sein.
Es war eine unvorstellbare Anstrengung, und bald schon spürte der Mausbiber die nahende Erschöpfung. Noch gab er nicht auf.
Es waren nicht nur die fremden Gedankenimpulse, die ihn störten, es waren auch die vielen energetischen Felder, die seine telepathische Rufsendung überlagerten und vielleicht sogar verschluckten. Es war gar nicht so sicher, daß Harno ihn überhaupt empfing.
Als seine Konzentration nachließ, verlor er fast das Bewußtsein. Ganz ruhig blieb er auf dem Bett liegen, zutiefst enttäuscht und total entkräftet. Sein Atem ging flach, aber regelmäßig. Nicht lange, und er war vor Erschöpfung eingeschlafen.

In der Kommandozentrale der GOOD HOPE, die noch immer zusammen mit der INTERSOLAR zehn Lichtjahre vor dem Schwarm stand, sagte Rhodan besorgt zu Bully: »Die Funkverbindung ist endgültig abgerissen.«
»Damit mußten wir rechnen, Perry. Sie sind jetzt auf sich allein angewiesen.«
Rhodan schüttelte den Kopf.
»Ich hätte nicht nachgeben dürfen! Wenn sie nicht zurückkehren, ist es meine Schuld.«

»Unsinn, Perry! Glaubst du vielleicht, du hättest Gucky und die anderen davon abbringen können, wenn sich ihnen eine solche Chance bot? Außerdem mußte von unserer Seite aus etwas unternommen werden. Durch untätiges Zusehen kommen wir nicht weiter.«

Über zehn Lichtjahre hinweg registrierten die Ferntaster jede energetische Veränderung des Schwarms. Was Alaska in der Space-Jet bereits festgestellt hatte, konnte durch die empfindlichen und hochleistungsfähigen Instrumente der GOOD HOPE nur bestätigt werden. Der sogenannte Schmiegschirm hatte sich geöffnet, wie das Riesenmaul eines Wals, um die einzufangenden Sonnensysteme aufzunehmen. Später hatte sich der Schirm wieder geschlossen – das war in jenem Augenblick geschehen, in dem die Funkverbindung abriß.

Atlan, der auf der INTERSOLAR gewesen war, kehrte über den Transmitter zurück. Sein Gesicht drückte nicht gerade reine Freude aus.

»Jetzt sind sie im Schwarm«, sagte er, obwohl die anderen das auch schon wußten. »Was können wir jetzt noch tun?«

»Nichts, Atlan. Nichts außer warten ...« Rhodan sah ihn fragend an. »Hast du mit Corello gesprochen? Hat er keinen Hinweis? Es wäre doch möglich ...«

»Er hat jeden Kontakt mit dem Mausbiber verloren, soweit man bei seinen Kontaktversuchen überhaupt von einer telepathischen Verbindung sprechen konnte. Ich glaube, daß er es bereits bereut, Gucky geholfen zu haben.«

»Hätte er ihm nicht geholfen, wäre jetzt nichts anders. So oder so wäre es Gucky gelungen, Harno aufzuspüren. Corello soll sich also keine Vorwürfe machen. Er hat keine Schuld. Niemand hat Schuld.«

Bully brach sein Schweigen.

»Was heißt hier Schuld, Freunde? Es ist doch klar, daß etwas unternommen werden mußte. Sollten wir vielleicht weiterhin untätig zusehen, wie der Schwarm immer weiter in die Milchstraße eindringt, wie unsere Zivilisationen zusammenbrechen, wie ein Sonnensystem nach dem anderen eingeholt und gestohlen wird? Wenn wir schon mit konventionellen Maßnahmen nichts erreichen können, müssen wir es eben auf anderer Ebene versuchen. Und genau das hat Gucky getan.«

»Allerdings«, sagte Atlan ernst. »Jetzt befinden sich Gucky, Kasom, Ras und Alaska in einer Situation, die militärische Reaktionen seitens des Gegners herausfordern kann. Eine Space-Jet mit mäßiger Bewaffnung inmitten von vielleicht Tausenden von Schiffen, die Jagd auf sie machen werden, sobald man sie ortet. Da werden auch Guckys und Tschubais Fähigkeiten nicht weiterhelfen. Sie haben allerdings eine gewisse Chance, eine der eingefangenen Welten anzufliegen und sich auf ihr zu verstecken. Sie gewinnen dabei nichts, das ist richtig, aber sie können ihren Verfolgern entkommen.«

»Was nützen all unsere Vermutungen, wenn die Gewißheit fehlt?« Rhodan nickte Atlan zu. »Du wirst bei Tifflor bleiben? Haltet die INTER-

SOLAR immer zehn Lichtjahre vor Schwarmbeginn, Geschwindigkeit angepaßt. Bully und ich werden uns hinter den Schwarm setzen, denn niemand vermag vorauszusagen, an welcher Stelle die Space-Jet wieder auftaucht. Wir müssen auf Dauerempfang bleiben, damit uns auch der geringste Funkimpuls nicht entgeht. In einer Stunde trennen wir uns.«

»Halten wir Kontakt?«

»Möglichst wenig, um die Ortungsgefahr zu verringern, aber selbstverständlich bleiben wir in Verbindung.«

Sie besprachen noch technische Einzelheiten, dann kehrte Atlan per Transmitter an Bord der INTERSOLAR zurück.

Rhodan nickte Mentro Kosum zu.

»Ich denke, wir programmieren zwei Lineаretappen. Dicht am Schwarm vorbei mit nur kurzer Pause. Kurz genug, um nicht angepeilt werden zu können, und lang genug, um eventuelle Funkzeichen der Space-Jet aufzufangen.«

Der Emotionaut machte sich an die Arbeit. Eine Stunde später änderte die GOOD HOPE ihren bisherigen Kurs und flog nach einer Schleife dem Schwarm entgegen. Dann verschwand sie im Linearraum.

Zurück blieb nur die INTERSOLAR. Mit halber Lichtgeschwindigkeit führte sie den Schwarm an.

Es konnte nur noch eine Frage der Zeit sein, bis man auf den zweieinhalb Kilometer durchmessenden Kugelraumer aufmerksam wurde und sich anschickte, das künstliche Gebilde näher zu untersuchen.

Ras kam in die Kabine und sah Gucky auf dem Bett liegen.

Besorgt trat er näher, aber zu seiner Beruhigung schlug der Mausbiber sofort die Augen auf.

»Nein, ich bin nicht tot, ich habe nur geschlafen. Leider bekam ich keinen Kontakt mit Harno. Eigentlich müßte das doch möglich sein, denn zwischen ihm und mir gibt es nun keinen isolierenden Energieschirm mehr. Jedenfalls hat mich die Anstrengung ganz schön mitgenommen. Was gibt es Neues?«

»Nichts von Bedeutung. Bisher hat sich niemand um uns gekümmert. Allerdings hat Kasom ein fremdes Raumschiff orten können, das in das System eingedrungen ist. Scheint sich um eine Art von Explorer zu handeln. Wahrscheinlich wird das System erneut vermessen.«

»Aha, die Burschen wollen wissen, was sie geklaut haben!« Gucky richtete sich auf. Er sah wieder ganz munter aus. »Und wenn er uns entdeckt?«

»Dann haben wir Pech gehabt.«

Gucky rutschte aus dem Bett und schaute Ras mißbilligend an.

»Deine fatalistischen Neigungen wirst du wohl nie aufgeben, was? Pech gehabt!« Er holte tief Luft. »Wir *dürfen* kein Pech haben! Los, ab in die Zentrale!«

Kasom hatte das andere Schiff längst auf dem Bildschirm, denn mit freiem Auge war es noch nicht zu erkennen. Als er Gucky erblickte, war er sichtlich erleichtert.

»Nun, Erfolg gehabt?«

»Wenn du Harno meinst – leider nicht. Aber das hat Zeit bis später. Was ist das für ein Schiff dort?«

»Nicht groß, ein Späher, vermute ich. Hat wahrscheinlich die Aufgabe, das System zu vermessen. Das Schiff hat den ersten Planeten dreimal umrundet und ist auf dem Weg hierher. Dabei wird es feststellen, daß der zweite Planet bewohnt ist.«

Gucky setzte sich.

»Der Schwarm ist groß, sogar sehr groß. Ich kann mir nicht vorstellen, daß es über zehntausend Lichtjahre hinweg eine lückenlose Kontrolle geben kann. Mit anderen Worten: Ich bin der Auffassung, daß man den Verlust des Spähers nicht so schnell bemerken würde ...«

Kasom betrachtete den Bildschirm. Das fremde Schiff hatte die Form eines plumpen Torpedos. Es erinnerte sogar ein wenig an die Eierschiffe der Takerer.

»Du meinst, wir sollten es einfach vernichten?«

»Nicht einfach«, erwiderte Gucky mit einer abwehrenden Handbewegung. »Sondern so, daß es nach einem Versagen der Triebwerke aussieht.«

»Selbst wenn das gelänge, würde man ein zweites Schiff senden.«

»Und wir gewinnen Zeit, darum geht es doch wohl. Ich kann keine Gedankenimpulse empfangen, wenigstens nicht aus dem Schiff dort. Ich wette, es ist unbemannt.« Er überlegte einen Augenblick, ehe er seinen Plan aussprach: »Ich werde an Bord teleportieren und mich dort ein wenig betätigen. Eine Bombe wäre zu auffällig, also werde ich es anders bewerkstelligen. Ras, willst du mitkommen?«

Ras zu fragen, war unnötig. Der Teleporter war schon dabei, seinen Kampfanzug zu schließen. Er überprüfte den Strahler.

»Den kannst du hier lassen«, versicherte ihm der Mausbiber. »Es ist niemand an Bord des Spähers.«

Kasom sagte. »Seid vorsichtig und bleibt nicht zu lange aus! Wir wissen nicht, wie schnell der Gegner reagiert. Es ist durchaus möglich, daß ein Kontakt zwischen dem Späher und einer Kommandostelle besteht.«

»Sicher werden die Daten gespeichert, aber es ist nicht sicher, daß sie auch gleich an eine Kommandostelle übermittelt werden. Es kann also Stunden oder Tage dauern, ehe man den Verlust bemerkt. Vielleicht hat der Späher aber auch die Aufgabe, alle eingefangenen Systeme zu überprüfen, dann dauert es noch länger, bis man ihn vermißt. Wie auch immer, Toronar, wir werden ihn erledigen. Fertig, Ras?«

Die beiden Teleporter hatten die Helme geschlossen, denn es war nicht ihre Absicht, gleich in das fremde Schiff hineinzuspringen. Sie beschlossen, auf der Außenhülle zu rematerialisieren.

Das Schiff war etwa dreißig Meter lang. Der Normalantrieb beschleunigte es nur mäßig, so daß es noch einige Stunden dauern würde, bis es SV-I erreichte.

Ras und Gucky standen auf der Außenhülle. Um sie herum war das Flimmern und Glühen des Schwarms. Vorsichtshalber hatten sie die Sendestärke ihrer Sprechgeräte so weit heruntergeschaltet, daß eine Verständigung nur über wenige Meter hinweg möglich war, dann wurden die Funkimpulse von den energetischen Feldern absorbiert.

»Niemand in dem Kasten?« vergewisserte sich Ras noch einmal.

»Garantiert nicht! Wir können ohne Risiko hineinteleportieren.«

»Da ist eine Luke. Kannst du sie öffnen?«

Es war für den Mausbiber kein Problem, das positronische Schloß telekinetisch zu öffnen. In dem kleinen Schiff gab es keine Atmosphäre. Allein das schon genügte Ras als Beweis, daß Guckys Angaben stimmten.

Rechts und links des einzigen Korridors, der zum Bug in die Kommandozentrale führte, standen automatische Meßgeräte und Computer. Die ganze Anlage war automatisch, daran konnte nun kein Zweifel mehr bestehen. Die Frage blieb nur: Wurde das Schiff ferngesteuert und stand somit in ständigem Kontakt mit einer Zentrale, oder arbeitete es völlig selbständig und brachte später die gespeicherten Informationen an die Zentrale zurück?

Der Kommandoraum war ebenfalls eng. Es gab keine Sitzgelegenheiten oder sonstige Hinweise darauf, daß sich jemals ein Lebewesen für länger an Bord des Spähers aufgehalten hatte. Es war einzig und allein für den automatischen Dienst konstruiert worden.

»Da läßt sich nur telekinetisch etwas machen«, stellte Ras fest. »Kein Hebel, kein Handgriff, nichts.«

»Ich bin schon dabei, die Dinge abzutasten«, sagte Gucky und betrachtete die glatten Kontrollwände, unter denen die lebenswichtigen Instrumente und Geräte untergebracht waren. »Es ist einfach, den Kontakt zu unterbrechen, aber vorher möchte ich die Flugrichtung ändern. Es hat wenig Sinn, es auf den Eisplaneten stürzen zu lassen, weil das mit Nachforschungen verbunden wäre, die vielleicht für die Vosgos unangenehm sein könnten. Wenn schon, dann fällt der Späher in die rote Sonne.«

Ras schwieg, als er sah, daß Gucky sich konzentrierte, um die Flugkontrollen telekinetisch abzutasten. So war es ihm möglich, Leitungen zu unterbrechen oder Verbindungen herzustellen, ohne etwas mit der Hand berühren zu müssen.

Ras sah plötzlich, daß die rote Sonne, die bisher hinter dem Späher gestanden hatte, scheinbar zu wandern begann. Die beiden Sichtluken seitlich der Kontrollstände ermöglichten zwar nur einen beschränkten Ausblick ins All, aber es genügte.

Endlich zeigte der Bug des Spähers genau auf die rote Sonne.

Gucky griff noch einmal telekinetisch zu. Irgend etwas unter der Metallverkleidung knackte laut. Dann gab es eine kleine Explosion, und

Ras mußte sich ducken, damit er nicht von einigen Metallsplittern getroffen wurde.

»Was war denn das?«

»So kann man auch einen Antrieb ausschalten«, erläuterte Gucky grinsend. »Der eigene Schwung genügt, um das Schiff weiterrasen zu lassen. Die Sonne wird es anziehen und beschleunigen. Es kann aber Tage dauern, bis es in der Sonnenatmosphäre verglüht.«

»Eine Fernkorrektur ist unmöglich?«

»Wie denn, Ras? Alle Verbindungen sind jetzt unterbrochen. Das Feuerwerk eben war ein ganz ordinärer Kurzschluß, den man in einer eventuell vorhandenen Überwachungszentrale sicherlich registrieren wird. Was soll's? Bis die hinter die Wahrheit kommen, ist der Späher längst in die rote Sonne gestürzt.« Er sah sich suchend um. »Schade, ich sehe nichts hier, das wir mitnehmen könnten.«

»Wir sollten lieber von hier verschwinden«, schlug Ras vor.

Gucky winkte ab.

»Es besteht noch keine Gefahr, mein Lieber. Aber du hast recht, was sollen wir hier noch? Auf, zurück zu unseren geliebten Freunden ...«

Die Kursänderung des Spähers war von Kasom bemerkt worden. Der Computer verriet, daß der Sturz in die Sonne genau siebenunddreißig Stunden beanspruchte.

»Damit haben wir einen Vorsprung, den wir nutzen sollten«, sagte Kasom, nachdem Gucky und Ras berichtet hatten. »Wir werden das System nun verlassen und versuchen, unauffällig die halbe Lichtgeschwindigkeit zu erreichen. Wenn das gelingt, fliegen wir praktisch einfach mit, und es ist möglich, daß wir nicht geortet werden. Man wird uns für einen Teil des Schwarms halten.«

»Wir sind ein Teil des Schwarms!« Gucky sagte es so sicher, als könne an dieser Tatsache nicht der geringste Zweifel bestehen. »Außerdem regen mich allmählich die Strichsterne auf. Ist ja schrecklich, wenn dauernd Sonnen mit halber Lichtgeschwindigkeit an einem vorbeiflitzen.«

Alaska sah von seinen Orterschirmen auf.

»Das System ist leer, kein Fremdkörper vorhanden. Außer uns und dem in die Sonne stürzenden Späher. Von mir aus also können wir ...«

Kasom sah Gucky herausfordernd an, und der Mausbiber, der in seinen Gedanken las, grinste geschmeichelt.

»Oh – stimmt! Fast hätte ich vergessen, wer hier der Boß ist. Du willst meine Zustimmung, Kasom? Kannst du haben. Also: Start in zehn Minuten! Wir verlassen das System und ...«

»Schon gut, du mußt nicht alles wiederholen, was schon besprochen wurde«, unterbrach ihn Kasom ruhig. »Du hast nun offiziell deine Zustimmung gegeben, also können wir starten. Der Kurs wird schon berechnet, und wenn alles gutgeht, können wir in wenigen Stunden die Schwarmgeschwindigkeit erreicht haben.«

Gucky schaute wehmütig auf den weißen Planeten.

»Es fällt mir schwer, die Vosgos im Stich zu lassen. Hoffentlich geschieht ihnen nichts.«

»Sie werden weiterleben wie bisher und nicht einmal merken, daß sich der Kosmos für sie verändert.« Ras folgte Guckys Blick. »Vielleicht haben wir später noch einmal Gelegenheit, sie zu besuchen.«

Kasom leitete den Flugvorgang ein. Ganz allmählich löste sich die Space-Jet aus der Umlaufbahn und beschleunigte mit derart geringen Werten, daß eine minimale Energieabstrahlung entstand. Sie konnte kaum angemessen werden.

SV-I, die Welt der Vosgo-Bären, blieb zurück.

Der Kopf des Schwarms hatte bereits einen beträchtlichen Vorsprung. Aber Kasom hatte nicht die Absicht, ihn einzuholen. Er durfte nicht schneller sein als der Schwarm selbst.

Gucky beobachtete eine halbe Stunde lang das seltsame Schauspiel der vorbeiziehenden Sterne, von denen manche nur Lichtmonate, andere wieder viele Lichtjahre entfernt waren, mit erlahmendem Interesse. Nur die näheren bildeten Lichtspuren, bei den weiteren war der relative Geschwindigkeitsunterschied zu gering. Ihre Fortbewegung konnte jedoch mit bloßem Auge festgestellt werden.

Dann zog er sich in seine Kabine zurück in der Hoffnung, doch noch in Kontakt mit Harno zu kommen.

30.

Langsam und vorsichtig beschleunigte die Space-Jet. Der flache Diskus wirkte in seiner Winzigkeit wie ein Bazillus im Körper eines Dinosauriers.

Toronar Kasom saß hinter den Flugkontrollen. Ras Tschubai unterstützte ihn bei seiner schwierigen Arbeit, indem er Orter- und Funkgeräte bediente. In einer der Kabinen hatten sich Gucky und mittlerweile auch Alaska Saedelaere zur Ruhe gelegt. Es konnte sein, daß sie in den nächsten Tagen keine Zeit zum Schlafen mehr erhalten würden.

Einige der langgezogenen weißen Leuchtstreifen waren kürzer geworden, als sich die Geschwindigkeit der Space-Jet erhöhte. Ein Blick auf die Instrumente zeigte, daß sie nun mit zehntausend Kilometern pro Sekunde in Schwarmrichtung dahinraste, der damit immer noch fünfzehnmal schneller blieb.

»Ortung negativ«, sagte Ras von seinem Kontrollstand her. »Alle erfaßten Objekte verhalten sich normal und bleiben auf Kurs. Ich würde jede Veränderung sofort bemerken.«

»Das beruhigt ungemein«, meinte Kasom sarkastisch. »Was sagen die Ferntaster?«

»Sonnen, Planeten und Raumschiffe – *sehr* viel Raumschiffe!«

»Im jetzigen Stadium ist das wichtigste, daß unsere Anwesenheit nicht entdeckt wird und der Schwarm keine Gegenmaßnahmen einleitet. Wenn wir gejagt werden, sind wir erledigt.«

Auf einem der kleinen Orterschirmen, die mit den Tastergeräten gekoppelt waren, erschien ein Verband seltsam geformter Raumschiffe, die in Formation flogen. Sie erinnerten an Dreiecke, die mit der Basis voranflogen. Es mußten mehr als dreihundert sein.

»Was sind das für seltsame Vögel?« fragte Ras und machte damit Kasom auf die merkwürdige Erscheinung aufmerksam. »Die Instrumente geben sehr geringe Werte an. Vielleicht wieder Erkundungsschiffe?«

Der Ertruser studierte die fremden Schiffe.

»Schon möglich, aber wenn es wirklich derartige Einheiten sind, brauchen wir uns keine Sorgen zu machen. Sie wären längst hinter uns her, wenn ihre Ortung angesprochen hätte. Wir sind zu klein.«

Ras speicherte alle Daten, die hereinkamen. Ganz allmählich ergaben sie ein übersichtliches Bild der näheren Umgebung innerhalb des Schwarms. Noch waren die Messungen schwierig und zum Teil sogar unvollständig und ungenau, aber gewisse Dinge zeichneten sich unmißverständlich ab. Im Schwarm herrschte Ordnung.

Es war eine Ordnung, die Ras und Kasom vorerst unverständlich war, aber zweifellos gab es sie. Die Fernortung zeigte außer dem Verband der dreihundert Erkundungsschiffe andere Einheiten größerer Raumschiffe, die ebenfalls in Verbänden dahinzogen, als hätte jeder seinen ganz bestimmten Platz in der kleingalaktischen Gesamtheit.

Der Schwarm war organisiert, sogar bestens organisiert. Jedes Schiff hatte genauso seinen bestimmten Platz wie jede der eingefangenen Sonnen und jeder einzelne Planet, ob er nun bereits mit halber Lichtgeschwindigkeit dahinflog oder erst allmählich darauf beschleunigt wurde.

Nichts schien dem Zufall überlassen zu sein.

Die mittlere Entfernung der Sonnen betrug zumindest in der Kopfregion des Schwarms etwa drei Lichtmonate. Es gab Sonnen, die nur ein oder zwei Lichtwochen voneinander entfernt waren, andere wiederum befanden sich praktisch allein im Raum. Ihre Nachbarn leuchteten ein halbes oder gar ein ganzes Lichtjahr entfernt.

Für den Normalflug bedeutete das keine Gefahr, wohl aber für ein schnelles Linearmanöver, das keine Zeit zu ausführlichen Programmierungen ließ.

Aber noch immer gab es Dinge, von denen weder Kasom noch Ras etwas wußten. Auch Gucky und Alaska, die jetzt ausruhten, ahnten nichts von der akuten Gefahr, die sich ihnen näherte.

Der Schwarm war in der Tat organisiert. Infolge dieser kosmischen Organisation, von der die Existenz des Schwarms abhing, konnte es nicht ausbleiben, daß selbst ein so winziger Flugkörper wie die Space-Jet früher oder später trotz aller Vorsicht entdeckt werden mußte.

Dafür verfügten die Herren des Schwarms über eine Wachflotte, die stets dann eingesetzt wurde, wenn neue Planeten eingefangen und dem gigantischen Verband einverleibt werden sollten. Es gab insgesamt etwa fünfzigtausend Einheiten, die dieser Wachflotte angehörten. Schiffe verschiedenartigster Bauart und Größe.

Einzelne Geschwader erhielten nach erfolgter Übernahme eines Systems den Auftrag, ihre hohe Geschwindigkeit abzustoppen und sie jener der betreffenden Planeten und Sonnen anzupassen. In größerem Sicherheitsabstand gingen diese Schiffe dann in Warte- und Beobachtungsposition. Zweck war Vorsicht und Vorbeugung.

Immer wieder mußten die Herren des Schwarms damit rechnen, daß sie eine von intelligenten Lebewesen bewohnte Welt übernahmen, denen die Raumfahrt bereits bekannt war. Trotz der zuvor eingetretenen Verdummung dieser Intelligenzen war es möglich, daß sie eine beachtliche Gefahr innerhalb der Ordnung des Schwarms bildeten. Wenn sie mit ihren eventuell vorhandenen Kampfflotten angriffen, waren sie durchaus in der Lage, große Schäden anzurichten.

Die Wachflotte sollte das verhüten, indem sie die eingefangenen Welten beobachtete und insbesondere auf Anzeichen einer vorhandenen Raumfahrt achtete. Jedes kleinste Objekt wurde geortet und identifiziert.

Wesentlich gefährlicher war die zweite Flotte, die sogenannte Jagdflotte, deren Kommandeure eng mit denen der Wachflotte zusammenarbeiteten. Sie wurde dort postiert, wo aufgrund eingespielter Berechnungen die Bewohner eines Planeten mit ihren Raumschiffen auftauchen konnten. Ein solches Schiff mußte, wollte es seine Welt verlassen und ungefährdet den Schwarm durchkreuzen, ein ganz bestimmtes Anpassungsmanöver fliegen. Unter Berücksichtigung der wahrscheinlichen Beschleunigungswerte konnte rechnerisch ermittelt werden, wo ein solches Fahrzeug nach der Geschwindigkeitsanpassung ungefähr auftauchen mußte.

Naturgemäß war somit von beiden Flotten ein riesiger Raumsektor zu kontrollieren, aber die weitreichenden Orter und Taster ermöglichten es mit der Zeit, auch die geringfügigste Materienansammlung aufzuspüren und schließlich zu identifizieren.

Der Schwarm war organisiert. Nichts wurde dem Zufall überlassen.

Gucky hatte etwa eine Stunde tief geschlafen und fühlte sich erfrischt. Aber anstatt sich zu erheben und in die nahe gelegene Kommandozentrale der Space-Jet zu gehen, überzeugte er sich davon, daß Alaska noch fest schlummerte und ihn nicht stören konnte. Dann schloß er wieder die Augen und konzentrierte sich auf die ihm wohlbekannten Gedankenmuster des Energiewesens Harno, das sich gefangen irgendwo innerhalb des Schwarms aufhielt.

Er empfing abermals eine derartige Flut von fremden Gedanken, intensive und weniger intensive, daß er erschrocken seine Konzentration abschwächte. Vorsichtig tastete er sich dann wieder neu vor, diesmal mit einer Art telepathischem Siebfilter, der automatisch alle nicht gewünschten Muster austrennte. Das geschah je nach Intensität, so daß die Impulse nicht schlagartig ausblieben.

Harno! Wenn du mich hörst, melde dich! Harno!

Beharrlich wiederholte er seine telepathische Botschaft, nachdem er den Versuch, Harno ohne Anruf zu empfangen, aufgegeben hatte. Diesmal mußte es ohne Corellos Hilfe möglich sein, Kontakt zu Harno aufzunehmen.

Harno! Hier ist Gucky, dein Freund. Melde dich, Harno!

Auf der anderen Seite der Kabine rührte sich Alaska und schlug die Augen auf. Er sah hinüber zu dem Mausbiber.

»Seit wann führst du Selbstgespräche?« erkundigte er sich mitfühlend.

Gucky öffnete die Augen und fuhr ihn wütend an:

»Verschwinde, du Mentalbanause! Meine ganze Konzentration hast du zerstört! Ich versuche, Kontakt mit Harno zu erhalten, und du würdest mir einen Riesengefallen tun, wenn du dich von hier verdrücken könntest. Sag den anderen, sie sollen mich eine halbe Stunde in Ruhe lassen.«

Alaska Saedelaere erhob sich lässig von seinem Lager und rückte den Kampfanzug zurecht.

»Sei nicht so ruppig, Kleiner! Wie kann ich wissen, daß du mit Harno sprichst? Ist ja schon gut, ich verschwinde und sage den anderen Bescheid. Das nächste Mal bist du freundlicher, sonst versohle ich dir das Fell!«

Noch während Gucky überlegte, welches Glas er Alaska nachwerfen sollte, hatte dieser die Tür zum Gang geschlossen. Der Mausbiber war wieder allein. Er schloß abermals die Augen und konzentrierte sich.

Harno! Kannst du empfangen? Hier ist Gucky. Melde dich!

Ganz vorsichtig öffnete er wieder den Empfangsteil seines mutierten Gehirns, ließ aber nicht zu, daß die zahlreichen Fremdimpulse bis zu seinem Bewußtsein vordrangen. Er wußte, daß Harnos Muster stark und intensiv waren. Er konnte sie kaum überhören, wenn sie eintrafen.

Für einen Moment wurde er in seiner Aufmerksamkeit durch Kasom und Alaska abgelenkt, die sich in der Zentrale wegen einiger Echos auf den Orterschirmen in die Haare kriegten. Aber dann, stark und sehr deutlich, hatte er plötzlich Kontakt mit Harno. Es war, als wäre über Funk eine direkte Leitung hergestellt worden.

Gucky! Du bist intensiv und deutlich. Wo steckst du?

Besteht die Gefahr, daß wir telepathisch überwacht werden?

Nein!

Ich bin im Schwarm, mit noch drei Begleitern. Wir haben uns einfangen lassen, zusammen mit einem Planeten. Nun stoßen wir mit unserer Space-Jet zum Kopf des Schwarms vor. Wo bist du? Können wir dir helfen?

Mir kann jetzt niemand helfen, und wenn hier jemand Hilfe benötigt, so seid ihr das. Die Jagdflotte wird euch orten und jagen. Es kann nicht mehr lange dauern. Ihr müßt ...

Gucky unterbrach einfach den Gedankenstrom:

Jagdflotte? Was ist das?

Spezialschiffe, denen die Aufgabe zufällt, alle im Schwarm aufgespürten Fremdschiffe zu vernichten. Ihr seid verloren, wenn sie euch orten. Darum verschwende jetzt keine Sekunde mehr und höre mir zu, ohne mich zu unterbrechen! Ihr müßt umkehren, und zwar sofort. Fliegt nicht mit, sondern gegen den Schwarm! Etwa dreitausend Lichtjahre beträgt die Entfernung vom vorderen Teil bis zu mir. Ihr müßt demnach also bis zu einem Drittel in den Schwarm selbst hinein stoßen, dort werdet ihr zwei blaue Riesensonnen entdecken, die einander wie Zwillinge umkreisen. Sie sind achtzehn Lichtstunden voneinander entfernt, und genau zwischen ihnen steht der Kristallplanet ...!

Der Kristallplanet ...?

Harnos Gedankenimpulse kamen schwächer, stockender. Er schien in seiner Konzentration gestört zu werden, versuchte jedoch, sich nicht ablenken zu lassen.

Ein künstlicher Planet, eine kristallene Kunstwelt mit vielen Millionen verschiedenartig geschliffener Flächen, die wie Spiegel wirken. Der ganze Planet wirkt wie ein riesiger Diamant, ein planetengroßer Kristall, ein millionenfacher Spiegel, der das Licht seiner beiden Sonnen in allen Farben reflektiert und jeden blendet, der sich ihm unachtsam nähert. Du kannst ihn nicht verfehlen, denn selbst über Lichtjahre hinweg leuchtet er mehr als jeder andere Stern.

Was ist mit dem Kristallplaneten? Warum sollen wir zu ihm, Harno?

Die Gedankenimpulse Harnos waren so schwach geworden, daß der Mausbiber sie kaum noch wahrnehmen konnte. Er fürchtete, daß der Kontakt abbrechen könnte, ehe er das Wichtigste erfahren hatte.

Harno? Bist du noch da? Der Kristallplanet ... was ist damit?

Noch einmal kam Antwort, schwach und kaum zu vernehmen.

Er ist wichtig, äußerst wichtig. Finde ihn, schnell! Ich melde mich wieder, sobald es mir möglich ist. Dreitausend Lichtjahre im Inneren des Schwarms, zentral stehend – unverkennbar ...

Die Impulse erloschen jäh.

Gucky blieb noch liegen, öffnete aber die Augen. Er sah gegen die niedrige Decke der Kabine und überlegte, ob es Sinn habe, noch einmal eine Kontaktaufnahme zu versuchen. Harno hätte ihm wenigstens eine genauere Positionsangabe übermitteln können. Dreitausend Lichtjahre – das war mehr als vage. Auf der anderen Seite sollte ja der märchenhafte Kristallplanet nicht zu übersehen sein. Man würde es versuchen müssen.

Noch während er sich vom Bett erhob, fing er die Gedanken Kasoms auf, und die waren alles andere als beruhigend. So schnell er konnte, rannte er in die Kommandozentrale.

Alle drei Männer saßen in den breiten Kontursesseln, gespannt und aktionsbereit.

»Warum habt ihr mich nicht geholt?« fragte Gucky und setzte sich in den vierten Sessel. »In so einer Situation ...«

»Du wolltest nicht gestört werden«, unterbrach ihn Kasom knapp. »Hiermit wären wir auch allein fertig geworden. Man hat uns geortet.«

»Das weiß ich inzwischen auch. Übrigens hatte ich Kontakt mit Harno. Kasom, wir müssen den Kurs ändern, und zwar um hundertachtzig Grad.«

Kasom sah nicht einmal auf. »Gegen den Schwarm? Was soll das?«

»Harno konnte mir nicht mehr die Position angeben, aber wir sollen nach zwei blauen Riesensonnen suchen, die einen künstlichen Planeten umlaufen – einen Kristallplaneten. Harno behauptet, sein Glanz wäre nicht zu übersehen.«

»Tiefer hinein?« Kasom deutete auf die Orterschirme. »Sie haben uns geortet und sind hinter uns her. Wenn wir wenden, fliegen wir gegen den Strom. Das ist gefährlich, Gucky.«

»Angreifen können sie uns hier genauso wie im Zentrum des Schwarms. Wir programmieren einen Linearsprung über dreitausend Lichtjahre, dann sehen wir weiter. Vielleicht verlieren sie uns.«

»Sie wissen, daß wir da sind, und werden uns immer wiederfinden.«

Gucky sah Kasom wütend an.

»Tu mir einen Gefallen und rede nicht soviel! Wir vergeuden nur wertvolle Zeit. Jede Sekunde ist kostbar. In meiner Eigenschaft als Kommandant des Unternehmens ...«

»Ja, ist schon gut. Alaska, programmieren Sie den neuen Kurs und die Linearetappe. Was haben wir schon zu verlieren?«

Ras Tschubai hatte sich nicht eingemischt, aber jetzt fragte er:

»Hat Harno nichts angedeutet? Ich meine, er hätte zumindest sagen sollen, was uns bei dem sagenhaften Kristallplaneten erwartet.«

»Er sagte nur, es sei wichtig, sehr wichtig. Und Harno sollte es schließlich wissen. Er ist schon lange ein Gefangener des Schwarms.«

Ras stellte keine weiteren Fragen mehr.

Die heranjagenden Kleinraumschiffe waren auf den Schirmen gut zu erkennen. Zweifellos handelte es sich um Kampfeinheiten oder Jäger, denen die Überwachung des Schwarms oblag. Sie machten einen wendigen, schnellen und gut bewaffneten Eindruck, aber keiner der Insassen der Space-Jet verspürte Lust, es auf eine Probe ankommen zu lassen.

Ras schätzte die Zahl der Verfolger auf zweihundert.

Inzwischen war Alaska mit der Programmierung fertig. Jetzt erst entschloß sich Kasom dazu, die Space-Jet im Normalflug zu wenden.

Sie hatten inzwischen eine Geschwindigkeit von nahezu fünfzigtausend Kilometern in der Sekunde erreicht – ein Sechstel der Lichtgeschwindigkeit. Dementsprechend weit war die Schleife, die Kasom fliegen mußte.

Trotzdem kam sie für die Verfolger überraschend, die bestimmt nicht damit rechneten, daß ihre schon sichergeglaubte Beute nun in den Schwarm hineinzustoßen gedachte.

Vorbei an einer nahen Sonne beschleunigte Kasom mit den zulässigen Höchstwerten. Die Antigravfelder neutralisierten jeden Andruck. Nicht mehr lange, dann würde der Übergang in den Linearraum erfolgen.

Da eröffneten die Verfolger das Feuer. Die ersten lichtschnellen Energiebündel überholten die Space-Jet. Noch erfolgte kein direkter Treffer.

Alaska eilte an die Kontrollen der Feuerleitstelle. Gucky rief rasch: »Nur einen Warnschuß, Alaska! Transformkanone!«

Sekunden später entstand zwischen ihnen und den Jagdschiffen eine künstliche Sonne, in die sie beinahe hineingerast wären. Die Ausweichmanöver waren deutlich zu erkennen, und sie kosteten die Verfolger wertvolle Sekunden, in denen die Space-Jet viele Millionen Kilometer zurücklegen konnte.

»Wie lange noch?« erkundigte sich Kasom bei Alaska, der zur Navigation zurückgesprungen war. »Sie kommen wieder ...«

»Zwanzig Sekunden, genau!«

Zwanzig Sekunden konnten zu einer Ewigkeit werden, wenn das Leben von ihnen abhing. Mit jeder Sekunde rückten die Verfolger auf, die zum Glück wegen der nahen Sonne und vielleicht aus Furcht vor einer neuen Transformbombe vorsichtig blieben.

Als die ersten lichtschnellen Pfeile vorbeirasten, blieb Alaska sitzen.

»Noch drei Sekunden«, sagte er.

Die nahe Sonne, alle anderen Sonnen, die Verfolger – der ganze Schwarm verschwand, als die Space-Jet in den Linearraum tauchte.

»Jetzt haben wir eine Zeitlang Ruhe«, sagte Kasom und lehnte sich aufatmend zurück. Er sah Gucky mit einem freundlichen Lächeln an. »Sei mir nicht böse wegen vorhin, Kleiner, aber ich war ein wenig nervös. Was ist also mit dem Kristallplaneten? Keine Ahnung?«

»Nicht die geringste«, gab Gucky zu, der den Zwischenfall längst wieder vergessen hatte. Er war alles andere als nachtragend, zumindest nicht in Situationen wie dieser. »Ich glaube, Harno blieb ebenfalls keine Zeit zu langen Erklärungen. Er versprach, sich wieder zu melden.«

Kasom schüttelte den Kopf.

»Ein künstlicher Planet, der von zwei blauen Riesen begleitet wird! Ob es sich dabei um eine gigantische Kontrollzentrale für den Schwarm handelt? Nein, das wäre wohl zu einfach! Aber ohne Grund hat Harno uns diese Information nicht gegeben. Er muß etwas damit bezweckt haben!«

»Seid mal einen Augenblick ruhig!« rief Gucky schrill, ein Zeichen, daß er sich im Stadium höchster Erregung befand. »Kontakt mit Harno!«

Sie schwiegen. Wie gebannt beobachteten sie den Mausbiber, der mit geschlossenen Augen in seinem für ihn viel zu großen Sessel lag und sich konzentrierte. Manchmal bewegten sich seine Lippen, so als spräche er in sich hinein, dann lag er wieder ganz still und schien zu lauschen.

Endlich, nach fast fünf Minuten absoluten Schweigens, richtete er sich auf und sah seine Freunde an. Sein Blick verriet Genugtuung und absolute Zufriedenheit.

»Nun, was war?« fragte Kasom ungeduldig.

»Harno wird einen parapsychischen Peilstrahl senden«, sagte Gucky.

»Einen parapsychischen Peilstrahl kann nur ein ausgezeichneter Telepath wie ich empfangen. Er hat den Vorteil, von sämtlichem technischen Inventar unabhängig zu sein, außerdem gibt es ihn im Linearraum genauso wie im Normaluniversum. Die Frage ist nur, ob Harno ungestört und konzentriert senden kann. Aber auch bloße Bruchstücke würden genügen. Ich weiß jetzt, daß Harno auf oder *in* dem Kristallplaneten ist. Wir brauchen dem Peilstrahl also nur zu folgen.«

»Empfängst du ihn bereits?«

»Natürlich, und wie! Keine Korrektur des Kurses notwendig. Wir liegen richtig.«

Alaska verfolgte die Instrumentenanzeiger.

»Linearflug verläuft planmäßig. Ich kann nicht feststellen, ob wir durch fünfdimensionale Taststrahlung erfaßt und geortet werden. Die Instrumente reagieren normal. Vielleicht haben wir Glück.«

Ras meinte: »Wenn dieser Kunstplanet wichtig ist, wird er hervorragend bewacht werden. Nicht lange, und man ortet uns abermals. Wir müssen also schnell handeln, wenn wir ins Normaluniversum zurücktauchen.«

»Schnell – gut und schön!« Kasom überlegte. »Die Frage ist hier nur: *wie* handeln wir?«

»Das wird sich finden«, sagte Gucky leichthin. »Wichtig ist, wir finden das Glasperlchen erst einmal ...«

Den Rest der verbleibenden Zeit im Linearraum nutzten sie, sich ein wenig zu erholen und auf die sicherlich bevorstehenden Strapazen vorzubereiten.

Dann stand das Eintauchmanöver zurück ins Normaluniversum unmittelbar bevor.

Diesmal nahm Ras Tschubai an den Kontrollen der Feuerleitstelle Platz. Alaska Saedelaere nahm sich der Orter und Taster an. Kasom blieb hinter den Flugkontrollen, und Gucky spielte den Peiler, indem er ständig einseitigen Kontakt zu Harno hielt.

»Noch zehn Sekunden!« sagte Ras ruhig und voller Spannung.

Sie hatten in der relativ kurzen Zeit dreitausend Lichtjahre zurückgelegt, und wenn die Verfolger keine Halbraumspürer kannten, hatten sie ihre schon sicher geglaubte Beute verloren. Aber selbst dann war die Gefahr nicht vorüber. Jagdschiffe würde es überall innerhalb des Schwarms geben, ganz besonders in der Umgebung des Kristallplaneten, der eine hervorragende Rolle innerhalb des Schwarms spielen mußte.

Fünf Sekunden!

Sie alle konzentrierten sich auf den ersten Augenblick, der schon eine Entscheidung bringen konnte. Entweder waren die Verfolger schon da und erwarteten sie, oder sie mußten mit ihrer Suche erneut beginnen. Das würde eine Atempause bedeuten. Die zweite Frage war, ob man den Kristallplaneten ohne größere Suchaktion finden würde oder nicht.

Jetzt ...!

Die Sonnen wurden wieder sichtbar.

Alaska meldete bereits nach wenigen Sekunden, daß er in unmittelbarer Nähe kein Raumfahrzeug entdecken könne. Ras bekam vorerst keine Arbeit. Gucky sagte:

»Kontakt mit Harno – er macht eine Mitteilung.«

Die anderen stellten keine Fragen und verhielten sich ruhig, um den Kontakt nicht zu stören.

Gucky empfing die Gedankenimpulse diesmal klar und deutlich. Sie überlagerten sogar den stärker gewordenen Peilstrahl.

Gucky – siehst du den Kristall? Es ist der Kristall der gefangenen Seelen. In ihm sind jene, die herrschen, lachen und leiden ... auch mich wirst du in dem Kristallplaneten finden ... und das Y'Xanthomrier mit dem wissenden Auge ...

Wir können den Kristall noch nicht sehen, Harno.

Fliegt weiter gegen den Schwarm – ihr werdet ihn bald finden!

Damit erloschen die verständlichen Impulse abermals. Nur der Peilstrahl blieb. Sie brauchten ihm nur zu folgen.

Vor ihnen stand eine gelbe Normalsonne, die nach Alaskas Angaben von drei Planeten begleitet wurde. Der zweite, so betonte er, sei eine tropische Dschungelwelt mit Meeren und Gebirgen, ohne Anzeichen einer Zivilisation, aber sicherlich gut geeignet als Versteck ...

»Wir wollen den Kristallplaneten finden!« unterbrach Kasom seine Bemerkungen. »Keine Zeit für private Expeditionen.«

Alaska blieb erstaunlich ruhig, als er entgegnete: »Sie haben recht, Kasom, wie immer. Aber ich habe in den Ortern soeben neue Verfolger entdeckt. Sie kommen aus verschiedenen Richtungen. Wenn wir eine Weile auf dem Planeten verschwinden, verlieren sie die Spur. Es würde wenig Sinn haben, den Kampf gegen sie aufzunehmen.«

»Und was ist mit dem Kristallplaneten?«

»Ich habe nicht angedeutet, daß wir einige Jahre auf dem Dschungelplaneten zubringen sollen. Ich glaube eher, daß einige Stunden oder vielleicht ein Tag genügen werden. Gucky, was meinst du?«

Der Mausbiber zeigte sichtliche Erleichterung, daß man ihn, den eigentlichen Kommandanten des Unternehmens, ebenfalls um Rat fragte. Die Folge war, daß er Alaskas Vorschlag natürlich unterstützte.

»Auf ein paar Stunden kommt es nicht mehr an. Wenn diese lästigen Jäger wieder hinter uns her sind, hat es wenig Sinn, den Kristallplaneten direkt anzufliegen, ganz abgesehen davon, daß wir ihn noch nicht gefunden haben. Ich halte es sogar für möglich, daß wir genauere Informationen dann erhalten, wenn wir Ruhe haben und in einem sicheren Versteck sitzen. Kurz gesagt: Ich bin für Alaskas Plan.«

Ras nickte. Ein kurzer Blick auf die Orterschirme hatte ihn überzeugt.

Kasom seufzte und gab nach. »Also gut! Alaska, geben Sie mir die Daten des Systems vor uns ...«

Die Angaben der Fernortung stimmten, aber sie hatten nicht bestätigt, daß der namenlose Planet von halbwegs intelligenten Lebewesen bewohnt war.

Dem Landemanöver ging eine aufregende Verfolgungsjagd und ein geschicktes Tarnungsmanöver voraus. Drei verschiedene Verbände nahmen Kurs auf die Space-Jet und eröffneten bereits aus großer Entfernung das Feuer auf sie. Kasom hatte alle Hände voll zu tun, dem Angriff auszuweichen. Dabei nahm er direkten Kurs auf die gelbe Sonne.

Einige Minuten geschah nichts. Die Jäger des Schwarms rasten hinter der Space-Jet her und beschossen sie. Vereinzelte Strahlenbündel prallten an dem Energieschirm ab. Zu einem gezielten Punktfeuer kamen die Verfolger nicht mehr, denn Kasom lenkte das kleine Raumschiff in einem verwegenen Manöver scheinbar direkt in die Sonne hinein.

Alle Kühlaggregate arbeiteten auf Hochtouren. Kasom wagte es sogar, den schützenden Energieschirm abzuschalten, um alle vorhandenen Kraftreserven für die Kühlung nehmen zu können.

Die Verfolger gaben auf. Rechtzeitig änderten sie den Kurs und schwenkten ab. Weiter draußen im Raum bezogen sie Stellung und versuchten, durch Fernortung festzustellen, was der ihrer Meinung nach irrsinnig gewordene Pilot des fremden Schiffes plante. Wollte er sein Fahrzeug wirklich in den sicheren Tod lenken?

»Außer Reichweite«, gab Alaska von den Kontrollen her bekannt. »Die Störfelder der Sonne reichen aus, jeden Orterkontakt zu unterbrechen.«

Kasom nickte. Ein klein wenig veränderte er den Kurs der Space-Jet, die nur wenige Millionen Kilometer vom Rand der Sonnenatmosphäre vorbei wieder aus dem System hinausraste und Richtung auf den zweiten Planeten nahm, der vom ursprünglichen Beobachtungspunkt aus gesehen fast hinter der Sonne gestanden hatte.

Erneut ließ Alaska die Fernortung in Aktion treten. Nun kamen die exakteren Daten herein, unter anderem auch die Bestätigung dafür, daß Yellow II, wie sie den Planeten nach seiner Sonne getauft hatten, bewohnt war. Anzeichen für eine technische Zivilisation gab es zwar nicht, aber vielleicht existierten auf der Dschungelwelt Tiere und halbintelligente Wesen, die bereits primitive Ansiedlungen an Flüssen, Meeresküsten und am Fuß der Gebirge anlegten.

Ras Tschubai hatte Gelegenheit, Vermutungen anzustellen.

»Immerhin sind wir vom Beginn des Schwarms jetzt dreitausend Lichtjahre entfernt. Der Planet Yellow II wurde also vor mindestens sechstausend Jahren eingefangen, falls er nicht durch eine Transition mitsamt seiner Sonne in die jetzige Position gebracht wurde. Noch wissen wir nicht, wie und *ob* dies funktioniert. Aber eins liegt nahe: Das Eigenleben des eingefangenen Planeten wurde bisher nicht gestört. Die Herren des Schwarmes scheinen Zeit zu haben, sehr viel Zeit.«

Alaska begnügte sich mit den vorhandenen Daten über den Planeten und schwenkte wieder auf Fernortung, während Kasom zur Landung ansetzte. Er verzichtete sogar auf die sonst übliche Umkreisung. Im Tiefflug ließ er die Space-Jet über ein Meer dahinrasen, das außerordentlich flach sein mußte, denn immer wieder wurden Sandbänke, Riffe und dicht unter der Oberfläche liegende Gebirgszüge sichtbar. Das Wasser war kristallklar.

Kasom wandte sich an Alaska: »Nun, haben sie uns verloren?«

»Es scheint so. Es sind noch immer drei Verbände, aber sie stehen außerhalb des Systems. Vielleicht sind sie nicht sicher, was passiert ist. Würde mich nicht wundern, wenn sie das System abriegeln.«

»Dann verdrücken wir uns eben, wenn es Nacht wird«, sagte Gucky todernst und hoffte, jemand würde lachen. Aber er wurde enttäuscht. Niemand nahm von seinen Worten Notiz.

Kasom landete und versteckte die Space-Jet.

Sie warteten zwei Tage und zwei Nächte, dann wagten sie wieder den Start.

»Was machen die Jagdverbände?« erkundigte sich Kasom bei Alaska.

»Sie umkreisen das System in großer Entfernung. Mit Schnellbeschleunigung sind wir im Linearraum, ehe sie uns richtig geortet haben.«

»Gut. Dann würde ich eigentlich vorschlagen, daß Ras und ich den Start und Durchbruch übernehmen, während ihr eßt und noch etwas schlaft. Wenn wir am Ziel sind, benötigen wir alle unsere Kräfte.«

»Bist du Gedankenleser?« fragte Gucky mit gespielter Verblüffung. »Diesen außerordentlich klugen Vorschlag wollten wir dir nämlich auch gerade machen.«

Kasom setzte sich hinter die Kontrollen.

»Dann verschwindet und stört uns nicht länger!« Er nickte Ras zu. »Die Feuerleitstelle, Ras. Ich glaube zwar nicht, daß wir sie benötigen, aber wer weiß?«

Alaska und Gucky verschwanden ohne weiteren Kommentar. Wenn etwas nicht nach Plan verlief, würden sie es rechtzeitig bemerken. Die Alarmanlage war nicht zu überhören.

Kasom startete zehn Minuten später. Mit Höchstwerten beschleunigte die Space-Jet, ging auf den berechneten Kurs und raste in den Raum hinaus. Die Linearprogrammierung lief automatisch an, als das Schiff die notwendige Geschwindigkeit erreichte.

Kasom beobachtete die Tast-Spürer. Es hatte den Anschein, daß man sie noch nicht geortet hatte. Andererseits waren die vier kreisenden Verbände deutlich auf den Orterschirmen zu erkennen.

Bevor etwas geschehen konnte, ging die Space-Jet ungehindert in den Linearraum und Kasom lehnte sich aufatmend in den Sessel zurück.

»Das wäre geschafft«, sagte er zu Ras. »Die Frage ist nur, was uns bei der Rückkehr in den Normalraum erwartet.«

Ras deutete auf die Kontrollen der Feuerleitstelle. »Jedenfalls werde ich auf dem Posten bleiben.«

Langsam nur verstrich die Zeit. Mit millionenfacher Lichtgeschwindigkeit, relativ betrachtet, legte das kleine Schiff die ungeheure Strecke zurück. Es befand sich in einem anderen, überdimensionalen Universum, das praktisch zwischen der vierten und fünften Dimension eingebettet lag. Es gab keinen Zusammenstoß mit dem, was man allgemein als Materie bezeichnete.

Kritisch war nur das Rücktauchmanöver, da die Geschwindigkeit dann nur ein wenig unter Licht-Normal lag. Und Materie wurde wieder zu Materie.

Kasom sah auf die Instrumente. Es blieben noch zehn Minuten Ruhe.

Noch fünf Minuten.

Eintauchmanöver!

Automatisch schlossen sich die Blenden, als das weißflammende Feuer die Space-Jet traf.

31.

Es dauerte lange Sekunden, ehe Kasom und Ras vorsichtig die Augen wieder öffnen konnten. Trotz der Blenden war das Feuer noch immer grell und flammend, aber aus dem Weiß war eine phantastische Mischung aller nur denkbaren Farben geworden.

Ein gigantischer Diamant stand scheinbar unmittelbar vor ihnen! Der Kristallplanet – das mußte er sein!

Kasom holte tief Luft. Sicher, Gucky hatte ihn beschrieben, aber die Wirklichkeit war noch großartiger. Die sofort einsetzende Orterautomatik gab die ersten Daten durch, und sie bestätigten, daß der Kristallplanet etwa die Größe des irdischen Mondes hatte und genau siebzehn Lichtstunden entfernt war. Da die Space-Jet mit knapp einfacher Lichtgeschwindigkeit gegen den halblichtschnellen Schwarm flog, ergab das rein rechnerisch die anderthalbfache Lichtgeschwindigkeit. Man konnte somit den Kristallplaneten in zehn bis zwölf Stunden erreicht haben.

Die Orter zeigten keine Objekte zwischen dem Schiff und dem Ziel an.

»Himmel – ist das schön!« sagte Ras beeindruckt.

»Schön und bestimmt auch gefährlich!«

Der Planet wirkte wie aus geschliffenem Glas, der das Licht der beiden seitwärts von ihm stehenden Sonnen millionenfach reflektierte und sie selbst mit seinem Glanz überstrahlte. Mit bloßem Auge waren sie durch die Blenden kaum zu erkennen.

Kasom überwand seine erste Überraschung.

»Die Orter, Ras! Wir benötigen alle verfügbaren Daten über den Planeten – *wenn* es überhaupt ein Planet ist. Künstlich, ja. Und er hat zwei Sonnen, richtig. Aber ein Planet?«

Die Fernorter begannen zu arbeiten. Gleichzeitig suchte Ras den Raum nach Objekten ab, die sich vielleicht als Schiffseinheiten entpuppen konnten.

Kasom drückte auf den Knopf des Interkoms und weckte Gucky und Alaska. In wenigen Minuten erschienen die beiden in der Kommandozentrale. Sie wirkten ausgeruht, aber als sie den Kristallplaneten erblickten, war es mit ihrer Ausgeglichenheit vorbei. Selbst Gucky war stumm vor Erstaunen und von dem einmaligen Anblick total überwältigt.

»Da sagt ihr nichts mehr, was?« fragte Kasom in einem Tonfall, als sei er der Konstrukteur des Kristallplaneten. »So etwas hat noch niemand von uns je gesehen. Übrigens: Sendet Harno noch?«

»Unverändert«, bemerkte Gucky geistesabwesend und betrachtete unentwegt das kosmische Wunder. »Der Peilstrahl kommt in direkter Linie von dem Ding da vorn. Eigentlich könnte er jetzt aufhören damit; er strengt sich nur unnötig an. Seid mal für ein paar Minuten ruhig. Ich will versuchen, es ihm mitzuteilen ...«

Er versank in Konzentration, und als seine Lippen sich unhörbar zu bewegen begannen, wußten Kasom und die anderen, daß er abermals telepathischen Kontakt mit dem Energiewesen erhalten hatte.

Nach fünf Minuten berichtete der Mausbiber:

»Harno bezeichnet den Diamanten abermals als den ›Kristall der gefangenen Seelen‹, macht aber keine näheren Angaben darüber. ›Jene die herrschen, lachen und leiden‹ ... Keine Ahnung, was das bedeuten soll. Jedenfalls weiß Harno nun Bescheid, daß wir bald das Ziel erreicht haben. Ich glaube, daß er sich wieder mit uns in Verbindung setzen wird, sobald das nötig ist. Wir sollen landen und versuchen, in den Planeten einzudringen. Er wird stark überwacht, aber Harno ist der Auffassung, daß kleine Objekte von den Ortern nicht erfaßt werden können. Vielleicht ist unsere Space-Jet klein genug.«

»Vielleicht«, sagte Kasom voller Zweifel. »Wenn nicht, dann ...«

»Ein größerer Verband nähert sich von der linken Schwarmseite«, unterbrach Ras hastig. »Scheinen wieder Jäger zu sein. Ich übernehme den Feuerleitstand. Alaska, wären Sie so freundlich, sich um die Orter zu kümmern?«

Sie nahmen ihre Plätze ein. Kasom bediente die Handsteuerung, damit das Schiff blitzschnell manövrieren konnte. Ras würde die Verteidigung im Falle eines Angriffs übernehmen. Alaska kümmerte sich um Orter und Taster.

Lediglich Gucky lümmelte sich grinsend in einem Sessel, vor dem keine Instrumente angebracht waren.

»Schließlich bin ich der Chef«, gab er zu bedenken, als er die mißbilligenden Blicke seiner Freunde bemerkte und ihre anzüglichen Gedanken las. »Außerdem habt ihr mir keine Arbeit übriggelassen.«

»Du hast dafür die Entscheidungen zu treffen«, eröffnete ihm Kasom mit deutlicher Schadenfreude.

Rechts zog eine rote Sonne vorbei. Sie war so weit entfernt, daß sie keinen Farbstrich bildete, sondern ein roter Fcuerball blieb, der sich jedoch deutlich erkennbar an den Beobachtern vorbei bewegte. Bei den unvorstellbar großen Entfernungen bedeutete selbst bei anderthalbfacher relativer Lichtgeschwindigkeit eine derartige Begegnung keine Gefahr. Selbst eine einzige Lichtstunde hätte immer noch vierzig Minuten Zeit für ein Ausweichmanöver gelassen.

»Der Verband hat uns geortet«, gab Alaska bekannt. »Er nimmt Kurs auf uns, hält dabei jedoch vor. Er will sich uns entgegenstellen.«

Der Kristallplanet wurde größer und heller. Die Absicht der Jäger war eindeutig. Sie wollten sich zwischen das geortete und unbekannte Objekt und den Kristallplaneten schieben.

»Sie müssen wissen, daß wir das geflohene Schiff sind«, sagte Ras von den Ortern her. »Wahrscheinlich sind sie von den anderen Verbänden alarmiert worden.«

»Laß sie kommen«, sagte Kasom ruhig.

Die Jäger hatten sich verschätzt oder hatten nicht schneller sein können, jedenfalls gelang es ihnen nicht ganz, sich zwischen den Kristall und die Space-Jet zu schieben. Von der linken Seite aus eröffneten sie das Feuer.

Relativ zum Schwarm bewegte sich die Space-Jet mit anderthalb Licht. In Wirklichkeit flog sie nur knapp lichtschnell, wiederum in Relation zum übrigen Universum, das den Schwarm einhüllte. Aber auch die Energiebündel der Jäger bewegten sich mit Lichtgeschwindigkeit. Trotzdem verfehlten sie ihr Ziel.

Relativ zum Schwarm strebten sie zwar lichtschnell und gradlinig auf ihr Ziel zu, aber seitlich verschoben sie sich mit halber Lichtgeschwindigkeit in Richtung Schwarmzentrum.

Sie *konnten* ihr Ziel nicht erreichen.

»Pech gehabt!« rief Gucky schadenfroh. »Hätten früher in der Schule besser aufpassen sollen!«

»Die Frage ist, ob wir mehr Glück haben werden«, meinte Kasom skeptisch. »Die sind kaum dümmer als wir.« Es zeigte sich, daß Gucky klüger war, als Kasom angenommen hatte.

»Eine Transformbombe wird ohne jeglichen Zeitverlust ins Ziel – nur ja, sagen wir ruhig hineinteleportiert. Dadurch spielt jede Verschiebung der Objekte keine Rolle mehr.« Der Mausbiber schaute Kasom triumphierend an. »Habe ich recht, Ras?«

Der Teleporter nickte. Er war mit seinen Berechnungen voll beschäftigt

»Ausnahmsweise – ja. Ich setze ihnen so eine Bombe unmittelbar vor den Bug. Sie fliegen dann genau hinein, denn zum Abdrehen bleibt ihnen bei dem Tempo keine Zeit mehr.«

»Was passiert mit ihnen?«

»Nichts, denn sie sind auch da wieder zu schnell. Sie rasen durch den Feuerball, das ist alles. Vielleicht schmelzen ihre Außenantennen, vielleicht auch etwas mehr. Jedenfalls werden sie nachdrücklich gewarnt sein.«

Kasom hielt den Kurs der Space-Jet, die noch immer unverändert auf den Kristallplaneten und die beiden blauen Riesensonnen zuhielt, die sich gegen den flammenden Diamanten wie blaßstrahlende Simili verhielten.

»Weitere Verbände aus verschiedenen Richtungen«, gab Alaska besorgt bekannt.

Gucky ordnete an: »Macht die Kampfanzüge einsatzbereit! Notfalls müssen wir aus dem Schiff teleportieren. Ich habe Ras nicht umsonst mitgenommen. Er wird Alaska nehmen, ich Kasom.«

»Wir sollen das Schiff verlassen?« Kasom schaute Gucky erschrocken an. »Wie kommst du denn auf die Idee?«

»Doch nur dann, wenn es nicht mehr anders geht. Vergiß nicht, was Harno betonte! Er teilte mit, kleinere Objekte könnten wegen der Feldüberlagerung durch die Energieabstrahlung der beiden nahen Sonnen nicht mehr geortet werden, selbst nicht mit den besten Geräten. Gegen uns ist die Space-Jet noch immer zu groß.«

»Aber die Space-Jet aufgeben!« Kasom schüttelte fassungslos den Kopf. »Wie sollen wir denn jemals wieder den Schwarm verlassen können, wenn wir kein Raumschiff mehr haben?«

Gucky winkte lässig ab. »Hier gibt es mehr Schiffe, als uns lieb ist, Toronar! Es dürfte nicht schwierig sein, eins davon zu organisieren.«

Kasom gab auf. Er kümmerte sich wieder um die Navigation.

Ras hatte seine Berechnungen inzwischen beendet und löste den ersten Schuß aus der Transformkanone. Die Bombe wurde entmaterialisiert und durch die fünfte Dimension ins Ziel gebracht. In derselben Sekunde, in der Ras auf den Knopf drückte, detonierte die Bombe in etwa fünf Millionen Kilometer Entfernung. Der Orterschirm verriet es, wenn der Feuerball auch erst etwa achtzehn Sekunden später mit freiem Auge zu sehen war.

Der Pulk der Jäger raste mitten in die aufflammende Hölle hinein und löste sich dann nach allen Richtungen hin auf. Einige Maschinen torkelten mit unverminderter Geschwindigkeit weiter, so als wären sie ernsthaft beschädigt worden.

»Wir schaffen es so nicht«, sagte Alaska plötzlich. »Die müssen ihre gesamte Verteidigungsflotte aufgeboten haben. Von allen Seiten nähern sich nun neue Verbände, darunter auch größere Einheiten. Ich glaube, es wäre vernünftig, noch einmal in den Linearraum zu gehen, damit wir nachher nicht mit Lichtgeschwindigkeit in die blauen Sonnen fallen, falls wir die Space-Jet verlassen müssen.«

»Alaska«, sagte Gucky, »programmiere den Salat!«

Es wurde höchste Zeit. Fünf Minuten später lief die Etappe an. Alaska erklärte:

»Kristall ist noch sechzehn Lichtstunden entfernt. Ich habe die Etappe auf vierzehneinhalb programmiert. Ich denke, das genügt.«

Das hofften sie alle.

Im letzten Augenblick, als sie bereits eingekreist waren, gingen sie in den Linearraum und rematerialisierten wenig später im Spektrumfeuer des jeden anderen Himmelskörper überstrahlenden Kristallplaneten.

Kasom schaltete das Bremsmanöver ein.

Die Gegner mußten in der Tat alle ihre in der Nähe des blauen Systems stationierten Einheiten der Space-Jet entgegengeschickt haben, denn Kasom konnte das Schiff unbehindert bis auf knapp fünfhundert Millionen Kilometer an den Kristallplaneten heranbringen, ehe die ersten Jäger auftauchten.

Alaska stellte ungemein starke Energiefelder fest, die ihren Ursprung in dem Kristallplaneten haben mußten. Über die Natur dieser Felder und ihren Zweck gaben die Instrumente keine Auskunft.

Ras schickte den Jagdverbänden die erste Transformbombe entgegen.

Gucky hingegen betrachtete nur noch fasziniert den »Kristall der gefangenen Seelen«, wie Harno das künstliche Gebilde genannt hatte. Er versuchte, Verbindung mit dem Energiewesen zu erhalten. Es gelang.

Wir sind da, Harno! Was sollen wir tun? fragte er.

Landet! Wenn man euch daran hindert oder wenn ihr angegriffen werdet, verlaßt euer Schiff. Die Energiefelder des Kristalls holen euch sicher zur Oberfläche herab. Beeilt euch.

Der Kontakt brach ab.

Gucky hatte genug erfahren. Seine Theorie stimmte.

Ich melde mich wieder, sobald wir gelandet sind, versprach er.

Erneut prallten Energiebündel vom Schutzschirm der Space-Jet ab. Bald würde sich das Feuer besser konzentrieren, und dann nützte auch der beste Schutzschirm nicht mehr viel.

»Es ist soweit!« rief Gucky. »Wir müssen das Schiff aufgeben. Wie hoch ist unsere Geschwindigkeit auf den Kristall zu?«

»Noch immer zweihundert Kilometer pro Sekunde. Entfernung dreihunderttausend.«

»Gut. Anzüge schließen. Laßt die Aggregate ausgeschaltet.«

Er nahm Kasoms Hand und wartete, bis auch Ras sich um Alaska kümmerte. Er gönnte der Kommandokabine der Space-Jet einen letzten bedauernden Blick, nickte Ras zu – und teleportierte.

Obwohl auch die Blenden der Helme geschlossen und kaum noch lichtdurchlässig waren, brannte der Kristallplanet wie tausend Sonnen. Aber er strahlte nur kaltes Licht aus.

Die Space-Jet ...!
Gucky fing Ras' Gedankenimpulse auf. Der Teleporter hatte das Schiff ebenfalls verlassen und schwebte mit Alaska in einiger Entfernung. Durch zwei vorsichtige Sprünge gelang es Gucky, ihn zu finden. Mit Magnetklammern verbanden sie die vier Raumanzüge miteinander, um sich nicht zu verlieren, denn durch die geschlossenen Blenden war es schwer, andere Objekte überhaupt zu sehen.
»Dort ist sie!« sagte Ras. Er meinte die Space-Jet. »Zum Glück sind wir weit genug entfernt, denn nun geht es ihr an den Kragen.«
Fünf oder sechs größere Torpedoschiffe eröffneten das Punktfeuer auf den kleinen Diskus, dessen Schutzschirm längst ausgeschaltet war. Das Punktfeuer war somit völlig überflüssig, aber es verdoppelte die beabsichtigte Wirkung. In einer atomaren Explosion verging die Space-Jet. Kein Stück Materie blieb von ihr übrig, und selbst den besten Experten konnte es nun nicht mehr gelingen, ihren Ursprung festzustellen.
Um nicht geortet werden zu können, hatten die vier Freunde die Funkgeräte ausgeschaltet. Wenn sie sich verständigen wollten, geschah das durch Aneinanderlegen der Helme.
»Wir müssen langsamer werden«, sagte Kasom besorgt. »Bei *der* Geschwindigkeit zerschellen wir – und wir fallen genau auf den Kristallplaneten zu.«
»Da wollen wir ja auch hin«, erinnerte ihn Gucky. »Harno erwähnte Energiefelder, die uns aufnehmen. Also keine Sorge, Großer, uns passiert schon nichts.«
Der Diamant war größer und deutlicher. Einzelheiten waren jetzt zu erkennen, die vorher nicht beobachtet wurden. Der mondgroße Körper bestand in der Tat aus vielen Millionen verschiedenartig geschliffener Flächen, darunter Dreiecke, Sechsecke, Quadrate, sogar Erhöhungen wie Pyramiden und Halbkugeln, die jeden Lichtstrahl tausendfach reflektierten. Das Gebilde leuchtete in allen vorstellbaren Farben, aber mit solcher Intensität, daß jeder Versuch, weitere Einzelheiten auf der Oberfläche erkennen zu wollen, illusorisch war.
Alaska beschäftigte sich mit dem Mikro-Orter innerhalb seines Kampfanzuges. Das Gerät war außerordentlich leistungsfähig und zumindest genauso verläßlich, wie jenes in der Space-Jet gewesen war. Er winkte Kasom zu, der seinen Helm an den Alaskas legte.
»Sie haben die Suche nach eventuellen Überlebenden aufgegeben. Ein Zeichen, daß sie uns nicht orten können. Gucky hat Harno richtig verstanden: wir sind zu klein für sie. Die Energiefelder der beiden Sonnen überlagern ihre Tastimpulse – aber nicht unsere!«
»Sind sie noch in der Nähe?«
»Ja. Wir müssen noch auf Funk verzichten, obwohl ich nicht glaube, daß sie die schwachen Signale empfangen werden. Verhalten wir uns ruhig, dann kann nichts passieren – wenigstens vorerst nicht.«
Sie fielen weiter auf den Kristallplaneten zu.

Auch ohne die Bremswirkung der Flugaggregate verlangsamte sich ihr Fall. Die Oberfläche des künstlichen Himmelskörpers war größer geworden und füllte einen großen Teil des gesamten Blickfeldes aus. Nur noch wenige hundert Kilometer ...

»Die von Harno angekündigten Felder haben uns bereits im Griff«, stellte Ras fest. »Ganz geheuer erscheint mir die Sache nicht. Was Harno festhalten kann, dem können wir ganz bestimmt nicht mehr entkommen.«

»Pessimist und Miesmacher!« wies Gucky ihn zurecht. »Außerdem haben wir sowieso keine andere Wahl mehr. Das hättest du dir früher überlegen sollen.«

»Wer eine Sache mit dir zusammen unternimmt, sollte lieber erst gar nicht versuchen, sein Gehirn zu benutzen«, gab Ras zurück.

Alaska teilte mit: »Die Jäger drehen ab. Sie entfernen sich immer mehr von uns und dem System. Ich nehme an, daß es nicht permanent überwacht oder gar abgeriegelt wird.«

Das war immerhin eine gute Nachricht, ganz abgesehen davon, daß sie das Streitgespräch zwischen Gucky und Ras unterbrach und auch beendete. Vielleicht wurde ihre mehr oder weniger freiwillige Landung auf dem Kristallplaneten gar nicht beobachtet – außer von jenen, die *in* dem Planeten hausten. Aber wenn es Gefangene waren, konnten sie vielleicht auch zu Verbündeten werden.

Sie fielen noch immer, und die Oberfläche war nur noch hundert Kilometer unter ihnen. Die ganze Welt schien nun aus Glas zu bestehen, aus spiegelndem Glas. Eine unvorstellbare Technik mußte dieses Gebilde geschaffen haben, das im Kosmos seinesgleichen suchte. Welchen Zweck erfüllte es? Vielleicht kam man dem Geheimnis des Schwarmes einen Schritt näher, wenn man dieses hier lüftete.

Gucky wurde plötzlich sehr unruhig. Innerhalb seines Anzuges machte er Handbewegungen, die zunächst niemand begriff. Erst als sie ihre Helme an den seinen legten, konnten sie verstehen, was er sagte.

»Telepathische Impulse! Der ganze Planet muß von Telepathen wimmeln! Das gibt es doch gar nicht!«

Kasom nickte heftig. Erst nach einer Weile konnte er seinen Helm wieder an den Guckys pressen, obwohl das unnötig war, denn der Mausbiber hätte ihn auch ohne diese Hilfe verstanden.

»Ich empfange sie auch – aber ich bin doch kein Telepath!«

»Ich sagte ja auch deutlich, daß es telepathische Impulse sind – fast Hypnoimpulse, die auch von Nicht-Telepathen empfangen werden können. Ich habe keine Erklärung dafür, also frag mich auch nicht. Wir können nur abwarten – und aufpassen, was man von uns will. Ras und Alaska geht es genauso.«

So war es wirklich. Ras und Alaska spürten, wie sich die fremden Gedanken in ihr Bewußtsein drängten, noch ein wenig vorsichtig, aber trotzdem fordernd und selbstsicher. Sie dominierten über die eigenen Gedanken und verdrängten sie. Es waren frohe und fast jubilierende

Gedanken, als wollten die »Gefangenen Seelen« die Neuankömmlinge begrüßen.

Gucky war klar, daß die Idee absurd war, eine solche Anzahl von Telepathen könnten sich als Gefangene in dem Kristallplaneten aufhalten. Es mußte eine andere Erklärung für das erstaunliche Phänomen geben.

Und es gab sie!

Nur mit Mühe gelang es Gucky, den anderen seine Theorie verständlich zu machen. Die fremden Gedankenimpulse waren fast stärker als seine eigene Lautsprache.

»Der Planet ...! Er ist ein Verstärker, ein gigantischer Verstärker für Gedankenimpulse! Selbst die Gedanken ganz normal veranlagter Lebewesen, so glaube ich, könnte er in telepathische Impulse umwandeln und aussenden, so daß sie jeder andere empfangen kann. Nur so kann ich mir die riesige Fülle der auf uns einströmenden Gedanken erklären. Aber wozu das? Welchen Zweck soll das alles haben? Ein Telepathiesender mitten im Schwarm, und dann noch, wie Harno behauptet, Gefangene?«

Ein Superverstärker für parapsychische Impulse? War dieser Sender, dieser Verstärker, so machtvoll, daß man mit seiner Hilfe andere Völker über Lichtjahre hinweg beherrschen konnte?

»Ein Verstärker für telepathische Impulse?« vergewisserte sich Kasom.

Gucky nickte und teilte mit:

»Genau das! Bereits vorhandene telepathische Fähigkeiten werden in einem ungeahnten Maße verstärkt, normale Gedankenimpulse in telepathische umgewandelt. Ich glaube, mit dieser Erkenntnis sind wir ein gutes Stück weitergekommen.« Er sah hinab zur Oberfläche. »Noch fünfzig Kilometer, nehme ich an.«

»Achtundvierzig«, korrigierte Alaska.

Während sie weitersanken, versuchte Gucky mit aller Gewalt, wieder Kontakt zu Harno aufzunehmen. Das Energiewesen erschien ihm wie ein Rettungsanker in dieser mehr als rätselhaften Situation, auch wenn es sich selbst als Gefangenen bezeichnete.

Harnos Impulse kamen sehr schwach durch, aber die Verständigung konnte schließlich hergestellt werden. Gucky stellte einige Fragen, die auch prompt beantwortet wurden.

Deine Vermutung stimmt – es ist ein Verstärker. Mutanten und Halbmutanten sind mit ihren parapsychischen Fähigkeiten die Energiequelle. Es ist durchaus möglich, mit diesem Planeten, der wie eine Richtlinse benutzt werden kann, andere Systeme zu beeinflussen. Völker zu beherrschen. Begreifst du die Gefahr, Gucky? Deine Impulse sind stärker jetzt, viel konzentrierter. Ihr müßt nahe sein, sehr nahe.

Wir werden bald landen.

Man wird euch freundlich empfangen, keine Sorge. Es sind die Diener, die euch begrüßen werden, harmlose Wesen, die einst gegen die Gesetze des Schwarmes verstießen und nun ihre Schuld abbüßen. Aber da sind noch andere, vor denen ihr euch hüten müßt, wenn sie auch keine direkte Bedrohung darstellen. Es sind die Detailmodifikatoren.

Wer?

Detailmodifikatoren! Sie sind ausnahmslos Mutanten oder zumindest Halbmutanten. Auch ohne die verstärkende Wirkung des Kristalls könnten sie sich telepathisch verständigen, könnten teleportieren oder telekinetisch einen Gegner außer Gefecht setzen. Du wirst also einige Probleme zu bewältigen haben ...

Das sind ja nette Aussichten, stellte Gucky fest und sah wieder nach unten. *Noch zwanzig Kilometer ...*

Das Tor wird sich rechtzeitig öffnen, teilte Harno mit.

Seine Impulse waren wieder schwächer geworden.

Ich verstehe dich kaum, Harno!

Das Tor ... ich melde mich wieder, sobald ich Kräfte gesammelt habe. Keine Sorge, ihr seid nicht in unmittelbarer Gefahr ...

Er schwieg.

Gucky versuchte, das Gehörte – beziehungsweise das telepathisch Empfangene – erst einmal zu verdauen und einen Sinn hineinzubringen. Es gelang ihm nicht ganz. Diener und Detailmodifikatoren! Was sollte das?

Was modifizierten die Wesen, die sich von Strafgefangenen bedienen ließen? Warum mußten sie dazu Mutanten sein?

Die letzten Kilometer nahm er wieder die Gedanken auf, die unvermindert auf ihn und seine Begleiter einströmten und die außer Freude auch Erwartung und Hoffnung ausdrückten.

Hoffnung worauf?

Waren die Diener wirklich so versessen darauf, ihre Schuld durch Dienen und Unterwürfigkeit abzubüßen? Worin bestand ihr Dienen?

Gucky bemerkte plötzlich, daß sich unmittelbar unter ihnen etwas in der reflektierenden Oberfläche veränderte. Es entstand ein dunkler runder Fleck, der sich langsam ausdehnte. Wie ein Tor etwa, das den Weg in das Innere des Kristallplaneten freigab ...

»Da ist eine Öffnung, in die wir hineinfallen«, teilte Kasom besorgt mit. »Wir müssen teleportieren!«

»Die Energiefelder haben uns erfaßt, und Harno hat das Tor erwähnt. Wir werden nichts dagegen tun.« Gucky war nicht wohl in seiner Haut, aber er wußte auch, daß sie im Augenblick so gut wie hilflos waren.

»Wir müssen ihm vertrauen.«

Die Impulse verrieten, daß man sie bereits parapsychisch abgetastet und eingeordnet hatte. Zwei Vollmutanten, ein Halbmutant, ein Normaler.

Das stimmte genau. Ras und Gucky waren Vollmutanten, Alaska konnte als Halbmutant gelten, Kasom war durchaus normal.

Die runde Öffnung besaß einen relativ geringen Durchmesser. Kasom schätzte ihn auf fünfzig Meter. Darunter war eine matt schimmernde Fläche zu erkennen, die festen Halt versprach. Rechts und links, eigentlich überall, waren die unebenen aber glattgeschliffenen Kristallflächen. Sie strebten nach oben, während die vier Freunde in die Tiefe sanken. Gleichzeitig schloß sich das »Tor« wieder über ihnen.

Der Kristallplanet hatte sie aufgenommen.

Kasom überprüfte seine Instrumente. Er schaltete sein Funkgerät ein und gab den anderen einen Wink, es ihm gleichzutun.

»Sauerstoff!« teilte er als erstes mit. »Man kann atmen. Nehmen wir die Helme ab?«

Die Frage galt Gucky, der ja schließlich der Kommandant des Unternehmens war.

»Natürlich nehmen wir sie ab. Es besteht keine unmittelbare Gefahr, das hat Harno ausdrücklich versichert. Trotzdem bin ich dafür, die Waffen bereitzuhalten. Ich habe keine Lust, mich von einem verrückt gewordenen Telekineten durch die Gegend feuern zu lassen.«

Sie öffneten die Helme. Die Luft war kühl, rein – und künstlich.

Sie standen in einem runden Raum, dessen Decke sie von der Oberfläche des Kristallplaneten trennte. Es gab keine Einrichtungsgegenstände, keine Türen, keine Korridore – nichts. Nur den leeren Raum.

Gucky holte das Versäumte nach. Ausführlich berichtete er von seinem stummen Zwiegespräch mit Harno und den Informationen, die er erhalten hatte. Zu seiner Erleichterung beruhigten sich die Freunde und zeigten sich zuversichtlich, obwohl ihre Lage als alles andere als geklärt bezeichnet werden konnte.

Der Boden, die Wände und die Decke – erst jetzt fiel es ihnen bewußt auf – waren gelb.

Ockergelb!

Gegen dieses Gelb hoben sich die Gewänder der plötzlich auftauchenden Geschöpfe kaum ab, denn sie waren ebenfalls ockergelb.

Kasom ließ seine Waffe wieder sinken, Ras und Alaska ebenfalls. Gucky hatte von vornherein darauf verzichtet, zur Waffe zu greifen. Als Telepath hatte er die Gedankenimpulse eher und besser empfangen als die anderen. Er wußte, daß die Diener gekommen waren, sie zu begrüßen.

Sie alle trugen ockergelbe Gewänder, aber fast jedes der Lebewesen sah anders aus. Es gab humanoide Formen in seltsamen Variationen, dann wieder Insektenabkömmlinge mit sechs, acht oder mehr Gliedern. Sogar flugfähige Echsen waren dabei, aber auch sie waren unbeholfen in die gelben Kleidungsstücke gehüllt, die eine Art von Legitimation darzustellen schienen.

Wie immer sie jedoch aussahen, außer der gelben Farbe hatten sie noch etwas anderes gemeinsam: den Gedanken an unterwürfige Freude, an Glück zu Dienen – und eine unbestimmte Hoffnung.

»Sie sind harmlos«, erklärte Gucky seinen Gefährten. »Sie tun uns nichts, denn sie wurden zum Dienen programmiert. Ihre Herren sind die von Harno erwähnten Detailmodifikatoren. Würde mich nicht wundern, wenn die ebenfalls ganz in Gelb herumlaufen. Widerliche Farbe übrigens.«

»Was wollen die von uns?«

»Uns begrüßen, Kasom. Sei nett zu ihnen, die können nichts dafür.«

Während der Begrüßung, die unter unzähligen Verbeugungen vor sich ging, empfing Gucky zum ersten Male seit der Landung auf dem Kristallplaneten wieder deutlich Harnos Gedankenimpulse. Es handelte sich nur um eine kurze Information des Energiewesens.

Achtung! Das Y'Xanthomrier mit dem wissenden Auge ...!

Kaum hatte Gucky den Empfang halbwegs bestätigt, da erloschen die Impulse Harnos wieder. Wahrscheinlich hatte er alle seine Energiereserven sammeln müssen, um diese einzige Botschaft abstrahlen zu können. Sie mußte demnach sehr wichtig sein.

Was würde noch alles auftauchen?

Als das Begrüßen kein Ende nahm, fragte Kasom ungeduldig: »Was soll das, Gucky?«

»Geduld ist nicht gerade deine Stärke. Glaubst du, mir würde das Spaß machen? Aber die Diener können nur die Vorhut sein, das dicke Ende kommt noch nach, und ich fürchte, die Begrüßung durch die Mutanten wird nicht ganz so reizend sein wie das hier.« Er deutete auf einen siebenbeinigen Fleischklotz, der unbeholfen daherstelzte und pausenlos mit dem unförmigen Kopf nickte, wobei zu befürchten war, daß jeden Augenblick der schlanke Hals abbrach. »Sie erwarten uns bereits und wollen ihre Kräfte mit den unseren messen.«

»Kräfte messen?« Kasom sah ziemlich ratlos aus. »Wie meinst du das? Und was überhaupt weißt du? Nun red' doch endlich!«

»Sie leben hier, wahrscheinlich auch als Gefangene mit besonderen Privilegien. Sie werden von den eigentlichen Herrschern, den Kommandanten des Schwarms also, gebraucht. Ich weiß noch nicht ganz wofür, aber Harnos Hinweise geben genug Anlaß zu Spekulationen.«

»Sobald wir Gelegenheit dazu haben, wirst du uns das näher erklären«, forderte Kasom kurz angebunden und gab schnell eine Verbeugung zurück, die einer der Diener vor ihm machte. »Ich habe keine Lust, in einem Kreuzworträtsel herumzulaufen.«

»Dort drüben«, sagte Ras plötzlich, »entsteht eine Öffnung.«

Sie sahen alle in die bezeichnete Richtung. In der gelben Wand fand eine auffällige Verfärbung statt, die sich erst bei genauem Hinsehen als Öffnung herausstellte, denn auch der Hintergrund war ockergelb. Lediglich schien der Raum dahinter heller angestrahlt zu werden.

Eine Tür ...?

Ehe sie Vermutungen anstellen konnten, was die Tür zu bedeuten hatte, erschien in ihr eine hochgewachsene menschliche Gestalt. Das Gesicht wirkte feingeschnitten und energisch. Die mandelförmigen Augen verrieten Autorität und einen festen Willen, aber auch Sensibilität oder sogar Schwäche – ein Widerspruch, der unerklärlich blieb. Der Mann, der gemessenen Schrittes auf sie zukam, trug ein lose herabwallendes Gewand aus dickem, ockergelbem Stoff.

Die Diener verbeugten sich und verschwanden eilig.

Der Gelbe sah die vier Gefährten lange an, dann begann er zu sprechen. Seine Worte ergaben keinen Sinn, aber trotzdem verstanden sie ihn auch ohne Translator, denn seine Gedankenimpulse fanden ohne Schwierigkeiten ihren Weg in ihre Bewußtseine.

»Seid willkommen im Kristall der gefangenen Seelen, Freunde. Bald kommt die Zeit, in der wir unsere Kräfte messen werden, und ich hoffe, ihr erweist euch als mutig und stark. Denn nur wer überlebt, kann den Herren dienen. Nur wer stark ist, nützt der Gemeinschaft.«

»Welcher Gemeinschaft?« fragte Gucky, ohne auf die Worte des Gelben einzugehen. »Wer ist die Gemeinschaft?«

Der Mann im gelben Gewand lächelte fast unmerklich.

»Ihr werdet es noch merken. Jedenfalls müssen eure Geisteskräfte übernormal und parapsychisch geschult sein, sonst könntet ihr nicht hier sein. Außer unseren Dienern wird der Kristall nur von Mutanten bewohnt. Wir sind Gefangene und doch frei. Unser Geist nur dient, so wie die anderen mit ihrem Körper und ihren Kräften dienen. Noch einmal: Seid willkommen, Freunde, und folgt mir nun, bitte. Ich werde euch zeigen, wo ihr wohnen könnt.«

Gucky fing einen warnenden Gedanken Kasoms auf und verzichtete auf weitere Fragen. Zusammen mit den anderen folgte er dem gelben Gewand, das – seinen Träger völlig verdeckend – vor ihnen herschwebte.

Harno teilte ihnen später mit, daß sie nun etwa vierundzwanzig Stunden Ruhe hätten. Das sei, so fügte er erklärend hinzu, die übliche Eingewöhnungszeit für die Gefangenen. Ehe Gucky eine Frage stellen konnte, wurde der Kontakt wieder unterbrochen.

Sie sahen sich um.

Wenn man sich überlegte, daß der mondgroße Planet bis zum Zentrum hohl war, konnte man sich zugleich ausrechnen, wieviel Platz in ihm vorhanden sein mußte. Kein Wunder also, daß auch die Wohnquartiere in räumlicher Hinsicht schon mehr als großzügig genannt werden konnten.

Jeder von ihnen verfügte über ein eigenes Appartement, ganz ihren persönlichen Bedürfnissen entsprechend. Das von Gucky war kleiner als das des übergroßen Ertrusers Kasom, selbst das Bad war seinen Größenverhältnissen angepaßt. Fast konnte man den Eindruck haben, daß die Wohnungen extra für sie konstruiert worden waren.

Das indirekte Licht kam aus den Wänden; es war gelblich.

Es schien überhaupt nur noch Gelb zu geben, wenn auch in hundert verschiedenen Variationen und Tönungen. Ockergelb hingegen herrschte ganz offensichtlich vor. Die Polstermöbel leuchteten ockergelb, das Bettzeug war ockergelb, Wände und Decken der Räume waren ockergelb.

Gucky drückte auf den Reinigungsknopf der Toilette.

»Wenn da jetzt ockergelbes Wasser herauskommt, dann werde ich ...«

Das Wasser war zum Glück richtiges Wasser und glasklar. So erfuhr auch niemand, was er dann getan hätte.

Sie trafen sich in Kasoms Wohnraum.

»Was nun? Sollen wir einen ganzen Tag untätig hier herumsitzen und warten?« Alaska fingerte an seinen Ortergeräten. »Vielleicht kann ich damit etwas anfangen.«

»Versuchen kannst du es ja mal, obwohl ich nicht viel davon halte, wenigstens hier nicht. Immerhin wissen wir nun etwas mehr, denn ich habe die eine Stunde, die inzwischen vergangen ist, nicht unnütz verstreichen lassen. Ich habe mich in meiner Wohnung aufs Bett gelegt.«

Kasom nickte vielsagend.

»Aha, du hast dich also aufs Bett gelegt und dabei die Lösung gefunden?« fragte er ironisch.

»So ungefähr.« Gucky war durchaus nicht verschnupft. »Wenn man nämlich entspannt daliegt, die Augen geschlossen und völlig auf das konzentriert, was da an Gedankenimpulsen in der Gegend herumschwirrt, kann man eine Menge auffangen, das, wie ein Puzzlespiel zusammengesetzt, ein einigermaßen vernünftiges Bild gibt. Und genau das habe ich getan.«

»Und was ist dabei herausgekommen?« wollte Alaska wissen.

»Ich bin gerade dabei, es euch zu erzählen. Natürlich muß meine Vermutung nicht exakt stimmen, aber ich denke doch, so ungefähr kann ich euch verraten, was das hier ist. Ich erwähnte schon einmal, daß der Kristallplanet ein Verstärker für Gedankenimpulse sein könnte. Nun, er ist es in der Tat. Echte Mutanten werden in dieser Kunstwelt gefangengehalten, genießen jedoch ein gewisses Maß an Freiheit. Es sind etwa zehntausend Mutanten, die in dieser Welt konzentriert leben. Zehntausend Gedankenimpulse, die von einer Maschinerie aufgefangen – und gespeichert werden. Auf einen Befehl hin können diese Gedankenimpulse millionenfach verstärkt, jederzeit in eine ganz bestimmte Richtung abgestrahlt werden. Sie wirken wie Hypnoimpulse, die befolgt werden müssen. Mit anderen Worten: Mit Hilfe des Kristallplaneten und der in ihm befindlichen zehntausend Mutanten kann der Schwarm beherrscht werden.«

Eine Weile sagte niemand etwas. Eine ungeheuerliche Vermutung hatte sich bestätigt. Die Herren des Schwarmes waren in der Lage, sämtliche Bewohner aller Planeten im Umkreis von mehr als fünftausend Lichtjahren nach ihrem Willen zu lenken, wie Marionetten. Das war das Resultat; die Anlage selbst jedoch, die dieses technische Wunder bewirkte, war noch phantastischer als der bloße Gedanke an die Möglichkeiten, die sich durch sie ergaben. Gedankenimpulse, die aufgefangen und gespeichert wurden, um bei Bedarf verstärkt und gezielt abgestrahlt zu werden!

Das Werk einer unvorstellbaren technischen Zivilisation? Produkt eines wahrhaft genialen Intellekts? Oder das Ergebnis teuflischen Denkens?

»Wir sitzen in der Klemme«, faßte Ras nüchtern zusammen.

Gucky nickte ihm wohlwollend zu.

»Du hast es erraten, mein Freund. Und *wie* wir drinsitzen! Der Kristallplanet muß das wertvollste Objekt im Umkreis von einigen tausend Lichtjahren sein und ich kann mich nur wundern, daß er nicht besser bewacht wird. Eigentlich sind wir doch ohne Komplikationen hereingelangt, abgesehen davon, daß man unsere Space-Jet abschoß. Fast neige ich zu der verrückten Vermutung, man hat uns absichtlich landen lassen.«

»So verrückt ist deine Vermutung gar nicht«, meinte Kasom nachdenklich. »Mir kommt es nämlich auch so vor. Und was sollen die Worte des gelben Mutanten, daß wir sehr bald Gelegenheit erhalten werden, unsere Kräfte mit ihnen zu messen?«

Gucky machte eine unbestimmte Handbewegung.

»Darüber konnte ich ebenfalls einiges in Erfahrung bringen, wenn ich auch nicht dafür garantieren kann, daß es stimmt. Es scheint ein Gesetz zu sein, daß die Kommandanten des Schwarmes – nennen wir sie mal Eroberer ...« Er stutzte und schaute auf die gelbe Wand, dann verbesserte er sich: »Hier ist alles gelb. Wie wäre es, wenn wir den Unbekannten endlich einmal einen Namen geben? Die ›Gelben Eroberer‹ – wäre das nicht zutreffend? Vielleicht sind sie überhaupt nicht gelb, aber sie bevorzugen jedenfalls diese Farbe. Und wir haben einen Namen für sie. Ja, also die Gelben Eroberer sammeln hier alle Mutanten, derer sie habhaft werden können. Sie lassen ihnen jede nur mögliche Freiheit, auch die, sich gegenseitig umzubringen. Natürliche Auslese, von den Umständen gefördert. Nur der Starke überlebt, und nur der Starke kann der Gemeinschaft – sprich: den Gelben Eroberern – nützen. Ein raffiniertes System! In dem Kristallplaneten ist jeder der Feind des anderen, aber gekämpft wird nur zu festgesetzten Zeiten und an bestimmten Orten, und vor allen Dingen darf in erster Linie nur mit geistigen Kräften gekämpft und gemordet werden.«

»Gemordet?« Ras sah Gucky fassungslos an. »Sie morden auch?«

»Wie nennst du es, wenn sie sich in einer Arena gegenseitig umbringen?«

»In einer Arena?« Ras begriff anscheinend überhaupt nichts mehr. »Willst du behaupten, sie besäßen Kampfarenen?«

»Genau das! Aber sie treten nicht mit Beilen, Schleudern oder Energiewaffen zum Kampf an, sondern mit den bloßen Händen und ihren mutierten Gehirnen. Sie stehen sich gegenüber und sehen sich an. Jeder hat nur seine geistigen Kräfte, mit denen er versuchen muß, den anderen zu besiegen. Ein Hypno wird versuchen, seinem Gegner, der vielleicht Telekinet ist, friedliche oder auch Selbstmordgedanken einzusuggerieren, während der Telekinet versucht, seinen Gegner in die Luft zu schleudern und abstürzen zu lassen.« Er schüttelte den Kopf. »Das kann ja wirklich heiter werden, sage ich euch. Da bin ich aber mal gespannt, mit welchen geistigen Kräften sich Kasom verteidigen will.«

»Wie meinst du das genau?« erkundigte sich der Ertruser mit einem drohenden Unterton in seiner Stimme.

Gucky winkte ab.

»Nein, *so* nicht! Ich meine, du bist kein Mutant, wenn du auch nur beschränkt in der Lage bist, Gedanken zu lesen, beziehungsweise die von Mutanten aufzufangen, und zu verstehen. Aber wie willst du dich gegen einen Teleporter wehren, der dich schnappt und unter einer hochgebauten Decke wieder losläßt? Wie ein Sack voller Steine knallst du dann auf die Fliesen, nicht wahr? Es sei denn, im Publikum sitzt ein kleiner, äußerst fähiger Telekinet, der dich auffängt und langsam nach unten schweben läßt. Nun, ist es nicht so?«

Beschämt nickte Kasom.

Alaska grinste. »Ich werde meine Maske abnehmen und ihnen mein Gesicht zeigen.«

Gucky grinste ebenfalls. »Dann trifft sie alle der Schlag«, behauptete er siegessicher.

Sie schliefen einige Stunden, dann beschloß Gucky, einen Erkundungsgang zu unternehmen. Er als dreifacher Mutant war jedem einfachen Mutanten überlegen. Trotzdem hatte Kasom Bedenken.

»Sollten wir nicht lieber warten, bis man sich um uns kümmert?«

»Hat man das vielleicht bisher getan? Gut, sie haben uns eine tolle Wohnung zur Verfügung gestellt, aber hat vielleicht jemand von euch was zu essen gekriegt? Ohne unsere Konzentratvorräte wären wir schon halb verhungert. Wenn sie sonst so allwissend sind, hätten sie es diesmal auch sein können. Was glaubt ihr, wie ich mich nach Karotten, Spargelspitzen und Plätzchen gesehnt habe? Nichts ist gekommen! Konzentrate und Wasser!« Er seufzte. »Mit anderen Worten also: Ich werde mich mal umsehen, und wenn der gelbe Nachthemdonkel aufkreuzt, dann sagt ihm ruhig, ich wäre auf der Suche nach einer guten Nudelsuppe.«

»Seit wann magst du Nudeln?« erkundigte sich Alaska ungläubig.

»Seit zehn Sekunden«, teilte Gucky ihm mit. »Sind Nudeln vielleicht kein guter Vorwand für alles mögliche? Na also! Ihr wißt Bescheid. Ich bin in einer Stunde wieder zurück.«

»Hoffentlich«, sagte Kasom.

Gucky schaute ihn vorwurfsvoll an, sah gegen die gelbe Wand und entmaterialisierte.

Er stand auf einem Korridor, hundert Meter von den Appartements entfernt. Rasch überzeugte er sich davon, daß niemand in der Nähe war, denn nach telepathischen Impulsen konnte er sich jetzt nicht richten, weil es zuviele von ihnen gab.

Er trug nur seinen Kampfanzug. Den Helm hatte er im Quartier zurückgelassen. Fast bedauerte er, daß sein Anzug nicht gelb war, dann wäre er in dieser ockergelben Umgebung nicht so aufgefallen.

Unbekümmert marschierte er los, in Richtung ziemlich erregter Gedankenimpulse, deren Entfernung er allerdings nicht abzuschätzen vermochte. Er begegnete lediglich einigen gelben Dienern, die ihn voller Ehrfurcht begrüßten und nach seinen Wünschen fragten. Intuitiv erkundigte sich Gucky nach dem nächsten Arenakampf und wo er stattfände.

»Es beginnt gerade eine Kraftprobe zwischen zwei gelben Herren«, wurde ihm geantwortet. »In der siebten Arena.«

»Aha, in der siebten also«, wiederholte Gucky und hoffte, jemand würde daran denken, wo diese siebte Arena wohl sei. Jemand tat es, und so erfuhr er, daß sie nur wenige hundert Meter entfernt in der eingeschlagenen Richtung lag. »Werde ich mir ansehen. Danke.«

Ungehindert ließen sie ihn ziehen.

Ein Kampf zwischen zwei Mutanten! Es war vielleicht von Vorteil, wenn er sich das Duell ansah. Daraus ließen sich eventuell Schlüsse für ihr späteres Verhalten ziehen. Und besonders vorteilhaft würde es sein, wenn sie ihn nicht dabei sahen.

Er schaltete den Deflektorschirm ein. Zu seiner eigenen Überraschung funktionierte er trotz der vorhandenen Energiefelder und der störenden Impulse. Er wurde unsichtbar.

Beruhigt ging er weiter. Er verzichtete auf eine Teleportation, um seine Umgebung besser kennenzulernen. Aber er entdeckte nichts von Bedeutung. Zwei Diener gingen achtlos an ihm vorbei. Sie sahen ihn nicht.

Endlich erreichte er den Eingang zur Arena. Die geballten Gedankenimpulse von etwa dreihundert Mutanten wiesen ihm den Weg. Der Kampf stand kurz vor dem Beginn.

Mehr als die Hälfte der vorhandenen Sitzplätze waren unbesetzt. Gucky blieb am Eingang stehen und nahm das phantastische Bild in sich auf, das sich seinen verblüfften Augen bot.

Es handelte sich in der Tat um eine Art Arena, die allerdings mehr wie die Bühne eines gigantischen Theaters wirkte. Der ovale Raum war nur in der hinteren Hälfte mit aufsteigenden Sitzbänken ausgestattet, die ganze vordere Hälfte war Bühne, ebenfalls erhöht, allerdings nur so viel, daß jeder Zuschauer noch auf sie hinabsehen konnte. Im Hintergrund standen halb verdeckt in den Kulissen merkwürdige Maschinen und sonstige Gerätschaften, deren Sinn Gucky nicht erraten konnte. Vielleicht dienten sie den Kämpfern als Utensilien bei ihren verschiedenartigen Duellen, deren Ausführung wiederum von den mutierten Eigenschaften der Gladiatoren abhing.

Zwei in Ockergelb gekleidete Gestalten betraten von rechts und links die Bühne und trafen sich in der Mitte. Gucky nutzte die Pause, die durch die Vorstellung bedingt wurde, sich einen Platz zu suchen. Er verspürte keine Lust, vielleicht ein oder zwei Stunden zu stehen.

Aufmerksam verfolgte er die Vorbereitungen zu dem Duell, und da er die Gedanken aller Anwesenden lesen konnte, fiel es ihm auch nicht schwer, die Zusammenhänge zu begreifen.

Laut Programm kämpfte ein einfacher Telekinet gegen einen Reaktionsspürer – so war der Begriff wohl am besten übersetzt. Viel konnte Gucky nicht über ihn herausfinden, weil zuviele Gedankenimpulse auf einmal in sein Bewußtsein drangen und er nicht die Konzentration hatte, sie zu sortieren und die wesentlichen herauszufischen. Ein Reaktionsspürer sah gewissermaßen eine Sekunde in die Zukunft, wußte also genau, was sein Gegner in einer Sekunde tun würde. Das war nur ein geringer Vorsprung gegen einen Telekineten, und nach Guckys Meinung war der Reaktionsspürer sichtlich im Nachteil.

Die Duellanten begrüßten sich feierlich und hörten sich die Ermahnungen des Schiedsgerichtes an, das seitlich der Bühne in einer Loge Platz genommen hatte. Dann durften sie sich ihre Hilfswaffen aussuchen.

Der Telekinet verzichtete großzügig, während der Reaktionsspürer zum Hintergrund der Bühne ging und einige Dinge an sich nahm, die Gucky nicht genau erkennen konnte. Jedenfalls gab das Schiedsgericht seine Einwilligung. Der Telekinet war ein muskulöser unförmiger Klotz mit nichtmenschlichen Gesichtszügen. Er erinnerte Gucky an eine riesige Kröte die auf den Hinterbeinen unbeholfen daherwatschelte. Gegen ihn wirkte der Reaktionsspürer schmächtig und schwach. Er sah humanoid aus, wenn auch mit erheblichen Abweichungen. Gucky fühlte sofort Sympathie mit ihm, als er erfahren mußte, daß er zu diesem Kampf gezwungen worden war.

Sie standen sich gegenüber.

Wahrscheinlich glaubte der massige Telekinet, leichtes Spiel zu haben wie mit so vielen Gegnern, die er bereits besiegt hatte. Was konnte ihm auch ein Reaktionsspürer anhaben, der nur seine Hände zur Verfügung hatte?

Gucky lehnte sich im Sitz zurück, um sich besser konzentrieren zu können. Mit einiger Verblüffung stellte er fest, daß ein Kraftfeld auf der Bühne jeden telepathischen Kontakt zwischen den beiden Kämpfern verhinderte. Das war immerhin ein Vorteil für den Reaktionsspürer, der auf Telepathie nicht angewiesen war. Auf der anderen Seite konnte der Telekinet so nicht wissen, was sein Gegner plante.

Jetzt sah Gucky auch, was der Reaktionsspürer gewählt hatte. Drei ganz normale Metallmesser!

Das war eigentlich nicht besonders klug, denn der Telekinet konnte ein Messer im Flug abfangen und ihm eine neue Richtung geben, sogar eine Richtung, die es zum Werfer zurückführte. Vergeblich versuchte Gucky die Absichten des scheinbar leichtsinnigen Reaktionsspürers herauszufinden. Resigniert gab er es auf.

Noch immer musterten sich die beiden Gegner und warteten ab. Jeder schien zu wollen, daß der andere begann, um seine Taktik zu erraten. Ganz ruhig standen sie da, an beiden Seiten der Bühne und fast dreißig Meter voneinander entfernt. Der Telekinet mit leeren Händen, der Reaktionsspürer mit einem Messer wurfbereit in der rechten und den beiden anderen in der linken Hand.

Gucky spürte die Spannung im Publikum, das aus Angehörigen aller nur denkbaren Lebensformen bestand. Obwohl sie fast täglich ein solches Schauspiel erleben konnten, verlor es niemals an Reiz, weil immer zwei völlig voneinander verschiedene Gegner aufeinandertrafen, weil es immer wieder neue Variationen im Kampfgeschehen gab und weil der Ausgang in jedem Fall ungewiß blieb.

Blitzschnell hob der Reaktionsspürer die rechte Hand, bog sie zurück und schleuderte das Messer. Es flog, durch eingebaute Magnetfelder in der Waagerechten gehalten, wie ein Pfeil in gestrecktem Flug auf den Telekineten zu – um mitten zwischen den Kontrahenten plötzlich in der Luft hängenzubleiben.

Der Telekinet hatte reagiert.

Das Messer drehte sich frei schwebend um, bis seine Spitze auf den Reaktionsspürer zeigte, der abwartend dastand und seine Fähigkeiten einsetzte. Noch bevor das Messer zu ihm zurückkehrte, bückte er sich. Die tödliche Waffe zischte dicht über seinen Kopf dahin und wurde von einem Energieschirm aufgefangen.

Nun besaß er nur noch zwei Messer.

Beifall belohnte die Leistung beider Kämpfer, die sich jedoch nicht ablenken ließen. Noch immer standen sie sich in unveränderter Haltung gegenüber. Sie schätzten sich ab, und der Telekinet mochte sich wohl überlegen, was sein Gegner mit den verbleibenden zwei Messern anfangen wollte. Wenn er die auch verlor, war er so gut wie tot.

Gucky, selbst ein Telekinet, begann zu ahnen, was der Reaktionsspürer plante, und die folgenden Ereignisse sollten ihm recht geben ...

Wieder erhob der Reaktionsspürer die rechte Hand, in der sich inzwischen das zweite Messer befand. Seine Absicht war eindeutig: Er wollte abermals auf den Telekineten werfen, der ruhig dastand und wartete.

Und er warf ...!

Das Messer hatte seine Hand kaum verlassen, da hielt er auch das dritte in der Rechten – und warf abermals. Blitzschnell und fast in derselben Sekunde. Genauso wie Gucky es erwartet hatte.

Der Erfolg war eindeutig.

Der Telekinet sah den ersten Wurf und reagierte schnell und sicher, so wie zuvor auch. Er hielt das Messer mitten im Flug fest, lenkte es sofort um und schickte es zum Absender zurück. Noch während er das tat, traf ihn das dritte Messer mitten in die Brust. Es war mit solcher Kraft geschleudert worden, daß es fast völlig in das schwammige Fleisch eindrang. Und während das zurückgelenkte Messer dicht über den Reaktionsspürer hinwegflog, sank der Telekinet tot zu Boden.

Damit war der Kampf für heute entschieden.

Gucky hörte den Applaus, aber er beteiligte sich nicht daran, obwohl alle seine Sympathien auf Seiten des Siegers gewesen waren. Der Reaktionsspürer war klüger gewesen als der Telekinet, der sich nur auf seine eigenen Fähigkeiten verlassen hatte, ohne die seines Gegners ins Kalkül einzubeziehen. Der Telekinet hatte außerdem nicht damit gerechnet, daß sein Gegner das dritte Messer unmittelbar nach dem zweiten schleudern würde.

Die Zuschauer erhoben sich und verließen die Arena.

Der Sieger stand vor dem Schiedsgericht und erhielt eine Art Belohnung, die in erster Linie darin bestand, daß er für eine längere Zeit von jedem Kampf befreit war.

Gucky teleportierte in Kasoms Wohnzimmer zurück.

32.

Ohne unterbrochen zu werden, konnte Gucky seinen Bericht abgeben. Er schmückte ihn mit allerlei Einzelheiten aus und vergaß auch nicht zu erwähnen, daß er vor einem solchen Duell keine Angst habe.

»Die Schonzeit ist bald vorbei«, meinte Kasom schließlich als Gucky nichts mehr einfiel. »Sie werden uns holen und in die Arena schicken, falls sie keine anderen Sorgen haben. Wir aber haben andere! Wo steckt Harno, den wir unbedingt finden müssen? Wie kommen wir überhaupt wieder von diesem verrückten Planeten weg, wenn wir Harno gefunden oder gar befreit haben?«

»Alles Dinge, über die wir uns noch früh genug den Kopf zerbrechen werden. Im Augenblick haben wir die Gelben Mutanten am Hals, die so um unser Wohlergehen besorgt sind.« Gucky machte eine wegwerfende Handbewegung. »Nur zu ihrem eigenen Vorteil, klar, sie sind gespannt auf unsere Leistungen in der Mental-Arena.«

»Das kann ja heiter werden«, sagte Alaska, der nur aufgrund seines flammenden Cappin-Fragments ein Halbmutant genannt wurde, in Wirklichkeit aber keine besonderen Fähigkeiten parapsychischer Art besaß. »Wie soll ich mich wehren, Gucky? Ob es wirklich genügt, wenn ich die Maske abnehme?«

»Garantiert, Alaska. Niemand kann in dein Gesicht sehen, ohne den Verstand zu verlieren, und wenn das geschieht, hast du schon gewonnen.«

»Dein Wort in das Ohr des Schiedsgerichts.«

Ras schaute inzwischen auf die Wand, hinter der, wie er wußte, der Korridor lag, der zu seinem Appartement führte. Ihm war so, als habe sich das Ockergelb in den letzten Sekunden merklich verfärbt. Er täuschte sich nicht, wenn es den anderen auch noch nicht aufgefallen war. Das Gelb wurde blasser, fast transparent, wenn man den Korridor auch noch nicht zu sehen vermochte. Es war eine Durchsichtigkeit, die den Blick nicht auf die Gegenstände unmittelbar hinter der Wand freigab, sondern in eine unendlich scheinende Ferne.

Aus diesem Nichts heraus trat einer der Gelben Mutanten und kam direkt ins Zimmer spaziert.

Jetzt sahen ihn auch die anderen. Das Gespräch verstummte.

»Wir alle hoffen, Sie haben sich ausgeruht und eingelebt«, sagte der Mutant mit einer merkwürdig hellen Stimme und in einer Sprache, die ohne die telepathischen Impulse niemand verstanden hätte. »Seid ihr nun bereit, die Kräfte mit uns zu messen?«

Gucky saß mit gespreizten Beinen auf Kasoms Bett. Er schüttelte ganz entschieden den Kopf.

»Nein, mein Guter, das sind wir nicht! Wir haben Hunger! Eßt ihr hier denn überhaupt nichts?«

»Ihr brachtet Vorräte mit. Wenn sie aufgebraucht sind, erhaltet ihr neue.«

»Das sind Notvorräte. Schafft also etwas Gutes herbei, sonst könnt ihr lange warten, ehe wir mit euch in die Hölle teleportieren.«

»Aha, Teleporter!«

»Ja! Ihr werdet euer gelbes Wunder erleben!« Gucky war richtig in Fahrt gekommen, und vielleicht hätte er noch mehr gesagt, wenn er nicht einen warnenden Blick Kasoms aufgefangen hätte. So wiederholte er nur seine ursprüngliche Forderung: »Vier anständige Mahlzeiten, oder wir reden mit niemandem mehr.«

Der Gelbe versprach, für das Essen zu sorgen, dann sagte er:

»Der erste Kampf wird in fünf Stunden stattfinden. Das Los entscheidet, wer von euch als erster antreten darf.«

Ras wiederholte mißbilligend: »Darf! Das finde ich ja reizend – wir dürfen!«

Der Gelbe bejahte würdevoll: »Ja, ihr dürft! Das ist eine seltene Ehre, denn nicht jeder darf seine Kräfte in der Arena messen.«

Der Gelbe verschwand, wie er gekommen war – durch die Wand.

»Der muß ja über unheimliche Fähigkeiten verfügen«, vermutete Kasom. »Geht durch die Wand! Kann er Materie durchdringen?«

»Er verschmilzt mit ihr – eine Art atomarer Anpassung.« Gucky wußte es natürlich mal wieder ganz genau. »Das soll es geben! Wenn der euch in der Arena begegnet, wird er einfach in den Boden versinken und ihr habt das Nachsehen, wenn er plötzlich unvermittelt hinter euch auftaucht. Kinder, die Sache wird brenzlig, aber keine Angst. Ich werde euch helfen. Unsichtbar sitze ich im Zuschauerraum und passe auf, daß euch nichts passiert.«

»Dann sorge auch dafür«, riet Alaska trocken, »daß du nicht der erste bist, der zum Kampf antreten muß. Denn wie sollten wir helfen, wo du doch der Größte bist?«

Gucky nickte herablassend.

»Richtig bemerkt, ich bin sicherlich in dieser Hinsicht der Größte. Und darum werde ich eurer gutgemeinten Hilfe kaum bedürfen. Aha, da kommt unser Essen!«

Er hatte die Diener auf dem Korridor gesperrt. Ras öffnete ihnen un bat sie durch Zeichen, die vielen Schüsseln, Töpfe und Teller auf den großen Wohnzimmertisch Kasoms zu stellen. Mit ehrfürchtigen Verbeugungen zogen sich die Diener wieder zurück.

Gucky begutachtete inzwischen den Inhalt der Töpfe und Schüsseln.

»Sieht ja ganz manierlich aus, was natürlich nicht bedeutet, daß es auc gut schmeckt. Körperliche Bedürfnisse haben unsere gelben Geisteskämpfer also doch!« Er nahm mit den Fingern eine grünliche Frucht au einer Schüssel, roch skeptisch an ihr – und schob sie dann in den Mund.

»Hm«, sagte er schließlich, »gar nicht so übel. Man könnte sich dara gewöhnen. Setzt euch, Herrschaften! Zugegriffen ...!«

Es handelte sich in erster Linie um fruchtähnliche Speisen, die nich unangenehm schmeckten und sehr nahrhaft schienen. Besteck gab e nicht, aber niemand vermißte es. In einer durchsichtigen Karaffe war gelber Wein.

Kasom nahm einen kräftigen Schluck. »Der ist aber auch nicht vo schlechten Eltern«, stellte er zufrieden fest.

»Chemische Brühe!« lehnte Gucky ihn rundweg ab.

Sie wurden satt. Die Diener kamen und räumten ab. Danach waren di Freunde wieder allein. Alaska lag ausgestreckt im Sessel.

»Wenn die mich so vollgestopft in die Arena schicken, könnt ihr mic gleich begraben. Ich werde ein Stündchen schlafen.«

»Schlaf etwas schneller«, empfahl Gucky wohlwollend. »Wir habe nämlich nicht mehr viel Zeit.«

Kasom erschien ihnen am besten geeignet, die Neuankömmlinge in de Arena zu vertreten. Ausgerechnet Kasom, der als einziger keine parapsychischen Fähigkeiten besaß.

Auf dem Weg nach Arena Sieben beruhigte ihn Gucky:

»Mach dir keine Sorgen, Toronar. Ich bin ja bei dir.« Wenn man den riesigen Ertruser und daneben den gerade einen Meter großen Gucky sah klangen die Worte des Mausbibers mehr als komisch. »Denen werden wi es schon zeigen. Ich gebe mich stets als Teleporter aus. Niemand sollt wissen, daß ich außerdem noch Telekinet und Telepath bin. Meine Gedanken weiß ich wohl abzuschirmen. So kann ich dir helfen. Es kommt nu nur noch darauf an, mit welchem Gegner du es zu tun haben wirst. De Gelbe sagte, der Kampf würde diesmal besonders reizvoll sein, weil di individuellen Fähigkeiten der Gegner nicht bekanntgegeben würde Denen fällt auch immer wieder etwas Neues ein.«

»Wir finden schon rechtzeitig heraus, was der andere kann«, meinte Ra optimistisch, aber Gucky erinnerte ihn:

»Kaum Ras. Ich erzählte euch doch von dem Abschirmfeld über de Bühne. Es neutralisiert alle Gedankenimpulse, die von den beiden Kämpfern ausgehen. So weiß niemand, was Kasom kann, aber leider erfahre wir genausowenig von seinem Gegner. Abwarten, das ist alles, was wir tun können.«

Ein Gleit-Transportband brachte sie schnell ihrem Ziel näher. Immer wieder stießen weitere Gelbe Mutanten zu ihnen, die sie jedoch kaum beachteten. Ihre Gedanken verrieten weder Aufregung noch Neugierde. Das fast tägliche Schauspiel des Arenakampfes schien sie allmählich abstumpfen zu lassen. Mit ihren Gedankenimpulsen jedenfalls, nahm Gucky an, konnten die Gelben Eroberer nicht viel anfangen.

Gab es darum die Kämpfe? Vielleicht doch! Es war auch möglich, daß gerade die Gedankenimpulse der beiden Kämpfenden statt von dem Bühnenfeld einfach neutralisiert zu werden, aufgefangen und in den Speicher abgestrahlt wurden. Die Gedanken der Kämpfenden bedeuteten Stärke, Unterwerfungswillen und den Willen zum Töten. *Das* waren die Impulse, die zur Hypnobeherrschung anderer Völker notwendig waren!

Der Zuschauerraum war nahezu gefüllt, als sie eintrafen. Ohne Erklärungen wurde Kasom von ihnen getrennt und weggeführt. Gucky schickte ihm noch einige beruhigende Gedankenimpulse nach, dann erst konnten sie sich um drei Sitzplätze kümmern. Sie fanden welche ziemlich vorn und nebeneinander. Der Blick auf die Bühne war gut und übersichtlich.

Das Schiedsgericht war bereits anwesend und schien die Kämpfer zu erwarten.

Es schwirrten so viele Gedankenimpulse herum, daß Gucky als erfahrener Telepath davon überzeugt war, niemand könne sie mental belauschen. Das Aussortieren derartiger Impulse war unvorstellbar schwierig und würde nur einem Mutanten gelingen, der ein ausgezeichneter Telepath war.

»Ihr beide greift nur im Notfall ein«, flüsterte er, damit Ras und Alaska ihn auch ohne Anstrengung verstanden. »Ich besorge das schon, und nur wenn ich euch ein Zeichen gebe, helft mir. Dann muß Alaska eben die Maske abnehmen, oder Ras teleportiert Kasom in Sicherheit. Ich weiß, das ist gegen die hier herrschenden Regeln, aber das muß uns egal sein. Wir treffen uns dann in der Wohnung.«

»Alles klar«, flüsterte Alaska entschlossen zurück.

Kasom betrat als erster die Bühne, zögernd und offensichtlich ein wenig unsicher. Er schien noch immer nicht zu wissen, wer sein Gegner war. In dieser und jeder anderen Hinsicht war er auf Gucky angewiesen, den er sofort im Zuschauerraum entdeckte. Er fing seinen zuversichtlichen Blick auf und verspürte sofort eine gewisse Beruhigung.

Wenig später kam sein Gegner aus dem Eingang auf der anderen Seite der Bühne und näherte sich zur Begrüßung der Arenamitte.

Kasom erschrak.

Es war weniger die total nichtmenschliche Erscheinungsform des Wesens, die Kasom ein wenig aus der Fassung brachte, als dessen Größe. Wuchtig wie ein Klotz bewegte es sich auf vier kurzen säulenförmigen

Gliedmaßen. Auf einem fast quadratischen Körper und einem viel zu dik ken Hals saß ein relativ klein wirkender Kopf mit drei Augen, die Kasor mißtrauisch und feindselig musterten. Der Ertruser ahnte instinktiv, da diese Augen Gefahr bedeuteten und daß er sich vor ihnen in acht nehme mußte.

Die Begrüßung war sehr förmlich und bestand eigentlich nur darin, da sie sich eine Weile stumm ansahen, dann wurden sie vom Schiedsgerich aufgefordert, den Kampf zu beginnen.

Jeder zog sich auf eine Bühnenseite zurück. Da alle Gedankenimpuls unterbunden wurden, konnte keiner der Gegner wissen, über welch Fähigkeiten der andere verfügte – in gewisser Hinsicht ein Glück fü Kasom, der gefährlicher aussah als er in Wirklichkeit war.

Beide hatten auf eine Waffe verzichtet.

Kasom wußte, daß auch Gucky ihm jetzt in diesem Augenblick noc nicht helfen konnte. Der Koloß hatte seine Mutantenfähigkeiten noc nicht offenbart. Er schien auf Kasom zu warten, der sich natürlich in eine argen Klemme befand. Er versuchte sie zu überspielen, indem er mög lichst hochmütig und überlegen tat.

Der Koloß entschloß sich endlich, wenigstens eine Probe seines Kör nens zu geben, aber wohl mehr wegen des sensationslüsternen Publikum als um seinen Gegner zu warnen. Kasom bemerkte plötzlich, daß di Pupillen der drei Augen zu wandern begannen und nicht mehr genau ih ansahen, sondern einen Punkt dicht vor seinen Füßen fixierten.

Dann flammten die Augen auf, und eine Sekunde später begann de Bühnenboden an der fixierten Stelle zu glühen. Kasom rettete sich durc einen schnellen Schritt zur Seite vor einer Verbrennung.

Dann sahen ihn die drei Augen wieder ganz normal und abwartend an.

Gucky flüsterte Ras und Alaska zu: »Wie unser leider viel zu früh ve storbener Iwan Goratschin – oder so ähnlich. Er kann mit seinen Geiste strömen, die mit den Augen gesteuert werden, gebremste Kernreaktione hervorrufen. Seine drei Augen fixieren einen Punkt, und sobald di mutierte Kraft einsetzt, wird an diesem Punkt Energie frei. Er kann als Kasom einfach verbrennen, wenn er will. Aber er scheint sich sein Macht bewußt zu sein, fühlt sich unendlich überlegen – und ist unvorsicl tig. So, dann wissen wir ja wohl Bescheid ...«

Kasom wußte allerdings nun auch Bescheid, und außerdem war ih klar, daß er diesem Gegner nichts entgegenzusetzen hatte. Wenn Guck jetzt nicht eingriff, war er verloren. Er sah in Richtung seiner Freunde un bemerkte zu seiner Erleichterung ein fast unmerkliches Nicken des Mau bibers, der dabei den Koloß nicht aus den Augen ließ.

Was konnte er schon tun, um Kasom zu helfen? Sicher, er konnte tel portieren und den Gegner entführen, aber das war keine echte Lösung de Problems. Wie sollte Kasom dem Schiedsgericht erklären, was er unte nommen hatte, um seinen Gegner zu besiegen – einen Gegner, der einfac verschwunden war?

Telepathie nützte überhaupt nichts.
Telekinese vielleicht? Gucky war ein ganz ausgezeichneter Telekinet, aber ganz so sicher war er noch immer nicht, ob das Kraftfeld über der Bühne nicht nur telepathische Impulse sondern sämtliche parapsychischen Einflüsse negierte.
Aber nein! Der Kampf zwischen dem Reaktionsspürer und dem Telekineten hatte das Gegenteil bewiesen. Es war Kasom somit klar, was der Mausbiber tun würde.
Er sah den Koloß herausfordernd an. Er mußte ihn zum Angriff bewegen, damit Gucky einen Grund zum Eingreifen fand, das wiederum wie seine eigene Gegenaktion aussehen mußte.
Der Atomumwandler nahm die Herausforderung an, obwohl er noch keine Ahnung hatte, welche Art von Mutant sein Gegner war. Wieder begannen seine drei Pupillen zu wandern, und zu seinem Entsetzen bemerkte Kasom, daß sie sich auf seinen rechten Fuß zu konzentrieren begannen. Unwillkürlich trat er einen Schritt zur Seite und sah in Richtung Guckys, der sofort begriff, daß die Sache nun ernst wurde.
»Nun paßt mal auf!« flüsterte er seinen Freunden zu und sah konzentriert zur Bühne hinab. »Der Dicke wird sich wundern.
Kasom sah zu seiner Verblüffung, wie sein Gegner plötzlich eine Kehrtwendung machte, genau um hundertachtzig Grad, und ihm nun den Rükken zuwandte. Dann schwebte er langsam nach oben, ohne sich dabei wieder umzudrehen.
Als der Koloß zehn Meter hoch über der Bühne war, ließ Gucky einfach los, und der unförmige Riese stürzte ab. Die ganze Arena wurde erschüttert, als der mächtige und schwere Körper aufschlug. Der Koloß blieb liegen. Die Pupillen der drei Augen wanderten ziellos hin und her, ohne sich konzentrieren zu können. Kasom verspürte Erleichterung, als er es bemerkte. Sein Gegner lebte noch, aber er war kampfunfähig. Und jeder mußte nun annehmen, er sei es gewesen, der ihn besiegt hatte.
Er ging zu dem Besiegten und versuchte, ihm auf die Beine zu helfen, aber da erschienen auch schon einige der gelben Diener, um ihm diese Arbeit abzunehmen. Das Schiedsgericht rief ihn zu sich, während gleichzeitig das abschirmende Kraftfeld erlosch.
Der Spruch wurde verkündet. Kasom war eindeutig Sieger des Zweikampfes, auch wenn er seinen Gegner nicht getötet hatte.

Sie saßen wieder in Kasoms Wohnung zusammen.
»Schön und gut«, sagte Ras. »Den ersten Kampf hätten wir hinter uns. Morgen findet der zweite statt. Aber wir können doch nicht eine Ewigkeit hier herumsitzen und Kämpfe austragen! Wir müssen Harno befreien oder zumindest Kontakt mit ihm aufnehmen.« Er sah Gucky an. »Was ist mit ihm? Hast du wieder Verbindung gehabt?«
Der Mausbiber schüttelte den Kopf.

»Nein. Ich werde es während der Ruheperiode wieder versuchen. Aber morgen sind wir das letzte Mal in der Arena, das ist sicher. Wenn wir bleiben, dann nur deshalb, um mehr über die Gelben Mutanten zu erfahren. Der Kristallplanet nimmt eine Schlüsselposition ein, das ist sicher. Wir müssen herausfinden, wo seine schwache Stelle ist.«

Wieder brachten ihnen die Diener Speisen und Getränke. Ohne Kommentar zogen sie sich anschließend zurück. Von den Mutanten tauchte keiner mehr auf. Man ließ sie also in Ruhe.

Später zog sich Gucky in sein Appartement zurück, um zu versuchen Verbindung zu Harno aufzunehmen, dessen Gedankenimpulse beinahe ganz verschwunden waren. Er schien nicht mehr richtig durchdringen zu können. Vielleicht schirmte man ihn durch ein blockierendes Energiefeld ab.

Während der Ruheperiode wurden die Lichter schwächer. Die gelbe Decke leuchtete weniger intensiv und verbreitete nur noch einen gelblichen Schimmer, der den Augen wohltat und zum Schlafen anregte.

Die »Nacht« verging ohne Zwischenfälle, aber am anderen Morgen bereits nach dem Frühstück, holte sie einer der Mutanten zur Arena ab. Er blieb in Kasoms Wohnraum stehen und wartete, bis Alaska, Ras und Gucky eintrafen. Dann gab er ihnen die Bedingungen für den heute stattfindenden Kampf bekannt.

»Der Mann, der sich Alaska nennt, wird kämpfen. Er bekommt einen besonders fähigen Gegner, der schon drei Kämpfe gewonnen hat und sich freiwillig meldete, um den Herren zu dienen. Er wird auch diesmal Sieger sein, wenn Alaska nicht über ganz besondere Fähigkeiten verfügt. Sein Gegner hat noch keinen Unterlegenen am Leben gelassen.«

»Das sind erfreuliche Aussichten«, sagte Alaska. »Darf man erfahren welcher Art mein Gegner ist? Was kann er?«

»Er ist Telekinet, besitzt aber außerdem noch die Gabe der Kurzteleportation. Ohne Zeitverlust kann er somit seinen Standort um einige Meter verändern, wodurch es seinen Gegnern schwerfällt, ihn zu besiegen.« Der Mutant sah Alaska forschend an. »Warum verbergen Sie Ihr Gesicht – oder haben Sie kein Gesicht?«

»Ich werde es meinem Gegner zeigen, wenn er darauf besteht.«

»Das wird er sicherlich, bevor er Sie tötet.«

»Und wann findet der Kampf statt?« fragte Kasom.

»In zwei Stunden. Sie kennen ja den Weg zur Arena. Wir erwarten Sie rechtzeitig.«

Er ging wieder durch die Wand und verschwand.

Gucky sah Alaska Saedelaere an. »Es hat mich schon gewundert, daß sie nie wegen deiner Maske fragten, nun ist es geschehen. Willst du sie wirklich abnehmen?«

»Wenn mein Gegner darauf besteht, werde ich es tun. Auf der anderen Seite bin ich auf deine Hilfe angewiesen, wenn ich sie nicht abnehme. Aber mit einem Telekineten und einem schwachen Teleporter wirst du ja ohne Schwierigkeiten fertig, wie ich dich kenne.«

»Das ist kein Problem, Alaska. Du wirst, genau wie Kasom, als Sieger aus diesem Kampf hervorgehen.« Er deutete zum Tisch. »Essen wir fertig, ehe uns wieder so ein gelber Knilch stört.«

»Wir haben doch schon gefrühstückt«, erinnerte ihn Ras.

Gucky sah ihn verblüfft an.

»Ach nein, haben wir?« Er schüttelte den Kopf und nahm eine der schmackhaften Früchte. »Total vergessen. Kann man wieder sehen, was Einbildung ausmacht. Ich habe einen Hunger wie nach einer Abmagerungskur ...«

» ... die dir sicherlich kaum schaden würde«, stellte Kasom anzüglich fest.

Diesmal teleportierten sie in die Arena, ohne ihr Geheimnis preisgeben zu müssen. Alaska begab sich sofort zur Bühne, wo er von einem Schiedsrichter in Empfang genommen wurde.

Sein Gegner erwartete ihn bereits.

Er sah humanoid aus, wenn man von geringfügigen Abweichungen absah, die auf eine getrennte Entwicklung schließen ließ. Vielleicht stammte er von einem eingefangenen Planeten und war von den Sonderkommandos der Gelben Eroberer in den Kristallplaneten gebracht worden, um mental ausgebeutet zu werden.

Der Blick, mit dem er Alaska musterte, wirkte überlegen und unbarmherzig. Er schien sich seiner überragenden Fähigkeiten durchaus bewußt zu sein, und offensichtlich war es ihm egal, über welche sein Gegner verfügte.

Alaskas Maske wirkte harmlos. Vielleicht nahm man an, er wolle eine entstellende Narbe damit verbergen. In Wirklichkeit loderte hinter der Maske das Fragment eines Cappins, der sich bei einer Pedotransferierung in Alaska verirrt hatte und nicht mehr freikam.

Gucky flüsterte seinen Nachbarn zu: »Diesmal fehlt das Abschirmfeld über der Bühne. Die Gegner können also ihre Gedanken lesen. Warum das heute so ist, weiß ich nicht, aber es erleichtert Alaskas Aufgabe und meine auch. Die Hauptsache ist, Alaska denkt so wenig wie möglich, um keine seiner Absichten zu verraten.« Er konnte es nicht lassen: »Na ja, er denkt ja ohnehin wenig genug, der Gute ...«

Dabei dachte sich Alaska in diesen Augenblicken sogar eine ganze Menge, zum Glück jedoch dachte er nicht an seinc mangelnden Mutantenfähigkeiten und vor allen Dingen nicht an seine eigene Aufgabe und an das Unternehmen. Er dachte nur daran, wie er seinen Gegner am besten unschädlich machen könne, und es fiel ihm nichts ein.

Der Telekinet grinste breit. Das, was er an Gedankenimpulsen aufschnappte, ließ ihn siegessicher und auch leichtsinnig werden. Breitbeinig stand er da, zwanzig Meter von Alaska entfernt, ihm genau gegenüber, die Hände zu Fäusten geballt, konzentriert und abwartend.

Auch Alaska wartete. Er hatte keine andere Wahl.

Plötzlich verspürte er ein unangenehmes Ziehen im Unterkörper. Es war, als würde sein Magen rebellieren. Vielleicht die Früchte zum Frühstück? Er konnte sich entsinnen, besonders reichhaltig davon genossen zu haben. Ausgerechnet jetzt mußten sich die Folgen zeigen, wo er alle Aufmerksamkeit für das Überleben benötigte.

Als er seinem Gegner in die Augen blickte, bemerkte er darin die lauernde Genugtuung. Gleichzeitig ließ auch der Schmerz im Unterleib nach.

Der Telekinet hatte ihn herausgefordert! Er hatte in der Tat einen Eingriff paraphysikalischer Art vorgenommen. Das nächste Mal würde er vielleicht das Herz angreifen.

Als Alaska in den Zuschauerraum hinaufblickte und Gucky blinzeln sah, wußte er, daß der Mausbiber aufgepaßt hatte. Er hatte in seinen Gedanken gelesen und so die Art des Angriffs herausgefunden. Das nächste Mal würde er entsprechend reagieren.

Der Telekinet grinste noch immer, dann sagte er: »Nimm die Maske ab! Ich sehe meinem Gegner gern ins Gesicht, bevor ich ihn töte.«

Alaska verstand jedes Wort, wenn es auch in einer ihm unbekannten Sprache gesagt wurde. Trotzdem weigerte er sich.

»Nein, ich werde die Maske nicht abnehmen, denn vielleicht erschrickst du, wenn du mein Gesicht siehst. Es ist besser, du vergißt deinen Wunsch.«

»Ich bestehe darauf«, sagte der Telekinet fordernd. »Und wenn du es nicht freiwillig tust ...«

Der Telekinet griff zu, ehe Gucky entsprechend reagieren konnte. Er griff über zwanzig Meter hinweg nach Alaskas Maske und riß sie ab.

Die Maske fiel polternd auf den Boden der Bühne.

Der Telekinet schaute fassungslos in das flammende Gesicht seines Gegners, aber ehe er begriff und sich abwenden konnte, hatte das Cappinfragment bereits seine verheerende Wirkung getan. Der Telekinet streckte abwehrend beide Hände aus, dann rannte er schreiend zum Hintergrund der Bühne, riß eine kleine Strahlwaffe an sich und entsicherte sie, während er auf die Loge der Schiedsrichter zulief.

Aber auch die Richter und die meisten der Zuschauer hatten Alaskas Gesicht gesehen, obwohl dieser sich schnell gebückt und die Maske wieder aufgenommen hatte. Als er sie aufsetzte, war es bereits zu spät.

Die Menge war halb wahnsinnig geworden.

Wahllos begann der Telekinet auf die Richter und Zuschauer zu schießen. Einer der Diener, die in der Arena als Ordner Dienst taten, nahm ihm die Waffe ab. Aber der Telekinet gab nicht auf. Mit wütendem Gebrüll stürzte er sich von der Bühne und griff seine Mutantenkollegen an, die noch immer nicht begriffen, was eigentlich geschehen war. Der Mann, den sie Alaska nannten, mußte über unheimliche Gaben verfügen. Er konnte ihnen allen den Verstand rauben ...

Gucky teleportierte auf die Bühne und holte Alaska.

»Los, Ras, nimm Kasom, und dann nichts wie weg hier! Zurück ins Appartement, dann sehen wir weiter ...«

Sie entmaterialisierten und entkamen so dem Hexenkessel. So sahen sie auch nicht mehr, wie der verrückt gewordene Telekinet von der empörten Menge gelyncht wurde – allerdings auf eine ganz besondere Art.

Aus dem Nichts trafen ihn elektrische Schläge, jemand hielt ihm telekinetisch den Hals zu, ein Teleporter brachte ihn bis unter die hohe Decke und ließ ihn dann fallen. Zu allem Überfluß griff auch noch ein Molekülverwandler ein und sorgte dafür, daß die sterblichen Überreste des mordlustigen Arenakämpfers spurlos verschwanden.

Der Eindruck des flammenden Gesichts von Alaska verwischte sich jedoch nicht so schnell, wenn auch die Zeit für eine Dauerwirkung viel zu kurz gewesen war. Die Erinnerung blieb. Der von der Bühne verschwundene Alaska mußte wieder herbeigeschafft werden. Er versprach weitere interessante Kämpfe und damit positive Gedankenimpulse für die Mentalspeicher der Gelben Eroberer. Die Hetzjagd begann ...

Sie hatten ihre Kampfanzüge wieder angelegt, ohne die Helme zu schließen. Eine Überprüfung der Vorräte ergab, daß sie längere Zeit ohne die Verpflegung der Mutanten auskommen konnten. Sie waren somit nicht auf deren zweifelhafte Gastfreundschaft angewiesen.

Gucky brachte wenig später eine erfreuliche Nachricht.

»Kontakt mit Harno! Es war, wie ich vermutete, ein Absorberfeld, das seine Impulse nicht durchließ. Jetzt scheint es für unbestimmte Zeit abgeschaltet worden zu sein. Er sendet einen einfachen Peilstrahl, um sich nicht zu verraten.«

»Und wo steckt er?«

»Im Zentrum des Kunstplaneten. Wir müssen teleportieren.«

»Verdammt riskant!« Ras machte ein ernstes Gesicht. »Oder glaubst du, der Peilstrahl genügt?«

»Er genügt, aber ich halte es nicht für ratsam, direkt in die Höhle des Löwen zu springen. Wir müssen etappenweise vorgehen. Und viel Zeit dürfen wir uns auch nicht mehr lassen. Man ist schon unterwegs zu uns.«

»Die Mutanten?«

»Genau die! Sie wollen Alaska. Ein Mutant, der tausend andere nur durch seinen Anblick verrückt machen kann, ist ihnen noch nicht untergekommen.«

Alaska überprüfte den Sitz seiner Maske.

»So schnell lasse ich mir sie nicht noch einmal abnehmen, auf der anderen Seite hätte es schlimmer kommen können. Der Kerl hätte mir die Lungen ausgequetscht, ehe wir alle geahnt hätten, was er plant.«

»Ich nehme wieder Kasom«, kündigte Gucky an. »Ras hat mit Alaska genug zu tun.« Er sah sich um. »Eigentlich schade um die schöne Bude. Hat mir gut gefallen. Aber noch mehr ärgere ich mich, daß die gelben Brüder mich nicht für würdig befunden haben, in die Arena zu gehen. Wenn die wüßten, wie sie mich unterschätzt haben!«

»Das ist anderen auch schon passiert«, tröstete ihn Kasom. »Die Hauptsache ist, *wir* wissen, was wir an dir haben.«

»Du machst mich überglücklich«, versicherte Gucky und hob warnend die Hand. »Da kommen welche! Wenn die wieder durch die Wände gehen, wird es Zeit, daß wir verschwinden ...«

Sie faßten sich bei den Händen, um sich nicht zu verlieren. Gucky peilte sehr starke Gedankenimpulse an, die von unten kamen, konzentrierte sich auf den Sprung – und teleportierte.

Die Mutanten, die wenig später in das Appartement eindrangen, fanden keine Spur mehr von ihren unfreiwilligen Gästen.

Das Y'Xanthomrier sah gnädig zu den Dienern herab.

Nur einmal am Tag – in der helleren Lichtperiode – durften die Diener die Halle des Y'Xanthomrier betreten, um dem Götzen ihre Ergebenheit zu zeigen und für Ordnung zu sorgen. Die Auserwählten der Gelben Mutanten hatten immer Zutritt, aber sie machten nicht sehr regen Gebrauch davon.

Das Y'Xanthomrier war eine sechzig Meter hohe und fünfundzwanzig Meter breite Figur in der Art eines riesigen Götzenbildes. Es war ockergelb und im Aussehen absolut nichtmenschlich. In dem aufgedunsenen froschähnlichen Gesicht war nur ein einziges Auge zu entdecken, eine buntschillernde Kugel von fast zehn Metern Durchmesser. Das gesamte Gesicht wurde von diesem einen Auge beherrscht.

Das »Wissende Auge« ...

Scheu verrichteten die Diener ihre tägliche Arbeit. Ab und zu nur wagte es dieser oder jener von ihnen, das mächtige Götzenbild sekundenlang anzuschauen. Sie fürchteten sich vor ihm, denn das Y'Xanthomrier beherrschte alles mit seinem bösen Geist, selbst die Gelben Mutanten, die ihm gehorchen mußten.

Der Kristallplanet besaß einen Durchmesser von ungefähr dreitausendfünfhundert Kilometern. Das bedeutete, daß Gucky und seine Begleiter etwa eintausendsiebenhundertfünfzig Kilometer tief unter die Oberfläche vorstoßen mußten, um ihr Ziel zu erreichen.

Als sie rematerialisierten, schien sich ihre Umgebung kaum geändert zu haben, obwohl Ras und Gucky wußten, daß sie mehr als tausend Kilometer zurückgelegt hatten, und zwar senkrecht nach unten.

Sie standen in einer Halle, ockergelb und ohne Einrichtung.

Die Gedankenimpulse waren hier unten für die Nichttelepathen nur sehr schwach wahrzunehmen, lediglich Gucky war in der Lage, sie deutlich zu empfangen. Er fand auch eine Erklärung dafür.

»Das Baumaterial des Planeten schirmt die Impulse fast vollständig ab, zumindest dann, wenn sie größere Schichten durchdringen müssen. Das wiederum läßt darauf schließen, daß es in dieser Ebene keine Bewohner gibt. Wir empfangen die Impulse von Mutanten, die nur drei oder vier Stockwerke über und unter uns sind. Verlieren wir keine Zeit, Freunde. Harno erwartet uns.«

Abermals teleportierten sie, diesmal gute fünfhundert Kilometer.

Harnos Peilimpuls überlagerte alle anderen Gedankenimpulse. Sie hatten sich dem Energiewesen nun bis auf knapp zweihundert Kilometer genähert. Aber außer Harnos Peilsignal und gelegentlichen Gedankenmustern Gelber Mutanten waren da noch andere Impulse, die von Gucky zuerst nicht identifiziert werden konnten.

Er empfing sie klar und deutlich, aber sie ergaben trotzdem keinen Sinn. Es waren keine greifbaren Gedanken, sondern vielmehr Gefühlsimpulse, die Befehlen glichen. So als wolle jemand einem anderen etwas einsuggerieren.

Ganz schwach erinnerte sich Gucky daran, genau dieses abstrakte Gedankenmuster schon einmal empfunden zu haben ... wann und wo aber war das gewesen?

Das Y'Xanthomrier? Der Götze, der rote Tränen weinte?

Natürlich! Als er körperlos in der fünften Dimension weilte, um Verbindung zu Harno aufzunehmen, hatte er den Götzen gesehen, unwirklich und wie durch tausend Schleier hindurch. Aber er hatte auch diese abstrakten Gedankenmuster empfangen, die keine realen Begriffe, lediglich Emotionen vermittelten – und aufzwangen.

»Die Richtungen sind identisch«, teilte er den anderen mit. »Harno und das Standbild befinden sich am selben Ort. Und das Standbild sendet Befehlsimpulse aus!« Er schüttelte voller Zweifel den Kopf. »Wie kann es das, wenn es nicht lebt? Oder sollte es organisch sein?«

»Der Kristallplanet ist auch künstlich«, erinnerte ihn Kasom.

»Das ist etwas ganz anderes, Toronar. Der Planet selbst sendet keine Eigenimpulse aus, der Götze aber tut es! Die Frage ist nur, ob er es aus eigener Initiative tut, oder ob er nur als eine Art Relaisstation dient. Nun, wir werden es bald wissen. Springen wir weiter.«

Diesmal scheuten sich die beiden Teleporter nicht, Harnos Peilimpuls unmittelbar anzugehen und sich auf seinen Ausgangspunkt zu konzentrieren. Sie waren lediglich vorsichtig genug, einen Sicherheitsfaktor von einhundert Metern einzubauen, damit sie nicht direkt im unbekannten Ziel rematerialisierten.

Das erste, was sie zu spüren bekamen, waren die starken Mentalimpulse, die nun Harnos Emissionen total verschluckten. Aber nun benötigten sie Harnos Richtsignal auch nicht mehr.

Sie standen in der Halle des Y'Xanthomriers.

Das Götzenbild überragte die winzigen Gestalten einiger Gelber Mutanten, die sich einem der vielen Ausgänge näherten, um die Halle zu verlassen. Seine Erscheinung war für Kasom, Ras und Alaska trotz aller vorherigen Beschreibungen Guckys so schreckenerregend, daß sie nur stumm dastanden und das Ding betrachteten, von dem nun ein intensiver Impulsstrom ausging, der sich gezielt gegen sie richtete.

Der Götze hatte sie bemerkt und wollte ihnen seinen Willen aufzwingen. Nun gab es keinen versteckten Kampf mehr, kein vorsichtiges Abtasten der gegenseitigen Kräfte und Fähigkeiten, kein Zurückziehen und keine Flucht. Jetzt konnte es nur noch eine Entscheidung geben.

»So schnell schafft der uns nicht«, flüsterte Alaska, der gegen die Impulse völlig immun zu sein schien. »Können wir ihn außer Gefecht setzen, Gucky? Wo steckt übrigens Harno?«

Der Mausbiber gab nicht sofort Antwort. Fasziniert schaute er in Richtung des Standbildes, wobei sich seine Aufmerksamkeit auf das riesige Auge des Götzen konzentrierte. Seine vage Vermutung begann sich zu bestätigen, als er für den Bruchteil einer Sekunde den Gedankenimpuls Harnos empfing.

Das Auge ...!

»Das Auge«, sagte er mit Betonung, »ist Harno! Er wird von parapsychischen Kraftfeldern gehalten. Das ist die Fesselung, von der er sprach, eine Fesselung, der er selbst nicht entkommen kann. Ein Gefängnis ohne Flucht, es sei denn, man zerstört das Gefängnis – und das wird auch sein, was wir tun werden. Nur, fürchte ich, wird es schwierig sein.«

Ein Roboter? Oder war das Y'Xanthomrier ein organisches Lebewesen, das den Gelben Eroberern diente? Aber hatte es jemals auf einer Welt derart riesige Geschöpfe gegeben, solche Giganten aus organischer Materie?

Kasom verhielt sich merkwürdig still. Er sagte nichts, stellte keine Fragen und machte auch keine Vorschläge, was höchst sonderbar war. Ganz ruhig stand er da und betrachtete das Standbild, die rechte Hand um den Griff seiner Waffe geklammert. Der Impulsstrom des Götzen verschluckte seine eigenen Gedanken – wenn er in diesen Augenblicken überhaupt welche hatte.

Alaska war völlig unbeeindruckt, denn der Impulsstrom des Götzen umspülte ihn zwar, blieb aber wirkungslos. Hingegen hatte Ras schon einiges zu tun, um die mentalen Befehle abzuwehren. Immerhin gelang es ihm, und er wurde nicht beeinflußt.

Gucky konzentrierte sich auf das Standbild, und zwar an der wuchtigen Basis. Dort mußte es einen schwachen Punkt geben, an dem er ansetzen konnte. Ein wenig verwunderte ihn die Tatsache, daß es allem Anschein nach keine Energiefelder zum Schutz des Riesen gab. Die einzigen Energiefelder, die er orten konnte, waren jene, die Harno festhielten.

Noch während er versuchte, das Innere des Götzenbildes telekinetisch abzutasten, wurde er von einem besonders intensiven Impulsstrom überschwemmt, der offensichtlich nur gegen ihn gerichtet war. Das Y'Xanthomrier hatte ihn als den gefährlichsten Gegner erkannt und versuchte nun, ihm seinen Willen aufzuzwingen.

Gucky wehrte sich mit allen seinen Kräften, aber schon bald spürte er, daß ihm das seltsame Gebilde überlegen war. Wenn er nicht alle seine parapsychischen Fähigkeiten zusammennahm und auf die Abwehr konzentrierte, war er verloren und ein Gefangener der Gelben Eroberer, so wie auch Harno und alle Gelben Mutanten. Gucky begriff in diesem Augenblick auch, wie sinnlos jeder Versuch der Mutanten sein mußte, sich gegen ihren Beherrscher aufzulehnen.

Das Y'Xanthomrier war gegen jeden Angriff parapsychischer Art unempfindlich und damit ideal dafür geschaffen, Mutanten zu beherrschen. Immer mehr war Gucky nun davon überzeugt, es mit einem künstlichen Gebilde zu tun zu haben, nicht mit einem organisch lebenden Geschöpf.

Oder vielleicht mit einer Mischung aus beiden ...

Kasom war es schließlich, der Geduld und Nerven verlor und damit den Ereignissen die entscheidende Wende gab. Das war sicherlich nicht seine Absicht, aber er half damit Gucky aus der Klemme.

Seit Stunden schon wurde Kasom, ohne daß er sich dessen so richtig bewußt geworden war, von den unbekannten Mächten schikaniert und gequält. Hilflos sah er sich Gewalten ausgeliefert, gegen die er sich nicht wehren konnte. Er war kein Mutant und besaß keine einzige parapsychische Fähigkeit, die er gegen diesen Gegner hätte einsetzen können.

Dafür besaß er etwas ganz anderes: seinen schweren Strahler!

Ehe ihn jemand daran zu hindern vermochte, riß er die Waffe hoch und schickte sonnenheiße Energiebündel gegen das Y'Xanthomrier. Sie trafen, weil kein Schutzschirm den Giganten umgab. Gradlinige Glutbahnen drangen in den Riesenkörper ein, fraßen sich in das unbekannte Material und zerstörten es. Explosionen rissen Stücke aus dem massiven Körper und legten ein Gewirr von Elektronik, aber auch von zweifellos organischen Teilen frei.

Also doch ein Halbroboter!

Kasom sah den Erfolg seines Überraschungsangriffes und verspürte zugleich Erleichterung. Der Impulsstrom war nicht mehr so intensiv wie zuvor, er schien sogar versiegen zu wollen. Der Götze, nur für eine Abwehr auf geistiger Ebene konstruiert, hatte einem materiellen Angriff nichts entgegenzusetzen.

Als die Hitze unerträglich zu werden begann, schloß Kasom mit einer hastigen Bewegung seinen Helm. Ras und Alaska folgten seinem Beispiel, während Gucky verdutzt versuchte, das Geschehen zu begreifen. Da kämpfte er einen verzweifelten Kampf gegen das Ungeheuer und erzielte im Gegensatz zu Kasom nicht den geringsten Erfolg.

Er schloß ebenfalls den Helm und schaltete den Funk ein.

»Das Auge, Kasom! Du darfst nicht das Auge treffen – es ist Harno!«

Kasom nickte grimmig, hob den Strahler und begann wieder zu feuern.

Auf der rechten Seite der Halle öffnete sich ein Spalt, ein Tor entstand, durch das mehr als ein Dutzend Gelber Mutanten quollen, wie gebannt stehenblieben und ihren angeschlagenen Götzen betrachteten. Sie unternahmen nichts zu seiner Hilfe, sondern machten kehrt und verschwanden wieder so schnell wie sie gekommen waren.

Das Y'Xanthomrier gab ihnen keine Befehle mehr.

Immer heftiger wurden die Explosionen im Körper des Giganten. Auch Ras hatte nun das Feuer auf ihn eröffnet, und er zielte in erster Linie auf die mächtigen Säulenbeine. Die Hitze wurde von den Kühlaggregaten der Schutzanzüge kompensiert, trotzdem schalteten die vier Freunde die Paratronschirme ein. Damit schützten sie sich zugleich gegen jeden nur möglichen Angriff.

Gucky benutzte seine Waffe noch nicht. Regungslos stand er ein wenig abseits und beobachtete das Schauspiel. Verzweifelt versuchte er, Verbindung zu Harno aufzunehmen, der als Riesenauge in dem unförmigen Kopf des Giganten saß und nun langsam zu schrumpfen begann.

Bald hatte das Auge nur noch einen Durchmesser von fünf Metern – und wurde weiterhin kleiner.

»Harno!« rief Gucky laut. »Harno! Was sollen wir tun?«

Harno besaß nur noch zwei Meter Durchmesser. Dann war es nur noch ein Meter ...

Harnos Gedankenimpulse kamen plötzlich klar und deutlich. Auch Kasom, Alaska und Ras konnten sie empfangen, so als spräche das Energiewesen zu ihnen.

Gleich bin ich frei. Die Energiefesseln brechen zusammen, ihr habt es geschafft! Weiter so ... ich werde zu euch kommen ...

Während Kasom und Ras weiterschossen, um den Halbroboter zu zerstören und seine mentale Macht ein für allemal zu brechen, beobachtete Gucky fasziniert, was mit Harno geschah, der inzwischen kleiner als ein Apfel geworden war. Auf die große Entfernung hin war er nur deshalb noch zu erkennen, weil er intensiv leuchtete. Er sah aus wie ein Stern.

Harno löste sich endgültig aus dem Gefängnis im Kopf des Götzen und schwebte quer durch die Halle, wobei seine Leuchtkraft merklich nachließ und schließlich ganz erlosch. Er wurde mattschimmernd schwarz, so wie man es von ihm gewohnt war. Er war noch so groß wie eine Kastanie.

Gucky hielt der winzigen Kugel die flache Hand entgegen. Ohne zu zögern, landete Harno darauf und blieb liegen. Er teilte mit:

Es wäre angebracht, wenn du mich in eine deiner Taschen stecken würdest, denn nicht mehr lange, und hier ist die Hölle los.

Du glaubst, in meiner Tasche sicher zu sein? fragte Gucky verwundert.

Darum geht es nicht allein. Wenn wir durch die Ereignisse getrennt werden, könnte es schwierig sein, erneut Kontakt aufzunehmen. Außerdem sollten wir nicht mehr viel Zeit verlieren, diesen Planeten und den Schwarm zu verlassen.

Gucky bemerkte, daß sich das Y'Xanthomrier bewegte.

Los, Harno, rein mit dir in die Brusttasche. Übrigens kannst du dir inzwischen Gedanken darüber machen, womit wir den Planeten verlassen sollen. Wir können nicht einfach aus dem Schwarm hinausteleportieren.

Kasom rief Alaska zu: »Hilf uns! Das Ding beginnt zu wandern! Wir müssen es zerstören! Ras und ich allein schaffen das nicht.«

Der Koloß tapste vorwärts. Seine mentalen Fähigkeiten hatten den Eindringlingen gegenüber versagt, also mußte er nun mit Gewalt versuchen, sie unschädlich zu machen.

Alaska eröffnete nun ebenfalls das Feuer auf den Giganten, der unbeholfen auf sie zukam. Er schoß in die bloßgelegten, organischen Teile. Kasom hingegen bemühte sich, den mechanischen Teil des Götzen lahmzulegen.

Gucky stellte fest, daß der befehlende Impulsstrom restlos versiegt war. Der Relaissender funktionierte nicht mehr. Das bedeutete aber auch, daß die Gelben Mutanten nicht mehr durch die unbekannten Herren des Schwarmes kontrolliert wurden. Wenn im Kristallplaneten eine Revolte ausbrach, waren die Folgen nicht abzusehen.

Wenn man die Tatsache außer acht ließ, daß sie in einer argen Klemme steckten, war ihr Unternehmen bis jetzt ein großer Erfolg. Harno war befreit, und ein wichtiger Teil der Schwarm-Kommandoanlage war lahmgelegt worden. Jetzt kam es nur noch darauf an, sich selbst mit heiler Haut in Sicherheit zu bringen.

Nun griff auch Gucky zur Waffe, denn mit Telekinese war der Riese nicht zu stoppen. Telepathisch meldete sich wieder Harno:

Es gibt nur drei Raumschiffe auf dem Kristallplaneten. Ihr müßt versuchen, die Oberfläche zu erreichen – ich zeige euch den Weg.

Später, Harno. Zuerst einmal erledigen wir den Brocken hier, damit die Gelben Mutanten sich besinnen können, wozu sie wirklich da sind. Sie sind wertvolle Bundesgenossen.

Dein Wunsch ist da der Vater des Gedankens, meinte Harno. *Wenn die Mutanten keine kämpferischen Impulse mehr liefern, könnte es allerdings sein, daß auch bisher von diesen Impulsen abhängige Planeten revoltieren. Wir werden es bald wissen.*

Das Y'Xanthomrier hatte nun nahezu die Hälfte der Strecke zurückgelegt, die es von den Eindringlingen trennte. Seine Bewegungen waren noch unsicherer geworden, und einmal brach es sogar zusammen. Kasom sprang vor und feuerte aus nächster Nähe auf den Giganten. Seine ganze Wut, die er in sich aufgespeichert hatte, entlud sich bei dieser Handlung, mit der er jedoch keinen vollen Erfolg erzielte.

Das Götzenbild stand wieder auf und setzte sich erneut in Bewegung. Kasom wich entsetzt zurück, denn er hatte fest damit gerechnet, daß er es diesmal schaffen würde.

Alaska kam ihm zu Hilfe. Bei der hastigen Bewegung, die er machte, um Kasom weiter zurückzuziehen, löste sich seine metallene Maske und fiel in den unteren Teil des Helmes. Es war in dieser Situation und bei der herrschenden Hitze unmöglich, sie wieder zu befestigen.

»Wir müssen hier weg!« rief Ras, der den Vorfall nicht bemerkt hatte. »Das Biest schaffen wir niemals!«

Aber genau in diesem Augenblick ging mit dem »Biest« eine merkwürdige Veränderung vor.

Das Y'Xanthomrier war stehengeblieben. Es besaß kein sichtbare Auge mehr, aber irgendwo an oder in seinem teilweise bloßgelegten Körper mußte es Sehorgane geben, ob künstlich oder natürlich. Jedenfalls reagierten sie auf Alaskas flammendes Gesicht, leiteten den Eindruck a organische Gehirnzellen weiter, die nun ebenfalls reagierten.

Der Riese taumelte und stürzte wie ein gefällter Baum zu Boden. Einig der künstlichen Verkleidungsteile zerbrachen und gaben so das Inner frei, das zum größten Prozentsatz aus Elektronik, Positronik und den entsprechenden Zuleitungen bestand. Ein kleiner Reaktor verließ sein beschädigte Halterung und rollte zur Seite. Zum Glück erfolgte kein Explosion, die sich in der Halle verheerend ausgewirkt hätte.

Das Y'Xanthomrier bewegte sich nicht mehr, und Impulsströme sandt es schon lange nicht mehr aus. Vielleicht war es bereits tot.

»Hierher, Toronar!« rief Gucky Kasom zu, als dieser sich neugieri wieder weiter vorwagen wollte. »Wir haben das Ding erledigt, nun müssen wir uns selbst noch in Sicherheit bringen. Wenn die Mutanten begreifen, was geschehen ist, kann es brenzlig werden für uns.«

»Wieso? Sind wir nicht ihre Befreier?«

»Versuch mal, ihnen das so schnell klarzumachen! Komm schon!«

Kasom sah ein, daß es in der Halle des Y'Xanthomrier wirklich nicht mehr für ihn oder die anderen zu tun gab. Der Gigant lag am Boden un rührte sich nicht mehr. Alaska, selbst nicht wenig verblüfft über die Wirkung seines flammenden Cappinfragments, setzte seine Maske wiede auf, nachdem er sich davon überzeugt hatte, daß er ohne Gefahr den Hel öffnen konnte.

»Das ist wie ein Wunder«, meinte er.

»Du bist selbst ein Wunder!« erklärte ihm Gucky trocken. »Nun mac schon! Harno drängt!«

»Wo ist er denn?« fragte Ras.

»In meiner Tasche, und er meint, wir sollen hoch zur Oberfläche. Dor zeigt er uns den Weg zum einzigen Hangar des Planenten, wo drei Schiff auf uns warten.«

»So, die warten auf uns?«

Diesmal wurde es Gucky zu dumm, dauernd überflüssige Fragen z beantworten. Er griff nach Kasoms Arm.

»So, ich verschwinde jetzt mit Kasom. Wenn ihr mitkommen woll dann beeilt euch gefälligst.«

Das genügte. Ras nahm Alaska bei der Hand.

Gucky wiederum sorgte dafür, daß Kasom und Alaska Verbindung hielten, dann nickte er Ras zu.

»Also dann ...«

Sie entmaterialisierten gerade in dem Augenblick, in dem mehrere hundert Gelbe Mutanten in die riesige Halle stürmten.

33.

Die Teleportation brachte sie direkt an die Oberfläche, und erst jetzt meldete sich Harno wieder, der noch immer als kastaniengroße Kugel in Guckys Brusttasche ruhte. Seine starken Gedankenimpulse konnten auch von Nichttelepathen empfangen und verstanden werden.

Der Hangar ist dreißig Kilometer von hier entfernt. Genau die Richtung, in die Kasom jetzt sieht. Springt dreißig Kilometer! Es ist ein Plateau, eine riesige, geschliffene Linse ...

Abermals teleportierten sie. Von einer Verfolgung ließ sich nichts feststellen. Die Mutanten würden jetzt genug mit sich selbst zu tun haben.

Dann standen sie auf einer leicht konkav gewölbten Fläche, die von bizarr geformten Kristallen und gläsernen Türmen umgeben war. Harno teilte mit, daß sich der Hangar genau unter ihnen befand. Die Schleuse ließe sich nur von innen her öffnen.

»Werden die Schiffe bewacht?«

Nein. Die dafür eingeteilten Besatzungen halten sich in ihren Quartieren auf und wurden noch nicht alarmiert. Nehmt eins der Schiffe. Ich sage euch, wie die Kontrollen bedient werden. Es ist einfacher Transitionsantrieb, kein Linearflug also. Springt endlich!

Sie teleportierten abermals, diesmal nur fünfzig Meter senkrecht nach unten, wie Harno es angeordnet hatte.

Sie standen in dem Hangar.

Es waren kleine Raumschiffe, und sie hatten die Form eines Quadrats. Die Triebwerke befanden sich an den vier Ecken, angebracht an schwenkbaren Flügeln. Der Durchmesser der Schiffe betrug höchstens dreißig Meter.

Das mittlere Schiff stand auf einer Gleitschiene, die schräg nach oben führte und unmittelbar unter der kristallinen Decke endete, durch die das Licht der blauen Sonnen hindurchschimmerte.

Sie trugen die Helme noch immer geschlossen und verständigten sich über Funk.

»Wir nehmen das startbereite mittlere Schiff«, ordnete Gucky an. »Ich nehme Kasom mit und teleportiere zuerst hinein. Ras, du kommst mit Alaska nach, sobald ich es dir sage.«

Er wartete keine Antwort ab, sondern sprang.

Die Kontrollen in der Kommandozentrale, die wie eine flache Kuppel auf dem Oberteil des Quadrates ruhte, wirkten fremdartig und kompliziert, konnten aber zweifelsohne von humanoiden Greifwerkzeugen bedient werden. Außerdem gab Harno bereits seine Anweisungen, die Gucky simultan an Kasom weiterleitete. Das Schiff konnte von der Zentrale aus in einen automatischen Startvorgang einbezogen werden, der zugleich auch die Ausschleusung aus dem Hangar vornahm.

»Kommst du klar?« erkundigte sich Gucky, als Harno fertig war.

Kasom nickte.

»Ja, natürlich. Es ist halb so kompliziert, wie es auf den ersten Blick aussieht. Die Berechnung der Transitionen wird nicht so exakt sein, wie wir es bei Linearflug gewohnt sind, aber das läßt sich später korrigieren. Also gut – von mir aus kann es losgehen.«

Gucky rief Ras über Funk, und wenige Sekunden später tauchte der Teleporter mit Alaska in der Kommandozentrale des Schiffes auf. Durch die schmalen Sichtluken ringsum war der Hangar gut zu überblicken. Noch zeigten sich keine Verfolger.

Die Sessel waren klein und schmal und boten nur Gucky Platz. Die anderen versuchten, es sich auf dem Boden einigermaßen bequem zu machen.

»Das müssen ja Zwerge sein, die mit dem Schiff sonst fliegen«, bemängelte Kasom den fehlenden Komfort. »Möchte wissen, wie sie aussehen.«

»Wahrscheinlich auch Gefangene des Schwarms, die durch parapsychische Beeinflussung zum Dienst gezwungen werden.« Ras deutete auf die Kontrollen. »Was ist nun, Kasom? Geht das auch im Stehen?«

»Mir bleibt kaum etwas anderes übrig«, antwortete der Ertruser und versuchte, sich an Harnos Anweisungen exakt zu erinnern. »Ich leite jetzt den Startvorgang ein. Das Schiff beschleunigt dann automatisch auf Transitionsgeschwindigkeit. Bis dahin muß ich den ersten Sprung programmiert haben.«

Während Kasom beschäftigt war, teilte Harno mit:

Am Ende des Schwarmes beginnt zu dieser Zeit ein Vorgang, der sich in unregelmäßigen Zeitabständen immer wiederholt: Ein nutzlos gewordener und ausgebeuteter Planet wird ausgestoßen, weil er eine überflüssige Belastung bei der Mitnahme bedeuten würde. Zu diesem Zweck wird er abgebremst und der Schmiegschirm geöffnet. Der Planet bleibt zurück. Das ist unsere einzige Chance, den Schwarm zu verlassen.

»Auf ähnliche Weise kamen wir ja auch hinein«, sagte Gucky. »Woher weißt du das übrigens?«

Ich war lange genug das Wissende Auge des Y'Xanthomrier, erklärte das Energiewesen. *Praktisch habe ich derartige Vorgänge selbst gesteuert, vom Kristallplaneten aus.*

»Und jetzt, da der Supergötze zerstört ist?«

Er leitete die von den Eroberern ausgeschickten Befehle lediglich an eine automatische Exekutionszentrale weiter. Und Befehl, den erwähnten Planeten auszustoßen, wurde vor eurer Ankunft bereits gegeben. Der ganze Vorgang wurde demnach bereits vor der Vernichtung des Y'Xanthomrier eingeleitet und kann nicht mehr rückgängig gemacht werden.

Kasom sagte: »Achtung, es ist soweit! Ich drücke nun diesen Knopf ein – und dann passiert's. Hoffentlich!«

Er stand zwischen zwei Sesseln, an denen er sich notfalls festhalten konnte. Ras und Alaska saßen auf dem Boden. Lediglich Gucky saß bequem in einem der kleinen Kontursessel.

Kasom drückte den Knopf ein.

Im Innern des Schiffes begann der Antrieb zu arbeiten, noch ehe es sich in Bewegung setzte und langsam die schräge Schiene hinaufglitt. Oben in der halbtransparenten Decke öffnete sich die Innenschleuse und schloß sich wieder, als das Schiff vor der Außenschleuse haltmachte. Die künstliche Atmosphäre wurde abgesaugt, bis die Schleusenkammer luftleer war.

Dann öffnete sich die riesige Außenluke, während sich das Schiff gleichzeitig aus den Schienenklammern löste und schwerelos wurde. Der Antrieb begann mit vollen Touren zu arbeiten, und dann schoß das quadratische Gebilde mit hoher Beschleunigung hinaus in den Raum.

Es gab keine Blenden, und Kasom mußte erschrocken die Augen schließen, als ihn der Glanz des Kristallplaneten überraschte. Aber dann lag er auch schon hinter dem Schiff und blieb schnell zurück.

Vor ihnen lag der Weltraum innerhalb des Schwarms ...

Das Ende des Schwarms war knapp siebentausend Lichtjahre von dem Kristallplaneten entfernt. Kasom legte die Entfernung in zwei Transitionen zurück, ehe er mit Harnos Hilfe versuchte, die exakte Position des Schiffes zu errechnen.

Der Raum war ziemlich sternenleer, was die Orientierung eher erschwerte. Die Ortergeräte, die Alaska nun nach Harnos Anweisungen in Betrieb nahm, enthüllten lediglich einige unbedeutende Asteroiden, die langsam dahintrieben und sich so zwangsläufig dem Ende des Schwarmes näherten, der seine ursprüngliche halbe Lichtgeschwindigkeit beibehalten hatte. Also sollten auch die Asteroiden ausgestoßen werden.

Sie sind zu klein als Versteck, warnte Harno. *Wir müssen den Planeten finden. Nur er kann uns Schutz bieten, wenn die Jagdflotte auftaucht – und sie wird nicht lange auf sich warten lassen.*

Alaska suchte weiter, während Kasom kleinere Transitionen quer zur Schwarmrichtung vornahm. Niemand kannte die Reichweite der Orter, auch Harno nicht. Aber er kannte die ungefähre Position des überflüssig gewordenen Planeten.

Endlich schien Alaska Erfolg zu haben. »Ein größeres Objekt drei Lichtjahre voraus. Es steht still, relativ zum Schwarm. Das müßte er sein!«

Er ist es! bestätigte Harno. *Kasom, die Transition!*

Kurz bevor sie in die Transition gingen, ortete Alaska fünfzig kleinere Raumschiffe, die, aus der Schwarmmitte kommend, in getrennten Staffeln vorstießen. Mit Sicherheit besaßen sie Spürgeräte, mit denen sie die Schockwellen einer Transition registrieren konnten. Aber es war fraglich, ob sie auch Richtung und Ausmaß einer solchen Transition feststellen konnten.

Immerhin hatten die Jäger die Verfolgung aufgenommen. Die Vorkommnisse auf dem Kristallplaneten waren demnach inzwischen bekanntgeworden und hatten den Alarm ausgelöst. Man würde natürlich vermuten, daß man den Schwarm bei dem angelaufenen Ausstoßmanöver verlassen wollte, und paßte auf. Gut war nur, daß der Vorgang nicht mehr aufzuhalten war, und noch besser war es, daß auch noch eine unbestimmte Anzahl kleinerer Planeten und Asteroiden mit ausgestoßen wurde. Das erschwerte die Suche der Jäger erheblich und vergrößerte zugleich die Chancen der Flüchtlinge.

Als das Schiff abermals aus der Transition kam, war der Ödplanet noch zwei Lichtstunden entfernt. Mit bloßem Auge war er nicht zu sehen, da keine Sonne in der Nähe stand, deren Licht er reflektieren konnte. Aber auf Alaskas Ortern konnte er deutlich erkannt werden.

»Keine Jäger im Umkreis von drei Lichtjahren«, sagte Alaska befriedigt. »Aber sie werden bald hier sein.«

Harno riet:

Mit Lichtgeschwindigkeit weiterfliegen, dann fällt den Verfolgern die Ortung schwerer. Landet auf dem Ödplaneten. Er wurde ausgebeutet und zum größten Teil ausgehöhlt. Er bietet Verstecke genug.

»Bewohner?« fragte Kasom.

Sie wurden rechtzeitig evakuiert und auf anderen Planeten angesiedelt, um dort als Arbeitskräfte zu dienen.

»Diese Tyrannen!« schimpfte Gucky empört. »Spielen mit Sonnen, Planeten und Lebewesen? Wer sind sie eigentlich, diese Gelben Eroberer? Sind sie die Herren des Universums?«

Sie halten sich dafür, teilte Harno mit.

Er hatte Guckys Tasche verlassen und schwebte frei im Raum. Seine Farbe war tiefschwarz, so als verschlucke er jeden Lichtstrahl.

»Was weißt du noch von ihnen?« wollte Gucky wissen. »Ich muß Perry Rhodan und den anderen berichten, wenn wir zurückkommen.«

Nicht viel, gab Harno zu. *Aber immerhin habt ihr ein weiteres Rätsel gelöst, das euch Jahrhunderte lang genug Kopfzerbrechen bereitet hat. Waren es nicht Forschungsschiffe der Solaren Explorerflotte, die immer wieder zwischen den Galaxien im Leerraum ausgebrannte Sonnen und total verödete Planeten fanden? Habt ihr euch nicht vergeblich gefragt, warum diese Sonnen nicht normal starben, sondern den Eindruck machten, als wären sie künstlich ihrer Energien beraubt worden? Und die Planeten! Haben nicht einige eurer Wissenschaftler die Theorie aufgestellt, eine unbekannte Superzivilisation müsse alle diese Planeten ausgebeutet und entvölkert haben? Gab es nicht genug Experten, die diese Wissenschaftler auslachten, weil sie sich eine derartige Superzivilisation nicht vorstellen konnten? Es gibt sie! Wir sind gerade dabei, den verzweifelten Versuch zu unternehmen, ihr zu entfliehen.*

Kasom schaltete ein von Harno bezeichnetes Gerät an, das auf der Basis von Infrarot arbeitete. Dadurch wurde es möglich, den Ödplaneten auf dem Bildschirm sichtbar zu machen.

Der Anblick war wenig erfreulich: Eine Welt mit kahler, vegetationsloser Oberfläche und mit künstlichen Kratern übersät. Die ehemaligen Gebirge waren abgetragen und das Innere des Planeten ausgehöhlt worden. Was übrigblieb, war lediglich nacktes Gestein und Staub.

»So also würde die Erde ebenfalls aussehen, wenn sie vom Schwarm verwertet würde«, stellte Ras erschüttert fest. »Das muß unter allen Umständen verhindert werden! Was würde der Menschheit bevorstehen ...?«

»Es wird nicht geschehen!« sagte Kasom und korrigierte den Kurs. »Mal sehen, wo wir am besten landen. Wir haben noch eine gute Stunde, dann müssen wir bremsen. Hoffentlich weiß Harno auch, wie gebremst wird.«

Harno weiß auch das, teilte Harno mit.

Die verfolgenden Jäger ließen auf sich warten, und das war gut so. Eine Transition über eine Lichtstunde hinweg würde nicht nur schwierig, sondern auch sinnlos sein. Sie mußten landen, ehe die Jäger da waren.

Langsam nur verging die Zeit, und bald begann Kasom, die Geschwindigkeit zu verringern. Der Planet lag jetzt genau vor ihnen und wurde fast zusehends größer. Niemand hätte behaupten können, daß er auch schöner und anziehender wurde.

Immerhin konnte Kasom nun die Krater besser erkennen und stellte fest, daß sie nichts anderes als riesige Bohrlöcher waren, die senkrecht ins Planeteninnere führten.

Ja, deine Überlegungen sind richtig, mischte sich nun Harno wieder ein. *Lenke das Schiff zu einem der Krater – und dann laß es senkrecht absinken. Aber vorsichtig, damit wir keine Havarie erleiden. Der Ausstoßvorgang müßte meinen Berechnungen nach in einer Stunde stattfinden.*

Ras und Gucky schwiegen, um Kasom bei dem komplizierten Manöver nicht zu stören. Auch Alaska zog es vor, den Mund zu halten. Er sah wie gebannt auf die lebensfeindliche Landschaft, der sie entgegenfielen.

Das Schiff stand nun genau über einem der riesigen Bohrlöcher und begann, langsam nach unten zu sinken. Bald erreichte es den Kraterrand und sank weiter. Es wurde schnell dunkel, aber Kasom verzichtete noch auf die Außenscheinwerfer, sondern operierte mit Infrarot.

Als sie tausend Meter gesunken waren, lotete Kasom mit Orterstrahlen. Der Grund des Kraters lag achtzig Kilometer unter ihnen!

So tief müssen wir nicht, sagte Harno, der ständig die Gedanken des Ertrusers überwachte. *Bald erreichen wir die ersten Seitenstollen, die wiederum mit den anderen Löchern in Verbindung stehen. In einem dieser Stollen, drei Kilometer unter der Oberfläche, warten wir ab. Ich werde das Schiff verlassen und als Späher fungieren. So können wir niemals geortet werden.*

So geschah es.

Die Seitenstollen waren fast hundert Meter breit und bis zu zwanzig Meter hoch. Das Schiff fand leicht Platz und landete sanft auf dem glatten, abgeschmolzenen Steinboden. Der Antrieb erstarb.

Kasom reckte sich und seufzte: »Jetzt bin ich froh, wenn ich mich setzen darf. Ich spüre schon bald meine Knochen nicht mehr.«

»Und Hunger habe ich auch«, fügte Gucky hinzu und begann, in seinen Vorräten herumzukramen, die er im Kampfanzug bei sich trug.

Harno verließ die Kommandozentrale und das Schiff, ohne daß eine Schleuse geöffnet werden mußte. Er drang einfach durch die metallene Schiffshülle. Er blieb mit den Zurückbleibenden telepathisch in Verbindung und gab von Zeit zu Zeit seine Berichte durch.

Da sind einige Jagdraumer in der Nähe. Sie suchen die Oberfläche des Planeten nach uns ab. Sie wissen natürlich, daß wir uns in dem Höhlenlabyrinth versteckt haben könnten, aber zum Glück scheinen sie nicht auf den Gedanken zu kommen, den Planeten einfach zu vernichten.

Längere Zeit geschah nichts, dann setzte Harno seinen telepathischen Bericht fort: *Der Ausschleusungsvorgang bahnt sich an. Der hintere Energieschirm beginnt sich zu öffnen. Einige kleinere Asteroiden haben den breiter werdenden Spalt bereits passiert. Für uns wird es noch zehn Minuten dauern, dann verlassen wir den Schwarm.*

Es waren zehn bange Minuten, aber ihre schlimmsten Befürchtungen erfüllten sich nicht. Vielleicht kannten die Gelben Eroberer keine Waffe ähnlich der Arkonbombe, was allerdings bei einer Superzivilisation ziemlich unwahrscheinlich war. Jedenfalls unternahmen sie nichts, wenn man davon absah, daß ihre Jäger den Planeten umschwärmten, sich aber hastig zurückzogen, als dieser sich dem weit geöffneten Schmiegschirm endgültig näherte.

Und dann gab Harno bekannt, daß sie durch waren.

Der Schwarm selbst setzte seinen Flug mit halber Lichtgeschwindigkeit fort, während sich der Energieschirm wieder zu schließen begann.

Harno kehrte augenblicklich zurück.

Wir haben es geschafft! Ungefährdet können wir nun hoch zur Oberfläche und von dort aus versuchen, Verbindung zu Rhodan zu erhalten. Die GOOD HOPE steht vier Lichtjahre von hier entfernt.

Gucky hielt Harno in der ausgestreckten Hand.

»Woher weißt du das denn schon wieder?«

Warum sollte ich es nicht wissen? lautete die Gegenfrage des Energiewesens.

Gucky schüttelte empört den Kopf.

»Kaum hat man ihn aus der Klemme befreit, da wird er auch schon wieder frech! Das nächste Mal lassen wir dich aber warten ...!«

Auf ein paar Millionen Jahre kommt es mir nicht an, konterte Harno

Kasom, an die Arbeit! In der GOOD HOPE tritt Rhodan schon ganz nervös von einem Fuß auf den anderen ...

»Und was ist mit Bully?« wollte Gucky wissen.

Der hält euch alle für tot, der Pessimist.

»Dann wird er aber dumm aus der Wäsche gucken, wenn wir aufkreuzen.«

Kasom manövrierte das Schiff vorsichtig wieder hinauf zur Oberfläche und beschleunigte dann mit Höchstwerten, während Alaska die Funkgeräte unter Harnos Anleitung in Betrieb nahm. Gucky hingegen verzog sich in eine ruhige Ecke und versuchte, telepathischen Kontakt zu Fellmer Lloyd zu erhalten, um seinen Freunden zuvorzukommen.

Der Ödplanet blieb in ewiger Nacht zurück.

Fast eine Woche war in der GOOD HOPE vergangen, und das Warten wurde allmählich zur Qual. Immer noch gab es keine Anzeichen dafür, daß Guckys Unternehmen erfolgreich verlaufen war – daß er und seine Begleiter überhaupt noch lebten.

Am 20. Februar 3442 Terrazeit kam Bully unausgeschlafen und mürrisch in die Kommandozentrale, wo er bereits von Rhodan erwartet wurde. Etwas abseits saß Fellmer Lloyd in einem Sessel, aber das war keine Besonderheit. Der Telepath war ständig auf Dauerempfang und wartete auf ein Lebenszeichen Guckys.

»Hier werden wir sitzen, bis wir schwarz werden«, stellte Bully fest. »Glaubst du vielleicht an ein Wunder, Perry?«

Rhodan nickte ungerührt. »Allerdings! Es ist schon eingetreten.«

Bully schaute ihn verständnislos an. »Eingetreten? Was ist eingetreten?«

»Na, das Wunder, von dem du sprichst. Sie haben sich gemeldet.«

»Gucky?«

In dem einen Wort lag soviel Erleichterung und Freude, wie man sie dem nur noch wenig korpulenten Bully kaum zugetraut hätte. Aber schließlich wußte ja jeder, wie eng er mit dem Mausbiber befreundet war.

»Die anderen auch«, bestätigte Rhodan. »Sie müssen bald hier eintreffen.«

In diesem Augenblick meldete die Ortung ein fremdes Schiff.

»Das ist es!« sagte Fellmer Lloyd, der Verbindung zu Gucky hielt. »Aber es stimmt etwas nicht mit dem Schiff«, fügte er schnell hinzu. »Es beginnt sich selbst zu zerstören. Sie werden es per Teleportation verlassen.«

Sie sahen es auf dem Panoramaschirm der GOOD HOPE ...

Die Außenhülle des quadratischen Gebildes begann plötzlich zu glühen, so als sei es mit zu hoher Geschwindigkeit in die Atmosphäre eines Planeten vorgestoßen. Tropfendes und glutflüssiges Material blieb in einem flammenden Strom zurück.

Dann wurde das Schiff von einer atomaren Explosion zerrissen.

Schon wollte Bully einen entsetzten Ruf ausstoßen, als ihm jemand unsanft auf die Füße trat. Gleichzeitig materialisierten Ras und Alask inmitten der Kommandozentrale.

Kasom sprang schnell von Bullys Füßen. »Verzeihung, Sir, aber ic konnte nicht ...«

Gucky hatte ihn längst losgelassen.

Kasom berichtete kurz, daß sie das quadratische Schiff im letzte Augenblick verlassen mußten, weil eine automatische Selbstzerstörungs anlage durch einen geheimen Mechanismus ausgelöst worden war, als si sich der GOOD HOPE näherten.

Endlich gelang es auch Rhodan, die Rückkehrer an Bord des Flagg schiffs willkommen zu heißen. Er bat Gucky um einen kurzen Bericht Der Mausbiber ließ sich tatsächlich dazu überreden, aber wohl hauptsäch lich aus dem einfachen Grund, damit ihm kein anderer zuvorkam. Dan nahm er Harno aus der Tasche und setzte ihn mitten in die Luft, wo da Energiewesen auch prompt schweben blieb.

»Und das ist Harno«, stellte er mit dramatischer Geste vor. »Er kan uns noch eine Menge über die Gelben Eroberer erzählen.«

»Über wen?« fragte Rhodan überrascht.

»So haben wir sie genannt – die Gelben Eroberer. Ich wette, sie sin gelb wie Zitronen.« Gucky sah nachdenklich gegen die Decke. »Ode zumindest sind ihre Klamotten gelb, ockergelb! Scheint ihre Schutzfarb zu sein.«

Per Interkom wurde die Besatzung der GOOD HOPE über das Ergebni der erfolgreichen Expedition unterrichtet. Gucky war wieder einmal de Held des Tages, aber bescheiden wehrte er alle Glückwünsche ab, die ma ihm entgegenbrachte.

»Aber, aber, Freunde, was wäre ich ohne Kasom gewesen, ohne meine Freund Ras, und vor allen Dingen ohne Alaska? Nichts, rein gar nichts Und erst einmal Harno! Er hat uns zur Flucht verholfen. Nur ihm habe wir es zu verdanken, daß wir noch leben.«

Kasom schaute ihn verblüfft an.

»Fühlst du dich auch wohl?« erkundigte er sich vorsichtig. »Du wirs uns doch zum guten Schluß nicht krank werden?«

Gucky grinste und fuhr fort: »Natürlich, wenn man es richtig bedenkt könnte man es auch so formulieren: Was wäre aus Harno, Kasom, Alask und Ras wohl geworden, wenn ich nicht gewesen wäre?«

Bully lachte schallend. »Gott sei dank! Er ist gesund, kerngesund Kasom, Sie haben mir einen furchtbaren Schreck eingejagt mit Ihrer Ver mutung.«

Diskusraumschiff der

16. Beobachtungsraum mit Schaltpult und 30 in Netzmuster angeordneten Bildschirmen zur optischen Kontrolle der Innenräume des Pilzraumschiffes und dessen Umgebung
17. Lagerräume, wissenschaftliche Abteilungen, Krankenstationen und sanitäre Anlagen
18. Oberer Hauptmaschinenraum mit Energieumwandlern, Speicherbänken und Schrägaufgang zum oberen Schott mit Treppe zum unteren Maschinenraum
19. Werkstatt mit Maschinen und Geräten für Reparaturzwecke sowie Schränken für Raumanzüge
20. Lager für Rohmaterial und Ersatzteile
21. Maschinenkontrollabteilung
22. Unterer Hau
Fusionsreakt
Zugangssch
turzwecke
23. Impulstriebw
batterien (ins
24. Ortungszent
Zustand mit
ausfahrbaren
Feuerleitgerä
daneben Au
licht (24 Stüc
25. Schleusenvo
Raumanzüge
unter Energi
den Maschin
26. Lagerraum